Best Time

白马时光

耳东兔子
著

他从
火光中走来

上

Walk
Through Fire
For You

百花洲文艺出版社
BAIHUAZHOU LITERATURE AND ART PRESS

图书在版编目（CIP）数据

他从火光中走来 / 耳东兔子著 . — 南昌 : 百花洲文艺出版社 , 2017.10（2022.5 重印）
ISBN 978-7-5500-2459-5

Ⅰ . ①他… Ⅱ . ①耳… Ⅲ . ①言情小说 — 中国 — 当代 Ⅳ . ① I247.5

中国版本图书馆 CIP 数据核字（2017）第 244995 号

他从火光中走来

TA CONG HUOGUANG ZHONG ZOULAI

耳东兔子 著

出 品 人	李国靖
特约监制	燕 兮
责任编辑	杨 旭
特约策划	静静张
特约编辑	朱明迪
封面设计	46 设计
版式设计	赵梦菲
封面绘图	花生坚壳
出版发行	百花洲文艺出版社
社 址	南昌市红谷滩区世贸路 898 号博能中心 I 期 A 座 20 楼
邮 编	330038
经 销	全国新华书店
印 刷	三河市兴博印务有限公司
开 本	880mm × 1230mm 1/32
印 张	18.25
字 数	498 千字
版 次	2018 年 3 月第 1 版
印 次	2022 年 5 月第 7 次印刷
书 号	ISBN 978-7-5500-2459-5
定 价	56.00 元（全二册）

赣版权登字：05-2017-406

发行电话 0791-86895108 网 址 http://www.bhzwy.com

目　录

Contents

目　录

Contents

Chapter 01

五年

天快亮时，南初从梦中惊醒，一身冷汗。

屋内没有开灯，窗帘紧闭，四周漆黑一片。她撑着身子靠坐在床头，伸手去摸一旁的烟和打火机。

“刺”一声，黑暗中亮起火苗，却很快灭了，烟雾弥散，南初的指尖星火忽明忽灭。

她抽着烟，眯着眼，在思考。

过一会儿，她捞起床头的手机，飞快按下几个字。

“我又梦见他了。”

凌晨四点半，那边回得很快：“梦见他做什么呢？”

“……”

那边领悟得很快：“性幻想？”

“嗯。”

“别想太多，你只是发春了，需要个男人。”

南初平静地看完，对着手机骂了句“你妹”，把手机丢在一边，靠着床头合上眼，开始回想梦里的场景。

男人赤身裸体，古铜色的皮肤，肌肉偾张，线条流畅；板寸，极黑的发，还有那双看似不着痕迹、深邃的眼睛。

六点十分，经纪人沈光宗带着助理进来，“起来化妆。”

南初下床，弯腰找拖鞋，沈光宗给她踢过来一只，说：“今天要进组，等会儿让西顾给你收拾东西。”

说话间，他推了一个小姑娘到她面前。

南初边穿鞋边眯眼打量，对方面孔生疏，她懒洋洋道：“新来的？”

南初原先是模特，年初被嘉禾签下，名气不大，身边的助理已经换了三四个，不知道是前几个助理跟南初八字不合，还是南初这人难相处。

“实习助理兼化妆师。”

沈光宗这三个月什么事都没干，光顾着给她找助理了。这事提起来他就来气，翻着白眼警告她，“麻烦你好好跟人家相处，行吗？”

助理兼化妆师，毕竟上哪儿也找不着那么便宜的事了。

南初耸耸肩，盯着小姑娘看了会儿——齐刘海儿，娃娃衫，小短裙——友好地问：“你多大？”

“二十一。”

“叫什么？”

“西顾。”小姑娘一一如实作答。

南初挑眉，“有男朋友没？”

西顾一愣，没想到她这么直接，“还……没。”

“长得可真小。”小姑娘还挺内向，一夸就脸红，南初捏了一下她的脸，“去吧。”

西顾禁不住调戏，红着脸跑开了。

沈光宗打完电话转过身，瞧见这幕，以为南初又干什么坏事了，粗着脖子吼：“这可是韩总亲自给你找的，气跑老子真的不管你了！”

南初摊手，“你紧张什么？我又不会吃了她。”

西顾正在帮南初收拾行李，听见了忙回头说：“宗哥，南初姐姐挺好的。”

南初冲她眨眨眼。

小姑娘真禁不起调戏，不敢再看南初。

“别人我不管，我只求你别总噎韩总，真把他惹急了，封杀你，你还混不混？”

南初涂好口红后将它扔进化妆包里，照了照镜子，抿了两下嘴，“行啊。”

清落干脆的两个字，沈光宗听在心里竟然直发毛。

临出门的时候，西顾拎着行李箱，南初忽然说：“等一下。”说完就折回房间，从床头柜抽了一包东西出来，让西顾打开箱子，把东西塞进去。

西顾捏着那包避孕套，一时不知道往哪儿塞，就听头顶一句“塞旁边那格里”。

西顾红着脸照做，然后快速拉好箱子。

南初这才满意地说：“出发。”

后来在车上，南初跟西顾解释：“如果一个人把你拖进草丛里强奸，在逃脱不了的情况下，你该怎么办？”

“……”

“递一个安全套给他，比什么都安全。”

西顾：“……”

进组三天，演员没到齐，可连西顾都认识到了，这是一个相当不专业的剧组。

场工永远拿错道具，摄影师的手永远在抖，演员永远记不住台词，导演永远在喊“卡”。除了导演，其余演员都是新人，所以磨合期难免会比别的剧组长一点。

三天后，导演已经生无可恋地坐在摄影棚抽闷烟了。

南初演女二，台词不多，没戏的时候就坐在边上看书。西顾接触下来发现，南初这人其实并不难相处，她只是有点懒得去处理那点人际关系。

组里几乎都是新人，大家忙着互相招呼，留微信，加微博，南初最淡定，看看书，打打游戏。

导演看来看去还是觉得这姑娘最舒心顺眼，拍戏不拖沓，入戏也快，闲着没事的时候就看看书修身养性。这年头，心性这么淡的姑娘真不多了。

南初看的书很杂，什么都有。

一日，导演看见南初正在看《十日谈》，凑过去在树荫旁坐下，“喜欢薄伽丘的小说？”

导演是个正经、稳重的导演。

南初看了一眼导演，食指拈起书角，往后又翻了一页，“挺好看的。”

“对，薄伽丘的小说人性表现得很好，就比如这其中的第九个故事……”

导演娓娓道来。他也是一个有想法的人，剖析得十分透彻。

南初听完，说：“我看得浅。”

“啊？”

“主要看床戏。”

“……”

导演默默地站起来，那表情宛如眼前开过一辆托马斯小火车。

西顾偶尔会听见关于南初的闲话。

“她没爸。”

“十八岁就绯闻男友满天飞，骚得很。”

“我那天还看见她跟导演在讨论黄书。”

而说这些闲话的人，转头又会跟南初露笑脸，就跟演戏一样，导演一喊“卡”，表情立马就收了。西顾没想到，这些人在生活中竟然把演技运用得如此自如。

南初倒显得有些格格不入。

她从来不说人闲话，也不讨论八卦，对世界冷漠。

一如世界对她。

这天，南初跟西顾正在树荫下闲聊，聊到一半，沈光宗找过来，“小西，你过去帮那几个女演员补一下妆。”

西顾条件反射道：“不要。”

沈光宗嘶了一声，皱眉叉腰，“造反了？”

西顾瞥了一眼那边几个女演员，低下头，不说话。

南初摸摸她的脑袋，“怎么了？她们骂你了？”

“没。”

“那就别耍小性子，过去帮她们补补。”

西顾不肯，“组里不是有化妆师吗？”

“你给她们帮个忙。”

西顾不情不愿地站起来，南初又揉了揉她的头发，“听话。”

十分钟后，西顾补完妆回来。

“说吧，她们怎么得罪你了？”南初端着咖啡，边喝边问。

西顾在她身边坐下，“她们在背后说你坏话。”

咖啡差点喷出来，南初伸手摸了摸她的后脑，笑道：“小姑娘还挺仗义。”

“你不在乎吗？”

她不甚在意，“为什么要在乎？”

人心不同，各如其面。

南初是真不在乎，眼神都是冷漠的。

西顾觉得就连身后的阳光，都变得冷淡起来。

“这世界上的事，除了生死，哪一件不是闲事？西顾，你堵不上别人的嘴，那就捂住你自己的耳朵。”

傍晚，南初同公司的一个女演员，饰演本剧女三的严黛过敏了，脸上爆豆红肿，跟导演哭诉。导演这几天因为拍摄进度的问题，心里本来就烦，一看这个又罢演，自然说不出什么好话："吃什么乱七八糟的过敏了？要当演员还这么不自觉。"

严黛哭诉："我什么都没吃啊！"

导演没好气，"那你干什么了？怎么就你这样，别人都没这样？"

严黛瘪着嘴，倍觉委屈，"我下午就让南初的助理给我补了一下妆而已，其他什么都没干！"

南初看了一眼西顾，后者无辜地摊手。

夜里，严黛的脸越肿越高，南初跟沈光宗连夜把她送进了医院。

医生诊断过后，是粉尘过敏，"你擦什么了？"

严黛哇地一下就哭了。

医生皱了皱眉，"擦个药几天就好了，哭什么？"

严黛又不哭了，抽了两下，"真的？"

"废话。"医生翻了个白眼。

沈光宗拎着西顾来到走廊上，问："你给她涂什么了？"

"真没有。"

"放屁！"沈光宗叉腰，瞪着眼，右手狠狠指了她两下，"你是不是不想干了？"

西顾急了，眼泪汪汪，"我真没给她涂什么！你要我给她补妆，我补了啊，谁知道她是不是化妆品过敏？"

话音刚落，她就被人拉到边上。

南初靠着墙，那双清淡的眼睛看着西顾，话却是对沈光宗说的："你别一出事就找人背锅，我相信她。"

西顾被拉开后，南初眼前的视野开阔，看到走廊的尽头立着一道人影。

那人穿着常服，挺拔而健硕，如一棵青松，长身玉立。他整个人隐在黑暗中，正倚着墙抽烟，身边烟雾缭绕。

一阵过堂风，烟雾四散，往这边飘来。

沈光宗正在抓狂，“一个两个是要造反？！”

西顾还在小声解释：“宗哥，真的不是我，不信，你可以让他们查我的化妆包。”

南初的视线却在这时定住了——走廊尽头，一根烟灭了，那人又从兜里拿了一根，低头吸燃，黑暗中，光亮一瞬就灭，只剩星火在暗中闪。

他倚着墙吐着烟雾，低头把玩着手里的打火机，似乎在等人。

沈光宗也跟西顾说不清楚，虽然知道这小姑娘应该没那么大胆子，但多少觉得应该给严黛道个歉，于是拽着西顾进去了。

南初在门口等了一会儿，看到那人跟静止了似的。她彻底没了耐心，刚转身，就听见身后一句：“林队长！”

南初回过头，只听空荡荡的走廊传来一阵高跟鞋的蹬地声。穿着白大褂的女医生朝那边小步跑过去，男人比她高一个头，她仰着头，声音温柔：“等很久了吧？”

那人终于直起身，从黑暗里走出来，一张清隽英气的脸就露出来了。地板上，人影被拉得老长。他脸瘦，短发利落，眉眼轮廓深邃，眼尾略弯，挺鼻，一身军装衬得紧绷的下颚线都显得生硬。他漫不经心地跟你开玩笑时，眼角微挑，透着不拘，谁也猜不透他心里在想些什么。

有痞气，有正气，却丝毫不矛盾。

林陆骁掐了烟，低头丢进一旁的垃圾桶，手插进裤兜里，“刚来不久。”

灰暗的走廊，把他的嗓音裹得更加沙冷。

“怎么穿这身了？”

“刚开完会。”

女医生笑，“你还是这身更好看，走吧，我带你过去。”

两人的脚步声渐渐远去。南初蹲在地上，点了根烟，吸了口，仰着头，慢慢吐了口烟圈。望着弥散的青白烟雾，她想：时间过得真快啊，这么快就五年了。

南初抽完烟回到办公室，发现严黛已经确定是化妆品过敏，正扬手拿指头戳着西顾，尖声尖气地喊：“你得赔偿！我这几天都没法开工了，万一导演跟我要误工费怎么办？！”

沈光宗虽不喜严黛，面上依旧不动声色，哂笑着打圆场：“小黛，咱们都是一家公司的，闹这么难看这不是让人看笑话吗？”

严黛一跺脚、一噘嘴，“宗哥！可是我这脸……”

话说一半，她余光瞥到南初进来，闲闲地倚在门框上看着她，顿时嗓子一噎，抽了抽，把后半句话愣生生给吞了回去。

莫名地，严黛有点怕南初，又有点嫉妒她，那种复杂的情绪就连她自己都说不清楚。

南初年初才进的公司，比她还晚一年。虽说都是十八线小艺人，但南初有个影后母亲，尽管圈里说她们母女关系恶劣，但总好过她们这些没有的。

南初六岁跟着母亲南月如拍广告、拍平面，童星出道。十六七岁的时候接拍过几部电影，知名度了了。组里女演员偶尔会讨论南初的八卦，严黛嫉恨南初多时，忍不住会图个一时嘴快。

但每次看南初一副毫不在意的样子从自己身边风轻云淡地走过，心里又气又急。作为一个女人，她怎么能那么不在意自己的名声？

果然跟她妈一样，又骚又浪。

南月如的名声其实不算差，只是在二十六岁那年息影一年，生下南初，至今未公布南初的父亲是谁。当年的娱乐八卦杂志把圈里所有疑似南初生父的男明星都捋了个遍，结果几年之内，他们要么宣布出柜，要么结婚生子。

时至今日，这事也算是娱乐圈的十大未解之谜之一。

南初靠在门上，很淡地扫了严黛一眼。

严黛就㞞了，别着脸噘着嘴不情不愿地说：“你们跟导演说去，我可不去。”

南初莞尔，“好。”

回到组里，南初帮严黛请假，把她的戏份都推迟到三天后，导演有些不满地嘟囔：“就她事情最多。”

过了两天，这话又传到了严黛的耳朵里。过的嘴巴多了，就变了味，不知怎么就变成——

严黛脸过敏，无法拍戏，拖延进度，导演一怒之下删了严黛的戏份，给南初加戏，还辱骂严黛是个事儿精。

而且，听说这事就是南初助理干的。

在众人眼里成熟、稳重的导演一定是被南初这个小妖精蒙蔽了双眼，才会一气之下说出那些话。

毕竟也是敢公开和导演讨论“黄书”的女艺人，还有什么不要脸的事做不出来呢?

因此，南初成了众矢之的的心机婊。

听闻此事，沈光宗气得奓毛，差点没把西顾掐死。南初一把捞过小姑娘，淡定地翻着书，“真给弄死了，行李你拎啊？”西顾人虽小，却力大无穷，一个人拎好几只行李箱不带喘气的。

沈光宗松开西顾的领子，无声地做了个抹脖子的动作。

西顾忙捂上眼睛。

南初摸摸她的脑袋，出言警告：“沈敬冰——”

“你护着她，你再护着她过几天该传你同性恋了！”

沈光宗被气走。

西顾看南初，发现她又继续低头翻书。

她忍不住凑过去，“你在看什么？”

南初把书竖起来放在腿上，给她看封面。

“金金金……瓶梅。”

“嗯哼。”

西顾看着她一脸恬静，淡然自若，恍若有一堵屏障，将世界隔绝在外。

为什么禁书被她看出了徐志摩的味道?

第四天，去年拿过最佳男配的男二号，也是严黛的绯闻男友冉冬阳进组，演员终于到齐。

严黛拍完最后一场夜戏，走出摄影棚的时候，看见帐篷下并排坐着两个背影。

冉冬阳往椅子上一靠，“最近过得怎么样？”

南初低头看剧本，淡声道：“挺好的，吃好睡好。”

两人几年前合作过一部电影。

冉冬阳往前倾身，伸手去捞南初的脑袋，被她不动声色地躲过。他的手僵在半空中，尴尬地笑笑，“你怎么了？跟变了个人似的。”

南初头也没抬，冷笑着勾勾唇角。

冉冬阳拖着椅子，往她身边靠，“你那时虽然不爱说话，但是至少人是柔和的，怎么几年不见，小玫瑰长刺儿了？”

南初没理他，把剧本往桌上一拍，拿笔圈了一段，不咸不淡地说：“这段你走之后我再来拉你，情绪可以外放一点。”

冉冬阳拿手垫着脑袋，躺靠在椅子上，“你这人啊，就是脾气太臭，一点都不招人喜欢。”

南初抬头，冷瞥他一眼。余光瞥到几米开外的老槐树下躲着一个鬼鬼祟祟的身影。

冉冬阳收了笑，坐直，手支在桌子上，“你别这么看我，当年……”

南初忽然冲他一笑，勾手，手指纤细玉莹。

夏日的夜黑沉，摄影棚渐渐收工，淡白的月光打下来，南初肌肤透白，整个人像在发光。

冉冬阳心情复杂难耐，却还是鬼使神差地凑了过去。

谁料，下一秒，“嘭——”一声巨响，他的后脑勺被人按住，脑门狠狠砸在桌角上。

“操！”

再抬头时，他的额角肿起一个包，像牛角。

冉冬阳疼得龇牙咧嘴，南初已经收了东西站起来，把剧本抱在怀里，一袭黑色长裙尽显她姣好的身段，低头睨他的样子，淡漠得像一只高贵的黑天鹅。

男人的优势总是在黑夜尽显，可黑夜却把眼前这女人裹得更可怕。

南初纤瘦，骨架子小，眼尾细长，淡眉温顺，薄唇清浅，很少动怒，几乎没什么能影响她的情绪。

可当她真动怒的时候，整个人的凌厉就凸显了。

就比如现在，那双眉眼尤甚。

她弯下腰，“你要再提当年，我会让你后悔认识我。”

回到酒店，南初洗完澡裹着浴巾出来，床上的手机振了振。屏幕上躺着一条未读微信。她瞥了一眼，把浴巾扯掉，少女白净的胴体完全暴露，宽大的落地镜映着她姣好的身段。

南初生得白，胳膊细，一双腿匀称笔直，玉骨冰肌，纤盈一握。

宛如词中描述的——

雪胸鸾镜里，琪树凤楼前。

换上深色长裙，南初捞起手机，滑开屏幕，微信弹出来，来自一个叫林启的人。

林启是南初在米兰走秀时认识的一个天才小提琴家，十九岁。

“周六有我的小提琴演奏会，一定要来。”

过一会儿又一条：“一定要来，票我明天让人带给你！”

南初回：“晚点到。”

第二天，南初上午戏刚拍完，就举着小电风扇坐在帐篷里，手里摊了本佛经。

沈光宗一见她这样就来火，提着气儿走过去兴师问罪，“冉冬阳那脑袋是不是你的杰作？”

南初大大方方承认了，“嗯。”

沈光宗就知道，气得鼻孔朝天，“你要是真看不惯他，忍忍行吗？”

南初摇头，“他聊骚我，忍不了。”

“……嘿，别的事你倒是挺能忍，怎么就这事忍不了了？”沈光宗架着胳膊，怒目圆瞪，狠狠指了她一下，“这事我先给你瞒着，别再给我惹事了，知道自己招黑就别生事。”

确实，南初十五六岁时演了一部戏，光演技这个梗就被人黑了好几年，加上之前经纪团队的零公关能力又爱炒绯闻，南初一路走到现在也不容易，发条微博，找不到一条能看的评论，沈光宗索性把她的微博评论给关闭了。

黑粉们于是又转战经纪人沈光宗的微博开骂。

“南初滚出娱乐圈。”

“南初，你个臭婊子，被人干烂的货。”

“你全家都死光了。”

“……”

沈光宗有时候看南初也觉得她可怜，那么小就出来工作，还承受那么多，可很少听她抱怨什么，安排给她的工作，她会努力完成，不邀功，不请赏。

可她又不卑微。

拥有自己独一份的骄傲，她不低头，不跟世俗低头，导演说她很像一只黑天鹅，高贵又独立。

不过沈光宗漏听了后半句。导演补充了一句，还是开着托马斯小火车的黑天鹅。

阳光笼着她纤瘦的身体。

沈光宗叹了口气，在她身边坐下，低头看着她手边的经书，“哎，佛祖有没有告诉你，你什么时候能红？”

南初头也没抬，“凡所有相，皆是虚妄。”

“虚妄个屁。”沈光宗翻个白眼，“名声都臭到家了，还有心情看这些，你干脆出家算了。”

南初翻了一页书，侧目思考片刻，随后说：“好主意。”

“没救。”沈光宗摇着头离开。

不久，西顾拎着一个信封走进来，“南初，刚刚有人给你送来这个。”

南初瞄一眼，点点头，“嗯，谢谢！”

太阳毒辣，顶头日晒，西顾抽了张纸巾，边擦汗边说：“是个帅哥，长得超帅，就是太冷。”说完还象征性地抖了抖。

南初把书放下，抬起头，“谁啊？”

西顾点点头：“嗯，可帅了，我让他等会儿，他也不肯等，转身就走了。”

“现在还在吗？”

“我刚刚看他往小卖部去了。”

有时候，脑海里会忽然蹦出某张脸，于是你明知不可能，也会忍不住想要去验证，而事实证明，女人的第六感往往百分之九十九都是正确的。

果然，等她追到摄影棚外，看到一个熟悉笔挺的背影。记忆里，那人桃花眼的眼尾上翘像在笑，一双眉眼深邃，严肃时，令人生畏，而硬朗的轮廓在阳光下难得柔和。

身上的线条，流畅利落，一分不多，一分不少。

他手里拎着刚喝完的水，拧上盖，随意地朝后座开着的车窗里丢进去，刚拉开驾驶座的门，就被不知哪儿来的后坐力啪地关上。男人习惯性皱眉，眉头拧成川字，不耐、隐忍。

只听身后传来一道清脆又戏谑的嗓音：“林陆骁，你跑什么？”

一如多年前。

七月盛夏，炎热难挡，树梢间蝉声呜呜，日光从头顶铺下来，地面被晒得滚烫，随便卷起一阵风，都闷热得令人窒息。

林陆骁一手撑着车门，转过身，姑娘就站在他背后，白瘦高，漂亮惹眼，阳光打在她身上会发光。

“你跑什么？”南初仰着脸，又问了一遍。

林陆骁双手抱胸，靠着车门，眉头拧成的川字显示此刻他颇有点不耐烦。他看了一眼南初，从裤袋里摸了盒烟，取了一支，低头吸燃，反问：“你认识林启？”

南初点点头。

他掸掸烟灰，继续问：“在哪儿认识的？”

“米兰。”

他又吸了一口烟，喉结滚动，目光瞥向一侧，漫不经心道：“行，东西送到了，我走了。”

南初伸手拉住他。

男人的赤膊坚硬有力，她一握上去仿佛握到了铁块，硬邦邦的，还带着温度。

她的心突地一跳。

林陆骁把手抽回，“还有事？”

“把你电话给我。”南初伸出一只手，摊平。

林陆骁低头看了一眼，姑娘手掌雪白纤嫩，掌心纹路清晰，手指细长，像雨后的牙笋尖儿。

他收回视线，声音极淡：“没电话。”

“那你什么时候休假？”南初执着地看着他。

林陆骁靠着车门抽烟，听到这儿，眯眼看她半刻，把烟从唇边拿下来，弯腰平视她的眼睛，五官骤然放大，剑眉透着英气，深黑的眼，唇角抿成直线，却似笑非笑。

多年不见，他的气势更逼人了。

距离渐渐拉进，气压渐低，男人的气息缠绕在眼前。突来的亲密，让南初条件反射地往后退了一步。林陆骁还弯着腰，双手插在裤兜里。

他低头笑了一下，目光嘲讽地移开视线，转身拉开车门坐进去。

静谧的午后。

汽车启动，摩擦过地面，滚过一阵热浪。

紧接着，一辆车开出影视基地，在焦躁的车尾气中扬长而去。

南初认识林陆骁的时候，十六岁。

那阵南月如满世界各地飞，家里就她一个人，不知是哪里的线路老化起火，等她醒过来时，火光冲天，烟雾呛鼻，是林陆骁把她从火堆里救出来的。

等她醒来时，人已经在医院了。

南初那时还没有经纪团队，醒来第一时间给南月如打电话。

经历了一场生死浩劫，尽管母亲跟她不亲，但南初第一时间还是想听听妈妈的声音。

“妈，刚刚家里着火了，不过我现在没事了……”

小姑娘握着电话怯生生地报了平安，生怕说错一句话让妈妈担心。

电话里南月如的声音听不出情绪，“受伤了？”

南初低头看了看自己的脚踝，“没有，就是脚上有块灼伤，医生说可能会留疤。”

“看看能不能植块皮上去，我在忙，有空再打。”

永远都是这样，说不上三句话，就挂了。

南初失落地挂了电话，她清楚地知道，南月如有多不喜欢她。

多年的委屈在一瞬间爆发。

护士长发现南初不见了的时候，刚好有人冲进来，“快快快！打119，天台有个小姑娘要自杀。”

护士长吓傻了，“谁啊？”

那人慌手慌脚一下子想不起来那个小明星叫什么名字，“就是刚刚送进来烧伤昏迷的那个！”

护士长打 119 的手都是哆嗦的。

南初被人从天台上救下来的时候人还是蒙的。一抬头，就看到林陆骁那张俊脸。他穿着深色的消防服，戴着头盔，冷硬的面容，看见南初的时候明显一愣，“怎么又是你？”

南初挂上电话的一瞬间是动过自杀的念头，但是等她站上天台边缘的时候，手脚开始发抖，一动不敢动，就那么傻站了半个小时。

“麻烦您了。”南初低头说。

林陆骁瞬间明白这又是一个临阵退缩的，扯扯嘴角，“不客气。”

等离开的时候，南初忽然拉住他。林陆骁回头一看，小姑娘瞪着双大眼，瓮声瓮气地说：“你们队里有给伤患住的地方吗？或者你带我回家也行，我给你钱。”

她也不知道哪儿来的勇气向一个陌生成年男人提出这个要求，但当时，她深知林陆骁身上的安全感，是她贪恋的。

林陆骁只觉这丫头片子好笑，没点危机意识，故笑着调侃了一句：“我带你回家，你敢吗？”

谁料，小姑娘英勇就义般挺了挺胸膛，“敢啊！”

队友哄笑，林陆骁却渐渐敛了笑。

而那年，林陆骁二十四岁，也是个连自己都照顾不好的半大小伙儿。

周六，一辆银灰色保姆车往北浔市郊区以北方向行驶，盘山公路弯弯绕绕，车辙在尘土中留下印记。

早上八点。

车子在小山腰停下。

一人从车上下来，沿着小山腰的百级青石阶拾级而上。

九盲山顶，佛家道场。

晨曦在雾中放芒，南初打扮简单，一件白 T 搭黑色长裤，一双长腿笔直纤细，头上戴着一顶灰色字母鸭舌帽，沿着蜿蜒的山路，往山林深处走去。

穿过青翠竹林，隐约可以看见棕红色的小飞檐，行至路口，一块红棕色的匾额横挂在门楼上，风吹日晒，破损无边，中间镶嵌着四方大字——

青禅寺。

九盲山，青禅寺，超然避世，静心如庭。

道观，佛光，皆与人缘。

这缘，万事凡如此。

南初在门口取了三支香，沿级而上，来到寺庙后方的小院子，四方小院。小尼姑提着水桶而过，冲她微微施礼。

院中央，立着一个偌大的黑色香炉鼎，冒着袅袅青烟。

南初点了香，举着香柱走进殿内，里头静无一人，檀香幽幽，门口摆着三个蒲团，抬头，殿中央，佛祖目光慈悲。上完香，南初来到般若殿，蒲案上盘坐一人。

南初冲她恭敬施礼，蒲案上的人睁眼，朝南初招手，递上蒲团。

“看你气色，近来应该不错。”住持说。

屋子里檀香味重，熏人，南初垫好蒲团，在她对面盘腿坐下，答曰：“还行。”

住持年近六十，面容慈祥地看着她，“睡眠可还行？”

南初点头，“好些了。”

住持穿着深色的袈裟，把手盘进袖子里，闭眼道：“有心事？”

南初摇头。

住持仿佛察觉，依旧闭着眼，淡声道：“你每回来找我都有心事。”

“我来还书。”说罢，南初把手里的经书推过去。

住持瞥了一眼，没放心上，“还是因为那些攻击你的人？”

“不是。”

住持合眼叹息，没再作声。

屋子里静谧半晌。

住持又问：“那就是因为林队长？”

这回反倒南初惊讶了，“您还记得他。”

“一面之缘，有缘便记得。”

两人来上过一次香，林陆骁自然是不信这些，当时连门都没踏进过，也难为住持还能记住。

话落，小尼姑进来上茶。

待她出去，关上门，南初才问：“佛法里有说姻缘吗？”

闻言，住持转头看她半刻，“有。”

“您说。”南初洗耳恭听。

“一切恩爱会，无常难得久，由爱故生忧，由爱故生怖，若离于爱者，无忧亦无怖。”

禅房里燃着油灯，光烛轻黄，南初不自觉盯了会儿。

“还有吗？”

住持又说：“人生有八苦：生，老，病，死，爱别离，怨憎偶，求不得，放不下，四苦皆由爱起。”

南初扶额，“就没点好的？”

“佛家忌行男女之事，你想从我这里听什么好听的？”

“……”

“今日有讲禅，一起去听吧。还是那句话，堵不上别人的嘴巴，那就捂住自己的耳朵，攻击你的声音自然会消失，孽障自有报应。”

两人从蒲案上下来，往外走。

行至门口，南初迈出门槛，问：“那林队长呢？”

住持头也不回，“你帮他求，还是帮你自己求？”

“帮他。”

住持终于停下脚步，回头深深看她一眼，“执迷不悟。”

南初紧跟出去，恰好遇见迎来的人。

来人是两个女孩，一个短发，一个长发，长发姑娘面容俏丽，半长的头发捆成一个小小的发髻扎在脑后，穿着嫩黄的连衣裙，日光下，乍一看有些扎眼。

两人冲住持一施礼，长发姑娘看一眼南初，才问住持：“住持，今日可以求缘法吗？”

南初觉得这姑娘眼熟，不由得多看两眼，才想起是那晚在医院的女医生。

住持双手合十，回礼道：“姻缘时辰已过，您下次再来。”

两人互视一眼，不肯走，“住持，您每次都这么说！”

“万事讲求缘。”

两人多半清楚，有些恼怒，短发姑娘撩袖欲跟住持理论一番，被长发女孩拉住，“时辰不时辰的，您是全凭自己的心意吧？”

住持淡笑，“自然不是。”

住持铁了心不给她们求，两人只得愤愤离开。

等两人走远，南初才悄摸问了一句：“您认识她们？”

“两个学医的姑娘，来过很多次了。”

“您为什么不给她们算？”

“佛法，信则有，不信则无，她们不信佛，却来求佛，你说，佛会理吗？”

听完禅修，住持留她吃完斋饭，南初下山的时候，已是傍晚。

晚霞万丈，洒遍山野。

小提琴演奏会在六点，南初赶到的时候刚刚开始，观众席厅灯已关。她望了一眼，林启已经用脖子夹着小提琴上台了。

南初四下环顾，目光锁定最后一排。

她压低帽檐，猫着腰过去，对着排头的人说了一句：“麻烦收一下脚。”

那人没动。

南初皱眉，转头看他，只见林陆骁抱着臂靠在椅子上，一双长腿轻敞着，眼神松散地打量她。

巧了。

“林队长，收下脚。”

他看了她两三秒，才慢悠悠地收回脚。

南初走进去，在他旁边的位置坐下。

演奏正式开始。

旁边人的视线已回到舞台上，南初侧头打量他，他换上便服，简单的白 T 恤和黑裤，整个人干净利落，只是紧绷的下颚线仿佛写着——生人勿近。

她不算生人吧，南初自我感觉良好。

她拿手肘捅捅他，人没动，南初又捅，还是没理。

男人一动不动，跟个雕塑似的。

第五下。

林陆骁皱着他标志性的川字眉头，眼神颇为警告地看了她一眼，意思——你给我老实点。

结果，一转头，就看见姑娘扯着自己的 T 恤，一脸得意又俏皮，“林队长，情侣衫哟。”

林陆骁低头一看，还真是。

白 T 黑裤，南初戴了顶鸭舌帽，半张脸盖在帽檐下，却挡不住她上扬的嘴角。

姑娘穿着短裤，露出一双笔直纤嫩的长腿，林陆骁淡淡地把视线从她腿上收回。

小姑娘确实长大了。

“嗯。”

伴着琴声悠扬，不仔细听，根本就听不出来他这声若有似无的单音节。

南初仿佛受到了鼓舞。

身旁的人神色冷峻，面无表情。她开始肆无忌惮地打量他。

他头发短而黑，永远都是标准的板寸，硬戳戳像钢针。瞳仁一般大，眼窝漆黑，眼尾上翘像在笑，鼻挺如峰，下颚紧绷。

神情寡淡地坐在观众席，他一言不发。

音乐厅光线昏暗，偶有舞台上的追束光在观众席扫过，一亮一暗地闪。追束光扫过他时，整个人被照亮，黑发泛了白光，眼下，能数清睫毛。暗时，仅能看见他硬朗的轮廓。

这个男人，浑身上下都透着钢筋般的硬气，你永远也想不到，他为一个姑娘动心时，该是什么样儿。

“你老看我干吗？”林陆骁直视前方，淡淡地问。

“你好看呗。”南初侧头盯他，漫不经心道。

“毛病。”林陆骁哼了声。

南初靠在椅子上顾着自个儿乐，时不时侧头看他一眼，忽然叫了他一声：“哎。”

林陆骁终于瞥她一眼。

南初眼神往舞台上指，悄声问：“你跟那小孩什么关系？”

小孩？林陆骁挑眉，压着嗓音，“你好像没比他大多少吧？”

南初拧眉，一本正经道：“大很多。”

林陆骁讥笑了一声，拎起边上的水，拧开灌了口，“你看像什么？”他拧上瓶盖反问。

南初盯着他滚动的喉结，心头一热，盯着那尖尖的凸起，故作惊讶，“不会是你儿子吧？”

林陆骁白她一眼，“我记得你以前脑子挺正常的。”

正中下怀。

南初顺水推舟，“你后来怎么搬家了？”

林陆骁靠着座椅，木然地看她。

“嗯？”

南初看着他，那人的眸光沉静，跟往日差不多，却多了内敛。她记得当时他的目光更乖张一点。

那时，南初拉住林陆骁，再三权衡下，林陆骁还是把南初带回家了。

他让南初住家里，自己回了队里。过了半个月，他第一次休假回家，时间太长完全忘了家里还有个小姑娘。那时是 618 一台侦察机起火，要求紧急迫降，当地武警、消防、救护、突击队员全部连夜赶至迫降地点，火势冲天情况惊险，等救援结束，一个个身上脸上脏的，跟刚从煤炭里挖出来似的。

林陆骁半夜回到家，直接进浴室洗澡，等他洗完出来，腰上就裹了条浴巾，手里拿毛巾擦着头发往床边走，一屁股坐下去就意识到不对劲了。

被子里有个软软的东西。

下意识转头一看，一双软软的小手抓着被子的边缘，露出一个毛茸茸的脑袋，一双无辜又干净的眼睛正盯着他看。

他意识过来的时候，已经晚了。

小姑娘糯糯地说："你坐着我脚了。"

姑娘虽小，三点俱全。

林陆骁是绝对的正常男人，当他发现自己脑子里差点拐过一个不太纯洁的想法时，立马从床上弹起来，大概动作有点大，腰上的浴巾散开，落在床上。

里面只穿了一条深色的平角内裤。

南初眨眨眼，想要细看的时候，被子被人一提，盖了个全脸，眼前只剩漆黑一片。

林陆骁从柜子里随便抽了件 T 恤和大短裤，背对着她，一边套上一边对被子里的人刻板地说："不睡觉就把床还给我。"

等关门声传来，南初才乖乖闭上眼。

就这么不惊不慌地住了一个多月，直到……南初见到了林陆骁当时的女朋友。

林陆骁那天休假，前脚才从队里回来，后脚就有人把门敲得咚咚直响。

南初拎着包薯片去开门。

门把刚一拉开，一姑娘表情微愣，随后脸上挂上笑，温柔道：“林陆骁在吗？”

南初往嘴里塞了片薯片，点头，然后林陆骁刚洗完澡从浴室里出来，姑娘脸色就变了。南初从小就敏感，也善于观察细节，立马就给人解释：“我是他远房妹妹，暂住的。”

那时南初到底还小。

姑娘看着觉得林陆骁也不至于那么禽兽，连高中生都下手。于是，提着的心稍微放回肚子里后，又心存狐疑地瞧了南初两眼。

一顿晚饭相处得欢愉融洽。

姑娘临走时还对南初友爱有加，“下次姐姐带你去逛街。”

南初乖巧地点点头。

当晚，南初接到南月如助理的电话，告诉她母亲明天回国。

南初当天晚上就收拾好东西，从林陆骁家里搬出去了。林陆骁开车送她去机场附近的酒店，方便她第二天去机场接南月如。

林陆骁开车很沉默，他向来话就不多，不耐烦的时候也很明显。

那晚，林陆骁或许心情真的不怎么样。

但让他更不怎么样的是，临下车时，南初递了事先准备好的一沓厚厚的钞票给他，说：“之前说好的，这个月的房租。”

车窗敞着，夜风呼呼吹。

林陆骁的胳膊支着车窗，抽烟，他眯着眼，一口一口吸，烟雾慢慢散开，他就是没伸手接。然后南初把钱放在副驾驶座上，就转身下车了。

南初站在车窗外，跟他招手，“林队长，这段时间谢谢你了！”

说完，转身离开。

南初离开得很干脆，干脆到林陆骁坐在车里抽了两支烟才恍过神，然后拿了放在副驾驶的钱，下车丢进垃圾桶。

他往回走两步，站住，抓了把头发，又折回去，把钱取出来，丢进车里，启动车子离开。

那晚的心情确实不爽到了极点。

他不认为自己对那个小姑娘有什么感情。半大的小孩，毛都没长齐，能有什么乱七八糟的想法！就算是现在，也一样。

林陆骁如是想着，转头看了一眼南初，小姑娘也正侧着脸看他，眼睛里有水光。

音乐厅琴声悠扬，台上的林启闭着眼十分投入。

灯光追溯，忽明忽暗。

南初看了一眼身侧的人，悄悄在他耳旁说："我后来去队里找过你。"

林陆骁侧目。

"岗哨说你调到其他县市去了。"

他收回视线，淡淡地"嗯"了声。

南初歪头，"现在是调回来了？还回去吗？"

"看组织上安排。"

"哦。"南初点点头，指指前方，"听音乐吧。"

接下去，再也没有人说话。直到音乐会结束，人群渐渐散去，偌大的音乐厅，只剩下南初和林陆骁在观众席坐着。林启跟人说完音乐器具的事情，就从台上跳下来，往观众席这边蹦过来，老远见两人坐一起也觉得惊讶，"你们俩怎么坐一起？"

南初说："我来晚了，随便找了个位置坐。"

林启点头，少年单纯又萌，指了指一旁淡然坐着的林陆骁，"这我哥。"随后又看着林陆骁，指指旁边的南初，"这漂亮的小姐姐是模特，南初。"

南初故作惊讶，恍然大悟地看向林陆骁，"失敬失敬。"

林陆骁没领情，翻了一个白眼。

林启确实傻，没瞧出什么端倪，还帮自家哥哥打圆场："我哥就这样，脾气臭得很，你别介意。"

南初轻笑，"怎么会——"

“走吧，晚姐该来了。”林启说完，率先往外走。

三人下楼，林启跟南初走在前面，林陆骁双手插着兜懒洋洋地走在后面。

走出剧院时，马路对面刚好停下一辆白色奥迪。

林启眼尖，第一个发现，指着奥迪车上下来的女孩，跟南初解释：“那女孩叫夏晚，是个医生。”

如果是女朋友的话，林启的介绍应该是——

这是我嫂子。

那就是普通朋友喽。

南初看见前方穿着嫩黄连衣裙的姑娘，飞扬的裙摆下，一双腿纤细。

依旧是那晚熟悉的高跟鞋声。

夏晚拎着一个盒子走到三人面前，捋了捋被风吹起的刘海儿，喘着气说：“刚刚跑去拿蛋糕了，不然还能赶上你最后一首……”

话说一半，就听见林启身边站着的南初，咦了一声。

林启忙接过蛋糕对夏晚说：“这是我在米兰认识的朋友，南初。”

夏晚瞧她片刻，大方一笑，“我认识你，你比电视上漂亮很多！你身材真好。”

女人间的客套话永远不嫌多。

南初刚要说“谢谢，你也很漂亮”，就被林启一把拽走，“别谢来谢去了，我晚饭都没吃，饿扁了！”

林启个子不高，但是力气比南初大，一下拽得她有点踉跄，余光瞥到夏晚穿着小裙子，朝两人后方走去。

四人两对，一前一后走着。

南初被林启拽着，注意力却还在后方。月亮弯成一道钩，洒下清辉，影子被拉得老长，耳边都是风。

夏晚走到林陆骁身边，“你今天这么早下班了？”

“休假。”被风灌着，他的声音难得有点懒散。

林启走了两步，发现南初没跟上，又回头拽她，“你腿这么长，怎么走路这么慢？”南初不理他，慢悠悠地走。

后边又有声音：“我们科里有个医生，今天被病人家属打了，我当时在边上快要吓死了。”夏晚像只黄鹂鸟，总有说不完的话，总有这样那样的危险与她擦肩而过。

而身旁的男人总抓不到重点。

比如——

夏晚说：“我今天吃药的时候，看到一个新闻，你想听吗？”

林陆骁：“什么新闻？”

夏晚：“就是一个女孩夜跑失踪了，我以后都不敢夜跑了。要不下次夜跑，我找你一起吧？”

林陆骁：“我从来不夜跑。”

夏晚：“今晚好冷啊。”

“……”没反应。

夏晚又说了一遍：“今晚怎么这么冷？”

林陆骁：“不冷。”

“……”

林启看着一旁的南初，“你莫名其妙高兴什么呢？”

“有吗？”

“我都快看到你后槽牙了！”

“莫名觉得你今晚有点帅。”

“神经病啊你！”林启骂。

林启定的酒店就在马路对面，四人一进去，就有服务员迎上来，林启把蛋糕递给服务员，“等会儿吃完饭再上。”说完就拽着南初进了包厢。

南初把自己从他手下解救出来，问道：“你生日？”

两人去年年底相识，从没提过生日的事。

进了包厢，少年拉了张凳子坐下，架着脚，拍拍身边的椅子让南初坐过去，欠扁的样子简直跟他哥一模一样。

待南初坐下，林启拿过她面前的杯子，一边给她倒水一边说："你别有压力，我也不指望你能送我什么礼物了，大家一起吃个饭就当陪我过生日了。"

倒完水，他把杯子推过去，"喝吧，没下毒。"

南初的手刚触上杯子，又听他补充道："你不知道我哥多难请，十天半个月都见不着一次，你猜他做什么的？"

南初捂着杯子，十分配合地摇头。

"消防。"林启一脸崇拜又傲娇，"怎么样，吓死了吧？！"

"……"南初心道，神经病。

说话间，门口进来两个人。

慢吞吞的两只蜗牛。

林启转头，冲林陆骁拍拍自己对面的位子，说："哥，坐这儿！"

林陆骁插着兜走过去。

跟在身后的夏晚愤愤不平道："林启，你怎么不叫我坐？"

林启傻白甜地说："你又不是我哥。"

夏晚："……"

南初忍不住心疼夏晚一秒，这两兄弟的情商真是一个比一个低。

等林陆骁坐下，林启转头问南初："刚我说到哪儿了？"

"你说你哥是消防员，问我吓死了没有。"

南初说话间瞥了一眼林陆骁，后者难得地弯了一下嘴角。

林启点头，"对对对！我从小的梦想就是当消防员。"

南初说："我记得你以前跟媒体说，你从小的梦想是当小提琴家。"

"我还跟媒体说过我想当科学家呢，这话能信？"

说完意识到不对，林启一拍大腿，说："哎，你还翻我采访，你是不是暗恋我？"

暗恋你四舅老爷。

南初白了他一眼。

林启自讨没趣，“不闹你了，等会儿传咱俩绯闻，你又得给人掐。”

林启在娱乐圈的人设目前还算讨喜，偶尔大条开开玩笑，但年纪小，长得又萌，加上一双比女人还修长干净的手，圈了不少粉。不过毕竟小提琴圈子小，知道林启的人不多，但个个都是死忠粉，战斗值也不低——撕南初是分分钟的事。

林启看着林陆骁，惋惜道：“我身体没我哥好，军校都没考上，不像我哥，以前在军校念书的时候，别人都叫他‘铁狼’，身上的肌肉比砖头还硬。”

说到这儿，林陆骁警告地瞥了林启一眼。

林启还傻白甜地建议道：“哥，要不你把腹肌亮出来看看？”

“……”

南初给了林启一个眼神。

干得漂亮！

夏晚耳根都红了，“林启，哪有你这样卖你哥博眼球的？”

林启反驳：“没有啊，娱乐圈好多男明星都喜欢在 Instagram 上晒腹肌，P 得都失真了！上回我跟南初在米兰酒吧碰上一个美国人，非要我们看他肌肉，恶心了我半个月，论腹肌，哪有我哥这原装的好看。”

南初记得那次美国彪形大汉调戏林启，拖着他要去开房，把林启吓得半个月不敢约她去那个酒吧。

林启说完，手刚要伸过去，被林陆骁一把扣住甩了回来。

“别犯病。”

林陆骁平时很闲散，偶尔开开玩笑倒也不打紧，但严肃时，眉眼没情绪，令人生畏，林启也不敢再造次，只得讪讪地转移话题。

服务员开始上菜。

气氛有些静，林启多少有些忌惮林陆骁。一声令下，他就大气也不敢出，只能冲南初吐吐舌头，委屈地瘪嘴坐在一旁。

夏晚看了一眼林陆骁，后者正低头吃饭。

夏晚喊他：“林陆骁。”

林陆骁头也没抬，“嗯？”

夏晚踌躇半刻，低着头说：“我最近遇上个事。”

林陆骁：“嗯。”

夏晚手里的筷子不停捣着碗里的饭。

南初看着林陆骁，忽然觉得这丫的，情智未开也是好事。

夏晚小心翼翼试探，“就是我有个病患，这段时间天天往我科室送花，搞得大家都以为我有男朋友了，我现在上班都不好意思，你说我该怎么办？”

林启拍着桌子哈哈大笑，“你问我哥？你什么意思啊？！”

南初看向林启，莫非这小子忽然开窍了？

夏晚以为自己这么快就被看穿了，有些急道：“我不是那个意思……我是把这个问题拿出来问问大家，南初不是也在吗？她那么漂亮，肯定也遇到过不少类似的问题，你可别多想！”

林启道：“我没多想啊。我哥？他哪会这个啊！至于南初，你想多了，娱乐圈没人敢追她。”

南初心道：“傻瓜。”

夏晚稍稍松了口气，转头看林陆骁，他倒是毫无表情，还在大口地扒着饭。

夏晚敲敲桌子，“哎，你说句话行不？这事我该怎么处理？”

说完，她又强调了一遍：“有人追我！天天往我办公室送花！搞得大家都以为我有男朋友了！我该怎么办？”

她把“有人追我”四个字咬得分外铿锵有力，南初都觉得林陆骁要是再不表态，夏晚下一步该说有人强奸她了。

林陆骁吃饭很快，三两口就扒完了，伸手抽了张纸巾，“挺好的啊。”

夏晚难以置信地看着他，“什么？”

林陆骁擦完嘴，把纸巾抛进垃圾桶，手抄进裤兜里，人往后一靠，闲散地躺在椅子上，说："反正你也没男朋友。"

夏晚拿筷子捣了两下碗，"你不也没女朋友吗？！"

林陆骁不作声。

南初难得插了句嘴："林队长还没解决个人问题啊？"

夏晚嘴硬说："没呢，这德行谁要嫁给他？"

南初看着夏晚笑笑，慢慢悠悠地说："我觉得挺多的。"

夏晚忽然就不笑了，警惕地看着她。

林陆骁站起来，林启忙喊住他："哥，你去哪儿？"

"抽支烟。"

林陆骁头也没回地出去了，包厢里只剩下三个人，没一会儿，南初也站起来。

夏晚看着她，"你去哪儿？"

这就是女人跟男人的区别，女人的危机感只需要一个眼神。

南初微笑，真诚地发出邀请，"上厕所，一起吗？"

夏晚也优雅地站起来，"一起吧，我正好有点喝多了。"

两人一起出去，林启望着两人的背影，嘀咕了一句："毛病，上厕所也要一起。"

南初已经很久没有这样跟人一起并排走向洗手间了。

走到门口时，就看到林陆骁抽烟的身影。他后背很直，不管什么时候站着，背脊总是笔挺，T 恤里仿佛灌了风，鼓起一阵又压下去，T 恤紧贴背部的一瞬间，身上的线条就显现出来了。

他不是肌肉偾张的肌肉男，而是很匀称，该有的一块不少。

典型的穿衣显瘦，脱衣有肌肉。

夏晚看着南初，她心思敏感，从小乖巧听话，一路保送到军医大，她父母都是工薪阶层，为了她也算是倾尽家里所有的人力物力，疏通了不少关系才帮她留在现在的医院。

夏晚很清楚自己所得到的一切都是努力而来的。

她从小就对自己很严格，绝不能行差踏错一步，包括爱情也是。她明白自己需要什么，一直都明白。

她跟林陆骁是迟早的事。她认为，天底下没有哪个女人比她更适合林陆骁。

南初自然不行。

两人并排站在洗手池前，夏晚状似无意地问："你跟青禅寺的住持很熟？"

南初拧开水龙头，"听过一段时间禅修。"

"那里禅修确实讲得不错，青禅寺的住持是一个看得很通透的人。"夏晚认同地说。

南初没接话，静静等着她的下文。

"住持说，我命里有贵人，是个军人。"

扯淡，住持从来不说这话。

南初没有拆穿她，而是把水龙头拧上，抽了张纸巾静静擦手。

夏晚看着她，"我听过你挺多八卦的。"

南初瞥她一眼，靠在琉璃台上，从口袋里掏出一盒烟和打火机，取了一支出来，"比如——"

夏晚有点蒙，忽然觉得这小姑娘没那么好对付。

"很多娱乐八卦都扒过，说你父亲是黑社会。"

南初把烟叼在嘴里，低头吸燃，烟雾弥散，她半眯着眼，声音冷淡至极，"继续说——"

夏晚心里莫名打怵。

"说你男友很多。"

南初叼着烟，哼笑一声，略带嘲讽。

卫生间被她弄得烟雾缭绕，透过青白的烟，夏晚忽然觉得南初像只妖精。

镜中两个女孩在对峙。

夏晚开门见山，“林陆骁皮相好，人又血性，确实容易吸引小姑娘，但你们不可能，所以，你别对他有任何想法。”

南初把烟拿下来，对着夏晚轻吐了个烟圈，“那已经有了怎么办？嗯？”

夏晚被呛了，脑海中迅速对南初做出判断——这小姑娘不如表面看上去那么好对付。

她做事善于计划，面对突如其来的对手，她需要时间思考，待烟雾散尽，小姑娘的脸更为清晰。

南初不是攻击性的长相。

娱乐圈很多女明星的长相都带有攻击性，特别是上了妆之后，可气质却是各种傻白甜。南初恰恰相反，她眉眼清淡，皮肤细腻，脸型偏圆，轮廓弧度很柔和，有一种清淡的美感，她的攻击性只有给对方下马威时，才会显现。

就比如刚才——

夏晚隔着透白的烟雾，也感觉到了南初那个眼神，好像猎手看到猎物时一瞬间的精光，冷静，狡黠，志在必得。

“你们什么时候认识的？”妖精说话了。

“前年。”夏晚没隐瞒，甚至语气里还有些隐隐的得意。

虽然南初漂亮，身段也好，但至少在时间上，她赢了。

她先来的。

一瞬静默，夏晚去看南初的神色，她闲适地靠在琉璃台上，细长的指尖夹着一根烟，眉眼温顺，嘴角始终带着一抹似有若无的浅笑。

门外忽然传来一声大吼，“你们俩掉进去了？！”是林启。

南初最后吸了一口，把烟在洗手台上按灭，丢在一旁的垃圾桶里，然后转身洗手，对着镜中的夏晚说：“夏医生，我十六岁就认识他了。”说完抽了张纸巾，擦干净手走出去。

身后的人，如遭雷击。

南初一走出去，就看见门口站着两人。林陆骁抱臂靠墙，一只脚勾着，侧头往她这边睨一眼，很快收回。林启一个健步蹿到她面前，跟个小猴子似的，在她身边左嗅右嗅，“烟瘾犯了？”

南初推开他，口气不耐，“你比沈光宗还管得宽。”

林启跟上去，在南初耳边喋喋不休：“上次在米兰跟你说的，你又忘了？！你身体不好还抽烟！”

南初皱眉。

“你说你一个女孩子！哪有那么多烦心事？！”

“……”

“是不是又看微博了？”

“没。”

“那些人想说什么就让他们说去，你跟这儿气自己划不划算啊你？赶紧给我把烟戒了！”

南初简直想拿个塑胶带把他嘴封上，“沈光宗上身啊你？！”

林启恨铁不成钢，在南初手臂上掐了一把，“你不戒就不给你吃我的生日蛋糕！”

林启嗜蛋糕如命，能吃他蛋糕的人也不多，南初算一个。

可到底是男孩，下手没轻没重，又掐一把，“戒不戒你？！”

南初打开他的手，脸色低沉。林启知道南初这人随和的时候说什么都可以，不轻易生气，真要把她弄生气了，冷暴力技能解锁，十天半个月都别想找到她。

少年彻底被唬住，嘟囔：“凶什么凶？”

夏晚跟在后面出来。

林启跟南初走在前头，林陆骁插兜闲散地走在后头，他比两人都高，背影笔挺，腿长，但不细，黑色长裤裹得腿型匀称，有力不粗壮。

林启跟南初说话的时候，他眼神很淡，嘴角有弧度。

夏晚连忙紧跟上去，低声叫他：“林陆骁。”

他漫不经心道："嗯。"

"你跟南初以前认识？"

夏晚说话时，拿余光打量他，仔细观察他的神情。林陆骁低着头，听到这话，嘴角的笑淡了，渐渐敛住，很轻地嗯了一声。

"怎么认识的？"

"一次意外。"林陆骁显然不愿意谈太多。

"哦。"夏晚叹息。

林陆骁看她一眼，"她跟你说什么了？"

夏晚浅笑，"听她口气挺暧昧的，我以为你们俩……"

话说一半，夏晚故意没说下去，悄悄挑着眼去看他。

林陆骁嘲讽地笑了一下。

夏晚又说："她真的很漂亮，就是爱抽烟，你要跟她熟，就跟她说说，抽烟对身体不好的。"

林陆骁道："不是很熟。"

"噢。"

四人回到包厢，点了蜡烛，把蛋糕切了，剩下的抹在林启脸上，完事，准备收拾东西回家。

夏晚问林陆骁："你开车来没？没开我送你？"

这话被一旁准备去卫生间洗脸的林启听到了，说："晚姐，你走你自己的，我让司机来接了。"

夏晚又看向南初，"南小姐，用我送你吗？"

不等南初说，林启又回："我也让司机来接了。"

夏晚："……"

夏晚走后，林启去卫生间洗脸。

外面天色渐黑，一钩清月挂在天边。外头霓虹闪烁，酒店的另一边是北浔的林江，这条江有百年历史，江面上泛着大小渔船，两岸挂着七彩的灯盏，倒映在江面，茕茕孑立。

包厢里就剩两人，面对面坐着。

周围忽然静下来，他们就这么干瞪着对方，怎么说呢——气氛……有点奇妙。

林陆骁靠在椅子上，敞着腿，低着头，手指来回转着打火机。

南初切了块蛋糕，问他：“还吃吗？你刚刚一块都没吃。”

林陆骁向来不爱吃甜食，头都没抬，直接拒绝，“不吃。”

南初点头，倒也不强求，收回来放在自己面前吃了。

“你生日几号？”南初又开一小块，咬着叉子看他。

林陆骁不说话。

“不会这也保密吧？”

林陆骁收了打火机，塞进裤兜里，抬头看她，“8 月 9 号。”

南初算了一下日子，“那就是下个月？”

“嗯。”林陆骁把话说在前头，“但我不过生日。”

“我也没说要帮你过啊。”南初冲他眨眼。

“……”

你说你接什么嘴，你又说不过她。

有了这个认知，林陆骁决定接下去不再搭理她。他轻嘲地弯了一下嘴角，然后去摸桌上的烟盒，直接叼一根在嘴里，又从兜里摸出打火机，单手虚笼着，冲南初递了个眼神，似乎在征求她的同意。

南初比了个“您请”的手势。

打火机瞬亮，烟头被吸燃，林陆骁深吸一口，散着烟雾，把打火机往桌上一丢，目光转向窗外。

南初扒着蛋糕，看他。

娱乐圈有很多长得比他好看的小鲜肉，但都没他耐看。

林陆骁线条很硬，五官很正，抽烟时微微皱起眉头，宽肩窄臀，他不健身，但很有肌肉，他整个人靠在椅背上，弓着背，腹部弯着，T 恤贴着，隐约能看到腹肌线条，但不明显。

衣摆下的风景一定很可观。

灰白的烟雾像是一层屏障。

南初有了想法。

她伸手抓了把奶油，腾地站起来，往前倾身伸手，隔着一张桌子去抹林陆骁的脸。

林陆骁反应很快，余光看到有东西冲自己过来，条件反射一把握住。

是只女人的手，柔软细腻，冰凉纤瘦。

他第一反应是，怎么这么小，稍微用点力，似乎就能掰断。

男人的手掌宽大温厚，还有点糙。

女人的手腕细腻纤瘦，还有点滑。

心思各异。

“你干吗？”林陆骁的声音有点哑。

南初看他的表情，总觉得下一秒他会拎起整个蛋糕盘子扣在自己脑袋上……

“抹蛋糕是惯例，这是来自寿星的祝福。”

“接着扯。”林陆骁拉着她的手腕，嘲弄地看着她。

南初大着胆子，又把手往前伸了伸，“试试？”腕上的力道又重了。

林陆骁拉着她的手腕，往边上一扯，声音很淡，“闲得你？”

南初直接被拽过去了，弯腰弓背，领口微敞。她人很瘦，精细的锁骨下是女人姣好的沟线。南初平时的内衣大多款式奔放，系带的，蕾丝的，聚拢的……但偏偏今天要爬九盲山，穿了件运动内衣，胸都给勒平了。

她下意识捂住领口，林陆骁轻挑眉毛，那不屑的表情像在说——

有东西给我看？

南初捂领口当然不是因为怕被看，她今天要是穿件性感内衣，估计会好好让他欣赏欣赏。

“你那什么表情？”南初说。

“没什么。”

他把手松了，靠回椅子上，抽了口烟。

“胆小鬼。”

“……”

“看就看了呗。”

“……”

林陆骁拿眼睛斜看她，“嗯，看了。”

南初：“……”

林陆骁吐了口气，轻嗤，“我以为你还是十六岁呢。”

“……”

你……说得还真是大义凛然啊！

Chapter 02
年少不知事

林启洗完脸进来，两人正大眼瞪小眼。他甩甩手说：“你俩这是干上了？”

林陆骁：“……”

南初：“……”

干你个四舅老爷！林陆骁率先站起来走出去，南初神色恢复冷淡，慢慢悠悠跟在后面。

三人上车。

傻白甜林启率先坐在了副驾驶座，南初看了一眼林陆骁，正巧，他也瞥了她一眼。他人高，居高临下地睨她，下巴往车门一指，南初翻他一眼，拉开后座的门坐进去。林陆骁低头笑了，也跟着坐进去。

两人一路倒也没说话，南初一直看窗外，仿佛被窗外霓虹闪烁的夜景迷住了，而林陆骁则有一搭没一搭地跟林启聊着，林启就跟个叽叽喳喳的小麻雀似的，他似乎对林陆骁有一种依赖感。

南初把窗打开，风呼呼涌进来，窗外的树木晃得厉害。转头，刚好看到林陆骁在看她，眼神里的不明意味太多，容不得她多想。

她撇开头，忽然想起五年前住进他家时的样子。

南初十六岁那年在林陆骁家里住了一个月。其间，他回去过两三趟，每趟都是待个一天半，其余时间全部在部队里待着，这么算，两人确实算不上熟。当时那套房子是林陆骁租的单身公寓，三室一厅。除了一间卧室，其余两间被他改成书房和杂货室，乱七八糟丢了一堆训练和健身的东西。

南初不会做饭，每天都是叫外卖。有一次下楼拿外卖的时候刚好看见他回来，等外卖小哥找完零钱，南初胡乱塞进大衣里，赶紧跟在他屁股后头上去。上了楼，林陆骁换鞋，南初拎着手里的咖喱烩饭，有些为难，想了想，还是递给他，“不知道你今天回来，要不你先吃，我再叫一份。”

林陆骁把钥匙丢在柜子上，头也没回，走进去说：“我在队里吃过了。”

“哦。”

南初坐到餐桌边吃晚饭。

林陆骁进去把常服换下来，目光闲散地四处扫了扫，虽然这姑娘做饭能力为零，但家里倒还干净，没给弄太脏，那时他自己也是半大小伙儿，不太会照顾人，别的还好商量，唯独看到床的时候眼睛就犀利起来了。他有强迫症，无论什么时候，被子一定要折成“豆腐块”。

像这种叠都不叠、乱乱一团丢在床上的，简直可以分分钟拎起来打一顿。

屋里打着暖气。

林陆骁换了件宽松的灰色线衫和黑色长裤从卧室里走出来，把正在吃饭的小姑娘拎进去，按在床边的椅子上。

“看着。”他说。

南初嘴边还挂着几粒饭。

然后林陆骁把被子摊平，一边摊一边问她：“你妈没教你怎么叠被子？”

“……”

林陆骁那时的体格还没现在健硕，少年身材，挺拔偏瘦，五官也没有现在硬朗，圆润清秀，皮肤比现在白，眉眼上挑，有点邪坏，性格也没有现在沉稳清淡，那时更乖戾张扬，但说话的语调至少是平和的。

他弓着背，弯在床前，难得耐心，“先把被子打平，留个三分之一的位置，折过去。”

他有条不紊地说着。

“跟刚刚一样，把另一面对折过来，在横向三分之一的位置，用手指掐出一条十公分宽的区域。”那时他的头发好像也比现在长，在灯光下，黑发松松软软，让人忍不住想摸一摸。

他故意放慢动作，指指被角，“这里，修个直角边出来。”

声音也带有年少时独有的朗润，不及现在冷感禁欲。他弯腰时，线衫领口露出微凸的锁骨，往下是好看的胸肌线条，不是偾张，却勾勒得恰到好处，少年平坦的腹部往下，隐隐可见人鱼线条。

看的人心怦怦直跳。南初比一般小孩都早熟，知道这是什么感觉，也知道这是什么生理反应。她也觉得这并不奇怪，尽管那时她才十六岁。

男人的声音在夜里变得平滑，颇具诱惑，“这边，也用同样的方法，把内侧边修成直角。”

说话间，林陆骁微微抬头，看了一眼南初，然而小姑娘的目光牢牢盯着他，下一秒，喉间动了动，显然没在听。他拧起眉头，人站直，双手掐着腰，问：“我好看吗？”

“……”

点头，点头。

他勾了一下嘴角，“会叠没有？”

“……”

摇头，摇头。

“叠不好，今晚别吃饭了。”他看着她，丢出一句。

“……”

在吃饭和叠被之间，南初毫不犹豫地选择了林陆骁。

也许等南月如回来，她连见他的机会都不一定有了，这样一想，这个晚上，仿佛就成了老天爷赐给“十六岁情窦初开的南初”的一个礼物。

那一晚上，林陆骁靠着窗抽烟。南初就怀揣“心事”站在床边一遍一遍叠所谓的“豆腐块”。

小姑娘长进快，一次比一次精进，有时候叠得好，自己也高兴，之后得意地转头看着他，一脸求表扬的表情。林陆骁倚着墙，掸掸烟灰，瞥一眼，“歪了。”

小姑娘脸垮下来，又转过去调整，直到把被子叠成四四方方标准的“豆腐块”。

林陆骁这才满意地点点头，把烟掐了走出去。

桌上的咖喱饭已经不能吃了，南初反正也不饿，就把饭倒了，坐在沙发上，把剧本拿出来研究，那是她将参演的第一部电影。

看到一半的时候，茶几上多了一个白色塑料袋。

南初抬头。

一份外卖，还往外冒着热气儿。

她下意识转头，林陆骁把钥匙往茶几上一丢，一屁股在她身边坐下。

“这是什么？”南初问。

林陆骁问道：“你不是没吃饱吗？”

“你特意出去买的？”

他挑着眉毛，靠在沙发上，懒散地说：“不然，天上掉下来的？”

“谢谢！”南初说。

他没太多表情，示意她快吃，拿起遥控器开始找电视看，南初把面放在茶几上，坐在地板上吃。

林陆骁瞥她一眼，抓起沙发上的垫子丢给她，“别光屁股坐地板上。”

南初：“……”明明还穿着裤子。

他向来说话直接，也不是什么绅士，在南初听来，反而很舒服。

电视里的画面还在随机切，林陆骁也找不到什么想看的，就随口问了句南初："想看什么？"

南初抬头，画面正好停在一部外国名著《十日谈》，吸了口面，说："这个吧，我还没看过。"

林陆骁扬眉，"你确定？"

南初又吸了一口面，含在嘴里，没咬断，点点头，"你看过了？"

林陆骁摇头，点了支烟，用下巴指指电视，"没，看吧。"

这电影是香港翻拍的，很多大尺度已经被删减了，剩下的已经没什么不能看的，但是整个电影的氛围就是围绕性工作者展开，有些场面依旧看得人面红耳赤。

南初佯装低头吃面，偷偷用余光打量林陆骁。

他懒洋洋地靠在沙发上，手肘撑着沙发的扶手，指尖夹着烟，一双长腿轻敞着，烟雾弥漫，他抽的时候会半眯着眼，然后微微张开嘴，吐出口烟圈。

真就是个少年轻狂的模样。

男人跟男孩真的不一样。

南初想到班里男生有时候在交流这方面资源的时候，总是带着一种莫名的猥琐，而林陆骁没有。

那时他还介于少年和成熟之间，既有少年未敛的乖张，又有男人的沉稳。

放到一半的时候，林陆骁掐了烟，站起来走了。

南初抱着碗面，坐在地板上，目光澄澄地望着屏幕，画面刚好停留在一句经典台词上："虽也饮酒，但不沉湎，虽也沉浸欲望，但适可而止。"

车子停在一小区楼下，南初飞走的思绪被拉回来，林陆骁推开车门下去，她四周环顾了一眼，惊奇地发现这儿居然在她现在拍的那个校园戏的附近。难怪那天林启会让他送票过来。

南初把车窗降下来，望着林陆骁笔挺的背影，跟林启说："等会儿，我抽根烟。”林启回头看她一眼，正要发作，见南初冷淡的表情到底是没说什么。

一根烟过去，南初看着林陆骁进了一栋楼，然后几分钟后，四楼的一间窗户亮了。她随手把烟掐了，对林启说：“走吧。”

一个月后，校园剧终于杀青。本来还有几场哭戏没拍，导演大手一挥，“杀了杀了。”反正他是没信心再拍下去了，那几个女演员的哭戏鬼哭狼嚎，再拍下去他该得精神分裂了。

原本计划南初是有一个月的空窗期。谁料，沈光宗临时给她接了一个服装广告，是意大利一家大牌的，指定要南初，而且通告下得也很紧，明天晚上就得飞。南初算了算日子，明天刚好是九号。

西顾正在给她收拾行李呢，南初挂了电话开始化妆，翻衣柜，折腾了半小时，穿上黑色低胸吊带长裙，站到镜子前抹口红，西顾这才惊觉不对，问她：“你要出去？”

南初抿抿唇，“嗯。”

“宗哥让我看着你，你不能乱跑。”

南初头也没回，对着镜子刷睫毛，“他让你去死，你去吗？”

“……”

南初上完妆，低胸小黑裙很显身材，镜中的女人眸光靓丽，她好像也很久没看见这样的自己了。临走时，她捏了捏西顾的小脸，“走了，你乖点，别给我惹麻烦，知道吗？”

西顾冲着她的背影喊，“你到底干吗去？！”

“一雪前耻。”

南初甩甩手里的戴妃小包。

北浔市西二区支队特勤中队。傍晚，操场上，士兵们迷彩服装整齐划一，军容整肃，天地之间的红光照在他们脸上，汗如雨下。

林陆骁单臂夹着一块板，背脊笔挺，目光一一扫过这些板直的脸孔，额上有些许汗水，他忽而沉了声：“立正！”

所有人笔直挺立，大气不敢喘。

“今天先到这里，解散！”

所有人松了口气，擦擦汗。

班长带队去食堂吃晚饭，指导员从远处跑过来，跑到林陆骁面前站定，敬礼，放下手说：“领导让你去一趟支队。”

林陆骁嗯了一声，摘下手套递给指导员，转身去开车，被指导员拉住。指导员是个门儿清，那头电话一过来，听着对方的语气，就知道一准是好事，于是拉着林陆骁想提点他几句，虽然知道这家伙的狗脾气从来听不进这些。

两人往外走，下楼梯的时候，指导员凑到他耳边，压低声音说：“领导说什么你应着就是了，给你找媳妇也好，给你加衔转职也好，你也老大不小了，后头的事得抓抓紧，人都想着往上爬，你就想着往前冲，图什么？没了你，咱特勤中队照旧都是尖兵，年年红五星！出警一个赛一个勇猛，他们可全随了你的性子，说到底，你也得为自己考虑！”

指导员觉得自己应该把话说得够明白了，结果林陆骁只看他一眼，什么也没说，拍拍他的背，几步跨下台阶往车场跑。指导员望着他背影长叹一口气。

林陆骁刚到支队，没急着上去找领导，而是在过堂里抽了两支烟，眯眼思考人生的时候，后背被人轻轻一拍，他回头，指尖夹着烟放在嘴边没抽，一个戴着军帽、军装笔挺的姑娘站在他背后。林陆骁瞥了一眼来人，抽着烟转回去，嘴里淡淡吐着烟雾。

林玫不乐意了，跨到他面前，“领导找你还不赶紧上去，搁这儿抽闷烟？”

林玫是林陆骁的堂妹。当年两人一起上的军校，一个毕业后分进了特勤中队，一个毕业后分进了支队后勤，文职。算起来，林玫现在的军衔还比林陆骁高一级。

林陆骁掐了烟，戴好帽子，跟林玫说：“走了。”

“你爸前几天可找我了！”

林玫冲着他的背影喊，林陆骁没回头，摆摆手。

办公室门口，林陆骁打了声报告，里头的人看他一眼，说：“进来。”

他进去，反手带上门。

“坐吧。”处长指了指面前的椅子。

林陆骁摘了帽子，在桌子上摆正，拉开椅子坐下去。桌案后的男人四十多，五十不到的年纪，四方面庞，鬓角有白发，那双眼特别有神，面容带笑地说：“陆骁，今年二十九了吧？”

“是。”

处长点点头，也不再绕，开门见山道：“你老待在一线也不是那么回事，我已经跟组织上提了，申请把你调进大队，下个月考试，笔试过了就面试，这段时间多看看书，别给我整岔子。”

林陆骁没说话。

他二十三岁军校毕业进入特勤中队，也算是军校里为数不多一毕业直接给分进特勤中队的。特勤事情多，条件好，有些消防器材刚空运回来的，先派给特勤实践过后再陆续推广到基层中队。特勤里制度更严格，一般会从各消防中队里挑选几个综合素质强的尖兵进入特勤中队。

军校毕业被挑中的，除非领导特别喜欢，或者能力特别强。

林陆骁属于两者都是。

处长见他没话，敲敲桌子，“有想法就提！”林陆骁能有什么想法，要说他拒绝调遣，处长能拎起桌上的烟灰缸就砸死他。军人的字典里就没有“拒绝”两个字。

“是！”

处长挥挥手，“趁这几天把手里的东西跟指导员交接一下，去了大队你这性子得改改，明天生日过了，二十九了，该娶媳妇儿了！眼睛放亮点，找个能顾家的。”说完就把人赶出去。

林陆骁敬了个礼，戴好帽子往外走，倒也习惯，每年就是那车轱辘话来来回回倒。今晚不值班，他出了支队就直接开车回家，衣服也没换。

这城市一到晚上就特别闹腾。

车子拐进小区，停好，林陆骁拎着车钥匙上楼。在门口掏钥匙的时候，他闻到一阵不太熟悉的烟味，不经意抬头瞥了一眼，就看见防火逃生楼道口里站着一道纤瘦的黑色身影。

南初靠墙站着，指尖夹着烟，星火在暗中闪着光点，楼道被她弄得雾气缭绕。姑娘穿着低胸小黑裙，身材贴合匀称，凹凸有致。白皙的肌肤在黑夜里衬得更细腻，裙子很长，刚好遮到脚踝，林陆骁眯了眯眼，那里有团黑色，一双灰色单鞋，衬得她脚背的肌骨凸显，她真的很瘦。

楼道的窗户半敞着，一阵过堂风涌进来，黑裙被吹起，随风舞动，像一阵黑色的流烟，鼓到墙上，比壁画还美，南初把烟头掐了，朝他走过去。

“你怎么来了？”林陆骁开门，没什么情绪地问。

“我来帮你过生日啊。”南初在他身旁停下来，裙摆吹到他裤脚的时候，林陆骁低头看了一眼，白嫩纤瘦的脚踝上，是一只黑色的飞蛾，翩翩飞舞。

奇怪的文身。

奇怪的女人。

林陆骁把钥匙丢在柜子上，换了拖鞋走进去。南初站在门口，想到以前，他进门永远都是换鞋，扔钥匙。她后跟进去，反手把门带上，低头找了一圈也没发现多余的拖鞋，再抬头，男人脱了外套进了卧室，军装外套对折好挂在沙发上。

“还有没有拖鞋？”南初对着里头喊。

半晌，里头慵懒地传出一声“没有”。

连鞋套也没有，南初索性脱了鞋，光脚走进去。

林陆骁上身换了件白 T 恤出来，下面还是条军裤，穿着拖鞋，人往沙发上一坐，手肘撑着大腿，去摸茶几上的烟盒，取了一支出来，点燃，坐在沙发上抽烟。

南初环顾了一圈，发现他这房子整体比以前大，不过他东西不多，大概也是不常年住的缘故，没什么人气，墙上的钟嘀嗒嘀嗒走着。

“你这房子里缺个女主人。”观摩十分钟后，南初下结论。

林陆骁直接被呛了一口，淡瞥她一眼，勾了一下嘴角，没理她，转头继续抽。

南初走过去，站到他面前。两人面对面，一个站着，一个跷着二郎腿坐着。南初的裙摆一直轻轻飘着，时不时蹭到他的脚背，有点痒。

他指尖夹着烟，低头看了一眼。

姑娘光脚站着，脚趾一个个纤莹细长，像嫩藕的芽，脚踝处的飞蛾更明显，仿佛随着摆动的裙摆在动。

“你觉得我怎么样？”

林陆骁一抬头刚好对上她浑圆的双眼，瞳孔比墨还黑，有水光。

他垂下眼帘，目光下落。南初双手抱臂，弯腰看着他，胸前的肉挤成一堆，小黑裙的作用散发着光辉，白嫩细致的锁骨下，是女人姣好丰腴的弧度，跟上次的一马平川完全不是一个景点。

林陆骁心道：“真神奇了。”

黑夜总有点特别，看看窗外的寂静，总觉得男人的力量在无形中被放大，女人就显得格外娇媚，引人无限遐想。

“你去门口把鞋穿上。”林陆骁说。

看着心烦。

南初不动。

林陆骁又把自己的拖鞋踢给她，“穿上。”

南初满意地套进去，43码男人的鞋，还带着一点点温度。

“你脚好大，好像比一般男的大。”她由衷感叹道。

林陆骁哼笑一声，抽了口烟，轻挑眉眼说：“你倒是见过不少。”

“……”

忽然，电话响了，是林陆骁的，南初指指他发着光的裤兜，他低头看了一眼，手上还夹着烟，直接把她拎到一边，“你站这儿别动。”说完盯了一眼她的裙摆。

确定不会再蹭到他身上，他才掏出裤袋里的手机，那裙子实在蹭得人心烦。

电话刚接起，里头就有人吼了一句，“给老子开门！”

林陆骁下意识看了她一眼，对着电话那人说：“不开。”

“老子给你庆祝生日来的！”

林陆骁皱眉，估计是烦了，“我已经睡了。”

“不开不给挂，挂了拼命打，关机直接撞门！”

林陆骁骂了句脏话，把手机往沙发上一丢，就去开门了。

门一打开。

“生日快乐！当当当当！”

先是一双手伸进来，拎着两瓶红酒，然后探进来一个胖胖的脑袋，圆润得像个汤圆。胖子一眼就看到站在客厅中央的南初了。

“天哪！！！”

随着他的一声爆吼，身后几个脑袋一起探进来。

然后是一声整齐划一的爆吼：“天哪！！！”

林陆骁道：“有病？”

胖子指指他身后的南初，后知后觉地说：“难怪让你开门你不开，你说你睡了？！我们是不是打扰到你们了？！”林陆骁叼着烟，无声地睨着他，胖子走到南初面前，伸出油腻腻的大肥手，“美女，我叫大刘，是林陆骁的发小。”

还不等南初说话，他又说：“我怎么瞧着你有点眼熟。”

南初也伸手，“你好！”

胖子握了握，心道，手感真好啊！胖子人是真热情，握着就不肯撒手了，“不好意思啊，陆骁没跟我们说你在，要知道你在，我们肯定打死都不来——”

林陆骁把烟拿下来，往他屁股上踹了一脚，“瞎扯什么？”

大刘终于撒手，嘿嘿直笑，“他这是吃醋了！真是太高兴见到你了！”

“……”

“当了这么多年兄弟，兄弟几个都没见过他跟女人相处！真的！”大刘伸出三根指头，“我发誓，他以前真的没有过女朋友！”

南初问：“真的？”

大刘就差把心掏出来了，说：“比珍珠还真，我们都以为他性取向有问题，弄得有一阵我们几个都不敢跟他玩儿——”

大刘还没说完，就被林陆骁给提着脖子拎走了。

大刘被拖走，嘴里还在唠叨着：“哎——我怎么觉得她有点眼熟。”

兄弟几个往沙发上一坐，一字排开，林陆骁才叉着腰问南初：“你先走？”

大刘忙喊：“别啊，要走也是我们走，哪能赶你媳妇儿走？！”

林陆骁黑着脸，瞪大刘，“你给我闭嘴。”南初点头，拎起沙发上的包，把鞋脱给林陆骁，往门外走。

刚推开门，手腕忽然被人拉住，有粗粝的温厚感。南初回头，林陆骁松了手，插进兜里，看着她，眼底静如潭，“要不留下来，结束了我送你回去。”

南初看了他一会儿，没说话，眼底从探究变成趣味。林陆骁双手插在裤兜里，下巴朝门外微抬，表情坦荡荡地提醒她，“太晚了。”

南初轻挑眉毛，十分大方地接受了邀请，于是她就在林陆骁家里留了下来。

林陆骁点头，“把门关上。”然后弯腰拉开鞋柜，从里头拎了一双干净的拖鞋给她。

南初关上门，低头看他，“……你刚说没有？”

林陆骁转身往里走，丢下一句：“我说没女人穿的。”

“……”

南初跟在后面，林陆骁走到大刘边上，拿脚踢他，示意他往里坐，“坐过去。”

大刘正跟边上的人说着话，回头看了一眼林陆骁，十分听话地往里头挪的时候，余光又扫到南初的身影，心领神会地看了一眼林陆骁，暧昧的眼神在两人之间来回打量，一脸老子懂的表情，还不忘怂恿边上的几个兄弟。

“哎哎哎——好歹今晚咱骁爷第一次带媳妇儿，都别打蔫啊，给我精神着点，回头吓着我们小嫂子——”

林陆骁坐下，在他脑袋上狠狠按了一记，直到大刘脑袋快被按上地板才堪堪松了手，沉声道：“别胡说八道。”

声音竟带了些松散。

说完，瞥了一眼南初，示意她坐。

沙发位置小，南初一屁股挨着林陆骁的边上坐下去，黑色的裙边就蹭到了他的脚背，一点点剐蹭着，挠得他心痒，心下涌上一阵烦躁，瞥她一眼，口气很淡，“你妈没教你怎么坐吗？”

南初莞尔，说得一派正经：“屁股大，委屈你了。”

“……”

今晚这帮人都是林陆骁的发小，起头那胖子——大刘，从小就爱跟着林陆骁屁股后头打转，谁要是说一句林陆骁的不是，他能冲上去给人把门牙打碎。旁边拎着酒瓶跟人磕得脸红脖子粗的男人叫孙明杨，也是个硬汉子，小时候还跟林陆骁磕过架，处处跟他对着干，长大后，才发现这帮院里的孩子，就他俩当了兵。而那边那个坐在单人沙发上抽闷烟玩手机、手上戴着一串佛珠的男人，叫沈牧。

大刘自来熟，拉着南初兴致勃勃地介绍这一圈子兄弟。

而从小缺乏亲情、友情的南初，从来没有过这种感受，无法形容，但心里很饱满，依稀可以看见在光的尽头，不断有人跟你招手，仿佛在说——欢迎你进入他们的世界。

虽然，世界的主人，正在淡淡地抽烟，也没什么表示。

大刘说起这些，眼里都散着光，“明杨跟陆骁一样，都是军人，别看两个人小时候常打架啊，明杨心里其实惦记着骁爷呢，什么事都爱跟他学。”

说到这儿，孙明杨那边丢过来一个抱枕，大刘跟后脑勺长眼睛似的，早有防备，灵活地往边上一躲，不偏不倚，正好砸在南初脑门上。

林陆骁瞥一了眼孙明杨。孙明杨一个激灵，忙跟南初道歉：“不好意思啊！不好意思！手滑手滑！”

大刘拎起抱枕猛地砸回去，嘴里还振振有词：“敢砸小嫂子！等会儿骁爷收拾你！”

这声小嫂子叫得南初整个人神清气爽，看着胖乎乎圆不溜丢的大刘越发觉得顺眼称心起来，随后扫了一眼身旁依旧沉默抽烟的林陆骁，决定做个大方得体的“小嫂子”，莞尔一笑，“没事，玩玩而已。”

南初确实美，特别今晚这小模样整的，笑起来眼睛弯弯像月牙，大刘瞬间被迷了三魂五道，心道：“骁爷到底上哪儿找的这妖精？”

大刘这人打小就对美女没有抵抗力，偏是这样，偏就没有女人缘。

他们那时住的横街三胡同口，有个算命先生，是个瞎子，在他们那带出了名地准，那时每户人家生了小孩都爱拿生辰八字给算命先生看看。林陆骁他们几个一出生，几家家长就拿着生辰八字找了算命先生算过一卦，家长们揣着先生的几字箴言回家，也就当是个传统，准与不准，心中都自有较量。

直到林陆骁他们几个长大，那时又皮，听人说有这个传统之后，大刘就天天缠着那个算命先生问天机，算命先生摇摇头，不答。

林陆骁倒是对这些无所谓，命不命，佛神道教这些他向来不信。

大刘则张嘴就问：“帮我算算，我以后能娶几个老婆？”惊呆了众人。

林陆骁那时颇有范儿，靠着墙，双手插着兜，一脚朝大刘屁股踹过去，笑骂："国家规定你只能娶一个！你还想娶几个！"众人哈哈笑，算命先生摇摇头，对他们说，我一人送你们一句话吧。

大刘至今还记得算命先生给他的那句话——不识货，半世苦；不识人，一世苦。

不过他至今也没明白，只当那先生故弄玄虚罢了。

大刘把神志提回来，跟南初继续说："真的，这小子在陆骁考上军校后，立马就去参加大学生征兵了，结果那鲁莽的性子还让他误打误撞进了特种部队。"

南初好奇地问："那他跟林陆骁打架谁厉害？"

"他跟陆骁打架没赢过。"说到这儿，大刘想起小时候有一次林陆骁发狠，拦都拦不住，"陆骁特别狠，我记得有一次他弟弟，林启，你认识吧？"

南初点头说："认识。"

大刘一听，连弟弟都认识了，多半这小嫂子靠谱了，就算不成估计也是在成的路上了，于是越发拿南初当自己人了，兴味盎然地说："小启弟弟身体不好，上学时候经常挨欺负，有一次被人打得鼻青脸肿回来，陆骁那时上初中，回家一看见这就冲人家里头把人的鼻梁骨给打断了，我跟明杨、牧哥拉都拉不住，结果回家就被他爹关禁闭，还——"

话说一半，大刘被人踹了一脚。

坐在两人中间的林陆骁正掸着烟灰，瞅一眼他，讽刺道："有这工夫给人讲故事，你怎么不去说评书？"

大刘不服，"我这不是帮你照顾小嫂子吗？你看你光顾自己抽烟，又不理人家，我帮你照顾照顾人家，你还让我去说评书，我说你丫的，情商这么低，是怎么找到女朋友的？"

说到这儿，大刘眼光一亮，看向林陆骁，"哎——你不会是吃醋了吧？"

林陆骁直接翻了白眼，"滚。"

"得得得，我滚，不打扰您二位。"

然后大刘真滚了，去找孙明杨划拳，孙明杨明显有点嫌弃他，一掌拍他脑门上也让他滚，大刘转头跟一旁抽闷烟时不时抿一口红酒，眼神全在手机上的沈牧诉苦："牧哥，你说俩当兵的怎么都这么粗鲁？动不动叫人滚。"

沈牧头也没抬，"滚。"

"……"

大刘沉默了一阵说："你不是信佛吗？佛祖说不能骂脏话。"

大刘走后，沙发上瞬间宽敞多了，林陆骁往边上挪了挪。

南初看着两人之间微微拉出来的空隙，问他："你怎么不解释？"

林陆骁转头看她，"解释什么？"

"解释我不是你女朋友啊。"

那几个小子的性格林陆骁从小玩到大，简直太了解了，解释多了还觉得他心里有鬼，而且他向来也不是解释的人，时间长了自然就了解了。而且那时，他认为，那应该是他跟南初最后一次见面，送她回家把话说清楚，让南初不要再来找他，大刘他们以后见不到她，自然就明白了误会一场，又何必花费一根烟的时间去解释。

他嘴里叼着根没点燃的烟，笑笑，没说话。

人往前倾，准备去摸茶几上的打火机，结果被眼疾手快的南初抢先摸到。

黑色的金属方形打火机被女人嫩白柔软的手捏住，南初随手打了个转，调整好方向，纤细的指尖轻轻一拨，盖子弹开，拇指一转，火光瞬亮，火苗。

林陆骁手还停在半空中，扭着身子看她，烟还叼在嘴里。

明明客厅点着灯，却感觉这火苗更亮。

"快点呀，烫手。"南初低声催促。

林陆骁低头笑了一下，俯身过去，就着她的火苗，把烟吸燃，靠回沙发上，吐着烟雾，转头瞥一眼身旁的姑娘。

明眸皓齿，楚楚动人。

不知怎的，他忽然就想起当年考上军校离开横街时，那先生站在二胡同口跟他说的话。

“你这孩子有傲骨，有血性，将来会是个英雄。”紧接着，先生又叹了口气。

他虽不太信命理之类，但也觉得有趣，所以多嘴问了句：“您叹什么气？”

先生说：“自古英雄难过美人关。”

算起来，他已经很久没回过横街了。那时一帮小子在三胡同口追追闹闹推推搡搡的日子确实最潇洒，也最快乐。

林陆骁刚出生时，父亲还只是消防办的副科长，家庭条件奔小康。但生下林启之后，母亲刚好失业下岗，家庭条件紧缩了许多。在他的记忆里，那阵生活虽然拮据，但至少是真的快乐。后来父亲工作调动，生活日益见好，顾虑的事情多了，反而没以前快乐。

快高考那阵，他们一帮小子站在墙根下围着抽烟聊天。大刘想跟着林陆骁去上军校，可奈何他分数不够，林陆骁建议他好好听从家里的意见读个商科出来以后考公务员，大刘不肯，当时200多斤膀大腰圆的胖子扭着膀子说：“我就想跟你在一起！”

林陆骁现在想起来当时大刘那个模样心里仍是一阵恶寒。

孙明杨跟沈牧当时还嘲讽大刘绝对弯了。

谁料，大刘说：“李瞎子说了，我不识人，一世苦，别人我可不知道，但跟着骁爷准没错。”

“合着我们俩就是个摆设？”孙明杨跟沈牧两人一听，当时就想跟大刘绝交了。

胡同口算命的先生姓李，名字至今无人清楚，时间一长，跟这里的人熟了，大家都直接叫他李瞎子，他反而一点不介意。

李瞎子当时送了他们四人每人一句话。李瞎子看向林陆骁时，被他直接摆摆手，给拒绝了，“不用给我了，我不信这些。”

当时，李瞎子也就摇头笑笑，真没说。

等到他考完试，离开要去上军校时，两人再次在胡同口遇见，李瞎子难得主动开口叫住他。

林陆骁挺惊讶，没承想这都能给他认出来，拿手在他面前挥了挥，李瞎子挥开他的手，说：“别挥了，这点本事都没有，我摆这摊早被人撂了。”

林陆骁当时穿着一身黑，简单干净利索，背后一个黑色登山包，觉得这事有趣，于是难得吊儿郎当地靠在胡同口的墙上跟他聊了起来。

“您怎么听出来？”

“告诉你了，我混什么？”

林陆骁低头笑。

不过李瞎子最后还是说了。

“风，脚步，气息，你跟那仨孩子不太一样，你气息比较稳，脚步沉，大刘会大喘气，身上味重。”

这种东西即使说了也是只可意会不可言传。

林陆骁点点头，没说话。

李瞎子说：“大刘走的时候来看过我，问我那句话是什么意思。”

林陆骁抱臂把登山包顶在墙上，曲着一只脚踩着墙，弯了一下唇角，“他胆儿小，您那话给他吓得不轻。”

“你真不想听你那句？”

林陆骁看着他，“您说吧。”

李瞎子多了也不肯说，来来回回总共就说了那两句。

“你这孩子有傲骨，有血性，骨子里硬气，将来肯定是个英雄。只是自古英雄难过美人关。”

林陆骁道：“说完了？”

“我说的话你记着就是了！不会害了你！”

林陆骁人站直，敛了吊儿郎当的劲儿，嘴角已经没了笑，声音也沉：“您既然算那么准，有没有算到我父母为什么离婚？”

李瞎子没有再说话。

那应该是他们最后一次见面，林陆骁再回去的时候，听说李瞎子已经走了，谁也不知道他去了哪里。

夜晚，时针指向十一点多。

大刘扫了一眼沙发上的林陆骁，冲孙明杨和沈牧使了一个神色，迟疑地询问林陆骁的意见：“要不，咱今儿个先到这儿了？”

林陆骁叼着跟烟，略一点头。

大刘拉着另外两个站起来，跟南初道别，脸上挂着嘿嘿的笑，“小嫂子！今天很高兴认识你，有空常来玩，要不咱留个电话号码？”

说着就掏出手机。

被林陆骁一掌打开，“快滚。”

大刘讪讪地说：“得，滚了滚了。”

三人离开，屋里一片狼藉，瓶瓶罐罐四仰八叉地倒着，还丢了一地的烟头。

林陆骁送完大刘他们回来，抱臂靠在玄关的墙上问她：“送你回家？”

南初眼睛也不眨，好心建议：“要不我睡你家？你也不用送我了，明天我早上起来自己走。”

当时夜深，客厅的灯已经关了，只亮着玄关处一盏壁灯，晕黄的，光线温暖，林陆骁倚在墙上，仿佛被镀了一层金边，南初后来还时常想起那晚他的反应。

林陆骁那时就用舌尖舔了一下嘴角，低头笑了一下。南初觉得真挺帅的，跟一般的帅不一样，大概这就是男人味。

“走吧。”笑了一会儿，他说。

林陆骁拿了车钥匙去取车，转手又丢给她一件黑色外套，很干净，像是刚从大衣柜里拿出来，南初仔细看了看，应该是他春天的外套。

“先披上。”

南初披好，低头看看自己，一条低胸贴身长裙，搭了件男士休闲黑色外套，宽宽大大，刚刚遮到她大腿根部，居然产生了一种莫名其妙的被保护欲，把自己看乐了。

“好看吗？”她问林陆骁。

林陆骁打开车门，回头看了她一眼，很快又别开目光，钻进车里说：“好看是穿衣服的目的？”

南初绕过车头，拉开副驾驶的门，钻进去坐好，说：“不好看我宁可不穿。”

“……”

“我不穿更好看。”

“……”

懒得再搭理她，“你住哪儿？”

“星辉。”

林陆骁开车比较沉默，不太说话，跟以前一样，等红绿灯的时候习惯单手扶着方向盘，一只手搭在车窗边沿看夜景，车子很快停在楼下。

南初下车前把外套还给他，林陆骁接过往后座一丢靠在坐上等她下车。

南初站在车外，趴着窗对他说：“一个星期后，我们一起吃饭，我来找你，或者你给我电话。”

她一弯腰，就有风景可看，又不是全露，就那股若有似无的劲儿，特别勾人。

林陆骁靠在座椅上，一只手搭着窗沿，闲闲地打量她，他不说话的时候，眉峰微凛，严肃得很，心思难猜。半晌后，他从中间的置物箱里取了支烟，点燃，把打火机丢回箱子里，淡淡问：“你很闲？缠着我做什么？图什么呢？”

可也就是这股劲儿，他被南初拿得没办法。

深夜，树木寂静，姑娘的眼睛亮晶晶的，比月光还亮，反问他：“你觉得你有什么可让我图的？”

林陆骁冷笑，烟吸了半口吐出来，手伸到窗外，眯着眼，掸了掸烟灰，讽刺道：“那倒是，你要什么没有，当初甩我那堆钱不也走得挺潇洒吗？”

“那钱你花了吗？”

“早花干净了。”

“都花哪儿了？”

其实当时南初给他钱时，心里就挺不爽的，加上小姑娘那不声不响的样子提起来就来气，本来想把那钱扔了，但他一当兵的怎么可能把毛主席扔了，走了两步，觉得不妥，又折回去捡回来，第二天就找大刘联系了一家福利院给捐了，反正就不能留着。

“你管呢？”林陆骁话一撂，直言不讳道，“你也甭来找我了，当年的事，换成谁我都会收留，反正我住队里，家里空着也是空着，租出去还凭空添了一笔收入。”

南初静静看他，眼波流动，“你中间还回了三趟家呢。”

林陆骁启动车子，“我那是没适应，一时忘了家里还有个人。”

“第一次你忘了，第二次也忘了？第三次呢？”

“我呸，你不会以为我对你个毛丫头有什么想法吧？”

南初耸肩，一脸我怎么知道你心里怎么想。

“……”没法聊了。

安静了一会儿，林陆骁决定不再跟她纠缠下去，轰她上楼。

“这都几点了，赶紧上去。”

“那一星期后一起吃饭？”南初还不忘这事。

林陆骁深深地看她一眼，发现这姑娘真是执着得可以，忽悠道：“不一定有假，到时候再说吧。”

南初一脸不答应她就不上去的架势。

林陆骁拧眉，不耐烦道："行行行。"

"手机给我。"南初伸手。

"有完没完？"

"你万一又跟上回一样跑了我上哪儿找去？"

林陆骁看她一眼，从裤兜里摸出手机丢给她，南初牢牢接过，往自己手机里打了个电话，确定接通了才丢还给他，心满意足地冲他笑着挥挥手，轻声道："林队长，晚安！"

林陆骁靠在椅背上，一只手扶着方向盘，一只手夹着烟，挂在窗外，半截燃了灰烬没抽，烟头飘着一缕缕青烟，夜风一吹，半截烟灰被吹断，被风撕成碎屑散在尘埃中。

他望着南初的背影，舌尖轻舔唇角，轻声哼笑了一下。

Chapter 03
轻微神经病

南初拎着包上楼，西顾正被沈光宗拎着教训。

沈光宗双手叉着腰，口水乱喷，对面的西顾正缩着脑袋，“大晚上的你还让她出去？！我有没有警告过你，要看住她！她说出去就出去？她要出去给我闯祸了谁收拾？或者出点什么事韩总问起来你跟他解释？我有没有跟你说过她精神不太好？这要是在大街上发作了给警察抓走，明天的广告你去拍啊？！”

西顾低垂着头，缩缩脖子，“医生说她是轻微抑郁症，不……不是精神病。”

沈光宗当然知道，越说越来气，拿手一点一点地戳着西顾的脑门，“你这脑子是装饰吧，啊？！我忽然发现你这脑子里的分辨率比你脸的像素还要低！你知道不知道她以前……”

“沈敬冰——”

沈光宗入圈以前本名叫沈敬冰，改了艺名之后没人再这么叫过他，只有南初在气急时会这么叫他。果然，一回头，就看见那丫头妖娆性感又神情淡漠地靠在门框上，双手抱胸，包包挂在手臂上。

沈光宗正要发作呢，看见她懒懒散散地走进来，那身段，腰软腿细的，着实勾人。

沈光宗到底也是男人，瞧直了眼，佯装咳嗽捂了捂嘴，随后凶巴巴道：“你大半夜的穿成这样上哪儿去了？！”

南初走进去，把包丢到沙发上，拎过西顾，人往镜子前一坐，对着镜子里的沈光宗说：“肚子饿了出去找点吃的行不？”

南初这人有个毛病，喜欢照镜子，光客厅就放了两面镜子，梳妆镜和全身镜。两面镜子都是她特意找人定做的，刚好摆得下。

镜中的女人开始慢条斯理地卸妆，沈光宗瞧着她这无所谓的样子，无名火又上来，“韩总说了让你这段时间好好练练台词，没事别老往外跑，收拾收拾赶紧睡了，明天韩总跟我们一起飞意大利！”

第二天一早，韩北尧的车已经等在楼下。

车门一拉开，果然看见戴着墨镜的二世祖正跷着脚靠在座椅上发微信，听见动静，他看过来，把墨镜往下推了推，挑着眼盯着车外的两个姑娘。

西顾这是第二次见韩北尧，第一次是面试的时候，韩北尧跷着二郎腿躺在办公椅里让她表演一手提两只行李箱。等她做完，长手冲她一指，“就她了。”然后挥挥手让她第二天来上班。

南初把墨镜拿下来，钻进车里。

韩北尧冲她吹口哨，“又漂亮了。”

“你倒是不见得。”

“……”韩北尧脸瞬黑，恨不得挠死她，“有你这么跟老板说话的吗？”

西顾放好行李准备上车，韩北尧拿眼睛瞥她，想了半天也没想起这姑娘叫什么名字，作罢。西顾低低头，赶忙坐到南初身边。

韩北尧读设计出身，投资了不少服装大牌，包括南初这次去的意大利这家品牌，多半也是因为韩北尧的关系。但不可否认，南初是个好模特，镜头感十足，各种表情拿捏得很到位，就连向来刁钻古怪、整天不是嫌弃模特脸太胖不上镜就是嫌弃模特没有曲线或者表情不到位的摄影师Jessica，都夸南初领悟力高，稍稍一点拨就知道他想要什么感觉，而且拍出来的效果都很到位，完全就是他想要的样子。

她还能轻松自如地驾驭各种风格，性感时，那小眼神比猫还拿人，清纯又堪比小白兔。比起之前公司指定的模特好上太多，之前那位，拍照永远只有一种表情，让她稍微来点小眼神，那别扭做作的样子让人恨不得拿反光板拍死。

这天，Jessica 给她发了一张样片，是那天在沙滩上拍的比基尼新款，外头罩着一件白色透明薄衫，头发跟身上全湿，像刚从水里捞出来一样，额前的刘海儿凌乱地沾着脸庞，薄衫浸了水十分贴身，好身段尽显，下面露出一双笔直匀称的长腿，金灿灿的沙滩上，阳光下的少女笑得十分娇俏，眼里都是光。

南初一看确实还真不错，顺手就转发给林陆骁。

林陆骁看到照片已经是三天后，那天值完班，换下常服，刚从队里开车回家，在路口等红绿灯时，随手掏出裤兜里的手机，一开机，就一条彩信跳出来。第一反应还以为手机中病毒了，居然有黄色广告。

再仔细一看，他发现这姑娘有点眼熟。等认清之后，人靠在座椅上，一只手搭在窗边沿上，扶着太阳穴，有点哭笑不得。结果就差点错过绿灯，直到身后车的司机疯狂冲他鸣着喇叭，他才扔了手机，把车开走。

除了那条彩信，别说一星期后，就是一个月后，南初也一直没提约他吃饭的事。

晚上，林陆骁给大刘打电话问他在哪儿，大刘跟沈牧几个在吃饭，嘴里还嚼着个丸子，含糊不清地说："难得骁爷会主动打我电话！我跟牧哥还有几个哥们儿在吃饭，你来不？"

林陆骁握着电话，哼笑一声，问了具体地址。

等他赶到，大刘第一个迎上来，把身边的椅子拉开说："难得啊，你今天休假？”

林陆骁眼神散散地扫了一圈，除了几张生面孔，大部分都认识，插着兜走到唯一一张空椅子上坐下，正好是主堂位置，大刘知道他要来，特意让人留了个点儿正的位置。

沈牧抽着烟，问他：“心情不太好？”

林陆骁斜着眼睛看他，兄弟四人里，大刘愣头青，孙明杨头脑简单、四肢发达，就属沈牧跟他最像，至少两人的脑电波是在一个频率上的，心情好不好，对方一看便知。

他拎了瓶啤酒，拇指按住瓶盖，单手将瓶口对着桌沿，轻轻一磕，开了，给自己倒了一杯，仰头就灌，抿了抿唇，说：“挺好的。”

这里有些人是第一次见林陆骁，但平时老听大刘提起他，都挺敬畏的，一个个举了杯去敬他，林陆骁难得这么好说话，来者不拒，谁敬都喝。

林陆骁从小就有点大男子主义，有点什么事也都是自己憋着，不爱表现在脸上。就算心情不好也能吊儿郎当地点着根烟跟你开玩笑。

而且，沈牧跟他这么多年的交情好像也从没见他哭过，骨子里就硬气得很。

小时候大家都皮，吵吵闹闹在胡同里也惹了不少事，每次闯祸了大刘跟孙明杨都被家里打得哇哇大哭，求爹告娘，只有林陆骁就算被他爹打断肋骨也没见他吭过一声。他比谁都能忍。

沈牧靠在椅背上，手上的佛珠锃光发亮，双手抱胸看着林陆骁说：“你不是最不喜欢这种场面了？我记得你上次这样的时候，是那天你爸爽了你的约，今天你爸又爽了你约？”

林陆骁高三毕业那年，考上军校，拿到录取通知书的时候，刚好看到从民政局离婚回来的爸妈，秘书把车停到胡同口，林妈妈红着眼眶从车上下来。

傍晚，林妈妈收拾完东西就把林启带走了，临走时，她只对林陆骁说了一句话：“你以后跟着你爸，有事给我打电话。”然后就把林启拖走了，林启那时大哭大闹，怎么也不肯跟他分开。

那是从小到大他第一次体会到无助。

林清远是第二天晚上才从单位回来的，家里已经空了一半，他拎着公文包站在门口愣了一下，紧接着看到大儿子埋着头坐在台阶上，拧拧眉，终究什么也没说，脱了衣服进了书房。

之后，林陆骁就去上军校了，四年没回过一次家。毕业后又直接分进消防特勤中队，之后就一直住在队里，父子俩的关系一直不冷不热的，直到去年生日，林清远的秘书打电话给他约他吃饭。

等他换好军装赴约，林清远又临时出差了，秘书带了一把车钥匙给他，说："这是你考上军校那年处长给你买的生日礼物，再不给你过几年该报废了。"

不是什么好车，牌子也老，就是图个心意。

那车拿回家他也一直没开，就一直在车库放着，开的都是后来自己让大刘去修车厂配的车。这些事，除了沈牧几个知道，倒是没多少人知道。

沈牧："不是你爸就是女人了，不会让女人给耍了吧？"

林陆骁："放屁。"

"……"

林陆骁取了支烟，含在嘴里，往后一靠，去摸裤兜里的打火机，拧着眉说："就是心烦。"

"动心了？"

林陆骁刚要点烟，听见这话，顿了一下，看了一眼沈牧，眼窝深黑，略一偏头，火苗对上烟头，吸燃，呼出一口气，把打火机往桌上一丢，笑骂："动屁心，滚蛋，就一毛丫头。"

沈牧啧啧摇头，"那身材可不是毛丫头。"

林陆骁斜他。

话音刚落，林陆骁兜里的手机就响了。

掏出一看，上面赫然躺着一条短信。

《他从火光中走来》

耳东兔子 / 著　花生坚壳 / 绘

我能给你的是我的承诺，
一个军人的承诺，
在国旗下，
无论任何情况，
绝不背叛，
不抛弃，不放弃你。
——林陆骁

+86135××××2345：队长，明天吃饭？

林陆骁哼笑一声，叼着烟回：没空。

林陆骁回完短信把手机反扣在桌上，拿起旁边的杯子灌了口酒，沈牧瞥了一眼，笑着也给自己倒了半杯，杯壁轻碰了一下林陆骁的，仰头全数灌下，感叹道：“我总看你有些不一样。”

林陆骁靠在椅背上，手指轻敲桌面，低头笑，“没。”

林陆骁有个小习惯，不耐烦的时候，就会把手搭在桌上，指尖会无意识地敲击桌面。

沈牧盯着他的手看了会儿，其实确实也没什么不一样，林陆骁还是那个林陆骁，板正，硬气，偶尔也会点根烟坐一边听他们讲黄段子，冷不丁还能接上那么一茬。

可待你再看他，眉眼间总归是有些不一样，具体又说不出哪儿不一样。正当沈牧托着下巴仔细打量时，林陆骁扣在桌上的手机亮了，屏幕跟桌面的缝隙发出一丝微弱的亮光。林陆骁捞过，看了一眼，然后嘲讽……下嘴角，又把手机扣回桌上，仰头灌了口酒。

沈牧问：“是那个毛丫头？”

林陆骁杯子还在嘴边，斜睨他一眼，淡笑，“以前没发觉你还挺……

沈牧耸肩，不置可否地说：“我是关心你的身心健康，你看……三十了，也没个女朋友，没病都能给憋出病来。”

林陆骁眉头轻挑，反问：“说得好像你有女朋友？憋没憋坏，……不知道？”

沈牧讪讪道：“说你的事呢。”

林陆骁沉默地抽着烟，不说话。

沈牧又说：“这事你也就跟我说了，大刘跟孙明杨那俩情商加起……没你自己高呢。”

林陆骁一脸你别开玩笑的表情，“你情商高？你一修佛的情商高？……

情商高倒不敢说，总比大刘跟孙明杨靠谱吧。

“短信发什么了？嗯？”

林陆骁把杯子放下，双手抱胸靠在椅子上，没什么情绪地说：“约我吃饭。”

沈牧若有所思地点点头，“你答应了？”

“我拒绝了。”

“……”沈牧说，“也行，是要吊吊她胃口。那她说什么？”

林陆骁想到刚刚那个短信上简短的一个字，眯了眯眼。

“她说哦。”

沈牧倒有些吃惊，沉吟片刻，才说：“这女人要么就是套路深很会撩，要么就是真没什么诚意，没什么诚意那天也不会大半夜跑去你家给你庆祝生日了，应该是套路深——”

他琢磨了一下，摸着下巴安静地打量林陆骁，半晌，又说：“你应该玩不过她，先晾一阵看看。”

林陆骁倒是轻笑了一下，蛮不屑的。

“你想太多了，我跟她，真不太可能。我拒绝她，不是晾她，是真没时间，后头要外出培训个把月，而且这个月假也休完了。”

沈牧切了声，道：“培训、没假是吧？行啊，我帮你跟你老爷子说一声，让他给你出去培训之前先批一天假，原因就写，找媳妇儿，他肯定立马让秘书帮你打包好送过去。”

林陆骁握着杯子往嘴边送，递了个不太正经的眼神给他，笑骂：“滚蛋。”

这边，南初收到林陆骁没空的短信时，正在刷微博，虽然关了评论，还是有不少私信，内容大体不超过一个主题思想——南初滚出娱乐圈。

南初十六岁时跟冉冬阳合作过一部电影，因为是小成本小制作，加上当时制片方的种种原因，电影两年后才上映，当时两人演技青涩可圈可点，电影进入宣传期时，制作方抛出冉冬阳跟南初的绯闻作为噱头给电影预热，结果炒作没几天，又有八卦杂志爆出冉冬阳当时在电影学院是有女朋友的，就是同班同学——严黛。

几日后，严黛的闺密在网上曝光了严黛伤心落泪的视频，引得一大波严黛的粉丝去攻击南初，还有人找到南初的地址寄了一些血腥图片以及恐吓信，那阵子南初都不敢外出，因为一出门就感觉有人在跟踪她。

她开始整夜整夜失眠，好不容易有一次睡着了，夜里做梦，梦见自己浑身长满了嘴，可身边没有一个人相信她说的话。

人们恶毒地指着她，咒骂她，骂她是野孩子。

南初那时跟了一个经纪团队，没什么实力，发出的声明被打回，微博被人频删，媒体通稿乱写她勾引冉冬阳，写她放料给八卦周刊炒作恋情，还乱七八糟写了一堆。

当时的经纪人无奈打听了许久才告诉南初，这件事摆明了就是冲她来的，微博底下都是骂她的水军，杂志通稿都把矛头指向她，经纪人问南初最近有没有得罪过什么人。

南初那时连十八线都算不上，虽然小时候拍过很多童装广告，但一直到十六岁都没接过任何通告，平时没事就给杂志当当模特，除了通过南月如那层关系，圈里认识她的根本没几个人，加上南月如那时已经准备息影了，名声渐淡，就算平时走在路上也几乎没人能认出她来。

其实哪有什么得罪不得罪，在利益名望面前，她只是被剧组丢出来背黑锅的。

那件事的结尾——冉冬阳发了声明，并且宣布跟严黛分手。

南初又成了众矢之的。尽管她自己知道她跟冉冬阳之间清白得比清水还清，可就像那天那个梦境一样，就算她浑身长满了嘴，也没人相信她说的任何一句话，毕竟人家连手都分了，要说跟你没点关系，还真没人相信。

几个都是小演员，在娱乐圈这潭乌泱泱的大池水里，就像是落下的几颗小石子，根本惊不起什么风浪，路人看客过眼忘，真正记住的是粉丝。

于是，这几年，南初被黑得惨哪。其实她评论不多，大概也就几百条，只是有些话简直难以入目，还有好多都是同一个号一起刷的，除了那波粉，认识她的人真不多。沈光宗就是觉得省得她看得心烦，直接关了评论。

她也很少上微博，大多时候闲着没事才刷一刷。

刚刚等林陆骁短信的时候，闲着无聊就打开了，黑粉这兢兢业业的精神真的还蛮让她震惊的。南初本以为收到林陆骁那条没空的短信之后应该有好长一段时间见不着他了，没想到很快就见面了。

那天南初在北浔市福利院院办，门外有人慌慌张张冲进来，跟院长说："有个小孩头卡在八楼的护栏上了。"

南初跟着院长跑过去一看，红瓦砖的高墙，八楼一个圆滚滚的小脑袋被卡在护栏的两条空隙之间，旁边一帮小孩围着哭。等他们上楼，那小男孩冲他们哇哇直哭，南初记得那小男孩，脑袋圆乎乎的，虎头虎脑，平日里很活泼，叫三宝。现在确实有点被吓到了，整个胖乎乎的小脸煞白。

南初蹲下去看了一眼，福利院前年翻修过，只是当时资金不够，这幢楼没翻修，围栏还是不锈钢的。她手扶上去，试试推了推，三宝就哇哇大哭，眼泪汪汪地看着她："姐姐，我是不是一辈子就这样了。"

南初低头看他一眼，故意说："说不定啊。"

三宝哭得更厉害了。

南初刚准备教育他以后没事脑袋不要乱钻，结果脖子给人一提，直接给拎到边上，身后一道低沉冷淡的声音："谁让你吓唬小孩了？"

南初扭头一看，林陆骁穿着深绿色的消防服，肩上挎着一捆绳索，一双黑眼，没什么情绪地看着她。

巧了。

南初还没来得及说话，又被他往边上一提，"站那边去，别妨碍我们。"

说完也不再搭理她，身后又上来两个人，林陆骁带人过去，蹲下，单膝跪地，确定三宝只是脑袋蹭破点皮后，指着围栏几处转头跟身后的队员说："把工具拿过来，这四根割掉，找个人去外面托着，以防万一。"

南初静静靠着墙，看他认真的样子。男人认真的样子确实迷人。

几人商量了一阵，林陆骁站起来，把绳索挂好，双手撑着围栏，翻身爬到墙外，双脚顶着墙，人拉着绳索慢慢往下滑，然后用脚在墙上蹬住，双手护着三宝的脑袋，不让他坠出去。

南初发现他居然很体贴地捂住三宝的眼睛，不让他往下看，还低声跟他说：“乖，不哭。”

三宝瞬间就不哭了，小脑袋蹭在他手里。

十分钟后，等三宝获救，林陆骁顺着绳索爬上来，双手翻过围栏，人刚站定，面前站了一个人。

他先是一愣，下意识往后退了一步，居高临下、略戒备地盯着她，“做什么？”

姑娘勾唇一笑，眼睛弯成月牙，眉眼清淡，没有化妆，她伸出手，把他的领子拨正，“队长，歪了啊。”

“……”

随着南初手里的动作，林陆骁下意识低头看了一眼。她动作很快，帮他理好领子，马上收回手，莹白的手背在他眼下一闪而过，像一道光，还带点樱花香。林陆骁收回视线，把手插进兜里，别开目光。刚好他瞥到身后院长拉着三宝过来道谢。

跟小树苗差不多高的三宝屁颠屁颠跑过来，朝林陆骁扑过去，小手抱住他的大腿，那么小一只还没他的腿长，把头埋进他的腿间，咿咿呀呀地说：“谢谢林叔叔！”

林陆骁低头，揉揉小孩的头发，眼神难得温柔。三宝双手环住他，人小，两只手刚好搭在林陆骁的腿根部，仰着头，脆生生地说：“林叔叔，你们队里还招人吗？等我长大了到你们那里去工作好不好呀？！”

林陆骁整个人蹲下去，手掌摸上三宝的后脑勺，揉了两下，低笑道：“那要好好读书，考军校，可不能像今天这样再把脑袋随随便便卡进去。”

南初想，他以后的小孩会是什么样？

三宝道：“好吧，今天又给你们添麻烦啦！”

林陆骁摸着他的脑袋说：“你老这么调皮，我工作量倒是多了不少。”

院长笑笑，从后头走过来，说："陆骁，不留下吃饭？"

这家福利社的院长是林陆骁爷爷的老战友，小时候林陆骁不懂事跟大人们扯皮的时候，林清远就威吓过要把他丢进福利社，院长也算是看着林陆骁长大的。

林陆骁站起来说："得回队里，下次再来看您。"

院长和蔼地点点头，随后看向南初，"你呢，要不要留下来吃点？"

南初说："下午还有通告，我的车在楼下等，等会儿去看看宝树，马上就得走。"

院长点点头，有些欣慰，"宝树念叨你很久了，去看看吧，我先带孩子们去吃饭了。"说完，院长就带着孩子们离开，走廊上又只剩南初跟林陆骁，两人互视一眼。

林陆骁弯下腰去，收拾东西，声音清淡问道："你在这儿干吗？"

南初耸肩，无所谓地说："做慈善啊，公众人物不都喜欢给自己立个慈善家的牌坊吗？公司逼的。"

"慈善家？"

虽然不懂她个十八线有什么好给自己立这种牌坊的，但依着南初当时的表情，他也看不出异样，随便应了声，继续低头收拾东西。

南初乖张地笑，"好吧，偷偷告诉你，慈善是假的，我其实偷偷生了个孩子，怕传出去影响我的名声就扔在这儿了。"

成功吸引了注意力，林陆骁停下手里的动作，目光深沉地看着她。南初笑说："别看我这么年轻，我其实是一个孩子的妈了。"

"……"

林陆骁没理她，嘲讽地勾了一下嘴角，弯腰去抽绳索。

南初走到他背后，微微俯身，在他耳边低声："什么时候有空？"

林陆骁站直，垂眼看她，"都已经是孩子妈了，你还这么有空，不用陪孩子？"

她笑，"得给孩子找个爸啊。"

“……”

她是怎么理所当然说出这种话的，林陆骁觉得自己简直跟这女人不是一个星球的，他也不知道自己当时怎么了，居然还顺着她的话往下接。

“孩子爸呢？”

南初叹息，“年少不懂事，跑了。”

“……”林陆骁，“这么大的事告诉我，不怕我给你捅出去？”

南初说：“相信你呗，不然十六岁怎么跟你回家？”

林陆骁试着不让自己歪解这话的意思，可到了嘴边的话极其讽刺：“所以离开我家之后又去了别的男人家？还弄了个孩子出来？”

南初不答，看着他得逞地笑，那双眼尾很细，弧度柔和，上扬有点媚。

沈牧说得没错，套路确实深。

林陆骁不再作声，也不肯再搭理她，转头去收东西。

南初静看他一会儿，大概有点闲的，从衣服里掏出根烟，叼在嘴里，点燃，往后退了两步，后背刚靠上围栏，肩膀骤然一沉，刚低头，余光瞥到多了一只手，毫无防备之际，被人一把抓着给甩到边上去了。

林陆骁拽着她的肩膀，下巴指了指围栏下方空出的一块，说：“瞎了？空了没看见？”

南初叼着烟，看了一眼围栏，吸口烟，仰着头吐了口气，沙哑的嗓音带了些懒散。

“你紧张我？”

林陆骁冷笑。

身后是午后的炙阳，火辣辣烧得人心焦，南初叼着烟忘了抽，烟头升着屡屡烟灰，灰烬四落，南初被他眼底的冷意给震慑到了。

“我紧张的是命。”

他顿了顿，盯着她的眼睛，几乎是一字一顿说：“每一条。”

他说完，把绳索捆好，往肩上一挎，也不再看她一眼，大步离开。

南初怔在原地。那声音里的温度，是身后的阳光也无法融化的。以前林清远的书房里总挂着一句话——盛年不再来，一日难再晨。

这句话真没错。

还记得他刚军校毕业那阵进入特勤中队还没多久，平林县特大地震，所有通往平林县的公路都疏堵不通，他跟着当时的中队长随了第一批空降军直奔现场，直升机降落时，所有人都被眼前的一切震惊了，一眼望去全都是废墟，砖墙瓦落，灰白石砌，永远也数不清这下面到底掩埋了多少人。

他们拿着探测仪不停搜索生还者，谁也不知道当探测仪发出信号那刻，有多欣喜若狂，搜救犬连续工作九十几个小时，最后倒在废墟上，奄奄一息，就连最后合眼之际，在它身下还探测出一个生命迹象。

他那时刚从废墟里救出一个，转头又奔赴战场，他搜救的场地原先是一所学校，底下被困的大多是学生，他拿着生命探测仪，发现一座高坡下有生命迹象，立马喊来队友开始挖通道。

大家都是一头汗，连着挖了几天几夜，中途只睡了一两个小时，浑身脏兮兮的，脸上身上脚上全都是泥巴，可也就是不知道哪儿来的一股劲儿，用不完的力气，抹一把汗，埋头苦干，挖到三分之一的时候，他透过三块石头搭起来的缝隙，看到一双小男孩的眼睛，黑洞洞的。

他至今都记得，那双眼睛在看到他的瞬间，好像在大海里看到一根浮萍，瞬间光亮起来。他不停安慰小孩，他们会救他出去。可等他仔细往里一探，才看见，小男孩被钢筋板穿透胸腔，泥土里都是血水，腥味很浓。

石头缝隙太小，成人无法进入，小男孩身上的钢筋被埋在身后的土堆里，根本无法将他拖出来，如果强行把石头搬开，顶上的石堆随时会塌，男孩照样会被掩埋，而当时男孩也撑不了太久，尽管不愿意放弃，可谁都没有办法。

结果林陆骁听见小男孩在虚弱地叫他，当他再次探过去时，小男孩那双黑漆漆的眼里在黑洞洞的土堆里不知道为什么显得特别亮，一直在求他救救他，他想活下去。

那双眼睛里都是渴望，他说他长大一定会做栋梁，好好报答祖国，让他们千万不要放弃他，他死了妹妹就没人管了。刚说完，余震来了，他跟几个队员被震下土坡，再抬眼，哪儿还有土堆，已被夷为平地。

林陆骁跪在地上，攥紧了拳头，撑在地上，眼眶憋得通红，可他也只能站起来往前走，唯一支撑他的是，要赶在下一波余震来之前救出更多的人。

这是他的使命。

至今他都不敢细想那个小男孩的样子，老队长离队时拍着他的肩膀告诉他："陆骁，干这行，受苦，吃苦，还得看得了苦。"

林陆骁刚把东西摆好，上车，拉上车门，吩咐队员开车，车前方有人跑过来，院长让人喊住他。

"等一下。"林陆骁跟队员说完，解了安全带跳下车，朝院长跑过去。

院长递了一个四四方方的盒子给他，"上次你爸来这边的时候，跟一个孩子投缘，多聊了几句，前几天院里做手工，这孩子帮你爸也做了一个泥巴小人，虽然知道你爸平时忙早忘了这事，但是这孩子情况特殊，我就做个主把他东西拿过来了，你帮个忙带回家给你爸。"

林陆骁低头接过，轻嗯了一声："孩子叫什么？"

院长说："南宝树。"

"……"

林陆骁："不会就刚刚那丫头片子说的那孩子吧？"

院长笑笑，"你说南初啊？"

林陆骁哼唧一声。

"对，南初头几年领养的，这姑娘心真挺好的，虽然有时候嘴里没一句实话，但是她挺善良的，不仅资助宝树上学，一有空就来看宝树，带一大堆东西，还给院里的其他小孩也带。宝树这孩子有自闭症，她带着给找了不少医生，上次你爸来的时候，宝树难得能跟你爸聊上两句，她啊，就是嘴硬。"

哪里嘴硬了，嘴挺软的啊。林陆骁点点头把东西收好，打了个标准军礼，“行，肯定给您送回去，我得走了，您注意身体。”

院长点点头说：“去吧。”

林陆骁刚上车，跟院长挥手，车子刚启动，口袋里的手机振了振。

他掏出一看。

来自臭丫头片子：谢谢队长教训，我现在很珍惜生命。

过了一会儿，又跑出一条。

来自臭丫头片子：至少追到你之前，我得惜命。

林陆骁把帽子摘了放在一边，仰在座椅上，歪着一边嘴角，飞快按下：惜命先戒烟。

南初很快回：戒烟有什么好处？

林陆骁靠在座椅上，一只手握着手机，一只手搭着车窗边沿，手背贴着唇，这是他思考时惯有的小动作，半晌，飞快按下：对你身体有好处。

臭丫头片子：……戒了烟没动力啊，活下去的动力，你得给我。

林陆骁皱了皱眉，刚要回，紧接着，又进来一条。

臭丫头片子：比如，戒烟一周，你陪我吃饭，戒烟两周，牵个小手，戒烟一个月……嗯……

林陆骁哼唧一声，直接气笑了，把手机丢在挡风板前，懒得再理她，手机又振。他撑着窗沿，手背靠着嘴边，瞥一眼，没搭理。

片刻后，又振了一下。他回头看一眼，皱着眉，有点烦躁地伸手去捞手机，滑开，屏幕上直接跳出了最后一条，是一张图片，一个铁盆，几条好烟，烧了一半。身旁的队友看着图片略感好奇，探头瞥了一眼，惊呆了，说：“这谁啊？这烟都抵咱好几个月的工资了啊。”

“一个神经病。”林陆骁把手机揣回兜里说。

南初那天之后是真戒烟了。

这几天赶通告也都乖乖坐在一旁翻书，口袋里随时放一盒糖，实在忍不住就嚼两口，就连沈光宗都觉得这丫头是不是脑子被门磕了，转性了。

就连他递给南初的烟，都被她忽视了。

沈光宗前后琢磨这事有点诡异，趁南初等戏时坐到她身边盘问了两句，结果这丫头直接一句话给他堵了，“坐远点，一身烟味勾我的瘾。”

“你怎么忽然转性了？”

“珍惜生命。”

“不会得肺癌了吧？你要是真生病得跟公司说啊！不论说什么，咱不能放弃治疗！”

南初低头翻佛经，挥挥手，“滚吧。”

没隔几天，这事就被韩北尧知道了，亲自光临片场坐在帐篷下观摩了一天，确定南初真一根烟都没碰，不可思议地摇着头叫人把一旁的西顾拎过来，跷着脚一派悠闲地仰躺在椅子上，挑着眼睛，打量面前这个一米六不到的小姑娘。

背后是炙热的艳阳，逆着光，韩北尧居然发现这小姑娘在发抖。

西顾这是第三次见大老板，她也不知道自己为什么要发抖，可真的看着韩北尧的俊脸，还是有点害怕的，大概是平时被沈光宗恐吓惯了。

南初只要一有点什么事，沈光宗就尖着嗓子拎着西顾吼。

“你知不知道以前大老板是做什么的？啊？！”

“你知不知道你这样会给大老板惹麻烦？你知不知道大老板发起火来有多么可怕？！我在大老板手下工作这么多年，只见他发过一次火，弄得我半年不敢进他办公室！”

“南初是大老板最后的底牌！要是弄出点什么事，你知不知道大老板会把你丢进海里喂鱼！”

西顾缩着脖子，“杀……人是犯法的……”

沈光宗一声冷笑，继续恐吓她，“在这公司里，大老板就是法则！”

“……”

现在西顾看见他还真没办法让自己不抖腿。

韩北尧拿下墨镜，“你很冷吗？”

西顾缩着脖子说：“没……没有。”

韩北尧一笑，眉眼上挑，“需要让人给你拿件棉袄？”

想闷死她？！

西顾猛摇头，“不不不，我很热。”

韩北尧看着她笑。

西顾心里一咯噔，笑得好妖孽！

她颤着嗓子说：“大大大……老板，我我……得去给……给南初……补妆了。”

韩北尧：“……”

居然是个结巴？！韩北尧冲西顾勾勾手，“过来点。”

西顾往前挪了一步。

韩北尧皱眉道：“再过来点。”

西顾又小小挪了一步。

韩北尧不耐烦了，“你靠近点我能吃了你是怎么的？”

往前，往前。

“南初最近受什么刺激了？”

西顾摇头说：“真真……真没有。”

“你舌头捋直行吗？”

“好。”

“我再问你一遍，她最近有什么异常？”

西顾快哭了，说：“真真……没有。”

西顾就这么被韩北尧拉着盘问了一个多小时，直到南初来找人，把西顾从魔爪中解救出来。

等西顾走远，南初才问躺椅上的男人：“你最近很闲？”

韩北尧若有所思地看着西顾落荒而逃的背影，答非所问：“我发现你这小结巴挺好玩的。”

“西顾？”

“嗯。”

“你给我离她远点。”

韩北尧戴上墨镜，故作惊讶道：“怎么了？这小丫头你看上了？”

南初：“她太单纯，不适合你。”

韩北尧不以为意地说：“适不适合得试过才知道，不过我的事你就别操心了，你给我好好拍戏，听说你最近戒烟了，很好，很阳光，希望你能一直这么阳光下去。毕竟女孩子阳光点才可爱。”

韩北尧走后，南初接到林启的电话，约她晚上去酒吧。

南初拒绝，林启不依就劝她：“我新发现了一家，氛围环境跟酒都超棒的！一起吧一起吧！”

南初严词拒绝。

林启简直惊了个呆，他跟南初的友谊完全建立在烟酒基础之上，也就是常说的酒肉朋友。南初品酒厉害，而且很懂酒，从小就这样。两人在米兰酒吧认识的时候，酒吧老板就告诉他，南初是他见过的最会品酒的女人，林启才一时好奇跟她搭了讪，结果没想到这丫头真的超能喝，而且还能喝出同时兑的六七种酒。

她说要戒酒，就好像天才钢琴师要转行去当厨师一样，林启简直不能理解地问：“为什么？！”

“珍惜生命，远离烟酒。”

林启说：“你突然这么想活下去，让我很害怕。”

南初道：“林启。”

“干吗？”

“咱们都阳光点吧。”

“……”

南初挂了电话，静了半刻，编辑了一条短信出去。

那边，林陆骁正在外地给新兵培训，新兵蛋子刚入伍都斗志昂扬，训练完一周，一个个都跟霜打的茄子似的——蔫儿了。晚上林陆骁给他们讲军事理论课，讲消防知识，新兵们缠着他问："你们当时入伍也这样吗？头一周肯定不行吧，我觉得我们挺厉害的，这么多项目都坚持下来了。"

林陆骁低头笑了一下，把书合上，往讲台上一丢，不等他说话，旁边的指导员就直接开口了："你们这帮小瓜娃子，要是把你们丢到林教官的队伍里，不出一个星期，全都滚蛋。"

指导员指着这帮小子，一个个数落过去："下午的负重跑几个合格？你们是消防，你们到时候扛的水枪比下午的沙袋要重得多！！林队他们入伍的时候，一天几百个俯卧撑你们知道吗？！比你们这一周的量还多知道吗？！林队这是照顾你们！你们还不知趣，跟教官讨什么巧？！"

底下被训得鸦雀无声，总还是有几个刺头兵觉得不太服气。

林陆骁站在台前，军帽檐遮了半张脸，下颚线紧绷，线条流畅，他严肃的时候，确实令人生畏。

"不是照顾你们，这是部队，没有照顾这一说，谁进来都得守规矩。你们训练的每一个项目，以后真枪实弹的时候都是保命，让你们救人，别到了场上还得别人救你们。反正还是那句话，既然选了这条路，受得了，受不了，都得受着，男人的肩不扛这些，难道要你们的女人孩子去扛？进了部队，就等于把命交给国家，你就是条龙都得盘着，是虎也得趴着。"

听到最后一句话，仿佛热血灌头，新兵们猛烈鼓掌。男人们总有点英雄情怀，一听保家卫国，保护老婆孩子，又瞬间觉得自己伟岸起来，晚上跟女朋友打电话的时候，也不忘提一嘴今天林陆骁说的这话，瞬间觉得自己男人味尽显。

新兵蛋子们都觉得这林教官确实有男人味，长得又帅，简直酷毙了。调皮捣蛋的刺头兵看见林陆骁也是恭恭敬敬打个军礼，叫声林队。

回宿舍的路上，指导员啧啧赞声："到底还是读过书的文化人，说起来一套一套的，把他们唬得屁都不敢放一个！"

林陆骁低头看短信，不作声。

指导员推他的肩，说："上回领导找你谈话怎么样了？"

"下个月考试。"林陆骁头也不抬，手指飞快摁在手机上。

"那以后见面得喊领导了，行了，也算是熬出头了。"指导员拍拍他的肩，往另一条路走，"行，你先休息，我去点名。"

林陆骁回到宿舍，把书丢在桌上，人往床上一躺，驾着脚，拧着眉，正在琢磨刚刚指导员那话。

没一会儿，手机又振。

他伸手捞过。

臭丫头片子：戒烟一周，求奖励。

林陆骁：在外地培训。

臭丫头片子：那等你回来，我们一起吃饭?

林陆骁：再说。

臭丫头片子：那就这么说定了。

林陆骁：……

臭丫头片子：刚你弟约我去喝酒，我都没去，还帮你教育他呢。

林陆骁：我下周末回去。

臭丫头片子：那到时一起吃饭，就我们两个?

林陆骁：嗯。

臭丫头片子：那我定地方。

林陆骁：有个条件。

臭丫头片子：什么?

林陆骁把脚放下来，坐直，黑眼窝挺深，唇线紧抿，蛮严肃认真地回：别穿成上次那样。

南初想问他上次那样是哪样，但想想以他的性子也不会说出"低胸小黑裙"这几个字，于是，她决定无视，只回了一条：下周五给你发地址，我们周六晚上见。

林陆骁一乐，歪了一下嘴角，把手机丢在一边，双手撑着大腿，目光盯着桌上一堆书。

这时手机响了，他扭头瞥了一眼，是机关里的号码，很熟悉，出来培训前一周，处里刚用这个号码把他叫去支队训了一番，就那车轱辘话来回说，还拨了这堆书让他考试之前看完。林陆骁在特勤中队的表现几个领导一直都看在眼里，也知道这小子平时偶尔不正经时跟你嬉皮笑脸插科打诨，但真正在火场上、救援现场，他绝对是靠得住的人，才这么让人轮番轰炸。

他盯着那长串号码，默了半晌，才接。

电话里的男人声音粗厚，典型的北方男人，是林陆骁以前特勤队的老书记，姓张。

“培训什么时候结束？”

林陆骁握着电话说：“还有三周。”

那头的人说：“行，到时候来我这儿一趟。”

“还给不给人活路了？”

“你难道想一辈子在那个中队待着？一辈子风里来火里去的？等你以后娶了老婆，有得你后悔的！”

“……”

“我知道你怎么想，几个领导也都找我谈了好多次话，合计着想从我这儿套点话头。”张书记顿了顿，开始哼哼唧唧地模仿着领导的口气，“我带过那么多兵！就没见过脾气那么硬的臭小子！最可气的是，每次还被他噎得我都没脾气了！”

林陆骁歪着脖子夹手机，弯腰去摸桌上的烟盒，取了一支，含在嘴里，说：“不像，每次见着他们，他们都恨不得拿烟灰缸砸死我。”

张书记在那头呵呵笑，“别得了便宜还卖乖，老队长都跟我说了。”

林陆骁低着头，边拍着裤兜找打火机，边问：“说什么了？”

“平林地震那年你发现一个小男孩，你们没能把他救出来，你自责了很久，我们都知道，当时的情况大家都清楚，钢筋穿透胸腔，就算你们当时给挖出来，在当时那个救护条件下，他也很难活下来。”

林陆骁自己也深知这一点，别说当时根本挖不出来，就算能把他挖出来，当时的医疗设备那么紧张，他也很难活下来，队里决定放弃，也是为了节省时间展开其他救援，毕竟，谁也想不到下一波余震会在什么时候来。

“在往后的好几年里，只要一闭眼，我仿佛就能看见余震把土堆震塌的前一刻男孩看向我的眼神。”

张书记问：“什么眼神？”

如果真要说的话，他无法用言语去形容当时男孩的眼神。

林陆骁没了心情，把唇间的烟拿下来，丢在桌上，往床头一靠，淡淡说：“苦。”

无奈，悲恸，苦楚。

这人哪，有时候就是，吃苦，受苦，偏偏看不得苦。

“其实你去大队挺好的，至少这些以后看不到了，工作也轻松，我知道你这样会觉得之前几年都白练了，但有时候救人，不一定要上前线，消防消防，一方面消，一方面防，咱把防做好了，消的工作就少了，你说是不是？”

张书记继续说：“这几年，断断续续听过兵们不少抱怨，咱没日没夜尽心尽力救人，但有些老百姓还觉得咱白拿了纳税人的钱，我们以最快的速度到达现场，可人家还觉得咱不够快，应该打完电话就立马出现，我们都应该是金刚狼、蜘蛛侠，会穿墙，会飞，会爬摩天大楼。在救援现场，恨不得让我们进去以命换命救他们的亲人朋友出来，有些话陆陆续续听多了确实伤人心哪！你说说这些官兵也都是爹生娘养的，有些才十八九岁，一身伤一身疤，可也是把这些话默默往肚里咽。他们不知道咱二十四小时待命，接了警，你就是在上厕所也得把屎夹断冲出来，他们看我们外面穿得整整齐齐，可他们不知道好几个弟兄大冬天的里头只有一件背心就赶着战备号往前冲。”

最痛的还不是这些。

最痛的是，在火场，远远看着队友被冲击波轰开时，你还不能往回冲，还得抱着伤患往前走。

可是能怎么办？

这些事，总得有人做啊。

张书记叹口气，说："前阵子去看了老队长，人现在挺好的，养养花，种种草，还跟我念叨你来着，人老了，年纪上去了，就容易想起以前的事，细细碎碎的，跟我叨叨，听着感觉也不错。他跟我说，带过那么多年兵，就属你最有味儿，也跟我说，让你进了大队改改性子！还有啊，陆骁，有些事，你该好好考虑，关乎前途跟未来。"

林陆骁默了半晌，轻嗯了一声把电话挂了。

老队长是个老兵头，在基层中队干了十几年，才调任到特勤中队任指挥员，是南山人，家就在林陆骁培训县区的附近。

林陆骁去看他的时候，老队长正提个鸟笼背着手在逛公园，腰板挺得跟笔杆一般直，他停好车，从后座拎了两壶老白干过去。

老队长看见他倒是惊喜，再低头一看，老白干，更惊喜，两个眼珠跟铜铃似的放着光，"你小子怎么来了？"

林陆骁一身常服未脱，给老人打了个标准的军礼，"在附近培训，昨天跟张书记说起您，赶着给您送两壶酒，省得跟领导打我小报告。"

老队长年近五十，身杆笔直，面庞精瘦，不免能瞧出年轻时威武的雄姿。

"得了吧，还能想起我，也算你小子有良心。"

老队长也是典型的刀子嘴豆腐心，虽然嘴上这么说，但林陆骁来了他心里也欢欣着，逮着他就往回带，"走，跟我回家看看老婆子。"

林陆骁搀着他往回走，就在途中，接到了南初的短信。

臭丫头片子：晚上六点，你家楼下，我去接你。记得带上身份证啊。

几天没联系，南初一发短信就喜欢调戏他，忍不住加了最后一句。

林陆骁一手搀着老队长，一手捏着手机，单手飞快摁着：吃饭带什么身份证？

老队长拎着个鸟笼，看他一眼，“媳妇儿？”

林陆骁发完短信，把手机塞回兜里，低笑说：“哪儿！一小丫头。”

老队长眼尖又毒，“小丫头看上你啦？”

“您要这么说，可就没法聊天了。”

老队长一乐，拿手点点他，啧啧道：“还记得以前队里跟隔壁红三甲医院联谊的时候，那不是有个小护士挺喜欢你的嘛！你小子桃花运向来都不错。”

刚说完，手机又振，林陆骁拿出来。

臭丫头片子：你懂的。

林陆骁懒得理她，直接把手机塞回去，没承想老队长照着短信念了出来，铿锵有力，声如洪钟地说：“臭丫头片子，你——懂——的——”

林陆骁停下来，眯着眼看他，直接被气笑了。

老队长也不管他，自顾自往前走，时不时逗逗他手上的小鸟，说：“你说现在这些年轻人啊！脑袋里整天在想些什么乱七八糟的？！”

林陆骁叉着腰站在原地，看着老队长的背影，笑得无奈。

老队长走了两步，又回头，指着林陆骁，“都发上短信了，你倒是把臭丫头片子带来给我看看啊。”

“……”

虽然嘴上爱扯皮，但两人确实也好些年没见了，当兵的能安全退伍也就剩下那些情怀了，老队长面上不爱说什么，但心里确实喜欢林陆骁这小子，聪明，反应快，在救援现场时判断果敢，一点不拖泥带水，确实招人喜欢。

不免多喝了几杯，话又多了些，来来回回都躲不过那些，喝到最后，老队长直接倒在桌上，难得队里来人看他，又是自己的得意子弟，难免情绪上头，忍不住多喝了几杯。林陆骁帮着嫂子把老队长扛到屋里放下，道了别，又递了个红包才肯离开。

周六，南初拍完广告，不等沈光宗发话就拖着西顾回家，自己前脚刚下车就把门砰的一声关上，吩咐司机把西顾送回家，西顾扒着窗口喊她：“你又干什么去？！”

南初一口气跑上楼，司机听话地把车开得老远。看着南初越来越远的背影，西顾欲哭无泪，脑子里竟然是韩北尧那张妖孽的脸以及沈光宗那句震耳欲聋的“你知不知道大老板以前是干什么的”。

西顾没忍住，哇地一下哭出来。

她一个还没毕业的实习助理兼化妆师周旋在一堆奇葩中间她容易吗！

这厢，南初已经脱光站在橱柜前，一件一件挑着衣服。她托着下巴皱着眉头思考，不能像上次那样。

他不喜欢长裙，那就给他来件小短裙？

那么问题来了，多短合适呢？

南初慢条斯理地从柜子里拎了三件不同长度的小短裙。

齐膝的？遮腿根的？遮膝盖的？

她鼓着一口气，弯腰率先把遮膝盖的给拎出来扔在一边，太长。

随后又拎起另外两件对着镜子比画了半天，嗯，还是遮腿根的比较美观。

那么问题又来了，紧身的，还是宽松的？

紧身太显身材，怕他撑不住，一口吃撑了就没新鲜感了，还是先宽松的，循序渐进更勾人。

选完衣服，南初对着镜子化妆，不浓，很清新的裸妆，随便拿着粉饼擦了两下，她的五官不适合画太浓的妆，会显得戾气很重有攻击性，清淡的粉底提升一下气色就足够了。

她满意地看着镜中的自己，抿一抿唇，眉眼温顺清淡，冷淡疏离，她用食指推了推两边的唇角，看上去尽量有那么点柔和感。

做完一切，南初刚弯下腰去拎包，手机就响了，她拎出手机一看，是林启，还没等对面说话，她就直接开口道："今天说什么都不会跟你去喝酒的。"

电话那头林启火烧火燎地说："江湖救急，快到将色酒吧后门来接我！"

南初没理他，对着镜子理刘海儿，冷淡地说："挂了，我今天有事，今天这约会给我泡汤了，我能把你杀了，所以别惹我。"

林启："我宁可你把我杀了，也不想被人爆菊花啊！"

听筒里的声音很杂，林启似乎一边跑还一边推翻了东西，身后是丁零当啷一堆乱七八糟的铁皮抖落的声音，南初握着电话，闭了闭眼，一狠心，"爆就爆吧，说不定就此开启了新世界的大门。"

"……"

林启似乎根本没听她在说什么，尖叫连连，话筒里灌进的全是呼呼的风声。

过一会儿，哐一声，手机似乎掉了。

"这帮小兔崽子下手这么重！早知道打给我哥了！你这个不靠谱的！"

南初问："你到底在干吗？"

"上次在米兰那个华侨啊！被咱们整得死惨那个！刚刚在酒吧碰见了啊！现在正追在我屁股后头呢！"林启对着电话喊。

南初咬着牙，骂了句脏话。

"你给我找个地方躲起来，别打电话给你哥，听见没有？"

林启说："不打，肯定不打！你快点啊！"

他才不找死呢，被林陆骁知道在他在米兰干的那些混账事，能削死他。

南初刚认识林启的时候，两人是酒友，经常在那个酒吧见面，林启那时经常请她喝酒，一来二去两人就熟络起来了，那阵子林启母亲去世，事业不顺，演出又被迫取消，人很消极。

两个消极的人就这么凑一块儿疯狂去了。结果，当时酒吧有一特有钱的有特别嗜好的华侨，他找人给南初的杯里下了点猛料，结果被林启给喝了。林启哪里咽得下这口气，就跟南初商量着在酒吧寻个机会报复一把。

连着蹲了两个晚上，好不容易逮到机会，把华侨五花大绑扔在酒店，乱七八糟画了一堆东西在他身上，拍了照还上传到了华侨自己的Instagram。平日里华侨也算是个翩翩公子的形象，这一弄，公司股价跌了不少，还被华侨的老爹给关了半年禁闭，这才给放回国。结果一回国，冤家路窄了。

通往将色的后门要经过一条上坡和狭窄的小巷，夜色暗沉，划过震天动地的引擎声，一辆红色轿跑穿梭在巷弄里。

南初一个急刹把车停在将色的后门。她坐在车里给林启打电话，挂了电话，半分钟后，林启从一道狭窄的木门里冲出来，南初冲他一按喇叭，透过刺眼的车大灯，前方恍过一道人影，脸上带着伤，青一块紫一块，肿着半张脸，额头破了皮，显然刚才已经跟人近身肉搏过了。

紧跟着，木门里又冲出三四道人影。

南初启动车子，挂好挡，还不等林启坐稳，敞着车门就一脚轰着油门，直接给轰上路了。

身后的几个人快速上了一辆车，“快，追！”

林启关好车门，惊魂未定地往后看了一眼，华侨的车灯晃眼，他忍不住低声咒骂：“这帮兔崽子！”

车子穿过小巷上了正路，两旁的树木在迅速倒退，南初瞥了一眼后视镜，后方车辆紧追不舍，还试图超车拦截，被南初打了个漂亮的漂移拐过一道弯，紧接着又是两个干净利索的漂移，后方的车距越拉越大，林启悬着一颗心终于下去了，劫后余生的这种刺激感让他忍不住对南初吹了声口哨，冲南初竖了竖大拇指，“你厉害。”

南初瞥他一眼，冷笑，“几点了？”

林启撇嘴，“六点五十。你还约了人？”

“行了，你等会儿受死吧。”

此时后方车里，有人正打着电话。

“小老板，那车往钟鼓方向去了，开车的是个女人，很生猛，我们没追上。”

挂了电话还在跟同车的人吼：“那技术简直不是盖的。”

时针已经指向七点。

天色将沉，小区亮起了路灯，林陆骁站在路口的路灯下，低头点了根烟，青白的烟雾四处弥散，烟头燃着一缕青丝，环绕在昏黄的灯光下，人影被灯光拉着老长。他掏出手机看了一眼时间，吐了口烟雾，又给塞回去，脸庞的轮廓被路灯照得晦暗不明。

放鸽子？

很好。

这厢，南初的车给人前后夹击，逼停了。对面一辆黑色的宾利车停在她的红色轿跑前，车灯打得骤亮，晃眼睛。南初拿手挡了一下光，一个戴着黑帽子的高大男子从对面车里下来，走到窗外，拍了拍南初这边的窗玻璃。

林启抖着嗓子，“别开，开了咱今晚就死在这儿了。”

门外的人见里头的人没动静，弯下腰，又拍了一遍，背光，看不太清楚脸，只能看见他拿手指了指南初，声音穿过玻璃有些沉，“你，下来。”

“你别下去。”林启说。

南初手刚扶上车门，前方忽然亮了一盏灯，车后方跑来一人，喊：“小老板！警察追来了！”

南初猛看向林启，“该死，你报警了？”

林启忙不迭摇头，“当然没有，我又不傻！”

身后酒吧老板带着一群身穿制服的人围上来，将他们围成一个圈，挥着手嚷嚷："就是这帮兔崽子啊！把我店给砸了！"

晚上八点。

南初录完笔录出来，林启蔫了，靠在长椅上，那脑门子张灯结彩跟涂了颜料似的。

南初走过去坐下，刚准备给林陆骁打个电话，就听林启说："怎么办，警察通知我哥来了，我死期到了。"

"林陆骁？"

林启委屈地点点头，"你等会儿可得帮我解释解释。"

解释什么，自身难保。

南初站起来要溜，被林启一把拉住，"你上哪儿去？别走啊，我一个人害怕，等会儿我哥发火，我还指望你帮我说几句呢！"

南初低头瞥一眼，冷声说："趁我没打你之前，赶紧松手。"

林启索性手脚并用抱住南初，像个袋鼠一样挂在她身上，拿脑袋蹭了蹭她的肩膀，"不嘛！"

南初冷声警告："林启！"

话音刚落，门口传来一道声音："你们干什么？"

两人动作停了，齐齐往门外看去，阔气的大门口站着一道高大的黑影，一身休闲，手插在兜里，背着月光，看不清表情，声音很低沉。

两人心里俱是咯噔一声。

完了。

两人木然地站在原地。

林陆骁没有立马过去，而是站在门口看了两人一会儿，有警察过去跟他说话，隔太远，听不太清，他静静听着警察说，时不时瞥他们两眼。

那目光里的深沉让林启打了一个激灵。

两人说完，林陆骁拍拍警察的肩，难得弯了一下嘴角，"谢了！"然后往林启他们这边走，那人自后方又冲他背影喊了一句："陆骁，明天上我家吃饭呗，小四维也来，咱都好久没见了。”

林陆骁说了句好，然后径直朝林启他们过来，站定，一把将林启从南初身上拎下来往后方的椅子上一丢，弯腰，对上南初的眼睛。

“打架？飙车？嫌命太长？嗯？”

Chapter 04
抱头杀

说话时他微微眯了眯眼，眼尾上翘，眼神里满是警告，颇具危险。南初此刻真想把林启吊起来打一顿，不然她现在应该已经跟面前这男人坐在一张餐桌上吃饭了。

林启从椅子上蹬着腿儿站起来，“哥……我们……”林陆骁直起身，瞥他一眼，眼神示意他继续说下去，十分耐心地表示——你们怎么了？你倒是说呀？

两兄弟从小感情就好，因为父母工作的原因，林启从小也很依赖林陆骁，有什么事回家屁颠屁颠都是“哥，哥”地喊。小时候胡同巷里有一家小摊吃食，那家的糯米团子特好吃，林清远那时不让他俩吃路边摊，林启嘴馋天天缠着他哥，林陆骁就偷偷带他出去吃，结果吃完回家被狠揍，因为他偷吃忘了抹嘴。

那时为了不被怀疑，林陆骁给他买完团子就先一步回家，结果这小弟弟连最基本的偷吃抹嘴都要人教，吃完嘴也不抹，顶着白白的嘴角回家被林清远瞧了个正着。

这两兄弟，一个聪明，一个愚，家里的长辈经常拿他俩对比，说得最多的就是：“陆骁啊，你得多照顾照顾弟弟，这小娃没心眼啊。”

林启傻白甜全胡同人都知道，而且身子骨又弱，打架又打不过人家，脾气又拧巴，但因为小，被林清远处处纵容，这才养成了这些少爷脾气。林清远对林陆骁的要求向来比林启高，而林陆骁这小子平时调皮捣蛋吊儿郎当惯了，真遇上事，他的反应比任何人都快，也扛得住。

林清远对林陆骁说得最多的一句话就是：“你扛得多，你弟弟才能过得好。”

一开始他不懂自己为什么要比林启学的东西多，偶尔也会觉得“嫉妒”，后来随着林启一年年生病发烧，林陆骁忽然明白了世界是公平的。

林启身体状况一直不太好，林陆骁记得有一年发烧进医院十几回，人一生病就变得特别脆弱，也特别依赖他，躺在病床上那小眼睛乌溜溜地看着你，想不心疼都难。父母离婚那年，林启被母亲带走，大半夜的，林启从母亲家跑回来，探着小脑袋在后院使劲儿拍着他的窗户，喊他，问他，他是不是被抛弃了，因为他身体不好?

林启在感情上迟钝又敏感。就像现在，他仍旧看不出他哥跟南初之间那点微妙的情绪波动，还跟个傻子似的死死拽着南初的手不让她走。姑娘莹白的手腕被少年紧握在手里，紧紧攥着，少年的指甲盖因为用力都泛了白，可还是不撒手，跟手里攥个宝贝似的，生怕一个撒手，人就跑了。

林陆骁的目光在两人的手腕上若有似无地落了会儿。

林启开始卖惨，“我被人打了。”

林陆骁双手插在裤兜里，表情嘲讽地盯着他笑，“哦，你是说，你走在街上，然后就被人抓起来打了？”

林启语塞。

林陆骁那深黑的眼睛简直比外头的夜色还可怕，他说：“我以前怎么没发现你长得这么欠打？”

林启转了转眼珠，避重就轻地说：“好吧，我去酒吧放松，跟人起了口角，就打起来了。”

林陆骁用下巴点点南初，若有似无地瞥她一眼，“那她呢，跟你一起在酒吧喝酒？”

“我叫她过来的。”

林陆骁哟呵一声，脑门上写着两个字——不信。

“厉害了，你打架叫个女人帮忙？”

林启低着头说：“她开车好厉害呢！我以为能跑呢。”

林陆骁哼笑一声，刚要说话，审讯室又出来一人，一米八的个头，黄头发，刘海儿碎碎地挂在额前，脸瘦，轮廓柔和，白衬衫黑西裤，身材不健硕，很瘦。

林启狠狠瞪他。南初冷淡地往那边瞥了一眼，男人解着衬衫扣子走过她身边，冲她抛了个媚眼，又用眼神挑衅林启，最后看了林陆骁一眼，这才拎着西服外套大摇大摆地往外走去。

林启作势要冲上去，被林陆骁一把按着推到椅子上，“你坐好！”

林启顿时憋住，不敢多说一个字。林陆骁瞄一眼南初，后者表情冷淡仿若无事，林陆骁就纳了闷儿了，从没见过这么理直气壮的女人，道：“我跟你说过什么你忘了？”

南初抬眼皮看他，十分有主见地说：“这时候训我们也没用，先送林启去医院吧，他那脸肿得都快不能看了。”

林启坐在椅子上，仰着头，捂着脸，一个劲儿地猛点头卖可怜。现在训人确实不是时候。林陆骁看了他俩一眼，转身去打招呼。

“两人你都带走了？那个女的也是？”

林陆骁点头，张口就来，他跟你扯的时候那表情真诚得简直让人无法不信服。

“一远方小表妹，就一小丫头，我回去肯定让她爸妈好好训训她！确实有点欠收拾。”

“那小姑娘还挺漂亮的。”警察同志往那边看了一眼说。

林陆骁佯装看看南初，“漂亮个屁，毛都没长齐呢！”

“挺漂亮的啊，我看着这么眼熟呢？行吧行吧，走吧，明天一起吃饭。”

林陆骁挥挥手道：“明天联系。”说完转身拎着两人就出去了。快到门口的时候，南初接到沈光宗的电话，那尖锐的嗓音仿佛要穿过话筒戳死她。

“你是不是疯了？”

“回去再说。”

沈光宗：“有狗仔在警局门口，你现在随便找个东西挡住自己的脸出去拦车，我晚点让人再过去一趟，你千万别让人认出来了！听见没有！”

话音刚落，南初迅速拉住林陆骁转过身，背对大门口。林陆骁手心一凉，软软的几根手指抓着他的手掌，细细长长，他抽了一下，南初又攥紧了些，南初说：“有狗仔。”

林陆骁往门外看了一眼，灌木丛里蹲着几个挂着相机的人，还有路边的一辆车，镜头卡在车窗缝隙里。虽然南初觉得认出她的概率不大，但还是得以防万一。

她低声问林陆骁：“这儿有没有后门？”

林陆骁侧眼睨着她，他人本就高，垂眼看人的时候就是俯视，又瞥了一眼被她捏着的手，哼笑一声，“你问我啊，我也是第一次来啊。”

南初又瞄他一眼，那眼神里竟然多了一丝无奈，哪还有往日那个臭丫头片子的形象。

林陆骁低头看了一眼被攥着的手，沉默了一会儿，用另一只手从裤兜里掏出车钥匙丢给林启，“你去把车开过来。”

林启捂着脑袋领命而去，林陆骁把南初拉过来，手掌握住她的后脑勺，以单手抱头的方式扣在自己胸前。这出乎预料的发展倒是让南初有些意外，她以为，林陆骁大概就是随便给她弄个黑色塑料袋套头上，也绝对拒绝任何跟她的肉体接触。

两人站在门口，林陆骁一只手插在裤兜里，一只手抱着她的头，把她摁在怀里，手掌在她后脑勺还轻轻抚了抚，神态自若，驾轻就熟。

“你倒是很娴熟啊！”南初窝在他怀里说。

他轻哼，胸腔振动。

林陆骁身上有股淡淡的清香，很干净，也舒服。男人的胸膛坚硬无比，薄薄的 T 恤根本挡不住男人偾张的胸肌，南初一脑门子顶的都是他硬实的肌肉，埋首在他怀里，悄摸仰头瞟他一眼，被一掌按下去。

南初额头贴着他的胸膛，手扶上他的腹部，那里一块块包起的肌肉，让她精神为之一振。指尖顺着他的肌理条渐渐往下刮，刮到裤边位置，卡着皮带的锁头，南初食指往下戳了戳，意图想戳进去，被林陆骁一把扣住手腕，垂眼俯视她。

“再乱摸就把你推出去。”警告意味明显。

南初讪讪，见好就收，深知得罪他的下场，倒也没再乱动，乖乖地趴在他怀里。

林启开车过来，林陆骁带着她一边走一边用手护着她的头，走到车边，拉开后座的门，毫不客气地将她一把塞进去，自己跟着坐进去。

林启一轰油门往前冲。

车里。

林陆骁看着她，扬着下颚指指里头，眼神示意她往里头挪挪。

南初没理他，整个人跟他贴得死死的，跟林启有一搭没一搭地聊着。

林启一边开车，头也没回，“你今天约了谁啊？”

南初看了林陆骁一眼，舒服地往座椅上一靠，“一个男人。”

林启：“男朋友？”

南初哼唧一声，没答。

林启又说：“那你放他鸽子，他不会生气吧？”

南初看着林陆骁，后者正看着窗外，侧脸的轮廓如刀削一般硬朗，南初意外地发现他睫毛很长，跟眼尾开了剪似的，翘着弧度，她漫不经心地说：“气着呢！”

林启叹口气，转而问林陆骁：“哥，你呢，你刚在干吗呢？”

林陆骁瞥了一眼南初，挺冷淡地说："睡觉。"

两人几乎同时发出一声，"切。"

林陆骁："……"

车子开到一半，林陆骁实在受不了林启顶着一脑袋青青紫紫的瘀伤开车，直接把他赶下去，自己坐上去一路开到军三院门口。

三院都是熟人，林启顶着那花花绿绿的脑袋一进去就被赵医生抓了个正着。

赵医生跟林清远一家是世交，两个小子都是他看着长大的，有个头疼脑热也是她给治的，林启小时候身体不好，治得都是内里，林陆骁则都是调皮捣蛋落的外伤。

今儿个瞧见这两兄弟，也是一震，心疼地抱着林启的脑袋，"你这脑袋瓜子怎么成这样了？跟人打架了？"

林启摸着后脑勺，嘿嘿傻笑，"意外意外！"

林陆骁则插着兜跟南初站在林启身后。

赵医生往后头一瞧，"不会是让你哥给揍的吧？"

"没有，就是个意外，您可别打我小报告。"林启讨好地笑。

赵医生打小就疼这两兄弟，见他都这样还要贫嘴，气不打一处来，在他肩上狠狠拧了一把，"我是这样的人吗？跟我过来！"

说完，拉着林启进诊室去上药，看了一眼后头的林陆骁，问道："陆骁，你来说，这怎么回事？"

南初跟林陆骁两人一人倚着一边门框。

林陆骁白 T 黑裤，懒洋洋地抱着臂靠在诊室的门框上，曲着一只脚，一耸肩，闲散道："您还不了解他，打不过人家非要跟人打，被人揍得满头包回家又不敢哭。"

林启脸红。

赵医生瞪他，"哪有你这样说弟弟的？"

谁都知道林陆骁从小就极其护犊子，就算真知道这浑小子干了什么混账事也不舍得打一下，也就是这样，林启才一直依赖他。两人都已长大，林陆骁性格倒是收了些，只是林启这少爷脾气是越发见长了。

走廊里忽然传来一道急促的脚步声，高跟鞋蹬着地砖噔噔噔作响，南初听着这脚步声甚觉熟悉，回头看了一眼，果然看见穿着白袍顶着空气刘海儿、扎着小马尾的夏晚从走廊尽头噔噔噔跑过来。

“不好意思，让一下。”

这话，是对南初说的。

林陆骁却下意识回头看了一眼，往边上侧了侧。

夏晚看他一眼，走进去，被林启的模样惊了个呆，捂着嘴，惊讶道：“你这怎么弄的？”

林启讪讪地说：“小伤，没什么。”

一旁的赵医生听了，一边给他上药一边说：“这可不是小伤，你别不当一回事，你体质本就差，这些瘀青没个十天半个月都不容易好，而且你骨脆，再多来几次这样，保证你以后习惯性脱臼。”

夏晚说：“就是，你好好听赵医生的话，再不拿自己的身体当回事，有你后悔的时候！”

林启被轮番轰炸，耳朵快长老茧了，只得拼命点头。

夏晚说完，回头看了一眼林陆骁，又扫了一眼旁边的南初，走到林陆骁面前，双手插进白袍兜里，站定，仰脸看他，声音放柔了许多，“你最近忙什么呢？”

说话的时候，空气刘海儿一飘一飘戳进眼睛里，南初看着都替她难受。

林陆骁抱臂靠着门框，俯看她，淡淡地说：“在外地培训。”

“好久没一起吃饭，明天一起吃饭吧？”

林陆骁：“明天得回去了。”

夏晚露出失落的表情，“培训什么时候结束？”

“三周后。”

“下周末回来吗？”

“不回。”

林陆骁惜字如金，都是对方问一句答一句，十分心不在焉。

夏晚浑然不觉，还在深入了解。

“那等你培训结束回来，咱们去看电影吧，贺导的，讲救火英雄的，就写你们这样的，去吧？”

林陆骁终于正视她，一秒，两秒，转回头，淡淡地说：“没什么兴趣。”

“……”

夏晚惋惜，这才注意到一边的南初，故作惊讶，“你们怎么会一起？”

林陆骁看了一眼南初，没理她。

南初淡淡跟林启说了一句：“我出去打个电话。”

医院的长廊总是常年散发着一股凉飕飕的阴气和浓烈的消毒水味，长廊的尽头开着一扇小窗，月光从外头洒进来，落下清辉，像云层铺洒在地上，令人心安。

上次见他就是在这块地儿，林陆骁穿着军常服，倚着墙抽烟，军帽檐挡了他半张脸，下颚线轮廓紧绷得令人想摸一把，夏晚就是从那头噔噔噔跑过来，仰着头，跟他轻声细语。

南初靠着垃圾桶边的墙，给沈光宗打了个电话。

沈光宗声音尖锐得像把刀，仿佛想要透过话筒刺穿她，他说：“最近是不是对你太放纵了？！所以你上天下地也得给我折腾点事出来，让我收拾是不是！你现在在哪儿？赶紧给老子滚回来！”

“在医院。”

沈光宗声线一拐，问：“你受伤了？”

“一个朋友受伤了。”

沈光宗正了正声：“你赶紧给老子滚回来，一个小时之内看不见你，我把你的小助理拆胳膊卸腿下汤药，你爱信不信！”

南初沉了嗓，威胁道：“你敢动她试试？”

沈光宗根本不受威胁，丢下一句：“我有什么不敢的？”

嘟嘟嘟……

南初骂了句脏话，想把电话往墙上砸，身后传来一句。

“跑出来干什么？”

空旷的长廊上多了一道黑影，被照进来的月光拉得老长，但不用回头，也能知道是谁。

南初把电话塞回兜里，往墙上一靠，无所谓地说：“给你们留点空间呗。”

林陆骁站在她背后，手插在裤兜里，嘴里叼着根没点的烟，扯了扯嘴角，往前走了两步，直接把南初堵在他跟墙之间，弯下腰，对上她的眼睛，漆黑的眼睛像潭清水，笑了一下，“以前没发觉你还挺懂事。”

说完，他站直，从裤兜里摸出打火机，偏头点燃，轻吐一口，清白的烟雾在淡白的月光下显得十分混浊，一瞬间模糊了他的轮廓。

两人站得很近，一个贴墙靠着，一个叼着烟，站在另一个人面前。窗外月色渐浓，月光落下余晖轻轻打进来，衬得两道人影更加绵长。

南初眼睛一眯，做坏事的心思又溜出来了，抬手摸上他的腰腹，指尖顺着腹部的肌理线条慢慢往下刮，再抬眼看他，男人的轮廓更清晰更硬朗，英俊深邃，视线渐渐往下，脖间那微微的凸起随着他抽烟的动作轻轻滚动，她的手指轻柔又软，轻轻撩起他 T 恤的下摆，摸进去，单手握住他皮带的锁头。

拇指轻勾。空寂的走廊里，响起一声“啪嗒”，清脆如雨滴，皮带松了。

下一秒，手被人握住，宽厚粗粝的手掌，那触感抵达脑部神经时，南初愉悦地勾了勾唇角。

头顶上方传来一道低哑的声音，“扣回去。”

林陆骁握着她的手按在自己腰间，低头看她，眼底深沉，眼窝明显，嘴里还叼着根烟，烟头萦绕着一缕青丝，两人就这么隔着青白的烟雾，看着彼此。

眼神都是——直勾勾的。

南初发现他有一双很好看的卧蚕，是很多男明星不远万里飞到某国度去做的那种。

“扣回去。”

他嗓音清了些，又重复了一遍。

南初背抵着墙，一只手曲着搭在墙上，抬着眼皮看他，终是在他的眼神攻势下服下软来，慢悠悠地帮他把皮带扣回去。

气氛静了片刻。

南初伸手要去夺他唇间的烟，被林陆骁看破，率先拿下来，按灭在一旁的垃圾桶上，眼梢一吊，问她：“你跟林启，在米兰发生过什么？”

南初嘴角勾着玩味的笑，“你是指什么？”

林陆骁插兜，看着她，不说话。

“精神？”

林陆骁咬住下唇。

“肉体？”

林陆骁叉腰，舌尖轻舔了一下唇，拧眉。

“还是你认为我就这么随便？随便是个男人都可以上？”

这臭丫头片子。林陆骁天生也是硬气，虽然他认为自己是“合理”质疑林启跟她的关系，可刚刚那话也并没有别的意思，真要他解释又觉得不爽，他凭什么跟一丫头片子解释他怎么想的，到了嘴边的话也极具讽刺：“不随便，你能随随便便解男人皮带？”

小姑娘眼窝骤深。南初倔劲儿上来的时候，谁都说不通。这对面要不是林陆骁，她能抄起旁边的垃圾桶就砸过去！

林陆骁说这话也是一时冲动，等他回过神的时候，小丫头人都已经走到大门口了。

林启上完药从后面跟夏晚一起过来，回程的时候车里多了一个人，林陆骁开车，夏晚争着抢着要坐副驾驶，被林启一把丢到后座去，“我跟我哥都好久没见了，你先靠边站。”

夏晚："……"

林启："哥，什么时候咱一起去看电影吧？"

夏晚："对对对，带上我，咱仨一起。"

林启回头看她一眼，"为什么要带你啊？"

夏晚："你们俩大男人看什么电影啊？"

林启耿直地说："你跟着我总觉得怪怪的。"

夏晚："今天南初跟着你就不觉得怪怪的？"

林启挥挥手，"当然不一样，南初跟着我踏实。"

重点是她好使，大方漂亮带得出手，喝酒一个顶俩，嗨了还能带你飙飙车兜兜风。

夏晚："……"

林傻白甜真的一点都没发现问题啊。林陆骁全程静静听着，时不时瞥一眼后视镜，发现南初意外安静，靠着车窗欣赏车外的风景，居然一点都没了之前的调皮捣蛋，怪不适应的。

南初下车之后还跟林陆骁礼貌鞠躬道别，"谢谢林队长！"林陆骁半降着车窗，一手扶着方向盘，一手搭在车窗边沿上，吊着眼梢看她，有点想笑。

南初说完也不等他回应，就转身上了楼。

林启在一旁嘀咕："见了鬼了，这丫头今天怎么这么有礼貌？"

林陆骁看她上了楼，升上车窗，打着方向盘踩着油门，轰出了小区。

引擎声轰隆隆，在深夜里简直嚣张至极。林启坐在副驾驶差点被甩到门上，猛地伸手掰出车顶上的扶手，咿咿呀呀直嚷嚷："干什么呢？哥！突然间发什么脾气？！"

林陆骁这些年性子倒是敛了不少，话不多，深沉，喜怒不形于色，拧了眉，眯个眼算是心里不爽的表现了，再严重点，顶个后槽牙，咬个下唇，表示有点怒气了。

这么轰隆隆地去轰油门，林启是第一次见。

那主要也是他之前没见过太多，在横街三胡同口的时候，林陆骁、大刘这帮小子就喜欢瞎混，虽然说父母管得严，但也皮实，闯点小灾小祸，打一顿，过几天好了伤疤忘了疼，继续闹腾。稍微大点了，打打台球混混游戏厅，轰轰油门。等再大点了，也就知道不能这么瞎闹腾了，不知道哪儿来的使命感，一帮小子上军校的上军校，出国深造的出国深造，参军的参军。

一晃眼，都十年过去了。林陆骁这人到底是没怎么变，那臭脾气的本性还是如此——硬气不认输。

第二天一早。

南初睡眼惺忪，整个人还在梦游状态就被沈光宗一把从床上拎起来，她有非常厉害的起床气，厉害到身后的西顾都不敢看她。

南初这人擅长冷暴力，从小缺乏沟通落下的毛病，很少发火，但总之不爱搭理你就是了。

比如昨天刚被打入冷宫的林陆骁。

她的起床气也是如此，不会发疯，无论在什么样的条件下被叫醒，她永远都是一副冷淡到死的表情，眼神如果是刺刀，那么沈光宗身上此刻已经插满了刺刀。显然，沈光宗并不吃她这一套。等她靠着床头醒神的缝隙，直接将手机甩过去，“我不是让你躲着记者走吗？！你实在躲不过你不会跟警察拿个黑色塑料袋往头上一套就跑吗？！”

南初还没完全醒过神，靠着床头掏了掏耳朵，“你大清早嗓子就这么开吗？”

说完才去捞手机，低头看了一眼。虽不是什么重要的八卦号，转发数跟评论数也都不多，只是这大黑标题让她看着有点不爽——F&D 二公子蒋格夜晚跟野模飙车，对象竟然是曾经著名影后南月如之女。

通稿写下来把她和蒋格黑得体无完肤，不仅把她写成了十八线小野模，还瞎掰了她跟蒋格的狗屁情史。

南初往下翻，并没有在警局的照片，说明警局蹲点的狗仔并没有认出她，稿子提供的是马路上一组她跟蒋格另外一辆车追逐以及她被蒋格车追堵的图片。

她打开自己的微博，私信又多了，看都不用看，肯定都是骂她的。

南初靠着床头点了根烟抽，点的时候犹豫了一下，但想到林陆骁那张气死人不偿命的脸，她又毅然决然点上了。其实一般这种营销号要发爆料都会先联系南初的团队，依着韩北尧的性子，肯定不会让这些照片流出去，但这个营销号在当天凌晨拿到爆料就直接发了，根本没有做过相关工作，这一点让沈光宗最奇怪，对方显然是故意要将这次新闻爆出去。

这事，要么冲南初，要么冲蒋格。南初跟蒋格的身价相比，显然应该是南初被扯进了一场豪门争斗。

嘉禾顶楼。

西顾是第一次上大老板的办公室，颤颤巍巍跟个小白兔似的低着头跟在南初和沈光宗后头。

出了电梯，门打开，一眼看见貌美如花的秘书小姐，冲他们点头示意，“韩总在里面等了。”

灯光晃眼，秘书小姐的笑容更加晃眼，总觉得他们是三只待宰的小羔羊，就连过道都装修得富丽堂皇，发着金灿灿的光。

跟里头的总裁办公室相比，外头的过道简直是小巫见大巫，偌大的办公室，韩北尧跷着二郎腿仰在松软的老板椅上，正擦着手里的墨镜，后面是一整面透明的落地窗户，一眼能望到对面的楼顶，每天在这样的环境里办公，难怪都拿鼻孔看人。

韩北尧手里的动作有点像在磨刀。

嚯嚯嚯——

看得西顾一愣一愣的。

三人一字排开，站在桌前。

妖孽开口了："凌晨的新闻看了？"

南初点头，"看了。"

"什么感想？"

"野模这个评价不是很中肯，带了点个人色彩。"

"……"

韩北尧冲过来想掐死她，被沈光宗拦住，"这丫头说话不好听，您又不是第一次接触。"

韩北尧顺了顺气说："你知道蒋格是谁？"

南初："现在知道了。"

韩北尧解开衬衫扣子，往椅子上一坐，问："怎么认识的？"

南初照实说。

南初之前有个经纪团队，但因为经营不善加上南初的招黑体质各种原因在去年底解约了，于今年初才签约目前韩北尧的嘉禾公司。

韩北尧差点一口气没上来，简直不敢相信自己的耳朵。

"你把蒋格给捆了，在他身上画了几百只乌龟，还拍了照片上传了他自己的 Instagram ？所以前阵子导致 F&D 股价短暂下跌的原因是你喽？"

虽然很不想承认，这其中确实有间接的原因。

整个世界安静了三秒。

办公室没有一个人说话。

西顾已经抖得腿都酸了。

韩北尧拍拍桌子，朝南初一指，对沈光宗说："来，你去拿份解约合同给她。"

沈光宗看着韩北尧，"真拿啊？！"

韩北尧："拿屁！让你拿你就拿，你有没有点主见？！"说完又指指身后的西顾，"你缩在那儿干什么？给我过来。"

西顾往前挪了一步，"韩韩……韩总。"

韩北尧又气炸，"舌头能不能捋直了说话？！"

南初：“你凶她干什么？”

韩北尧：“我凶她？我还要炒她鱿鱼呢！就这几天，给我惹了多少事？！”

南初：“你敢？”

韩北尧这二世子从小天不怕地不怕，刚遇上南初的时候，就觉得这小丫头骨子里的倔劲儿只要好好挖掘，将来她一定能大火。也就是瞧准了这一点才给人不管不顾立马签进来，男人一开始总是容易被女人的外貌吸引，像南初这种好死不死就恰恰能激起他的征服欲。

一开始确实动过心，但后来发现这丫头就是个冰山，再火热的心也没法给她化了，后来是连一点念头都没有了，光想想那副冷冰冰的样子，在某些方面也不会是个火热的主。但偶尔有时候被她噎得心里还挺爽，至少长那么大，还没人敢那么噎他，时间一长，竟然也就习惯了。

韩北尧瞥了一眼西顾，威胁道：“你看我敢不敢？！”

就在两人对峙之际，忽然插进一道糯糯的声音，“我辞职，不用你炒，我自己提，反正还没过实习期，明天给你打报告。”

咦，这会儿不结巴了？

“……”

沈光宗和南初齐齐看向韩北尧，后者干咳一声，“都看我干吗？！”

大手一挥，“辞就辞呗！”

等仨人从里头出来，南初看了一眼西顾，捏捏她软软的小脸，“真辞啊？”

西顾低着头，轻轻嗯了一声。

南初叹了口气，揉揉她的头发，难得软声，连西顾都听酥了，“你再考虑考虑呗。”

连平日里以毒舌著称的沈光宗都忍不住劝了句，虽然口气不太好听，“你们这些90后啊，一个个都这么任性，随随便便被骂两句就辞职，工作那么好找啊？大老板也就是那么说说，他哪能真辞了你，小姑娘胆真小。”

说完又指南初，“还有你，这事八成是冲蒋格来的，F&D老爷子前阵子入院，家族大战才刚刚打响，蒋格这少爷性子野，手里股份不多，但是最受老爷子喜爱，万一老爷子要是想不开立个遗嘱让蒋格接手F&D，那就是明年的开年大戏了，所有人都等着看这场好戏呢，他一时半会儿也惦记不上你这么一小人物。这段时间别再惹他了！”

沈光宗叮嘱完，又给她排了满满的通告。

这天，沈光宗又拎着一个通告来片场找南初，她正低头看书呢，佛经在手边，被她翻了无数遍。她漫不经心地听着沈光宗说：“这次不一样，咱不接剧了，是一个大型户外体验节目。”

“什么？”

“类似生活体验和生存游戏之类的，每一站一个主题，一站时间暂定为半个月，半个月你必须全封闭，关手机，关电脑，总共三站，第一站是机场地勤检查，第二站是消防，第三站是丛林探险。”

南初盯着书，沉默了片刻，说：“我能拒绝吗？”

“没得拒绝，这是韩总答应的，蒋格作为和解的条件之一。”

“他脑子是不是有病？”

“蒋格脑子有没有病我不知道，但是韩总肯定没病。”

这边，林陆骁刚从南山培训回来，指导员直接跑过去，冲他敬了个礼，喘着粗气说：“你先别换衣服了，赶紧跟我上去一趟，支队里几个领导都来了。”

林陆骁停好车，跟着指导员跑进政教楼，会议室里坐了一排整齐划一、面容整肃的领导。林陆骁理好衣服，把帽子往桌边上一摆，低声道：“透个底儿，这是要批斗谁啊？”

指导员看他一眼，说：“下个月有个节目想放咱队里拍，几个领导商量呢。”

林陆骁有点不太信，斜着眼睛看指导员，那边，有领导敲敲桌子，喊他："陆骁，我跟几位处长商量来商量去还是觉得这件事得交给你负责，你看怎么样？"

林陆骁拧头看过去，"负责什么？"

"北浔卫视那个节目，节目组方面指导员已经联系好了，为期半个月，入队时间在下个月中旬，由你担任这次节目的总执行教官，负责安排他们训练、演习。到时候会有六位艺人参加，三位女艺人，三位男艺人，节目组那边也沟通过了，为了能更加真实地反映咱军队风纪以及消防教育，一律把他们当成普通新兵对待，该训就训，该骂就骂，不遵守纪律的可以由你申报上级，驱逐离队。"

这事真不好做决断，林陆骁向来不喜欢这种形式的宣传，感觉很多东西一旦放到电视上就很容易被夸大，就算平日里他们真是这样，可到了观众耳朵里就有了"作秀"的成分。

就连平时的消防宣传片他都懒得参加，这回要录一个这么大的卫视节目，而且这么大的一件事，他这个总执行教官还是最后一个才知道。明显几个领导摸清了他的脾气秉性，把六个人往他队里一放，算是赶鸭子上架？

"我要是都驱逐离队了，是不是可以提早结束拍摄了？"

闻言，指导员震惊地看着他，拿脚在桌下踹他，咬牙道："小兔崽子说什么呢？"

"你怎么弄我不管，真要那么有本事，你给全都轰回去也行，大不了让节目组把这站行程取消，咱队里年底出个消防宣传算是把这事给挡过去了，但我就要求你两件事情。"老领导了然一笑，比出两根手指，"第一，训练多严格都没关系，但要保证他们的安全。第二，把咱特勤的军风军纪给展现出来。"

林陆骁沉默了半晌，道："是。"

之后各位领导又草草交代了今年的工作计划，会议结束时。指导员要安排食堂加餐，被领导喊住："不用了，咱不搞特殊待遇，你们平时吃什么，我们就随便吃点。"

指导员看向林陆骁，意思让他拿主意。

林陆骁拨头发戴好帽子说："就按领导说的办。"

消防中队大概五十来人，比一般的基层中队多上二十来人，食堂在二楼，这个点士兵们还在训练，阅兵结束，指导员带着领导们过去吃饭，林陆骁在食堂门口抽了两根烟，才进去打饭。

林陆骁刚端着碗坐下，领导拿着筷子点点他，跟他拉家常："你书看得怎样了？"

林陆骁端着碗，夹了块肉往嘴里送，嚼了两口说："一半一半吧。"

其实真没时间看，这段时间一直在外地培训新兵，这才刚踏进中队大门，手里头又忽然被人塞了这么一节目。

指导员帮他插话："挺认真的，前段时间在南山培训我看他来来回回车上也放着几本书，咱林队认真起来基本也就没别人什么事了。"

林陆骁看他一眼，扯扯嘴角，继续扒饭。他从小吃饭就快，三两口半碗饭就下肚了。

领导欣慰地点点头，"前阵市里开会，碰见你爸了，我跟他说了这事，他挺支持的，你很久没回家了吧？有空多回去看看，老人家上年纪了，到底身体有些不方便，你们父子俩就是缺乏沟通，你呀，从小就闷，以后进了大队，这毛病得改改。"

林陆骁放下碗，轻嗯了一声。

孟国弘是支队警务处处长，跟林清远是老战友，也算是一路看着林陆骁长大的，林家的事他也算是唯一一个门儿清的，也知道林陆骁这小子的性子。

"拿出你高考那会儿的精神来，这事可没你想的那么简单，这次名额不太多，竞争力很大，不少人挤破头想往里冲，你要没点魄力可不行。"

林陆骁双眼盯着他，到底没作声。

指导员说："咱林队什么都没有，就剩那么点魄力了。"

孟国弘："我记得你小时候看书挺快的，每次带给你几本军事理论，没几天就看完了，还跑到我家来跟我要新的。怎么这次这么久过去了，一本都没看完？"

男孩子小时候都爱看些枪啊、坦克之类的，他那阵特别喜欢看军事理论，每次孟国弘来他家都会给他带几本，他看书快，记忆力也好，一开始孟国弘以为他就翻翻，没什么兴趣就扔了，没想到后来几次见面，这小子还能头头是道地说出个一二三来，听上去还挺像那么回事，就越发喜欢这小子。

孟国弘拍拍桌子说："用点心。下月就考试了。"

林陆骁已经吃完饭，放下空碗，坐在椅子上，双手抱在胸前，嘴里叼着根牙签，顶了两下。

"知道了。"

南初近来接到不少私信轰炸，微博转发跟粉丝数与日俱增，原本只有十几万的粉丝，一半还是沈光宗花钱买的，这一下子蹿上了几十万。

这天韩北尧把沈光宗拎办公室去训话。二世祖跷着二郎腿仰在老板椅上，"你说她微博粉丝怎么回事？她自己花钱买的？"

沈光宗："她才不会呢，她根本不用微博，以她那性子怎么可能买粉丝？！"

"那怎么一下子涨了这么多粉？"

这事沈光宗早就跟团队分析过了，他道："反正不是什么好事，都是骂她的。"

韩北尧："……"

"那个八卦号扒出了她以前跟冉冬阳、严黛的事情，一部分粉丝认定她是导致两人分手的原因，粉她估计也是为了方便关注她的动态，可以骂她，还有一部分是蒋格的老婆团，关注她也是为了骂她，剩下的一部分是宅男，估计以为她是什么三流野模，过来耍几句流氓而已。”

韩北尧瞪着眼，“这帮人是不是变态？”

“我只能这样说，还好是南初这丫头，刀枪不入，也不在乎，要换成严黛那样的玻璃心，估计早跳楼去了。”

韩北尧陷入了沉思中，而后说：“她那边节目录得怎么样了？”

沈光宗沉默了半晌，叹了口气，才说：“我终于知道蒋格为什么找她了。”

韩北尧：“嗯哼？”

“您一开始就知道那是个什么性质的节目？”

韩北尧不说话。

沈光宗跟了韩北尧很多年，他的沉默意味着什么他非常清楚。

“我以为您多少是有点喜欢她的呢？”

“就算不喜欢她，我旗下的人……”韩北尧讽刺地一笑，“你觉得我这么坏？会把她往火坑推？”

沈光宗沉默了。

韩北尧难得叹了口气，“说白了，蒋格那节目就是想让艺人出丑吃点苦头，博观众一笑，让他们觉得明星跟普通人也没什么不一样，别人都这么参加，她怎么就不行了，那丫头的性子就需要这么磨磨。”

说白了，还是被她噎的，想挫挫她的锐气。沈光宗心道：“难怪找不到一线艺人，找了些不入流的七八线小艺人，破节目能火才怪。”

其实前两站倒还好，没什么难度，就是体验体验地勤跟消防工作的辛苦，第三站丛林探险才是这个节目的宗旨，把这六个艺人丢进危机四伏的丛林里，就看谁能坚持到最后，其中的苦头可想而知。

韩北尧心里也烦，始终没想明白自己这事做得是对还是错，但生活在这样一个大染缸里，想要安逸的生活很难，这一点，南初应该比他清楚，这么想着，心里又好过点，抬手把沈光宗轰出去，一抬头，就看见桌面上摆的一封辞呈。

这天，南初录完机场地勤节目往家赶，西顾正在她家里帮她收拾东西，她走进去，把包往边上一丢，将自己抛上床，声音慵懒地对西顾说："小姑娘，想我没？"

西顾停下手里的动作，看她一眼，"嗯。"

南初坐起来，坐在床头，看她，"怎么了？声音听上去这么郁闷。"

西顾再也憋不住了，扑到她怀里，哇的一声哭出来，"我跟韩总递辞呈，韩总说如果我辞职，他就封杀我……让我找不到工作……你说他为什么这么讨厌我……我又没得罪他……"

小姑娘软软糯糯的身体趴在她怀里，哭得可怜巴巴的，小模样真令人心疼。南初摸着她的脑袋安慰她："其实我也是这意思。"

西顾吓得忙从她怀里钻出来，"你也要封杀我？！"

南初翻了个白眼，"我们都希望你不要辞职，你不是在我身边做得挺好的，干吗因为韩北尧一句话就辞职？他这人就是比较幼稚，不太会表达，也不会好好说话，你平时多关注关注，会发现他其实挺可爱的，就是脾气有点拧巴。"

西顾小眼睛扑闪扑闪的，迟疑地问："真的？"

"既然他都不让你辞了，你多做一段时间看看呗，这个公司的人都这样，不太会说话，但他们真的不坏。"

至少比起她以前那个团队，表面一副和谐之象，私底下都恨不得弄死对方。

西顾点点头。

南初揉揉她的头发，"乖，我累死了，先去补一觉。"

西顾这才注意到她眉角有道血痕，"你怎么了？录个节目怎么还受伤了？那节目为什么不让带助理啊？"

南初反身趴在床上，像一条死鱼，动也不动地说："非人节目，蒋格果然是个变态。"

她已经能想到第三站的丛林探险的恐怖程度了。南初看上去真的很累，西顾有点不忍心打扰她，默默帮她脱了鞋子，然后给她盖上被子转身出去。第二天，两人回到公司，就听说严黛去找韩北尧大吵大闹了。

录节目的嘉宾里，嘉禾公司有两个女艺人，另一个就是严黛。沈光宗看了一眼南初挥手示意她过来，“你有什么想法没？”

南初抬抬眼皮，“什么想法？”

沈光宗一脸你笨的表情，“你要是真不想录了，去跟韩总说，你说他会答应的，到时候找个借口咱就退出，我给你接个别的片子。”

说完，一眼看见南初眉角一道深红色的血痕，变了脸色，“你这怎么回事？”

南初摸摸眉角，“录节目不小心受伤了。”

“你是艺人！怎么能让脸受伤？！”

“知道了，下次注意。”南初淡淡地说。

沈光宗瞪她，“想明白没有，要不要录？”

南初：“录啊，挺好玩的。”

三人进去的时候，严黛正在里头摔本子，韩北尧一脸冷淡地坐在沙发上，见他们进来，这才开口：“当初接这节目就跟你说过了，不同于以往那些做做效果的节目，你当时不是不当一回事？南初去，你也要去，你不是这么跟我说的？闹够了就出去。”

严黛：“我以为机场地勤检查就是安检员啊，谁知道还要接送旅客上下飞机，帮旅客寻找失物，还要接受旅客投诉，安抚那些误机乘客，给人家端茶送水，一个不小心还差点被人打了！！而且出了状况节目组也不知道在干什么，就躲在一旁只知道拍拍拍，我都说了别拍了，还非要拍你的丑态，这样的节目有什么意义？”

韩北尧：“你以为现在做节目是在外头喝喝咖啡晒晒太阳，在夏威夷度假？你觉得你自己够格吗？”

这话没错。

这就是个物欲横流、弱肉强食的社会。

尽管这样，消防站开录的那天，严黛还是准时报道了。

一行六人提着行李，来到北浔市消防特勤中队门口，大气的石碑上雕刻着“消防一支队特勤中队”几个大字，门口站着两个哨兵。南初看着那俩哨兵出神，严黛走过来，“喂，我觉得这儿比机场还恐怖，要不咱俩一起溜吧。”

南初扫她一眼，又转回头，答非所问：“一年有多少消防兵牺牲你知道吗？”

严黛一愣。

“他们用命保护我们的地方，你不想看看？”南初仰着头，看着门里头几个用小楷篆刻在石墙的大字——精兵、励志、忠诚、铸魂。

南初仰着脸，阳光在身后，眼睛很亮地说：“我挺想看看的。”

是什么把你培养成铜墙铁壁、坚强不摧，又柔情万丈。

指导员杨振刚带了一个消防兵从里头出来，“列队。”

六个人稀稀拉拉、拖拖拉拉终于站成一列，杨振刚皱了皱眉头，完蛋，这要是被里头那位看见，估计又是一顿训。

于是他把丑话说在前头：“我是北浔市消防一支队特勤中队的指导员，也是你们本次训练的副教官，身后是你们的新兵班长，既然都来了，就忘记自己的明星身份，在这里，没有男人、女人，也没有艺人、老百姓，都是一个兵，不遵守纪律的一律驱逐离队。”

“听见没？”

“是！”又是稀稀拉拉五六声。

杨振刚：“先进去放行李，五分钟后，操场集合。”

太阳毒辣，室外温度高达四十摄氏度，北浔的夏天确实炎热，艺人们在操场上站了大概十分钟，就热得不行，迎面散发的都是一股浓重的塑胶味。

严黛问：“杨指导，我们现在在干吗？”

杨振刚站得笔直，一头热汗，瞥她一眼，“等主教官。”

严黛又问：“主教官为什么还不来？”

杨振刚：“主教官在开会，等会儿就下来，别这么多废话。”

严黛简直被噎得没脾气了。话音刚落，铁纱网外走来一个穿着军装的高大身影，帽檐的阴影遮了半张脸。

快走到的时候，林陆骁跑了两步，清淡一声却底气十足：“集合。”主教官一出现，这帮人似乎一下子就肃穆起来了，连集合的动作都比刚才在门口快多了。

林陆骁眼神从这帮人脸上一一扫过，经过南初的时候，连停留都没有，很快就过，就好像第一次见她一样。

很好。

他站得笔直，打了个标准的军礼，“我是北浔市消防一支队特勤中队的中队长，也是你们本次训练的总教官，林陆骁。”

完美。

Chapter 05
消防体验

入队前两天。

杨振刚从节目组拿来了艺人名单给林陆骁，让他先收着熟悉熟悉，免得到时候人来了，他还叫不上名字。这几个艺人都不是一线大牌，名气远远及不上当红艺人，像林陆骁这种不追星的，估计还真认不出来。

六份资料，杨振刚花了一个晚上稍稍做了些了解，在林陆骁耳边充当起解说员。

林陆骁一页一页若无其事地翻着。

杨振刚脑袋趴在他肩上说："郑平，二十三岁，功夫小子，五岁上过少林寺，会点功夫，拍过挺多武打片的……听节目组说是挺憨实一小子。"

林陆骁垂眼瞥他，继续往下翻。

杨振刚喋喋不休："穆泽，小鲜肉，新人，二十二岁，电影学院刚毕业，之前做网络直播圈了一批小粉丝……"

林陆骁皱眉道："直播是什么？"

"你不是吧？！我一老头儿都知道啊！就是在网络上做直播，然后一堆小粉丝给投钱，这种的。"杨振刚一脸难以置信，"你没听过？"

“没有。”

“你平时休假都干吗？不上网？不玩手机？”

前几年在外县支援的时候，都住在队里，手机也不怎么用，平日里除了训练，休假就跟队友打打球，或者睡觉，他手机连微信都不太用，别说微博了。

杨振刚表示理解，“也对，毕竟直播是最近才火的，早些年也没这些玩意儿。”

林陆骁接着往下翻，杨振刚决定都给他讲讲，估计这人真认不全。

“这是刘夏翰，二十九岁，军艺出身，拍过很多抗战片。”

照片上的男人浓眉，五官周正，称不上特别帅，但有一种特别的刚毅。

“这是徐亚，二十一岁，传媒大学的学生，拍过一部网剧，昨晚我还听队里几个队员在讨论她，说小姑娘挺漂亮的。”

徐亚的长相，青春又带点小性感，确实是很多宅男的女神。

“这是严黛，二十四岁，从小家境就不错，听说有点娇气，经纪公司让她参加这个节目也就是想给磨炼磨炼。”

杨振刚往后翻，“重点来了——”

声音竟然带上一点神秘色彩。

最后一份资料上，一寸照很清秀，没有化妆，眉眼清淡，却很精致。

表格上两个大字：南初。

“这个就厉害了。”

林陆骁盯着照片，点了根烟含在嘴边，淡声问：“怎么厉害了？”

杨振刚说：“昨天领导给我这沓资料的时候，我看这姑娘挺特别，就多看了几眼，后来一查才知道她就是影后南月如的女儿，小姑娘挺低调的，不过关于她的负面评论太多，一打开网页，几乎都是负面的，什么出生就遭父亲抛弃，父亲是黑社会啦，还有前几天跟人半夜飙车，绯闻挺多的，说她上这节目也是这节目投资人的关系，不清不楚的。”

林陆骁抽了口烟，烟雾四散，默然。

杨振刚摇摇头，叹了口气，“合着都把咱这儿当改造训练营了，上这儿改造来了！”

林陆骁把烟从嘴边拿下来，低头掸了掸烟灰，“纪律部队你也敢乱八卦，想跑圈了？”

杨振刚嘶了声，“你这臭小子，老兵也敢恐吓？我当年上火场的时候，你还在泥巴地里打滚呢！”

杨振刚入伍早，现今已经三十五岁，后因公受了伤，调遣至特勤中队任指导员。话虽这么说，职级确实比林陆骁矮一级，但林陆骁一直都敬他，几乎不摆上下级关系。杨振刚把资料往他怀里一拍，转身走了，林陆骁被塞了个满怀。走了两步，杨振刚又折回，想起一件事，“还有个事，得提醒你，就这个严黛和南初，两个姑娘是一个公司的，之前因为一个男人闹过点不愉快，凡事得看着点，别让她俩在部队里丢人。”

“你了解得还真全面？”林陆骁用嘲讽的口气说。

杨振刚挥挥拳头，“我这提前做的工作不都是为你好？这段时间出点幺蛾子，对你有好处啊？别忘了你月底考试！”

林陆骁叼着烟，扯扯嘴角，“知道了，她俩要闹事，我就打报告，把她俩驱逐离队！”

杨振刚瞪他，“你就折腾！”

操场异常炎热，万里无云，天边一轮炙日，晒得人滚烫，无风，闷得人差点喘不上气。林陆骁的声音在闷热的空气中显得特别沉，“我对你们只有两个要求，第一，服从命令。第二，遵守军纪。违反以上两点的，立即驱逐离队。”

“啊……”

有人小小地叹了声气，是徐亚，小姑娘已经热得一头汗。她成功引起林陆骁的注意，他扫一眼，“我刚刚说的两点是什么？”

六人寂静，鸦雀无声。

杨振刚在一旁擦汗，一个个都不省心，果然都是上这儿改造来了。

“服从命令，遵守军纪。”

一道清朗的声音响起，林陆骁看过去，是刘夏翰。

“立正。”

六人站直。

林陆骁说：“除了刘夏翰，其余人绕操场跑五圈，排头带队。”

六人在烈日下晒了半小时，已经有点蔫儿了，一听在这天气下还要跑步，男生倒还好，女生这边除了南初都已经有点怨声载道了。

南初站排头，半天没动静。

林陆骁冷眼看她，声音没温度，“聋了？”

从林陆骁下来那一刻，两人视线就没交汇过，直到现在，南初才用正眼瞥了他一眼，懒洋洋的口气，“往哪边跑？”

杨指导提醒：“跟长官说话要打报告。”

南初恍然大悟地点头，“报告！请问要往哪边跑？”

“那边？还是这边？”她用手指了指两个方向。

“随你喜欢。”林陆骁倒沉得住气，似笑非笑。

五圈，两千米，这里除了郑平和刘夏翰有武术和当兵的功底，其他人的体能分分钟被秒杀，穆泽的体能比徐亚还不如，徐亚倒是有点出人意料的，宅男女神体能居然相当好。

紧接着就是穆泽、南初，和垫底的严黛。

严黛跑到终点时差点晕倒，整个人栽在林陆骁的身边。林陆骁正在跟杨振刚和班长说话，一个人影就直直冲他扑过来，他扫一眼，长手一伸，将她扶住，交给班长带去休息。

班长叫邵一九，北山人，二十五岁，已经在特勤中队四年，方脸，五官周正，皮肤黝黑，小眼睛，笑起来有颗尖尖的虎牙。

他扶着严黛小心翼翼地走到树根下，有点窘迫地问她：“要不要帮你拿瓶水？”

严黛没理他，捂着胸口开始吐。

南初弯腰，双手撑在膝盖上喘气，脸蛋跟脖颈锁骨位置都红扑扑的。南初一出汗就会整个人发涨发红，几人都没换迷彩服，身上穿的还是自己的衣服，短袖领口微微往下垂，林陆骁看她一眼，“站起来。”

南初喘着气，挥挥手，“累。”

“我刚说的两点又忘了？”他挑眉。

南初弯腰抬眼盯着他看了会儿，长吐一口气，才慢慢直起身来，声音虚弱地说：“是，长官。”

“教官。”他纠正她。

“是，教官。”

翻白眼，翻白眼。

林陆骁盯着她，“不服气，再跑五圈。”

“……”跟她干上了是不是？

南初顺了口气，站得笔直，眼神清淡地望过去，“报告教官！服了！”

心却道：很好，这个下马威有意思，很硬气。

林陆骁训完话走了，杨振刚跟邵一九带着新兵回宿舍，分配完统一服装之后，给了一个小时的休息调整时间，徐亚拉住杨振刚跟邵一九闲聊。

徐亚套近乎，“指导员，班长，你们在这儿干多久了？”

杨振刚说：“我八年，一九他四年。怎么了？”

“林队长呢？他几年了？”

“之前干了一年，后来被调到其他县区支援了三年，今年初才回来。”

徐亚缩缩脖子，“林队长有点凶欸。”

杨振刚拍拍她的肩，笑说：“他人就这样，不太会交流，对你们算客气了，他以前带新兵的时候，可不是现在这样子，这几年脾气好多了。”

徐亚又问：“那他有女朋友吗？”

邵一九顿了一下，“没有吧，不过我前阵看他一直用手机聊天，不知道是不是有情况了。”

“林队长多大了？”

“二十九生日刚过。”

徐亚笑得乖巧，“那有情况也正常嘛，毕竟林队长又帅又 man。”

两人点头，表示同意，邵一九说：“确实，队长就是脾气臭了点，其他都挺好的。”

“你们也是蛮辛苦的，我才来半天就吃不消了，有点想回家了。”

邵一九安慰她：“习惯习惯就好了，就半个月，挺挺就过去了。”

徐亚宽慰地笑，这才想起屋里还有俩人，转头看南初，询问她：“南初，你还好吗？”

坐在一边兀自出神的南初被拉回思绪，看徐亚一眼，点点头，“还行。”

徐亚又转另一边去问趴在一旁跟条死鱼似的严黛，“严黛姐，你没事吧？”

床上的人一动不动，理都懒得理她。

一阵尴尬，邵一九瞬间想起刚刚跑圈时徐亚的状态，忍不住打圆场，“你体能很不错啊！”

徐亚笑笑，“平时偶尔会锻炼。”

杨振刚也难得接了一句：“你确实挺不错的，刚林队也说几个女孩里就你的体能还行。”

南初：“……”

严黛：“……”

徐亚不好意思地笑笑。

杨振刚说：“我们得走了，你们先休息一会儿，等会儿你们穿迷彩短袖就可以了，今天暂时没有训练了，晚上在会堂会有电影，吃完饭带你们过去看。”

“好。”

晚上在食堂列队吃饭，是个大圆桌，十人一桌，十几个菜色，还挺丰富。

南初一走进去，就看见食堂橱窗上方的一排大字——谁知盘中餐，粒粒皆辛苦。

几人刚坐下，林陆骁从门外进来，走到他们这桌，在南初身旁的空位坐下，摘了帽子，放到一旁的桌子上，端起面前的碗，头也没抬，说：“吃吧。”

所有人簌簌簌拿起碗筷。

三个姑娘吃得都不多，南初扒了两口就饱了，按照她平时的饭量，这点都算多了。她刚要把碗放下，旁边伸出一双筷子，筷子中间挡着她的碗，南初转过头去，林陆骁那双眼睛漆黑深沉，没情绪地望着她，“不许浪费。”

说完，又扬着下巴指了指食堂橱窗上的那句话。

南初沉默了一阵，“我食量小。”

林陆骁略嫌弃地看着她的碗，“你是麻雀吗？”

“吃多了容易胖，上镜不好看。”

“要命还是要好看？”

南初：“好看。”

林陆骁懒得再理她，收回视线，把话一丢：“要么把饭吃完，要么出去跑五圈。”

“……”

南初的身材一直都是靠节食控制的，她属于喝水都会胖的体质，如果这一大碗饭下去，半个月后回公司保准沈光宗和韩北尧都认不出她。

还会被沈光宗追着给打死，因为半个月后，她还有一场秀。

这桌子有种死一般的寂静。

林陆骁严肃时那眉毛拧的，大家都不敢插话。

徐亚跟严黛虽然面上没说什么，但是心里倒是给南初助威呐喊，坚持坚持，一定要坚持，这样她们也不用吃剩下的半碗饭了。

然后……

南初瞥了一眼林陆骁，坐下，端起碗，啪啦啪啦两口把碗里的饭全部塞进嘴里去，几口就嚼下去。

徐亚跟严黛也只能默默拿起碗，含着泪，一口一口往嘴里塞饭。

南初吃完，把碗底翻给林陆骁看，然后啪把碗往桌上一摆。

林陆骁刚吃完，抱着胸靠在椅子上监督他们吃，嘴里叼着根牙签，斜着眼睛看她。

嗬，这丫头片子有情绪了？

他顶了顶，嘴里的牙签跟着一上一下晃着，眼神诈着精光，不知道在琢磨什么。

“其实你胖点会更好看。”

等所有人吃完，站起来收拾面前的碗筷时，南初听见耳边传来很低沉的一句，可等她在转过去时，那人已经戴上军帽，正在扣军衬的两颗扣子，神色坦然，仿佛刚才那话是她的幻听。

吃完饭，杨振刚带领大家在二楼会堂观摩以往的消防宣传片。片子看到最后，大家都有些沉默。其实就是一部纪录片，是《国家骑行》的记者和摄影师跟拍的许多救援现场，场面震撼。

冲天火势、盘旋妖风、山体崩塌、山洪海啸、饥荒瘟疫，永远都能瞧见那么几道身影，风里来，雨里去，不惧前路，视死如归。其中有一截画面特别令人惊艳，一居民楼八楼，破旧小区，墙灰破落，水管年久失修，破破烂烂，摇摇晃晃，八个月大的婴儿被卡在防盗窗里，消防兵整整弄了一上午，有人倒吊，有人擒在半空中，费了好大的劲儿才把婴儿从防盗窗里救出来。

消防兵把孩子送还给家长。父母跪地，磕头感恩，哭得泣不成声，耳边也是混乱的一片，消防战士离开时，例行公事敬了个礼。小婴儿被父母抱在怀里，睁着一双乌溜溜的大眼睛，仿佛在打探世界，三秒后，也学着消防战士的样子，回敬了一个礼，虽然模样歪歪劣劣不太标准，但那神情里的敬意，任谁都能瞧出来。

南初想起《华严经》里的一句话——不为自己求安乐，但愿众生得离苦。用来形容他们最合适不过。

看完纪录片，情绪一时无法缓解，众人还沉浸在伤春悲秋之中，被林陆骁一句话打回现实。他站在荧幕前，模样周正，身板笔直。

“明天新兵训练正式开始，辛苦是必然，不能白跑了这趟，各位今晚好好休息。”

一帮新兵如临大敌。

严黛至今还没从下午的两千米中缓过神来，一听这才开始，心里有了计较，戳了戳南初，“喂，咱俩一起退出，行吗？我看你这身板子也吃不消，咱就不遭这份罪了，知道他们辛苦，咱就回去好好拍戏别给他们添麻烦了。”

南初扫她一眼，“要走你走，我不走。”

“我一个人回去，我不得被韩总扒皮了？！”严黛努努嘴，“你留这儿干什么啊？！这里有什么值得你留的？”

南初目光盯着台上，“自然是我喜欢的东西。”

严黛顺着她的视线望过去，台上空荡荡一片，除了站着林陆骁以及身后还在滚动的屏幕，她实在瞧不出这两样东西有什么可值得她喜欢的。

林陆骁？肯定不是，虽然队长很 man 很有型，但是哪个女星不是嫁豪门进侯门的，这区区一个中队长绝对吸引不了她们，至少她绝对不会喜欢这种类型。但如果只是想单纯发生点什么，倒是个不错的选择。这么想着，严黛居然忍不住幻想起林陆骁脱了衣服的样子。

南初察觉到异样，侧头看她一眼，“你想什么呢？”

严黛面色泛红，目光含水地看着某个方向，被南初一声给拉回来，眼神闪躲，“才没想呢。”

南初盯着她看一会儿，半晌，才慢慢悠悠地收回目光。严黛自以为没被发现，长舒一口气，把乱七八糟的思想抛到脑后。

在消防的第一晚还算安静，三人都结结实实睡到了五点半，然而离起床哨都已过去了半小时。

南初是第一个醒，人刚迷迷糊糊坐起来，房门被人猛一下推开，她的床位刚好在对门位置，下铺，刺眼的光线直接打进来，她拿手挡了一下眼睛，然后，挑着眼在指缝中偷看。

清晨逆着光，门口站了一道笔挺修长的人影，穿着干净整洁的制服，连帽檐和轮廓都搭着光。

是谁说过，世界上最幸福的事，就是早上一睁眼，就能看见你的脸。

姑娘穿着睡衣盘腿坐在床上，靠着背后的墙，被子胡乱揪成一团盖在腿上，头发凌乱松软，白皙的皮肤被光照得泛光。

这样的画面，像梦境。

沉湎之际，一阵沉稳的脚步声，林陆骁不知道什么时候走到她的床前，双手插在兜里，微微弯腰，平视她的眼睛，悠悠然地问她："公主，要帮你把早餐端过来吗？"

仿佛真的可以提供早餐。

"……"

他身子又往下沉了沉，依旧在笑，这次眼神带着戏谑，"干脆帮你叫辆车，送你回家得了？嗯？"

"……"

这情绪压抑的。

南初揉揉眼睛，"几点了？"

邵班长站在门外，弱弱地提醒："五点半，早操过了半小时。"

林陆骁站直，挑着眉俯视她。

另外两人转醒，徐亚揉着眼睛，惊声："队长？"

严黛面色潮红。

林陆骁最后看了一眼南初，头也没回，停在门口，低头看了一眼表，"五分钟后，操场集合，迟到一秒跑一圈。"

他说完头也不回走了出去。邵班长趁林陆骁走远，无声地在门外提醒了她们："你们赶紧的！千万别迟到！"黝黑的脸庞指手画脚，火急火燎的模样看上去真有点滑稽。

徐亚有些责怪地看了南初一眼，"姐姐，你怎么不叫醒我们？"

"我也刚醒。"南初冷淡地说完，掀开被子站起来。她习惯裸睡，在这里她只能套件短袖，不然像今天这种情况，会被人瞧光。她下面只穿了一条短裤，露出一双匀称笔直的长腿，徐亚瞥了她一眼，撇撇嘴，不再说话。

女生宿舍是没有摄像机的，原本摆了一架，被徐亚跟严黛强烈要求节目组拆了。

三人赶在最后一分钟跑向操场。

几台摄像机齐齐对着她们，几个工作人员居然还有点幸灾乐祸。

"看到没，导演恨不得我们多出丑，他们播出去就会有收视率。"严黛嘀咕。

严黛口红涂到一半被徐亚拖走了，南初索性就没画妆，三人站在队列外，林陆骁低头看一眼表，沉声让她们入列。

见林陆骁没什么表情，她们心里长舒一口气。

结果对面就开口了，语气波澜不惊，仿佛在说一件很普通的事，"再迟到一次，我给你们申请离队。"

第一天是体能训练。

所谓体能训练就是各种长跑短跑，还有负重跑，今天训练负重跑，林陆骁直接让邵班长给他们一人发一个沙袋。

男生两条腿两公斤，女生两条腿一公斤。

邵一九一边往自己腿上绑，一边给大家示范，"这是有技巧的，扎的时候要绕圈，你们要看仔细，捆的地方都有讲究，不然沙包很容易掉，而且还会挫伤的你脚踝。"

三分钟教学，几名队员绑得乱七八糟。林陆骁拎着秒表，扫一眼，"给你们一分钟，调整。”众人装模作样调整一番，再抬头时，林陆骁直接站到一名男兵面前，拍拍他的肩，“你去跑两步。”

穆泽刚跑出两步，哐当，沙袋掉了。林陆骁又指徐亚，“抬腿。”

徐亚照做，一抬腿，沙袋直接掉了。他走过去，弯腰把徐亚的沙袋捡起来，按在自己的脚踝上，手法快速绕了几个圈，打好结，又问了一遍：“看懂没？”

众人点头，话音刚落，面前哐当掉下一个沙袋。

林陆骁望过去。

是南初的。

她倒不觉得窘迫，一边弯腰捡，一边大胆地说：“我还不是很懂欸。”

林陆骁默然地看着她。

南初问得一脸真诚：“你说要怎么来着？这里绕几圈？打什么结？”

林陆骁站了小半会儿，从她的表情里挑不出半点毛病，仿佛真的在认真求学的样子，这才走到她面前，半蹲下，“脚伸出来。”

南初照做。

他蹲在她面前，伸手握住她的脚踝，拿起地上的沙袋，贴上去，仰头看她，抬头时，眉角微微上挑，他惯有的情绪，声音低冽：“看着。”

摄像拉了近景，南初做出一副认真的表情。林陆骁手掌宽厚有力，握住南初脚踝处的裤管，军裤质地有点厚，林陆骁一碰上去，那料子贴着南初的皮肤意外有些痒，她心下一热，再低头时，林陆骁拿着沙袋的绳子在她脚上绕，拇指捏住她的肌骨，明明没怎么用力，她却浑身酥麻。

“顺时针逆时针各三圈。”说这话时，他微仰着头，脖颈中部微微凸起的位置特别明显，尖尖的，随着说话而上下滚动，南初觉得最性感的是他抽烟时，烟吞到喉尖的位置，再往外吐，喉结随着这个动作微微滚动时，她恨不得扑上去。

“从这边穿过……”林陆骁边说边抬头，仿佛真的在耐心教她。

南初的视线一直在他身上，只要他一抬头，两人的视线就对上了。

眼神虽然赤裸裸，但南初低着头，长发盖到前面，遮了她的脸，摄像镜头一直在她的脚上和林陆骁的脸上，没有对准她的脸，所有人都没发现她的表情，于是她赤裸裸地公然调戏了林陆骁。

南初冲他眨眨眼，眼神都是光，情绪明显。

下场也很明显，等到所有人都开始负重跑了，南初则一个脚上捆了两个沙袋跑，两只脚总共两公斤，跟男生的重量一样。

小小的人影卡在一堆新兵中，看上去还蛮顽强的。

徐亚关心地看了一眼南初，“姐姐，你没事吧？”

她心情还挺好地回：“没事，跑你的。”

严黛闻声瞥她一眼，一言不发，高冷地继续往前跑。

两百米刚过，优劣势尽显，南初体质本就弱，加上腿上的两公斤沙袋，很快就落到最后了。邵班长为了照顾新兵情绪，跑到最后鼓励南初：“多跑跑，跑完等你摘了沙袋就身轻如燕了。”

南初呼吸急促，脸色通红，说话也喘气：“你也跑你的，我没事。”

邵班长给她鼓劲儿，“加油啊！南初！”

南初被他逗乐，心情舒畅，低头瞥见他腿上捆着好几个沙包，愣了，“你怎么这么多？”

邵一九慢慢跟在她身边跑，“这是我们平时训练的量，队长已经给你们放宽了，都没按新兵标准来，我们刚入伍的时候，至少得五公斤呢。”

“厉害了！”南初感叹。

邵一九也是二十几的小伙儿，被人这么一夸，还红了红脸，挠挠后脑勺，“其实还好啦，队长才厉害呢，以前在军校的时候，他负重的项目可不是咱能比的。”

南初瞥了一眼，几名摄像正躲在树荫下休息，没人跟拍。

“你们队长这么厉害？”

说到队长，邵一九眼底浮现出莫名崇敬，“他可是军校一毕业就被举荐进特勤的，这个队一般人进不了，除非是精英，不然为什么叫特勤？”

他顿了顿说："但往往，人站的位置越高，担的责任就越大，别人能做的，我们得比他们做好上千倍万倍，这才是我们的价值，不然对不起国家。"

南初沉默。

"你怎么不说话啊？"邵一九问。

"喘不上气了。"

她向来不太会说话，也不会安慰人，生怕自己一说话就破坏此刻这个肃穆的气氛。虽然有些时候打打闹闹没个正形，但该尊重的地方她会尊重，这是底线。

邵一九教她，"你跟我来做，呼吸，深吸，吐一口，对，就这样，慢慢来，会好点。"

南初发现这男孩还真挺单纯的，"班长，你为什么叫一九啊？"

"我妈说，一加九等于十，图个十全十美。"

"邵十全不也挺好的。"

"我妈说人生要多做加法，这样才能快乐。"

南初一笑，"你妈是个明白人。"

说这话时，恰巧跑过一圈。

终点线的男人拿着考核本，盯着他俩看。

南初没理他，鼓足劲儿继续往前跑。

跑到第三圈的时候，南初此刻只感觉脚都不是自己的了，仿佛在做机械运动。前方落下一个人影，朝她走过来，是刘夏翰。剃着寸头的二十九岁男人，模样周正，轮廓清晰，棱角分明，整个人散发着一股男人味。这六人里，就属他最有兵味。

刘夏翰放慢脚步，跑到她身边，南初累得连看他的力气都没有，刘夏翰拉住她，脚步骤然被人扯停，她一个踉跄。

眼前的男人蹲下去，解她脚上的沙袋，"把这给我，你这么跑下去脚会废的。"

南初刚想躲，脚踝被人捏住，只能喊："我不用帮忙。"

刘夏翰虽跟南初不熟，但这两天观察下来，发现这姑娘骨子里就是倔，有什么都不爱说，撑着一股劲儿也不知道跟谁使呢。

"我不知道你因为什么得罪林教官了，但是真要让你一姑娘捆着两公斤沙袋跑完了，我们男兵的脸也没地方放了。"

他说完，回头瞥了一眼林陆骁，确定他没发现，快速捆好沙袋拍拍小姑娘的肩出发了。

"爱的力量"被拿走了，南初叉着腰站在原地有点哭笑不得。

她还挺享受这种特殊待遇的，男人为什么这么对你，独独这么对你，是因为他心乱，他心越乱就越想通过各种方式证明自己对你没感觉。

越证明，越乱。

她早就摸得门儿清了，就怕他不乱！

刘夏翰跑过终点线。

林陆骁双手插在兜里，单臂夹着考核记录本，目光清淡在他脚上落了片刻。

"刘夏翰，加五圈。"

刘夏翰本身就跑得比其余的人都快，拆掉南初的沙袋也知道被林陆骁看见肯定要罚，他没往歪处想，毕竟这是纪律部队，不是什么事都可以由他们自己做主，他当然也不会后悔这个决定，其实任何一个男人看见都会忍不住帮她分担，不管节目播出之后大家会怎么想。其实他刚刚发现邵班长也想帮南初承担，但不知道是不是出于林教官的原因，到底是没敢。

邵一九是明白林陆骁的性子的。

果然，当南初喘着气跑过终点线时，林陆骁看着她，眉眼轻挑，淡声道："加三圈。"

"……"能骂脏话吗？

南初停下来，盯了他一会儿。

"停下来干什么？"林陆骁倒不为所动，冷然道。

那个眼神仿佛在说——这就是调戏我的下场。

南初翻了个白眼，敞开步子往前跑，纤瘦的背影踉踉跄跄，肺里的空气仿佛已经被抽空，脑神经一抽一抽地疼。

罚吧，罚吧。

总有一天你会栽在我手上。

所有人的任务都完了，就剩下南初跟刘夏翰。

刘夏翰在直道上追上南初，刘夏翰最后一圈，南初最后两圈。

两人并排跑着。

刘夏翰满含歉意地说："真抱歉，我好像帮倒忙了。"

南初回头看他一眼，无所谓地耸耸肩，"没事，要不是因为我，你也不用多跑这几圈。"

刘夏翰朝她笑了笑，"其实你没外面新闻写的那样。"

"哪样？"南初调整呼吸，平静地问。

刘夏翰配合地放慢脚步，"冷漠叛逆啦，其实你就是个小孩子，有点倔。"

南初扯扯嘴角，觉得好笑，"你也看八卦？"

"是来的前几天，节目组给了名单，我特意搜了一下，也是为了入队之后方便融入和互相照顾，你别说你还不知道我是谁吧？"

南初只听沈光宗说过，倒也没特意去了解过。

对这些队员也就了解个大概，至于对方的代表作，让她说她还真说不出来，幸好刘夏翰也并没缠着她问这些，而是拍拍她的肩就跑开了，以资鼓励。

这种感觉还挺奇怪的，就那一瞬间，南初忽然觉得自己有了朋友。

正午，太阳像个炎热的火球，炙烤着大地，似乎都可以看见地面升起的烟，所有人都被晒得发昏。

伴随着林陆骁低沉的"解散"，一道纤瘦的人影从队列里冲出去，跑到树荫下，扶着树干弯腰吐。

邵一九刚要带人过去看，被林陆骁叫住："你带新兵去吃饭，我送她去军医处。"

邵一九犹豫了一下，三步两回头地带着新兵走了。

今天训练的内容不多，跟场的几个工作人员和摄像晒了一上午，早在十一点不到就撤到后方去吃饭了，操场上只剩下他们两个人。

林陆骁在原地站了会儿，往树下扫了一眼，等铁网外的人影走远了，这才抬脚走过去。

南初早饭吃得少，吐了半天也吐不出什么东西，一嘴的苦胆味，面色惨白难看，等到胃里翻空再也吐不出任何东西了。南初抹抹嘴，准备站起来，一转身，余光瞥到一道人影。林陆骁双手抱胸靠着树，手里拿着帽子，似乎已经等了她很久。

他站直，拨拨头发把帽子戴好，低声说："跟我去军医室。"

南初看他一会儿，转身往反方向走了。

林陆骁看着她的背影，手叉上腰，眯着眼，舔了舔下嘴唇。

南初走不快，因为身体虚弱。

她总觉得眼前的阳光在闪，脚下的步子越来越轻飘飘。

林陆骁两三步就追上她，单手捏住她的肩膀，一把把她拽回来。南初没防备，也没力气，身子陡然被人拉过去，结结实实一头朝身后的男人胸膛扎进去。林陆骁没想到这小姑娘身子这么轻，自己三成力都没使，就给他扯了个满怀，一开始还以为这姑娘又要心机，想趁机占他便宜。

等把怀里的温香软玉拨开一看，小姑娘嘴唇干裂惨白了无生气，可真是有点慌了。

偏偏南初还留了那么一点力气去推开他，跟他斗，林陆骁抓着小姑娘就拎到自己怀里，有些可笑地看着她手上推推搡搡的动作。

蚍蜉撼大树。

南初推了一阵，觉得眼前的人跟一堵石墙一样，怎么推都不动，自己还被他牢牢固固地按在怀里，只能去拧他的胸肌，才发现他胸肌硬得完全拧不动。她气得握紧拳头，往他胸膛上一砸，“你是不是石头做的？”

三秒，反弹。

她倒吸一口气，把手砸疼了。

这铜墙铁壁的身板真神了。

林陆骁垂眼看她，勾了勾嘴角，“你身体太差。”

南初目光顺势而下，落在他腰腹的位置，眼风一扫，莫名有些燥热。

要不是今天身体不佳，不然怎么也得让他硬着出去。

南初打坏心眼的时候，会眉眼一挑，眼尾上翘似剪刀，尖锐着。

林陆骁要体会不出这眼神，这二十九年也就白过了，旋即将人一把从怀里拖出来，往军医处拎，“拧也拧过了，气也出了，心里痛快了就跟我走。”

两人力气悬殊，南初懒得挣扎，仍由他拖着。

军医室在一楼，林陆骁推开大门，将人往床上一丢，毫不客气。南初被人甩在床上，脑子震了三震，然后坐起来瞪林陆骁。特勤处就这一间军医室，负责平日里消防兵的训练伤和休养。今日当班执勤的是老干部邵蓉邵军医，也是新兵班班长邵一九的母亲。

邵军医从帘后瞧见林队长这么对一小姑娘，掀开帘子，走出来说：“你也太粗鲁了。”

后者摊手，一脸无辜。

邵军医和蔼地问南初：“哪里不舒服？”

不等南初回答，林陆骁抱着胸坐在病床边上，看了一眼南初，“估计是中暑了。邵姨，您要有空，帮她看看脑子，这丫头脑子不太好。”

“……”

邵军医在队里也干了好几年，熟知林陆骁的性子，一笑，要帮南初看了一下舌苔，说：“别理他，张下嘴。”

“我不介意。”南初说完，张开嘴。

邵军医边看边瞥了一眼林陆骁，边数落他：“脾气臭，活该找不到女朋友。”

说完又转身去药柜里拿了瓶藿香正气水，剪开递给南初，说：“喝吧，喝完会好点，你体质弱，平时训练的时候得注意点，不然很容易中暑。”

黑色小药瓶散发着刺鼻的味道，南初闻上去就想吐，拿手捂着鼻子，“这什么？”

林陆骁难得挑了挑眉，“以前没喝过？”

南初摇头。

林陆骁轻哼一声：“还真是大小姐。”

邵军医笑道：“你以前中暑不喝吗？你体质弱，夏天这个药可以备点在包里，不舒服的时候喝一瓶身体就好了。”

南初小时候中过一次暑，因为南月如常年不在家，没人管她，她就自己固定每个夏天都去附近的养生馆刮痧，刮开就能度过一个夏天。

林陆骁下巴指指那小药罐子，“快喝。”

“这药这么难闻，有法喝？”南初坐在床边，捂着嘴说。

林陆骁靠在床边，双手插在兜里，垂眼瞥她一眼，眉一挑，冷不丁问：“我喂你？”

“麻烦吗？”

林陆骁皮笑肉不笑：“不麻烦。”

南初挑眉，“那先谢谢？”

他哼笑，“客气。”

说完，他转身接过邵军医手中的小药瓶子，对她说：“邵姨，您忙您的去吧。”

邵军医会意地点点头，转身进了药间，“你别太凶，小姑娘年纪小。”

说完还冲她笑笑。

南初回笑，想说其实一点都不小。

林陆骁端着小药瓶，垂眼看她，示意她，“张嘴。”

南初仰头，微微张开嘴。林陆骁把小药瓶里的液体往她嘴里倒，刚挤出两滴，拇指一用力，一股脑全都给她灌了进去，那劲儿使的，黑色的液体直接往她嘴里冲，呛鼻刺激的味道瞬间穿进她的胃里，直冲大脑。

实在太刺鼻了，眼泪都被呛出来了，南初连声咳嗽。

这绝对是报复。

南初惨白的脸上挂着两行清泪，小模样可怜的。等她睁开眼，林陆骁嘴角挂着笑，看着她，“好喝吗？”

那笑绝对是恶劣的。

“还行。”她翻白眼说。

林陆骁收了笑，回头扫了一眼药间里忙碌的身影，确定邵军医没注意，才弯腰，对上她的视线，深黑的眼睛如一道钩，吊人心绪。他略一偏头，眼睛笔直地盯着窗外，话却在她耳边，低声的却警告的意味明显，“在外面，你怎么玩，我不管。但在这里，你再跟刚才那样撩我试试？”

说完，他慢慢抽离，颇有警告意味地看她一眼。

林陆骁走到外头去抽了根烟，留南初一个人坐在床上反省，邵军医整理完药品走出来，扫了一眼病床上的南初，“喝了药好点了吧？”

南初望着外头窗户上冒起的烟气，心头有点痒，心不在焉的，“好多了。”

邵军医怕小姑娘无聊，有一搭没一搭跟她聊了起来，“你们拍节目也很辛苦吧？我看你们最近训练的时间都加长了。”

“嗯，还好。”

“林队长是不是对你们特凶？”

南初双手撑在床边，晃着腿说：“习惯了。”

刀子嘴豆腐心，天底下没有比他更心软的男人了。

邵军医笑笑，“是啊，不过他就是这样，处久了你就会知道陆骁这孩子就是嘴硬，这孩子耿直不会说话，也不会拍领导马屁，不然前些年就不会给人派到外县去支援了。”

“是吗？”

邵军医叹了口气，“做他们这行特别不同，什么事都要找他们，上到抗震救险，下到抓蛇捅马蜂窝，好多人抓到蛇第一个打给消防，其实这帮小伙子也不懂抓蛇啊，都是硬着头皮上。而且，每年，队里总会少那么几个人，前年队里一小伙儿，二十四岁，准备年底结婚，结果一次任务回来，没了，未婚妻在家哭昏过去，弄得这帮小子现在都不敢随便找女朋友。”

南初好奇地问：“您儿子做什么的？”

“我儿子你们应该认识吧，就是你们邵班长，邵一九。”

“邵班长很厉害。”

邵军医摆摆手，“没办法啦，这小子让他好好读书不肯读，非要来当兵，不过当了兵我也踏实，至少也是个干事的人了。”

“邵班长很了不起的。”

话音刚落，林陆骁开门进来，看着她，“缓过劲儿了？”

南初点点头。

林陆骁：“那走。”

南初跳下床，宽大的军裤跟迷彩短袖都摆了摆，精神确实恢复了些，脸色渐渐恢复了。

邵军医给她拿了两盒药，“你带回去，每天训练前喝一瓶，会缓解一些。”

南初学着林陆骁的样子，微微俯身，“谢谢邵姨！”

“得，以后就叫邵姨吧，听着亲切，走吧，跟林队长回去吧。”

南初抱着两盒药，跟在林陆骁后面出去。

南初追上去，跟他并排，仰头去侧看他，“林队，我们去哪儿？”

林陆骁斜她一眼，“食堂。”

“我不去，我吃不下，我回宿舍休息了。”南初说完，抱着药转身就走。

结果被人提着后衣领，一把拎回来。

“先吃饭，再回宿舍。”

南初：“我真的……”

林陆骁拖着她继续往食堂走，“没得商量。”

“那我……”

林陆骁的声音不容置疑，“不行。”

你倒是给人机会把话说完啊！

南初：“我想抽烟。”

林陆骁停下来，看她一眼，“你不是戒了？”

南初翻他一眼，“前阵被你气得又抽上了。”

“……”

两秒。

林陆骁在大脑里回忆了两秒她说的前阵，终于在脑海里搜索出关于医院的片段记忆，她解他皮带，他骂她随便那次？随后他又拎着她往食堂走，“噢，那现在气消了，继续戒吧。”

消你四舅姥爷。

南初进了军营确实一根都没抽，憋了这么几天，刚刚在医务室里头闻到烟味瘾就被勾出来了。

“抽一根，抽完我就去吃饭，全部都吃完。”

林陆骁停下来，似笑非笑地看着她，“哦，不怕上镜不好看了？”

“你不是说我胖点好看？难道你也跟那些男人一样，只会些花言巧语的撩妹手段？”

“还有谁说了？”

“有男人觉得我不漂亮？”

确实，这点自信她还有。

林陆骁盯着她看了会儿，冷不丁一把提起她朝反方向走。上了政教楼四楼，林陆骁打开门，将南初推进去，他关上门，打开灯，摘下帽子，在桌子前摆好。南初发现他有个小习惯，无论何时摆帽子都会把帽子上的徽章正对自己，然后转头看南初，“这里没摄像头，在这儿抽。”

南初环顾一圈，“这哪儿啊？”

林陆骁走到桌后，拉开椅子，坐下去，“我办公室。”

“办公室不错啊！”南初调侃。

林陆骁抱胸靠在椅子上，俊脸端详她，扯扯嘴角，“抽不抽？”

“抽。”南初说着拿过桌上的烟和打火机，在他桌前的一张椅子上坐下，娴熟地递一根在嘴里，然后一只手虚笼着，一只手打火，偏头将烟头吸燃，吐着气把嘴里的烟送出来，随手又将打火机和烟推还给他。

这样的环境，南初觉得很适合跟他推心置腹。

“你怎么不找女朋友？”

林陆骁也给自己点了根烟，看着面前的姑娘挑着眉问他，扯着嘴角摇摇头，不作声。

“有喜欢的姑娘吗？”

林陆骁靠在椅子上，吐了个烟圈，眼皮都懒得抬。

“……”

没得聊喽。

一根烟抽完，南初把烟拧灭，摁在烟灰缸里，站起来，“走吧，吃饭去，你应该饿了吧？”

转过身，身后一句：“等一下。”

南初回头。

林陆骁坐在椅子上，不知什么时候手里多了一包糖，丢给她。

“这什么？”

一脸无语，“糖认不出来？”

南初抱在怀里，左看看右看看，“你给我这干吗？”

林陆骁站起来，捞过帽子，戴好，对她说：“戒烟糖，想抽烟的时候可以吃点这个。”

两人往外走，南初说：“你在戒烟？”

“嗯。”

林陆骁关门。

“戒烟准备找女朋友吗？”南初冲他眨眼。

林陆骁低头瞥一眼，伸手轻推她脑门一下，小姑娘脑袋后仰又弹回，只听他说：“以后这种动作少做。”

说完转身就走，留给她一个挺拔清隽的背影。

南初追上去，“为什么呀？”

“很丑。”

“切，你承认吧，你被我迷倒了。”

林陆骁垂眼睨她，眼神里是浓浓的不屑，“丫头片子。”

长长的走廊寂静无人，政教楼平时人少，不太会有人上来，除了偶尔会有巡逻兵上来检查，一般都是空空荡荡的，两人的背影逐渐消失在尽头，声音却还在回荡：“徐亚跟我，谁好看？”

“徐亚。”

“严黛跟我，谁好看？”

“严黛。”

南初气得朝他肩膀砸了一拳，“再给你一次机会重新选！改不改答案？！”

林陆骁：“不改。”

两人进食堂的时候，里头已经空无一人，食堂阿姨特意把饭给他俩留着，又重新热了一遍才给端出来，还特意给林陆骁开了个小灶，多弄了两个大鸡腿。

南初发现这里所有人都疼林陆骁跟疼亲儿子似的。

林陆骁帮她分好菜，将盘子推过去，“快点吃完。”

南初拾起筷子，看了一眼窗口的阿姨，说：“食堂阿姨有儿子吗？”

林陆骁低头扒了一口饭，轻嗯一声。

“也在这里？”

林陆骁嚼着嚼着忽然看着她停了一下，又点头，“你快点吃饭，不要浪费，必须全部吃完。”

南初看着一盘满满的菜，“这哪儿吃得完？！这要吃完了，回去经纪公司不打死我。”

“吃不完留着给我。”

南初好奇地看着他，“你每天吃那么多怎么都不胖？”

“我运动量大。”

“哎，下次一起运动啊。”南初眉一挑。

这话里的意思啊，只可意会不可言传。

林陆骁撂下筷子，瞪她，“皮又痒了是吧？”

南初：“你想歪了？”

“吃饭。”林陆骁懒得再理她，低头往嘴里大口扒饭。

“……”

吃到一半，林陆骁忽然抬头冲她说：“去年，也是这时候，吃晚饭的时候，吃到一半，接警线响了，她儿子扔下碗就往外跑了，特大火灾……”他顿了顿，声音低了下去，“没回来，我们回来的时候那半碗饭还凉着，阿姨就在这儿坐了一天一夜，最后把自己儿子剩下的半碗饭硬生生吞了下去。我让你不要浪费，是你吃多少盛多少，你碗里的，别剩下。”

话音刚落，南初还在愣神呢。

外头忽然传来一阵急促的口哨声，然后是一长串震耳欲聋的警笛声。

南初好半天才反应过来，这是接警线的声音。

一转头，身旁的人，已经跨过座椅冲出去了！

南初愣愣地盯着面前半碗饭看，人已经没人影了，跟一阵风似的。

食堂大门敞着。

紧接着又是一阵急促的脚步声，门口跑过数道身影，日光下，都是他们不管不顾、勇往直前的身影，南初似乎看见他们脚下有灰尘在飞。

其他队员在午休，林陆骁第一个冲到车库，快速换上消防服，耳边挂着根耳机线，一边听接线员汇报现场的情况，一边低头看表，不到一分钟，人员备齐，他跳上车，吩咐队员发车。

耳机线里还是接线员的声音：“北郊东区的有鸣化工厂爆炸，被困人员目前估计是两百来人，都是化工厂车间的员工，区域较大，搜索起来会比较困难，还有不明液体不断发生爆炸，你们注意安全，已经派了三队跟五队过去支援。”

林陆骁看着窗外，调整耳机线，“收到。”

然后，关了。

结果车子开到门口就被节目组拦住了。

导演刚听人说这是一场特大爆炸案，马不停蹄赶来，强烈希望能带上他们去现场取个景。

取景？人命关天的事，被人用轻飘飘的这两字带过，不说林陆骁，就连队员都冒着无名火。林陆骁脾气本来就差，当下也没了好气，让人降下车窗，对着窗外吼了句：“让开。”

导演被人这一吼，心里虽不悦，但在人家的地盘，不敢表现得太明显，就又说了一次：“我们之前说好了有现场实景拍摄。”

林陆骁彻底冷下脸，“实景拍摄我们后续会安排，今天这是爆炸案！我怕你们有命进去没命出来，赶紧让开，不然我立马申请停止你们的录制！”

说完升上车窗，吩咐队员：“开车，他不让开就碾过去。”声音冷透了。

等车子开走，导演气得把本子一摔，扬头就对身后的助理骂道：“你说他跩什么？！跩什么？区区一个消防中队长，连个少校都不是，你说他厉害什么？！”

助理低着头，一言不发。

导演捋了把头发，喘着粗气，望着消防车远去的背影，怒喝一声：“说话！”

“听说他姥爷是个……少将。”

中年导演呼出一口气，吹飞了他的刘海儿，说：“老子不知道吗？用你提醒我？！”

食堂，南初低头扒饭，把碗里剩下的全都吃完。

阿姨叹着气出来，把林陆骁的碗端走，边收拾边说：“总是这样，忙起来，饭也吃不上整口的。”

南初停下动作，抬头看阿姨。

食堂阿姨冲她笑笑，“你多吃点，不够我再给你盛，里头还有，等林队长回来，我再给他重新弄。”

“他们经常这样？”

阿姨见多了这样的场面，“人家报警又不会管你是不是饭点儿、睡觉点儿的。”

确实。大多数人混淆了概念，消防、公安、医生和护士各行各业都一样，其中的辛酸苦辣只有自己体会过才清楚，南初刚来时听邵一九讲过一件事。

大概也就前几个月，他们接到一个报警电话，来自北浔市某别墅区，一老太太的猫卡在了树上，儿子报警，公安让找消防，转手又打了消防电话，那天刚好邵一九当班，他找了两个队友过去帮人上树摘猫。

那小猫儿不知在哪儿弄伤了脚，后腿有点骨折，费了点时间才摘下来。

老太太的儿子一看这猫受伤了，非把这责任赖在他们身上，认为是他们处理不当把这小猫给弄瘸的，口气十分恶劣，一个队友气不过就跟人争了两句，结果那老太太的儿子居然说他们服务态度不好，要投诉他们。

她儿子还真去找了中队长投诉他们，说那天出勤的消防员服务态度不好，结果刚好撞到林陆骁的枪口，他给人好好训了一顿：“你给钱了？还服务态度？他们是国家公职人员，尊重是互相给的，你要不把别人当人看，别人能把你当人看？他们辛苦的时候，你们都躲在被窝里呼呼大睡呢，他们为国家牺牲的时候，你连上树摘个猫都不敢。”

那阵邵一九被这事弄得有点寒心，自己满腔热血、赴汤蹈火地为这个社会付出，得到的回报竟然是这样，闷闷不乐了好些天，直到林陆骁找到他。

邵一九跟他道歉："对不起！"

林陆骁在他身边坐下，点了根烟，手里把玩着打火机，问他："对不起什么？"

邵一九低着头，闷声说："我不该跟人吵架，有损国家军人形象。"

林陆骁拇指和食指捏着打火机，甩着玩，吐了口烟，"知道就行了。"

"我觉得很寒心。"

林陆骁知道这男孩有了些小情绪，他没说话，静静听着他说。

"感觉自己做的这些挺没意义，我妈当初让我好好读书，我没听，现在当兵了好不容易有点成就感了，好像老天爷又给了我一巴掌，人家非但不感激你，还认为你偷懒不敬业，那我们平时那些训练算什么？我们这些辛苦是为了什么？"

林陆骁告诉他："我们做这些不是要人家感激你，为的都是这个国家。"

邵一九冷笑，他想起那天吵架时，对方说过最重的一句话就是："你不过就是消防兵，全国最烂的兵种，你那么厉害，你有本事去当维和兵，去当特种兵啊？！没本事装什么？"

"人家根本不拿我们当回事。"

林陆骁把烟从嘴边拿下来，抬手推了一下他的脑袋，说："不是这么想的。"

"人家都说消防兵最弱，没有枪。"

林陆骁勾了一下嘴角，开玩笑地说："咱们有水枪，谁这么说你，你拿水枪崩他，保证比反恐的 M82 狙击枪还厉害。"

邵一九一下就被逗笑了，"难得你能开玩笑。"

林陆骁叼着烟，一挑眉，蛮认真地说："我说认真的。"

男孩情绪被收拾得差不多了。

两人站起来，日光青头，不远处是苍翠的群山，影影绰绰，山头被笼上一层轻纱。

“林队，你为什么要进消防队呢？按你的条件其实你可以去特种部队。”

林陆骁把烟掐了，望着眼前青绿一片，视野开阔，他说：“去哪儿都一样，都是为了这个国家，你想想，边境士兵守护的是国家领土，而我们是守护国家的公民和财产。所以，尽管这社会总会存在那么一两个渣滓，但咱不能把本职工作忘了。只要他们一天是这个国家的公民，我们就有义务保护他们，就算下次在火场上看见那人渣，虽然你恶心他，但是你还得把他救出来，也许可能因此还会丢了你自己的命，但你还得这么做，这才是合格的消防兵。明白？”

邵一九明白，何尝不明白，就连南初都能明白他们肩上的担子，一个个都是二十出头的小伙子，可身上的担子也没见得比谁轻。

南初忽然有点理解林陆骁这性子的养成了。

他也是正常男人，会有七情六欲，也有讨厌的人，可到了火场，不管他有多么看不上那人，还得拼上自己的命救他。这是他的大义和大爱。

南初沉默地把自己碗里的饭快速扒完，一抹嘴又跟阿姨伸手，“来，把碗给我。”

阿姨一愣，说：“这是林队长吃过的，你要是没吃饱，我去里头再给你弄点。”

南初坚持伸着手，眼睛闪闪亮，说：“没关系，队长最讨厌浪费了。”

阿姨：“你真要吃？”

南初点头，“您给我就成了。”

阿姨把碗递给她。

南初快速扒完，摸摸鼓鼓的肚子。

我都吃完了，你要平安回来啊。

南初回到宿舍的时候，导演跟杨指导在讨论接下去的拍摄流程。

见她回来，杨振刚慰问了两句，南初摇摇头表示自己没事，她说：“您怎么没去？”

杨振刚说：“我跟林队去一个就行了，林队特意叮嘱让我留下来看着你们，现在队里除了伤兵都出去救援了，连几个休假兵都被叫回来了，这次情况紧急而且比较严重，这几天节目组先暂停拍摄，队长允许你们留在队里。”

严黛忙问：“那我能回家吗？能开拍了再过来吗？”

杨振刚想了想，说：“你们暂时先别动，你们现在的身份已经是军人了，离队跟归队都需要通过上级批准，这话也是林队刚上车之前跟我说的，具体情况得等他回来我们再商议。”

徐亚善解人意地说：“行，没事，反正我最近没戏拍。杨指导，您忙您的，不用管我们。”

严黛鼓着一股劲儿坐在凳子上。

南初沉默了片刻，问杨振刚：“会有危险吗？”

杨振刚看她一眼，眼神微动，刚刚接到出警电话，所有工作人员都围着问拍摄的问题，导演还拦着非要跟拍，就连徐亚这个平日里友好和善的小姑娘，到了这时也只关心了一句拍摄的问题。

反倒这平日里看上去没心没肺的小姑娘，出乎意料地关心他们有没有危险。

杨振刚有点感动，但又心寒，摇摇头，“不知道那边的情况，听说是化工厂爆炸，到现在还有不明液体在不断发生连环爆炸，这个是我们没办法控制的，你别操心了，听林队说你中暑了，在宿舍好好休息一下。”

南初来了精神，“林队跟你说过我？”

杨振刚点点头，“就刚临走给我打的电话，特意提到你了啊。”

南初：“提到我什么啦？”

杨振刚想了想刚刚电话里那个沉静的声音，“让我看着你，别让你犯病。”

南初自然把这犯病理解为中暑。

殊不知林陆骁的原话是——那丫头有毛病，你看着点她，别让她趁我不在就捣乱。

杨振刚走了，寝室就剩下三个女兵。

节目组把手机还给她们，特意叮嘱她们不要拍照。

徐亚无所事事地开了直播跟网友聊天，吐槽训练的辛苦，严黛正在看剧本，是两个月后即将开机的一部电影，南初也参演，两人都是女配，但南初的戏份比严黛多一点。

严黛演戏确实比南初下功夫，严黛是真的为了自己去打拼，其实她家境不是特别好，但人特别好强，知道自己想要什么，就努力不择手段也要想办法拿到。她不算是个有天赋的演员，很多导演虽然觉得她有心机，但她确实敬业。

而南初相反，她有天赋，但她没心没肺，或者说她根本不在意这些外界的名跟利，接戏拍戏都是公司接她就拍，拍个差不多，收工，也不在乎演技有多精进，或者就是说她没有在娱乐圈生存下去的欲望。

两人是反差，这也是严黛看她不爽的原因。她觉得南初这人有点吊儿郎当，没上进心，任凭外面的人怎么骂她她也是无动于衷，前阵听说她的飙车事迹，再加上这节目，想想也是蒋格的关系，想到这儿，严黛心里又多了点不屑——装得那么清高，到头来还不是要靠男人？

南初拿回手机给沈光宗打了个电话，又看了一下微博，黑粉的私信又多了，她粗粗瞟了一眼，来来回回都是那些车轱辘的话，她倒也是不在意。

徐亚握着手机惊讶地喊了一声：“上热搜了。”

严黛：“什么？”

徐亚：“北郊有鸣化工厂爆炸，还有现场照片，你们上微博看，这次事件看来真的蛮大的。”

现在距离爆炸发生已经过去三个小时，因为有大 v 帮忙转发，一下子登上了热度榜。

有记者在现场直播拍照，南初就盯着那记者的微博，每张照片她都会看一下，下午四点，她刷到一张林陆骁的侧影。

在她的记忆里，这个男人好像永远都是一副干干净净、军装笔挺的模样，就算私底下穿便服也是干净的白 T 黑裤，从没见过他满脸灰的模样。

身后是燃红色的火光，他怀里抱着的是刚从死神手里抢回的人。

这条微博被不少人转发，有人在底下回复，“虽然不合时宜，但是还是想说这消防哥哥好帅。”

连徐亚都看到那条微博了，往下翻了翻评论，把手机一丢，下结论，“咱队长要火了。”

严黛正背着台词，听到这话，也被吸引了注意力，“哪里哪里？”

徐亚指路，“我微博被他刷屏了。我也转发了。”

三人刚进队就按照节目组的要求互关了。

南初刚刚也看到徐亚发的微博了，惯有的小公主口气：“我队长棒棒！”

底下还有粉丝回：“这么帅帅的队长一定对我们小公主很好。”

严黛也转发了：“给队长比心。”

随后放下手机，感慨道：“其实林队长真的挺有味道，又帅又 man。”

徐亚赞同地点点头，“是的呀，不过年纪太大了，不是我的菜。”

严黛看她一眼，索性也不看剧本了，一本正经跟她讨论起来：“不大吧，才二十九，男人大点才会疼你，找个跟你差不多年纪的，天天撕着玩吗？”

徐亚摆摆手，“相比较那种，我比较喜欢穆泽这种小鲜肉。”

严黛哼笑一声，“你就是年纪小，穆泽那种自己都还没活明白呢，你还指望他能多疼你。而且，穆泽那小身板，睡起来多没劲。林队长这种睡起来有劲。”

严黛倒是直白，徐亚愣了一下，意味深长地笑笑。

“严黛，你有想法？”

严黛大方承认，“有那么一点。”

纯属欲望的驱使。

南初看过去，尽管说出了那么点想法，但严黛的表情一如高贵的白天鹅。

她的眼神里写着——她看上的不过是只癞蛤蟆，随便招招手，人家就会拜倒在她的石榴裙下。

南初哼笑，摇摇头。

是谁说，女生之间的友谊全都是靠八卦撑起来了，这一下，把徐亚的八卦之心给勾起来了，怂恿严黛，“你要不趁着节目没录完，努努力，说不定真能成呢？我看林队长平时对你也还好，挺关照你的。”

南初把中午林陆骁给她的糖拆了，塞了一颗在嘴里，淡淡地说：“你的错觉。”

两人看过去，后者悠哉游哉地坐在凳子上，表情悠闲。

徐亚无辜地嘟着嘴，“错觉吗？我怎么觉得林队长对严黛姐姐挺关照的。”

“他是队长，对大家当然都关照。”南初靠在椅子上嚼着糖。

严黛一笑，看着徐亚道：“南初说得对，他是队长，对大家都是照顾啦，不会特意照顾谁的。”

徐亚似懂非懂地点点头。

这话假得不能再假，有些女人就是容易在别人的怂恿下自信心膨胀，徐亚那话确实让严黛有了一些歪想法，而南初的话在她看来无疑就是嫉妒。

严黛对南初的误解从冉冬阳那件事开始，那就是一个源头，虽然后来严黛认清楚冉冬阳就是个十足的渣男，但是她无法消除自己对南初的敌意，更何况两人还在一个公司，又是同个类型风格的艺人，处处被人比较，而在韩北尧看来，南初比她有价值，所以南初的资源比她好很多。

虽然她实在不懂一个一身黑料的女人到底有什么值得韩北尧砸钱包装的，这大概就是男人的眼光跟女人的眼光。

消防车在第三天晚上才回来。消防员一个个疲惫不堪、满身脏兮兮地从车上下来。南初靠着宿舍的走廊嚼糖，双手搭在围栏上，目光远远地望着车上下来的几人。

列队，站直。

林陆骁站对面打了个笔直的军礼，随后宣布解散，车子开进车库，队员们回宿舍换衣服，那道清瘦的背影往反方向走去。

南初又在走廊上站了会儿，就往下走。下楼梯的时候，陆陆续续有队员上来，带头的是邵一九。他眼眶红红的，黝黑的脸庞极力克制着抽搐，南初知道，是有人牺牲了。昨天刷微博的时候，就陆陆续续看到有消防员牺牲的新闻，但至今没出清单，也没通报是哪个队伍的。

邵一九难得看见南初也没说话。

南初心里就明白了，一定是队里的小孩。

林陆骁没回宿舍，先回了办公室，南初刚刚看他往政教楼的方向走，也赶紧跟了过去。

林陆骁上到四楼，楼梯口的栏杆上倚着一个人，身后空空荡荡的，全是风。

南初冲他张开手，笑意嫣然，眼睛很亮，比身后的月光还亮，声音揉碎在夜里。

“林队长，来，我抱抱你。”

林陆骁定在三四级台阶上，仰着头看她，眼眶有点红，脸上、身上都还是脏兮兮的黑灰，只有那双眼睛特别深沉，那是一双明亮且清透的眼睛，翘着好看的弧度。

不等他说什么，南初说完下了台阶朝他走过去。

下到第六级，站定，两人高度差不多齐平，南初略高出半厘米。她伸手，抱住他的头，两只小手按在他的耳边，倾身过去，对着他的眼睛亲了下去。

“别难过啊！”她在哄他。

“你答应我吧，我不怕耽误。”

南初抱着他的头，牢牢盯着他深黑的眼睛，轻声说。

像一个小孩在呓语，索要一颗自己想要的糖果，虔诚且认真。

Chapter 06

不问过去，不探后果

如此别致的告白，林陆骁是第一次听。

从小到大，他对女孩的认知都是矫情又麻烦，相处起来十分别扭，这事，大刘也在他耳边吐槽好多次了。

大刘经常说的就是："女孩都这样，明明喜欢你喜欢得要死，嘴上还说着讨厌；装着对钱财不在乎，带她逛商场，经过那些奢侈品店，拖都拖不动，两只脚就被钉死了；问她吃什么，说随便，我说吃炭烤吧，她说那东西上火，我说吃中餐吧，她说中餐吃腻了，一圈问下来，得，干脆就说想吃西餐牛排配沙拉红酒不就得了；还有明明在生气，问她怎么回事，她就说没事，你忙你的，你要敢真去忙，反手就是一个煤气罐外加一句分手；受不了你提了分手，她能编几十个不带重样的故事，给你扣顶人渣的帽子。"

大刘说的这些，林陆骁都没感触。

自从有了懵懂的性启蒙，女孩大多都挺矜持，没怎么光明正大追过他，偶尔节日桌板下会多出一两封莫名其妙的粉红色信件，他匆匆扫一眼也给丢进垃圾桶了，至今没记住那些女孩的模样。

大刘开始追女孩、逗女孩玩的时候，他大多时候都被林清远关在家里看军事的枪型、坦克、飞机，以致后来上军校时，被人当军事百科，随便看个坦克压过的履带痕迹就能认出是哪年哪款的坦克，以及参加过什么样的战役。

他对感情的事不太开窍，这事，大刘、沈牧几个早就当作笑资谈了十几年，笑资的起源是个女孩。

那时还在上高中，班里有个女生，是中考后在外县特招挖的一个好苗子，性格大大咧咧挺豪爽，不骄矜，也不做作，脑子快嘴也快，老师把她跟大刘安排在一桌，就是希望她能帮帮大刘这种后进生。

姑娘挺热心的，一口应下。

这帮小子里，就属大刘跟孙明杨成绩差，在中后段游荡，每回考完试发榜回家找家长签字时，大刘跟孙明杨都恨透了林陆骁和沈牧。

这俩整天也跟着他们晃晃荡荡，丫的那成绩排名出来就妥妥是他俩的个位数。

大刘那时在班里爱跟孙明杨一起逗女孩，也没女孩敢跟他坐同桌。

那姑娘胆子倒也大，平日里也嘻嘻哈哈跟大刘开着玩笑，大刘倒是一点没把她吓着，她还时常把大刘弄个脸红耳臊的，这么一来二去，大刘就把这姑娘当成是自己人了。

这姑娘没别的毛病，就爱跟林陆骁抬杠，林陆骁说什么，她第一个不赞同，反正什么都要插上一脚，最好能把他气死，林陆骁本着不跟女人计较的心态没怎么搭理她，但时间一长，是个人都能看出来了，这姑娘对林陆骁有意思，但就是嘴硬死不承认。不论大刘怎么试她，这姑娘都不承认，还丢出一句话，喜欢他还不如喜欢一条狗。一听这口气，大刘就知道了，喜欢得要命呢。

但是有什么办法，林陆骁那个不开窍的脑筋，要是真表白了，恐怕连朋友都没得做，她还不如就维持现在的关系，偶尔斗斗嘴。

那姑娘自己后来也想过，要真跟林陆骁以情侣的模式相处，她还觉得有点怪，不太适应，她觉得自己可能有点贱，她还偏就爱他那副吊儿郎当、乖戾张扬的模样。

历数以往，南初大概是他碰上的第一个如此直接，上来就告白，告白就亲吻的女孩子了，真是一点都不矫情做作。

相比其他女孩，她好像什么都豁得出去，同样，对他也志在必得。

为什么会志在必得?

往往只有一种情况。

——不计后果。

不问过去，不探前程，不想未来，不计后果，饮鸩止渴。

倒是符合她的性格。

林陆骁把自己的脑袋从她手里挣脱出来，然后跨上两级台阶，拎着小姑娘进了办公室，反手关上门，把南初往门口一放，双手握住她的肩膀，让她面靠着墙壁，松了手，一边松扣子往里头走，一边头也不回对她说："给我站那儿，别动。"

南初面朝墙壁，揶揄的口气，"面壁思过？亲了你的代价？"

林陆骁脱了上衣，里头赤裸，什么都没穿，肌肉紧绷，线条流畅，他快速套上干净的军衬衣，回头警告地看她一眼，"再废话就罚你去跑圈。"

本以为她就这么老实了。

结果，姑娘那边问："几圈。"声音是从墙上弹射回来的。

他一边低头扣军衬的扣子，哼笑一声，没回头，漫不经心地说："怎么也得三十圈吧。"

安静了。

林陆骁换完衣服，去捞桌上的矿泉水瓶，在手心里掬了小捧水，抹了把脸。脸上都是灰，水敷上去瞬间脏了，他又接连掬了两三次才算把脸擦干净，一张俊脸终于清晰。

他往那边瞥一眼，看到南初在安安静静"面壁思过"，扯了扯嘴角，把水拧好放回去，抽了张纸巾擦脸，团成团准确地丢进门口的垃圾桶，然后手插兜朝南初走过去。

大概是听见后方的脚步声，南初断定他已经好了，转过去，果然，换了身干净的常服，脸白了，恢复了之前一贯的模样。

那双桃花眼，勾人却没有情绪。

南初微抬头，看他，“你不用急着给我答案，我不着急，就先表个态，以你的情商，估计要领会可能有点难。”

林陆骁站在她背后，双手插在裤兜里，以一贯的姿态堵着她。南初往前一步，手从他臂间穿过去，贴着他的胸膛，再度抱了抱他。林陆骁笔直站着，任由她抱，也没推开，也没回抱，手在兜里紧攥成拳头，眼色渐浓，到底是没动。

姑娘安慰似的抚了抚他的背，“如果以后要是有机会带我进火场，我保护你。”

林陆骁低头看怀里的人一眼，觉得这话有些好笑，鼻孔里哼出一声，“谁保护谁？”

南初窝在他怀里，坚持说：“我，保护你。”

他又笑，笑了一会儿，垂眼看看赖在怀里占便宜占上瘾的人，开始赶人，“你可以走了。”

南初紧了紧手，“再抱一会儿。”

好声好气警告了一遍不听，脾气就没那么好了，直接把她从怀里拎出来，握着肩膀给摁到门上，微微俯下身，对上她的眼睛说：“跟我，真的没什么前途，第一，我没钱；第二，我随时会没命。你要想随便玩玩，我也不是很好的人选，我不体贴，没时间，没空陪你，所以，我劝你，好好再想想。”

他觉得他说得够清楚了，小姑娘应该听明白了。

而且，节目录制结束，两人也应该没什么机会再碰面了。

南初：“挺好的，我有钱，不需要你的钱，你要哪天因公殉职了，我就去给你坟前送束花，绝对不给你掉一滴眼泪，我平时全国各地飞，可能你想见我比我想见你还难，所以，我也劝你，好好再想想，没有比我更适合你的了。”

林陆骁弯腰捏着她的肩膀，舔了舔嘴角，这股子劲儿真把人拿捏得一点办法都没有。

跟她强掰掰不过，林陆骁决定不再搭理她，站直，拉开门，把人推出去，“我拒绝，回去吧。”

门被关上，走廊空空荡荡、长长凄凄的，连盏灯都没有，一眼望过去看着还怪瘆人的。南初没走，趴着门口听了会儿。

里头好久没动静。

五分钟后，林陆骁打开门走出来，连裤子都换了，手里拎着帽子，见南初还站在门口，愣了一下，才带上门，“不是让你走了？”

南初不知从哪儿摸出一颗糖，放进嘴里，嚼了两口，“我以为你躲在里面哭呢，不想让我听见。”

林陆骁嘴角抽了抽，戴好帽子，没理她。

说实话，他向来不是情绪外露的人，从小到大，他也就哭过一回，也就平林县地震那回，不算哭，眼泪在眼眶里打转，到底给他生生憋回去了。这些年，陆陆续续有队员牺牲，该说的想说的，大家早在入伍那天都写好了，自己能做的就是，把国家的抚恤安置到位。伤春悲秋、哭哭啼啼那都不是男人该做的事。

南初见他弄得整整齐齐，问道：“大晚上的还得出去？”

两人走到政教楼楼下，林陆骁说：“我去趟支队，你赶紧回去睡觉。”

“大晚上的支队还有人？”

林陆骁把她往宿舍楼那边推，“嗯，得跟领导汇报工作。”

“女领导？”

林陆骁伸手拍了一下她的脑门，“脑袋瓜欠收拾？”

南初吃痛，“开玩笑，辛苦，你去吧，开车吗？”

林陆骁斜睨她，“废话。”

“那你小心点，你这是疲劳驾驶，在那边三天没歇了吧？要不我开车送你过去吧？”

林陆骁看透似的看着她，“你是不是在里头待闷了？”

“我担心你。”

眼神透彻。

他看透似的，“担心个屁。”

“……”

“磨磨叽叽不上去就给我跑圈去。”

“……”

南初琢磨着差不多了，于是假装害怕地转身走了。

林陆骁盯着她的背影看了会儿，才起步离去，没走两步，就遇上夜间巡逻的兵冲他打了个礼，“林队！”

林陆骁点点头，咳了声，指了跟南初相反的方向，“那边查过没有？”

巡逻兵还纳闷儿了，怎么队长忽然关心起巡逻的事了？

“没有。”

“过去查查看。”

“是！”

南初回到宿舍就听说了，牺牲的消防战士很年轻，才二十三岁，来特勤一年，为了保证供氧把呼吸器给了伤患，结果被化学物品的二次燃爆冲击波给轰进火里，当场死亡。

邵一九说的时候忍不住再次哭了。

严黛跟徐亚也是沉默，一室静默，只听见邵班长压抑的哭声。徐亚小声安慰他，到底也是男人，觉得在这帮小姑娘面前这么哭也挺没面子，邵一九擦擦鼻涕和眼泪，南初顺势递了张纸巾给他：“擦擦。”

邵一九说了谢谢，拧拧鼻子说：“行了，你们早点睡吧，过几天开追悼会，支队里领导都要过来，你们也得参加，之前训练的内容都好好回忆回忆，别太懒散了，领导看了不舒服。”

三人点头。

人死不能复生，也只能生者奋然，死者安息，该继续的生活和训练都得继续。

但明显队里的气氛压抑了许多，大家都不怎么说话，心里有想法也都憋着，整个中队气氛有些沉。

这天，队里给那位烈士开追悼会，入葬烈士陵园。

南初她们一早跟着起床哨就醒了，这些日子似乎已经有些习惯队里的管理和安排，早早洗漱完毕在操场等，支队里来了不少领导。

邵一九带着人训练，门口有几辆车开进来，邵一九瞬间跟打了鸡血似的，比刚刚的嗓音又洪亮好几倍。

九点在会堂开追悼会。

林陆骁一身笔挺的军装站在台上念了追悼词，士兵们对着遗体敬了最后一个礼，十点钟，遗体被拉到烈士陵园。

这一天下来，整个中队都笼罩着一层雾，谁也不敢随便说话。

南初吃完午饭从食堂出来，就看见林陆骁站在右侧门的一个长亭里抽烟，旁边站着个穿军装的姑娘，是上午从领导车上的副驾驶下来的，眉目清秀，耳后有个短短的马尾，像兔子尾巴。

林玫靠着墙，看着林陆骁：“你书看得怎么样了？”

林陆骁瞥她一眼，“今天孟处没寻我不痛快，你不爽是吧？”

林玫噘噘嘴，“得了吧，得了便宜还卖乖，几个领导这回都盯着你呢，上回处里开会，孟处都说漏嘴了，说什么等陆骁来了，咱这队里就又添了一员虎将，孟叔从小看你长大，他这回钉死了要把你弄他队里去，你要敢在这个节骨眼儿上出点岔子，孟叔的手段你是见识过的，他能弄死你。”

林陆骁把烟拿下来，扯着嘴角摇摇头。

林玫继续说："你没瞧见孟叔那儿子，孟晨啊，现在搞什么电子竞技，孟叔嫌弃死他，恨不得拿你当亲儿子呢。"

"我看是你想当他亲媳妇儿吧？"

林玫面色羞赧，"瞎说什么呢？！"

林陆骁一语道破，笑着别开目光，怔然瞧见不远处站着一道身影，很快收回视线，快速跟林玫说了一句："哥不跟你说了，一堆事，等孟处他们吃完，我安排人给你们送回去。"

说完，从长亭里出来，朝这边走过来。

南初站着原地，身后被人拍了下，一回头，刘夏翰笑看着她，"你站着发什么呆呢？"

南初下意识看了一眼林陆骁，那人插着兜，就这么直直地从她身边走过去了，一个眼神都没扫过来。

南初："没事，走吧。"

两人跟在林陆骁后面走，刘夏翰跟她聊天："下部电影咱们有合作。"

南初直勾勾地盯着林陆骁的背影，有一搭没一搭地听着刘夏翰说话，"什么电影？"

"《围攻》，好像叫这名，还没看呢，前阵听经纪人提过，咱俩挺多对手戏的，你可以回去看看，我演男三。"

南初心不在焉地应着："哦。"

刘夏翰："你演技不错，就是没什么经验，多演演就好了，以后多多指教啊。"

南初："好。"

刘夏翰："对了，我加你微信了，名字就叫刘夏翰，下次拿到手机你通过一下，以后可以多联系。"

南初："你怎么会有我微信？"

刘夏翰："节目组给的啊，我每个人都加了，方便以后联系。"

刘夏翰确实年长，处理事情比较全面，他得承认自己对南初有些好感，所以对她关照些，又不想让她觉得困扰，就以所有人的身份去掩盖这个事实。有时候明知道是这样，你还真不好拒绝他，拒绝了反而会显得自己斤斤计较，小气吧啦。

说实话，他这个人还蛮正能量的，永远挂着温和的笑，几乎不生气，相比较同样二十九岁的林队长，那脾气就简直了。

南初看着林陆骁拐进政教楼，压了压步子，到底没跟上去。

过了三天，气氛终于好转，众人终于从悲伤的情绪中缓过劲儿来。

这天，林陆骁从支队开会回来，没赶上饭点儿，阿姨给他留了饭，盛好端出来，见就他一个人，忍不住想起上次那事，“上次跟你一起来吃饭的那个明星，小姑娘挺实在的。”

林陆骁扒了两口饭，看过去，“谁？”

“就爆炸你冲出去那天跟你一起吃饭的那个姑娘，你走之后，她把你碗里剩下的都吃完了，一粒都没剩下。好像叫南初，是吧？小姑娘还挺倔强的，明明吃不下，还一口一口往嘴里塞，我听说当明星都挺不容易的，不让吃饭什么的，她那么瘦肯定是饿的。”

那天南初确实把阿姨惊了一把，本以为挺挑剔的小姑娘，居然随便就把别人的剩饭给吃完了，想到这儿，阿姨顿了顿，看了一眼林陆骁，“你平时也别对人太凶，看把人吓的。”

林陆骁低着头，快速扒了两口饭，漫不经心地说：“这丫头胆子大着呢。”

“胆子再大人也是一姑娘，你还真把人当作你队里那些糙小伙儿了？人家就靠这行吃饭，你好歹给人留点面儿，别太狠了。”

阿姨一脸“你小子怎么这么不上道”的表情。

林陆骁把碗放下，有点插科打诨道：“我这刚从孟处那儿挨完训，您又开始训上了？”

阿姨多了解林陆骁啊，他这人心里想些什么，就算是真的心疼那姑娘了，嘴上也一定不会说的，所以，这事点拨过就够了，这小子悟性高着呢。

阿姨悄无声息地端着菜盘子走了，留林陆骁一个人坐着吃饭。

这一下也没了胃口，林陆骁快速扒完，到门口的小亭子里点了根烟抽，脑子里跟过走马灯似的，全都是这姑娘的模样，还有第一次见她时那两根扎在耳边短短的小辫。

两人第一次见面，并不是火场，也不是在医院。

或者可以说更小一点——应该是在他高一的时候，林清远那时还是秘书，他跟大刘那帮小子没事就聚在巷口抽烟，调侃算命瞎子，忽然有一天，大刘支支吾吾说要告诉他一件事，搪塞了半天又什么都不肯说，在他威逼利诱下大刘才把那天看见的事情告诉他。

“我那天跟许蕴去补习，然后就在一酒店门外看见你爸的车，我说那是你爸，许蕴非说不信，我就跟她打赌，守着门口一准能看见你爸出来，说不准你也在里头，许蕴那天也不知道较什么劲，真就跟我蹲在门口等，结果看见你爸跟一女的一起出来的。”

说到这儿，林陆骁抽烟的手就停了，脸有点寒。

大刘胆怯地看他一眼，不知道还要不要继续说下去，林陆骁瞥他一眼，眼神沉了下去，“说。”

大刘就跟挤牙膏似的，踹一脚，说一句，支支吾吾总算把事情说全了。

“那女的我见过，是个女明星，戴着墨镜，我没太看清楚，就觉得眼熟，以前在电视上见过，记不得名字。我就听了两句，他们好像经常在那家酒店见面。”

说是经常也不经常，那之后好长一段时间四人蹲点也没蹲到，直到高一上半学年快结束时，寒霜将至，林陆骁见到了林清远的车压过雪地，停在酒店门口。

没过一会儿，南月如就带着个小孩来了，七八岁的小姑娘，扎着两个小辫，脸圆圆的，特别可爱，睁着一双圆溜溜的眼睛，瞳孔乌溜溜地转，天真无邪，却又小心谨慎。

四人蹲在门口，观察了半天，大概过了二十分钟，南月如率先带着小姑娘下来，身后就是林清远，然后南月如让小姑娘自己回去，又坐上林清远的车走了。小姑娘没走，而是站在原地看着自己妈妈的车开走了，才堪堪转过身。

一转身，倒霉的小南初被四个男孩给绑了。

大刘提的建议："咱把她绑过来问问不就清楚了？"

"对一个七八岁的小姑娘下手，你们也忒没良心了吧？"

抱不平的是孙明杨，转身把人给绑过来的也是他。

整个过程，林陆骁都倚着墙抽烟，未置一词。

大刘从包里掏出眼罩给人套上，捆了双手给人推到墙角，"小妹妹，你不要怕，哥哥们不做什么，就是单纯想问你个问题。"

南初被蒙着眼睛坐在地上，双手缚在身后，面色倒是很淡定地回："问吧。"

尽管如此，到底还是小孩，声音里虽然有些抖，但当时几个大老爷们儿都没听出来，她也尽量不让自己流露出害怕。

然后大刘扯了扯一边的林陆骁，"问啊！"

几个老爷们儿欺负一姑娘那算怎么回事，林陆骁当时挺不屑的，加上这姑娘眉眼清淡，他一脸烦躁地推开大刘，"有什么好问的，走了。"

他转身要走，被大刘拦住，"真不问啊？过了这村可没这店了，搞不好这是你妹妹。"

这一点连沈牧都清楚，"不至于，我查过，七八年前他们俩还不认识。"

大刘还想说什么，林陆骁懒得搭理他，直接走过去把小姑娘拉出来，松了绑，弯腰压着她的肩膀，在她耳边低声说："现在，往前走，不要回头，不然我可不敢保证我的朋友会对你做什么，懂？"

林陆骁手搭在她肩上，说完还轻轻拍了拍。

那天好像还在下雪，小巷狭窄，地面积雪，南初一脚踩上去嘎吱嘎吱响，她拼命点头，跟小鸡啄米似的。

林陆骁低头笑笑，“知道怕了？”

南初摇头，“你们不坏，我知道。”

林陆骁笑得脸都抽搐了，“那是哥哥坏的时候你没见过。”

说完就摘了她的眼罩，推她走了。

林陆骁手插着兜，站在雪地里看她的背影，小姑娘就真的没有回头，一路笔直地朝巷口外的阳光走去，其实中途几度停下来，都被林陆骁呵斥回去了。

之后就是她十六岁，他军校刚毕业，他救了她，小姑娘在医院求他。这些年他陆陆续续也听过不少关于南月如的事，还有她这个女儿，南月如对南初不关心他是知道的，一出火场，队里就有人联系到了当时身在美国的南月如，是助理接的电话，中途停了两三秒，才告诉他们，等下个月南月如回国处理。

队友挂了电话还嘀咕一句：“女儿住院了也不问一句，哪有这样当妈的——”

林陆骁当时在边上沉默地抽着烟。

南初能长这么大也确实就靠她自己这点毅力，这姑娘的性子能养成这样也不奇怪，平时对什么事情都冷漠，可偏偏在一些小细节上很拿捏你。

就刚刚那一下，确实很戳心窝，有点酸酸胀胀的。

下午的训练，南初也难得没有跟他抬杠，无论要求做什么都积极配合，尽管不太达标，动作软趴趴的，没有张力，他几次伸手去纠正她的动作，小姑娘也不跟以前一样，趁机占点便宜揩点油，而是跟他保持着恰到好处的距离，尽量不去触碰他的身体。

林陆骁有点纳闷。

平时她明明很爱触碰他的身体。

比如——

下午在训练穿脱消防服时，南初的腰带扣老半天没扣上，林陆骁就看她弄了老半天也没过去，直到刘夏翰拍拍南初，手扶上南初的腰，“我帮你看看。”

南初低头，把皮带给他，“哦。”

林陆骁这才走过去，低声问：“怎么回事？”

南初眼皮也没抬，“扣不上。”

林陆骁把刘夏翰推开，接过手中的皮带，低头环过她的腰，话却是对刘夏翰说的：“你穿你的，等会儿我检查，五十秒穿不上出去跑五圈。”

刘夏翰：“五十秒我已经能穿了。”

林陆骁：“那就四十秒。”

“……”

嘿，刘夏翰觉得这教官今天怎么特别严厉，得，谁让人是教官，心有不甘也还是转身走了。

林陆骁微蹲着身子，手在南初背后，虚环过来，“抬手。”

南初乖乖抬手。

林陆骁没想到她会这么老实，要按照平时，早趁着摄像不注意就夹得紧紧的，或者眼神调戏一下，这么一弄，林陆骁反倒还有些不适应了。

他略感奇怪地瞟她一眼。

南初抬着手，一脸坦荡。林陆骁把带尾从锁头里穿过去，猛地一提，宽大的消防服瞬间被勒紧，腰形显现，不盈一握。林陆骁有点下不了手，怕自己手劲大给人勒断。

要搁以往，南初肯定是：“水蛇腰，你一定没见过。”

林陆骁觉得自己都能脑补出她的语气跟表情，结果，南初见他没动，很正常地问了一句：“怎么了？”

林陆骁觉得自己可能脑子有问题，摇摇头，快速帮她扣紧，松了手。

啪嗒，皮带又松了。

南初一脸无语地看着他。

林陆骁眼神一指隔壁的徐亚跟严黛："怎么她俩能扣上？"

南初翻白眼，"我怎么知道？"

林陆骁伸手，"把皮带给我，应该洞没打好。"

南初乖乖递给他。

林陆骁扫了她一眼，今天怎么这么听话？

南初又是一个"怎么了"的乖宝宝眼神。

邵一九拿了工具过来，递给林陆骁，"量皮带那天中午你不是中暑了吗，我估摸着你们仨女生应该差不多，就用严黛的尺寸给你做了，不过没想到你这么瘦。"

林陆骁蹲在地上修皮带。

南初："没事。"

邵一九："听说你以前是模特，难怪身材这么好，应该挺辛苦的吧，我听工作人员说，你们吃饭都只能吃三分饱。"

南初："瞎说，没看网上的新闻吗？超模大赛都比吃鸡腿的。"

邵一九挠挠后脑勺，也不确定南初说真的还是说假的，倒希望她别饿着就是了，憨实地笑笑，"好厉害。"

"傻，你还真信。"

邵一九呵呵笑，"你说什么我都信。"

闻言，林陆骁修好皮带站起来，递给南初，"这回行了。"说完转头看了一眼邵一九，"杵这儿干吗？"

邵一九脸一僵，跑走了。

南初穿好，扣紧，冲林陆骁一笑，"谢谢，你刚刚是不是觉得我故意的？"

林陆骁："故意什么？"

"故意不会绑皮带，吸引你注意啊。"趁着没人注意，南初小声说，"我以后不调戏你了，真的。"

"嗯，你能想通就行。"

林陆骁自己都没觉得声音刻板生硬，还透了一股子气。

训练间隙，休息了五分钟。

林陆骁让邵一九去食堂拎了一箱水过来，在树荫下一人一瓶分过去。那天炎热，每个人套了一层大大的消防服，都跟蒸包子似的，汗哗哗淌。几个演员倒是心情还不错，坐在一起聊天。南初坐在刘夏翰边上，静静喝水，时不时还能搭两句腔，其他人都还好——就严黛跟南初的气氛有点微妙，南初说什么，严黛都要插两句。南初说到最后，索性不开口了，大概这女人老毛病又犯了，存心跟她抬杠。

后来南初才知道，严黛的情绪全部来自早上那根皮带，她觉得南初矫情，故意显摆自己腰细呗，以至于后续处处跟南初较劲。

南初这人就这样，没心没肺，你讨厌我就讨厌呗，反正我又不喜欢你，她更不是包子，也不会因为别人的讨厌就主动求和，她有自己的小世界，可以自己找事情做，但也不会因此而刻意避让你，显得大家尴尬。

严黛就有些相反了，她会刻意避开，显得自己特别讨厌南初，她不会掩饰情绪，小公主心态，觉得我讨厌的人就应该所有人都讨厌，所以她拉拢徐亚，想让徐亚跟她一起讨厌南初。

徐亚多聪明，女生之间的小九九她向来清楚，她不会特定站哪一派，见人说人话，见鬼说鬼话这个技能都没有，怎么在娱乐圈混，而且相比较严黛那小肚鸡肠的性子，说实话，她还真欣赏南初的大气。

女生还有一个本事。

无论私底下的关系多么恶劣，但是在众多男生面前还是能不动声色地粉饰太平。

晚上熄灯，女生寝室安安静静，洗漱睡觉。

男寝这边热热闹闹还在聊天，跟那边完全是两番景象。

林陆骁夜训（锻炼）结束进去的时候，邵一九带着队里的一帮消防员聊得火热。他一进去，瞬间噤声，队员四散，被他拖回来。他摘下帽子，拖了张椅子坐下，跷着脚扫过去，“聊什么？”

众人都面面相觑，不敢说话。其实倒没什么，本来就是茶余饭后的聊天，告诉队长也没什么，就是这一下给整严肃了，没人带头，大家一时都不敢开口。

最后还是邵一九起了班长的带头作用，“其实也没什么，大家伙儿无聊，刚小九儿说了一个八卦，严黛跟南初以前是情敌，然后大家就发散性思维讨论了一下，严黛和南初谁漂亮，没恶意，就纯讨论。”

林陆骁靠在椅子上，闲闲地看着他，“哦，讨论出结果了吗？”

小九儿率先举手，“我选南初！”

有人反对，“我选严黛，她笑起来好看。”

“必定南初！腿长腰细！模特啊！”

“徐亚！小姑娘可爱！善良温柔！”

“……”

最后邵一九弱弱地举手，“我也投南初吧。”

毫无悬念，南初以高票取胜。

连南初自己都不知道，这个不知名的夜晚，她被人封为了队花。

林陆骁摸摸鼻子。

奇怪，怎么有种打了胜仗的感觉。

“队花”这个称呼还是无意间让严黛知道了。

那天夜训结束，摄像跟节目组的人员都走了，操场上就剩下队员跟几名演员，邵一九带着大家唱军歌。林陆骁也没管，就坐在一边的台阶上看着他们扯着嗓子兴致勃勃地吼，唱的是《军中绿花》。

小九儿抬手一指，指向南初，“来，让我们仨女生唱一个，队花……”

大概是那晚的投票太魔性，他下意识就脱口“队花”两字，后来发现有点不妥，立马改口，换了个称呼，“南初，你先来。”

两个女生很敏感，瞬间也能明白过来怎么回事。徐亚心直口快，当下就跳起来去拎小九儿的耳朵，跟发现新大陆似的，“你们居然私底下投票？！嗯？南初姐姐是队花！那我们呢！”

小九儿是愣头青，也不会讨好人，着急要解释，发现越解释越不清，“真不是……你们仨都是仙女……都漂亮……”

“嗯，仨都是仙女。”徐亚不吃这套，故意逗他，“就南初最漂亮？”

小九儿下意识点点头。

“……”

众人无奈地摇头，这小子可真耿直。

小九儿瞬间反应过来，摆着手慌忙跟她解释：“不不……不是……这样，你也漂亮，严黛也漂亮，你们仨都漂亮！”

徐亚呵呵笑，见他真急了，拍拍手坐回去，佯装开玩笑地说：“行啦，我逗你的。”

心里不舒服会有，可徐亚是真没放在心上，她确实也认为南初漂亮。

相比较她，严黛会更计较这个名称。

小九儿长舒一口气，再转头去看严黛，刚想说点什么，后者已经没什么表情地站起来，一句话也没留，就直接离开了，众人望着她纤瘦的背影默默无语。其实这说起来还挺有意思，原本以为这里头最难相处的会是南初，结果相比较下来，严黛才是最难相处的，只要没有镜头，她就摆出一副懒得搭理你的样子，高贵得不得了。

反而南初，一见面整个人透着一股冷漠劲儿，真相处起来还挺随和，训练也肯吃苦，没见她喊过苦喊过累，不矫情。

见严黛离开，众人沉默下来，有点责怪地看了一眼小九儿，本来那评选就是私底下大家伙儿开的一个玩笑，做不得数，各花入各眼，这搬上台面了可就有点不好收拾了，再加上严黛就是那性子。没了唱歌的兴致，男生们都有些悻悻地离开了。

回宿舍的路上，南初跟刘夏翰一起走在后面，两人有一搭没一搭地聊着，刘夏翰跟她开着玩笑，“严黛不会真生气了吧？”

刘夏翰还算敏锐，也能察觉出南初跟严黛之间有一丝微妙的气氛。

南初没回答他，而是问了句：“有烟吗？”

刘夏翰一愣，才说：“我宿舍有，不过，你怎么还抽烟——”

“要不，你去给我拿一根？”

刘夏翰一琢磨，“行，那你在这儿等会儿我，我去拿。”说完就三步并作两步跑上楼了。

严黛这几天一直针对她，南初不是傻子，也能感觉得出来，但在南初看来严黛那些小伎俩都很幼稚，她也没放在心上。除了昨晚回去，她发现自己还剩半盒的戒烟糖没了，这事她谁也没提，但用脑子想想也能知道是谁干的，就像徐亚说的，严黛就是个“小公主”，大家不把注意力集中在她一个人身上她就是有点难受，想方设法找点存在感，这今天小九儿一句“队花”又把她给得罪了。

估计这笔账，还是记在她的头上。

正琢磨呢，前方楼梯上忽然下来一个人，身形挺拔，制服领子松着，步子迈得大，跨着两三级台阶下来，脚蹬地，目光刚落在南初身上，就听身后有人喊了他一声：“林队。”

林陆骁回头，严黛从楼梯上跑下来，走到他面前。

林陆骁瞥了一眼南初，才转回头问她：“有事？”

严黛低着头，说：“有时间吗？我想跟你聊会儿。”

嘿！

南初竖了耳朵。

林陆骁刚要开口，后头楼梯上又下来一个人，手里拎着一包烟和打火机，直爽地冲他打了声招呼：“林队。”

然后看了一眼严黛，朝南初奔过去，“走，我知道一个地方，能抽的。”

林陆骁望着两人的背影眯了眯眼，回神看严黛，把手插进兜里，“聊什么？就在这儿说吧。”

刘夏翰不知打哪儿挖来这么隐秘的地儿。

连南初都觉得这儿静，在训练基地后方的小山坡上，搭着一个土堆，前方是树林，过去是 400 米障碍训练基地，前后环山，月亮在天边挂着，像弯钩。

刘夏翰靠着一棵树，拆了烟，递了一根给她。南初接过，说了句谢谢，娴熟地用打火机偏头吸燃，靠着树干吞云吐雾，月光笼着她半张冷艳的脸，看上去特别闲适。

刘夏翰夹着根烟在嘴边，瞥她一眼，半开玩笑地说："你这么痞，你粉丝知道吗？"

南初勾唇笑了一下，那眉眼就跟剪刀似的，没有刻意却意外勾人，"哪儿来的粉丝？"

刘夏翰掸掸烟灰，"微博几十万，也不少。"

南初笑，"你没看那都是骂我的？"

"我经纪人说黑到深处自然粉，你性格挺好，红是早晚的事。"

南初还是笑，眉眼带着疏离，"那就承您吉言了。"

一根烟毕。

两人往回走，楼下已经没了人影，南初跟刘夏翰道别，回了宿舍，徐亚躺在床上，脸上贴着面膜，腿撑在床上，见南初回来，"你回来了。"

南初轻嗯一声，扫了一眼严黛的床位，空的，淡问一句："她呢？"

徐亚把面膜扯下来，反身趴在床上问她："有个八卦，听不听？"

"什么八卦？"

"严黛要退出，正在跟节目组协商呢。"

"她犯什么病？"

南初拖着凳子坐下。

徐亚给她分析，"她最近不是在背台词吗，天天熬夜背，刚听说下个电影她的戏份被一小新人给抢了，加上现在训练苦，身上手上都是伤，情绪本来就不稳定吧，刚刚小九儿那句话，估计真把她给刺激着了。严黛没别的毛病，就是有点玻璃心。你最近最好别刺激她，她受不得刺激，刚刚林队长找你好久，估计就说这事。”

何止是有点，干脆买块豆腐撞死算了。

南初没发表意见，沉默地把鞋子脱了。

“南初，林队在楼下等你。”邵一九在门口喊。

徐亚在床上打了个滚，“我就知道，你快去吧，别让林队等久了。”

这是入队以来，林陆骁第一次主动找她，还是为了严黛。

心情真复杂。

南初慢吞吞重新穿好鞋，在镜子前整理好衣服和帽子，才下楼。林陆骁站在花坛边，双手插兜，听见楼梯上有脚步声，转过身，目光盯着南初，小姑娘真瘦，上身迷彩短袖，下身迷彩裤，宽宽大大，风灌进去，晃晃荡荡的。

她走过去，也学着他的样子，把手插进兜里，漫不经心地问：“林队，找我有事？”

小痞子。

林陆骁垂眼看她，“部队这么教你见领导的？”

南初收起玩味地笑，把手从兜里拿出来，打了个笔直的军礼，“报告！”

“跟我过来。”低沉的一句话，林陆骁没再理她，转身就走。

南初跟在他背后，两只眼睛乌溜溜地瞪着他。进了政教楼，南初想溜，被人看出想法，一把拎住后衣领，给硬生生拽进去了，她挣扎道：“哪有你这样的？你怎么能对下级动手动脚？”

林陆骁垂眼瞥她，冷笑，“动手动脚？”

手上一使劲儿，又一提溜，给人拎上四层。

“林陆骁！”

“嗯。”

“林陆骁！”

“嗯。”

他应得倒是耐心。

办公室门刚打开，楼梯口响起一阵脚步声，伴着手电筒光照打到墙上，南初还没反应过来，手腕一沉，被人一把扯进去，抵到门板上，面前是堵肉墙——男人坚实的胸膛。林陆骁一手撑着门板，一手半掀着窗帘，等巡逻兵过去，才放下窗帘，低头看看怀里差点被闷坏的姑娘。

南初喘着气说："你进你自己办公室还偷偷摸摸？"

林陆骁垂眼看她，"这不是还有你吗？"

南初翻他一眼，"那我现在出去。"

林陆骁一把把她抓回来，摁到门板上，手撑在她两边，低头看她，漆黑的瞳仁反射的是她微热的脸庞，他哑声说："别闹。"

南初抬眼看他，"你看，咱俩这么偷偷摸摸的，不知道的还以为我们俩偷情呢。"

林陆骁一掌拍在她脑门上，"想得美啊你——"

"……"

黑夜里，对墙的窗敞着，有风灌进来，月色微弱，南初抬头盯着他看了会儿，忽然伸手摸上他额部的发际线，说："哎，队长，我发现你有美人尖欸。"

小姑娘声音里满是惊喜。

林陆骁原本还扬了扬眉，结果听到下一句就崩溃了。

南初摸着他的美人尖揉了揉，感叹道："听说有美人尖的男人都早泄。"

林陆骁眉峰一凛，一拧眉，"胡说八道。"

林陆骁一掌打掉她的手，没收住力，打狠了，她白嫩的手上留下三个指印。

"书上说的，我又没试过，我怎么会知道？"

林陆骁冷哼一声："哟嗬，还委屈上了？想试啊？"

"并不想。"南初垂眼。

林陆骁环胸看着她，一脸坦然，"我有个朋友是心理学教授。"

南初狐疑地看着他，怎么忽然提这个？

林陆骁勾唇，“他说人类在说谎时，眼角会往左下角看，你刚刚在说谎。”

对于南初来说，被看穿了也没什么打紧，在林陆骁面前，她从来不掩饰，也懒得掩饰。

她扯扯嘴角，“你找我不会是因为严黛的事吧？”

林陆骁鼻腔发出一声轻哼，“刚才去哪儿了？”

南初：“小树林，抽烟。”

林陆骁两只眼睛笔直地瞪着她，眼神沉了几分。

好半晌，他略一点头，手卡着腰，舔了舔下唇，说：“不知道熄灯时间不能乱跑？”

南初低头看了一眼手表，“刚还没熄灯呢。”

林陆骁眯了眯眼，仰着下巴，往后退一步，咬了咬唇，又转了一下头，摆正，同时盯着她说：“来，站直。”

南初依言站直。

“十个深蹲。”他说。

猝不及防。

“……”南初不可以思议地看着他，两个眼珠瞪得浑圆。

脑子有毛病？大晚上把她叫过来，就是为了罚她深蹲？

南初没动，执着地盯着他，“我犯什么错误了？”

林陆骁不悦地拧眉，“二十个。”

“……”能骂脏话吗？不能，那发个表情包吧。

“令行禁止，这四个字还用我教？”

南初还是没明白自己哪里得罪他了，有些不情愿地伸出手，平举，人往下蹲。

真是当个中队长要翻天了呢。

“一。”他数。

翻白眼，翻白眼。

“二。”

“三。”

“四。”

“五。”

“六。”

“……”

南初开始喘上了，手渐渐垂下去，被人一把提起来，抬眼看过去，林陆骁挑着眉看着她，“没吃饭？”

她扫他一眼，眼神平静，铁了心不肯求饶。她适应极快，每蹲一下，都在心里骂他一句，后头骂着骂着就出声了，连她自己都无意识。

“十一。”

“神经病。”

他眉眼有了情绪，浅浅勾着，像在笑，“十二。”

“虐待狂。”

他丝毫不介意，还在慢悠悠数着：“十三。”

“王八蛋。”

他不数了，索性靠着墙，点了根烟，轻笑，“对，接着骂，接着做，做到我喊停为止。”

南初平举着手，倔得很，眼神带了些气，更多的是冷漠，平淡地看着他，一下一下蹲起，喘着粗气，脸上都泛起了红，依旧不肯求饶。

不知道连着做了几个，就在她以为，自己快要昏厥过去时，对面终于出声：“停。”

南初往后一靠，半个身子都抵在门上，弯着腰，双手撑在膝盖上喘粗气，低着头问他：“我能走了吗？”

“我说你能走了吗？”

南初气得不行，“还有事？”

林陆骁挑眉，走去拎了个烟灰缸过来，放在边上，低着头，慢慢磕着边缘掸烟灰，有点漫不经心地问：“你跟严黛，怎么回事？”

问完，他把烟含进嘴里，瞥了她一眼。

南初脸色变了变，果然还是因为这事，她神色晦暗不明，没作声。

两个姑娘的事虽然一开始他就听杨振刚八卦过，也见过那男的的照片。杨振刚说那小伙子长得水灵灵的，可帅了，林陆骁瞧了一眼，没味儿。当下也跟杨振刚说了，这俩人要是敢闹事，他就跟领导申请把她们一起驱逐离队。

严黛他无所谓。

这丫头，不能就这么让她走了，本来就名声不好，再让人给赶回家，还混不混了。但不管怎样，至少得把有些话说在前头。

林陆骁看向她，口气莫名提了几分严肃，一板一眼地说：“你们俩过去经历过什么、有过什么过节，我都不管，但在我队里，谁要是敢给我惹事，都给我滚蛋。”

这丫头平时瞧上去也没那么笨，不知道能不能理解他的意思。

南初之前听杨振刚说过，林陆骁最近在审核，要提衔，似乎也能理解他有这层担忧，“你放心，我不会给你惹麻烦的，有事我会自己申请离队。”

“……”

林陆骁烟含在嘴边，半天没动，片刻后，他把烟从嘴边拿下来，食指点了点南初的额头，“你到底明白我的意思没？”

南初十分理解地点点头，睁着一双清澈的黑眼，无辜得很，“明白啊，惹事就滚蛋的意思呗。”

就是不能惹事的意思。

林陆骁满意地抚了一把她的头发，“对，行了，走吧。”

南初转身去拉门把，手顿了下，半晌，才问：“严黛真的要退出？你批准了？”

林陆骁靠在墙上，失笑道："你当这里是什么地方？想来就来？想走就走？她跟我提了一嘴，我让节目组去沟通了，真要退出，对你也没影响，你好好训你的，之前耽搁了一阵，后续的训练强度要加大，可能会安排你们进一次火场。"

南初哦了一声，转回头又问："戒烟糖还有吗？"

林陆骁一顿，说："没了，我让小九儿带了，明天过来拿。"

"好，我给你钱。"南初说。

林陆骁叼着烟，自嘲地笑了一下，"不用。"

意思是这点钱还有。

说完也不再理她，不耐烦地摆摆手，把她往门外赶。

第二天，戒烟糖是小九儿直接给她的，南初正在穿鞋，小九儿进来把东西递给她，说："林队让我拿过来的。"

"多少钱？我给你。"

小九儿说："不用，这不贵。"

她套好军靴，站起来，用力蹬了蹬，说："你们赚钱不容易。"

"真不用。"小九儿说完就往外走，走到门口停住，想想又折回来，冲她佯装生气地说，"你这样也太看不起我们了！"

南初半天没回过神，也没觉得自己哪儿错了，给钱不是天经地义吗？

她在这方面有点转不过弯儿，她不会表达，安慰的话语也不会说，爱她从小没体会过，所以也不知该怎么去爱别人，她不缺钱，对一个人好的方式，她唯一能想到的就是钱。

就跟当初在林陆骁家里住了一个多月，她丢了一万块钱给他表示谢意，却至今没想到，当时就把人给得罪了。

徐亚目睹了全过程，半开玩笑地说；"你什么时候跟队长这么好了，他还让小九儿给你捎这个？"

南初把戒烟糖往桌上一丢，没什么情绪地说："顺手而已。"

严黛洗完脸刚端着脸盆进来，目光扫一眼南初桌上的戒烟糖，戾气骤显，没作声，走回自己的位置。

“林队这人就是闷骚，啧啧——”徐亚整理完内务，靠着桌沿，看向严黛，“你昨晚找队长聊得怎么样？”

严黛对着镜子涂口红，“就那样，让我好好考虑，毕竟女队员少，以后不好分配。”

徐亚意味深长地看她一眼，咯咯笑，“才不会呢，队长这是舍不得你吧？”

严黛哼笑一声，“也许吧。”

徐亚：“还装，队长昨晚有没有拉着你的手，让你不要走。”

严黛：“你怎么不干脆说昨晚我们有没有发生点什么？”

徐亚激动捧脸，“有吗有吗？”

严黛：“这是部队，能是你乱来的地方？”

徐亚遗憾地叹口气，“也是。”随后，目光一转，看到南初正在叠被子，方方正正，棱角分明，特别标准的“豆腐块”，狐疑地说：“南初，我前几天就发现你的被子叠得也太标准了，简直跟小九儿他们一模一样。”

严黛手里动作一顿，瞥过去一眼，无声地冷笑。

南初：“你过奖了。”

徐亚继续说：“真的，你这太标准了，要不知道的，还以为你以前在部队待过。”

严黛擦完脸，把东西一摔，“走了。”

徐亚撇撇嘴，朝南初吐吐舌头，忙跟上去。

今天的训练强度很大，上午是登降楼训练，下午是百米障碍。

今天的教官不是林陆骁，来了一个寸头国字脸的新教官，小眼睛，皮肤黑，面露凶相，声音浑厚粗犷，“你们林队长今天去支队考试了，今天的训练我带你们，我姓张，叫我张教官就行了。”

徐亚在南初耳边低声说：“忽然发现看不到林队长那张脸，连训练都没劲儿了。”

这话被严黛听去了，冷哼地瞥她，“你不是说林队长不是你喜欢的类型吗？”

“我喜欢他的脸，不喜欢他的职业。”徐亚吐吐舌头，“要当他女朋友，整天在家提心吊胆的有什么意思，不过想睡他的人，一定比想当他女朋友的多。”

说完，暧昧地看了一眼严黛，后者脸色微红，调整情绪，低声说：“看我干什么？”

徐亚了然，“你一定是前者。”

“行了，别说话了。”严黛仓促地白她一眼。

南初全程都认真训练，没搭腔，上午的登降楼做得很好，连教官都频频表扬她一小姑娘这么淡定，挺勇敢的。严黛侧头看她，冷讽：“突然这么认真训练，搞成乖宝宝模样干什么？你平日里不是挺爱找林队长事吗？”

南初没理她，在队伍里站得笔直，“忽然想认真活一把，不行？”

这话在严黛听来，就像一个跳楼自杀的人跳到半空中忽然朝天空大喊自己后悔了那么可笑。

她冷笑，“你不是向来不在乎别人怎么看你，我记得沈光宗给你的人设都是潇洒不羁爱放纵，怎么，人设崩了？”

她一直认为，南初的不在乎是装的，人这一世争来争去不就是个名头，如此不在乎自己名声的女人要么特立独行，要么就是装逼。

南初朝她看过去，帽檐遮了她半张脸，让严黛瞧不出她此刻脸上的表情，声音冷淡地说：“每个人都有自己的活法，我颓废，我堕落，是我的事，你一直活在我的阴影里，你不累吗？”

一语中的。

南初一句话就让严黛变了脸色，她不愿意承认自己嫉妒南初，却又在暗地里默默模仿她的穿衣风格和性子，当她发现南初对什么都很淡，那种洒脱不羁是她学不来的。

她发现南初抽烟，她也学着抽，尽管讨厌死那股尼古丁的味道，可每次看见南初叼着烟，眉眼生媚，狐媚子的生相很勾人，她又忍不住去学。

她曾在冉冬阳的手机里见过一张南初抽烟的照片。

她穿着过腿根的黑裙子，上身倚着吧台，一双玉腿笔直修长，一只手撑在吧台面上，长发散在耳后，黑乌乌的，散着光点，细长的指尖夹着一根烟，烟头燃着屡屡青色的烟丝，萦绕而上。

眉眼清淡，却带钩，严黛想到一个词，狐媚生烟。

被人踩了痛脚，怨愤积深，到了下午四百米障碍时，一触即发。

三个女生同时出发，跨桩、壕沟、矮墙、高板跳台、水平梯、独木桥、高墙、低桩网总共八个项目，徐亚是三人中体能最好，一出发就把两人甩到身后，南初跟严黛前后紧咬，前方路过一阵泥路，后方是男兵们的加油呐喊声。

过独木桥时，严黛从后方赶超，没有防备的南初猝不及防被人推下独木桥，狠狠摔进泥坑里，吃了一脸泥。

南初平静地站起来，拍拍身上的泥土，继续爬上独木桥。

过高墙，南初被人直接一脚踹下来，尾椎骨着地，疼得龇牙咧嘴，严黛笑靥如花地趴着墙头友善地问她："没事吧？我拉你上来？"

南初站起来，拍拍手，不甚在意地说："爬你的。"

严黛咬牙下去。过壕沟，两人一前一后，底下是泥坑，坑上是一排单杠，两人交替勾手吊过去。行至中段，严黛没了力气，落坑之前，用脚去勾南初的腰，连带着她一起给摔进泥坑里，后方男兵瞧着干着急，"怎么回事？南初怎么一路摔过去的？"

坑底水又脏又凉，渗透心底，南初撑着手站起来，还没站稳，就直接冲严黛扑过去，拎起她的衣领就往坑壁上撞。

严黛一阵眩晕，一个反掌把她推回坑里，南初往后踉跄一步，泥坑里污水四溅，打湿了两人的裤腿。

“打一架！来！”严黛喊。

南初一转头，就看见身后的摄像直直对着她，脑子嗡嗡响，全是昨晚林陆骁那句警告：“要惹事就给我滚蛋。”

她揉揉太阳穴，脑仁直泛疼，“滚开。”

严黛憋着一股劲儿。

这股劲儿从很久之前，当初爆出冉冬阳跟南初的绯闻时，她心里就疼得发紧，可总觉得既然进入娱乐圈了，就得适应这里头的潜规则，比如绯闻，以后也许还会有吻戏和床戏，这些都是他们艺人必须释怀的。

所以尽管当时媒体炒得那么火热，她也只当没听见，顶多买几个水军去南初微博底下攻击一顿就当给自己出出气，倒也没往心上放，直到有一天，她在冉冬阳的手机里看到那张照片后，才知道那浑蛋是真的动了心思。

她拿着手机质问冉冬阳，那浑蛋倒也坦诚，直接承认自己对南初有意思，甚至还要求导演加了一场吻戏，结果被南初驳回。

那口气，从当时一直憋到现在。

自始至终，她都认为，南初就是她的小三。

严黛仿佛蛮牛上身，直接扯掉麦，饿虎扑食般冲南初直直扑过去，手脚并用给她整个人摁到泥坑里，随手抓了一把泥挥手往南初脸上抹，南初一脚把她踹下去，彻底火冒三丈，反身将她压在身下，手掐上她的脖子，把她牢牢摁在地上，眼眶憋得通红，“疯了！”

严黛目露凶光，抬手一巴掌扇在她脸上，混着泥水，南初被打得侧过脸，狠意凸显。

“你抢我人的时候，没想过我会疯？！”

南初一脚把她踹开，严黛还要张牙舞爪地扑上去，被身后赶来的男兵给生生扯住。

两人撕扯中衣服散乱，脸上身上糊得全是泥巴，模样难看至极，像两只发狂的小兽，耳边散落着碎发。

严黛几乎是恶狠狠地回头看向正在拍摄的摄像师，“拍个屁，不许拍，这段不许播！”

话音刚落，张教官背着手过来，厉声呵斥道：“自己敢做不敢给人看？你们俩给我上来！”

张教官说话时，肌肉都在抖，脸黑得要吃人。

邵一九吓得一个哆嗦，心道，完了完了！

林陆骁考完试刚出考场，又被孟国弘叫进办公室，扬手一指面前的椅子，“最近队里怎么样？”

林陆骁坐下，摆正帽子，说：“挺好的。”

孟国弘点头翻文件，“嗯，后续的交接工作你可以让杨指导先准备起来。”

林陆骁笑出声，“您就那么肯定我能考上？”

孟国弘终于正眼看他，见他嬉皮笑脸，手去捞边上的烟灰缸作势要砸死他，“要考不上我弄死你！”

林陆骁依旧笑，没作声。

孟国弘挥挥手，“行了，滚回你中队去。”

林陆骁戴好帽子，敬了个礼，转身走了。

暮色将至，林陆骁的车驶进中队时已是傍晚，过了训练时间。车子刚停好，林陆骁一手甩着车钥匙一手插兜出停车场，就见远方跑来一人，模样歪歪扭扭瞧上去像邵一九，再定睛一看，还真是邵一九。小伙儿一脸着急，相处这么几年，也没见过他急成这样，他喊了声：“队长！”

林陆骁停下来，手上还甩着车钥匙，“着火了？”

黝黑的脸上全是汗。

邵一九喘着粗气，眯着眼，说：“不是。”

“那你这着急忙慌上哪儿去？”

邵一九刚看见他车过来，连忙从宿舍跑下来，一下跑猛了，没喘过气来，“南初跟严黛打架，被张教官罚，两个人现在还在——操场……”

话音未落，邵一九面前的人已经跑没影了。

Chapter 07

被罚

已是傍晚，天空放出七彩霞光，云朵像团团火焰在烧，火光烧着操场上两道纤瘦的身影。

林陆骁叼了根烟站在台阶上，目光在两人身上来回，一前一后，两人浑身都是泥水，脸上更甚，污泥沾满全脸，黑乎乎的，有些风干结了块开始往下掉。

邵一九从身后跑过来，撑着膝盖，在他耳边喘着大气。

林陆骁把烟拿下来，目光仍旧盯着操场，不咸不淡地问："跑多久了？"

邵一九抹一把汗，眯眯眼，说："张教官罚她们负重五千米。"

"谁先动手的？"他沉默了会儿，问。

四百米障碍的壕沟泥坑离他们很远，男兵们都看不太真切，直到两人打起来，那边才有人大喊着跑过来，再往坑底一瞧，两人已经扭作一团，而当时离泥坑最近的是小九儿。

邵一九有些不确定地说："他们说，是两人在过壕沟的时候，严黛支撑不住把南初也给拉下去了，南初摔地上后就冲严黛扑过去了……不过这都不重要，你也知道张教官这人，最讨厌部队里打架，不罚到她们心服口服是不会罢休的，我怕时间长了，这俩姑娘吃不消，本来就是录个节目，要是闹出点什么也不好跟制片方交代啊。”

林陆骁抽了口烟，“节目组人呢？”

邵一九努努嘴，“不知道，一出了事就顾着拍拍拍，也不知道劝着点，刚跟导演说了，导演还说犯了错就得罚，似乎一点也不着急。”

“你看着点她俩。”说完，林陆骁收回视线，转身上台阶，跑了两步，邵一九冲着他背影喊：“你上哪儿去？”

林陆骁来到指导员办公室。张教官正跟杨指导在制订第二天的训练计划，转头瞧见门口站了一高大的人影，他眯眼一瞧，确定来人，露齿笑，冲门口的人招招手，让他过去。张为杨将近四十，早年入伍下队，在林清远手下打过杂，后转战训，为人严肃，竖着眉教训人时，那眼底乍现的寒光能把人吓死，林陆骁刚下队时没少被他折腾，偏偏就是这股子劲儿让人又爱又恨。

杨振刚扫他一眼，用眼神示意他。

林陆骁走过去，脸上难得挂了笑，“张叔。”

张为杨警觉不对，这么些年，哪听他这么讨好地叫过自己。他也是个人精，有来有挡，淡淡道：“考完试回来了？”

林陆骁站到两人中间，低头瞥了一眼中间的课程表，浅笑，“刚考完。”

“考得怎么样？”

“就那样。”

张为杨知道这人的毛病，从小就这样，吊儿郎当，不争第一，混个前三保命，问他为什么不努努力考第一，他能跟你插科打诨地说，争什么第一，咱得给人机会。话虽这么说，反正没见他哪回考试发挥失常过。

“得了，我这话啊白问，你要考不上，我头剁下来给你当椅子坐。”张为杨笑说。

谁料，林陆骁一派正经道：“头我就不要了，我这拜托您一事。”

张为杨觉得新鲜，跟杨指导说道：“哟，这从小到大还第一次听这小子开口求人？说来听听。”

杨指导连连点头，看着林陆骁的表情，心里直觉不妙，生怕这小子又说出什么大逆不道的话来。

林陆骁也不拐弯，直白地说：“今天这事，您就当没看见过，可别往训练报告里头写，回头也别跟领导汇报。”

张为杨一愣，没承想是这事，心里莫名打起警铃，道：“我这俩眼珠子都明晃晃地看得清清楚楚，我怎么装没看见？敢情是这俩丫头请你来当说客了？”说完，觉得不对，又道，“不对啊，陆骁，在我眼里，你可不是这样的人，这队里要是谁敢打架你罚得可比我狠哪！”

说完，他的目光变得意味深长起来，道：“你不会是瞧上哪个丫头了？我告诉你，这可不行啊，哪个都不是好的人选，你可别犯糊涂。”

“您要这么说，那可没话聊了，我这不是刚从支队回来，您这报告打上去，明天孟处肯定又找我，再说也不是大事，您就当帮我省了这顿训行不？”

张为杨始终觉得不对，拧着眉说：“你是怕挨训的人？我怎么这么不信呢？”

林陆骁靠在桌上，抱着臂，目光幽深，“您就说成不成？”

“真不是看上哪个了？”张为杨试探地问。

林陆骁一愣，眼神笔直，无比坦荡地说：“真不是。”

张为杨手搭上他的肩，“那行啊，你这从小到大第一回开口求人，我还能不帮？不过我可警告你，你可别让我失望。”

话音刚落，邵一九从门口跑进来，跑得急赤白脸地说：“林队，有人晕倒了。”

林陆骁站起来，一提神，问：“谁？”

“两个都晕了。”

林陆骁神色一紧，张为杨刚要说找人送军医处看看，身边的人已经提步走到门口了。

张为杨瞧见这一幕，指着他离去的背影，问杨指导：“这是正常反应？”

杨指导想了想，说：“正常，当初孟处开会的时候说了，要保证所有人的安全，这有人晕倒了，着急是正常的，说得我这心里也急了，我也去看看，您自己坐会儿，等会儿让陆骁找人送您回支队！”

张为杨摆摆手，“我也去瞧瞧，瞧完顺路就回去了。”

军医处。

林陆骁到的时候，军医处只有严黛，邵医生正拿着听筒检查，见门口有人进来，着急忙慌的样子，“邵姨，南初呢？”

邵军医：“醒了，回宿舍了。”

刚落话，后头陆陆续续进来了杨指导和张为杨，林陆骁把车钥匙抛给邵一九，“一九，你送张教官回大队，我出去一下。”说完，人就往外走，边走边解外套扣子。杨振刚追上去，“陆骁，你上哪儿去？”

林陆骁瞥他一眼，脚步未停，“我去慰问伤员，怎么了？”

杨振刚追上去，“你这样子像是要去找南初打架。”

林陆骁拍拍他的肩，宽慰地说：“放心，我不打女人。”

“你知道我什么意思。”

林陆骁停下来，微抬首，撇了一下头，懒洋洋道：“怎么了？”

“我那天看到南初进了你办公室。”

林陆骁彻底松开上衣的扣子，露出里头迷彩的短袖，手叉在腰上，别开目光，不以为意地说：“我让她去的。”

“那是什么地方？你让人随便进！你脑子呢？”杨振刚压着声音说。

移回目光，两人重新对视，杨振刚矮了一截，半晌，林陆骁再次别开视线，舔着嘴角笑了一下，“真的没干什么，您放心，别想歪了。”

“什么叫我想歪了，你能干点不让人想歪的事吗？！”杨振刚怒。

“那我说什么你都不信，你想让我怎么办？”

杨振刚只是给他提个醒，见他这态度也没得好聊了，便开口道：“算了，就当我想多了。”

“没事？那我走了。”

念着两人多年的交情，杨振刚简直想朝着后头就给他来一脚，到底还是顾着上下级的关系，不敢造次，“走吧走吧。”

南初上宿舍楼梯的时候，被人一把拉住，一回头就看见林陆骁铁青的脸，下意识挣了一下，可被他拽得紧紧的，无法动弹。林陆骁往后一扯，把人从楼梯上拉下来，说：“跟我过来。”

南初跨了两步下台阶，想抽回手，白嫩的手腕上仿佛被人箍了一层铁箍，丝毫抽不动，“你别拽我，要训在这儿训。”

林陆骁斜看她，“还嫌不够丢脸？”

“我丢脸，所以你别碰我，你离我远点，这样你不用跟我一起丢脸。”

林陆骁冷笑一声，几乎是爆喝：“你已经给老子丢脸了！”

这下乖了。

政教楼就在隔壁，林陆骁拖她进去，上了四楼。林陆骁把她推进去，关上门，将她摁在门板上，环抱双臂，居高临下看着她。

南初别着头，不看他，他就去截她的视线，偏偏要她看他。南初就躲，一眼也不肯看他，你来我往，几个回合。

他哼笑一声，“怕了？跟人打架不是还挺厉害的？我昨晚说过什么，忘了？我走一会儿你就给我惹事，给我添堵是吧？嗯？”

林陆骁心里也窝着一股火儿，不是说喜欢他吗？那还为了别的男人打架算怎么回事？

耍他？还是玩他？

在医务室的时候，他憋了一肚子脏话想要往外蹦，真看见她这副狼狈的模样又什么都说不出来，可面前看她这副淡淡的死样子心里就涌起一股无名火，说出口的话，也就极具讽刺。

“对不起！”

空空荡荡的房间里，忽然响起她清淡的嗓音。

小姑娘低着头，耳边是碎发，轻轻飘，如是说。

林陆骁脸上的笑就挂不住了，仿佛一记闷拳砸上棉花，有劲儿无处使。这都叫什么事，犯了错，可怜兮兮地说句对不起，他竟然骂不下去了，这要搁以前，分分钟骂得你哭都找不到坟头。

他心里又气又好笑，手罩上南初的头顶，想要拨正她的脑袋，跟自己对视，结果小姑娘倔强，撇着头，看都不肯看自己一眼。

他没了耐心，索性捏住她的下巴，狠狠掰过，“怎么回事？道歉不看着人有诚意吗？”

结果，南初脸一转过来，去掉污泥的左半边脸颊，印着四个红红的指印，嘴角有裂痕，渗着血迹。

林陆骁终于明白过来，她不敢看他的原因。他的心仿佛被人狠狠拽了一记，眼一沉，连他自己都不知道，声音竟然柔了下来，“严黛打的？”

南初一掌打开他，“我也打她了，我可以自己申请离队，不会给你添麻烦的。”

林陆骁气笑了，松了手，手插回兜里，“我说让你走了吗？”

南初心道：“那你凶个屁。”

南初吸着一口气，提了提嗓子，“林队。”

这么一本正经地叫他，倒是少，林陆骁收了收笑，“嗯。”

南初说：“你昨晚跟我说的，我都记得。”

林陆骁脸色渐变。

“我忍过她，让过她，但是最后那下我还是没忍住，我以前的性格不是这样，我不是容忍的人，被人骂，被人欺负，我不在乎是真的不在乎，可我不是无条件容忍，谁要真骑到我头上来了，我肯定会报复，并且要让对方这辈子不敢再欺负我。当年，冉冬阳欺负我，我忍了好几年，上个月，在片场，我把他的头打破了。还有我很小的时候，七岁，被几个男生绑架……”

说到这儿，林陆骁的笑意就僵在嘴角了。

这事怎么听着有点耳熟。

果然，南初说："四个男生，把当时还只有七岁的我拖到小巷子里，蒙上眼睛，捆上手。"

林陆骁看着她，抽抽嘴角，"没……做什么……吧，你才七岁啊。"

"没做什么，可我被吓着了。我当时就想着，以后要找到这几个男的，我要把他们剁成碎块。"说这话时，她声音冷淡，"说实话，我这人很阴暗，在你面前要装出一副阳光可爱的模样还真的挺累的，好像这段时间也给你带来了不少麻烦。刚刚张教官罚我们跑操的时候我就一直在想，我喜欢你的时候，是十六岁那年，你把我救出火场，给了我前所未有的安全感，以及你收留我，还教我叠'豆腐块'。我有时候故意乱叠，你就瞪我，我叠好了，你就付之一笑。活了十几年，那晚真是我最轻松的一晚，后来看到你女朋友，怕耽误你，于是就匆匆忙忙搬走了。"

林陆骁下意识脱口而出："那不是我女朋友！"

"怎么不是，都来你家找你了。"

林陆骁转过头，"反正不是。"

南初摆摆手，"不重要，昨天小九儿说我看不起你们，我真没有，由此，我忽然就想到当时离开给了你一万块，你是不是觉得挺生气的？小九儿那话确实给了我点警醒，你们男生都挺在乎那点自尊，我还生生把它戳破了，可你知道，我别的什么都没有，我只有钱，我自以为对一个人好的方式就是给钱。"

林陆骁忽然想起几个月之前，院长告诉他的那个一直被南初资助上学和治病的叫宝树的男孩。

她这人确实不会表达。

想到这儿，他勾了勾嘴角。

"刚张教官让我俩上去的时候，我心里有点害怕，我害怕给你惹麻烦，怕你升不了衔。队长，我以后尽量不给你惹麻烦，也尽量不打扰你了。哦，不，不是尽量，是一定。"

“……”

林陆骁听完，胸又闷又堵！

这都什么玩意儿？

直到南初推开门走出去，他才惊觉这姑娘似乎真伤心了？

以后再也不打扰他了？

他拉开门刚要追出去，杨振刚就大咧咧地站在门口，如鬼魅盯着他：“我刚看南初出去了。”

林陆骁翻白眼，转身往里走，叉着腰站在办公桌前，点头道：“对，她刚在我这儿。”

杨振刚走进来，关上门，咬牙道：“你脑子又犯浑！”

林陆骁背对着他，抬手示意他别说了，头疼欲裂地说：“这事我跟你说不清楚，我都不知道我自己怎么想的！”

杨振刚朝着他后脑勺拍了一记，“你对她什么想法都不能有！”

林陆骁无语，“我未婚，她未嫁，就算有什么想法，不正常？”

杨振刚急了，“你还真存了什么想法？！”

林陆骁扶额说：“我只是打了个比方。”

“孟处给你介绍的那几个，哪个不好，你要看上这小姑娘。”

“得了吧，我什么时候说我看上她了。”

“当一个男人开始心疼一个女人，不是喜欢是什么？”杨振刚冷哼一声，“臭小子，还狡辩，人受伤，你着急成这样，还不是看上，行，你要看不上，你证明给我看，你看不上她，以后她都比严黛她们多跑几圈，早饭少吃点，训练多加点。”

“凭什么？”

“瞧瞧，你还护着她呢！”

“我不跟你扯了，你让让，我得出去一趟。”

杨振刚恨铁不成钢地说：“你要整幺蛾子，也等这阵过去再说！”

话音刚落，人已经到门口，林陆骁挥挥手，头也不回。

林陆骁找到南初的摄像，跟人聊了两句，递了人一支烟，对方倒也客气，跟他并肩站在树根上抽了起来。

“你把今天的录像给我看看，下午的。”

摄像哦了一声，给他调出来，“怎么要看这个？”

林陆骁夹着烟，漫不经心地说：“这不是要写报告吗，我得了解了解经过。”

摄像笑着说：“你们也挺辛苦的。喏，给。”

林陆骁单手接过，把烟叼进嘴里，对着画面观摩起来。

画面很小，但是好歹能看清楚事情经过。

他一边快进一边寻找两人接触的点。

第一个点，是独木桥。

林陆骁按下暂停，放大，掸了掸烟灰，眯眼，目光定在南初背后的手上。

第二个点，是障碍板。

南初胸口被人踹了一记，整个人往下沉，直接摔在泥坑里。

第三个点，是壕沟泥坑。

南初被人用脚勾下去。

林陆骁把烟掐了，合上摄像机，还给摄像小哥，拍拍蹲在地上小哥的肩，“谢了！”

小哥抬头笑笑，“不用，林队长要不要再抽一会儿？”

“不了。”

他的声音已经没了刚才的调侃，都是冷意，听得小哥浑身一个哆嗦。

往回走的时候，他一直在想杨振刚那句话，如果心疼是喜欢她的话。

那就喜欢吧。

走到一半时，刚好看见南初穿着绿色的军衬往外走。林陆骁跑上去，拉住她，手刚触上去，立觉不对，头发湿漉漉，刚换上的军衬胸口也湿了一大片。

“怎么这么湿？”

南初：“你别管我。”

林陆骁：“你过来。”

“我不去你办公室。”

林陆骁坏笑，“谁说要带你去我办公室了？”

南初一愣，没反应过来，已经被人拉着上楼了。林陆骁一手开门，拉开，一手把她推进去，南初这才反应过来——居然是他的宿舍！

林陆骁的宿舍跟他们的一般大，只是东西少，一个人住，看上去宽敞些，一张单人床，一张红木桌，门后是衣柜和脸盆。

整体很干净，东西摆放规整，军绿的被子叠得四四方方，有棱有角，南初这是第一次看见他在部队的被子，每一个角仿佛都跟用刀削出来的一样。林陆骁把她拉过去，从床后抽出一张叠凳，展开放平，拍了拍，“坐。”

南初站着没动，林陆骁站直，对上她的视线，略一偏下巴，示意她坐，虽然没说话，但那黑眼珠分外明显写着——不要让我说第二遍。

南初坐下，林陆骁则转身用脚勾了张红木椅放到她对面，大咧咧地坐下，敞着腿，抱着胸，目光深邃。

良久，他抿了唇，“我跟你道歉。”

南初忽而抬头看他，林陆骁双手撑着膝盖，身体微微前倾，目光深沉。

“为什么？”南初问。

林陆骁这人吧，从小就这样，平时跟你吊儿郎当，真做起事情来，果敢又阴狠，向来对事不对人，当下跟你急赤白脸的，但真当意识到自己错了，认错快，错了就错了，该担的责任他一点不会躲，这是在工作上，在部队里。

在感情上他是茫然的，二十四岁那年，遇上这姑娘，他确实被撩了一下，但想想当时那姑娘才十六岁，自己要能动什么歪心思可真是禽兽不如。

但不得不承认，那晚，他确实硬了。

小姑娘软软绵绵的样子躺在他的被窝里，他刚一屁股坐下去，就意识到不对劲儿，可再抬头就对上一双清澈柔软的眼神，迷蒙中带着水光，加上那时正是他血气方刚的年纪。

小姑娘糯糯地说："你坐着我脚了。"

声音婉转动听，又带着点脆生生的畏怯，一下就不知道击中他哪根神经了。他把这一切的源头都归结于自己单身太久。

当年是秉着对南初一丁点的愧疚收留了她，把她带回家，房子让给她住。住了两天，就被这丫头片子给撩了，心里不太爽，加上丫头片子才十六岁，自己动了那种念头，简直禽兽不如，转念想想是不是真跟大刘说的那样，只是需要一个女朋友？

于是那晚之后，他跟大刘他们出去玩，偶尔也会把目光放在那些婀娜妖娆身材的女人身上，连沈牧都说他转性了。

男人的性启蒙无非都是来自几部岛国动作片，林陆骁看得不多，只是偶尔需要生理纾解时才会翻出来看，无非都是大胸、童颜、长腿等等，看多了也就那样。

那姑娘是大刘攒的一局上认识的，大胸、细腰，身材确实好，脸一般般，他至今都记不太清楚她的眉眼轮廓，要走在路上，人不喊他他还真认不出来，他有点轻微的脸盲。那姑娘也是个性急的主，这才见一面呢，第二面就找大刘要了地址，上他家找他去了，被小姑娘撞了个满怀，结果丫头还挺懂事地帮他掰扯出远房妹妹这个说辞，他当时真是又气又好笑。

第三面，他刚出完任务，两人吃完饭送姑娘回家，在车上，姑娘冲他挤眉弄眼暗示他可以上去坐坐。当时林陆骁就开着车窗慢条斯理地抽烟，越上赶着他越不急，坐在座椅上慢悠悠地掸着烟灰玩。姑娘倒是个老手，俯过身去，在他耳边吹着气，一边吹气一边拿手伸进他 T 恤的下摆里，似是而非地邀请他："上去'坐坐'？"

他脸上挂着吊儿郎当的笑，一只手挂在车窗外掸烟灰，另一只手把她的手拉开："做什么？"他声音本就好听，带点禁欲的性冷感。

姑娘被他一句话说酥了身子，娇俏地去拍他坚硬的胸膛，"你这人其实挺坏。”

林陆骁靠在座椅上，听闻这话，瞥她一眼，转回头，哼笑一声，把烟掐了，解开安全带下车绕过车头去开副驾驶的车门，把女人从车里拎出来：“回家吧。”

女人一愣，问：“你不上去？”

“暂时没兴趣。”

他靠着车门，手插着兜，眉眼上挑，就这股痞痞的劲儿，想得而得不到让人欲罢不能。

林陆骁轰着油门走了，留下一股焦躁的车尾气，姑娘拎着包气得在原地直跺脚。

那时他才刚下队不久，性格飞扬跋扈。经时间一打磨，性格倒是收了些，可眉眼间的邪气还在，特别跟你说些有的没的混账话时，年轻时那股子乖张的模样顿显。

现在这么一本正经拉着人，坐在自己对面，跟人道歉，倒还是头一次。

他笑了笑，换了个姿势，双手环胸，人往后一靠，放缓语速，“我十八就进了军校，身边的人都是暴脾气，教官、指导员，包括我父亲，甚至包括林启，他比我稍微好点，因为没接触这个环境。我们都是风里来雨里去，处理事情晚一秒就可能会让一个家庭破灭，年轻的时候讲道理也不靠嘴，在火场上也是，人都火烧眉毛了，我还搁这儿跟你讲道理，这肯定不行。一码归一码，以上是我的性格检讨，检讨归检讨，但我不改。”

“……”

南初面上不动声色，心里却想着：那您跟这儿找谁检讨呢。

他挠挠头发，“但我得为刚才的事跟你道歉，我不该吼你，不该说你丢脸。”

南初点头，“嗯，我原谅你。”

“……”

这就原谅了？他有点措手不及。

他往前探了探，问："真原谅？"

南初一脸平静地说："真的。"

说得坦然，表情也没什么异样，应该就是原谅了？可总觉得差点什么，就那股忽近忽远的疏离劲儿，让林陆骁有点烦躁。

他弯腰盯着她看了好半晌，想要瞧出一丝异样来，姑娘也只是平静无波地站起来，对他说："队长，您要是就说这事，我已经原谅您了，而且我也没放在心上，杨指导跟我说过您的事，您现在确实是关键时期，我不该给您添那么多麻烦，这边先给您鞠个躬。"

说完，毕恭毕敬鞠了个躬。

林陆骁掏掏耳朵，"等会儿你！"

南初没停，去拉门，身后多出一只手，门板被人牢牢按住。

林陆骁把她堵在门后，门都快成背景板了，两人的多次谈话都是在门板后面进行的。

"杨指导跟你说什么了？"

他撑着门板，低头看她。就在刚才下楼的时候，杨振刚把南初拦住，说了一些话，当然不是太好听的。南初当时也只是笑笑，这队里每个人都把林陆骁当亲儿子似的对待，她也明白杨振刚是为了林陆骁好。

南初指尖抵上他的胸膛，往后顶了顶，说："来，您往后退退，靠这么近，我喘不上气。我得出去了，不然被人看到不太好。"

变了变了，这女人变了。

以前都是想方设法要占他便宜吃他豆腐，这一下要跟他撇清关系，林陆骁还真有点不习惯了！

"你这急着跟谁撇清关系呢？！嗯？"他不悦地拧眉，把人一把拎起来，按到红木椅上，"给我坐着。看到就看到，这我的地盘，没人敢说一个字。"

得得得，都是您的地盘，您是山大王。

林陆骁目光在她身上打量了一圈，小姑娘头发湿漉漉的，军衬的胸口濡湿一片，军衬薄，微湿的料子勾着内衣的边，若隐若现，他匆匆一瞥，别开眼，咳了声，说：“刚刚又跟严黛打架了？”

“没打架。”南初腰背挺得笔直，胸异常坚挺。

林陆骁目光掠过，伸手弄了一把她的头发，转身去翻柜子，说：“那怎么这么湿？”

“刚刚在洗衣服，结果水管爆了，我正要去找指导员呢，你就把我拉过来了。”

再转身时，手里攥着一瓶棕色的小药瓶，从柜子里抽了两根棉签，蘸湿，弯腰到她面前，“别乱动，帮你上点药。”

药味刺激大，南初捂着鼻子往后躲了躲，“这什么？”

林陆骁直接勾着她的脖子，把她扯过来，“躲什么躲？这是我以前在外县支援时一朋友送的当地药膏，治创口特别快，你这脸不擦，以后万一破相了，你还拍不拍戏了？”

刚涂上去有点冰冰凉，南初呲了一声，林陆骁难得柔了声音：“忍着点，这擦了好得快。”

两人此刻贴得极近，气息交缠，他的脸近在咫尺，脸上的每个毛孔都看得清清楚楚。南初发现他皮肤其实很好，不算白，小麦色，五官很正，眉峰上挑时掩不住的嚣张戾气——确实很勾人。

她的视线落在他唇上，他唇片薄，形好。这种近距离接触是种诱惑，南初断定他是故意的。情商低，都是装的吧，一举一动，举手投足，明明都很拿人，亲一下总不犯法吧？

南初这么想着，事实上她已经勾住林陆骁的脖子，对着林陆骁的嘴唇咬下去了。

林陆骁捏着小药瓶，张着手，瞬间瞪大了眼，条件反射去推她，结果被南初牢牢勾住脖子，软软的唇贴着他的，还伸出舌尖舔着他的唇形，舔舐碾磨各个技巧都很到位。

南初吮着他的唇，却发现他慢慢勾起嘴角，下一秒，人已经被提起来，给抵上墙。

南初双手勾住他的脖子，整个人被他抵到墙上，林陆骁一手按在她后脑勺上，用手背帮她撑着墙面，另一只手搂过她的腰后，坏笑着低头去回吻她。

南初猛然惊醒，手抵上他的胸膛想去推他，但手被人反剪扣到腰后，胸更挺，两人严丝合缝地贴到一起。薄薄的料子传递的全是他身上灼热的气息和坚硬的肌肉，话语就在她耳边："躲什么？刚对我做什么，忘了？我上次说过什么，你再撩我试试？"

林陆骁说完，低头看她，姑娘在他怀里，抬眼看他，长而卷的睫毛都发颤，两个黑眼珠水汪汪，满是水光，他眼神渐深，慢慢低下头去，气息渐进，热乎乎的。

南初一仰脸，慢慢闭上眼。

舆论、世俗都被他们隔绝到这扇门外。

隔壁就是邵一九他们宿舍，来来回回总还能听见有人在走动，放脸盆和窸窸窣窣听不太真切的说话声。

偏就这种刺激感，滋生出了两人心底的小火苗越燃越烈。

林陆骁低笑，略一偏头，咬住她的唇，轻碾舔舐，渐渐用力，吮着她的唇角，舌头狠狠撬开，长驱直入，几秒工夫，南初就喘不上气了，晕晕乎乎差点站不住。林陆骁拦腰抱住她，放开她稍许，坏笑地说："你这体力，看来我还有得磨。"

南初狠拍他，"滚。"

林陆骁低头又是一个深吻，辗转低吟，南初喘不上气了，他转移阵地，轻啄她的耳根跟唇角，在她耳边哑着嗓子说："轻点叫，隔音效果不太好，我可不能保证这时候有没有人在听墙角。"

南初抬脚，想往他裆下一脚，被他轻巧躲过，竖着眉毛训："你怎么哪儿都敢踢？"

南初轻哼别过头。林陆骁端详她一阵，发现挺有意思，小姑娘脸红红的，就说：“我发现你这人，平时在我这儿耍流氓，真刀实枪就怕了？”说完，俯下身，凑在她耳边有点坏笑地低声道，“老司机车轮打滑了？”

这才是老司机啊！

公平点说，林陆骁跟南初都不算老司机，这两人在情事上都没有经验。林陆骁属于慢热，一旦跟你熟了，什么话都能往外蹦，要是不熟，往那儿一坐，高冷得不行。南初呢，往那儿一站，整个人都透着冷漠，是你永远都猜不到她心里在想些什么的女人。

这两人算是棋逢对手，势均力敌，真遇上事，谁也不认输。

南初推开他，“我走了。”

林陆骁拉住她，给她摁回墙上，目光沉沉地盯着她，“你什么意思？玩我？”

“没玩你，这是在部队，你给我严肃点，咱俩的事情，等节目录完再说。”

杨振刚有句话说得是对的，这时候确实不该给他惹麻烦。

林陆骁：“杨指导跟你说什么了？”

南初一笑，眼角生媚，着实妖精，拍拍他的脸，道：“你别纠结这个，节目还有几天就录完了，你再忍忍，这几天别找我，节目录完，我会找你的。”说完就推开他走出去了。

林陆骁立在原地，他怎么有种被人嫖了的感觉。

下午的训练，两人再见，已经坦然，南初若无其事，林陆骁目光只淡淡地在她身上停留片刻，很快掠过。

下午要过小树林，低网匍匐，包括水坑都比昨天的障碍难度要加大，还有高空过网，以及专业技能爬楼等训练。

林陆骁拿着计时板站在低网匍匐的面前，闲闲地靠着一棵树。

南初扛着水枪过来，树旁的男人嘴角噙笑看着她，他把耳麦关了，低声说：“允许你偷会儿懒。”

南初翻他一眼，眼神狠瞪他，意思是——你给我正经点。

林陆骁低笑着重新打开耳麦，就听他对身后过来的严黛说："快点，不及格罚跑十圈！"

严黛一身汗，整个人虚脱了，实在扛不动了，哭丧道："这不行，林队长，我要歇会儿。"

林陆骁扬手往前一指，"你看哪个停下来了？扛不动就去跑十圈，跑完回来接着扛，自己选。"

严黛一跺脚，"我是女孩子！"

林陆骁瞥她一眼，面无表情低下头，在计时板上勾画，冷淡一声："嗯，是人妖都不行。"

严黛："……"

严黛发现这当兵的男的心都狠，一咬牙，只能弯腰去扛水枪。

训练结束，徐亚问她："你还喜欢林队长不？"

严黛嘶了声："我觉得他最近在故意针对我，你不觉得吗？"

徐亚恍然大悟，"好像是啊。"

严黛琢磨了一会儿，说："你说一个男的在什么情况下会针对一个女的引起她的注意？"

徐亚惊讶，"难道队长喜欢你？所以故意针对你来引起你的注意？这样？"

严黛冷哼一声："男人不都喜欢这套把戏，欲擒故纵。"

"队长又不是小学生。"

南初在心里补充："还真是，简直幼稚。"

第二天，是专业的防火训练。

训练到一半的时候，杨振刚来找林陆骁，两人靠在树下聊天。林陆骁看着空中吊着绳索的人影，道："怎么了？"

杨振刚说："刚导演找我商量，后面还有四五天的训练，希望你能加强点。"

林陆骁仰着头看高空，“知道了，不是之前说过了。”

杨振刚又说：“他们的意思是，这么几天训练拍下来没什么悬念，除了上次南初跟严黛打架，平时都没什么冲突，导演希望你们能加强悬念感！”

林陆骁转头瞥他一眼，漫不经心道：“神经病，又不是拍悬疑片，我怎么增加悬念感？”

“他们的意思就是给他们增加点难度，让他们自己单独进一下火场，制造一些危险的镜头，能让观众看了提心吊胆的。”

林陆骁觉得好笑，“单独？南初她们三个女生水枪都扛不动，让她们进去送死啊？”

杨振刚：“做做效果的东西，节目组也就是为了一个效果，而且她们三个在这儿的日子算幸福了，我听说第三站是丛林探险，那才恐怖呢，咱们到时候做好防护措施，赶紧把这节目拍完，后续我们的工作才能步上正轨啊，今年还一堆事呢。”

林陆骁一愣，问：“什么丛林探险？”

“不知道，我也是听工作人员说的，会把这几个演员放到原始丛林里，谁生存下来谁就是第一季的冠军。”

“有危险？”

“我怎么知道，录个节目，总死不了人吧，顶多吃点苦头，不然这节目为什么请这些十八线的艺人，要是舒服的节目早就让一线明星上了。我跟你说正事呢，导演组让你考虑的事，你好好安排一下，录完咱就省事了，听见没？”

林陆骁靠在树上，拧着眉，没回话。

当天晚上，林陆骁接到支队的电话，连夜去了一趟支队。人刚进去，一份训练报告被甩到脸上，孟国弘声如洪钟：“你真是越来越没样子了！”

支队来的电话是杨振刚接的，不同往日的语气，总之他听来就有些不祥的预感，估摸着这小子又惹了什么事，坐立难安。

于是他忍不住找人打听了一下，才知道是前两天艺人在队里打架的事被领导知道了，那人还说了：“孟处也不知道打哪儿听来的这些，反正回头一翻林队的战训报告，里头什么都没写，净写了些废话，可不急了吗？这会儿估计在隔壁跟人抢烟灰缸呢！”

杨振刚急了，“哎，您倒是帮着劝着点！”

那人咯咯笑着，说：“关着门呢，我哪敢进去，而且您又不是不了解这俩的脾气，一个比一个轴，您还是在那边给林队祈祈福吧。”

“祈福有用我早出家了。”杨振刚急吼吼、脸红脖子粗地喊。

“你跟我吼什么呀？这事又不是我捅给孟处的。”

杨振刚意识过来，连忙道歉：“这不是急了吗？不过，这事孟处怎么会知道？”

电话那头笑了一下，声音拉长，有些意味深长，“杨指导，就这么跟您说吧，您呢，竖着耳朵听听，孟处有个儿子。”

“知道，孟晨，那小子打游戏的。”

那边一点头，“对了，人是打游戏的，前阵又跟孟处掐上了，说是要结婚，找了外头一小姑娘，孟处不同意，就搁家里闹，前阵闹翻天了，跟孟处断了父子关系。您也知道，林队长是孟处看着长大的，那边亲儿子没了，他现在就恨不得拿林队当他亲儿子疼。孟处做事的手段您也见识过，这关键时期，都在考核呢，但凡你们那边有点风吹草动什么的，孟处那俩耳朵都听着呢。”

得，就是找人盯梢了呗。

杨振刚扶额，一阵头疼，就知道这小子不会给自己省心。

“这事，林队长有的罚，还连累了隔壁无辜的张教官，我就问您一句，林队长到底是想护那俩丫头里哪个啊？”

杨振刚一个激灵，“陆骁那小子哪懂这个，绝对不是护哪个，您放心。”

“不是最好，不然被孟处知道，这事没完。”

挂了电话，一阵沉默。

林陆骁一进去才知道，红桃木的桌案前还站了一人，屋内燃着熏香，张教官回头冲他挤眉弄眼，孟国弘眼风扫过去，前者不敢再作声，悻悻地转过头。

林陆骁弯腰拾起掉落在地上的战训报告，付之一笑，慢悠悠走过去，把东西放桌案上，扯扯嘴角，“怎么了？”

那懒洋洋的表情，在孟国弘看来就有些窝火，一拧眉，俨乎其然道：“你甭跟我在这儿装洋蒜！”

其实一进门，张教官加上战训报告，林陆骁心里就明白了个大概。他收了笑，整整表情，不说话了，安心挨训。从小到大，孟国弘就比他亲爸还爱训他，对他期望也大，跟林清远有时不爽还能顶两句嘴，到了孟国弘的跟前，他基本就只有挨训的份儿了。

孟国弘气得眉毛都歪了，说：“你怎么回事？这种事情居然不上报，你帮谁瞒呢？我开始跟你说过什么？违反军纪要是不服管教就驱逐离队！你脑子装的都是糨糊吗？都这时候了你给我犯什么浑？”

林陆骁站得笔挺，一副认真挨训的模样，表情寡淡。孟国弘就讨厌他这副什么都不挂心上的模样，气不打一处来，猛地一拍桌子，平日里的凶相顿显，“老子也是你那个年纪过来，你肚子里那点花花肠子我比你清楚，真要动了心思就给老子把这身军装脱了！别在摄像机底下给人抓把柄！”

闻言，林陆骁脸色顿时沉下来。

“政教楼是那丫头该进的地方吗？你跟她在办公室门口拉拉扯扯当别人瞎啊？”孟国弘靠在椅子上驾着胳膊冷哼一声，别开头，说，“你再犯浑，我立马让那丫头收拾东西滚出去！”

林陆骁忽然笑了，“合着往我那儿还安了不少眼线？”

孟国弘拎起烟灰缸就想砸过去，被张教官拉住，顺了顺气，往桌上一丢，气哄哄地说：“我在那儿待的时间比你长！里头哪个不是跟我过命的交情？”

林陆骁自嘲地笑笑，点着头说：“明白了。”然后舔了一下嘴角，吸了口气说，“这事是我没处理好，还连累了张教官，我接受处分。”

张教官终于忍不住，看了一眼林陆骁，叹口气道：“其实这事我也有责任，不应该只怪陆骁一个人，我跟他一起受处分。”

“别，这事跟张教官没关系，是我让他不要往报告里写的。”

孟国弘冷哼一声，林陆骁是他看着长大，那性子早被他摸得透透的，这小子别的没有，就是做错了从来不推责任，有担当，比他那混账儿子好太多了，他那混账儿子最怕的就是担责任，做错事脚底抹油跑得比谁都快。

哪能真处分，这要处分，孟国弘也不会大张旗鼓大半夜把人从队里叫过来。

林陆骁回队里的时候，已是夜晚，繁星如梭，杨振刚瞧见院门口的车灯，立马从政教楼冲下来，一同回来的还有张教官，杨振刚步履匆匆来到两人面前，“怎么样？没罚你吧？”

林陆骁走在前头，把车钥匙揣回兜里，回头冲两个人说一句：“我上去换身衣服，你们去操场等我。”

张为杨冲他一挥手，道：“去吧。”

杨振刚摸不着头脑，望着林陆骁笔挺的背影，急吼吼地问：“大晚上换什么衣服？”

张为杨看他一眼，“走吧，去操场吧。”

杨振刚跟上去，两人并排。张为杨沉默了一会儿，冷不丁问了句：“陆骁真喜欢那丫头？”

“哪能啊？肯定不能！”

张为杨呵呵笑，“跟我这儿还抖什么机灵呢？”

这事杨振刚也真不清楚，但瞧着两人的关系有点暧昧倒是真的，他哪敢往外说，心里也就自个儿琢磨，起初问那小子他还否认，还真不好说，但想想倒也能理解，都快三十了，也没正经谈过女朋友，看见个漂亮姑娘，动了些心思倒也正常。

“这事孟处知道了？”

张为杨点了根烟，“知道了，发了好大一通火，你平时也盯着点，这小子容易犯浑。”

杨振刚心里一个咯噔，大事不妙啦！

“那孟处怎么说？”

张为杨抽了口烟，“还能怎么说，一顿训呗，训完就让他回来跑圈呢。”

杨振刚不信，“这么好商量？”

“十公里负重，加五百个俯卧撑，你觉得这好商量？你是好商量了，要不你在这儿看着？就算陆骁体能再强，你看看现在都几点了，做完这些怎么也得半夜了，我一个老头儿让我受这罪，我招谁惹谁了？”

林陆骁上楼的时候南初刚好从卫生间洗完脸出来。

女生宿舍在二楼，他的宿舍在三楼，过楼梯拐弯的时候，姑娘刚好端着脸盆，穿过走廊，乌黑的长发扎成一个髻松松搭在耳后，耳边是两撮碎发，不施粉黛，脸洗得干干净净，还沾着几颗水珠，眉清目秀。

林陆骁只淡淡瞥了她一眼，就收回目光，脚步未做停留，直接转身上楼，表情冷淡得跟中午把她狠狠抵在墙上亲吻的男人判若两人。若不是触觉敏感，南初几乎怀疑是不是中午的自己做了一场春梦。

“林陆骁。”南初喊住他。

前方的人脚步未停，反而加快脚步跨上台阶，清瘦的身影消失在楼梯拐角处。

这是亲完就跑的节奏？

那她亏大了，好歹中午该把他先上了。

操场。

林陆骁穿着件军绿背心和军裤，肌理线条明显，他原地活动着关节，弯腰拉筋，操场上没有灯光，仅凭微弱的淡白月光，衬着他流畅的身材。

张为杨开始掐表，“先俯卧撑吧。”

林陆骁点头，弯下腰，双手撑住地，两臂肌肉凸起，脚尖撑地，身体打平。俯地，撑起，动作十分标准，做起来流畅又轻松。

张为杨咳了声，提醒他：“做个大概齐，我还赶着回家哄儿子呢。”

林陆骁撑着地，低笑，“您不怕明天有人跟孟处告状？”

张为杨沉默了一会儿，“那你还是老实做吧。”

五分钟后，张为杨问：“后悔吗？”

“不。”

地上的男人渐渐蓄满了汗，顺着颊边滚落，平时的极限是四百个，再往上就吃力了。孟国弘很了解他的体力，罚什么都是往他的极限上加个百分之十，这种最痛苦，明明坚持不下去了，可撑一撑又过去了。

“真动心了？”

良久，男人低嗯一声，汗珠一颗颗顺着下巴落地。

张为杨叹息一声：“那人姑娘喜欢你吗？”

他没答，咬牙，继续撑起。张为杨又叹，语重心长道：“陆骁，我像你这么年轻的时候，也冲动过，但那仅仅是冲动而已，往往到最后，你会发现，真正在一起的，不是因为爱，而是因为合适。”

林陆骁做完最后一个，撑着身子站起来，看向张为杨，月光暗且弱，影影绰绰瞧个轮廓，看不太真切，他微微眯了眯眼，脸上都是汗，手上都是泥，他拍拍手，开玩笑似的说：“别扯了，您说您跟嫂子没爱？嫂子跟别的男人多说一句话，我看您都恨不得抡椅子冲上去。”

张为杨淡笑说：“感情都是可以培养的，我跟她一开始结婚确实没感情，但处了这么些年，没感情也能处出感情来，懂吗？所以没什么过不去的，没了这个，还有下个，遇上的，到最后，都会变成爱，这就是现实。”

张为杨眼眸越来越深长，又说：“这样的现实，还不占少数，你信吗？”

当然，这就是“现实”，也不占少数。

一出又一出悲壮的现实不断揭示着这社会残酷的面貌。

滚他的“现实”。

“现实”真可怜，你们只是不肯承认你们变心了而已，就要“现实”背这锅？

之后几天的训练，南初跟林陆骁碰面也不说话，频繁相遇，频繁被躲开，几次，南初视线追到他脸上，都被他不动声色扫过。吃饭时，两人伸手同时去捞汤勺，两手一碰，视线一对，各自别开，林陆骁索性快速扒完最后两口饭，离开餐桌去门口的小亭子里抽烟了。杨振刚随后跟出来，在他耳边说：“那边快出结果了，你忍着点，别给自己找事听见没？”

林陆骁抽着烟，不耐烦地皱皱眉，道：“老杨。”

杨振刚一愣。

林陆骁嘴里叼着烟，转头看他，口气嘲讽：“你被孟处反水了吧？”

杨振刚气急，伸手推他脑袋，“放屁，我是那种人吗？！老杨从不背叛战友！”

林陆骁自嘲地笑笑，目光一转，就看见南初从食堂门口出来正四处张望，收了笑，站起来，拍拍杨振刚的肩膀，“我走了，你拦着点。”说完掐了烟，插着裤兜走了。

杨振刚一转头，看见南初直接往反方向走了，根本没瞧这边看一眼，淡笑着摇摇头。

自作多情什么呢？人丫头根本没想着要找你，你小子以后真有的苦头吃了。

当天晚上，杨振刚给林陆骁带来一个消息。

彼时，林陆骁正仰靠在椅子上，琢磨着怎么躲过那些“眼睛”去找南初。

杨振刚把门拍响，他连眼皮都懒得抬，“进来。”

杨振刚说：“陆骁。”

“说。”林陆骁声音慵懒。

“处里派了一个人过来。”

“派来干吗？”

杨振刚缓了缓，才说：“给他们上防火监督宣传课，正好借这个节目给播出去，做个年底防火宣传片。”话音刚落，走廊传来一串噔噔噔的脚步声，高跟鞋，脚步轻盈，能听出来是个女人。

“陆骁，这是……”

然而不等杨振刚介绍，女人率先开口，脸上挂着俏皮的笑意，声音婉转动听，“林陆骁，我是许蕴。”

Chapter 08
可我喜欢你呀

自从高中毕业后，两人很久没见了。林陆骁记忆中的那个许蕴应该是蓄着一头齐脖乌黑短发，小麦肤色，不胖但也不瘦，笑起来都能看见后槽牙，跟面前这个长发、鹅蛋脸、瘦瘦高高的女生有点对应不上。

许蕴笑笑，率先冲他伸手，“怎么了？认不出我了？”

林陆骁挠挠眉，伸手跟她握了一下，抽回，“没，在这儿看到老同学，有点蒙。”随后，目光落在她的肩章上，挑了挑眉，略调侃地说，“哟，看样子混得不错。”

杨振刚怕他越说越没谱，插话道：“这是防火监督处的参谋长，没你这么调侃的。”

许蕴笑笑，目光盯着林陆骁，不在意地说：“没事，我们是老同学了。老杨，我宿舍在哪儿？”

杨振刚刚要说话，林陆骁看过去，“什么宿舍？”

许蕴：“我得在这儿培训到节目结束，你不给我安排宿舍，你让我住哪儿啊？”说完，又有点半开玩笑地说，“反正咱俩这么熟，要不我跟你住得了？”

林陆骁拧眉，“别瞎扯，这么多年过去了，你怎么还没皮没脸的？”随后又看向老杨，“她要住这儿，怎么之前没人跟我打报告？我怎么不知道这事？孟处怎么回事？天天想着给我这儿安人，这儿都快成他大本营了！”

从高中那会儿她就知道，林陆骁这男人说话向来不懂婉转，直接得很，也不怕得罪人。就这性子，让她又爱又恨这么多年，尽管之后谈了几任男友，但性格上多少都有点林陆骁的影子。她不知道自己对这个男人的执着在哪儿，明明他有时候说话就很欠收拾，可偏偏就爱他那副吊儿郎当不管不顾的模样。

可面儿上她总愿意跟他过不去，许蕴耷拉下脸，说：“你还不乐意了，想得美，你想住我还不想呢！老杨，我宿舍在哪儿？”

林陆骁把手插进兜里，哼了一声，“你这臭脾气怎么混上参谋长的？”

许蕴把脸一转，背对着他，反唇相讥，“就你这臭脾气，难怪还是个中队长。”

杨振刚看得还挺乐呵，被林陆骁发现，眼风扫过去，“你乐呵什么劲儿？带人走，我去趟支队。”

杨振刚一听，脸色一变，说：“您不是又去惹孟处不痛快吧？这么快就把五百个俯卧撑忘了？”

林陆骁冷瞥他一眼，眼神锋利如刀，刀刀戳心，他说：“这事你是不是早就知道？”

杨振刚适时地瞥开头，意思明显。

林陆骁冷笑，“您怎么说的？绝不背叛战友？！我现在就差被您送到孟处的案板上给人刀刀了！”

“孟处要干的事，我能阻止？陆骁，你这可就有点牵连无辜了，老杨没做对不起你的事。”

话到这儿，林陆骁已经转身拿了帽子戴好出去。

杨振刚在后头直叹气。

许蕴听得一愣一愣的，半天没回过神，直到老杨跟她说："走吧，许参谋，我带你去宿舍。"

许蕴望着那背影，心思一沉，确实，见到他，内心欢欣雀跃，欢欣若狂。

她还记得高中那时候，林陆骁跟大刘那帮人说话做事比班里的男生都略张扬，可不是那种令人讨厌的嚣张，他们的张扬是与生俱来的，相貌好，眉宇间痞邪气，笑起来的时候那歪着的嘴角总让人想到——爱情。

被这样的人爱着，应该是什么滋味？

她幻想过，她身边也有不少女生幻想过，她知道，怎么知道的呢——那是省最好的高中，能进去的都是成绩好，或者有点家底，或者是外县数一数二的特招生，大家都独有一份自己的骄傲，女生就更甚。

许蕴也有，她骄傲得甚至不曾跟人透露过这一点心思，尽管后来总被大刘调侃，但她也咬死了嘴上不肯承认。有一次被大刘逼问急了，她张口就骂："谁喜欢他，喜欢他还不如喜欢一条狗，二痞子，我讨厌他。"

大概她当时的表情真有点急了，大刘讪讪的，之后也不敢再提。

当时很多女生都陷入这样一个怪圈，喜欢他，就偏不承认，有点胆子承认的女生反而成了一些人攻击的对象，之后再也没人敢承认。而背后这些暗流涌动，林陆骁本人一点不知道，偶尔能从桌板底下翻出的粉红色信件也被大刘抢去拆开来看，林陆骁只是靠在椅子上，低头笑笑不语。

他只会跟大刘讨论枪支、坦克、军舰……女生那点小心思他权当不知道，有时候是真不知道，但有时候林陆骁是装傻，她能看出来。他就跟个百科似的，特别是军事装备，班里的男生一下课也特别爱围着他说那些机甲战备，他有问必答，也不会刻意显摆，相处起来特别舒服，班里不少男生拿他当男神。只有一个不是，许蕴记得，那是她以前的同桌，不关心军事，整天只知道读书，下课就做题，才十几岁后脑勺就已经是夹花白。

偶尔一帮男生在教室后头围着林陆骁讨论上军校的事。

她同桌就冷哼一声："没出息，当兵最没出息。"

许蕴就好奇问他长大想做什么，结果人冷笑着说要当科学家，许蕴觉得就他那股子拼劲，确实可以，同桌学习很努力，回回年级大考小考都是稳坐第一宝座。而林陆骁不一样，感觉他就是学着玩，成绩排名也不挂心上，考完就回家睡大觉。

后来才听大刘说："他家老爷子给他立了规矩，第一、第二没所谓，考个前三不挨打。他啊，没什么斗志，能保命就行，他以后就想考军校，分数多了没什么用。有那时间还不如回家跟老爷子多下两盘棋。"

听完那话，许蕴忽然觉得她前同桌有点可怜。

他拼了命想守住第一的宝座，学到头发花白，人家根本不屑；他一直拿林陆骁当作对手，可人家根本没把他放在眼里。

在许蕴看来，这样的男人，这辈子再难遇到第二个，至少，她没再遇上，所以念念不忘。

林陆骁车刚开进支队，就被人拦下来。他摇下车窗，抬头扫一眼，林玫站在窗外，拍着他的车顶，"来，哥，下来聊会儿。"

林陆骁没理她，直接说："我去找孟处，你等会儿。"

林玫扒拉住他的车窗说："别去了，孟处在开会，你先下来，我跟你聊会儿。"

林陆骁松了安全带，推开车门下去，关上车门，倚着，俯看林玫，往别处瞥了一眼，说："干什么？"

林玫神秘一笑，"我前阵跟我爸去了你家，刚好孟处也在，你猜我听你爸跟孟处说什么了？"

林陆骁低头点了根烟，"卖关子就别说了。"

林玫撇嘴，就知道这人不好吊胃口，"你爸说给你找了一姑娘，是个参谋长，前阵刚升的，你爸挺喜欢那姑娘的，就让孟处过几天给人安你队里去，你最近是不是又惹事了，弄得你爹急着找人管你？"

林陆骁一脸不意外，人又高，垂眼闲闲扫她，"就这事？"

林玫：“你知道了？”

林陆骁抽了口烟，目光收回，摇摇头，“你还情报处呢，就你这速度，工作挺难展开的吧？”

“人已经到队里了？”

他叼着烟，哼唧一声，不说话。

林玫感叹：“啧啧，孟处这手段果然名不虚传，雷厉风行啊，佩服佩服！”

林陆骁讽笑一声，把烟掐了，丢在一旁的垃圾桶里，拍拍她的肩说：“哥也送你一情报，孟晨要结婚了。”

这下轮到林玫垮脸了，“结婚？我怎么不知道？跟谁结婚？哪儿的姑娘？孟处同意吗？”

林陆骁笑看着她，“不是不喜欢人家吗？问这么多干吗？”

林玫：“你说不说？”

他懒懒地说：“说了我有什么好处？”

“我听我爹说了，你跟一小明星牵扯不清，你要真跟你爸抗战，你最好别得罪我，不然下次你爸揍你，我会忍不住上去多踹两脚。”

“我会怕？”他挑眉，眉眼嚣张。

林玫败下阵来，道：“行吧，我顶多帮你盯着点你爹行不？！”

林陆骁转身拉开车门，“就这么说定了，这事大刘跟我说的，他那嘴能有几分真，你自己去决断，那姑娘是个传媒大学的学生，刚毕业不久，人家一毕业孟晨就拉着她去领证，被他爹知道关了一阵，前阵刚断绝父子关系，你自己琢磨吧。”

说完开车走了，林玫留在原地直咬牙。

五楼一散会，会议室门口陆陆续续涌出一帮人，孟国弘走在前头，一眼就瞧见自己办公室门口那道高大的影子，心下一阵冷哼。

林陆骁抱臂靠墙站着，出来的都是一些老领导，许多都认识林陆骁，难得见到他，也得拍着膀子夸赞两句：“你小子这回考得不错啊！”

林陆骁站得板正，恭恭敬敬打了个军礼。

孟国弘把人叫进去，军帽往桌上一放，背身说：“成绩出来了，你第一。”

林陆骁关门手一顿，慢慢关上，他叫了一声：“孟叔。”

他叫得特别诚恳，跟以前一板一眼的不一样，在孟国弘听来，这就是打亲情牌呢，跟小时候有事求他一个样。

孟国弘：“有事说事。”

林陆骁走到桌案前，“我小时候总觉得您特别通情达理，所以我有些话不爱跟我父亲说，我就爱跟您说，觉得您能理解，现在看来，您好像跟我父亲是一条战线的？”

孟国弘眉头紧皱，不苟言笑，两只眼睛直勾勾盯着他，比剑还锋利。

林陆骁扯扯嘴角，“我小时候一直把您当成我的榜样，真的，那时候我特别喜欢您，觉得您风里来雨里去，别人都往火场外跑，您拎着家伙就往火场里走。还有一次，大刘家着火，您抱着煤气罐就往门外跑，我都记得清清楚楚，您穿着那身黄条消防服，跟警戒标似的，一闪一闪的。我穿这身衣服，多半都是您的功劳，我父亲也说，我的军功章有孟叔一半。您让我调进大队，动员了那么多人，张书记、老队长，我妥了，认真看书，考试；现在您还要帮我找媳妇儿，我跟许蕴是高中同学，人高中就特别讨厌我，觉得我浑，我俩真不合适，我说真的，别回头耽误人姑娘。”

孟国弘仔细想了想，这大概是林陆骁这几年来，跟他说得最长的一段话。

“你怎么知道人姑娘讨厌你？你想多了，人家挺喜欢你的，我问过她的意思，她挺愿意的。”

林陆骁急了，“您人口贩卖呢，她愿意我不愿意。”

孟国弘气劲上来，一拍桌子，声如洪钟：“你跟我这儿扯一堆没用，这事也不是我一个人的意思，你爸也是这意思，你要真不服，回家找你爸说去，别在我这儿打感情牌，真不喜欢许蕴，也行，这事先搁着，你把眼前升调的事给我办妥了，要是不妥的话，有你受的！”

孟国弘这话里的意思很明显，有意见回家找你老子去。

宿舍里，徐亚一进屋就跟两个人八卦：“队里来了一女参谋，叫许蕴，听说还是林队的高中同学。”

严黛化完妆，准备去录后采，“漂亮吗？”

徐亚：“还行吧，跟明星没法比，路人里算好看了吧，挺傲的，跟她说话也不怎么理。”

严黛哼哼，“人是参谋，你还指望人觍着脸来跟你要签名啊？”

徐亚倒不是这意思，她说：“不是，我刚在门口听见小九儿和杨指导说话，话里的意思是，这姑娘是处里下派的，听说想撮合给林队呢。你想想看，一中队长配参谋长？这林队身份肯定不简单。”

南初慢慢悠悠站起来，嚼着糖走出去，徐亚在后头喊：“你上哪儿去？”

南初头也不回，声音慵懒，“上厕所呀。”

南初站在洗手池前，拧开水龙头洗手。许蕴正低头洗脸，扎着马尾，擦脸的时候抬头对上镜子，两人目光相撞，许蕴冲她一笑，“南初吧，我知道你。”

南初觉得诧异，回笑，“许参谋长。”

许蕴：“你很漂亮。”

这种夸赞是发自内心的，或者可以说，南初确实是许蕴目前见过的最漂亮的女人，包括面貌和身段。南初低头，慢慢洗手，“谢谢！”

洗完手，她关上水龙头，走出去，厕所外头就是走廊拐角，林陆骁抱臂倚墙站着，似乎在等人，那表情里有独有的不耐烦。

两人视线相撞，又各自别开。

南初弯弯嘴角，身后传来一道声音，“你来了？”

林陆骁嗯了一声，视线越过南初落在后方，许蕴端着脸盆站在那儿，他表情不耐烦地说："找我干吗？"

许蕴说："你等会儿我，我回屋换身衣服过来。"说完，就跑回自己宿舍。

南初盯他看了一会儿，淡淡瞥开视线，不动声色越过他，回宿舍。

经过他身边时，听见他清咳一声。

南初没理。

他又清咳两声，把人拉住，"你等会儿。"

南初回头看他，林陆骁松了手，倚着墙，看着她，刚要说话，一人从后边端着盆出来，是刘夏翰，跟南初打了声招呼，又喊了声林队，走出两步，似乎想起什么，反身回到南初面前，"我刚听杨指导说，明天要钩梯攀楼训练，两人一组，你找到人没？要不我们俩一组。"

林陆骁目光骤深，两个眼珠直勾勾盯着南初。

南初想了想，"明天再看。"

刘夏翰点点头，转头又对林陆骁说："好的，林队长，你也早点睡。"

林陆骁看着他，哼笑一声："你也是。"

刘夏翰离开。走廊上又剩下他们两个，南初看了一眼林陆骁，"有事没？没事我进去了。"

林陆骁眼梢一吊，"你这什么态度，是不是得亲一下才老实？"

南初翻他一眼，"滚。"

这私底下还真有点没脸没皮了。

林陆骁四下看了一眼，确定没人，才扯扯嘴角，威吓道："明天不许跟他一组，听见没？"

"你管呢？"

"明天中午吃完饭我在后山等你，你要敢不过来，试试？"

"我不，你跟你的许参谋长去吧，我才不去。"南初忍不住逗他。

林陆骁瞪眼，"你扯她干吗？"

"不说了，我进去了。"

林陆骁拉住她，压低声音："明天中午吃完饭早点过来，别被人看见，听见没？"

南初白眼一翻，甩开他，"我说我要去了吗？"

许蕴再次穿好衣服出来，林陆骁靠着墙，仰着脑袋，听见脚步声，低低头，说："叫我过来干吗？"

许蕴整整衣领，鼓足了勇气，"林陆骁，咱们俩试试吧。"

对墙的男人一愣，仿佛听了笑话，有点难以置信地问："你说什么？"

身后还有来来往往洗漱准备休息的士兵，纷纷停下脚步。

许蕴却不管不顾，仿佛下了巨大的决心，说："我知道你单身，这几年都是，我高中就喜欢你，那时候自尊心重，总爱说反话，心里明明很喜欢，可脸上却装作讨厌，后来知道你考了军校，好几次想跟大刘打听你，但都没勇气。但我觉得，现在我们的相遇是个缘分，我不能再躲了，我确实喜欢你，我想跟你在一起。"

林陆骁垂眼看她，"你觉得这是缘分？"

许蕴低着头说："也许有人为的因素，但也是缘分的一部分，不是吗？"

不等林陆骁说什么，起哄声骤起，消防兵们挥舞着手中的脸盆、牙刷、毛巾，高声呐喊，仿佛是许蕴请来的外援，一浪高过一浪。

"在一起！"

"在一起！"

"答应她！"

"答应她！"

"……"

这么一闹，整个中队都出来看热闹了。

就连隔壁都听到动静了，三个女生披着外套出来，南初站在最后，嘴里嚼着糖，目光淡淡地落在两人身上。

徐亚看热闹不嫌事大，加入混战，"答应她！答应她！"

林陆骁看向南初，目光里都是无奈。

随着越来越高的浪潮，林陆骁把手插进兜里，忍无可忍，发出一声爆吼：“都给我滚进去。”

呐喊声骤停。

“三秒，不进去的下楼跑圈。”

刚数完“一”，咻一下，刚刚还人满为患的走廊瞬间清空，空空荡荡的，连根毛都看不见。

林陆骁低头看了一眼许蕴，说：“我拒绝。”

许蕴猛抬头，眼底蓄满了水光，“你别急着拒绝我，我知道你可能现在还不喜欢我，但是孟处也希望……给我们俩点时间相处……”

林陆骁彻底没了耐心，“孟处答应你什么你找他去，我有喜欢的人了，懂？”

这话，其实比“我拒绝”这三字还让人震惊，林陆骁喜欢的人，该是什么样？被他爱着的女人，该是什么样？

那种嫉妒在发狂滋长，可唯一的骄傲也让她不得不沉下心来，许蕴快速抹了一下眼角，“你就当我今天放了个屁。”说完，转身走了。

一早上的钩梯攀楼训练，林陆骁都臭着一张脸，大家以为是昨天许蕴的事，他被人看了笑话心情不太爽，所以一早上板着一张脸。

吃午饭的时候，林陆骁快速吃完，瞥了一眼南初，就走出去了。

他算来算去，觉得这个时候最安全，“眼睛”应该还在吃饭，只要南初按照他说的，吃快点。

林陆骁靠着树根抽完了两根烟才看见南初走过来，他把烟掐掉，走过去把人拉过来，扯到小树林后，说：“怎么这么迟？”

两人像对小情侣，躲在树后。

南初哼哼：“我躲着人过来的。”

林陆骁揉了一把她的头发，“我都没生气，你还气上了？我昨天怎么说的？你早上故意气我是不是？”

南初靠在树干上，仰着头，挑着眼睛看他，“要听解释吗？”

“说。”林陆骁那表情倒也不是真的想听解释。

“杨指导说了为了照顾女生，让男女混搭，徐亚喜欢穆泽，我要跟她抢穆泽，人家肯定恨死我，我得罪了严黛不能把她也得罪了，不然以后日子不好过……郑平一看就对严黛有好感，我要是上赶着去人家也不一定肯跟我组队，至于刘夏翰——”

林陆骁手撑在树干上，不等她说完，低头去咬她的唇，用力吮着，舌头撬开她的唇，长驱深入，一点点，这人的吻跟他本人一样，很霸道，不留一点喘息的机会，进入得不留余地，亲了一会儿，南初没了力气，他转战唇角，狠咬一下。

“那小子喜欢你。”

南初搂住他的脖子，紧了紧，紧贴着他，仰着脸把自己送进去，唇齿交缠，抵死缠绵，就那一瞬，两人都未尝试过情爱的巅峰，可亲吻成了索取的快感。既然喜欢了，那就喜欢了，不曾想未来，当下就只想把她糅进自己的骨子里。

这就是林陆骁。

正义大气，干净利落，如钢铁坚硬，却拥有一腔柔情和世间最赤诚的爱。一旦爱了，抵死不休。

“可我喜欢你呀。”姑娘被吻得喘不上气，趴在他耳边小声说。

“老子忍你很久了。”他低声说。

盛夏的午后，一股股热浪席卷，背后是艳阳，透着树荫洒下来，温暖的光点斑驳，一棵参树背后是两道纠缠的人影。

林陆骁将南初抵在树干上，低头亲她，唇舌纠缠。南初泻了几声低吟，抿嘴，去推他，“喘不上来气了……”

林陆骁在她耳边低低笑，轻喘，“你这体力……亲你一下就喘不上来气，之前还耀武扬威的，是想找死？”

南初趴在他肩上，在他胸肌上猛掐了一记。林陆骁脑袋埋在她的颈窝，闷哼一声，去咬她的耳根，“轻点不会？”

南初窝在他怀里，小声说：“许参谋体力好，你要不找她去？”

林陆骁坏笑着在她耳边说了两句。

南初听完，脸不红心不跳，不动声色，冲他笑笑，手已经搭上他腰间的军式皮带。

林陆骁低头看了一眼，倒是十分坦然，眼尾上翘勾着笑，“你倒是松啊。这可是军扣，上次那是给你踩了狗屎——”

啪嗒一声，紧随而至，腰腹裤头一松，军裤松垮撑着，皮带两头散开，挂在腹前，像条吐信子的蛇，正跟他耀武扬威呢。

林陆骁低头一看，忍不住骂了一句脏话。

南初拍拍手，靠在树干上，两个眼珠黑乎乎骨碌转，“我练了好久呢，这军扣还真不怎么好弄——”

死丫头片子。

刚准备好好拎起来训一通，后方传来一阵窸窸窣窣的脚步声，林陆骁瞥一眼，一把扯过南初，拎起丢进身后的灌木丛里，自己翻身跳进去，直接给南初压了个结实。

小姑娘被他压在身下一动不动，眨眨眼，无声道：“谁？”

他嘘了一声，手指去拨盖在南初面前的刘海儿，拨出她干净嫩白的小脸。

南初平躺在草地上，背后是阳光，金点子般洒下来，衬得趴在自己身上这男人轮廓难得柔和，这一下，是真戳心。南初勾住他的脖子，仰头就亲上去，软软的嘴唇勾舔轻咬，闭着眼，很是享受。林陆骁一边听着耳畔的脚步声，一边亲她，手也开始不老实，从她衣衫下摆伸进去……

南初强忍着不出声。

渐渐地，两人气息变重……

南初一下没忍住，低吟出声，林陆骁停下来，撑着地，对着她坏笑，而且是那种带着恶劣的坏笑。南初拿脚顶他裆，林陆骁直接给她按住，对着她的唇就吻下去，两人在灌木丛里闹着，外头的说话声也没断。

“没被人看见吧？”

“大家都睡了，南初不在宿舍，不知道去哪儿了。”

是徐亚和穆泽。

穆泽拉过她，“走，我知道一个地方，没人。”

徐亚红着脸，跟上去。

不过就是小树林后的半坡小土堆，旁边有灌木遮挡。

没一会儿，就听见哼哼唧唧几声粗喘和低吟……

南初再看林陆骁，他眼眸深深地看着她，身下好像有什么在顶她，她下意识缩了缩身子。林陆骁把她按住，低声说：“我不动你，别怕。”

“你硬了。”

男人趴在她身上，低嗯一声：“你让我缓缓，别动。”

南初仰头看他，男人的喉尖凸起，微滚了滚。她瞬间无法思考，闭眼仰头含住那点凸起，轻吮，用舌尖轻刮着。

轻柔的触感刚碰上，林陆骁好像被人拿鹅毛轻掸了一下，心痒难耐。一瞬间，脑子轰然炸裂，双手扣住南初的肩膀把她摁回到地上，压低了声音，吼：“你丫别找死。”

南初躺在草地上，小脸白嫩，撑着一双圆溜溜的眼睛，分外平静地说：“做吧。”

林陆骁这人再浑，再禽兽也不能就在这儿把人给办了，这算怎么回事？

“做屁！”

小姑娘眼睛水汪汪的，“就这里，做吧，我想要。”

林陆骁吐出两个字：“憋着！”

“……”

另外一边已经准备离开，林陆骁吐了口气，站起来，把人给拉出来。

南初拍拍身上的草灰，“十分钟完事。”

林陆骁歪着嘴角摇摇头，“不错了，他那小身板，别要求太高。”

南初意味深长地看他一眼，“你呢？”

林陆骁坏笑着一把把人搂到怀里，一只手勾着她的腰，一只手捏着她的下巴，提起来拎了拎，警告意味明显，“弄到你哭，信不信？”

南初切了一声，极其不屑，故意激他：“你别早泄就成，你这个美人尖挺醒目的。”说完，推开他，往树林外走。

林陆骁叉腰站在原地，咬了咬下唇，盯着她的背影，低头，哼笑一声。

等着。

节目录制进入了尾声，前面全部的训练都是为了最后一场的比赛。

比赛项目是处里下的指令，林陆骁拿到文件，双腿搭在桌边上，正靠在椅子上研究，许蕴恰巧进来，林陆骁不经意抬头扫一眼，有点尴尬，挠挠眉，把脚放下来，往桌案前的椅子一指，“坐。”

许蕴一声不吭坐下。

林陆骁指着文件，“这你拟的？”

许蕴点头，似乎一点都不想跟他说话。

这没法沟通啊，林陆骁有点伤脑筋，“好歹吱一声啊。”

许蕴：“对，我写的。”

林陆骁：“你重新改改，这不行，我不同意。”

许蕴哼声，觉得好笑地说：“你为什么不同意啊，处里都同意了，你让我改我就改？毛病！”

林陆骁正色道：“讨论归讨论，咱不带情绪的，你要真看不惯我，就跟领导说去，申请调回去，这么杵下去工作还做不做了？”

虽然一直都明白，林陆骁这人就这样，有什么说什么，许蕴多少还是觉得有点委屈，毕竟自己也算是为了他下队，他还不领情，当众拒绝告白给她难堪不说，还处处看她的工作不顺眼，这一下，眼睛就开始冒水汽了，再抬眼，两眼泪汪汪的，“不是我看不惯你，是你看不惯我，要是那么看不顺眼我，那行，我申请回大队，剩下的事你自己跟孟处说去。”

“许蕴，你是不是误会什么了？”

许蕴一撇嘴，“没误会，你不就是看我不顺眼，连带我的文件也都挑刺吗？我喜欢你有错吗？你非得这么把人往外赶？”

林陆骁抱臂，往后一靠，挑眉道：“这俩有关系？我单纯对你的文件不满意，这比赛是你定的规矩？让三个女生模拟下火场，你觉得这可能吗？她们连水枪都扛不动。”

许蕴：“这不是我的意思，这是节目组的意思，人家非要这么拍，我有什么办法？我已经计算了最大的安全系数，能有什么问题？孟处都同意了，你要真有什么，你找孟处说去。哦，对了，孟处让我带句话给你，你要是不同意方案 A，我们就启用方案 B。”

林陆骁靠着椅子，“方案 B 是什么？”

许蕴说：“真实火灾。”

林陆骁把文件一甩，“开玩笑？！”

许蕴：“那就方案 A 没商量了，你到底在担心什么？模拟火灾而已，会有什么危险？”

话虽这么说，但是模拟的是油罐火灾，不同一般火灾，油罐火灾随时会有油罐爆炸，虽说是模拟，但爆炸跟火都是真实的，唯一一点不同的是，里头只有模拟伤员，他们每人需要救出三个模拟伤员本次训练才算成功。

比赛的前一天晚上，几位艺人各自拿回手机，接到了经纪人的电话，基本都是说：“必须成功，失败就别回来了，做得好，能靠这个打赢翻身仗，也许就此跻身一线。”

只有沈光宗跟南初说：“注意安全，实在不行就放弃，咱以后有的是机会，千万别逞强。”

临挂电话前，西顾在电话那头喊：“让我说两句！让我说两句！”

沈光宗不让，叽叽喳喳闹成一片，南初才扶额，“让小姑娘跟我说两句。”

沈光宗把电话甩给西顾。

西顾接过电话，心情激动，“南初，南初！”

南初站在走廊打电话，靠着墙，夜深，除了繁星，无人，她握着电话低语：“想我了？”

西顾红了红脸，确实，这都快大半个月没见了，本来说半个月能录完，这又拖了几天，小姑娘声音又柔又嫩：“你赶紧回来吧！虽然说你在的时候宗哥天天嫌弃你，可你不在，他也天天念叨你来着，你在那边还好不？有没有受苦？有没有受伤？我听说你跟严黛打架了？你没挨欺负吧？我跟你说她要打你你就狠狠打回去，没带怕的，韩总能帮你弄死她！”

南初笑了，声音难得柔下来：“看来你是真想我了，很快就回去了，别急。好了，不跟你说了，我这边得熄灯了。晚安！”

南初挂了电话，一转头，一个高大人影倚着墙目光斜着她，阴森森地问：“跟谁打电话？”

南初四下看了一眼，把人扯进厕所里，“你干吗呢？”

林陆骁架着胳膊靠着墙哼唧：“这几天过得挺好的啊？”

“挺好的。”南初看着他淡淡笑，回想起一件事来，表情里透着疏离淡漠，“咦，我那天看见你跟许参谋坐一起吃饭来着。”

林陆骁一个激灵，“别栽赃啊！”

南初拧了拧眉，表情更疏离地说：“我栽赃啦？”

林陆骁靠着墙，把胳膊放下来，挠挠眉说，有点尴尬，说：“我先往那儿一坐，人后脚坐过来，我总不能端着盘子往边上挪吧，没看我两分钟就把饭扒完了？”

这几天除了训练还是训练，两人面儿上碰见了只装没看见，私底下也没说过一句话。

两人都是能装的主。

林陆骁这人也是这样，正儿八经做起事情来还是很迷人的，人前他就这样，军装一套上去，皮带一绑，禁欲立显，谁也想不到他私底下没边起来是什么样。南初最爱看的就是他训练时正儿八经的模样，男人血性起来就容易激发女人骨子里的骄矜。

间或休息时，一帮人围坐在树荫下，小丫头会偷偷摸摸趁人不注意的时候去捏他的手，男人粗粝的手指带点热度，眼含警告——别挑事。

南初目的达成，得意挑眉。谁也没注意，他们之间的小情趣。这种隐藏在众目睽睽之下偶尔的调情是极具刺激的，也彻底激发了南初内心的恶作剧因子。

林陆骁斜看她一眼，无声笑笑，拧开一瓶水，仰头灌，继续转头跟小九儿他们说话。他们从军事、战备、聊到天南地北，男人的世界很热血，南初发现林陆骁懂很多，他的志向好像不止于眼前，他好像去过很多地方，了解很多风土人情，连刘夏翰这个贴了娱乐圈硬汉标签的都说："林队，你真是我见过的最血性的男人。"

林陆骁低头笑而不语。

那血性不是装出来的，是骨子里的，男人真正的血性不是体现在有多骁勇善战，有多凶狠斗恶。

他有他的快意恩仇，有他的仁义礼智，有他的大局观，做事张弛有度，也有他的铁骨铮铮。他懂哲学，懂军事，懂理论，懂科学，也尊重这世上存在的任何事物，而这些，都是他骨子里散发出来的，天性使然。

他骨子里有坏，坏的野性，却适度。他骨子里有大爱，那爱是仁义，对家人，对爱人，对兄弟；骨子里有责任，那是对国家，对社会，对人民。

就是这样的林陆骁。

南初抱了一下他，宽宏大量道："嗯，我知道。"

林陆骁挠挠眉，一下子就被小姑娘抱得乱了心思，差点把正事给忘了。他端正心思，把小姑娘从怀里拉出来，"跟你说件正经事。"

南初笑，"你哪回说的不是正经事？"

男人坏笑地勾勾嘴，低头在她唇上啄了一口，才懒懒地靠回墙上，"这才不是正经事。"

两人已经许久没独处，月黑风高夜，还关在这狭小的空间里，有情人总想着做点什么。南初伸手搂住他的脖子，点着脚主动贴上去，唇还没贴上，就被林陆骁驾着胳膊拿手挡住，“别，咱稍微也克制着点。”

“得了便宜还卖乖？”南初松开他，冷哼。

林陆骁不笑了，握着她的双肩，弯腰，对着她的眼睛，郑重地说：“接下去的话好好听，最好记下来，听见没？”

南初点头，“说吧。”

林陆骁：“明天你们进火场，每个人会配一台对讲机，第一节课就教过你们怎么用了，还记得吗？”

南初摇头，“忘了。”

“……”

林陆骁简直想拿起边上的拖把就往她脑袋上招呼。

“上课都干吗了？”

南初理直气壮，“看你呀。”

“……”

奇怪了。

林陆骁用力捏了她的脸，“明天再教一遍，眼睛别老放在男人身上，听见没？”

南初忙不迭点头，忍不住又凑上去想亲一口，被林陆骁按着脑门推回去，挑着眉毛训：“跟你说话呢，好好听，别动手动脚的。”

见他一脸严肃劲儿，南初终于老实。

“明天分给你的那台对讲机，你记下数字，119.234 是公共频道，是所有人都能听见的，119.521 是分频，你到时候直接设置为 2 频，只有我们两个能听见，你遇到问题可以在 2 频喊我，听见没？”

南初沉吟片刻，粲然一笑，“521，你什么意思啊？”

林陆骁挠挠眉，“没什么意思，随便设的。”

“切，装。”

“听见没？”

“知道啦——来，亲一个。”南初踮脚，凑上去。

林陆骁推着她的脑门，给她拎正，“这事很严肃，火场不是闹着玩的，就算是模拟也很危险，油罐爆炸的冲击波是很强的，我平时教过你们怎么争取时间，一旦错过最佳时机，你就出来，不然留在里面就是个炮灰，懂吗？”

虽然知道只是录节目，但油罐不长眼睛，这帮子又都是新人，指不定能整出什么幺蛾子来。

“你担心我，怕我死？”小姑娘亮着一双眼睛。

林陆骁：“少在这儿跟我嬉皮笑脸的。”

南初忽然伸手抱住他结实的腰，毛茸茸的脑袋在他胸前蹭了蹭，“以后，你也要注意安全，别让自己轻易挂了。”

良久，头顶一声慵懒的“嗯”。

林陆骁靠在墙上，伸手回抱住她，两道身影缠绵。

这夜，似乎显得特别绵长。

没承想，这次比赛处里的领导居然都下来观摩了，林陆骁刚带人出完早操，就看见门口开进两辆军车，孟国弘跟处里另外几个领导一起下来，杨指导着急忙慌跑过来，“赶紧，孟处下来了。”

林陆骁过去打了个军礼，对孟国弘道：“您怎么来了？”

军车外一溜儿的笔直军装，这阵仗比平时开大会还大，孟国弘轻哼一声：“我过来还要跟你打报告？”

林陆骁讪讪的，这老爷子嘴越发厉了。

杨指导领着几位往里头走，许蕴不知何时从后方过来，站到孟国弘身边，留林陆骁一人落在后头，合着这里头的三五两人，一个个的，都跟他站对立面呢。

这都算了。

中午吃饭的时候，孟国弘对林陆骁说：“下午这个节目的投资方会来探班，你让岗哨给人放行。”

林陆骁叼着根牙签靠在椅子上，“合着我这儿成景点了？”

孟国弘瞪他一眼，“这是最后一期，让人家探个班，拍完让他们早点结束，这几天，我这心里头一直闹得慌。”

林陆骁：“您还闹得慌了？”

孟国弘一撂筷子，横鼻子瞪眼地说：“还不是你闹的？”

林陆骁无所谓地一耸肩，隔壁桌是新兵们在吃饭，孟国弘眼睛瞥过去，视线落在南初身上扫一眼，抬抬下巴，眼神示意——就那姑娘？

林陆骁叼着牙签，顶了顶，没作声。

孟国弘冷哼：“出息！我从小就觉得你这孩子眼光跟别人不一样，还是肤浅！逃不开男人的劣根性！你觉得你们俩靠谱吗？你整天风里来雨里去的，她能守得住？你这脑子里想什么呢？”

林陆骁把牙签拿下来，“您骂吧，兴许您多骂几句，能把我骂醒喽？”

孟国弘气得差点摔碗，“你这是被人灌了迷魂汤了？”

且不说有没有，要真有这玩意儿，那丫头是什么时候给他喝下的呢？

下午，赛前训练，领导坐了一排，南初怎么也没想到会在消防队看到那位蒋少爷。蒋格一身笔挺西装站在树荫下，身旁还站着两个撑伞的家仆，活脱脱一个豪门少爷，他目光直勾勾地盯着南初看。严黛看一眼南初，冷嘲热讽道：“你金主来了。”

半个多月前的头条还历历在目，十八线小野模跟蒋家二少爷深夜飙车被拦进警局，通稿瞎扯，暗指她勾搭上蒋格，说蒋格就是她背后的金主。南初扯扯嘴角，冷瞥一眼严黛，“管好你自己。”

林陆骁正在逐个检查装备，走到南初面前，拎紧她的腰带，又往里扣了一层，低着头，用牙齿缝说：“眼睛别瞎看，跟你说的记住了。”

南初冲他打了个板正的敬礼，小姑娘眉眼娇俏。

林陆骁被她逗笑，歪歪嘴角，“德行。”

树荫下的蒋格眼睛一眨不眨盯着南初瞧，身旁的助理提醒道：“小老板，要不咱撤退？这万一要是轰着您，可不是闹着玩的。”

蒋格脸上挂着笑，“你去跟节目组要个对讲机来。”

助理一阵迟疑，“呃，您要那东西干吗？”

蒋格瞪他一眼，“废话那么多？要不要找个人把你嘴缝上？”

助理知道这小老板的性子，争强好恶，就爱跟人作对，多离谱的事只要他说得出必定得做到，所以抖搂一身，领命而去。

模拟训练正式开始，六位艺人穿戴整齐，身后背着氧气瓶，一字排开站在空旷的废地前，杨振刚重新宣读了比赛规则。

“我给你们分了组，三人一组，每组必须救九个假人出来，里头总共十八个假人，假人重量会有误差，分散在各个区域，火场总面积三百五十平方米，每个点，都有油罐爆炸的可能，这个要你们做决断，最后一点，注意安全，别逞能，坚持不住了就用对讲机喊求救报方位，我们战备兵会随时冲进去救你们。下面，我念分组名单，徐亚、穆泽、郑平为一组，严黛、南初、刘夏翰为二组。”

念完名单，南初下意识看了一眼林陆骁，后者捏着对讲机，面容冷淡，没什么情绪。

她提了提背后的氧气瓶，跟着大部队往里头走，也没回头看一眼，瘦小的身影就这么消失在楼栋口。

火灾现场在五楼，是他们平时模拟演习用的，墙面楼梯口全都是黑乌乌的灰烬，地面倒着乱七八糟的石柱、钢管，等他们上到四楼，挂在肩上的对讲机发出声响。

“我是蒋格，能听到吗？”

几人停下来，刘夏翰拔下肩上的对讲机，回应：“能听到，蒋总。”

蒋格：“让南初说话。”

刘夏翰看了一眼南初，南初没搭理，刘夏翰把对讲机塞过去。

蒋格等了小半会儿，听见里头一声很慵懒的，“干吗？”

这女人真是个妖精。

蒋格瞬间精神抖擞，冲着对讲机，“你努力赢吧，赢了我送你——”

众人都贴着耳朵听下文呢。

结果蒋格的声音被人掐了，换了一道清冷的声音，愠怒，“在里头玩呢？！谁让你们停下来了！”

林陆骁吼完就让人拿了蒋格手里的对讲机，蒋格盯着他琢磨了半天，问旁边的助理：“这人谁？”

助理说：“这里的中队长。”

蒋格难以置信地说：“一个中队长这么跩上天？”

助理就跟百度百科似的，问他什么，什么都知道，娓娓道来：“是的，听说他性格就这样，他有个铁哥们儿，您应该认识，叫沈牧，听沈总说他这哥们儿不好惹，从小就是院里宠大的，几个老爷子都疼得不行，坐中间那个是警务处处长，还有那个战训处的，都拿他当亲儿子似的。”

蒋格若有所思，忽然想起飙车那晚，警局里，南初好像就是跟这男的在一起？

里头火势其实不大，但是温度很高，浓烟密，看不清路，有点寸步难行。

刘夏翰在一个油罐附近发现了第一个假人，假人模拟的是真人的公斤数，少说也有八十斤，刘夏翰往自己肩上一扛，拉过南初，“你跟紧我，别掉队。我们先把这个送出去，堆到门口，等会儿一起拖出去。”

拖到第六个假人的时候，刘夏翰体力不支，闷了一额头的汗和灰，他随意拿胳膊擦了一下，回头看南初，带着护目镜的小姑娘，暴露的下巴部分也是黑黑灰灰一片，他忍不住笑了一下。时间已经过去一半多，油罐的爆炸点临近，第七个假人被压在油罐箱的背后，火苗炙烤着，墙上全是被火烤的炸裂痕，氧气罐上的温度显示已达到八十几摄氏度，火场已然成了天然的桑拿房，南初跟刘夏翰比了个手势——这个，我去。

她举步朝油罐靠近。

2 频里有林陆骁的声音，“几个了？”

“六个。”南初一步步朝油罐靠近，脚下偶尔会踩到铁皮和木棍，咯吱一响，她的心跟着一颤，她试图通过跟林陆骁说话来降低紧张度，“2 频只有我们两个能听见吗？”

那头轻嗯一声。

油罐就在眼前，身后冒着浓烟，猩红的火苗在燃烧，后柱上露出假人一条白白的手臂。

“你们平时火场的温度有多高？”

“几十到几百摄氏度吧，靠近火源比较高。你注意点头上。”

话音刚落，一根横梁砸在南初面前，断成两截，尘灰四起，南初吃了一惊，反身趴地，吃了一嘴灰，再回过神来，耳机里传来某人低低的笑，“让你小心点。”

“你是不是在看显示屏？”南初爬起来，拍拍身上的尘土。

林陆骁盯着显示屏，脸不红心不跳，慢悠悠地说：“哥会算。”

南初绕到油罐后方，浓烟呛鼻，轻咳一声，揉揉鼻子，她拖着长音，“哦——”

林陆骁弯腰盯着屏幕，没什么情绪地嗯了一声，看着屏幕里的人把油罐后的假人拖出来吃力地扛在肩上。假人本就重，小丫头大概没想到会这么重，直接给压趴在地上，挣扎爬起来，林陆骁听她还低啐着控诉了一句怎么她这个特别重，得有一百二了吧。

声音听着莫名觉得可爱，林陆骁食指搓搓鼻尖，低头笑而不语。

南初沉默一阵，故意说：“刚刘夏翰扯我手来着。”

“嗯，等会儿我把他手剁了。”声音有些散漫，漫不经心，却又挂着几分认真。

小姑娘在 2 频里咯咯笑。

“林队长，你是不是特喜欢我？”过一会儿，南初小声问。

林陆骁懒洋洋地笑，没作声，身后被人拍了拍，他回头一看，是许蕴，敛了笑，“有事？”

许蕴淡淡瞥他，往后一指，“孟处叫你过去。”

林陆骁顺势望过去，孟国弘那双眼睛正直勾勾地盯着他看呢。

他把对讲机挂回肩上，走过去，打了个立正，“什么事？”

孟国弘阴鸷阴鸷地看他一眼，眼神指指他肩上的对讲机，“把对讲机拿过来。”

安静了两秒。

林陆骁的手刚去抓肩上的对讲机，身后忽然炸起一道巨大的轰鸣声，他转过头，只见五楼炸出一道冲天烈火，黑色浓烟滚涌而出，如同一片黑色的幕布，猩红色的火光把半边天炸了个顶透。

他一把拽下对讲机，对着那头吼了一声：“一组、二组报方位！！”

“一组方位，东区三域，坐标，洞叁幺，洞肆伍。”

“二组！”

对讲机里只有嗞嗞的电流声，二组静了，没人说话。

徐亚：“好像是二组的油罐爆炸了。”

林陆骁心微一颤，沉了声，再次道：“战备！”

“到！”几个战备兵挎着氧气瓶，迅速打了个立正，站直，听候命令。

导演把人拦住，“他们需要求救，他们自己会喊的，这样不是强行中止了他们的比赛？”

林陆骁根本没搭理他，直接对着几个战备兵一扬下巴，“进去把人找出来！”

处了这么些日子，导演十分清楚林陆骁的性子，根本拿他没办法，只能急吼吼道：“林队长！我们这是在录节目！”

导演胖，个子又矮，着急的时候额前的刘海儿还会飘，简直就是个滑稽的大胖子。

林陆骁终于正眼瞧他，气焰嚣张，“你不服上诉去！”

导演直接被气了个大喘气，火冒三丈，还欲跟他争辩，被他粗暴打断。

“他们要是被炸晕了不知道求救怎么办？你知道火灾爆炸后会二次轰燃吗？他们要是晕倒在里面会被轰燃的高温给烧死你知道吗？！你什么都不懂你说个屁？！”

“要是像你说的那么严重他们肯定会呼救的！”导演不甘示弱。

林陆骁手叉着腰，一脸不耐烦，简直不想跟眼前这个智障讨论这种问题。

再转眼，楼栋里已经下来两人。

两人戴着护目镜，军装凌乱，身上脏不拉几全是灰泥，氧气瓶也松松垮垮挂在身后，神色慌张，一脸惊魂稳定，瞧两个人这模样，消防兵们都知道肯定是被爆炸的冲击波给轰着了。

“滚开！”

林陆骁把对讲机别回肩上，毫不客气地推开挡在面前的矮胖导演，怎么也得两百斤吧，居然被他轻轻松松给拽到边上去了。导演有点愤懑，还想追上去跟人好好理论，只见那人已经夺了一个战备兵的氧气罐和工具包带着几名战备兵冲进去了。

里头浓烟翻滚，两片区域都燃着猩红色的火带，油罐四仰八叉倒地，情势不容乐观。

林陆骁扬手一指，“你们两个去那边找，遇上一组的人就顺带一起捞出去，等会儿让我们的人进来清理现场。”

说完，自己转身往二组的方位走，摘下肩上的对讲机，调到 2 频，“南初？”

那边只有滋溜滋溜的几声电流声，幸亏他身经百战，经验丰富，顺利找到通风口，又根据流向和火场的温度判断很快找到了爆炸的方位，他抓着对讲机喊了几遍南初的名字。

依旧毫无回应。

林陆骁狂躁地抓了一把头发，想着等会儿抓到得好好训训这小丫头片子，对讲机这东西都能丢！结果一脚下去就踩住了一个黑黑的方盒子，他低头一看，隔着白灰的浓烟也能确定是南初的对讲机，四方小屏幕还闪着 2 频的赫兹线条。

他蹲下去把对讲机捞起来，余光就瞥到左边的墙根底下缩着一团纤瘦的背影，欣喜乍现，也忘了那句要训她的话，三两步跨过去把人从墙边拖出来，抱到没什么浓烟的隔壁二区域，放到墙边，急促地唤了两声：“南初？！”

空旷的场地上都是他短暂急促的回音。

南初意识薄弱，晕晕乎乎听见有人在叫自己，脑袋埋在膝盖上，怎么也撑不起来。

林陆骁蹲下去，托起南初的脸，她的护目镜上都是灰，裸露的肌肤也全是黑乎乎一片，小脸在他掌间东倒西歪撑不住，他心里莫名抽了一下，直接摘下自己脸上的氧气罩，给她罩上，“吸气，南初。”

人意识混沌，还没吸先咳了出来。

林陆骁急了，干脆坐在地上，把人抱进怀里，托着姑娘的后脖子，一边掐她人中，一边诱哄：“睁睁眼，嗯？”

南初费劲一睁，又合上。

林陆骁给她放平到地上，解开消防服，把里头的短袖掀上去。

黑色的文胸裹着雪白的双乳，中间挤着一道深沟，真的……还不小，他忘了——她早已不是当年那个小姑娘了。

林陆骁一晃神，跪在地上，双手叠在她胸上，胸外按压几次，又捏住她的鼻子，俯身，含住她的唇，给她渡气，终于等她眉目松动，恢复自主呼吸，把一旁的氧气罩罩上去，南初深吸两口，意识渐回大脑。

南初第一眼瞧见林陆骁那张俊脸带点慌张时还有点不敢相信，况且他连消防服都没穿，就背着个氧气灌就冲进来，南初立马反应过来自己可能让人担心了，下一秒心里酸酸胀胀的，有种被人疼爱的圆满，没忍住，直接扑进他怀里，搂住他的脖子，“队长。”

林陆骁松了口劲儿，长出一口气，顺势把人搂进怀里，手掌在她后脑勺上捋了几下，“被冲击波炸开了？”

南初趴在他肩上，吸吸鼻子，半开玩笑地说：“嗯，我刚把人拖出来，结果就爆炸了，没算准时间，业务不够精进。”

“你的队友呢？”

“跑了。”

“你被炸晕，他们跑了？”林陆骁哼笑，“那小子不是还喜欢你吗？他就那么对自己喜欢的姑娘？”

南初不甚在意，“跑就跑呗。”

“不难过？”

“不啊。”

“为什么？”

南初把脑袋在他肩上抬起来，捧着他的脸，对上他在浓烟中依旧黑亮的眼睛，“你不是来了吗？”

林陆骁捏着她灰不溜秋的脸颊，拧了拧，“你是不是故意装死等我进来？”

南初娇笑，想扑过去亲他，地上的对讲机忽然叫了一声：“陆骁！”

林陆骁低头瞥一眼，捞过，一只手压在小姑娘的唇上，声音平淡，“嗯？”

对讲机那头是孟国弘，“人找到没有？”

“找到了。”

“赶紧出来！”

他看着南初，懒洋洋地说：“嗯，断了。”

林陆骁打横把南初抱起来，跟她说：“咱得出去了，我带你去找邵姨，你撑一会儿。”

南初特别喜欢听林陆骁在她面前喊邵姨和老杨这种话，没有距离感，好像那些人也是她的长辈，特别亲切。

她窝在他怀里，乖乖点头。

南初很瘦，抱着几乎没什么重量，林陆骁掂了掂，“你怎么这么瘦？”

南初趴在他怀里，找了个舒服的姿势，“瘦点好，上镜漂亮，我拍平面很显胖的。”

说到拍平面，林陆骁就想起上次小姑娘给他发的那张泳装湿身诱惑。

“你经常拍那些吗？”

“哪些？”

“装傻，你上次发给我什么你自己忘了？”

南初恍然大悟道：“你说那泳装照？”

林陆骁哼唧。

“发给你的都算含蓄了，我还拍过尺度更大的，你要不要看？”

他面无表情地说：“不看。”

“那真遗憾！”小姑娘露出惋惜的表情。

林陆骁嘲讽一笑，低头在她耳边说：“最后一次警告你，别找事。”

林陆骁把人抱去医务室，现场剩下战备在清理余火和节目组在收拾道具。他刚把南初放下，后脚杨振刚就进来了，“陆骁，你出来。”

林陆骁揉揉南初的头发，跟邵姨说：“您帮看着点，这丫头被冲击波轰着了，不知道脑子有没有轰坏。”

邵姨一挥手，“内伤我可看不了，转三院去吧。”

林陆骁一点头，“行，您把她衣服脱了检查检查外伤，等会儿我让人送三院去查。”

邵姨冲南初招招手，“小丫头，把衣服脱了。”

南初看林陆骁，手已经去解军装的扣子，“林队长，我要脱衣服喽。”

林陆骁手按在她脑袋上，俯下身，在她耳边坏笑着说了两个字。南初已经僵了，再反应过来时，林陆骁已经插着兜走到门口了。

林陆骁靠着墙点了支烟，问站走廊上的杨振刚：“怎么了？”

杨振刚神色肃穆，“孟处让你处理完这边的事，去一趟支队。”

林陆骁抽了口烟，弯弯嘴角，“知道了。”

“孟处当你是亲儿子，你有什么事好好说，千万别气他，听见没？”

“老杨，做人不带你这样的，累不累？”林陆骁这人心态好，天塌下来也不当一回事，倒没杨振刚这忧心忧虑、瞻前顾后的性子，“行了，我知道了，等会儿这边撤完，我就过去。”

话音刚落，拐角处晃进来一人影，林陆骁眯眼一看，是蒋格，身后跟着两个助理。

他给人拦住，“干吗的？”

蒋格温和一笑，特有的谦谦公子，可不知这温润的皮囊下裹藏着怎样的祸心，“林队长，我怎么看着您说话带冲呢？我来看我女朋友，怎么啦？有问题？”

林陆骁也是一插科打诨的主儿，你要不正经，他能比你更不正经，只见他一拧眉，为难地看着杨振刚，“老杨，没听邵姨说找男朋友啊？这小子哪儿的？”

杨振刚抽抽嘴角，“瞎说八道什么？你邵阿姨自从离了婚都单身多久了？”

林陆骁看向蒋格，眉一挑，痞气顿显，“喏，听见了？”

蒋格咳了咳，正色，“我找南初。”

“不方便。”

蒋格觉得眼前这当兵的怎么那么无赖呢？！绅士风度彻底维持不住，“我找她关你什么事？没看报纸上写，我俩是情侣！情侣！”

“报纸上还写流氓都长你这样呢，我是不是该把你抓起来，啊？”

蒋格今天也算是棋逢对手了，从小到大还没人敢这么跟他说话，他刚要说话，军医室门打开了，邵军医站在门口，冲蒋格说：“小伙子是蒋格吧？”

蒋格一点头。

“小丫头让你进去说话。”

林陆骁留在门口，用舌尖舔舔唇角，脸上的表情晦暗不明。

蒋格进门拖了张椅子放到南初对面，冲她吹了声口哨。南初没什么耐心，皱皱眉说："有话就说，有屁就放。"

蒋格啧啧两声，表情唏嘘，"你越看不上我，就越能激起我的征服欲。"

南初冲他笑笑，虽然脸上都是灰，但两只眼睛带着光，小模样娇俏，蒋格把凳子往前一推，"你要不就跟我呗？保证你日后大红大火！"

"滚。"

言简意赅，一个字表明立场。蒋格一点不生气，反倒笑得往椅子上一靠，"你信不信？我要让韩北尧把你送到我床上，分分钟的事。"

"嗯，我也能分分钟把你捆起来画上几百只乌龟给你拍照 po 到你的 Instagram 上，蒋老爷子可能又得把你关半年？"

小丫头伶俐得很，蒋格盯她看一会儿，走迂回曲线，"行了，不跟你开玩笑了，把上次那小子交出来，咱俩的恩怨一笔勾销。"

南初："我不认识。"

"不认识？嗯？你要不认识，我是你孙子。"

"你找他干吗？"

蒋格什么人啊，有仇必报啊，上次那小子跟南初把他整这么惨，他怎么可能轻易放过他。对南初，他目前还抱着跟在米兰一个想法，虽然这丫头利得很，可他还是想睡她。

这样的尤物，不睡可惜了。

他站起来，一脚踹开椅子，"不说就算了，我过来顺便通知一下，第三站你不用参加了。"

"有病？"

"等会儿回去你经纪人就会通知你，因为我帮你找了个片约，过几天去试镜，导演要是相中你了，戏份应该不少，是个大片，以后红了别忘了是哥哥我帮你找的，我卖了好大的面子。"蒋格拍拍脸，一脸欠扁。

林陆骁清理完现场余火回宿舍，撞上严黛拎着行李下来，他连看也没看她，径直越过她，只当她不存在。

严黛顿了顿，下意识喊住他：“林队长。”

林陆骁继续走。

严黛把行李往地上一扔，折回到他面前，挡住他。林陆骁这才停下脚步，双手插进兜里，一声不吭看着她。

严黛说：“你是不是特别看不起我？”

林陆骁没说话，垂着眼帘没什么情绪地打量眼前这姑娘。

严黛其实挺有傲骨一姑娘，也挺明白自己的目标是什么，一直以来都如此，尽管明白自己对林陆骁这样的男人有好感，可她的目标不止于此，她也不会去追求，注定没结果的事她不会去浪费时间。

但林陆骁的无视让她挺难受的，被人看不起，对她的自尊来说是严重的打击，她倒宁可他狠狠地戳着她的脊梁骨指责她——你是个背叛战友的叛徒。可他没有，这种冷淡的漠视让她百爪挠心，又茫然，不知道该如何，下意识只想拦住他，跟他解释其实她没有那么坏。

“我跟南初有过节，虽然我经常找她碴儿，但爆炸发生的时候，我也害怕，我也想过要不要回去找她，但我看到刘夏翰都往外跑的时候，我就更不敢了，我想着出去找你们，让你们回去救她。我虽然对她有看法，但我不会故意丢下她不管的。”

“嗯。”林陆骁点头，根本不在意她说什么。

严黛也不知该说些什么，懊恼自己不该拦住他，还是应该高傲地离开，这样才符合她的人设，可又害怕不解释，一辈子就留一个背叛战友的印象给他，总归心有不甘。可说什么也无奈，她怎样，林陆骁根本不在乎。

南初从医务室出来，回宿舍收拾东西，沈光宗派的车，已经在楼下等。她把所有的行李都打包好，床边的手机已经响过好几次了，宿舍里没人，严黛跟徐亚已经被经纪人接走了，她是最后一个。虽然在这儿待了一个月不到的时间，但平日的训练都是真刀实枪，没有一点偷懒作秀的成分，难免有些情绪。

徐亚跟严黛也是，离开的时候一一跟所有士兵道别，仿佛真就跟老兵退伍似的。

电话又响起，南初挂断，安安静静坐在床上。门口进来一道人影，她欣喜抬头，对上一张黝黑的方脸，精瘦，小眼，她失落地说：“邵班长。”

邵一九神经粗，没听出这话里的示意，拍拍门板，“大家都在隔壁，要不要过去说两句？”

三个女兵里，就南初话最少，来之前，也有人搜过网上的八卦，一开始大家都挺不喜欢这姑娘冷漠的性子，后来处久了才发现，这姑娘的性子其实挺柔和的，训练的时候很倔强，也不服输，这一点跟队长很像，偶尔有时候跟个小姑娘似的，但大多时候她流露出的冷漠更让人心疼，就好像是孤独跟寂寞把自己笼成的一道屏障。

南初一点头，跟着邵班长来到隔壁宿舍，男兵全部或坐或站围在一起，目光炯炯地看着她，这群人其实有些比她年纪还小，小九儿才十八，偶尔会追在她后头喊南初姐，笑起来的时候憨憨的，露出两颗尖尖的虎牙……

她不善言辞，也不会煽情，不会像徐亚和严黛那样说些漂亮的场面话，从小就没人教过她该怎么表达感谢，她能想到的，只是给他们鞠个躬，谢谢他们没日没夜的训练付出，守护国家，守护人民。

标准的九十度鞠躬。

把这里热热闹闹的场景一下子给弄沉默了，大家都面面相觑。小九儿是个感性的人，他最喜欢南初，觉得这小姐姐漂亮，带着仙气儿，被这一下给整哭了，眼眶红红的，他率先给南初回了个礼。

是标准的军礼。

这一带动，所有士兵全部站直，啪一下打了个立正，给她敬了个整齐划一的军礼。

南初一下就笑了，有点壮士断腕的感觉。邵班长拍拍她的肩，“小姑娘多笑笑，你笑起来好看。”

南初也敬了个礼，“是！”

跟士兵们道完别，南初又回寝室等了会儿，手机再次响起。她瞥了一眼，把邵一九喊住："你们队长去哪儿了？"

邵一九狐疑道："你在等队长？"

"嗯，想跟他道个别。"

"队长被孟处叫走了，挺急的，估计一时半会儿也回不来。"

南初提包站起来，看着邵班长，笑了笑，"知道了，我走啦！"

真走啦！头也不回，挺潇洒。

Chapter 09

新启程

南初提着行李下楼，沈光宗立在车边等，见她下来，冲上去一把扯过她的行李，塞进后备厢，把人拽上车说："磨磨叽叽干什么呢？"

南初没搭理他，环顾一圈，"西顾呢？"

沈光宗坐上副驾驶，关门，低头拨电话，头也不回地说："那丫头最近不知道吃错什么药了，闹心得很，等会儿。"电话已经接通了，沈光宗立马换了副嘴脸，一脸阿谀谄媚，"是是是，这边已经对过档期了，替我谢谢贺导了！"

他挂了电话回头面无表情地冲南初说，变脸之快，令人咋舌，"后天下午试镜，韩总说了训练辛苦给你放一天假，后天下午我派车来接你，还有，你那车我已经给你拖回车库了，钥匙在你玄关的篓里，蒋二少说了，这事他不跟你计较。"

南初冷笑，"我不去。"

沈光宗仿佛听了个天大的笑话，嗤鼻，"你不去？你知道是谁的电影吗？你不去？贺正平！贺导！脑子被门夹了吧？他的戏多少女演员挤破头都想参演，虽然不是女主，好歹是个女三，戏份也重，角色讨巧，这能让你少走多少弯路！”

如今片酬高涨，圈里太多人为了圈粉赚快钱，已经不在乎影片质量，演员演技跟剧情直线下崩，电影圈确实在走下坡路。也还有为数不多的老电影人在为艺术献身，不忘初心，贺正平是其中之一。

贺正平，年近五十，老艺术家，从小在胡同巷根底下长大，独有北方人的热血。

他拍的电影都带有一股浓浓的胡同巷弄的生活气息，主角个个都是城墙根底下长大的根正苗红的孩子，大义，局气。每每记者采访问他为什么总爱拍些市井题材，他总乐呵呵地跟人解释：“咱就是个市井小民，搞不了那些上台面的，城墙根底下有很多说不完的故事，唱戏的大妈和有钱的大爷，年轻小伙儿租客跟风韵犹存的女房东，天涯歌女跟小土匪头子……这些我都拍过，当然也都见过。”

其实年轻时候，贺正平也拍过一些家国情怀、震慑山河的大片。

年纪越往上走，越忠于这种平平淡淡带点人文气息的小片，往里了说，也就是一个有点侠骨道义但又爱逗闷子的小老头儿。

而这回的电影是贺正平的电影生涯的收官之作，他早已放话拍完这部就隐退，不再拍。有人惆怅，有人惋惜，毕竟认真做电影的真不多了，如今又一个大拿宣布退圈，可见这电影圈前途堪忧，于是众人又将所有关注度集中在这次的选角上。

贺导的收官之作，所有一线大咖都想掺上一脚，也是一开山镇虎的年度大戏。可现在南初脑子里想的都是军医处蒋格那个嚣张的笑容，用他的资源，南初还真有点不乐意。沈光宗根本也没搭理她，把车往她家楼下一停，提着行李把人轰上去，临走前丢下一段话：“也不是人人都有这机会，不管蒋二少心里打什么算盘，但这对你来说，确实是一个机会。韩总也是这意思，你好歹也是我手把手带的，我能把你往火坑里推？而且，蒋二少最近忙着回家争财产，根本没空对付你。他也跟韩总说过，以前的事不予追究，我看这小子是真喜欢你，你也甭太担心。这电影也不是说演就能让你演的，他只是卖了个面子，给你争取了一个试镜的机会，具体还得看贺导能不能瞧上你，要瞧上了，是你本事；瞧不上了，咱也别灰心，毕竟还年轻，以后还有机会。剧本在你桌上，回去好好琢磨琢磨，这个角色挺适合你的，其他的事，都不用你考虑，既然我们签下你了，肯定对你负责到底，就算我护不住你，还有韩总；就算韩总也护不住你，咱国家还有法律呢，你要平时没事多看看法律知识，整天捧着那经书，真出了事，指望神仙救你？”

话都说到这份儿上了，再推辞可真矫情了。

这边，林陆骁正立在警务处处长办公室门口，活生生立了一下午。

孟国弘没请他进去，也没让他离开。

林玫过来，靠着墙调侃：“哥，你又闯祸了？”

林陆骁斜瞥她一眼，没理她。

林玫又问：“怎么了？你这三天两头被孟处罚站。”

林陆骁哼唧一声：“走远点，省得沾了哥这晦气。”

话音刚落，办公室门口晃出来一道人影，林玫也认识，高兴地打招呼：“许参谋，我哥这是又犯什么错了？”

“你问他自己，我哪儿知道。”许蕴看向林陆骁，没好气道，“孟处让你进去。”

林陆骁直接拐进去，对讲机直接被摔在桌上。孟国弘满面涨红，青筋突兀，声音灌了铅般沉重，“单频道？！”

林陆骁站着没动，那边就一个烟灰缸砸过来了，他没躲，不偏不倚直接磕在他眉角上。

门外林玫、许蕴两人趴着门脚听，听着里头丁零当啷的声音，林玫有些急了，“孟处都多少年没动手打过我哥了，我哥这回是干了什么伤天害理的事？”

许蕴趴着门没说话。

林玫：“许参谋，你是不是知道点什么？”

许蕴反问："你哥这几年谈过女朋友吗？"

"没吧。"林玫一个激灵，"你怎么问这个，对我哥有想法？"

许蕴淡笑道："不行吗？"

"行行行，就是我哥最近好像有喜欢的姑娘了。"林玫嘀咕说。

说实话，这么多年，林陆骁干过的混账事不少，虽然以前也被拿烟灰缸砸过，但都没往脸上砸，这是头一回，孟国弘这么生气，他气的是什么，气得就是这小子不声不响这劲儿。什么都不说，偏偏在背地里把什么事都干了。

"真那么喜欢那丫头，行，你回家跟你爹说，你要把人娶回家！去啊！"孟国弘声如洪钟，拍着桌子。

林陆骁拧眉，憋了半天，没张嘴。

孟国弘说："那丫头在网上都让人骂成什么样了，你找她，你不是给自己找罪受？！这种姑娘适合你吗？能娶回家当媳妇儿吗？人是演员，现在还不火，万一哪天火了，逢年过节电视里放着都是你媳妇儿跟别的男的亲亲抱抱的画面，你脸上有光啊？还是你觉得给你爹争光啊？且不说你，以后结了婚，生了小孩，你一个消防员，她一个演员，小孩谁带？找保姆啊？你那点工资找得起吗？让她出啊？你咽得下这口气？别不相信，我说的这些事情都很现实！还是你指望她能为了你退出那个镶金带钻的娱乐圈？"

然后他一沉声："你要玩玩，我不拦你，但你要娶回家当媳妇儿，我有些丑话都给你放这儿，你自己回家掂量去，真要娶我跟你爹都不拦你，你爹说了，早你成年之后他就没再管过你，娶媳妇儿这事他也懒得再管，我俩给你铺好的平路你不走，你要去爬山，行，你去，谁拦谁孙子！吃了亏也给老子咽下去！"

安静一阵，光影罩着桌案前的男人，高大且沉默。

最后孟国弘一叹气，"那地方虚荣，多少女演员为了一个角色跟制片人、导演纠缠不清，最终迷失了自己。"

林陆骁回到队里已经夜里十一点了。

士兵们已经入睡，他洗完脸，从厕所出来，看见杨振刚倚在门口，林陆骁瞥他一眼，低头掬了捧水，往脸上敷，“还没睡？”

杨振刚：“孟处训你了？”

他搓着脸，不以为意，半开玩笑地说：“怎么，担心我了？”说完，自嘲一笑，又关上水，望过去，“还是你也想趁热打铁训一顿？”

“他们走了。”

林陆骁一愣，淡淡嗯一声，重新打开水龙头。

“小姑娘在这儿等了挺久的，想等你回来。”

他俯着身，双手撑在洗手台上，低着头，没说话。

“小丫头走时给小九儿他们鞠了个躬，还去了上次爆炸出事那小孩的墓地，给人送了束菊花，敬了个礼，跟人道别来着。哦，还去看了邵姨，知道邵姨爱喝茶，不知道从哪儿弄来一包茶叶，祁门红茶，挺贵的家伙。”杨振刚也不知道自己为什么说这些，可当时看着南初上车时有些失落的背影，就忍不住把这些说给林陆骁听，“其实小丫头真挺懂事的，训练也吃苦，平时什么也不说，但私底下都记着呢，下午在门口遇上，小丫头跟我挥着手，高兴地说‘杨指导，我走啦’。哦，对，她还给了我一名片，是个老中医的电话，看腿疾的，这丫头，怎么看出我腿脚不好了，还给我这个。”

杨振刚早年腿受过伤，一到还潮或者下雨天，就会酸痛，这病根已经好几年了。林陆骁低头把手撑在洗手台上，头埋得更深，撇了撇头，莫名胸腔有点热。

“陆骁，我站在你这边，真的。”杨振刚说，“我挺喜欢这丫头。”

林陆骁抬起头，有些痞气地笑了一下，俯身，在他耳侧说：“别用‘喜欢’，我听了不爽。”

说完，拍拍他的肩，径直走出去了。

杨振刚笑出声，望着他的背影，“臭小子！”

这天，南初试镜，因为档期原因，试镜又推迟了几天。

前两天翻看剧本，贺导一贯的市井人文风格，是个很地道的城墙根底下的故事，讲述的是时代的浮华，留守的文化，就比如女三这个角色，柳莹莹，旗袍女，在胡同深处开着一家不到二十平方米的小店铺，一身手艺，手工精致，不少有钱富太太都爱找她做旗袍，这是文化之一。

柳莹莹也是个充满侠骨道义的女人，三十出头，模样精秀，身材凹凸有致。不少男人觊觎她的美貌，可她一直在这儿等一个人，一个不归人，算是个悲情大义的角色。

当初一瞧这剧本，沈光宗就说这角色适合南初，光剧本里描述的样子，他脑子里就活脱脱蹦出了南初穿旗袍的样子，佳人粉黛，可不就是书里的样子吗。别瞧蒋格这人，浑虽浑，前阵跟贺正平吃饭的时候，听他说起这个剧本，一脸愁眉，“一角色敲不下人来。”

蒋格多嘴问了两句：“重要吗？不重要就栽呗。”

贺正平这人轴，爱钻牛角尖，要是找不到合适的人选，他宁可放弃眼前这剧本，“想找一个穿旗袍好看又能撑起韵味的，要妖娆，但又不能过分妖，人淡，不染红尘。眼下找的几个不是太妖就是身材太平，撑不住。”

蒋格一听，呵呵笑，“一女三，您要求这么高？”

贺正平：“其实没什么女一女三，戏份都差不多，讨喜的角色，就看观众喜欢谁了，观众要喜欢柳莹莹，那这电影柳莹莹就是女一，你要有好的人选，也帮我留意留意。”

蒋格那一下就一个灵光，他也不知怎么脑海里忽然就蹦出那丫头的样子，想着她穿旗袍应该还不错，于是说：“我这儿还真有一个，不过这女的名声不太好，您要用她得好好考虑考虑。”

贺正平眼前一亮，“我只关注演技，要是能演好这角色，我管她那么多。”

这事就这么敲下了。

穿旗袍也成了试镜的条件之一。

出门之前，沈光宗给她拎了一件旗袍进来，让她换上。藏青色旗袍上身，落扣在锁骨，半立领圈住她细小白嫩的脖子，颈窝精细，胸前丰腴，高开衩，一双腿笔直修长，肌骨匀称。旗袍的裙摆分叉处绣着一条精细的青边，衬得她肌肤更白皙。

旗袍的绣文是一只振翅的蝴蝶，翩翩欲坠，整个人透着一股轻盈淡雅的味道，眉眼清淡，眼尾带勾，妖娆且明媚。

连沈光宗都瞧直了眼，绕着她打转，“你就是柳莹莹，柳莹莹！”

南初翻了个白眼。

沈光宗摸着下巴，“你多入入戏，这角色，绝对是你的。”

且不说这角色是南初的，当她走进试镜房间时，审美疲乏的工作人员全都眼前一亮，这姑娘水灵，有灵气，都惊喜地望向贺正平。

贺正平跟蒋格并排坐在机位后，贺正平倒是有些惊讶地斜看了蒋格一眼，后者略一挑眉，“还行？”

贺正平略一沉吟道：“行是行，就是这年纪有点嫩……”

话毕，从边上捞了一把油纸伞，丢过去，“A 部分三段，你试试看。”

南初撑开伞，往黑幕布前一站。

一把黄色油纸伞，黑幕前女人一身旗装，挽着一个小小的发髻，耳根有碎发，淡白的灯光从她一寸寸肌肤上掠过，身材婀娜，身姿曼妙，冰肌玉骨，藏青色旗袍裹着她匀称白皙的身材，脚下黑色高跟鞋衬得脚背肌肤又亮又白，突起几根筋骨，一双脚纤莹精秀。

举手投足，纤细动人，韵致盈润。

角色定下来，贺正平了了一桩心事，跟蒋格拍掌，“你小子还挺有眼光。”

蒋格整整衣领，往外瞥了一眼，“行，咱要不一起吃顿饭，我请客。”

贺正平：“叫上那小丫头，晚上一起吃顿饭。”

“好嘞。”

这局面上是贺正平攒的，实则是蒋格攒的。南初还没走出大楼呢，就被蒋格的助理喊住："南小姐，贺导说晚上一起吃个饭。"

贺导都开口了，于是，南初就被这么扣下了。

晚饭订在对面的五星级酒店——蒋格家的。

人不多，就几个导演、制片和几个投资商，包括蒋格。车子刚驶进去，就看见酒店门口挂着一道横幅——消防建筑结构安全研讨会。

再一眼望过去，停车场已经满了，南初坐在车里，一眼就望见了几辆黑色的军用车牌照，心情忽然有些愉悦起来。

她跳下车，跟在一帮男人后头进去。一进门酒店经理就迎上来，冲蒋格俯俯身子，"小老板。"

蒋格一挑眉，扬扬下巴，"里头有人在开会？"

经理殷勤着道："研讨会，消防局的几个领导跟几个建筑专家，只剩下两个包间了，我给您安排在他们隔壁，孟处也在，要是可以，等会儿您可以过去打个招呼。"

蒋格略一颔首，"知道了。"

这酒店的顶级包间只有三间，一间单独，两间是并在一起的，一般要提前好久预订，除非是蒋格自己请人吃饭，如果当天没什么人就会挪用出来，一般不外开。

两个包厢就隔一扇门，南初他们刚坐下，就听见楼梯口传来一阵窸窸窣窣的脚步声，一帮子人开完会，从楼上下来，还有哄嘲的人声。

"我打小就看你小子有出息，怎么，过了年就三十了吧，还没相中的姑娘？"那人话落，周遭一阵笑，又道，"哎，我记得咱们许参谋也是单身？怎么样？陆骁，你要有想法就说，几个叔叔都在，别抹不开面儿。"

南初就听见一道清冽的声音，独有的懒散，"别，您可别挤对我了，大刘不也单着呢吗，您别是说服不了大刘就来忽悠我吧？可不兴这样的，回头耽误了许参谋。"

那人哈哈大笑，"大刘那小子是找不到，我不信你小子找不到，就你小子这模样，大把姑娘候着呢，叔跟你说认真的，赶紧找个人结了，别回头让你爸着急。”

话毕，包厢门口晃过几道人影。

南初一眼就瞧见那个高大的人影，一身军绿色常服，戴着军帽，双手插在裤兜里，背脊笔挺，就这么直晃晃从她面前晃过去，然后绕进了前门的包厢里。

仔细算了算，自从离开部队，两人有四五天没联系了。南初没给他打过电话，林陆骁也没给南初打过电话，有点像在暗地较劲，看谁先熬不住。蒋格拖了张椅子插进南初旁边，歪着头冲她一笑，“小妞。”

模样欠扁，南初想拿双筷子插进他眼里，一旁沈光宗冲她一个劲儿使眼色，忍住，她才掀掀眼皮，声音冷淡：“蒋老板。”

“你这人就是不知道感谢。”蒋格嗤一声，“这角色好歹也是我帮你争取的。”

南初看他半晌，略一点头，爽快地去拎了瓶啤酒，倒满，冲他举杯，“敬你。”然后一饮而尽。

众人一拍手，豪气！

连贺正平都忍不住多瞧了两眼，看来这是蒋二少的心头肉。

另一边气氛倒肃整许多，来的都是局里的领导，推杯换盏，话题又围绕到两个小辈身上。

“陆骁上回考试怎样？”

孟国弘哼一声：“还行，局里第一。”口气骄傲得跟自家儿子似的。

“成啊！这回没落跑了，面试肯定没问题了。”

孟国弘看了一眼边上的林陆骁，“只要这小子别吊儿郎当的就行。”

“放心，陆骁从小就靠谱，比我家大刘靠谱，说上军校就上军校，不像我大刘，现在还在考公务员挣扎呢。”话落，转头再看当事人，一副置身事外的模样，好像讨论的话题跟他毫不相关一样。

一旁的许蕴暗自攥了攥放在膝盖上的拳头，这人向来就这样，一副什么都不挂心上的样子，让人恨得牙痒痒。

刘科长把话题转到许蕴身上，他说：“不能冷落了咱女同志，小许有男朋友没？”

许蕴回神，咬了咬唇，“暂时还不考虑。”

刘科长咯咯笑，“你们现在这些年轻人，真不着急。怎么样，觉得这小子还行不？”说完拍拍林陆骁的肩。

林陆骁微微蹙眉，许蕴看他一眼，话里有话，“挺好的，但林队长瞧不上咱，他眼光高着呢。”

孟国弘一听，气不打一出来，“哼！那是他眼瞎！”

林陆骁本就没有情绪，这话一落，连棱角都捎上一丝冷意。

气氛一瞬僵持。

门外进来一个人，指导员点完菜回来，走到孟国弘耳边，低声说了一句话。他一点头，指导员过去把两个包厢之间的那扇隔门拉开。隔壁哄嘲的人声一下子涌进来，光亮一瞬，对桌也坐了一圈人，就听孟国弘冲那头举了举杯，“蒋老板。”

林陆骁不经意望过去，眼角一抽。蒋格躺在椅子上，一只手闲散地搭在南初的椅背上，目光噙笑地看着身边的姑娘。而那该死的姑娘，还穿了一身藏青色旗袍交叉着腿，坐在椅子上，叉开到腿根，一片青色垂在椅子上，像帘布，一片青色盖在腿上，独独露出腿侧的肌肤，雪白嫩滑，肌骨匀称，再往上一点，是不可言说的风景。

蒋格在南初耳边低头说了句什么，姑娘往这边看一眼，目光在林陆骁脸上稍做停留，很快移开，一脸平淡，“我不去。”

林陆骁的脸色已经明显有点不好看了，她才不去找骂。蒋格讪讪的，自己站起来，端着酒杯过去，寒暄几句。

南初上完厕所出来，洗完手，刚关上门，腰上被人搂过，给直接推进厕所里。南初被人抵上门板，只听背后嘎嘣一声，落了锁，心莫名一阵刺激。

厕所灯微弱，黄光，狭窄的单人间，耳边一声是男人低低的轻喘气息。

南初抬眼，男人撑着门板，正低头打量她，他眉眼带笑，却又隐藏着一点点愠意，嘴角紧抿的线条是无可奈何。

这个角度，很适合接吻，嗯。

姑娘仰着脸，手自动自发勾住他的脖子，手指插进他乌黑的发间，轻轻摩挲，“队——”

嘴瞬时被人封住。

林陆骁猛地低头去咬她的唇，一点不留余地，下嘴特别狠。南初吃疼，呜咽着拍他，被他更用力地堵住，他更加深入，舌尖直接撬开她的唇，长驱直入。南初喘不上气，被他亲两下就软了身子，手牢牢勾住他的脖子，不让自己往下掉。

这是个激吻，意识混沌前，她还在想，这得多喜欢自己，亲那么狠。

林陆骁亲够了，去吻她的脖颈，在她耳边轻蹭，热气喷洒。

“想我没？”

南初亲着他，“不想——”

林陆骁停下来，站直，一下就拉开距离了，坏笑着低头看她，“再给你一次机会，想我没？”

南初眨眨眼，把手放下来，“想。”

林陆骁点头，手插进兜里，一挑眉，“那怎么电话都不打？”

“我在等你打给我啊。”

小姑娘说得可委屈了。

四五天没联系，一见面又是刚刚那副场景，林陆骁刚是剥了她的心都有，可听见这话，又是一阵叹息，都快三十的年纪了，怎么也跟毛头小子一样冲动，怎么自己谈场恋爱，耐心似乎都快爆棚了？

他伸手揉揉南初的脑袋，叹口气，“我过几天去找你，在家等我，乖点。”

“你快放假了吗？”

“三天假，你想不想我带你去玩？”

“去哪儿玩？”

林陆骁看着她笑，“带你去天安门看升国旗？”

话音刚落，门口传来一阵窸窸窣窣的说话声。

“这门锁了。”是许蕴，“麻烦你找人把门开一下。”

许蕴声音不疾不徐，在里头这两人听来倒有些故意的成分。

里头两人屏息。

就听服务员说：“许参谋，我去找人看看，楼下还有洗手间空着，我先带您过去。”

许蕴等了会儿，挥手道：“不用了。”

她走时又回头扫了两眼。

南初神志恢复，一把推开眼前的男人，林陆骁低低笑了一下，扣住她的手腕，“闹什么脾气？”

“吃醋。”倒是直白。

林陆骁单手握住她两只手的手腕，低笑着在她唇上啄了一下，“天地良心，我一根毛都没让她碰着。”

南初望着他幽深的瞳仁，真诚如许，轮廓硬朗，却又带着一丝坏笑。她忽然想起十六那年，刚认识他时，他眉眼冷淡，桀骜，张扬，那时少年气息重，身材也不如现在结实。

岁月把他打磨成了钢铁，牢牢吸引着她这块小磁铁。南初一踮脚，仰着脸扑上去，狠狠在他唇上咬了一口，恶声恶气警告道：“谁也不许碰，谁碰我剁谁。”

林陆骁眼神愈黑，含着她的唇重重咬下去，里头有光，仿佛要将她吸进去。唇齿交缠间，就听见他低低的声音里还藏着笑意，“千万别手下留情。”

又是一顿纠缠，两人整理好出去，刚好见服务员带着人来撬锁，一脸蒙。

“林队长，这门？”

林陆骁嗯一声，“我打开的，怎么了？”

南初配合地看了他一眼，说道：“我刚被锁里头了，是林队长帮我打开的。”

服务员搔搔脑袋，“林队长厉害啊！”

林陆骁插兜站着，谦虚道：“客气。”

南初挥手，眉眼一勾，嘴角微扬，“消防员叔叔，再见喽！”

小姑娘说完就踩着高跟往外走，旗袍的下摆一晃晃的，偶尔可见细白匀称的长腿，林陆骁望着她的背影，低头哼笑一声，死丫头片子。

一颦一笑，把一旁的服务员小妹给撩得脸红心跳。直到林陆骁回自个儿的包间了，两个小妹还围在卫生间门口谈论：“好帅！”

“不知道为什么，我可能上了年纪，莫名觉得这种男人 man 炸，你想想啊，肌肉，脸帅，笑起来也好帅，消防应该什么都会点，体力又好，早上要是还能帮你做好早饭，连同腹肌一起端到你面前……”

小妹捂着脸，面红耳赤，那画面，光想想都要炸。

那顿饭吃完，南初歇了好长一阵，除了中间几个平面，剩下的工作就光琢磨剧本等待贺正平的电影开机。

期间，蒋格约过她几次，围追堵截都用过。南初一个眼神都没给他，蒋二少的脾气秉性又上来了，自己怎么也算帮了她好大一忙，这丫头不知道感恩，还这么不待见自己？他有点生气，可也没办法，人姑娘不理他。就算开着他那千万的豪车去片场门口堵她，南初也毫无反应，转身就上了自己那辆几十万的保姆车，够冷艳，他喜欢。

跟外面的妖艳贱货不一样，这个更妖艳，男人一旦被激起某种征服欲，是很难消下去的，就算这阵消停了，等闲下来，再想到那女人，仍然满心缱绻，惆怅不已，心痒难耐。

蒋格在情事上经验丰富，且花样百出，但他最不喜欢强迫别人，这种事情，两情相悦，才有意思，不然跟个死鱼一样，多没劲。原本对南初的欲望只是来自米兰酒吧那一晚的惊艳，但看她穿了旗袍之后，蒋格心里又多了一个小九九——一定要她穿着旗袍和她来一次。

蒋格向来阅女无数，骨相、肌肤，南初都是上乘，就是不知道这下面是否九曲回廊让人欲仙欲死，越这么想，蒋格心里那股子欲念越压制不住，恨不得此刻就把人拖过来给办了。但打小老爷子就说了，心急吃不了热豆腐，是女人大都离不开名牌名车，但经过上次的事件，蒋格醒悟一点，南初跟以前那些网红不一样——她有钱。

于是，俗套路走不通，蒋格改走心，这姑娘从小没爹，娘亲不养，这几年一直遭受网络暴力，应该挺缺乏安全感。

蒋格犯难了。

他的字典里根本没有“安全感”这三个字。

一旁的百科助理见他愁眉苦脸那样，给他出了一计谋，“要不，我找人打劫她，您就在关键时刻冲出去英雄救美，说不定她忽然就感动以身相许了。”

好主意。

蒋格连续送了五天花之后，弄得八卦报道满城风雨，忽然就销声匿迹了，连西顾都诧异了，“这些大少爷就喜欢把别人的生活弄得乱七八糟，然后自己就消失了。”这口气略带抱怨，另有感同身受之意。

南初冲小姑娘招招手，把人拉到自己面前，嘴里叼着根烟，一扬下巴指指对面的沙发，“坐。”

西顾红红脸，“怎么了？”

南初一挑眉，“说说你跟韩北尧的事。”

西顾一愣，耳根都红了，怎么忽然问起这个，她说：“没没……没……事。”

南初：“没事你就结巴上了？紧张呢？韩北尧有什么值得你紧张的？”

西顾自己也很奇怪啊，从小都没这毛病，只要一碰上那大少爷就结巴了，每回在他面前话都说不清楚，还惹人一顿嘲笑。

南初捏捏她精巧的耳垂，低声问：“喜欢上了？”

西顾一着急，“才……没有。”

南初意味深长地看着她，不说话，那眼神，淡淡的，仿佛要将她看透。

西顾败下阵来，憋着一口气，才小声说：“好吧，我告诉你，不过你要帮我保守秘密。”

这些事，女生们其实都心照不宣。

西顾低低头，埋着脑袋，有点不敢看南初，“他那天亲了我，然后我就觉得自己应该挺喜欢他的，不讨厌他的吻，就是……”

“怎么了？”

“就是他这阵又不理我，好像亲完之后他忽然醒了那种感觉，他们这些大少爷，都喜欢把人弄得一团乱，然后自己就跑了。”西顾越说越气，眼里都蓄了水光，“不理就不理呗，谁稀罕啊。”

南初把烟掐了，双手撑在沙发上，仰头一笑，“我看你稀罕得很啊。”

西顾：“你答应我，别说出去。”

南初坐直，手环在胸前，“作为交换，我也告诉你一个秘密——”她顿了一下，咬咬唇，红唇娇艳，“我有男人了。”

西顾一个没坐稳，差点滑下去，“你谈恋爱了？公司允许吗？宗哥知道吗？”

南初一摊手，得了，又一个地下恋情。

西顾一转脑，忽然想起消失的蒋格，“不会是蒋二少爷吧？”

南初嗤了一声，鼻孔都充斥着不屑，“屁，是一个很有男人味的男人，有机会介绍你们认识。”

西顾抽抽嘴，忽然想起她满柜子的避孕套，说：“恭喜啊，你那箱子东西终于能派上用场，不会放着过期了。不过你还是防着点沈光宗，他最近暴躁得很，不知道吃错什么药了。”

已是十月初，天气转凉，偶尔几天还是艳阳高照，北浔的秋老虎闷得人发慌，那是干热，燥得很。

林陆骁值班结束，回宿舍换了便服，最后过楼检查，就见小九儿闷头不乐，拉过一旁的邵一九，“小九儿怎么了？”

邵一九挥挥手，“好白菜被猪拱了呗。”

林陆骁往门框上一靠，“什么好白菜？”

“就南初啊，他女神。”

林陆骁眉梢一吊，口气变得意味深长起来，“女神？”

“是啊，听说有个高富帅在疯狂追求南初，驾豪车，限量玛莎拉蒂，车后座一水儿红玫瑰，九百九十九朵，镶金带钻的。”说着，边翻出刚刚小九儿给他看的照片递过去，“喏，就这，天天接送，我要是女人我就嫁了。”

林陆骁斜瞥他一眼，挥手挡开眼前的手机，眉眼微一上挑，揶揄道：“那你也忒便宜了。”

邵一九不服道：“那要换你，你怎么追？”

怎么追？

林陆骁：“我还用追？”

这话说得忒欠扁，把宿舍里几个单身男青年气吐血，但人说的这话都是事实，也有资本，林队长入队以来虽然从没说过，但凭着几个领导的态度，也都知道他不简单，可他平日里也没那些乱七八糟的架子跟纨绔子弟的坏习惯，有什么说什么，开心时跟你逗逗闷子，不开心时沉默抽烟，骨子里侠义大气，偶尔有点小坏和野性。

训练时严肃正经，那紧蹙的眉头令人生畏，他私底下吊儿郎当有的没的跟你扯两句，大家也都拿他当兄弟，有敬意却也真诚。

追女孩这事，林陆骁还真没经验，从小到大都没这习惯，不过真喜欢上一女孩了，他也做不来蒋格那些花里胡哨的事，送花在他看来，对南初来说太俗气。

清晨，天蒙蒙亮，鱼肚白翻着边，雾重，看不太清路。

公寓楼下，清白的浓雾底下站在一人，林陆骁一身黑衣，戴着鸭舌帽，衬得整个人干净利落，黑色很适合他，把他的身体线条勾勒得流畅，他斜斜地倚着车门等。

南初从楼上蹦下来，一个箭步扑进林陆骁怀里，甜甜地叫他："队长！"

小姑娘一身简装，黑色帽衫和白色铅笔长裤，一双腿笔直又细长，戴着口罩。

林陆骁低头看了一眼时间，四点三十。

刚好。

清晨的浓雾仿佛是一层天然屏障，林陆骁顺势一只手搂住她，一只手把她帽衫后头的连帽给拉起来，罩住脑袋，揉了揉，"穿这点不冷？"

南初把衣服掀起来，把他的手扯过去，让他摸了摸里头的料子，"毛的。"

林陆骁顺势把手钻进去，在她胸上摸了一记，"嗯，蕾丝的。"

"……"南初瞪他，"你真色。"

林陆骁打开车门，把她塞进去，手撑着车门，懒洋洋地，"嗯，早说了我不是什么君子。后悔了？"

南初一脚跨出去，要扑上去亲他，"我就喜欢你这样的。"

被人一脑袋摁回去，一本正经，"注意点影响。"

"装。"

南初骂。

南初之后做过一档综艺采访，主持人问她，跟男朋友做过最浪漫的事是什么时，她永远记得的都是那天林陆骁的表情，那骨子里的热血跟坚定，就跟刻进她心里似的，她想她这辈子是忘不了这个男人了。

林陆骁真就带她去看升国旗了。

清晨的天安门广场挤满了人，每天来看升国旗的人其实不少，仪仗队迈着整齐的步伐将国旗送到升旗手的手中。

南初虽然生长在这儿，但从来没来过，也没想过要来。

林陆骁倒显得比较从容，仿佛来过多次，轻而易举地找到一个桥头高台的位置，把她抱上去。

那地方视野最好。

升旗手打开国旗，那鲜红的旗布迎风飞扬，国歌骤然响起，仿佛一下就被人击中了内心，胸腔微热。

南初下意识看了一眼身旁的男人，他满眼虔诚，严肃认真，收起了往日吊儿郎当的松垮，身板打得笔直，就跟棵迎风挺立的青松，让人不忍打扰。

国旗升至顶端，旗手收了线，仪仗队迈正步离开。

林陆骁忽然说："我以前经常来这儿。"

南初拉下帽檐，侧耳听。

林陆骁低头看她一眼，"人在迷茫的时候，总要找点信仰。"

"你也会迷茫？"

"当然，我又不是神仙，小时候怀疑父亲更偏爱弟弟的时候，那时候大冬天，天将将亮，我就骑着自行车从城西到这儿，看一眼国旗，心定了些。长大了发觉很多事不是我们小时候想的那么简单，就来这儿找找信仰，看一眼国旗，不倒，信念就更深了。高考前，也来过一趟，上军校对我来说也是个信仰，人这一生，其实就靠信仰活着。"

南初抱住他，"你还挺多愁善感。"

林陆骁轻笑，把姑娘从怀里拖出来，把她的口罩往上挪了挪，遮住鼻子，就露出一双黑亮的眼睛，说："蒋格为你做的那些事，我真挺不屑。"

南初心里乐滋滋地说："这是吃醋了？"

林陆骁低头看她，极其轻蔑地用鼻腔哼出一声："他至于？"

"我不喜欢他。"

林陆骁轻嗯一声，道："我知道，你喜欢我。"

南初在他胸膛上拧了一记，别的都好，就恨这男人一副什么都了然于心的样子。

林陆骁吃疼，抽一口气，不闹了，双手捏着她的肩膀，把人拎正，收起了平日的痞气，难得正经。

“蒋格那些，我不会，也不屑，都是花腔，我能给你的是我的承诺，一个军人的承诺，在国旗下，无论任何情况，绝不背叛，不抛弃，不放弃你。”

刚入伍那年，他也曾举着手在这儿宣誓，誓词还历历在目——

服从命令，严守纪律，英勇战斗；不怕牺牲，忠于职守，努力工作。

在任何情况下，绝不背叛祖国，绝不背叛军队。

国旗是他的信仰。

一个军人的承诺。

无关乎其他任何，只是他想给南初的。

没有别人，就这个丫头。

这承诺珍重，听得人只想妥帖收好，妥善珍藏。

广场浓雾渐散，天色已是大白，升旗仪式结束，人群一窝蜂散开。

南初忽然想起前几天看的剧本上的一句话。

柳莹莹的一生并没有等到那个戎马将军的回应，后面的故事是她独守终生，而那位英俊将军保家卫国，早已战死沙场，到死也没给她留下点念想，只剩一抔黄土。而她至死都不清楚，某个下过雨的午后，将军来过，曾撑着一把油纸伞，站在小巷外远远地瞧过她一眼，见她穿着初见时的那身旗袍身姿妖娆地穿梭在小巷里，跟隔壁大婶笑弯了眉眼，哼着小曲儿裁衣服，眉眼清淡，举手投足却是风情。

柳莹莹临终时在纸上写下一句话，托小厮送去了将军府——

戎马一生，谁同我等，河山与共，情深义重。

悲情大义的故事，她平静地演完一遍，倒是惹哭了一旁的西顾，她抹着眼泪直啜泣：“我觉得你把柳莹莹演活了。”

大概是林陆骁的缘故，她忽然有了点当军嫂的自觉，柳莹莹的一颦一笑、一举一动，她最是能体会。

林陆骁开车带南初去了附近胡同巷口的张记吃早餐。他以前看完升国旗就爱来这儿喝碗热乎乎的豆汁儿和吃点生煎，老板也是个爱侃的主，在这儿开了几十年的门店，在这胡同口牢牢驻了这么些年，见着熟人了，热情地跟人打招呼，随后瞥一眼南初，意味深长道："行啊，你小子。"

他看见林陆骁跟看见老朋友似的，把手里的活交给身旁的伙计，沾满面粉的手在围裙上揉了揉，从兜里掏出两根烟递过去，"好些日子没看见你来了，最近在忙什么呢？"

林陆骁接过烟，放在一边，没点，"上班。"

老板一乐，说："前些日子看见一辆消防车从前头开过去，我还跟我家那口子说，咱儿子要是能有陆骁一半能干，我这心也不用整天悬着了。"

说完，老板回头让人上了两盒生煎和两碗豆汁儿。

林陆骁笑笑，蛮谦虚的，"干不了什么大事，干的都是添砖加瓦的活儿。"说完，瞥了一眼南初，给人介绍，"这我女朋友。"

南初还戴着口罩，乖巧地冲人笑笑，眼睛弯弯的，"您好！"

就这么瞧着，两人模样俊俏，气场也和，珠联璧合，登对得很，老板心里也是一阵羡慕嫉妒恨，要是自己儿子能这么省心就好了，这么想着，瞧着姑娘小模样水灵，心里越发感叹："小姑娘真漂亮，看着可真瘦，等会儿多吃点，养胖点好，胖点好生小孩。"

话落，林陆骁就往她碗里夹了个生煎，不动声色道："吃吧，生个大胖小子。"

南初瞪他。

林陆骁没理她，尝了一口，跟老板聊得热乎："好长一段没来，您这手艺是越发长进了。"

老板心里一乐，"就你小子会说话。"

一顿饭下来，南初吃得少，为了保持身材，明天还有一个平面要拍，她属于多吃一口就能立马遭到体形报复的体质。

她吃完，托着下巴看对面的男人吃。

林陆骁吃东西很快，大概是部队养成的习惯，吞下两三个生煎，喝了口豆汁儿，嚼两口，抬眸扫她一眼，又往嘴里夹了一个生煎，道：“饱了？”

没饱，但她不能吃了，身体在敲警钟。

南初撇嘴，摇摇头。

林陆骁笑了，夹了一个生煎伸到她面前，“张嘴。”

南初托着下巴，乖乖张嘴。

他嘴角噙着笑，“这不是还能吃？”

南初：“你喂的，还能再吃一个，不过也只能一个，吃多了，我明天拍照肯定会肿——”

话间，林陆骁已经喂进去三个，小姑娘被塞得满满一嘴，说着不要不要，等他再夹一颗过来，还是乖乖把嘴张开，林陆骁笑着放下筷子，挑眉看她，得逞地坏笑，“正好，肿得明天不能拍了，反正也不喜欢你拍的那些，什么玩意儿。”

南初愣了，噌一下站起来，就跑出去了。

老板瞧见，以为是两人闹别扭了，从厨房里探出头来，劝慰道：“你小子，悠着点，这么漂亮一媳妇儿气跑了你上哪儿找去？”

林陆骁结了账，追出去，小姑娘刚把嘴里的生煎咽下去，他插兜慢悠悠晃过去，伸手揉了揉她的脑袋，“不逗你了。”

两人都不是傻子，南初知道林陆骁有多不喜欢自己拍的那些平面，有些尺度大的，她还没给他看过，要看了，估计依着他的性子都能气成九鼎香炉，直冒烟的那种。

她咂咂嘴，“林陆骁。”

男人拉她往广场中央走，自然地走到外侧，将她护在里侧，低声轻嗯一声。

两人认识早，按照现在的发展，她要是再主动点，说不定明年连娃都抱上了，但眼下不是考虑这些问题的时候。

“老实说。”

“什么？”

早晨七点不到，雾还没散尽，广场行人渐多，城市处在苏醒边缘。

两人就牵着手，慢悠悠地走。

“你是不是在我十六岁的时候就已经对我，嗯……”她很含蓄地问。

男人停下脚步，头顶一声哼笑，不屑地、十分嫌弃地说：“屁！十六岁你毛都没长齐呢——”

南初：“那你什么时候喜欢我的？难不成在部队里，你一下就喜欢我了？！”

女人好像对这些问题格外执着，当初沈牧就在他耳边科普过类似这种——

你什么时候开始喜欢我的？

我们第一次见面的时候我穿什么衣服？

我跟 ××× 谁好看？

你跟那 ××× 以前在一起的时候做过什么，到哪步了？

幸好林陆骁没有前任，所以前女友的对比问题都省略了。

究竟是什么时候喜欢她的。

这个问题，他真没答案，他自己也曾在一个晚上关灯想了好久，发现自己对这姑娘十分在意，那晚上网搜了不少关于这姑娘的新闻。乱七八糟的八卦杂志东拼一块西凑在一块儿，也算是把这姑娘这二十几年了解了个大概，就连一些不着边际说她父亲是黑社会的新闻都看了。

然而，看多了那些，心却越发疼，小小年纪，到底是承受了多少？

但转念一想，幸好，遇到他了。

他把人一提，拎上车，塞进去，倚着车门说：“小时候，喜欢枪、坦克、飞机，我父亲就带我去军事馆摸了一把，回家我就哭着闹着要去当兵，我父亲说当兵苦，要吃很多常人吃不到的苦。我那时候不信，上了军校，体会到了，确实苦，泥地里打滚都不算事，野外生存的时候扛枪被人俘虏，泡在冷水里两天也都扛下来，但到现在都没后悔当兵这件事，我这人专一，甭管什么时候喜欢的，但喜欢一件事，就能很久很久——”

他关上车门，绕过车前盖，钻上驾驶座，“倒是你——”他一顿，去启动车子，冷哼，“前车之鉴还不少。”

南初仔细琢磨，他说的前车之鉴，无非就是媒体在报道上瞎写的，冉冬阳、蒋格之流的一些八竿子打不着的绯闻男友。

“那都是瞎写。”

林陆骁不在乎，拍拍方向盘，瞥她一眼，痞痞地一勾唇，意思是“反正我这车已经把后头都堵死了”。

话虽那么说吧，但南初这身份确实有点尴尬，回程的路上，她试探性地问了一句：“咳咳——咱就做个学术讨论。”

林陆骁瞥她一眼，有不祥的预感。

“比如说，你能接受我最大的尺度是什么，我接下去有部戏，得跟导演讨论尺度问题，半裸、全裸，还有跟男演员的吻戏，是真亲、借位，还是深吻，还有床戏，全脱还是半脱——”

车子一个急刹，靠边停了，南初人往前倾，随后弹回座椅上，侧头望去，身边的男人表情不太好看。

两人这么久以来其实都很避讳这个问题，从来也没谈过，南初之前拍得不多，都是配角，自然也没这么多问题，但现在戏约渐渐多起来，就比如柳莹莹这部戏，有个全裸的镜头，她一十八线小演员，要跟导演说用替身，大概会被导演打死，而且导演原本也就是看中了她的身材。

而显然，林陆骁骨子里有点大男子主义，是有点抗拒这个问题的。

林陆骁还有个毛病，就算是吃醋了，也打死都不会承认自己吃醋了，所以，刚南初这个问题，虽然他心里不爽，脸色也垮了，嘴上却还是说：“随你便。”

说完，他熄了火，也不知哪儿来一股劲儿，解了中控锁，拿上置物盒里的烟和打火机，推开车门，“我下去抽根烟。”

南初哦了一声，就没再说话了，也没下去，乖乖坐在车里等他。

一根烟毕，调整好情绪，等他再上车里，气氛稍微缓和了些。

南初下午还有一个平面拍摄，几个小时，林陆骁直接把她送到片场，南初解开安全带说："等会儿结束了我给你电话。"

他靠在座椅上漫不经心翻着电话，轻嗯一声。

南初知道，这估计是还气着呢。

Chapter 10

那丫头出事了

大刘后悔极了，此刻他只想把自己的手剁了。

让你这么贱，让你这么贱，想喝酒找孙明杨啊，你找他干吗！

林陆骁坐在吧台前的高椅上，面前放着一瓶生啤，喝了一半，一只脚闲散地挂着，一只脚抵着地面，黑色的裤型勾着他匀称结实的腿形，这么一个放松且勾人的姿势下，却顶着一张生人勿近的脸，两人十几年兄弟，大刘十分清楚，这人心情不爽。

酒吧是城市之光，北浔是有名的富贵乡，全天二十四小时开放，也不是谁都能进的，虚荣浮华一地儿，成了有钱公子哥跟一些小明星的据点。大刘前阵追刚出道女团的一个姑娘，天天呼了一帮子兄弟搁这儿蹲点，蹲了两天，还真让他蹲着了，厚着脸皮跟人要了合影，姑娘倒也不扭捏，大大方方合了影，还给人留了微信，大刘难以置信，倒也欣喜，天天微信跟人嘘寒问暖，打得火热呢！

身旁的人喝着闷酒，大刘讪讪道："怎么了啊？跟谁生闷气呢？"

林陆骁斜瞥他一眼，嘲讽脸，"你不懂。"

大刘嘶了声，这可就有点不服气了，"我怎么不懂，告诉你，哥们儿快脱单了！”

林陆骁仰头灌了口酒，略新奇地瞧他一眼，惊讶道：“谁这么瞎啊？”

大刘瞪他一眼，“咱俩认识这么些年，你能盼着我点好不？”

林陆骁不说话，仰头又灌一口酒。

大刘也不理他，掏出手机神神道道地解开手机锁，滑拉解开，背景是个明眸皓齿的小姑娘，剪着一齐刘海儿，五官秀气，嫩得很，林陆骁扫一眼，“没成年吧？”

“二十了好吗？”大刘呵呵一笑收起手机，灌了口生啤，“你不认识？”

林陆骁觉得好笑，“我认识的女人十个手指头都数得过来。”

“Hey girl 知道不？”

他还给面子地蹙眉想了一下，“不知道。”

大刘把桌子拍得哐哐直响，“徐智艺！徐智艺啊！”

林陆骁觉得莫名，道：“高中同学、初中同学，还是小学同学？”

大刘倒地。

“是个女团，刚出道，歌手。”

林陆骁这才有点反应了，终于拿正眼看他，“歌手？混娱乐圈的？”

大刘点头如捣蒜，他终于明白了，跟他说话真累。

林陆骁忽然有种找到了战友的感觉。

他伸手勾住大刘的脖子，往自己怀里一扯，大刘脑袋枕在他肩上，就听头上一道声音：“大刘，这么多年，我第一次觉得咱俩还挺有缘。”

大刘把他推开，“毛病，说什么呢？”

林陆骁一笑，“那要是她拍吻戏，你怎么弄？”

大刘：“歌手，光唱歌，不演戏，没吻戏，而且人家是偶像团体，公司都有尺度要求的，签合同的时候都有写，吻戏借位或者最多只能碰嘴唇，床戏拉灯，裸戏露肩之类的。主要还是唱歌。”

“哦。”

他闷头又灌两口。

得，还是他一个人郁闷。

大刘没看见他意兴阑珊，低头翻手机里徐智艺的照片，想给林陆骁看，让兄弟夸赞两句。林陆骁接过手机上滑的时候，边角蹿过一张照片，他不由得多看了两眼，“等会儿。”

大刘停下，画面就停留在一张半透明泳照上。

那张照片怎么看怎么熟悉。

他记得有一天下班，手机一打开，就蹦出这种画风的照片，当时还以为是进了黄色广告，仔细一瞧，是南初发的。

显然这张比那张尺度更大。

是半透明的，泳装照，姑娘头发湿漉漉凌乱地搭在脑门上，领子挂到手臂上，大露香肩，她锁骨很漂亮，精致秀气，再往下，是深沟——

“哪儿来的？”

这声音冷到大刘的后脊背，渗出汗来，“哪张？”

林陆骁手伸过去，点开，图片被放大，姑娘模样更清晰，连额上的水珠都瞧得仔仔细细。

大刘低头一看，“忘了，老孙给我发的，说是前阵刚发现一尤物，身材倍儿棒，模样又正……”

大刘声音渐低，他瞧着林陆骁瘆人的表情，没敢往下说，其实平时他很少存这些照片，认识徐智艺之后，他更是把以前的女孩照片都删光了，留这个是因为他觉得这姑娘瞧着跟那天在林陆骁家里见到那丫头有点像，想留着给人看看，没承想后来就忘了这事。

本人跟照片上修的还是有点差别的，这也不能怪大刘跟孙明杨没认出来，就算是认出来，也不敢往那儿想，毕竟一模特，一消防，怎么也不能搭到一块儿去，两人就以为只是长得像而已。

何止这一张，孙明杨那天还给他发了好多张呢。

都是泳装系列的，好像挺有名的一意大利牌子的私人订制，往后翻了几张，尺度都差不多，往后有一张，是她穿着遮腿根的男性衬衫，衬衫领口开到第二颗纽扣，刚好露出深沟——

大刘还没瞧明白呢，颤抖着问：“要吗？发给你？套图。”

林陆骁是真生气了，一掌按他脑门上，“滚。”

大刘委屈，怎么就冲他发起火了？

当后来大刘知道那真是骁爷女朋友时，他恨不得把孙明杨给剁了！他也不敢回想自己当时是怎么当着骁爷的面说出他女朋友是尤物这种话的，又后知后觉地感恩戴德那个亚洲醋王当时顾念多年手足之情的不杀之恩。

林陆骁是踹开凳子走的。

大刘回过神，身后的凳子丁零哐啷、四仰八叉地倒了一地。

大刘捂着胸口怕怕，给徐智艺发了一条微信：“好怕怕啊！”

徐智艺那边在等录音，回得很快：“怎么了，大刘哥？”

“哥劝你一句，长得帅的人，真的好粗暴啊！不是人人都像哥，又帅又温柔。”

“……”

傍晚，晚霞丈地，云像被血染过，红彤彤一片。

林陆骁把车停在片场门口，敞着车门，人靠在驾驶座上，一只长腿闲散地搭在外面，正低头刷一款很无聊的游戏。

刚过关，电话进来了。

他拧拧眉，挂到耳边，眯着眼，往远处瞥了一眼，懒洋洋的，“爸。”

那边是一道清冷的声音：“陆骁，是我。”

林陆骁收了笑，“张秘书？”

“你爸昨晚心梗，住院了，我听孟处长说你这几天休假，你有空就过来一趟，林启都来过了。”

林陆骁握着电话，把脚收回来，关门，道：“我现在过来。”

张秘书：“嗯，路上慢点开。”

林陆骁几乎一路疾驰，等开到医院，张秘书已经一身军装站在门口等了，等他下来，带着他步履匆匆往病房走，边走边说：“今晚你陪着，我得回趟处里，好多手续要办，你父亲血压高，有些东西不能吃，我已经给你列好了放在床头，等会儿你看着点。”

张秘书走到门口，还不放心，手扶在门把上又叮嘱了一句：“你可千万别气他，医生说了不能激动。”

林陆骁无奈道：“我能气他吗？”

门推开，浓重刺鼻的药水味扑面迎来。

昏暗的病房，窗帘紧闭，一米宽的病床上躺着一人，合着眼，面容宁静，就是个病怏怏的小老头儿。

平时，林清远面孔严肃，像生铁一般冷，在林陆骁的记忆里，他很少笑，印象最深的是林启出生时，父亲抱着弟弟在母亲的病床前笑过。他趴在门口，没敢进去，生怕破坏了那和谐的氛围。

张秘书冲他嘘了一声，压低声音道：“昨晚折腾了一宿不好弄，让他好好睡一会儿，等会儿醒了阿姨会送吃的来，这边有张床，你要累了，就躺这儿休息一下，我给你放了本书，《侦察术》，你最爱的，守夜挺辛苦的，实在不行，打我电话，我来换你。”

林陆骁声音沉了，有些嘲讽，“您还觉得我是八九岁的小孩吗？”

谁料，张秘书一瞪眼，“可不就是，你不是八九岁小孩是什么？都多久没回家了？你爸面上不说，他心里想什么你能不知道？”

林陆骁漫不经心地说：“我以后娶了媳妇儿也天天不着家，难不成还绑我一辈子？”

张秘书点了点他的脑袋，“我不跟你说，你这小子从小就讲歪理，你爸身体大不如从前了，你要有时间了多陪陪他，别整天跟着大刘他们瞎混！大刘那小子最近迷一网红，也跟着家里扯户口本的事，刘科长那边头也疼，你可别再惹你爹不痛快了。”

“瞎扯，大刘都还没好上呢，就扯户口本了？”

而且，大刘明明说的是歌手。

“我怎么知道，反正刘科长是把户口本藏单位去了，大刘翻箱倒柜的，好一通折腾。”

一桩桩，一件件，都不是省心的事。

张秘书走了，林陆骁给南初打了两个电话都没人接。

他一个人坐在走廊上抽闷烟。嘴里叼着烟，时不时低头扫一眼一旁的手机。屏幕安静，没回应。看了好半天，把手机拿起来，又拨了一遍那个号码。

“对不起，您所拨打的电话已关机。”

他丢了手机，低头又点了一支烟，里头有人咳了一声，林陆骁把烟掐了，手机塞回兜里，推门进去。林清远看见他明显一愣，神色很平淡，声音虚弱，带着沙哑，“你怎么来了？”

“张秘书回处里了。”

林清远嗯了一声，撑了撑身子。林陆骁沉默了一会儿，说：“躺着吧，您要什么我帮您拿。”

林清远性子拗，没听他的，执意坐起来，靠着床头，用手指指床边的椅子，示意林陆骁过去坐。林陆骁没走过去，而是用脚尖把椅子勾到他边上，坐了下去。

两人关系不亲，甚至比一般父子关系都疏远，林清远认为自己有一定责任，因为他不会表达，也很少夸奖，总觉得自己的儿子，做得好才正常。虽然这小子偶尔也会闯祸做些混账事，但自己的儿子，多少还是有些清楚他性子的，面儿上没个正形，但真不坏。

当初这小子说要上军校，他其实不同意，当过几年兵，深知当兵的苦，也不想儿子再受这份苦，可这小子偏偏拿他跟孟国弘当兵的事当榜样，也知道他从小喜欢枪、坦克、飞机这些，考上军校后，林陆骁的第一志愿其实是陆军特种，几个领导也是这意思，但这事被林清远扣了回来。

特种几年不着家，死了没身份，就剩个军衔，还不如当消防，至少能拴在自己身边。

从小也没要求过他做什么，可这是他父亲最后的一点自私，没想到却把儿子推得更远了。

“什么时候回家住？”

林陆骁：“我住队里挺好的。”

“我怎么听你孟叔说，你还自已租了房子住，每个月那么点工资，够花吗你？”

他挑眉，“怎么不够，养媳妇儿都够。”

林清远哼唧一声：“得了吧，就你那点破工资，人家一个包都抵你一年工资，你拿什么养？”

要搁平时，两人总说不上几句就能吵起来，这都算客气了。

林陆骁站起来往外走。

林清远：“你又上哪儿去？”

林陆骁低头翻号码，头也不回，“给你儿媳打电话。”

林清远随手捞了个枕头就砸过去，“浑小子，我答应了吗我！”

林陆骁背着身拉上门，拿起手机往外走。

电话那头仍旧是关机的提示音。

林陆骁转头给沈牧拨了个电话，“我给你个地址，你帮我找个人，我这边走不开。”

电话那头声音混浊，“怎么了？”

林陆骁把地址发过去，“就上次在我家那丫头，叫南初。”

“影后南月如的女儿，南初？蒋格那绯闻女友，南初？”

林陆骁压着脾气，“少废话，快给老子查！”

沈牧一听这口气，也知道这人急了，不敢怠慢。

他效率高，发出去没多久，就回了一串信息。

“刚查了，那丫头似乎出了点事。”

林陆骁叉腰站在走廊，懒得发信息，直接一个电话打过去，“怎么回事？”

“那丫头回家路上被人打劫了，受了点伤，现在已经回家了。”

南初从片场出来的时候遇到了飞车党，一辆深黑色的重机摩托从她面前一晃而过直接拽了她手中的包。本以为这就没了，结果后方引擎声轰起，骤然停下一辆黑车，两个生得一般高、穿着黑衣、戴着口罩和黑帽的凶煞男人从车上下来，迎面就是一巴掌，骂骂咧咧道：“臭婊子。”

男人没留力，一巴掌下去，南初踉跄几步，险些没站稳，嘴角破开，溢出血迹。

人蒙了一下，在回神时，两个男人已经驾着她胳膊往车上扯，好歹前阵在部队里待过，期间林陆骁还授过一些防身术的招式，怪只怪她当初也没认真学，假模假式学了几招，眼下在两个高猛男人的控制下也使不出什么劲儿，只记得抬脚往其中一人的裆下猛踹。

那人没料她会如此激烈反抗，退避不及，结结实实挨了一记，裆下疼得龇牙咧嘴，又狠狠砸了南初一拳，“臭婊子，老子等会儿弄死你！”

来者绝非善类，掐着她胳膊的手也是下了狠劲儿，骨头钻心疼，仿佛要断，南初心里涌出一丝恐惧。

而此时路边停着一辆黑色宾利。

蒋格坐在里头，气得直冒烟，吩咐人给那两个“打手”下通知——谁让你们真下手的，扣钱扣钱！

结果那头颤颤巍巍回了一句：“蒋二爷，咱还没动手呢，那俩不是咱的人。”

哎，这回是真出事了——

蒋格这给急的，吹胡子瞪眼去推车门，被两个助理牢牢摁回车上，“您可别冲动，外头那是什么人咱都不知道，你这兴冲冲下去要是伤着您半分一分的，老爷子非得削了我俩。”

蒋格自己都不知道当时自己给急成那熊样，被两个助理按在车后座上，张牙舞爪蹬着腿去踹车门，“滚开，这都要出人命了！”

两个助理身强力壮，从小就跟在蒋格身边陪着，别提多熟悉蒋格的性子，闹一闹，摁住，过一阵，就忘了，对什么事，都从没上过心，这次，估计也就是一时急的。

两个助理铁面无私，“我们可以报警，但您不能下去。”

蒋格踹得脸红脖子粗，憋得眼睛通红，像困在囚笼里发狂的小兽，张口就咬，“报警！快报警！！”

外头还在揪扯。

小姑娘不知道哪儿来的一股劲儿，一只脚牢牢抵着车门不肯上去，两个黑衣男人直接扛起她妄图把她塞进后备厢里。

蒋格真急了，口气难得一软，“你俩去，你俩下去，别让人把她带走啊。”

两个助理互相看了一眼，“那您在车上待着，您要下来，我俩就走了。”

蒋格一扫往日的气性，忙不迭点头，“保证！”

然而，两人刚下车，那边不知从哪儿冲出一个小姑娘，个儿还没南初高，扎着个小马尾，一手拖着一个行李箱，冲着那两个黑衣男身上就招呼，力大无穷，一手一个，直往人身上撞。

是折而复返的西顾。

小姑娘像个大力金刚芭比娃娃，下手丝毫不带手软的，一个行李箱砸过去，高个儿男人没防备，拿手挡了一下，西顾趁其不备抬脚直接踹向裆部，九成力，男人惨叫着护着裆蹲下去。

西顾小时候跟着哥哥学过一点武术，招式毫无套路，乱七八糟，但偏偏让人无从招架。

男人暴怒，一把拽住西顾的衣领把小姑娘提起来，砰一声重重甩到车门上，西顾避不过，掌风袭至面颊，忽然停住，她偏过眼，再转头时，领子一松，人从车顶上滑下来，就见两个穿黑西装的男人加入混战。

西装男拧住那人胳膊，用力一拧，只听嘎嘣一声，那胳膊肘就跟断了截的筷子，挂在身上。身后又过来一西装男，手刀劈过去，那人蒙了蒙，瞬间没了反应。

好身手。

西顾坐在地上拍手。

那人捂臂蹲下去，显然两人都不是对手，大概是见情势不对，跟另一个人打了眼色，钻上车，轰着油门灰溜溜逃走了。

助理过去把南初扶起来。

小姑娘遭了不少罪，有些吓得不轻，低低跟他们说了一句："谢谢！"

两个助理互视一眼，"我们老板请你上车。"

南初身子抖了一下。

助理又说："不用紧张，是蒋老板，他没恶意，只是想送你回家。"说完，又看向西顾，这姑娘也受了伤，刚刚打斗时大概不小心被人刮了一下，脸上长长一道血痕，"一起吧，我们送你。"

林陆骁站在医院的长廊里，靠墙，举着电话，手里捻着根烟。

沈牧的声音变得有些意味深长。

"你先告诉我，你跟那女的，到哪一步了？"

走廊没光，只开了一扇窗，苍白的月色洒进来，落下清辉，笼着墙边男人的背影，硬挺的身影，晦暗不明。

林陆骁也不知在想些什么，低头捻着烟，跟没听到似的。

好久，他才答："该哪儿哪儿。"

沈牧了解他的性子，向来不爱跟人掰扯这些事，但听明白这意思，林陆骁应该也挺在意那姑娘的，于是就忍不住说了："我有一朋友，叫蒋格。"

林陆骁哼笑一声，"知道。"

"蒋家小儿子，几个老爷子都疼得紧，干什么事都有人兜着，阅女无数，听说十八岁一晚上睡了仨女的，就喜欢大胸、长腿。前阵，也跟那小丫头传过绯闻，就他，他把人救了。"

“狗屎运。”林陆骁不屑。

“刚他来找我，你猜人说什么？”

林陆骁把烟含进嘴里，去裤兜掏打火机，就听那头一句：“他跟我说，沈牧，老子好像动真格了。”

沈牧跟蒋格交情匪浅，沈牧父亲退伍后跟蒋格父亲下海经商，两家频繁来往，蒋老爷子特别喜欢沈牧，蒋格跟谁出去都不让，就准沈牧去，蒋格每次出门都得叫上沈牧，发展到现在，一有什么事，他就愿意找沈牧说。

蒋格把车上的心理活动都分析给沈牧听，这是他活了二十几年来，从来没有过的体验，看南初挨打，他心疼，助理不让他下车，他差点把车踹翻了，看南初差点被人拖走，他难得用那种低声下气的语气跟助理说话。

甚至有一种，如果南初有点什么事他可能会疯的感觉。

他好像真喜欢上那姑娘了，不是单纯想睡她。

而是因为喜欢她，才想睡她。

这种认知他有点恐惧，他怎么可能真的喜欢上一个女人？

尽管如此，但他更坚定了要把南初睡到手的信念。

沈牧把原话一字不差转述给林陆骁听。

“让他来。”

果然是林陆骁的风格。

简单三个字，听得人后背渗透凉意。

林陆骁收了线，在门口抽了两支烟，又给南初拨了两个电话，那边依旧关机，他后知后觉地反应过来，这丫头手机都被人抢了。

等他进去，林清远抱着臂，面容整肃地靠在床头。

夜深，林陆骁脱了外套，把床打开，躺上去，“您还不睡？”

林清远斜睨他一眼，“你坐起来，我有话跟你说。”

大概是想起张秘书临走时的话，林陆骁吸口气，坐起来，蛮听话地说：“您说。”

林清远：“跟那丫头断了。”

林陆骁靠在床头，看着他，淡淡地说：“哦。还有别的没？没的话我睡了。”敷衍地说完，躺下去。

“起来，我说完了吗？”

“您还要说什么？”

林清远知道他的性子，打小就这样，不由得冷哼：“别跟我这儿打哈哈，我让你断了，就给我断了。别在这哦哦哦，私底下又跟人联系，别以为我不知道你打什么如意算盘，你这性子我要不了解，我还当你爹？”

林陆骁还真没打什么如意算盘，单纯不想现在扯这件事，再把老爷子气着，张秘书能把他撕了，但要这么说，他也懒得再装，“断不了。”

“怎么就断不了了？有什么断不了的？你俩才多久？”

林陆骁驾着胳膊，“算算怎么也得五年了吧。”

林清远：“……”

“而且今天我刚答应她，无论发生什么情况，都不会抛弃她，从小您就教我不能背信弃义，这可是您说的，您让我跟人断了，这不是打您耳光吗？做不来。”

打小就是诡辩奇才。

林清远朝着他冷笑，“你发誓了还是怎么着了？”

林陆骁：“我在国旗下，拿毛爷爷发誓的。”

“滚出去！”林清远暴怒，随手抄起床头的一水杯朝他狠砸过去。林陆骁没躲，稳稳砸在他眉骨处，那里的骨头脆，砸上去疼，但又无伤大雅，打小林清远就爱往这儿砸。

林陆骁就在走廊蹲了一夜。

张秘书一早来，瞧见这，小声问：“你昨晚在这儿睡的？”

林陆骁揉着眼，睡屁，几乎没睡，这木板凳硬得慌。

张秘书：“你又气他了？”

他懒洋洋地说：“哪儿敢？”

张秘书拍拍他的肩，“行了，回去洗洗补个觉，瞧把你磕碜的，胡子都出来了。”

“您辛苦！”

林陆骁打了个标准的军礼，转身走了。

张秘书瞧着他挺拔的背影，摇摇头，这小子就是这样，没边起来谁拿他都没有办法，可又偏偏是个懂事的孩子，真干了点出格的事都让人拿他没辙，骨子里的野性和侠骨仗义都在这代人身上很少见。

张秘书提着东西进去，“领导。”

林清远瞄了一眼，“那小子走了？”

张秘书把东西放下，“刚走，昨晚在椅子上缩了一夜，胡楂儿都出来了，那两只眼睛比国宝还国宝，院里的几个小孩，陆骁算懂事了，您别总看他不得劲儿。”

林清远冷哼一声：“你收他贿赂了？”

张秘书：“这话可不敢乱说，我就是觉得陆骁这小子身上的品德挺难得的，我前些天听了不少事，总觉得他们这代人少些担当，跟咱那时候没法比，比如前阵一新闻，小情侣轧马路被打劫，男的丢下女的就跑了；还有刚入伍时的新兵，被训练折磨得哭天抢地，见到教官腿脚直打哆嗦；还有出卖朋友获得利益的。您想想，陆骁身上，也有不少缺点，但绝对干不出来这些事。还记得他刚下队时，孟处说什么吗，说他眼睁睁看着自己从火场上救出一老太太当场咽气了，不管不顾，扒开人嘴给人做人工呼吸，连家属都瞧愣了，那老太太就一个儿子，自己妈自己不疼，被陆骁救出来还嫌他多事，久病床前无孝子，古话说得对，但您真甭担心，这小子绝对不会丢下您不管的，咱老了还图什么，不就图儿子一个‘孝’字吗？”

一阵寂静，良久，才听林清远一句：“古话都说，戏子无情，我就怕这小子一头栽进去，以后吃亏。”

林陆骁在南初家门口摁了半天门铃也没人开门。

他又砸了两拳，人还是不开。

他一只手叉着腰，站门口给沈牧打电话，“你确定她在家？”

沈牧一阵笑，“在，她受了点惊吓，公司给她放假了。”

“那怎么不开门？”

“那你得好好反省反省是不是做了什么事惹姑娘不高兴了。”

“放屁。”

“她都给蒋格开过。”

“那小子还进过她家？”

“当然，不然怎么送她回家？”

林陆骁摔了电话。

他盯着门看了会儿，一沉吟，转身走到隔壁一扇门，敲了敲。

开门的是个老太太，十分慈祥。

林陆骁一敬礼，特庄重，眉目端正，口气正经得比任何一次救援都严肃：“你好，我是西郊特勤一队的中队长，刚接到报警，说隔壁有人被困住了，我借一下你们的阳台。”

老太太一听被困住了，不得了，又是这么一根正苗红的小伙儿，热情地把人接进去，根本没思考特勤怎么就来一人，也没问人要证件。

林陆骁走到阳台，观察地形。

两家是并排，他直接跳上去，徒手去抓墙上的遮雨棚，老太太这才觉得有点不对劲儿，“小伙儿，你就这么上？”

林陆骁笑说：“来得急，没带工具。”

“这可是九楼。”

两家阳台的接缝虽窄，常人难翻越，但对于他来说，这是小菜，曾经还爬过一百多层的摩天大厦呢，那才叫一个脚抖。

南初洗完澡裹着浴巾出来，见床上坐着一人，叼着根没点燃的烟，看着她。

“你……怎么进来的？”

林陆骁低笑，伸手把人拉过来，摁到腿上，脑袋埋进她的颈窝，闻了闻，烟还在嘴边，女人的香味夹杂着烟草的味道，声音略低沉，“你怎么不给我开门？”

他气息很热，很潮，喷上来有点痒痒的。

“我在洗澡，没听见有人敲门。”南初心痒，伸手推了他脑袋一下，“你怎么进来的？”

林陆骁扬手一指。

卧室落地窗大敞着，窗帘随风飘散，像在欢迎这位不速之客。

南初心惊道：“你疯了？这可是九楼！”

林陆骁把烟拿下来，丢在一边，低头去亲她的脖子，“嗯，想你想疯了。”

南初去拨他的脑袋，“林陆骁！”

那人不依不饶，顺着脖子一路往下亲，狠狠嘬了一口，“你没想我？嗯？”

说实话，也想，这几天脑子里倒全是他。

林陆骁知道这小丫头多半是生自己气了。

“昨天我爸住院了，临时被人喊去医院，守了一宿，我给你打电话，你没接，我打了一晚上你都没接，后来才知道你出事了。”他终于抬头，把人拎出来，手撑着她的后脑勺，捋了捋头发，拨正她的脑袋，“我看看，谁打我丫头？”

从出事到现在，南初其实心里都没觉得有什么，她坚强得很，不就是被打了吗，以前也不是没有过，这苦有什么受不得的？

但人偏偏就是，人前中了千万箭，伤口被人撕得稀巴烂，也绝不落一滴泪。

可被喜欢的人问一句，就仿佛跟受了天大的委屈似的，矫情得不行。

但南初向来也不是跟人哭诉的主儿，心里虽然感动，面上也不动声色地说：“没事，小伤。”

林陆骁里里外外把人瞧了个遍。

脸肿了，嘴角破了，手臂上。肩上有瘀青，像男人的指印。

男人也不说话，一只手捏着她的下巴，拇指在她破开的伤口边缘来回摩挲，像安抚，微剔的眉眼，带着柔和，深思以及似乎在做什么决定。

什么决定呢?

林陆骁坐在床上，南初坐在他的腿上，双手勾住他的脖子，额头顶着他的额头，拿鼻尖在他脸上蹭了蹭。

“你来看我，我很高兴，下次不要爬窗了，我给你配钥匙。”

说这话时，发梢有水珠滚下，顺着她白皙的颈子，一路下滑，慢慢滑进锁骨下方那一抹深沟里，一溜儿进去，没了踪迹。

林陆骁一仰头，准确含住她的唇，反身把她压在床上，深深亲吻她的唇，他几乎是用咬的，咬几下，用力吮住她的唇，缠住她的舌头，不给她任何喘息的机会。

“行吗？”

问这话时，他把南初压在身下，跨坐在她身上，将她两手掀上去，压在头顶，声音是沙哑的。

南初没有说行不行，而是用脚勾住他的腰，头仰上去，去亲吻他的耳根。

小丫头比他想象中要热情，林陆骁笑着把人给拉出来，“等会儿。”

南初比他还急，“等屁。”

林陆骁坏笑，“拉个窗帘，不能白给人瞧了去，隔壁还有个老太太呢。”

……

林陆骁中途停了下来，表情怪异。

南初有些难以置信，泪眼婆娑地往下看了一眼，“你……好了？”

她又转头看了看钟。

哎，等会儿。

五分钟？！

……

一室宁静。

窗帘紧闭，就亮着一盏床头灯，晕黄的光线，屋里昏暗，床上纠缠着两道人影。

南初仰躺，不着寸缕，肤质白皙，小脸圆嫩泛着潮红，两只眼睛圆溜溜地瞪着他，无辜得很。

林陆骁两手撑在她两侧，撑着身子俯在她身侧，声音冷硬，好似在跟谁生闷气，“你那什么表情？”

南初眨眨眼，“可爱的表情。”

林陆骁哼一声：“少装。”

南初笑，“好吧，我只是想起一个人来。”

穆泽的十分钟，以及当初在部队，他将她从灌木丛里拖出来，那句“做到你哭”还言犹在耳。林陆骁瞪圆了眼，眼神可怖，威胁道：“你要是敢提穆泽，我弄死你。”

小姑娘扑哧笑出声，唇红齿白，眼里都是光，“我当初说什么来着？”

知道这丫头在激他。

他自控力一向好，就算平时自己弄也能控制时间，可没想到，自己一碰上这丫头就有点昏了头，又听她哭着求饶，想说缓一下，刚往外撤，就没收住，彻底给缴械了。

林陆骁忽然侧身往边上倒去，长舒一口气，侧头瞥她一眼，目光懒散。

南初侧头看他，“不做了？”

他撑着坐起来，靠在床头，手去摸床头的打火机和烟盒，抽了一支烟，偏头点着，斜斜睨她一眼，仰头吐了个烟圈，不急不缓地说：“别急，有得你受的。”

南初翻过身，反趴在床上，双手托着腮，眼神澄澈地看着他道：“我等着。”林陆骁叼着烟，哼笑一下，盯着她瞧，“真的假的？我记得前一阵你还很平。”

南初低头看一眼，仍由他瞧着，那天穿的运动内衣，是被勒的。

烟抽了一半，林陆骁忽然想起一事，把烟拧灭在床头的烟灰缸上，把人拖过来，“我刚才没带套。”

这事是他没预料到的，本来还想在外头蹭一会儿，结果小姑娘比他还急，刚想撤出来戴个东西，没承想就漏了底儿，他倒不是怕什么，真有了咱也养得起，就怕这小姑娘不肯生，毕竟职业不一般。

南初被他抱在怀里，漫不经心地在他胸口画着圈圈，“我等会儿去买药吃。”

这叫什么事?

就干了五分钟，还得买药吃。

林陆骁想想，“吃那玩意儿对身体好吗？”

“废话，你吃个看看？”

“那别吃了，怀了咱就生。”

南初猛地在他胸口上拍了一记，“生屁！我才二十一岁！”

林陆骁挠挠眉，说：“怕什么，人十八岁后头已经背俩娃了。”

“滚！”

又是一记。

林陆骁不闹她了，揉揉她的头发，确实也无法想象，自己还是个孩子呢，要她生小孩，不知道会是什么样。

“我下次注意。”

男人满心惆怅。

南初其实也懂，趴在他硬实的胸膛上，听着他结实有力的心跳声，怦怦怦，就特安心。

“你今年几岁了？”

鲜少有这种抱在一起喁喁私语的机会。

林陆骁垂眼看了一眼怀里雪白的姑娘，手顺着她背脊深凹的脊椎线慢慢往下滑，停在腰窝位置，淡淡说：“三十。”

小姑娘闷在他怀里，“你家里逼你结婚了吧？”

“还行。”

男人手掌罩住她的臀，又捏了两下。

南初掐他，“说实话。”

林陆骁这才懒洋洋地嗯了一声。

南初忽然抬头，对上他深黑的眼睛，如一潭深渊，直把人往里头吸，“我近几年不打算结婚，你怎么办？”

其实一开始，南初都没想过他俩会有今天，这男人就像个磁石，无时无刻不在吸引自己，吸引着自己不断朝他靠近，可真当这人到了自己的手里，又会觉得不那么真实，或是怕自己影响他的人生规划。

杨指导、孟处都是为他好，自然选好了最适合他的路，可偏偏被她搅乱了。

林陆骁倒也不客气地问：“那你准备什么时候结婚？”

这个问题她还没考虑过，她母亲至今都没结过婚，她在这方面的知识其实是匮乏的，她自小没见过父母相处，甚至不明白，人类为什么要结婚？因为爱，因为使命？因为传宗接代？

其实他俩确定关系才几天，说这个问题有点为时过早。南初是担心林陆骁的年龄，毕竟差着一大截呢，家里逼得紧无可厚非，可她现在的合同是五年内不能结婚生子。

男人很耐心，手捏着她的小耳垂，又重了几分，声音沉了：“嗯？说话！”

“我的意思是说，你要是家里真逼得紧，你可以……”

林陆骁忽然反身压住她。

声音戛然而止。

“可以什么？嗯？”眼神在她脸上游移，手将她耳边的碎发慢慢掖到耳后，低声道。

桃花眼，上挑，几乎是诱哄的声音，这种真的很致命地勾人。

“我公司要求我五年内不能结婚生子。”南初咬唇，听着可委屈了。

林陆骁笑了，“什么狗屁公司？炒了他。”

“除非我不当演员了。”

“你就非得演戏？不是还能当歌手什么的，唱个歌什么的。”

“不行，我唱歌跑调，不能坑观众钱。”

也不能说跑调，总之有些飘，南初的特长在身娇软柔，让她跳舞还行，唱歌就有些磕碜了。

沈光宗也劝过她，别这么实诚，多少女明星不是趁着热火劲儿，发个专辑什么的，反正后期录音师会调音的。

南初死活不肯，还挺有原则。

林陆骁低头去亲她的颈子，“那就别干了，我养你。”

其实工资呢说高不高，说低也不低，养个媳妇儿倒是没什么问题，不过要买什么奢侈品会有困难，结婚头两年要置办的东西多，过得艰苦点，等后头条件好了，他能把他所有工资凑凑给小姑娘买点喜欢的东西。

唯一一点——

就是，可能性小，万分之一的可能，哪天他要不小心殉国了，能留给小姑娘的真不多，老头儿要是不待见她，加上就她那不管事的母亲，小姑娘日后还有的受。

林陆骁抚着她毛茸茸的脑袋，抬了抬姑娘的下巴，拇指压在她唇上摩挲，“国旗下跟毛爷爷发誓都不是开玩笑的，这事我只干过两次。第一次是入伍当兵的时候，在天安门下，我说我会誓死守护祖国，守护人民，马革裹尸，在所不惜。我小时候我家老头儿就常说，人固有一死，或轻于鸿毛，或重于泰山，没遇上你之前，我就没考虑过后头的事。但我不是吓唬你，要真到了那一天，你也别守着咱这点情谊，真遇到对你好的，嫁去。”

这话是发自内心的，不存在任何生气的成分。

结果刚说完，掉在地上裤兜里的手机急促地响了，他揉揉南初的脑袋，翻身下床，捞起来，回头看她一眼，转过头，低沉地喂了一声。

小姑娘赤身裸体趴在床上，目光缠绵地盯着他的裸背看。

床边是一道风景线。

他人高，身材又好，背肌明显，线条流畅，中间一条深凹的脊柱线，一直落到他的股沟处。

电话是处里打来的，通知他的假期被取消了。

没女朋友的时候倒挺无所谓的，有了女朋友，林陆骁还是忍不住骂了一句脏话，可到底是出了事，依着他的性子也没法心安理得地看着兄弟们上前线卖命，自己在后头跟女朋友寻欢作乐。

南初挺机灵，看他一件件把衣服穿上，也知道他要走了，人工作就这样，这事怪不来，要真跟他在一起，这事还得习惯。

林陆骁扣好扣子，说："有人在天桥下发现了三颗炸弹，我得走了，你在家好好休息，有人敲门看清了再开门。"

说完，又俯身捏了捏小姑娘的脸，"也再给你三天时间，你仔细想想，确定要不要跟我在一起？嗯？我的姑娘，承受能力得很强。"

南初趴在床上，撑着下巴，勾着脚，漫不经心地仿佛一点也不在意地问："我要反悔呢？"

林陆骁直起身，扣上最后一颗扣子，瞥她一眼，那眼神颇悠远，"这是你最后一次反悔的机会。"

小姑娘要坚定跟了他，他必然也不顾一切，好好惜命，争取给人带进家属大院。

真反悔了，他也认了，一直以来，大刘跟沈牧就认为，他这人就不适合有女朋友，自此他也是这么觉得。

南初一乐，白白净净的身子什么也没穿，在床上打了滚，裹了层床单，娇俏地跟人笑，"快走吧，我得好好想想，要不要进你的家属大院！"

林陆骁穿好衣服，插兜站在床边，歪着嘴角被逗乐，冲她挥挥手，"走了。"

说完，就拎起床边的外套迈着步子头也不回地径直走了出去。

南初裹着床单趴在窗沿，撑着脑袋，望着他离去的挺直背影，抿唇，仿佛陷入了沉思……

林陆骁赶到的时候，拆弹现场已经被拉了警戒条，路口停着几辆消防车。

他刚跳下车，杨振刚站在线外，目光焦急看他一眼，朝他走过去，“孟处把你也叫过来了？”

林陆骁嗯了一声，拉开警戒条往里走，“拆弹部队到了没？”

南初家离这儿近，从他接到电话往这儿开，只用了十分钟不到，拆弹部队是从边防派过来的，这条路本就堵，还没那么快。杨振刚摇摇头，“这批暴恐分子忒鸡贼，选了这么一地儿，刚消防车差点给撂在外面开不进来。”

林陆骁四下扫一眼。

三板炸弹捆绑的位置是三角立交桥桥梁底下，间隔一米，警戒线外围了一圈人，林陆骁抬抬下颚，“这些人干吗？”

杨振刚顺势望过去，“看热闹吧。”

火不烧自己身上，看热闹的人永远不会退散，甚至希望这场火越烧越大，唯恐天下不乱。

正跟警方那边拆弹专家说话的孟国弘发现林陆骁，把他喊过去，互相介绍了对方的身份，“刚已经确定，三个都是土制炸弹。”

林陆骁小时候就爱研究这块，对这个也了解，通俗点讲，土制炸弹就是路边炸弹，制作不那么精良，但威力确实大，记得在二战时期，八路军自制的土制炸弹能毁一辆日军的装甲车。

就光形态上无法确定这三枚土制炸弹的威力，预估攻击范围，已经是五米之内。

“人员清理干净没？”

“还在清理，那边还有几辆车没找到车主。”

林陆骁冷笑一声，“别管车，找人，在拆弹部队来之前，找清楚。”

这座立交桥下平时睡着很多流浪汉，大多都是天生残疾、意识薄弱的人，若是没清理干净，后果不堪设想。

邵一九：“这么大动静，按理说应该都撤了。”

“难保有些没眼力见的。”

这事以前也不是没遇见过。邵一九没再说话，加快了清理速度。

两边的道路都已经封了，外面车进不来，时间一长，渐渐轰动起来，门外还拦了几个电视台记者，想要进来采访，被孟国弘给轰出去了。

林陆骁就站在警戒线边上，一女记者看着他刚从指挥官那边过来，忙冲过去，套近乎，“帅哥，里头什么情况？”

林陆骁瞥她一眼，用手罩了镜头，没什么耐心地说：“别拍了，往边上去，现在没空理你。”

说完扫一眼杨振刚，后者就把姑娘带出去。姑娘一瞧长这么帅一极品软硬不吃，口气强硬起来，“我是电视台的记者！我们有权利知道真相！你们在这儿耗了这么久，难道不采取点措施吗？！”

林陆骁掀掀眼皮，理都懒得理她。

结果就被这么一怂恿，人群渐渐躁动起来，觉得这帮国家公务员又不干事了，轰轰呜呜地直嚷嚷。

“都那么久了，到底拆不拆啊？”

“就是啊，磨磨叽叽那么久，我还赶着回家给儿子做饭呢！浪费时间！”

“人家也是执行公务。”

“拆弹部队不来这帮人就不干事了，枉我们平时交这么多税。”

“……”

有些话飘飘落落传进几个警察和消防的耳朵里，互视一眼，眼底净是无奈。

杨振刚只叹息：“国民愚智啊！”

结果刚巧被孟国弘听了去，回头呵斥一声。林陆骁笑看了杨振刚一眼，平淡得很，“你跟他们计较什么？”

相对比，他心态倒好了很多。

这小子，不对！满面春风。

他悄悄凑过去，“跟那姑娘好上了？”

林陆骁斜睨他一眼，哼笑，“狗鼻子啊你。”

杨振刚又是一阵惋惜，说话间，拆弹部队到了，邵一九也收了队，过来打报告：“林队，搜查完毕，人员已经清理干净！”

林陆骁被喊过去开会，一致商量决定，用排爆机器人引爆，这种土弹在转移过程中很容易发生爆炸，顾及排爆人员的安危，只能在现场引爆。

结果就在机器人往第一个土弹靠近时。

全场寂静，心跳如擂。

忽然——

草丛里爆发出一声尖锐的婴儿啼哭声，预估位置，两米不到。

这种炸弹的攻击力，专家刚刚也下过预判，五米内擦伤，三米内轻伤，两米内重残，一米内致命。

哭声划破长空，众人倒抽一口冷气。

伴随着一声质问，“不是说清理完了吗？！”

邵一九也是蒙的。

明明都清理干净了，连草堆都扒拉开看过了啊，一瞬愣神，手脚冰凉，再反应过来要冲去救人之时，身旁已经有人快速单手翻过栅栏，朝立交桥下那草丛里扑过去了……

“陆骁！”

孟国弘下意识看向林陆骁，却见人已经到了路中央。

那气势，那脚风。

除了他，还能是谁?

这厢，西顾正跟南初吐槽关于韩北尧的那些事。

那天西顾脸受伤，第二天去公司的时候被韩北尧瞧了个正着，消失了半个月的某人把小姑娘拎到办公室暴跳如雷地问她被谁欺负了，西顾客气地说了句谢谢，转身要走，又被人拖回去，可始终什么也没说，还难得软着声哄她，问她怎么受伤的。

西顾一时心软就说了南初被打的事。

韩北尧咽不下这口气，叉着腰大骂："打狗还要看主人呢！太不给我面子了！"

南初点着根烟，"狗？"

西顾自知说漏嘴了，忙低头，"就是个比喻，比喻。"

南初抽口烟，眯眯眼，眼底精光乍现。

"你说他到底喜不喜欢我，喜欢的话，为什么亲了我之后躲着我？不喜欢的话，我受伤他紧张什么呢？"

小姑娘苦恼地抱着头。

南初吐了个烟圈，直截了当地说："他喜欢你。"

西顾不信，她说："可我总觉得他不够喜欢我。"

南初笑了，红红的嘴唇可妖孽了，"真这么担心就问个清楚，你就是禁不住撩，人逗你两句，你就芳心大乱，你玩不过他的。"

"我不想玩啊，你说要不我表白算了？"

"要听我的想法？"

西顾重重一点头。

南初把烟掐了，站起来，"我觉得喜欢一个人就说吧，藏着掖着能有什么结果？但就算结果不太美好，其中这滋味也得尝试了才知道，什么天长地久，我觉得还是人生苦短，及时行乐吧，真不适合，分开也是选择。"

"你跟那个特 man 的男人怎么样了？"

南初拉开柜子，一边挑衣服，一边漫不经心地回答她："好着呗。下次他来，我带你见见。"

"你们那什么了？"

南初顿了顿，点下头。

难得看到她红了耳朵。

能怎么办呢，只要一想到他，想到他的样子，她都觉得面红耳赤。

曾一度，她都在想，世界上相爱的两个人，是不是到了最后，都会变成对方想要的模样，也许一开始不那么尽善尽美。

一开始，她就觉得林陆骁皮相好，人又 man，性格虽然差，但有了前两条，第三条可以忽略不计，但现在回想，他的性格完完全全戳中她的点，骨子里的野性跟小坏，都无伤大雅，而更多的是荷尔蒙爆棚的血性。

偶尔坏笑着在她耳边说混账话的时候，桃花眼微微上挑，连眉毛都是戏，她就瞧着，怎么那么招人喜欢呢?

不能想。

一想，就沉醉。

她忽然有点明白那些小迷妹了。

反正她现在就是她家队长的小迷妹。

林陆骁住院三天，病房里来来去去都是人，除了自己队里那帮兄弟，市局几个领导也都下来探望了两眼。医院也体谅他，直接给他安排到林清远隔壁，正巧，父子俩有个照应。眼见着老头儿也不想看见他，林陆骁都蹲自个儿病房，可就是他那病房来探病的人多，一会儿杨指导，一会儿队里兄弟，一会儿大刘、沈牧他们，弄得林清远跟张秘书冷嘲热讽："干了这么些年还是个小中队长，军衔不见长，他这官派倒是越发大了。"

这话传到林陆骁耳朵里，他两眼一翻，搁床上躺着，写了一牌子往门口一挂，"谢绝探视！"

这几日好不容易清闲下去。

林清远又说："就这狗脾气。"

张秘书听不过去，帮人说了两句："我总算是知道陆骁这嘴硬的脾气跟谁学的，您呀，总看他这儿那儿不舒服的，心里其实担心得很吧？真要那么担心，您就过去看看呗，我可听说这回伤得不清，后背开了好大一口子，刚救下来的时候，皮肉外翻，里头都是碎片，送进来时我可眼睁睁看他进的手术室，背上的伤口触目惊心、血肉模糊的。”

其实是轻伤。

没那么严重，后背划了一道口子，张秘书这夸张的说辞倒是把林清远惊了一番，“真的？”

“真的，市里领导都夸他呢，小伙子有胆识。”

林清远到底还是不肯服软，“领导就喜欢他这种愣头青！傻小子！”

这天，沈牧来看林陆骁，“那小丫头来看过你没？”

林陆骁吊着胳膊靠在床头，低头打着游戏，见人进来，把手机往边上一丢，在床头上摸了根烟递到嘴里，“没。”

沈牧惊讶地啧啧两声。

他偏头点燃，长出一口气，“不知道挺好，那丫头胆小着呢，回头再吓着她。”

沈牧哼唧一笑，看着他，摇摇头，“你真不一样了。”

林陆骁不以为然，掸掸烟灰，“哪儿不一样？”

沈牧上下观摩一圈，“有人味儿了。”

林陆骁扑哧笑出声，“少来。”

半晌，他提了提神色，又问：“让你查那事查到没？”

沈牧干咳了一声：“查到了，不过这事我要告诉你，你可不能生气。”

林陆骁切了一声，转头，磕着烟灰缸的边缘，慢慢捻着，嘴上却迫不及待道：“别废话。”

沈牧从衣服兜里掏出一沓照片递给他，娓娓道来。

“这俩是外地人，两兄弟，固定打手，也不是第一次作案了，大刘找了警方那边也查了，是惯犯，跟前一秒抢走南初包的飞车党是一伙的，警方那边给的线索是流窜作案，抓他们好久了，但这俩鸡贼，干一票就逃回老家躲一阵。”

林陆骁翻着照片，那上头的两个男人块头都不小，一米八几的身高，肌肉也壮实，难怪把他女人的手都掐青了，想想那小丫头，估计当时吓死了。

“老家在哪儿？”声音阴沉。

沈牧：“山北那边，是个小村，我跟大刘前阵去找过，结果村民告诉我们，就前几天，两个人被警方带走了。”

林陆骁保持着刚才的姿势，转头看他一眼。

沈牧苦笑，颇无奈，“查了所有背景，这两个人想绑架那丫头估计也是受人指使，我本来打算让大刘几个过去把人带过来，咱好好盘问盘问，这转头就被人抓了，线索断了。”

“谁抓的？”

“蒋格。”

林陆骁：“他有病？”

“就许你喜欢，不许别人喜欢？人也是想给南初出气，也算他有能耐，查到了对方的背景，直接带着山北那边的警察过去把人老巢给缴了，这小子其实人还行，就是缺点脑子，不知道再往后查查。”

“他那是缺脑子吗？！他缺心眼儿吧？”

沈牧赞同地点点头，“从小我们就这么喊他，确实缺心眼儿。不过你也挺缺心眼儿的，你跟那丫头这段是不是没联系？”

自从上次说了要给她时间好好考虑考虑，两人就没再联系过，这阵人都半废了，加上之前离开时那话，也不敢跟她联系，就怕她乱想，回头真吓着了死活不肯跟他怎么办。

林陆骁半倚着床头，叼着烟，没作声。

沈牧意味深长地说：“别说我没告诉你，蒋格今晚过生日，包了场子，准备超大一party，请了圈里不少人，准备跟那丫头表白。”

老半天也没人说话，沈牧开口：“想什么呢你？”

林陆骁把烟从嘴边拿下来，拧灭，忽而翻身从床上下来，扣好敞着的军衬，里头还隐约可见白色的绷带，裹着男人坚硬的胸膛，坐在床边，套上军靴，曲着脚踩在床边快速绑鞋带。

“哎哎哎——你上哪儿去？！”

他站起来，蹬了两下脚，把地踩实了，拎了件外套，头也不回走出去，“捉奸。”

Best Time

白 马 时 光

耳东兔子
著

他从
火光中走来

下

Walk
Through Fire
For You

百花洲文艺出版社
BAIHUAZHOU LITERATURE AND ART PRESS

目　录

Contents

目　录

Contents

Chapter 11

绝不惦记我们这点情谊

事实上，林陆骁刚拉开病房门，就看到门外站着两个人。

他愣了一瞬，不情不愿地说："您怎么来了？"

张秘书躲在身后冲他打眼色，林清远一贯的威严气势，蹙着眉头，俨乎其然道："出去？"

林陆骁回头看一眼沈牧，挠挠眉角，表情尴尬，低嗯一声。

林清远多精明一人，瞄他一眼，背着手往里头走，声音不咸不淡："背上的伤好了？"

"差不多了。"

他耸耸肩膀，示意自己好多了。

林清远哼笑一声，转头吩咐张秘书："行，你去跟张医生说，给他办出院手续。"

啧，林陆骁手叉上腰，拧眉瞧着眼前这老头儿，合着这半夜就是来寻自己的不痛快的？

张秘书犹豫道："人这才几天，伤都没结痂呢，绷带上还带着血呢。"

林清远："我看他挺生龙活虎的呀，这不是还要往外赶吗？"

林陆骁明白了，老头儿这是对他不满呢，他撇了一下头，刚要说话，被身后站起来的沈牧拉住，横斜他一眼，意思是好好说。沈牧转头又冲林清远恭敬道：“林叔，陆骁这就是在医院待着闷了，出去遛遛弯，这您要不放心，我陪他出去，等会儿再给您送回来。”

自古孩子都是别家的瞧着顺眼，这几个孩子里，林清远就喜欢沈牧，这小子看着就比林陆骁靠谱，斯斯文文的，不像自家那小子，痞里痞气。

这当了兵还好些，前些年真是没法管。

林清远大手一挥，“走吧走吧，沈牧，你可别辜负了叔叔对你的信任，这小子忒能惹事。”

沈牧咧嘴一笑，“陆骁这几年变化不少，您放宽心。”

就这么一来一回把事情搞定了，临出了院门，林陆骁都觉得有些难以置信，怎么就把那顽固老头儿给说通了？

两人走到车门，沈牧拍拍车顶，示意他，“我送你过去，你没法开车吧？”

林陆骁一点头，把黑色冲锋外套套上，拉链扯到顶部，遮了里头的军衬，又挡了半张脸，夜里风有些冷，从领口灌进去，他缩缩脖子，钻进副驾座，手插进衣兜里，斜看一眼刚上车的沈牧，没什么情绪道：“你是我爹亲儿子吧？”

沈牧一边打开 CD 一边瞥他，略觉好笑，“你醋劲儿还挺大。”

“屁。”林陆骁看向窗外，哼笑一声，“反正他看别人哪儿哪儿都好，就看我不舒服。”

“你爹那是对你要求高，他要不疼你，当年能阻止你吗？凭空改了你的志愿？他跟你妈离婚后你看他不也没再找吗，他那时才四十多，人要再找一个，俩人生一小孩，还有你什么事？人不是没这么干吗，而且当年他放弃了你弟弟的抚养权，到现在林启还恨他呢，他现在就你这么一儿子，能不疼你？你俩就是嘴硬，一毛病，绝对亲生的。”

确实，林陆骁从小干什么事都被林清远看不起，他也不会夸人，就算难得做了那么件让人宽心的事，也几乎没怎么得到过父亲的表扬，对于林陆骁来说，哪天要是林清远表扬他了，那真是大姑娘上花轿——头一遭了。

沈牧驱车上路，打着方向盘瞥他一眼，话锋一转：“你跟那丫头怎么好上的？”

林陆骁手搭在窗沿上，正转头看着路边的风景，听见这句，龇牙笑了声，“想听八卦？”

沈牧道：“不能这么说，我这是关心你，换个问法，谁主动的？”

他认真思考了一下，“说不好——”

“这有什么说不好的？”

林陆骁：“因为我没想清楚我是什么时候喜欢上她的。”

“还能什么时候？情商堪忧啊你——”

结果，林陆骁一拧眉，“我觉得我五年前可能就喜欢她了。”

不然那丫头离开时丢了一沓钞票的场景，现在回想起来他仍火冒三丈，有种被嫖的感觉，可人家真的明明就什么都没做。

而且，那晚，他不过是不小心坐上了被子里软软绵绵的小丫头，就急切地想要找个女朋友证明自己？

不正常——

太不正常！

“你这禽兽。”由于太惊讶，沈牧没忍住，爆了句脏话，方向盘差点没握住，什么时候还兴暗恋那一套了？不过，他很快调整状态，把住方向盘，冲他一竖拇指，“厉害，下回谁说你情商低，我第一个不同意！”

“滚——”

千言万语，化作冷淡的一个字。

蒋格对今晚的派对其实准备了很多，真当那穿着礼服的姑娘到了眼前，他居然莫名有些退却。

从小到大，还没一样东西能让他如此抓心挠肝的。哪次不是有求必应，又是蒋家的小公子，老爷子虽偶尔也会训他，但也是溺爱得很，舍不得这小孙子受一点委屈。要是被家里知道，上回给他绑酒店画乌龟是南初干的，老爷子必定能把这小丫头的片源给封杀了，虽然一开始心里气啊，但后来想想，真让老爷子知道，凭他的手段，南初肯定要吃苦头，他舍不得。

一开始给南初找那节目，本来就是个整人节目，是台里做点消防教育，又恰好找些能吃苦的小明星。

但后来的丛林生存游戏真的有点危险，他又舍不得，于是给她找了贺正平的电影，让她出演，小丫头一穿上那身藏青色的旗袍，勾手眉眼都是柳莹莹的风姿。贺导在他耳边也连连赞赏："对了，这就是柳莹莹，我想象中的柳莹莹。"

那时，他叼着烟，看着黑幕前，那姑娘撑着一把油纸伞，半袖的开衩旗袍，露出的半截小臂跟藕段似的白，耳边是碎发，低眉转首，都是风尘女人的媚骨，可偏带着那股子冷艳，远看像朵艳花，近看是小雏菊。

他跟沈牧说是想睡，那时是南初不理他，他气不过说的。后来见她被人打，他在车里发疯踹门要下车，心里那阵惶恐，他终于明白，他是想对她好，想捧红她。不想让她再被舆论埋没，不是没有看过那些话，连他一个大男人都觉得难听，更何况一个小姑娘，她不该被人这么对待。有人觉得他草率，这才认识多久啊，就觉得一姑娘跟天仙似的了。

蒋格也觉得自己跟被人灌了迷魂汤似的，可说不清道不明，就觉得全世界的女人都比不上南初，往后来再去看别的女人，总会忍不住跟南初对比。不如她漂亮，鼻子没她挺，脸没她小，皮肤没她好，哪儿哪儿都不如她。

派对来的都是圈内人，其实他也就是想借此告诫一下——这姑娘，我罩着。

沈光宗那边说车已经从公司出发时，蒋格已经第二百五十八遍问助理："我这发型怎么样？还行不？衣服呢？会不会太不正式了？！"

助理面无表情，机械地回答："还行，很好，您正式得都可以求婚了。"

蒋格一打响指，"好主意。"

助理：“您别乱来。”

等车进了别墅区，沈光宗率先下车，后座里先是伸出一双红色高跟鞋，然后是纤莹白皙的脚踝。

门打开。

一道裹着紧身小红裙的纤瘦身影从车上下来。

南初今晚的妆容确实惊艳，但不是因为蒋格，是沈光宗说今晚会有很多制作人和导演出席，她得争点气，给明年争取多一点片约。裙子是韩北尧自己旗下的意大利品牌刚出的秋款，紧身，不低胸，前领刚好遮到乳线往上，锁骨深陷，可以养鱼。后背开了一条细衩，从脖根到腰窝的位置，露出一条凹进去的脊柱线，肌骨流畅，顶翘的臀部下是一双笔直匀称的长腿。

蒋格站在二楼窗台瞧直了眼，莫名跟自己发了一通脾气。宴会厅聚满了人，三五成群，举杯欢庆，来的都是这个圈子有点影响的人物，多少也是给了这家老爷子的面子。南初被沈光宗拉着敬了一圈酒回来，脸颊红红的，用手扇着风在沙发上坐下，屁股还没坐热呢，前面冒出一道西装笔挺的高大人影。

南初举着杯子乍眼一瞧。模样冷峻，斯文内敛，帅是帅，就是没什么人气儿，再定睛一瞧，手上一串黑色佛珠，哎，有点眼熟，反倒在沈牧开口前，拿手点了点，“我记得你。”

沈牧一笑，把手插进兜里，“小丫头记性还不错，我叫沈牧。”

大概是在这儿见到她家队长的朋友，心里莫名亲切，南初仰着头难得主动搭话：“好巧，喝一杯？”

沈牧弯下腰，笑着道：“外头有个人要见你。”

小姑娘眼睛一亮。

沈牧故意道：“还喝吗？”

南初噌一下站起来，冲他爽朗地笑笑，“下次吧！”

深秋的风夹杂着冷意，蒋格这别墅区四面都是白杨的林荫道，地上落着月光的余晖，外头除了呼呼的风声和枝丫晃动的窸窣声，几乎听不见别的动静，林陆骁双手环在胸前，倚在一辆香槟色的车门上。

黑色的冲锋衣挡了他半张脸，露出一双比黑夜还深邃的眼睛，他低着头，用脚尖在地上蹭了蹭，这是他等人时的小动作。

不远处，传来一阵脚步声。

一抬头。

姑娘已经扑进他怀里，带着夜的寒气，她搂着他的脖子，吊在他身上，微微喘着气，“队长——”

算算，已经有个把星期没见。

南初心未平，带着慌乱，刚奔过来时，想了很多——

万一不是他怎么办?

万一沈牧要她怎么办?

可当真见到这熟悉的身影，那心就跟要飞出来似的，想要赶快奔到他身边，好好抱一抱他，想要告诉他，她很想他。

最后几步完全是拼尽了全力冲刺到他怀里，冲力没收住，林陆骁后背往车门上重重一抵。

他顺势把南初搂进怀里，仰头倒抽一口冷气，咬咬牙，到底是没喊出疼来。

小姑娘收紧他的腰，闷在他怀里，“你忙完了？拆完炸弹了？”

林陆骁低嗯一声，抱紧她，一只手在她后脖子上揉了揉，“穿这么少，你不冷？”

南初又紧了紧，“本来不冷，但你这么问，就觉得有点冷，但是我觉得，你怀里真暖。”

后背的撕疼缓过劲儿来，林陆骁低声笑了笑，宠溺道：“马屁精。”

南初在他怀里仰起头，笑嘻嘻，又蹭了蹭，“林队长，我想好啦！”

听见这句话，林陆骁低头去看她的眼睛，俊脸上带着莫名的笑意，一挑眉毛，“说。”

南初说："你先松开我。"

林陆骁目光变得意味深长起来，慢慢松了怀里的小姑娘。

天空沉得像盖了一层幕布，星点寥寥。

夜静谧，身后全是窸窸窣窣的风吹叶子声，两人眼里都是彼此，看不进任何。

月光懒懒地照着两人。

林陆骁手放到一旁，被南初一把拽回，她直接踮着脚，扑上去，把人一把抱进怀里。

林陆骁默然一阵，就听人在他耳边说："你这人怎么这么听话，让你放开就放开，我要让你放开，你得牢牢抱着我，像这样，没听过网上说，女人让你滚就是想让你过来紧紧抱着她呀！我从小就有一毛病，意志不够坚定，做一件事要是遇到点困难就很容易放弃，我以前没谈过恋爱，不知道在感情上会不会有这个毛病，如果我真要是犯了这毛病，你就得像今天我教你这样。我让你滚的时候，你可千万不能滚，真滚了咱俩就没戏了，谁也不能保证咱俩以后还能像现在这么相亲相爱，万一哪天我老了，丑了，你终于看不顺眼我了，天天吵架的时候，我气急了说分手的时候，你都要牢牢抱着我，然后坚决不分手！我其实很好哄的，真吵架了，说两句好话我就能消气。"

这话真诚。

谁也不能保证两人永远人生若只如初见。

这长长一段话着实把他震了震。

林陆骁抱着她，手掌在她后脑勺上，微低头亲了一下她的发顶，顺势往下，捧着小姑娘的脑袋，在她脸上轻轻蹭了蹭，目光在她脸上搜寻，妄图找出一丝不坚定，可她眼神坚毅，就连那细细的眉峰都看上去格外坚持。

"想清楚了，决定跟我了？万一哪天我牺牲了，你能承受吗？"他压低声音。

南初这话说得很平淡，仿佛真就这么想的，她说："能，你死了，我就找个对我好的人嫁了，绝对不惦记着我们这点情谊——”

林陆骁忽然低头去咬她的唇，狠狠啃了一番，差点把她的唇咬出血了才松开，恶劣地在她耳边低声道：“算命的说我能活到九十九，我不会给你这个机会的。”

南初热烈地回吻，有些急切，手已经搭上他的皮带，有点喘息着说：“算命的说，我只能活到七十。”

“没关系，我分你十年，咱俩一起活到八九十，剩下一年，我给你料理后事。”

活着能相伴，死了谁也不孤单。

唇齿交缠，黑夜缱绻。

小丫头火急火燎地打开车门，把他推了进去。

像只猴急的小狮子，头发凌乱，一只手摁在他胸上，一只手去关门。

狭窄的车厢里，黑暗，就着窗外惨白的月色，虚虚地笼着两个人，林陆骁微仰着身子，双手撑在座椅上，姑娘跪趴着，光在她背后，衬着她细白的颈子，礼服细小的肩带滑落，堪堪吊在上臂位置。

南初盯着他，那目光深得仿佛要将他吸进去，大胆又赤裸。

林陆骁禁不住笑，捏捏她的脸，声音低得很，“想做什么？”

明知故问。

衬衣扣子被她解到第二颗，林陆骁收回撑在背后的手，按住她，哭笑不得道：“别闹。”

南初没理他，“装什么？”

林陆骁把她按回座椅上，后背疼得直抽，他往后坐，拧眉道：“你别闹，乖了，往下坐坐，我喘口气。”

小姑娘歪歪扭扭地坐直。

林陆骁给她拨正，上下扫一眼，有点嫌弃地说：“你就非得穿这么少？显摆你身材好？”

南初意兴阑珊地看他一眼，“难道你指望我裹成老太婆吗？”

林陆骁骨子里那点大男子主义又出来了，他说："老太太怎么了？我以前家门口那老太太人穿得也挺好的，花花绿绿的大袄子看着多喜庆。而且我看别人也没穿成你这样。"

南初敏锐，提了神，眼神犀利地质问："别人是谁？"

林陆骁干咳了一声，"名字忘了，是个歌手，徐智什么来着。"

"徐智艺？"

"哦，对。"

南初冷漠地看着他，"小姑娘挺漂亮的啊。"

林陆骁连长什么样都忘了，见小丫头这模样，明白了些许，手在她头上胡乱揉了一把，低笑，"想什么呢？别胡思乱想。"

蒋格找了一圈也没看见南初，急得要骂娘，转头就看见沈牧朝他过来，他打了个招呼。

"你来了，自己找个地方坐，我有点急事。"

沈牧一手插在裤兜里，一手拉住他，"先别忙活了。"

蒋格停下来，看着他，"怎么了？我现在真挺忙的。"

"找南初？别找了。"

蒋格急得跟热锅上的蚂蚁似的，一听这话，整个人停下来，有些呆愣地看着他。

二楼。

蒋格坐在沙发上，沈牧拖了张椅子坐在他对面，抱臂看着他。

蒋格心里挫着火，莫名又是一阵心慌，嘴上却强势道："有话就说！有屁就放！"

二男争一女这种戏码瞧多了大致都是这样。

林陆骁早也想过，要蒋格放弃没那么简单，今晚也算是让沈牧给他宣示个主权，要真想抢，那就让他来，能让他碰着南初一根毛都算他输。

听了这话，沈牧都忍不住啐他，"你这话忒欠扁。"

可也习惯，这就是林陆骁，向来如此，绝不长他人志气灭自己威风，自信却不自满。

到底是十年兄弟，沈牧替蒋格打抱不平，“人蒋格也不差，就是有时候没点脑子，你也甭这么损人家。”

林陆骁却笑说：“哪儿听出我损他了，我这是对我媳妇儿的信任。”

沈牧呸他，“臭不要脸，人答应做你媳妇儿了吗？”

“早晚的事。”

那口气坚定的，让人想一板砖拍过去！

沈牧连连开口：“屠狗！你这是屠狗！”

到了这儿，沈牧自然表达得委婉些许，到底也是跟蒋格从小一块儿长大的。

蒋二少爷就跟莫名踩了个闷雷，被炸晕了，叼着烟仰在沙发上，难以置信，一遍又确认了一遍。

“南初的男朋友？”

沈牧表情淡定，一点头。

“林陆骁？”

沈牧继续点头。

“就你那发小？”

沈牧还是点头。

“消防队特勤一队，中队长？”

沈牧又点头。

“等会儿——”

沈牧：“怎么了？”

蒋格嘴边夹着烟，往后一倒，说：“我理理。”

想了半天，他似乎接受事实了，从沙发上腾地弹起来，把手中的烟摁灭，跟沈牧说：“前阵就你发小那消防队拍了一节目，你知道吗？”

沈牧似乎听林陆骁说过，他问：“就消防教育那个？”

蒋格一点头，“你别告诉我，他俩是因为那节目好上的？”

“这我哪儿知道。”

蒋格心里也有个大概，多半就是因为那节目好上的，不然以两个人身份，一个消防，一个明星，怎么就忽然搭一起去了？！

此刻，他简直把肠子都悔青了！

他仿佛想到什么，猛一抬头，目光寒冽地扫向一旁笔直站着的两个助理，挥挥手，很平静地说：“来，你们俩过来。”

两个助理互视一眼，难得有些抖。

人还没走到呢，蒋格已经一脚踹翻了面前的垃圾桶，又狠踹了一脚茶几，砰砰砰巨响，“就你们俩出这馊主意！让她参加这破节目！老子现在被人截了胡！你们以死谢罪吧！”

向来以冷静著称的两个助理，看着面前这发狂的小少爷，心生悲悯，真的还蛮可怜的——

被人截了胡不说，还亲手给人做了嫁衣，月老啊月老。

沈牧拍拍他的肩，以示慰问，丢了一句话：“格子，哥劝你一句，你要不跟我一起信佛得了，管什么男女之事？”

蒋格挥开他的手，说：“你要遇上这么一女的，我看你还能不能说出这话来。”

沈牧下楼找吃的。

蒋格直到生日宴会结束也没出现，一个人闷在自个儿房间里，没开灯，黑乎乎一片，人仰在沙发上，手撑在额头上，连窗帘都是紧闭的。

屋子里的音乐开得老大，震耳欲聋的。

循环往复，只有一首歌，一首粤语歌，他车上也就这一张 CD。

床是我床，但你的汗，能令我这世界泛巨浪……

头两句，还听得人面红耳赤。

情若太狂，叫你怯慌，然后我要背着这罪状，连坐立亦会不安，若然让欲念曝了光……

听到最后，老爷子直接拄着拐杖从隔壁房间过来，哐哐敲着门，“臊不臊？听的什么乱七八糟的？”

蒋格听得烦，扯了个抱枕把脑袋埋进去，像个鸵鸟似的。

他愤愤地想，是报应，一定是报应！

往常对姑娘挥手招之，弃之如敝屣，年少轻狂时，也干过不少混账事，可眼下，真动心喜欢上一姑娘，却被人半路截了胡，加上平时活得太没心没肺，对女孩不屑，这会儿真失恋了，也没人相信他是难过的。

所以啊，人在得势时千万别太嚣张。

往后日子还那么长，保不准就在哪条阴沟里翻船呢。

他是真的很难过……

车里，刚经过一场大战，等两人收拾好，南初拎起散落在座缝里的冲锋外套，乍眼一看，后背有块暗红色的东西，她以为是沾了什么东西，伸手抹了一下，拿到眼前用手指抿了抿，闻了闻——是血迹。

南初直觉眉心一跳，目光直愣愣朝林陆骁看过去。

那血迹鲜明，像是刚染上去，她先是四下扫了自己一圈，这才抬头瞪向林陆骁，只见他表情尴尬地挠挠眉。

南初去掰林陆骁的胳膊，被他稍稍挡了一下，企图蒙混过关，“等会儿……”

小姑娘执着，脸上拧作一团，表情凶狠，林陆骁心下一阵，完了。

放松警惕的瞬间就被她一股大力掀过他后背一看，只见军绿色的衬衫上染了一片刺眼的殷红血迹。

忽然就明白过来刚才无论怎么情潮涌动他也不肯脱衣服的意思。

这一下形容不出她的心情。

人好像就蒙住了，呆愣愣地就盯着那块地儿看，把林陆骁吓坏了，撤回身，忙给人拉到怀里抱着，小声哄：“拆炸弹的时候出了点意外，养一阵就好了，应该是伤口裂了点，我回去重新上药就行了，你别多想，我没告诉你是怕你担心。”

林陆骁刚回来时，就想过，自己这阵都没跟她联系，小丫头要生气怎么办，该怎么哄，他对哄女孩这事也没经验。

沈牧给了他一建议，卖可怜。

看见背上那伤估摸什么脾气也发不出来了，虽觉不屑，想想能让小姑娘心疼心疼他倒也好。

这伤对他来说真还行。

大抵是小姑娘没经历过什么大风大浪，见了血就把人给吓蒙了，那眼睛里都是心疼，瞧得他莫名舒心。

有人疼的感觉还真挺好。

从小到大倒也没什么人疼过他，男孩子有点小磕小碰都挺正常。小姑娘的一个表情倒是把他取悦了，心下只想把她疼进骨子里，随后紧了紧抱着她的手，低头在她唇上亲了一下，揉揉肩，“这点小事就把你给吓傻了，你这可不行，得有点军嫂的气概。”

南初眼睛瞪圆了要去掐他，被他躲过，反手拧了过来，握在手上把玩，细细嫩嫩的手指被他一根根拿捏着，耳边还给她灌输军嫂的作风。

“孟处记得吗？他早年上前线的时候才叫一个危险，器材哪有我们现在安全系数高，有时候条件恶劣点，都得徒手进去救人，他也那么多年过来了，身上大伤小伤无数，别怪他脾气那么拧，有时候真是环境磨炼人，他们那年代的人跟咱真不一样，吃过的苦比咱吃过的盐还多，他这人就这样，看不进任何东西，眼里揉不得沙子，他要不喜欢你，正常，他谁都不喜欢，除了他老婆，连他亲儿子都能说断就断，真的，这点算什么？”

“他老婆是军人？”

南初窝在他怀里，真就被他带了进去。林陆骁还是刚才的姿势，一只手搂着她，一只手捏着她的手把玩，漫不经心地说：“不是，孟阿姨是医生，三院的主治大夫，就上次你见过的，给林启上过药。”

南初想起在门诊里见过的那一面，挺端庄典雅的一阿姨，也挺热心，难以想象她跟孟国弘相处的样子，她以为孟国弘的夫人应该是个英姿飒爽的女军人。

“人就是那样，有一次孟处被人从火场抬出来，黑乎乎的，浑身都是火灰，跟从煤矿里捞出来的一样，糊得脸都看不清，我跟林启还有他儿子就蹲在手术室门口哭，孟阿姨一过来就给了我们仨一人一大耳刮子，吼了一句：‘哭个屁，奔丧呢。’”

“……”

“主要是送进去那模样实在磕碜，我跟林启琢磨人烧焦了也就那模样，我们真以为孟叔挺不过去了，期间医生还下过一次病危通知，我们都直接站不住脚了，眼泪哗哗淌，然后孟阿姨把我们带回家，自己收拾了东西去医院陪着。单位领导来慰问，给人鞠个躬一句辛苦了体面得很，淡定得不像话。胡同里有些人吧，总爱东家长西家短，嘴碎得不行，说的都是些不好听的话，说她年纪轻轻就守寡，人也没往心里去，见了面笑一下也不再搭理你。结果，孟处半个月就醒了，恢复得很快，有生之年，孟阿姨就哭过那一次，说总觉得孟处不会丢下她。你看，这是中国军人的意志，绝对不会轻易倒下，同为军嫂，你跟孟阿姨多学学。”

话题颇沉重。

未来对于他们来说，确实是未知的，而说完这话的林陆骁，忽然陷入一阵沉默，有些事，或许真该考虑一下。

想法不是一时的。

刚才南初俯低身，帮他解决的时候，其实他从没想过要她做这些，总觉得这对小姑娘来说不合适，说他思想顽固、守旧都好，他其实舍不得她为了取悦他做这些。想到这儿，他微低头。

姑娘窝在他怀里，软软的，白白的，每个关节都很细致，没有多余的、不该有的赘肉，身体线条恰到好处，手感倍儿好，林陆骁低头，眷恋地在她额上亲了一下，顺着她的脸颊，一点点亲下去，就连鼻尖、下巴都没放过。

这吻虔诚，不带任何情欲，是怜惜。

最后落在她的唇上，深入的时候他在想——这丫头是吃什么长大的，为什么全身上下每个地方都这么软。

夜晚，总是裹着神秘的武装，车外树影重重，风声鹤唳，两人窝在车里。

林陆骁这男人的血性不是说说而已，他骨子里散发的味道确实众人不及。

不知过了几分钟。

他松开她，低头望着她被亲肿的唇，恶劣地笑出声，捏捏她的脸，得逞，“小丫头嘴唇挺性感呀！”

南初在他胸肌上狠掐了一把，肌肉硬实，她手都拧痛了，林陆骁眉头也没皱一下，还带着笑。

大概被刺激到，南初松了手，若有所思地点点头，一本正经道：“作为女演员的男朋友，你也需要锻炼啊。”

林陆骁侧头瞥她一眼，就听人说：“整天吃醋我也很难做啊。”

说完还叹息一声。

林陆骁听乐了，桃花眼一勾，反身把南初压在座椅上，低头又去咬她的唇。他身上味道很清冽，闻起来舒服，淡淡的。

南初后来给他送过几瓶香水，跟他身上的味道差不多，谁知道他真不用，好好收在柜子里，说：“大男人喷什么香水？”

南初想想也是，自己不就爱他这劲儿吗。

唇齿间的纠缠彻底搅乱了南初的意识，她低低嗯嗯地哼唧着，听得林陆骁浑身一紧，加重了唇齿间的力道，用力吮着她，舌尖相抵，辗转低吟，他亲到耳根，咬住，低笑，“以后啊，谁吃醋谁孙子！”

南初淡淡地回：“好，谁吃醋谁孙子。”

沈牧过来的时候，南初正在车里头补妆，林陆骁靠着车门抽烟。

两人打了照面，沈牧眼神往里头一指，暧昧深长。

林陆骁叼着烟，哼笑一声，没作声。

沈牧靠近，拎了拎他挺括的军衬，指着上头两个红红的口红印，“好歹弄弄干净？你这么回去，老爷子以为我带你鬼混去了。”

林陆骁低头扫一眼，掠一眼，拿手拍了拍，继续抽烟，“里面还没结束？”

“差不多了。”

说完，略叹息一声，“小伙子伤心哪——”

话音刚落，南初推开车门下来，“谁伤心了？”

林陆骁瞥她一眼，冷淡道：“不关你事。”

南初啪一下甩上车门，“稀罕！”

说完，也没给林陆骁说话的机会，转身就甩着小手包走了。

沈牧瞧愣了，插着兜站在原地，看她离去的方向，下论断，“小丫头性格还挺辣的。”

林陆骁望着她做作的背影笑了会儿，才道：“娇起来要命。”

沈牧看他一眼，呵呵笑，“你谈起恋爱来整个就一屠宰场啊屠宰场！”

沈牧把林陆骁送回医院。

林陆骁下车，裹紧了黑色冲锋衣往里头冲，林清远那边关了灯，想必是睡了，他放慢脚步，手插进兜里，慢慢悠悠往自己病房走。

结果就看见自己病房门口站着一个影子，不仔细看真没发现，他手握上门把才看到边上站着一人，定睛一瞧，是许蕴。

许蕴是来看林清远的，“顺道”来看看林陆骁，她心里是这么觉得的，结果林清远说他出去遛弯了。

她还想着，遛弯一会儿总能回来了，于是陪着林清远说了一会儿话“顺便”等等林陆骁。

一等就是三个小时。

这层楼上来的人少，走廊灯不亮敞，她也不知道自己哪儿来的勇气，在这儿活活坐了三个小时。

“你怎么来了？”

林陆骁声音倒平淡，开了门，走进去。

许蕴一身便服，她长得不难看，很英气，但偏偏不是男人喜欢的那一型。

“听说你因工负伤，来看看你呗。”她口气故作轻松。

林陆骁打开灯，往床上一坐，口气疏淡：“谢谢你了！”

许蕴拉了张凳子坐在他对面，无视他的冷淡，“可以啊，你小子，市领导都关注得很，把你们特勤一队给评了个先进，锦旗刚做好，隔几天就差人给你们送过去了，你这伤得还真是时候。”

他双手环在胸前，仍旧没什么表情，“受之有愧，这些年也没给祖国做什么贡献。”

许蕴：“你要说没做什么贡献，那我们就更不敢说了，哪回抢险救灾不都是你们冲在前头，值得的，别谦虚了。”

林陆骁极淡地扯了一下嘴角，没再作声。

许蕴低低头，犹豫道：“我……”

说话间，林陆骁坐在床沿上抱臂看着她，兜里的手机忽然响了，他掏出来扫一眼，打断她：“我接个电话。”

虽说南初这小丫头腻歪的时候腻歪得很，偶尔性格也辣得很，但不黏人，特别独立，大概也是工作忙的缘故，很少主动给他电话。

“嗯？”

林陆骁走到病房的阳台，倚着栏杆，接了电话。

“你重新上药了没？”

小姑娘声音很淡，带着倦意。

林陆骁：“还没，护士都睡了。”

“睡屁！护士哪有睡觉的？医院没有人轮值吗？”

林陆骁低低笑，“我晚点就去，刚到门口呢。”

“你快去！”

“嗯，你早点睡吧，我挂了。”

病房里，许蕴坐在椅子上，盯着阳台上他莫名柔和的侧脸，轮廓俊逸。

前阵高中同学聚会，去了不少人，林陆骁那时刚被炸伤，刚入院，大刘帮他带了话，人没现身。

他没去，许蕴也兴致寥寥，喝不到几杯就站起来要走，结果被几个同学按下聊起了以前念书时候的事，人有时候在极度空虚的情况下，一句话就能被扯进那点破碎的回忆里。

大概也是林陆骁这人高中时就存在感太高，就连往后的同学聚会他人没出现，大家觥筹几杯后，话题还是围绕在他身上。

他的好，他的坏，他的调皮捣蛋和偶尔的和善，都牢牢刻画在她脑子里。

整个高中，他无意展露的锋芒，在许蕴看来，都是她一个人的珍藏，如今，被人拿出来说道。原来，其实那会儿，大家都装着不在乎彼此的身份和成绩，可私底下都记得牢牢的。

她也知道，林陆骁是真的不在意，就在她偶尔会有尝试提起以前高中的谁谁谁，现在在哪儿哪儿哪儿工作时，他都一脸茫然，在脑海中匹配了好久也没找到相似的面孔对应，甚至很多人他连名字都记不起来了。

三三两两，话语细碎。

许蕴无意间听见有人说：“听说他现在在消防队，快三十了吧，也就个消防队长。”

是她以前那个下课都只会做题的同桌，三十了，秃顶博士，听说现在在中科院做研发，身份地位确实不同往日，也是个励志神话，用他自己的实力证明了一切，也改变了命运，可说出口的话就是不怎么动听。

同学维持两派意见。

——当兵好呀，有血性，以后要找个当兵的。

——没出息才当兵呢，会读书的为什么要当兵?

秃顶同桌话语刻薄：“当兵的不就这样吗，除了体能好点有什么用?

工资福利待遇都不好，要是家里没点实力，他在北浔能自己买房？要当个特种兵，死了还能追个烈士，消防？什么玩意儿？”

别说许蕴，大刘都气个半死，差点撸袖子当场跟那秃顶干起来，被沈牧拉开。

这事大刘当晚就上医院跟林陆骁吐槽了：“就那张明建，什么玩意儿，进个中科院就以为自己上天了，你是没见那嚣张气焰，要不是老沈拉着我，我当场就抡圆了胳膊跟他干上了，不教训教训他真把自己当盘蒜呢！三十不到呢，那秃顶秃得地中海都自愧不如！”

结果，林陆骁茫然地从游戏里抬起头，“谁是张明建？”

那表情无辜的，弄得大刘哭笑不得，他说：“就那张题王啊，上课下课都在做题，咱踢球他做题，咱画格子玩五子棋他做题，咱看 NBA 他做题，就连咱上个厕所他还在做题，回回考试都第一那个，有一回没考第一吧，就趴位置上跟个娘们儿似的哭了一下午那个。”

“那谁考第一了？”林陆骁低头继续玩游戏。

大刘：“你啊！不是有一回踢球你摔了腿，林叔气得把你锁家里一学期，就那学期你大门不出二门不迈老老实实躲家里待着，把人考超了，不是你真不记得？”

“你要不说我真忘了。”林陆骁倒无所谓，他从来都这样，吊儿郎当地也没个正行，考试也都是，不考出前三，林清远都不会找他麻烦。

“人把你当作头号敌人，你居然连谁都不记得，可怜了张题王，他一生的宿敌，压根儿没把他往心里放。”

他就这性子。

许蕴偏偏就觉得这性子吊人。

他也有严肃的时候，真急起来脾气也是臭的。无论谁，她都忍不住会跟林陆骁做对比，比他痞的没他帅，是真痞，跟低头流氓似的，比他帅的没他血性。

许蕴今天来，是想告诉他。

上次是冲动，希望他不要介意，他们还跟以前一样当朋友。

可看他在阳台上那模样，她又突然后悔来这里了。

临挂电话前，南初停了一下，喊住林陆骁：“哎——”

“什么？”

“护士姐姐漂亮吗？”

林陆骁算是明白了，闲适地往栏杆上一靠，懒洋洋地拖长音：“漂亮啊——”

南初在那头不知骂了句什么，林陆骁笑得更欢畅。

等他挂了手机回到病房时，椅子上空空如也，许蕴已经离开了。

林陆骁把手机塞回裤兜里，又在床上坐了会儿，其实高中的好些同学他真记不住了，就大刘上回说那个秃顶博士，他完全没印象，每回考完试他连排名都不看的。记得许蕴也是因为大刘，大刘跟那姑娘熟，还经常带着一起玩，他们踢球的时候，许蕴也会跟着踢，这姑娘骨子里也有股拼劲儿，跟男孩似的，一帮子开开玩笑都也没把她当女孩。

可忘了，人到底也是女孩。

没南初的时候吧，大刘跟沈牧怎么开玩笑都行，他也不至于这么小气性。

但有了南初，有些事就得顾忌她的感受，不能因为他的失误，让人受委屈。

他就这么想着。

兜里的手机拼命振起来，那振动频率似乎进了一个电话，难不成小丫头又想他了？

结果，掏出手机一看，屏幕上一串的彩信照片，都来自同一个号码。

他乐着点开看，一溜的美女出浴图，素颜，就裹了件浴袍，能想象，里头肯定什么也没穿。

“整天往我手机里发黄色小广告，差点给你举报喽。”

那边很快又发来几张，其中有张是背影，罩着件透明浴袍，能清晰地看见青色的蕾丝胸罩和小内裤，她很瘦，背上都是骨头，骨肉匀称，肌理流畅，脊柱线深凹，腰窝明显，臀部顶翘，一双匀称笔直的长腿，身材诱人。

林陆骁哼唧一声，回："家里有人？"

那边回："嗯，一个小姑娘。"

"最好是女的。"

南初没理，给他回："看清楚了，漂亮的人长这样。"

啧啧，多么耿耿于怀！

林陆骁一副管事大爷的口气："照片藏好了，别哪天手机掉了，满大街都是你这些照片，那就有意思了。"

"乌鸦嘴。"

"睡了。"

"嗯。"

林陆骁出院不久，就回队里报到，孟国弘那边让人送来一消息，让他准备准备，这个月底就是调遣的第二轮面试。

通知一下来，杨振刚就提前恭喜他了，"进了大队可得收收你这性子。"

林陆骁不以为然，走到办公室门口，邵一九笔直站着，低着头，也不敢看他。

杨振刚说："小邵这段也自责呢。"

林陆骁瞥他一眼，喊他进去，吩咐杨振刚把门带上，后者看了一眼邵一九，到底是出去了。

林陆骁摘掉帽子，捋了一把头发，把帽子放在桌上。

邵一九这段时间被领导约谈了几百次，但都没有这一次紧张，攥紧了衣角。

林陆骁瞥了一眼他手的位置，"行了，你回去吧，我没话要说。"

邵一九一听就愣了。

林陆骁这是放弃他了？以前做错事了，队长哪次不是骂得他狗血喷头，这次居然这么平和。

林陆骁笑了一下，“不走？等着挨骂？”

邵一九难过道：“你要是不骂我几句我还挺不习惯的。”

林陆骁挥挥手，“你要嫌骂得少，等过阵子，我刚出院，没那闲力气。”

“您伤还没好哪？”

“废话，你开个背试试？”

晚上大刘约了林陆骁在雅居吃饭，算是给他接风洗尘。雅居环境幽雅，中式装修，大厅中央摆着一檀香，烟雾缭绕的，特别宁人。刚停下车，结果就在门口撞见了跟剧组吃饭的南初。小丫头手脚特不干净，一群人经过他身边的时候，趁乱在他掌心挠了一下，结果被林陆骁一把反握住。

偷鸡不成蚀把米，眼看大部队离去，身旁的男人还没松手，南初急了，“大家等我呢——”

林陆骁一挑眉，眼底都是坏，神色却压着疏淡，就跟故意似的拉着她不松手。

结果忽然身后就有人清脆地喊了一声：“林陆骁。”

两人回头。

是许蕴。

林陆骁清楚地听见南初离开时在他耳边丢下的一句：“你完了。”

林陆骁都坐进包厢了，还叼着烟靠在椅子上琢磨南初离开时的表情，被大刘猛戳了一下后脑勺才回过神来，“发什么呆呢？这咱高中同学，许蕴妹子还记得不？”

许蕴正含笑，目光温柔地看着他。

林陆骁只觉头疼，撇开头，给自己拎了瓶酒，倒满，闷声灌了两口。

他的不耐烦如此明显，倒是一点也没顾忌她的面子。

想到这儿，许蕴脸色渐白，唇角的笑意再也维持不住，尴尬地给自己倒了杯酒，“大刘，我忘跟你说了，我俩现在一个单位，前不久还在单位里见过呢。”

包厢安静了，就听见斟酒的声音。

许蕴给自己倒完，又起身给林陆骁斟，斟完后，放下酒瓶，脸上重新挂起笑，去敬他，“来，我敬你一杯。”

举完杯子倒也没管他，自己一咕噜就灌下去。

刚在门口，她如果没瞎，林陆骁拽着那小丫头的手，如果她没瞎，小丫头还推了推他。

许蕴从高中就喜欢他，她是外县特招进来的，班里的纨绔子弟喜欢开女孩玩笑，她不屑，也不跟他们玩，林陆骁跟那帮纨绔子弟很好，不，他跟男生都很好，所以她自动把他跟他们归入一类，一面佯装讨厌他，一面私底下听班里女生讨论他时，又忍不住悄悄凑耳朵过去。

她知道他的征程和梦想是军人。

她知道他爱枪、坦克、飞机。

她也知道他爱踢足球。

甚至，连课间他坐在椅子上，跟周边的男生讨论题目时的表情，她都清晰地记得。他提笔，纸上一勾画，对方恍然大悟，捧着他的演算纸就钻研去了。

她一直都觉得这样的男人，是不可攀的，爱上一个人，是不可想象的。

她一直以为，他跟一般人不同。

可到头来，他的择偶，也不外乎身材、相貌。

南初身材、相貌的优势明显，她还没自不量力到要去跟她竞争。

可要她放弃，难免酸涩，就算当不成情侣，她也不愿意失去这样一个朋友。

所以今晚她托大刘攒了这局。

大刘捅捅一旁平静地看着许蕴灌下两杯酒的林陆骁，“喝呀，愣着干什么呢？”

林陆骁没理他，终于开口，进包厢的第一句话：“许——”

被许蕴给截了。

许蕴挥挥手，“林陆骁！”

完了，喝上头了。

大刘觉着这气氛怎么瞧怎么暧昧，瞪着一双无辜的眼睛瞧瞧这位又瞧瞧那位。

看看许蕴好像两人有点什么，再看看林陆骁，可人坦诚得很，一点事都没有，大刘暗地里琢磨，该不是两人这阵好过，这小子又把人给甩了吧？

许蕴酒量不好，一杯下去脸跟眼眶都开始发红。

“你听我说。”

许蕴说这话时看了一眼大刘，声音都有些晃，大刘觉着后面这话可能自己得回避一下了，麻溜站起来，推开凳子道：“我去放个水，你们聊。”

许蕴停下来，等着他离开。

大刘顺便贴心地替他们关上门。

包厢就剩两个人。

林陆骁的耐心快用完了，拧拧眉，去摸桌上的烟盒，捻了支烟夹在手里，想说出去抽支烟。

许蕴跟看穿似的，她说：“就在这儿抽吧，我有话跟你说。”

他也不在意，靠在椅子上，把烟点了。

其实许蕴很讨厌烟味，高中时候就讨厌男生抽烟，有时候放学会在路口看见两三个男生堆在一起分烟抽，她厌恶地皱皱眉，但很奇怪，她居然一点都不反感他，而他身上也没有那些男生乱七八糟的味道。

“我以前觉得你特男人，跟班里那些毛头小子不一样，别人问你问题，知道就知道，不知道就大方一句不知道，从不会跟我同桌似的，不懂装懂被人拆穿还生气骂人。后来上了大学，我也交过几个男朋友，性格上都跟你有点像，但是呢，总能让我发现这样那样的缺点。我知道你也有缺点，比如爱抽烟，偶尔也会爆两句脏话——我不反感，可我反感他们，想想也是因为不够喜欢吧。这次再碰见，我总觉得是老天爷给我的机会，让我把以前高中那些想说又不敢说的，全都告诉你，于是，我鼓起勇气说了。”

结果其实她也能预想，可真当被拒时，说不难过是假的。

絮絮叨叨说完这些，她其实就想说一句：“以前是我犯浑，不该想些有的没的，咱俩还当朋友吧。”

而对面的男人，始终捻着根烟，不置一词。

许蕴眼泪都快憋出来了，骄傲跟自尊都背弃了，可始终得不到他一眼。

大刘放完水，吹着嘘嘘从厕所出来，一眼就瞧见吸烟区立着个背影。

纤瘦，腿长，他忍不住多看一眼，再一打眼，眼熟。

那姑娘就转过来，冲他甜甜地笑，“大刘哥。”

大刘哦了老半天，“你是上次在陆骁家那妹子——”

“这么巧！”南初说，笑得眉眼弯弯。

大刘打小就喜欢跟美女说话，走过来，搭着栏杆跟她瞎热乎，“好久没见你了啊。”

“你怎么在这儿？”

“一高中同学跟陆骁吃饭，陆骁也在楼下，要不要去坐坐？”

南初笑了一下，“不了，高中同学我又不认识。”

“也是一女的。”

大刘说完就后悔，这小丫头跟陆骁的关系还云里雾里的，楼下包厢里还坐着一个云里雾里的，这莽莽撞撞下去确实不太合适，他情商不够应付啊，要是老沈在就好了，还能帮他出出主意。

他说完尴尬地笑笑，忍不住问：“妹子，哥问你一句，你跟我们家陆骁什么关系？”

南初大方地笑笑，“你看像什么？”

大刘挠挠后脑勺，“我哪知道，看什么像什么，上回在他家我感觉你们俩像情侣，细看又不像，毕竟陆骁那性子，能有女人出现在他家沙发上绝对是奇迹。”

南初淡淡一笑，反问：“楼下那姑娘跟林队长什么关系呀？”

大刘有点喝多了，嘴快，不过脑，把高中那点小关系一股脑都倒腾出来了，两个人爱拌嘴，大多许蕴挑事，林陆骁不接招，大刘说嗨了，嘴上没把门的，把高中那点破事全抖落出来了。

“高中那会儿他就是个招蜂引蝶的主儿。”

“是吗？看不出来，挺沉默一人。”

大刘嘿了一声：“那是你没见过他浑的时候，仗着自己成绩好，相貌好，也就骗骗那些小姑娘。”

正巧给上来抓人的林陆骁听了个正着，大步过去提着大刘的衣领子把人从栏杆上扯下来，“你跟我媳妇儿瞎掰扯什么呢？”

大刘没站稳，脸上一个大写的蒙，目光有些难以置信地在两人身上来回扫。

“还真是？！”

林陆骁在他腿肚上踢了一脚。

大刘识趣地跑走，一边跑一边给沈牧打电话，兴奋难掩，口气简直比发现新大陆还稀奇：“我跟你说，骁爷真有女朋友了啊？！”

结果电话那头的沈牧冷静无比，应了一声：“哦。”

大刘：“骁爷女朋友啊！就上次那妹子，身材爆好、腿超级无敌长的那个！”

沈牧歪着脖子夹着手机坐在电脑前，“嗯，是个模特，叫南初。”

大刘：“她妈是影后那个？”

“对。”

“这事就我不知道？！”

“他俩还没公开，等着吧，陆骁这顿没得跑——”

大刘走了，林陆骁挠挠眉，看南初一眼，“你跟谁吃饭呢？”

南初盯着他看，“组里。”

林陆骁被她瞧着发毛，“大刘都跟你说什么了？”

南初眼尖地说：“你虚什么？”

“我虚？”林陆骁笑着往别处瞥了一眼，手插在兜里，忽而俯低身，在她耳边低声，“晚上跟我回家？谁虚谁孙子！”

南初并不理他，指尖抵着他的胸膛，往后一推，“我晚上还约了人。”

林陆骁吃瘪，低头瞧着她，禁欲这模样摆给谁看的——

南初伸手在他脸上毫无欲望地摸了一下，“等我这片子拍完了，我有半个月假，到时候去找你啊。”说完，就走了。

林陆骁手还插在兜里，望着她的背影，咬咬牙，腮边鼓肌一跳一跳。

大刘在楼下等，许蕴已经提前走了，林陆骁下去的时候，开车来接的沈牧都到了。

走到门口，两个人在车里给他热烈鼓掌。

“恭喜啊，今年光棍节终于不用一个人过了。”大刘嘻嘻笑着。

结果林陆骁打开车门进去，脸色并不太好。

沉默，尴尬。

沈牧咳了一声，就着后视镜，问了一句：“点儿还早，去喝一杯？”

大刘兴奋起来，“走，我知道新开一地儿。”

林陆骁没什么兴致，脑子里还在琢磨那丫头的事，冷淡道：“不去。”

大刘大手一挥，拍沈牧的腿，“别管他，开，我知道地址，把他一起载过去，不喝就让他在车上待着。”

吃饭时，南初接到一个电话。

是最近一直都没出现也没烦她的蒋格，蒋格打电话时口气也很不耐烦，最近的态度也是一百八十度大转弯，南初听清了那边的意思，大概是让她过去赶紧领人，南初说了句谢谢，清冷地挂了电话。

过了几分钟，那边发来一个定位。

南初照着微信上的定位找过去，穿过熙熙攘攘的大厅，重鼓点音乐敲在她耳后，听得她一阵脑仁疼。

南初推开包厢门，一阵烟味扑面而来，她下意识皱皱眉，走进去，沙发上倒着一个人，头发凌乱，衬衫扣开了三颗，袖子被挽到肘部，少年细白的胳膊遍布青紫。

南初想起林陆骁。

他的手臂，是怎样的——

干净，硬实，充满力量。

南初过去把人拉起来，猛拍了几下，把人拍醒，“林启！”

林启一震，处于极致状态，意识涣散，人昏沉，迷迷糊糊看见南初，往沙发背上一靠，用手抓了抓头发，“你怎么来了？”

“蒋格给我打的电话。”

林启抓着头发回忆蒋格这个名字，反应慢，好半晌，才长长地哦了一声，“那个华侨！你怎么又跟他搭上了？”

南初平静地看着他，“东西呢？”

林启指指厕所，“冲了。”

“你抽了？”

林启烦躁地抓了一把头发，痛苦至极，把头埋进膝盖间：“我最近点儿背！能怎么办？你知道我被取消了多少场音乐会吗？”

结果，话音刚落，包厢门被人推开，乌泱泱进来一帮身穿制服的人。

是警察。

大刘几人刚进酒吧就恰巧遇上警察临检，服务员让他们等一下把身份证拿出来，结果大刘一瞄眼就瞧见带头临检里头一发小的影子，“陆骁，那不是大华吗！”

三人顺势瞧过去，可不正是。

一身制服，威风凛凛，哪还有当年那个被他们欺负得哇哇大哭的小子的样子，其实一帮孩子关系都挺好，就偶尔有时候闹闹脾气，大了那些事也都成了玩笑。

大刘一挥手，“华哥。”

那警察回头，方脸，脸皮倒白嫩，一瞧见熟人，想笑，又忍了忍，“哥执行公务呢。你们仨，身份证拿出来。”

三人悻悻去掏。

大华瞧一眼，指着林陆骁那张，“啧，初中照的吧，还不去换？老黄瓜刷绿漆——装嫩呢？”

林陆骁收好，平淡地笑了一下，开玩笑道：“颜值巅峰，懒得换了。”

大华瞥他一眼，“德行，还是这么臭不要脸。”完又指大刘，“你少吃点，这框都快装不下你的脸了。”

大刘抡圆了胳膊要揍他。

大华：“袭警啊你！”

大刘讪讪的，这时，忽然有人从楼上下来，冲过来，喘着气，“华队，楼上有发现。”

Chapter 12

意外

大华今晚是值班第一岗，本想查了这地儿早点收队回家哄媳妇儿，结果楼上的发现一下就让他头皮紧了紧，等他看清沙发上那个昏沉萎靡的少年，强行扒拉开正在翻眼球检查瞳仁的同行，震惊道：“林启？！”

年少时谁不知道林陆骁有个宝贝弟弟。

记得小时候林启模样俊，脸庞整日红彤彤的，调皮捣蛋顶着个跟喜鹊窝似的脑袋，喜人得很。

现如今这模样，大华一时无法接受。

被扒开的同事一愣，“华队……”

大华盯着林启看，声音紧绷，“犯了什么事？”

“他吸食了大麻。”

轰一声!

脑子瞬间炸开来，静了好几秒，大华缓过劲儿来，使劲睁睁眼，低头扫了一眼埋头坐在沙发上的少年，骨瘦如柴，衬衫领子露出那一截皮肤病态白，脑子里仿佛还是那个七八岁爱跟着他们屁股后头打转的小孩，一转眼，这人都这么大了。

可如今，沙发上弯腰坐着的男孩，哪还有往日的模样？他把头埋进膝盖间，痛苦掩面，肩膀都在颤抖，大华不忍再看，别开头，叹息一声，恨铁不成钢道：“你怎么回事？”

全程南初都没有说话，安安静静坐在一边，配合警方的检查。

大华愤怒转平静，随手捞过一个小警察，“去楼下把我那几个朋友叫上来。”

大华转了目标，指指南初，“这女的呢？”

同事摇头，“没测出来，但还得带回去尿检过才能确定。”

大华厌恶地看了一眼沙发上的美艳女人，南初始终很平静，事发到现在，她一句话也没说。

门口骤然响起一阵脚步声，先是大刘戏谑的声音，“大华找我们干吗？不会扫黄扫到他前女友了吧？”

然后是一个清冷的声音响起，“少扯。”

林启听到这声音，立马不安起来，看了一眼大华站起来，要走，大华一只手把他按在沙发上。

大刘又说：“这可是真事，不是我涮你，前阵说一小民警扫黄的时候扫到自己大学前女友了，那场面尴尬的——”

正说着，三人就到了包厢门口。

大刘打着招呼进来，“华队——”结果，刚喊完，就愣住了，大华面前那小孩不是林启吗？！

再等会儿——

林启边上那女的，不是南初吗？

林陆骁是最后一个进来，两只手插在兜里，倚着门框，弯着嘴角闲闲地往里头一看——

结果，这一看，就再也笑不出来了。

嘴角渐渐收了笑，人也慢慢站直，仿佛跟慢动作回放似的。

而沙发上的少年连抬头的勇气都没有……

他陷入一种彻底的自我封闭跟逃避状态，额头顶在膝盖上，那双修长的手牢牢地抱着自己的脑袋，手背青筋凸起，腕臂上都是青青紫紫，他沉痛，他后悔，也悲悯。

南初也看过去，门口的三人跟石化了似的。

就她最清醒，眉目清明，淡声跟林启说："你哥来了——"

林启直接哭出来了，号啕大哭，眼泪鼻涕往一处蹭。

林陆骁在门口足足站了好几分钟。

他跟不认识那两个人似的，来来回回使劲看。大华把他拉出去的时候，他眼睛还盯着那两个人，似乎在做最后的确认。

林启自始至终都不敢抬头看他，而那丫头一脸坦诚。

大华把林陆骁带到包房外，扯到墙上，手摁在他肩上，沉默了一阵，才开口，声音沉重："林启沾大麻了。"

林陆骁低垂着眼帘，不作声，似乎在沉思，好久，才问："你说我弟弟？"

大华点点头。

林陆骁笑了一下，颇是嘲讽地说："你没见过他小时候那样？就他那点胆子？"

大华翻了个白眼，"已经测过了，阳性，你不信也没办法，我得带他回去。"

林陆骁看他，"那女的呢？"

大华："试纸没测出来，得带回去尿检，怎么，那是林启的女朋友？"

林陆骁终于骂了一声，今晚第一次有了些怒气，"屁！那是老子女人！"

大华震惊地看着他，好久才说："那她怎么跟林启在一起？你们这关系可真够乱的。"

林陆骁彻底怒了，舔着嘴角道："别瞎说，人要没抽，给老子一根毛都不少地送回来！"

话是这么说，但林陆骁的事，大华本就上心，他宽慰地拍拍他的肩，

“放心吧，不会让她受委屈的。”

大华最后看他一眼，转身要走，结果听到后方林陆骁很低很低的一声。

“谢了！”

这句话戳到大华的泪点了，何曾见他低声下气过。

他走了两步，又折回去，提着林陆骁的领子猛一下摁到墙上，“你跟谁道谢呢？咱俩之间还说这个？！你要跟那女的来真的，那她就是我弟妹，只要她没抽，顶多一晚，明天我给你完好送回来！”

“占谁便宜呢？叫嫂子。”林陆骁纠正。

大华提提他领子，说：“行了，人我带走了，你回去给林启收拾收拾衣物。”

南初坐上车都没再看他一眼。

警车长鸣，呼啸而过，给世人警醒——

亮红的车尾灯，一闪而过，林陆骁忽觉疲惫，这么多年。

夜半，一道深夜八卦把所有人都炸醒了。

标题——某天才音乐家因在酒吧吸毒被抓。

舆论八卦，如滔滔猛兽洪流扑来，没隔一会儿，又放出一条——同被抓的还有一 N 姓女演员。

娱乐圈 N 姓本就不多。

随便一排除，南初的微博又被攻陷了。

“听说你吸毒？”

“小婊子，一定是你。”

“滚出娱乐圈。”

“不，不是南初大大，一定是个姓尼的十八线小演员，对的，最后公关公司肯定会这么出来洗白，别问我为什么会知道，我已经得到了内部公关公司的洗白稿。”

林陆骁没有林启公寓的钥匙，回自己家拿了几件自己的衣服装进去，收拾完后，靠在沙发上抽烟，接到了林清远的电话。

那边劈头盖脸就是一句："你弟弟在哪儿被抓的？！"

林陆骁举着电话，眼神疲倦，没说话。

他真的很累，懒得开口。

"你不是跟他关系不错？他吸毒，你不知道？！"

林陆骁冷嘲，"他撒尿我也要管他吗？"

林清远怒斥："混账！"

"对，我混账。你就没错，都是我的错。妈要离婚也是我错，弟弟吸毒也是我错，您真以为我什么都不知道？这么多年，您摸着良心问问自己，这么多年了，您睡得安稳吗？！"

当年看到林清远跟南月如从酒店出来的时候，他几番想冲进去问他，为什么要这么做？

最终都忍住了，不愿撕破父子俩之间最后这一层窗户纸。

显然，林清远也火冒三丈，气急咳了几声，吼他："你知道个屁！"

说完就被挂断了，只剩嘟嘟的忙音。

林陆骁直接摔了电话，狠搓了一把脸，又往茶几上狠踹了一脚！

茶几往后一挪，底座跟地砖摩擦发生一声尖锐的咯吱声音，划破长夜。房间没有开灯，除了客厅的窗户敞着，呼呼涌进风，落进月光，照亮他半张脸。林陆骁坐在沙发上，双手撑着膝盖，头埋进去，吸了吸鼻子。他此刻情绪很低落，又很急躁，他控制不了，他最恨吸毒，可现在，他脑子里居然想的是，如果南初吸了——

如果南初吸了——

他也还要她。

甚至，他愿意陪她戒毒，他愿意把自己赔进去。

期间，大刘给他打了三个电话。

沈牧打了三个，他都没接，直接给摁断，然后继续陷入自己构思的壁画里，南初如果吸毒，他陪她戒，他要把自己赔进去。

也许他会被开除军籍，背弃了所有人的希望，从此与他的征程和梦想无关。

然后成了他这辈子最讨厌的那种人。

不不不——

不该是这样。

如果是南初吸毒，他要跟她分手，然后继续当他的消防队长，继续他的征程和梦想，或许按着孟处的意愿，随便找个女孩结婚生子，也许一辈子就这么过去了？

刚分到消防那年，一溜齐头兵，头发楂不到寸长，个个脑门顶着天，吼着要保家卫国，守护人民，不怕苦不怕牺牲。

教官说："当兵会上瘾，你们以后会越来越骄傲你们的身份，即使退伍了，路上碰着人，也吼一句，老子以前当过兵，别给你的军衔丢脸。"

十年饮冰，难凉热血。

最不能弃是军衔，最不能收是感情。

林陆骁开车把林启的东西送过去，大华还在局里，他说："她人呢？"

大华瞧他一眼，"在里头，你要见吗？"

林陆骁想了会儿，点点头。

大华明白，拍拍他的肩，"哥们儿给你安排。"

南初拘留的地方是一个小房间，只有她一个人。

林陆骁进去的时候，大华叮嘱他："条件艰苦，就十五分钟。"

进去之后，林陆骁终于明白大华说的条件艰苦，偌大的房间，空旷，墙角摆着一张小凳子，南初就安安静静坐在上面。

林陆骁关上门，靠墙站了会儿，才朝她走过去。

南初愣了一下，然后噌地站起来，朝他过来，扑进他怀里第一句就是乌泱泱一嗓子："我没碰，林陆骁，我没碰。"

林陆骁先是一愣，抱她的手在半空中停了一会儿，听见这声委屈，猛一下收紧，把人牢牢按在怀里，在她耳边一下一下蹭着，心里是长舒一口气。

"乖。"

事发至今，唯有这个怀抱让她宁静。

南初觉得这男人身上总有股神奇的力量，心慌、难过，找他抱一抱，顺顺毛，一切又都好了。

说她不慌，她也慌，她有个毛病，慌乱情况下就故作镇静，在包房看见林陆骁的那一瞬，她整个背脊都是僵的，冷汗一层层往外冒，皮衣下的白 T 汗涔涔地粘着，她怕林陆骁误解她。

他那么正的一个人，怎么可能接受她有这种历史，当然更怕他因为她被人误解。

林陆骁抱着她，一只手安抚性地按在她后脑勺上，下巴刚好抵在她的发顶，他又往下压了压，把她抱得更紧。南初明白，他其实也紧张，于是也将他搂得更紧。

得到回应，林陆骁顺势低头在她发顶亲了一下，“血检结果得明天早上出来，晚上我就在车里，等你一起回家。”男人胸腔在振，安全感十足。

南初闷声：“嗯。”

无声寂静，两人互相蹭了蹭，都贪婪此刻对方怀里的温度。

良久，南初问：“林启呢？”

他沉默了一阵，没作声，好半晌才开口：“得拘留几天。”

“几天？”

“不知道，我朋友说看剂量。”

房间的小窗户里有风灌进来，南初觉得凉飕飕的，想了半天，还是决定把林启的事情告诉他。

她跟林启在米兰认识的时候，他就已经抽上大麻了。

但当时两人交情不深，算是酒友，偶尔在酒吧碰见一起喝酒，又恰都是失意人，林启就把她当成了一个无名树洞，什么事都逮着她说，他其实不喜欢小提琴，他没天赋，可偏偏要被经纪公司打造成天才音乐家的人设，他背不起，也撑不起，觉得这世界虚伪得不行。

每个人都笑脸相迎，可冷不丁转身就在背后扎他一刀，或者嘲讽他人设崩，根本不是天才。

他有时候走在路边，看着那些捡垃圾的，都会忍不住停下来想——真好，至少他们活得不虚伪。

他恨透了逼他走这条路的母亲，恨透了不要他的父亲，唯一不恨的是他哥。

他说他有个当兵的哥哥，那时南初没想到林启的哥哥就是林陆骁，她就安安静静听着，他说他特崇拜他哥，从小就崇拜，是他哥的小跟屁虫，后来父母离婚，判抚养权，母亲说，你爸爸不要你，你就跟我吧。

他其实知道父亲大概是喜欢哥哥多一点。

南初把这些话都告诉林陆骁，最后说："据他说，是在英国染上的，是他的女房东。在你们母亲去世后，他跟女房东好上了，女房东带他抽的，后来我在米兰的酒吧跟他认识，那时他就准备戒了。对不起，我应该早点告诉你，或者我应该多劝劝他。"

她跟他道歉。林启曾经跟她保证过，回国之后就一定不再去碰，起初两人关系不算太亲密，大多是林启喜欢把她当树洞，南初就听着，她这性子也不太主动去关心谁，这都跟她无关，她管不好自己，也不会自作主张去管别人，所以当时更没多管。

再就是今天晚上，蒋格给她打电话，说看见那小子一个人在酒吧，状态不好，怕惹事。

自那日派对之后，两个人已许久没见，这话就是一个说辞，蒋格其实就是想见她，一面也好呀，冲动一下涌进大脑，就给南初打了个电话。

等挂了电话，蒋格猛然反应过来，他好久没洗头了——

这套蓝色西装好像是上回穿过的？

结果，在南初去之前，蒋格又匆匆从酒吧离开逃回了家。

而这些，南初不知道，此刻的蒋格在酒精的作用下，正呼呼大睡，孰不知，第二天等着他的，天已经翻了个个儿。

林启的性格养成确实有问题，但这不足以成为他吸食大麻的理由。人生不如意十之八九，别人过得也困苦，也没见别人去吸毒释放压力。自制力再好，沾上这东西，这辈子就毁了。

林陆骁当时大致是说了这些。

南初后来一个人坐在墙角的椅子上想了很多，她当时如果再劝着点，也许林启就不会有今天，她向来都活得太自我，对社会、对家庭都没有责任感。

空旷的房间，吊着一盏白炽灯，垂到半空。

光影在地面环成一个圈，斑驳的光线，把这里筑成一座空城。

她总觉得世上没那么多正直的人，利益关系才铸就了社会关系，人活在这层社会关系里，但凡有点利益牵扯，关乎社会关系的那根链条立马就断了。这是二十年来，母亲和周遭环境给她的价值观。除非她喜欢的，她在乎的，她想要表现的，其他的，她一概不理。

她忽觉难过，身体贴墙缩成一团，像颗刚破壳的蚕茧。

她跟林陆骁太不一样——

他正直、大义、嘴上坏，可心正。

她忽然也明白，他吸引自己的，都是自己身上没有的。

第二天一早，南初血检结果一出来，大华就给林陆骁电话可以领人了。

林陆骁衣服也没换，还是昨晚的黑色冲锋衣，敞着拉链。昨晚他在车里熬了一宿，眼皮都熬成了三层，下巴冒了些胡楂儿，折腾一晚，面庞看着竟然清瘦了些。

其实他几乎一整晚都没睡。

大华给他拿血检报告，说："这回真成了，你媳妇儿没问题。"

林陆骁接过低头看，"谢了！人呢？我带走。"

大华又往边上拿了一份，"林启那份也出来了，剂量不多，得罚款，拘留一星期。"

林陆骁低嗯了一声。

说话间，南初正巧从拘留房里出来，小姑娘看着憔悴了点，慢慢走到他身边。

林陆骁低着头还在看报告。

垂在一旁的手忽然被人扯了扯，然后被软软地捏住，掌心被人抠着。

林陆骁顺势将她握住，头也没偏，眼睛仍旧盯在报告单上，问："怎么？"

大华有点想自戳双目。

院里的霸王谈起恋爱来原来这么辣眼睛。

南初捏了一下，就把手抽回来，林陆骁停了一下，终于转头看她。

南初说："我经纪公司派车来接我了，我得走了。"

林陆骁眉微拧了拧，下意识往外看了一眼，"车来了？"

南初点头，看着他道："嗯，快到门口了，我得回去处理点事，等过了这阵，我去找你。"

"好。"

难得温声。

南初办完手续离开，大华还盯着她的背影瞧。林陆骁把手里的报告卷成筒猛一下敲上他的脑门，"看什么看？"

大华骂了一声："看看不行？"

"有什么好看的？"林陆骁哼唧。

"你找媳妇儿，我不得给你审判审判，你行啊，我昨天听我同事说，演员？"

林陆骁把报告放回桌上，"我倒希望她不是。"说完这句，就再也不肯说了。

大华心知他心情不好，倒也不再调侃，讪讪地闭了嘴。

网上天才钢琴家的人设已经被炒崩了。

林启吸毒被抓的事整个娱乐圈营销号都在转发，而另一位N姓演员迟迟没有被爆料，群众将火力集中在林启这个小小少年身上。

蒋格是在第二天酒醒后看到了网上的新闻，当下没把自己给捶死。

两个助理冷静地站在床边看着自家少爷发疯，扔枕头，扔被子，又对着床拳打脚踢，像个发疯的小野兽，等到要扔床头一古董花瓷时，他俩才出声提醒："您这手下去可就两百万了，爷爷能把您手剁了。"

蒋格闷声放下去，仰着脖子一声粗吼："给所有八卦杂志和营销号打电话！谁再黑南初，谁就是跟F&D集团作对！！！"

两个助理互看一眼。

蒋格在床上一蹦三尺高，"还不快去！谁要是不听话，就给老子买下来！"

两个助理齐齐叹口气。

小少爷疯魔了，疯魔了——

林陆骁一星期后开车到郊外的拘留所。

荒野郊区，拘留所附近是两座废弃的工厂，人烟荒芜，林陆骁靠着车门抽烟，时不时往那扇青绿铁门上望一眼。

寂寞长空，灰蒙蒙的天，开了一道清口。

咯吱一声。

青绿铁门开了一条缝。

一寸头少年从里头出来，手里拎着一个黑袋子，一身黑衣。

剃了头，五官清晰了些，难免有些稚嫩，可眼神倒比以前暗了。

林启来到他面前，低缓地叫了一声："哥。"

林陆骁没看他，指尖夹着烟，目光依旧在别处，声音很淡："别叫我哥——"

林启咬了咬唇，是隐忍，始终不作声。

林陆骁把他带上车，打着方向盘启动离去，绕了个弯，却不是市区的方向。

林启收紧手里的包，有些慌了，"哥，我们去哪儿？"

林陆骁面容沉静，唇线紧抿，看不出一丝情绪。林启小时候虽然就喜欢黏他，但偶尔调皮捣蛋的时候也惹过林陆骁生气，他板脸严肃，眉峰凌厉时的面容令人生畏。他总会想，林陆骁如果以后有了孩子，一定会怕死这个爸爸。

林陆骁双手搭在方向盘上，侧目看他一眼，慢慢打着方向盘，没作声。

车子开在环山公路上，崖边是茂密的丛林，群山层叠，这条路很久没人开，前方山石滚落，他都一一避开。

林启悬着一颗心，直到车子停在燕子铛烈士墓园前，林陆骁一个急刹停好车，推门下去，把林启从车上毫不客气拽下来，拖进去，林启大概意识到他要做什么了。

他心惶惶直跳，衣领被他拽着几乎要喘不上气来，胸腔最后的空气都渡尽，拽紧他衣领的那双手始终没松，直到来到一墓碑前。

林陆骁将他甩出去，林启重获自由，心中紧绷的弦终于被抽断，他踉跄地站定，弯着腰，双手撑着膝盖，大口大口喘着气。

这里没人，除了单位每年组织来祭拜，平时很少有人来。

山上呼呼刮着风，一口吸进来，全是凉气，林启被呛了几口，捂着嘴抬头。

墓碑上一张慈祥的脸正笑盈盈地望着他，是他俩的爷爷。

林恒之是抗美援朝的老兵，当年为国家抛头颅洒热血的时代已不为人道，留下的老兵越来越少，几位老军人偶有聚会，总常叹，一番相聚一番老，已无多少时日，每年的合照上，总会少那么个把人。

而如今现世安稳，许多人早已忘却了历史，林恒之在世时，就爱给这俩孙子讲些当年抗战时期的事，还有当年为了救他而牺牲的排长。

林恒之常说的一句话就是："我们不怕苦不怕累，也不怕牺牲，就怕死了没能把国旗扶稳。"

林启一下就哭了。

他没忍住，直接蹲下去，掩面号啕痛哭。

林陆骁平息了情绪，嗓子也沉了，"你知道每年有多少缉毒警察牺牲吗？”

林启哭崩溃了，眼泪哗哗淌。

山间的风呼涌而来，林陆骁的声音更沉，仿佛从天光那头传来。

“你知道为什么缉毒警察死了不能立墓碑？”

林启闷声哭。

“因为怕毒贩顺着前来祭拜的亲属报复！

“你知道你吸一口大麻，里头搀着多少缉毒警察的血？！

“你知道你吸一口大麻，毁了多少家庭？！”

说到最后，林陆骁脸也沉了，像是放弃了一般，低头看一眼林启，眼里冷透了。

“说是和平年代，你知道多少地方遭受战争的侵害？！你去过那么多国家，你见到了和平世界的繁荣昌盛，也见识了资本主义的作风，你倒是有空去边防看看啊！你去看看那些每年在边境的营地里风里雪里站岗放哨的士兵！他们没有亲人吗？！

“他们用命守护的东西，就是被你们这么践踏的。

“林启，你真让我失望。”

说到最后，林陆骁搓了一把脸，吸口气，自嘲地勾勾嘴角，山间的风呼呼刮着，枝叶摇晃，墓园寂静一片，一眼望去，葱葱绿绿。

“爷爷总说的那句是什么？”

林启是真痛，哭伏到地上，可他明知自己错了，他也知林陆骁不会原谅他，却发现自己真懦弱，连句对不起都说不出。

不等他回答，林陆骁又道：“一寸河山一寸血，十万青年十万军。”

这话是抗战时老兵常喊的口号。

林恒之后来甚至写了对联挂在书房的门上，每天总得瞧上一遍才心安。

林陆骁开车回家，车还没停稳，就看见楼下站着一姑娘。

南初长裙大衣，露出小腿，在寒风中瑟瑟发抖，缩着身子，见他的车灯在门口打量，咚咚咚跑过来，敲着他的车窗。

小姑娘干脆道："我来啦！"

天渐冷，夜风寂静，只余树梢间沙沙作响的叶片。

林陆骁不言不语地坐在车里，隔着被涂了一层薄雾的玻璃车窗看她，几日不见，总觉得南初又漂亮了。他对女人美不美没什么概念，大眼睛、小嘴唇、挺鼻子在他看来评判标准不一。几个兄弟一起喝酒的时候，大刘总会说这个美，那个腿长腰细，他扫上一眼，觉得也不过尔尔。

以前觉得这丫头长得也还行，看久了发现还挺好看，直到最近，每一次见她总觉得越来越漂亮，尽管他从来没有在南初面前承认过，也不可能承认。

从烈士墓园回来到底还没收拾好情绪，林启的事情一出，这段时间林陆骁明显沉默了许多，也不太笑，大刘也都知道他这段不舒服，没人敢打扰他。

林陆骁在队里也发了几次脾气，那种压抑是没办法缓解的。

他低头深吸两口气，尽力把情绪都压下去，自己消化。

南初本来就对林启的事情自责，如果自己一个情绪不对，小姑娘敏感，很容易又怪到自己身上去。窗外的姑娘见他没反应，自己就乖乖站到边上等他。

林陆骁坐在位置上，咬紧了唇，吸吸鼻子，又吐了口气，调整完情绪，往窗外看了一眼，拿上钥匙，推开车门下去。

南初就站在车边等，外套遮到膝盖，小腿露着一截，什么也没穿，缩着脖子瑟瑟发抖。

林陆骁双手环胸靠在车门上，盯着她看了老半会儿，忽然低头笑了一下，情绪渐渐明朗起来。

南初被林陆骁带上楼，几乎是推进房间里的。

窗缝里透着风，一点点挤进来，屋里也有冷意，南初站在门口跺了跺脚，搓着手臂，嘟囔道："怎么这么——"

嘴唇一下就被人封住了。

屋里没开灯，就透着一点淡白的月光。

玄关纠缠着两道人影，南初被林陆骁抵在门板上亲，耳根被人咬住，她顺势搂住他的脖子，将自己送过去。

她的主动倒让林陆骁越发难以自控。

南初吃疼，手挂在他的脖颈上，抵在她身上的男人的体温滚烫似铁。

她有点担心，用自己额头去蹭了蹭，“你身上很烫。”

林陆骁已顾不上其他，直接将她腾空抱起，将她放到一旁的柜子上，低头在她脖子上轻嘬着，低哑道：“想你想的。”

南初心颤，仰着脖子任他亲，两只手搂紧他埋在自己颈间的头。房间很静，窗外也几乎没声音，偶尔刮过一阵油门声，又即刻恢复宁静，而屋内，每一分情动都恰好。南初很讨厌男人的汗味和气息，有时候在剧组待久了，有些混杂的气味，闻到就想吐。

可奇怪，林陆骁的汗和气息都让她很舒服，特别是在这时候。

她很享受，手指穿进他发间，濡湿的头发楂，她爱不释手。

“去房间？”他伏在她耳边低声问。

南初点头，轻嗯一声。

林陆骁突然单手将她从柜子上抱下来，扛在肩上，掳进房间里。

夜里静，隔音不是太好，林陆骁把人丢上床，去开了电视，音乐频道正循环播着一首歌，张宇的《月亮惹的祸》，特别应景。

林陆骁翻手去床头拎了个闹钟过来，调好了时间，摆到了她枕边。

“计时。”

南初失笑，摆摆手道：“我其实不在意，你不用刻意——”

他低声道：“我在意。”

不是他在意，是所有男人在这件事情上都很在意，身后的音乐无休无止，带着沉重的鼓音。

都是你的错，你的痴情梦，像一个魔咒，被你爱过还能为谁蠢动……

林陆骁给她垫了个枕头，小姑娘眼睛里已经蒙上了水雾，他俯低身在她满是汗涔涔的额间亲了一下。

南初小声唤他："林陆骁。"

"嗯？"

南初："你听歌。"

他亲吻怀里的姑娘："我在听。"

这歌真应景。

这是他除了军歌以外会唱的唯一一首流行歌曲。

她也不知道，当年他在外县支援的时候，没法回家过年，一帮小子跟着指导员在队里支着个小火炉，围成一圈唱的就是这首歌，他当时听着没什么感觉，可身边的几个士兵抱头痛哭，说是想媳妇儿了。

指导员问他："想不想媳妇儿？"

他还歪着头笑了一下，没个正形地开玩笑说："我媳妇儿？我媳妇儿还在喂奶呢。"

指导员瞪他，"说什么浑话？"

林陆骁不笑了，正了正色，随口一说："我媳妇儿就身上这身衣服。"

结果这话瞬间说哭了几个刚入伍的新兵，指导员倒也欣慰地拍拍他的肩，"你小子有出息。"

那时他是真不懂男女之情。而如今，再听这首歌，又是在这种情况下，他到底有些明白了当年那帮士兵的心情，可就他的性子，就算想，也不会跟那帮新兵蛋子似的抱头痛哭，其实男人不经意间的柔情确实最令人心动。

天色渐暗，窗外的夜色越沉，仿佛一层厚重的幕布挂着，天边挂着一道弯月，淡白色的光线影影绰绰照进来，斑驳地落在地上。

林陆骁把灯打开，声音调轻了些，南初看一眼闹钟。

时间指向八点。

两个小时，整整两个小时，第二次时间短了，因为怀里的小姑娘实在哭得不成样子，他也不忍再做下去。

林陆骁转去捏她的脸，坏笑，"多锻炼，要合格了，争取今年底带你回家。”

南初一愣，“稀罕。”

“嗯，你不稀罕。”男人转头去掸烟灰，瞥了她一眼说。

南初搂着他的脖子往上顶了顶，“就孟处那态度，你还能带我回家，不怕你爸抽你？”

林陆骁想了想，笑得混，“要不咱先上车后补票？”

南初忽然安静了，“你喜欢小孩子？”

林陆骁仔细想了想，“喜欢。”

他是真喜欢，早年没当兵还是孩子的时候，觉得孩子烦，他上高中的时候，每年过年家里聚着一堆乱七八糟的小朋友时，嬉笑嚷叫，推来推去，还把他的一些坦克、飞机模型弄得乱七八糟的时候，他简直想把这些小孩拎起来丢进家门外的湖里去。

后来当了兵，改了观，耐心见长，爱心也见长。

有时候觉得一个小生命咿咿呀呀跟你说些乱七八糟而你又听不懂对方还能怡然自乐的时候，真挺好，痴嗔喜怒全由心。

他伸手揉了揉她的头发，无所谓地说：“你不喜欢就算了，我不强求。”

说完，林陆骁光着身子下床，进浴室洗澡，套了件 T 恤，出去做饭。

南初只觉两条腿跟废了似的，在床上趟了会儿，才冲了个凉，从他衣柜里拎了件衬衫给自己套上，松垮套好，胸前沟壑明显，一双长腿笔直。

她站在镜子前细细端详了会儿，觉得满意了才咚咚咚跑到厨房门口，冲林陆骁一喊：“快看！”

厨台前的男人不经意回头，淡淡勾了勾嘴角，转过头去，一边掂着锅一边笑，“别找事。”

南初悻悻闭了嘴，走到他身后，低头瞧锅里，“你会做饭？”

林陆骁哼笑，“还行。”

以前上学时候，父母都不太回来，家里就他跟弟弟，然后就跟着孟叔学了点手艺。

南初倚着琉璃台，抱着手臂，好整以暇地看着他，“林队长，我有个问题。”

“说。”他头也没回。

“你什么时候喜欢我的呀？”

无论多少岁的女人，似乎都在纠结这一点。

南初的记忆里，十六岁那年他有女朋友，不可能那时喜欢自己吧，再重逢也没有惊喜的样子，而且还表现出挺讨厌自己的样子，难道是拍节目的时候？

她暗自揣度，打量着厨台前高大的身影。

林陆骁平静地翻着锅铲，不疾不徐勺了点盐撒进去，似乎没听见，等他把煎得金黄的蛋捞出来摊平，又转身从冰箱里拿出一束面条，背对着她道：“这个问题有什么实际意义吗？”

到底男人跟女人是有区别的。

男人看中结果，女人看中过程。

对林陆骁来说，一件事只有做好和没做的区别。就像对南初，十六岁那时是冲动和感情他没去细想，他只明白现在他喜欢的就是南初这丫头。

想把她娶回家。

想让老林接纳她。

想把她介绍给沈牧他们。

想听大刘喊她一声“嫂子”。

也想在某个执行完任务的夜晚，被窝里是她，不是别人。

当然这只是他某些一闪而过的念头，依着他的性子，这些也不会说出口，从小他跟林清远沟通不多，有些话习惯憋着，到了部队，教官更是说：“当兵废话就不要多，真到了战场上，干倒几个是几个！”

这么些年下来，他这话少的性子就养成了。

偶尔顽皮的劣性会溜出来，开开无伤大雅的玩笑，但甜言蜜语，他真不会说。就像当年，队里有战友跟相恋十年的女友求婚，战友说了一大堆，在他听来肉麻得很，鸡皮疙瘩掉了一地，但也尊重。

南初也知道从他嘴里说不出什么靠谱的话，知趣地一耸肩不再问。林陆骁站在厨台前，等水烧开，盖上锅盖，手撑在台上，转头去看她，宽大的白色 T 恤衫、黑色长裤，倒把他身形拉得越发高大。

南初也靠在台边盯着他看，越发觉得他英俊帅气。

以前就觉得他特男人，这么瞧着，他五官很好看，特别是那双浓眉和眼尾微微上翘的桃花眼。

大概是最近刚拍完那部戏的缘故。

她总觉得林陆骁就是柳莹莹那位义薄云天的将军，他眉宇之间那股气，随时备战的状态，总觉得特像。

小姑娘穿着衬衫，倚在厨房的琉璃台边，白色衬衫刚好遮到腿根过，露出底下一双修长笔直的长腿。

南初伸手去拨弄他的头发，“我都没怎么见过你穿白衬衫。”

林陆骁把她抱起来，放到洗手台边上，低头吻她，等到亲够了，小姑娘眼睛里沾满了水雾，他把人捞正，拨着她的头发，才给她解释这件衬衫的由来，“就前年大华结婚穿过一次。”

南初声音都乱了，全是喘，“当伴郎？”

“嗯。”他低声说。

南初忍不住想象了一下，他穿衬衫西裤的画面，笃定地说：“一定很帅。”

林陆骁咬她的耳根，含糊道：“还行。”

从小他看自己就看免疫了，感觉穿什么都差不多，他觉得自己最帅还是穿军装的时候。

厨房冒着腾腾热气，锅里的水刚煮开，锅盖冒着噗噗声，上下跳着。

南初体力不支，感觉下半身都已经不是自己的了，软着嗓子求饶。

林陆骁松开她，靠着琉璃台，低头捏捏她的脸，笑道：“累了？那以前搁我这儿装什么威风？”

那架势俨然就是老司机。

南初想了想还是告诉他："是第一次。"

静了三秒。

也许是一直以来没想过这个问题。

他没有所谓的处女情结。

南初既然决定跟他，就是他的女人，他会尽他所能保护她。

是第一次，他爱她。

不是第一次，他也爱她。

这是军营里教出来的。

一个男人，最荣耀莫过于能守住你脚下的土地和你怀里的女人。

林陆骁紧了紧搂着她的手，低头爱怜地蹭了蹭她的脑袋，不作声。两人彼此都心照不宣，约莫是窗外的景色更寂寥，心下更沉默起来，一时间无话。他只是温柔地圈着她，指尖把玩着他的头发。南初往上蹭了蹭，在他怀里找了个舒服的姿势，手顺着他的手臂往上轻抚，摸到一处不太平，那块肌肉有点凸出，糙。开始以为是小时候打的水痘疫苗，再仔细一摸，那面积有点大，她抬头看了一眼，才发现是一块疤。

其实他身上还有很多地方都有疤，仔细找找，估计还能找出好几处来。

"怎么弄的？"

林陆骁瞥了一眼，已经记不得了，身上疤太多了，有些记得，有些疤等他看到时候都已经结痂，都不知道什么时候弄上去的。

小姑娘好奇心重，想知道个彻底，大抵是觉得他应该是有什么英雄事迹。林陆骁从台上捻了支烟，点着，慢慢抽，"大概是小时候跟大刘几个打架打的。"

南初："不信。"

林陆骁夹着烟，偏头看她一眼，笑了，"不然你觉得？"

小姑娘挑着眼，"不是工作上的？"

"工作上也有。"他抽了口烟。

“哪个？”

林陆骁其实不太愿意说这些，有些事不太美好，说多了，也许以后他每次出任务她都提心吊胆的。

但小姑娘又缠人得紧，他挑眉，挑了件不太惊心地说：“应该是前几年四环路上的小区火灾。”

“我记得，那场火灾挺大的。”

她听得专心，看那表情，甚至都想拿张纸笔给他写下来，载入英雄史册。

林陆骁拎了拎她的鼻子，慢慢道：“没你想的那么复杂，应该是为了救一个患了老年痴呆的老太太，我们的人上去查户的时候发现那户里就住着一个独身老太太，可执着了，论人怎么劝也不肯走，紧紧锁着门，说是要等她孙子来接她。你在消防待过一段时间也知道，火灾救援讲究时效，时间一长，小区里的煤气罐随时都会爆炸，我们就把门拆了，冲进去把人扛了出来，结果门梁上的横木砸下来，我就用手挡了一下，那户是火源附近，温度高，直接烫了这一片。”

他用手圈了一下那块疤痕。

南初恍然大悟，“不然老太太就死了？”

他笑着拍了一下她的脑袋，“你想多了，不然砸中的就是我的后脑勺。”

“……”

谈完“英雄事迹”，林陆骁从冰箱里拎了一把挂面，打开锅盖，转头问她：“吃多少？”

“半把。”说完，南初觉得不信啊，追着他屁股后头使劲问，“肯定还有为了救人让自己受伤的事？”

林陆骁把面丢进去，又从冰箱里挑了两个鸡蛋，就着碗沿磕开，单手刮开，黄清色液体落入瓷碗里，他丢了蛋壳去抽了双筷子，笑了一下，“你研究这个干吗？”

南初站他背后看着他娴熟的打蛋姿势，莫名有点嘴馋，瘪瘪嘴。

好久，才听她淡淡说：“我只是希望你，以后能稍微‘自私’点，多想想我。”

清脆的打蛋声停了。

林陆骁眼神情绪未明，压抑又混浊。

房间里静了一瞬。

门口忽然传来剧烈的敲门声，嘭嘭直响。

两人都跟没听见似的。

林陆骁把碗放下，叹息一声，“我提了转职报告，如果顺利的话，以后不用上一线了。”

“为了我吗？”小姑娘声音闷闷的。

“一半一半吧。”

南初心里又是惋惜，他应该很遗憾？

想到这儿，小手在他后背安抚似的揉了揉。

林陆骁把人搂进怀里，这丫头怎么这么黏人呢，却又噙笑低头亲了一下她的额头，揉揉她的脸，“去穿裤子，我去开门。”

结果门一打开，大刘那圆滚滚的脑袋就迫不及待蹿了进来，咋咋呼呼的，身后还跟着一恬静的姑娘。

这姑娘南初是认识的。

徐智艺，女团成员之一，最近直播上挺火的。

显然，徐智艺看见南初也很惊讶，不过倒也识相，一言不发地跟在大刘身后。

大刘看见林陆骁就跟看见亲爹似的，就差扑上去了，大吼一声：“骁爷啊！”

林陆骁抱着臂，“有病？”

大刘知道他的性子，没理他，一转头就看见南初穿着林陆骁的衬衣和裤子，又是一声大吼：“嫂子啊！”

大刘这一声嫂子可把林陆骁取悦了。

这小子贼精，余光往南初身上一打量，就知道那丫头身上穿的是骁爷的衣服和裤子，依着林陆骁这性子，估计刚也没少受罪。

不等南初反应，倒也爽快，一声嫂子就那么敞亮地喊出口了，随后又扯扯自己身后的姑娘，催道：“傻愣着干什么？叫人呀！”

徐智艺有点害羞，“南初姐。”

大刘不满意地啧了一声，给人拉过来，好好介绍：“这是我兄弟，从小穿一裤裆长大的。”

说完，转头看了一眼南初，探手一指，嘿嘿一笑，“这是嫂子。”

徐智艺显然是惊讶的。

她跟南初虽然接触不多，但最近几次出席活动都有碰见过，两人不算熟，点头之交的情分。

南初这姑娘在圈子里有点神出鬼没，话不多，闲暇时就见她跟助理聊天，也没见她跟哪个艺人走得近。

她觉得这姑娘挺高冷，也有点神秘，没想到她男朋友……

虽然这男人很帅，但是，她怎么也不至于找个圈外的？徐智艺一开始是这么想的，但后来又转念想，跟自己有什么关系呢，再说她不也找了大刘吗？

她娇嗔地笑笑，南初也难得地冲她笑了一下，两人心照不宣。

林陆骁把南初拉到自己边上，搂着她的腰，好整以暇地看着对面的大刘，“什么事？”

大刘看徐智艺一眼，“路过，刚看到你家就上来坐坐。”

瞎扯。

林陆骁一手搂着南初的腰，一手作势要关门，被大刘伸手挡住，着急忙慌道：“别别别。刚被狗仔跟踪了，我就带她上来躲躲。”

林陆骁挑眉看着他。

反倒是南初先开口：“大刘哥，你们吃饭了吗？”

大刘摇摇头，“吃了，又饿了。”

南初看了一眼自家队长，又说：“进来一起吃点吧？”

大刘面露喜色，连声应下：“哎，嫂子！好！”然后就牵着徐智艺要进去，结果被林陆骁一句话堵在原地。

南初只觉腰上被人重重掐了一记，耳边是某人略带不满的声音，“喂，我明天要回队里。”

意思是——

你真要放这两只电灯泡进来？

南初仰头看他，小姑娘眼珠明亮澄澈，用牙缝挤出一句话：“总不能让他们在外面干站着吧。”

他倒无畏地说：“关上门反正又看不见。”

大刘听得脸都要垮了，虽然知道林陆骁多半是开玩笑，但还是愤愤不平道：“重色轻友！”话锋一转，“你丫当年穿着一条裤衩被林叔叔追着满胡同跑的时候，是谁收留你？是谁？是我大刘！”

砰——

林陆骁直接把门关上了。

不提这事倒还好，提到这事林陆骁就来气，当年要不是为了帮他打掩护，他能被林清远追得只剩一条裤衩吗？

大刘在门外气歪了嘴。算命先生那话怎么说来着，他气得拍门大吼：“李瞎子说得对！不识人，一世苦！白瞎了老子跟你做了那么多年兄弟。”

他刚喊完，门又打开了，林陆骁已经转身进了厨房，南初的脸探出来，笑道：“大刘哥，进来吧，他跟你开玩笑呢。”

“还是嫂子好。”大刘脸上又挂满笑。

四人坐在饭桌上。

大刘怎么看怎么觉得这小嫂子好看。

桌上摆着四碗面，冒着腾腾的热气，都是林陆骁做的，蛋只剩最后两个。

他把两碗有蛋的给了两个女生，自己就着面前那碗没蛋的低头吃了起来，倒也不顾及。

大刘一瘪嘴，“哥们儿没蛋？”

此话一出，起初倒没觉得，细听觉得尴尬。

林陆骁从碗里抬头瞥了他一眼，轻蔑地笑了一下，摇摇头，低头继续吃。

徐智艺红红脸，南初倒坦荡。

大刘干咳一声，找回话题：“你这也忒磕碜了。”

林陆骁头也没抬，碗里的面已少了许多，他吃东西一向快，声音冷淡：“有你口吃的还挑三拣四，不吃就滚蛋。”

他在家时间不长，偶尔休假买的东西量也少，就够吃个两三天，自己做饭的机会也不多，可这些在南初看来，莫名就觉得在他高大、铁骨铮铮的军人形象下，忽然有这么居家的一面，就这么又被戳了一下萌点，感觉自己更爱他了。

她见过他太多面，队里训练时绷着张脸好像随时能吃人。有人犯了错，他也毫不客气地教训，南初也没躲过，反而训得更狠，当着所有人的面儿训完，私底下接着还得训，有阵南初是真有点怕他，看见他都忍不住绕道走。大概是被林陆骁察觉到了，于是后头又拿了几颗糖去哄她，虽然那时没什么感觉，现在回想，倒真像是哄她的。

跟大刘几个在一起时，他整个人看上去就松垮了些，偶尔还能开开玩笑，逗逗大刘。

再就是床上情动时，他的隐忍，他的压抑，他的释放，以及他最后结束时吻她的柔情。

直白、欠扁是他。

大义、果敢是他。

深情、寡淡亦是他。

南初心疼他刚花出去的力气，把碗里的蛋夹给他，“你得补补，你运动量大。”

林陆骁原本正跟大刘有一搭没一搭地聊着，听见这茬，两人都停了下，大刘一脸暧昧地看着南初，嘴里噢噢噢噢地喊着，南初倒没觉得别扭，低头吸着自己碗里的面。

大刘阴阳怪气道：“啧啧，我这是又坏你好事了？”

私底下没皮没脸惯了，但这还坐了两个姑娘，林陆骁不耐烦了，直接一脚从桌下踹过去，给他踹老实了，大刘哼哼唧唧低下头去，老老实实吃面。

“林叔知道了吗？”大刘怕他没听明白，又补了句，“你俩的事。”

林陆骁已经吃完了，人往后倾，一只手懒散地搭在南初的椅背上，往别处瞥了一眼，淡声说：“知道。”

大刘一愣，“没找你？”

林陆骁空余的手去摸桌上的烟盒，捻了支烟，在桌边轻磕，“怎么？刘叔找你碴儿了？你想在我这儿寻点痛快？”

“你把我当什么了？哥们儿这不是关心你吗？再一个，哥们儿想让你帮忙出出主意，你不是从小就鬼点子多？”

听到这儿，林陆骁把烟含进嘴里，拧着眉，偏头吸燃，自嘲一笑，“泥菩萨过河——自身难保。”

“那你跟小嫂子这事也不能这么拖着吧？”

林陆骁叼着烟，隔着烟丝，侧头看一眼南初，视线对上，她目光纯净坦然，他心下软了几分，搭在椅背上的手在南初耳垂上轻捏着，慢悠悠道：“我们家老林就这点比刘叔好，长那么大，他就没怎么管过我，你觉得这事，他能插上手？他心虚着呢。你还是多担心担心你自己吧，你可是刘叔从小把屎把尿过来的。”

大刘翻了一白眼，“你才把屎把尿呢！”

林陆骁叼着烟笑笑不语，并不打算在他媳妇儿面前揭他老底。

吃完饭，两个男人站在阳台抽烟。

南初把碗收进厨房，徐智艺跟在后头帮忙。

望着两个姑娘一前一后忙碌的背影，大刘点着烟，仰倚着栏杆一声长叹，“这样的日子真惬意啊……”

他拍拍栏杆，“大城市！有房子！”

林陆骁抽着烟，瞥他一眼，没理。

大刘往里头指指，“喜欢的姑娘！”

林陆骁夹着烟，含在嘴里，目光落在前方，弯了一下嘴角，仍旧没作声。

大刘敞手，“远方有父母！”随即又叹气，“再来个孩子就完美了！哪有那么多大风大浪？能平静度过这一生我都觉得很荣幸了。”

林陆骁终于出声：“哟，来真的？”

大刘长叹一声：“真的，你不知道小艺有多苦，她家在农村，在韩国当过一年练习生，过着非人的生活，她父亲欠了一屁股债，要不是为了弟弟，她也不会放弃念书出来工作，特让人心疼一姑娘，哥们儿是真准备好好对她，为了她，我决定跟老刘奋起反抗，我不能老听老刘的，他让我干什么我就干什么，我要拼一把。”

林陆骁抽口烟，拍拍他的肩以资鼓励，“物质上你比我富裕，我这两年还得攒老婆本，就支持不上什么了，等你俩结婚，真到那一步，我给你攒个大红包，目前，只能给你精神上的鼓励。”

“行了，知道你要娶老婆。”

南初洗完碗一个个摞好，放在晾水池上，一转头，就看见一道黑色的影子倚着琉璃台边上看着她。

“你不去陪他们？”

她也没回头，把碗一个个擦干说。

月光透着窗户落进来，她颈间的肌肤被衬得雪白。

“走了。”

男人声音有点奇怪，南初回头想去看，黑影罩过来，将她压在洗碗池边，低头亲下去。

南初差点把碗摔了，去推他，“没完没了了，是不是？”

“别洗了。”林陆骁把碗抽出来，丢进池子里，“你不适合干这个。”

南初躲着他的气，“以后都要做的。”

一句话又点了他的炮，怀里的女人不自知，可他心里却噼里啪啦响了个遍，坏笑着在她耳边咬，“怎么？这么急着想嫁进来了？我说我要娶你了吗？”

“行，你别娶。”南初淡淡道。

林陆骁轻吸了口气，低头看她，深黑的眼底像一潭静水，仿佛要将她深深吸进去。

“娶吧。”

想过很多场景。

也想过很多未来。

也曾在心里描绘过他妻子的模样。

却从没想过，会栽在眼前这小丫头手里。

“听上去还挺勉强的，没人逼你呀，我的队长。”

林陆骁笑着把人拉进怀里，脑袋搭在她的发顶，蹭了蹭，“我一臭当兵的，能给你的东西不多，年龄又比你大那么多，你图什么？嗯？”

“你让我有安全感，能保护我。”

南初趴在他怀里，挺老实地说：“你是第一个让我产生安全感的人，一开始是因为跟你待着有安全感，感觉你能保护我。”

她真的毫不掩饰自己的目的，她很坦诚。

坦诚到让林陆骁听着居然有些无奈。

没想到，小姑娘看上的是自己一身肌肉？

“所以说，如果大刘让你产生安全感了，你就去追大刘了？”

南初坦白道：“理论上来说，是这样。”

林陆骁松开她，绷着脸，“你怎么不干脆出门左转去找个保镖？”

Chapter 13
天上的星星

这话颇讽刺。

南初趴在他怀里，忍不住笑了笑，“保镖没你这身材好呀。”

林陆骁哼唧一声，不理她，是铁了心不再搭理她。

一直到临睡前，林陆骁对这事都耿耿于怀，任凭小姑娘怎么弄都不理，洗漱完往床上一躺挺尸。林陆骁这几天也累，几乎没好好休息，把人拉进怀里，一撂被子准备睡觉。

就听见南初在他耳边，低声说：“其实我挺怕的。”

林陆骁伸手把灯关了，屋里瞬间暗下去，窗外一层月光洒进来，落在薄被上。

小姑娘声音沉闷，他一怔，手顺着她背脊轻抚，没作声。

南初从他怀里抬头，“你真生气啦？”

林陆骁睁着眼睛盯她。

南初又把脑袋蹭进去，拱了拱，“小时候被人抓进胡同里一次，那时候就想长大要找个能保护我的；后来当了演员，被人跟踪……”

“跟踪？”他终于说话了，眼神微深。

小姑娘点点头，早年收到过一些恐怖血腥的图片，甚至被人扒出了家庭住址，到了她家楼下蹲点，只要看到她就往她身上扔东西，石头、鸡蛋，什么都有。有阵被人跟踪到精神衰弱，晚上睡醒，总觉得窗外有双眼睛在盯着她，那种恐惧跟孤独是无法言说的。她有时候晚上回家总觉得后面有脚步声，她变得疑神疑鬼，身边没有可信的人，南月如觉得她有被迫害妄想症。

事实上，她真有，前年精神科诊断书上，清清楚楚明明白白写着，抑郁轻度，中度被迫害妄想症。

南月如送她去青禅寺静修，住持每天给她讲禅修，讲道义，讲佛法，讲因果轮回，她这才度过了那些提心吊胆的日子。

“我每天晚上醒来，总觉得，窗外有双眼睛盯着我，真的，林陆骁，你往那边看看，有个小姑娘呢……睁着一双血红的大眼睛……”

林陆骁揽着她，下意识往窗外看了一眼，那边空空荡荡，除了飘荡的窗帘以及摇晃的树枝。

南初见他没反应，顿觉无趣，“你不害怕吗？”

林陆骁是无神论者，这种吓唬小孩的招数他自然不会上当，手在姑娘后脑勺抚了抚，“睡吧。”

南初在他唇上可珍惜地亲了一记，“嗯，晚安，我的队长。”

林陆骁蓦然睁眼，缓了声唤她：“南初。”

“嗯？”

“我以后会保护你的。”

你就安心在我怀里。

南初在他怀里蹭了蹭以示回应。

林陆骁手捋着她耳边的碎发，说：“也别对社会失望，你看到的只是一小部分，也许万分之一都够不上，在很多你看不到的地方，大多数人都秉持善心。”

小姑娘声音闷闷地说：“我知道，像你们……还有很多边防士兵、缉毒警察、特种部队……”

“不一样，我们是职责所在。不是只有我们的职业，相比较很多人，我们这都是轻松的，你知道沈牧的爷爷吗？国安局反间谍工作，瞒了家里头十几年，直到沈牧长大，才知道爷爷是干什么的。最后牺牲的时候，连遗体都没见着，听说在缅甸被野狗开了膛……”

听上去都心惊肉跳的。

“这世上有很多人，在我们不知道的地方为这个国家做贡献，而我们只能把祖辈打下来的江山牢牢守住，自然免不了有些吃里爬外的、唯恐天下不乱的、愤世的。但不能因为他们就对这社会产生怀疑，懂了吗？”

这语重心长的教育，确实很有用。

南初乖乖点头，大概是认识他开始，她居然有了种想要去爱社会、爱世界的冲动。

“睡前教育吗？”南初困了，闭眼问。

林陆骁揉揉她的头发，“以后每天给你讲个睡前故事。”

说完这句，他就哄她入睡，心下开始算计，过几天得回家见见老林。

然而在见老林之前，老刘率先来找他了。

第二日，他回队里，南初还在睡，他把人亲醒，想着要带她去吃早餐，然后再把她送回家，自己再去队里，结果南初怎么都不肯醒，还犯了起床气。

林陆骁趴在床上两手撑在南初的枕边，无奈地哄。

南初起床气劲儿上来，一个巴掌，“你好烦。”

这昨晚还你侬我侬队长再快点，今早起来就你好烦，林陆骁坐在床边犯愁，他曾几何时这么哄过一姑娘，等他不耐烦那劲儿上来，想把人直接拎起来冲着屁股啪啪打上几巴掌就老实了，又怕她真生气，就这么无力地撑坐在床边。

这会儿，门铃忽然响了。大清早的，林陆骁也憋着气，一打开门，大刘的父亲老刘在门外站着，一脸笑眯眯地看着他问：“陆骁啊，早啊。方便我进来不？”

林陆骁一身居家服，手插在兜里真想说，不方便也拦不住您啊。

他把人请进来，老刘开门见山道：“大刘上你这儿来过？”

“嗯，昨晚刚来过。”

“带着一姑娘？”

“好像是。”

老刘不乐意了，“跟我这儿打马虎眼呢？你小时候刘叔可没少疼你，现在大刘走歪路，你是不是得帮一把？不能把兄弟往火坑里推，是不是？”

林陆骁失笑，“您这哪儿的话，怎么就往火坑推了？”

老刘抻着脸色，“你给叔叔说说那姑娘。”

“我真不熟，昨晚第一次见，没说两句，人就走了。”

“你就没瞧上两眼？”

林陆骁：“我瞧他女朋友干什么？”

话音刚落，卧室门口出来一人影。

是姑娘，还穿着林陆骁的衬衫，裤子也没穿，遮到腿根过，长发乱糟糟的。南初定了两秒神，大概是反应过来，捂住脸，噌地反身跑回卧室。

老刘目瞪口呆！

下一秒看向林陆骁，后者直接跟他说：“刚睡醒，我去看看，您坐会儿。”人就进去了。

坐在沙发上的老刘直摇头。

看不出来，真看不出来，这小子居然……

南初一回房间就找自己的衣服穿，找了半天也没看见内衣在哪儿，捋了把头发一回头，就看见林陆骁抱着臂好整以暇地靠在门上，手里吊着她的黑色内衣，带蕾丝边的。

她走过去，把内衣扯下来，背过身去，开始脱衬衫，低声问：“你怎么不说家里有人？”

林陆骁扯扯嘴角略觉好笑，“怎么了，你见不得人，还是我见不得人？”

“不是这意思，我得有个心理准备啊，那是你爸爸吗？你看，你也不跟我说一声，我裤子没穿就出去了，人家还以为我多不正经呢。”

南初说着，衬衫已经换下来，套上内衣，反手扣着。

林陆骁盯着她光滑的背肌，咽了咽唾沫，伸手过去，一手拉住一边，帮她扣好，“那不是我爸。”

“不是吗？”

南初调整了两遍胸形，下意识出口。

林陆骁看着她胸前挤出深深一条沟，轻点了一下头，“嗯，那是大刘的爸爸。”最后补了句，“女人的胸都是挤出来的吗？”

南初瞬间反应过来自己好像在他面前演示了一遍一个女人完整戴胸罩的过程，下意识背过身去。

她直接被人捞回来，男人盯着她笑，“躲什么？摸都摸过多少次了。”

“哎，你能不能保持点神秘感。”

男人不以为然，笑了一下，“我出去了，你弄好出来，得快点，我今天还得回队里。”

“没关系啊，我就在家等你呗，我这几天都休假。”

“不无聊？”

“不会啊，你下班能回来就回来，不能回来我就自己睡。”

这么说着，两人真好像就开始了同居的生活。

林陆骁换好衣服出去，老刘正站在一幅字前发愣。

正是那幅——一寸河山一寸血，十万青年十万军。

见他出来，老刘感叹：“还是你家老爷子笔锋有劲儿，这幅字怎么看怎么热血。”

林陆骁穿好外套，站到他边上，“爷爷不是给您也送了好几幅？我这幅还是从他老人家书房里摘下来的。”

往日多感伤。

老刘摇摇头，眼神指指卧室，“你爸说你常年不着家，合着在这儿金屋藏娇呢？哪家的姑娘？”

林陆骁不愿透露太多，知道老刘的态度，这事还得他自己找林清远谈，恐怕如果从别人嘴里得知，林清远只会更生气，于是他倒也没多说：“到时候定了给您发请柬。”

老刘笑骂：“八字还没一撇，发什么请柬？你们这帮小子，越发没样子，大刘也是，找了来路不明一姑娘，死活就要把人娶回家，你们这帮小子当初是集体吃了痴情种吗？见一个姑娘就要私订终身了？”

“瞧您说的，对了，您找我什么事？”林陆骁岔开话题。

“行了，我也不管你，你爸呀就等着收拾你，我还想让你帮着劝劝大刘呢，合着，你是站他那边了？”

“这事我不站队，就我跟她的事，我也没让大刘跟沈牧站队，没什么意义，我跟她始终是我俩的事，你们支持，我得娶，你们要不支持，我还娶，反正就这理儿。”

老刘点着手，“你比你爹还轴，你爹当年不是也要死要活地要娶你妈，最后还不是离了，你就觉得感情是你俩的事，但你得为人姑娘想想，你爹娶你妈的时候，你知道多少人戳着你妈的脊梁骨？为什么离婚，你爹那性子估计也没告诉你。得了，抽个空回家你自己问吧。你俩，真该敞开心扉谈一谈。”

南初真就在林陆骁家里住了下来。

林陆骁不回来的时候她就叫外卖吃，看看电视也挺清闲，他头两天都没赶回来，给她发了条短信：有任务，要值班。

南初回了一条嗯，手机一甩继续倒在沙发上看电视。

那头林陆骁看见那干脆的一个字，忍不住弯了弯嘴角，又忍不住回了一条：你在干吗？

那边很快回了：看电视。

等号的空隙，队友正在包扎，他干脆给她拨了个电话过去。

“看什么？”

“《殉难者》，一部电影。”

“什么片？”他随口问。

南初吸了吸鼻子，“灾难片，讲一个船长带着一群水手出海，船上很多阶层的旅客，有老师、学生，也有老人和小孩，因为船长的自私和失误，导致船体沉没……”

林陆骁靠着医院的走廊，低声笑了一下，“哭了？”

“有点感人，最后救生艇来的时候，只剩下一个位置，还有一男一女没上艇，你猜谁上艇？”

还给他卖了个关子，林陆骁回头扫一眼长廊，还没轮到他，也配合猜道：“男的把机会给女的了？”

南初摇摇头，又吸吸鼻子，“男的自己上艇了。”

林陆骁默然，听她声音委屈，摇摇头道：“能理解。谁都有活下去的权利。”

“还没结局呢。”

“嗯，你说。”他靠着墙，很有耐心。

“两人是夫妻，有一孩子，女人死后，男人回归正常生活后，一次意外发现了女人的化验单，得知女人当时已经身患绝症，终于明白当时女人为何坚持要让他上艇。”

故事在林陆骁听来十分平常，并且对做惯了救援的他来说漏洞百出，但南初似乎深陷剧情无法自拔。

女人果真是感性。

“有句话叫，天上的每颗星星都是殉难者的生命，你这么想想，或许就不太难过了。”

南初啜泣得更猛烈了，她其实很少哭，或者说几乎不哭，就刚看那电影，也是红红眼眶，没挤出一滴泪，但就是觉得难过，悲伤巨大。

南初正仔细琢磨他那句话，就听见话筒那边一声高亮的，“林队！张医生喊你呢！”

林陆骁下意识捂住话筒，结果已经来不及了。

南初：“你受伤了？”

他怕小丫头一个人在家胡思乱想，随便解释了一下：“刚从水里捞人的时候别了一下胳膊。”

“你这几天不回来，就是因为受伤了？”

完了，小姑娘声音已经没了温柔：“很好，那你就别回来了。”

啪……

电话断了。

林陆骁握着电话回头，看见小九儿在他身后探着脑袋，一脸无辜，“怎么了，队长？”

林陆骁咬牙眯眼盯着他，气不打一处来，抬手就推了他脑门一记。

“没看见我打电话？！嗓门大显摆自己好使是不是？！”

小九儿：“呜呜呜呜……”

小九儿被训得委屈，最近这队长的情绪可真难琢磨，看着林陆骁进门诊包扎的背影，心下画了 n 个圈圈给他。

林陆骁一进去，张医生正低头写方子，抬头扫他一眼，神色清明地说：“陆骁，坐。”

他走过去刚坐下，就听见张医生吩咐：“小夏，你给他看看。”

林陆骁顺势望过去，倒也平静。

夏晚站着没动，像是跟谁赌气似的，好半晌，张医生才抬头，“怎么了？你发什么愣？”

夏晚这才走过去，颇平淡地冲他说：“脱衣服。”

林陆骁大方地去解扣子。

“抬手。”

夏晚像个机器人，每句话都是冷冰冰的。林陆骁倒也没计较，照做就是了。

结果，刚一抬手，趁其不备，夏晚一把扯过去，一股锥心疼差点掰断他，林陆骁倒吸一口凉气。张医生瞧见，忙把夏晚轰开，“你怎么下手没轻没重的，本来就脱臼了，你别给人掰折了！你出去吧，我自己来！”

最后一句话明显带了责备。

夏晚看了一眼林陆骁，不知与谁置气，气呼呼冲了出去。

小姑娘啪一下甩上门。

张医生摇摇头，扶起林陆骁的一只胳膊，“有点脱臼，不严重，我给你正位，忍着点，平时挺温婉一丫头，怎么到了你身上就这么多事，你得罪她了？”

林陆骁一笑，“哪能？”

“那怎么回事？”张医生喃喃。

夏晚这人目标太明确，男人一般对这样的女人都退避三舍。

要不是前阵夏晚约他去看电影，他拒绝后逼出了姑娘那句话，至今他都不知道夏晚那丫头会喜欢自己。

他这人不喜欢拖泥带水，一旦知道姑娘对自己的心思，立马就给人掐了那点希望的小火苗，处理得很果断。话说得也挺干脆——抱歉，我有女朋友了。

这话对夏晚是个打击。

怎么就突然有女朋友了？她觉得林陆骁高冷，不容易接近，就温水煮青蛙，想要通过林启去接近他，谁知道前阵子林启出了那事，网上传得沸沸扬扬，天才音乐家名声都臭了，她也不敢再去找林启玩。

没了林启，就没了见林陆骁的理由，憋了好长一阵，好不容易找了由头想找个时间跟他看场电影。

他居然跟她说他有女朋友了！

这比直接拒绝她还来得伤人，就他忙成那副狗样，哪儿来的时间找女朋友？

夏晚是不信的。

她不信，林陆骁也没办法，只能把她号码拉黑了，就怕被家里那小丫头看见。这么想着，他忽然就想回家了，想抱抱他的姑娘了。

见他出神，张医生给他贴膏药，随口问：“转职的事怎么样了？”

林陆骁回神，也没多说：“还行。”

张医生把膏药给他按严实了，说：“听老孟说了，你前阵面试不错，在政审了吧？这段时间好好表现，争取早日进大队，也省得你老孟叔天天在我跟前念叨。”

林陆骁淡淡扯嘴角，不作声。

张医生淡瞥他一眼，又道：“别嫌我们唠叨，这都为你好，你呀，这性子得收收。”

又是一车轱辘为他准备好的话，听得他耳朵都要长老茧了，“孟叔又派您做说客了？”

张医生叹息一声，“你们这帮孩子，就没一个省心的，除了明杨老老实实在特种待着，你们几个一个个都不是省油的灯。等你们以后有了孩子，就知道为人父母的辛苦了，长辈有些话，不中听，但实用，行了，我也不是说你什么，你们自己的事还是你们决定，多回去看看你爸就是了。你爸这人别看嘴上硬，心软得很，你要真想让他接纳你们，多陪他喝喝酒聊聊天，沈牧就比你会来事，没事还能找老人家下下棋，聊聊天，你这神龙见首不见尾的，一回家就说要结婚，人不拿扫帚赶你都是给面子。”

林陆骁下班回家之前回了一趟老宅。

林清远背着手站在院外，见他提着两壶清酒过来，倒没什么表情，转身就往里头走，这小老头儿就这样。

林陆骁喊住他：“爸——”

林清远顿住脚步，回头厉喝一声：“大呼小叫干什么？！”

林陆骁没理他，径自进门，给他放好酒，“张秘书呢？”

林清远哼一声：“出去办事了。”

“要不要喝两杯？”他提议。

林清远冷淡地看着他，冷嘲：“太阳打西边出来了？还是改迂回路线了？”

林陆骁挠挠眉，“您倒是喝不喝？”

死小子。

还不耐烦上了。

“喝！”林清远大手一挥，快意道，“为什么不喝！”

两父子话都不密，林陆骁从小也随了林清远的性子，坐在一起喝酒，也就闷声灌。期间什么也没提，林陆骁仿佛真就单纯来陪他喝酒，反而是林清远自己提起了他的母亲。两父子支着一张小桌子，坐在院子里一棵老藤树下，傍晚的夜风吹得叶片直晃，飘落几张缓缓停停。

一片落在桌角，停住，风吹了一下，又往下坠。

林陆骁收回目光，林清远喝酒上头，颧骨红透，一对比，林陆骁就显得青白了许多，但意识很清醒，“我刚入伍的时候认识你妈，你妈那时没什么正经工作，因为文化程度不高，一直没给分配，她就一个爱好，爱唱戏，一次下乡，我就看见你妈在一个很破旧舞台搭子上，唱《女驸马》当中的经典一段。”

林清远微眯眼，仿佛又看见多年前那个明眸皓齿的小姑娘穿着英气逼人的驸马装，踩着莲花步，唱着那调——为救李郎离家园，谁料皇榜中状元。

“我当时就觉得，谁家姑娘生得这么俏？”说到这儿，他自己都忍不住笑了一下。

林陆骁安静听着。

“我那时刚入伍不久，要钱没有，要地位也没有，兵种也是最没出息的，后来你妈跟我好上，以你外公和外婆的地位自然是拼了死的不同意，我也知道你妈跟着我准吃苦。我哪舍得让她吃苦，我听从你外公和外婆的意思，决定跟你妈分开，结果那时你妈刚查出来怀了你。你外公和外婆差点没把她打死，那阵其实挺痛苦的，要没你妈的坚持，也许就没你跟林启，我没你妈的勇气，跟你妈好上后，所有队里的领导和战友都用一种眼光打量我——攀高枝。他们觉得我是攀高枝，别人也戳着你妈的脊梁骨，说我入赘，我这人脾气拧。”

林清远无奈地笑了一下。

从小到大，林陆骁别提多清楚林清远的拧了。

“你妈要嫁，我不肯娶，我没勇气娶，也不想被人戳着脊梁骨说攀高枝，最后还是你妈偷了家里的户口本，拉着我去领了证。一辈子，婚纱照没拍过一套，婚礼没举办过，后来有了好日子，也都仰仗着你外公那点人脉，最后人家还是给我套了个攀高枝的高帽。我把不满和气性全撒在你妈的身上，渐渐地，你妈受不住了，提出要离婚，我不肯，拖了大半年，你妈哭着求我，我用你高考的借口又拖了半年，可你妈一天比一天瘦，最后终于在你接到军校通知书那天，我们去领了离婚证。我后来总想，如果那时没遇上你妈多好，也许她找个门当户对的嫁了，就没有后来这些事了，至少现在还活着。”

林陆骁清楚地记得，那时他还在军校，刚户外拉练结束，二十公斤负重跑完五百里，人疲惫得不行，沾枕头就能睡着，结果指导员一进来就点他的号，“家属找，挺急的。”

他身上的军装也没来得及脱，一边跑还一边琢磨是哪位家属。

林启在国外，林清远是绝对不可能来找他的。

他想破脑袋也不知道站在岗哨那个瘦瘦的少年是林启，他还挺欣喜，上去就给人一个大拥抱，“好久不见。”

结果林启趴在他怀里就使劲哭起来，鼻涕眼泪蹭了他一身地说：“妈没了。”

那一下，人就蒙了。

反应过来后，他连假都没请，直接跟着林启跑去了医院，害得门卫大爷追了一路。

人生第一次成长应该算那次。

等母亲后事处理完，他回学校已经是三天后，刚到门口，就被教员逮住拉到操场，罚他负重跑操五十圈。

那时年少气盛，不服气，拉着张脸，不声不响一句话也不说，加上三天没睡，顶着两只熊猫眼跑完了五十圈。

教员扯着嗓子问他：“知道错了没？！”

他站得板正，面色也平静，可就是一句话都不说。

一旁的队友看得干着急，私底下喊他：“你认个错，认个错。”

性子使然，他怎么会觉得他有错，从小就跋扈惯了，哪有错了？母亲逝世，他去看一眼，处理后事，哪儿来的错？

教员又厉声吼：“没觉得错，就再去给我跑五十圈。”

他就是不说话，闷声又跑了五十圈。

教员被他气得脸色铁青，第一次遇到一个脾气这么轴、这么硬气的刺头兵。

同时又觉得刺激。

不可否认，往往就是这种兵带起来更带劲儿。

林陆骁那时也气，觉得这部队忒没人性，好像自己从小到大的梦想一下就被人击碎了，国家，军人，梦想，好像都不是他想象中那个样子。那一阵过得忒颓废。

后来，等他自己带了兵，才醒悟。

军人，只有两字，纪律。

随时战备，随时等待，随时冲锋，随时牺牲。

林陆骁回家的时候，以为南初会把门锁了。

钥匙刚一伸进去，啪嗒，锁开了，他还跟个小孩似的在门口乐了一下，进去换了个鞋，丢了钥匙。

卧室门虚掩着。

门口亮着晕黄的壁灯，像是给他留的。

小姑娘缩成一团躺在床上。

他把外套脱了，丢在沙发上，人走到床边，坐下，两手撑在枕边，俯身去亲她。

从发顶，一路吻下去。

额头、眉毛、睫毛、眼睛……

然后觉得不对劲儿，湿漉漉的。

林陆骁心一下慌了，按亮床头的台灯，把人从被子里拨出来，低声唤她："南初？"

外头温度凉。

他整个人包括身上的冲锋衣都带着凉气，吻到她眼睛里的热气心就咯噔一下，以为是今天这事吓到她了。

南初睡得正迷糊。

一睁眼就看见林陆骁那张放大的俊脸，半身还赤裸，肩上有白绷带，直接去推他，"你回来干什么？"

林陆骁把她抱出来，蹭蹭她的脸，"不想我？"

"想屁。"

两人相处久了。

南初倒是学了不少林陆骁的粗话，绷着脸骂人的模样倒让他莫名觉得心软。

"我明天有一天假，可以陪你。"

南初不领情，"哦，我明天有通告。"

林陆骁直接钻进被她睡得热烘的被子里，翻身把她压在身下，低头去亲她，"推了。"

"不——"

半截话直接被林陆骁堵住。

第二天，林陆骁六点准时醒，下楼买完早餐，跑完步回来，去哄南初起床。

南初又是一巴掌，"你好烦！"

林陆骁眯了眯眼，“你不是说今天还有通告？”

南初没理他，索性翻了个身继续睡，身上未着寸缕，修长嫩白的腿从里头伸出来，压住深色的被套。

等南初自己起来，林陆骁已经闲闲地坐在沙发上看电视了，脸色挺臭，手里握着遥控器，漫无目的地挑着频道，见南初出来，目光也没转，就牢牢盯着电视机。

小姑娘就穿了件衬衫跑过去，一屁股坐在他腿上，搂住他的脖子，笑盈盈道：“早啊！”

林陆骁简直想把她拎起来打。这毛病也不知跟谁学的，起床气上身的时候六亲不认，拎起东西就砸，等过了那劲儿，又嬉皮笑脸跟你示好，你还没法发脾气！

南初惊讶地看着他，“你这脸上怎么五个指印？”

林陆骁瞥她一眼，冲她勾勾嘴角，冷笑道：“我给你示范一下？”

“我打的？”小姑娘惊讶地说。

“不然我闲得早上起来抽自己一巴掌？”

南初伸手揉揉他的脸，“我好像有点起床气？”

“有点？”

“好吧，对不起！”

还能说什么？

还能说什么！

林陆骁无语地看她三秒，直接揉乱了她的头发，“行了，洗脸去吧。”

睡前，林陆骁靠着床头点了支烟，她窝在他怀里，听着他有力的心跳声，手在他胸膛上来回掐，企图掐出点青紫，不过男人肌肉硬实，不像她，被弄得全身都是青青紫紫，特别是肩头。

南初遗憾地看着自己光滑白皙的肩头：“不能穿漏肩的衣服了……”

林陆骁闻言，低头瞥她一眼，捻捻烟灰，淡声道：“大冬天的你不怕冷？”

“过几天有个晚宴，大家都穿小礼服，难道就我一个人裹成粽子吗？”

“粽子有什么不好的？保暖。”

他掀掀眼皮，大义凛然地说。

南初懒得与他争辩，只能在心里祈求这些天这些印子能消下去。

嘴上虽嫌弃他下手重，还是忍不住抱紧他，“后面又有好久不能见了啊……”

“嗯？”

“我接下去通告多。”她蹭了蹭，闷闷地说。

林陆骁点点头表示理解，手在她毛茸茸的头发上抚了抚，他知道要是他再表现出一丝一点的舍不得，小姑娘恐怕就更伤感了。

他抚完，低头亲了一下她的发顶，“你先忙，有空了再找我。”

“可你也忙……”

“我除了工作没别的事，一个月四天的休假全都留给你。”

“嗯，不许见别的女人。”

林陆骁哼笑，“哪儿来的女人，我那队里都是嗷嗷待哺的光棍。”

前有豺狼后有虎，南初闭着眼，手去掐他脖子，“许参谋算一个，夏医生算一个。”

林陆骁别了一下头，把她手拿下来，轻轻拿捏着，“那天在酒店吃饭，许蕴是要跟我道别来着，后来饭吃了一半人就走了。至于夏晚，一个指头都没让她碰着。”

南初困得不行，满意地点点头，“有这觉悟就行。”

之后两人真就陷入了两头忙碌。

她拍戏，他救援。

南初最近通告真的挺多的，莫名其妙多了一些片约，也莫名其妙多了一些代言，还莫名其妙接了一部女主戏，虽然不是什么当红导演，但听说这部剧的原著粉还挺多的，又莫名其妙地上了两次热搜，评价不好不坏。

黑她的人依旧多，加上之前林启吸毒被抓，虽然如今林启已经进了青年自愿戒毒所，仍旧有不少人对她是否吸毒秉持怀疑态度。

但难得看到有人帮她说话。

不过两天后，她就知道了，那些帮她说话的人是水军，点进微博账号，除了头像一切空白，起初还以为是沈光宗买的，问了两遍，沈光宗说：“以你现在状态，买水军不太合适，咱还是等作品上了，再说话。”

说完，自己也觉得疑惑，“到底是谁给你买的水军？”

但不管怎么说，事情看起来似乎是在往好的方面发展。

不过南初自己仍旧是没什么感觉。

这几年跟着住持禅修，很多东西都看淡了，越来越希望能平静地生活。

而那边花了钱买了资源的蒋格每天翻着手机津津乐道。

一会儿指挥助理，“这部戏适合南初演，你去找制片方谈。”

十分钟后助理回来，“这戏已经定了女一。”

“谁？”

“一个女团成员，徐智艺，是今年环视力捧的新人。”

“我加一个亿，你跟制片方说。”

又五分钟，“妥了。”

蒋格满意地点头，接着又给贺正平挂电话，“我看了后期的剪辑，我觉得柳莹莹很出彩，干脆把女一戏份剪了，让柳莹莹上位。”

贺正平可不敢，“女一可是一线！”

蒋格大言不惭道：“以后南初也是一线。”

贺正平：“你这小子，我可听说你给她接了不少片约，图什么呀你？”

蒋格哼唧一声：“我这叫有眼光。”

贺正平呵呵一笑，“你还是小心你家老爷子吧，你这么胡闹下去，他难保哪天就出手了。”

蒋格胡闹惯了，也没放在心上，哼唧挂了电话，他要捧的人，谁敢拦？

这天，南初刚参加完一场颁奖典礼，其实没她的份儿，她也就是个陪跑的，但红毯外头媒体记者也多，她还是盛装打扮了一番，穿着小吊裙整个人在寒风中瑟瑟发抖。

她的外套在车上，本来一进来都有暖气，结果她跟几位女演员候场的房间暖气坏了，本来还有一个小暖手炉，结果又被隔壁一线拿走了。几个女演员敢怒不敢言，外人进来还得赔着笑脸。演员这职业也是一样，外表光鲜亮丽的，内里有许多别人想都想不到的事。

南初坐了一会儿，典礼七点才开始，她看了一眼时间，又出去给林陆骁打了个电话，两人很久没见。期间也就通过几个电话，林陆骁比她还忙，手机都关机，能打通的概率并不大，奇迹般地，今天居然打通了。

嘟嘟声响过之后，南初心怦怦直跳，莫名有点紧张。

明明什么都做过了，也不知道现在怎么还跟十七岁少女似的，想他想得发狂。

“南初？”

听到林陆骁声音那瞬间，南初就觉得一下子被满足了，“队长，下班没？”

林陆骁那边举着电话刚出中队，一路过去有士兵跟他招呼，都被他一一挥开，到了停车场，直接拉开车门跳上去，然后嘭地关上，到了封闭的车厢里，才有点二人世界的感觉，“刚下班。”

过道里人很多，都是来去匆匆的工作人员，倒也没人顾得上她，风灌进来，南初搓搓小臂，“我在颁奖晚会现场，冻死了。”

林陆骁靠在座椅上，点了支烟，眯着眼，能想到她今天穿了什么，每次看她照片，就忍不住替她的脖子寒冷。

他抽了口烟，慢慢悠悠道：“活该，谁让你穿得少，回头我让孟婶给你找件大花袄穿上。”

“你真把我当老奶奶了？”

林陆骁很轻地笑了一下，“谁说穿大花袄就是老奶奶了？你思想认知有问题。”

“行，你去整，过几天那庆功宴，我就穿着去，看看是给谁丢脸。”

低笑几声，林陆骁把烟掐了，忽然正色唤她：“南初。”

“嗯？”

“你妈在国外？”

“嗯。”

“要回来吗？”

“你找我妈？”

“嗯。”

南初嗓子一窒，“找我妈干吗？”

“要户口本。”他坦然低笑道，“娶你不要户口本？”

“真结婚？”

他戏谑，“怎么，不想嫁？”

“你求婚了吗你？”南初压低声音。

“……”

那边忽然静了一下。

很小的时候，南初想过，如果以后有男人想要娶她，必定是八抬大轿或者势必来一场声势浩大的求婚。

随着年龄越大。

观念，思想，阅历，身份，重重限制。

林陆骁这身份也没办法给她一场声势浩大的求婚。

停车库里。

林陆骁降下车窗，一只手握着电话，一只手夹着烟，搭在窗沿外，那烟很久没抽，星火欲坠，风一鼓，半截烟灰砸在地上，他索性把烟丢了，低头从置物盒里翻出一张政审表。

那是前几天林清远让张秘书给他的。

“你想做什么就做，我不拦你，吃了亏，闷了苦，别后悔就行。”

早些日子吧，做梦就想着这个事。可现在真同意了，他还有些唏嘘，心一下就空虚了，但想想小丫头，心里又满了。至少，成功了一步。剩下的只要南初政审过了，南月如那边同意，基本上，他俩的名字就连在一起了，从此，林陆骁配偶那栏就是南初的名字了。

生是他的人。

死是他的鬼。

他耳边夹着电话，随手抽了根笔，用嘴咬开，将纸张铺在方向盘上，慢悠悠填了起来。

姓名：林陆骁。

落笔利落，笔锋有劲。

他字好看，从小随了老爷子写毛笔字。

林陆骁趴在方向盘上，一边填，一边低声问："嫁给我？嗯？"

那边姑娘被冻僵了，搓着小臂，犟道："不嫁。"

林陆骁笑了一下，继续往下写。

性别：男。

民族：汉。

他慢悠悠道："我在填结婚申请表了，你要不嫁，我就撕了——"

说完，他作势揉了一下纸团。

听见纸张的窸窣声，那边急了，"哎，你敢！"

他低笑了一下，故意道："那你嫁不嫁？"

"嫁嫁嫁！"

小姑娘急不可耐点头，"不过要隐婚了，先扯证，不公布，也不能让我公司知道。"

洋洋洒洒一张表格填下来，林陆骁靠在椅子上，拎着看了会儿，"行，我明天提上去，回头再补你婚礼。"

这通电话到最后，南初都还没意识过来，真就这么嫁了？

林陆骁第二天就把报告递到支队。

孟国弘低头看了一眼，"你要不要这么急？你爸那边一松口，你这边就给我打报告了？”

林陆骁站得笔直，“三十了还不急？”

孟国弘冷笑，至今不满意他，“你别把自己害了就成！”

林陆骁吸了口气，道：“我媳妇儿是漂亮，但你们是不是对漂亮的女人有什么误解啊？”

孟国弘懒得理他，挥挥手把他轰出去。

这帮孩子一个比一个疯。

出了办公室，难得心情好，林陆骁给大刘打了个电话，慰问。

大刘最近跟徐智艺闹脾气，心情不佳。

“闹什么脾气？”

“你说她一小姑娘好好唱歌当她的偶像不行？非要去演戏，结果刚定下的女一又被人抢了，这几天心情不好，约她她也不肯出来。”

林陆骁取了支烟放进嘴里，漫不经心道：“哄哄呗。”

“哄上天了都。”大刘忽觉奇怪，“你听上去心情不错？”

林陆骁低头把烟吸燃，吐了口气，懒洋洋道：“本来想通知你个事，看你心情不好，怕刺激你，算了，我自个儿乐。”

“滚！你从小刺激我的事还少？”

林陆骁弯弯嘴角，没作声。

大刘急了：“说！有什么好事，告诉哥们儿。”

林陆骁撣撣烟灰，慢慢道：“我要结婚了。”

“你家同意了？”

“嗯。”

大刘：“恭喜啊！那我真要叫南初一声嫂子了？！”

“已经提了报告，等审批结果下来，我去见南初妈。”

其他都是可控的，对他来说，审批没问题，林清远的性子他也了解，这些他都可控，唯一不可控的是南初的母亲。

“恭喜喽，要去见岳母了！要方便的话，顺手给我弄张签名回来啊，我可喜欢她演那女侠客赵子莹啦！还有那个天涯孤女谢媛！她演过好多经典角色！”

不追星不看电视剧的林陆骁说：“什么玩意儿？”

大刘哼唧：“这你就不懂了吧？要讨好丈母娘，你好歹把人家演过的角色看一遍啊，不然到时候两人对面一坐，问你我演过什么，你要说不上个所以然来，多扣印象分啊？”

信了你的邪！

话虽这么说，林陆骁空余时间还真找了南月如以前拍的几部古装剧看。

有一部尺度还挺大，有裸戏，而且是隔几分钟就来一场，隔几分钟就来一场。

林陆骁索性一边拉进度条，一边看，画面一暧昧，他就拉进度条，这么一部片子看下来，反倒看出一脑门汗。

他蓄着一脑门子汗，关了视频。

南初电话就进来了，准时准点儿，“你干吗呢？！”

林陆骁靠在椅子上一个激灵，“咳，怎么了？”

“你有微信吗？我给你发几张图片。”

很早的时候申请过一个，连个头像都没有，不过里头也没几个好友，他几乎不用，要找他的几乎靠电话。

他报了账号，等她加，通过请求后，很快就进来几张图片，她说：快帮我选选，我今晚要参加一个周年庆，哪件好看？

他对着几张照片看了半天，最后选了一张稍微保守的。

南初很快回：我就知道，知道啦，听你的。

他满意回：乖。几点结束？我去接你？

南初回得慢，等她的间隙，林陆骁点开她的头像看，小姑娘坐在沙发上，手里举着一只兔子，刚好挡了脸，鬼使神差的他按下保存，然后换作自己的头像。他好友不多，除了大刘几个，还有一些就是队友和曾经带过的兵。

万年沉尸换了头像。

微信瞬间被炸开。

大刘：卧槽，这是嫂子吗？好可爱。

林：是不是比你媳妇儿可爱？

大刘：滚！我媳妇儿最可爱！

林陆骁回了个“竖中指”的表情。

沈牧：你诈尸？

林：不行？

沈牧：头像是南初？

林：嗯。

沈牧：你连微信都不忘记屠狗？

林：不行？

系统提示：需要添加对方为好友。

南初：你怎么用我头像？

林：这只兔子可爱。

南初：……

接着又是一条：我要走了，等会儿再说，你晚上别过来接我，这边记者多，我过几天去找你。

林陆骁靠在椅子上，两只脚悠闲地搭在桌沿，半天才回一条：好。

南初今晚参加的是 F&D 创立五十周年的周年庆，在环宇大厦。今晚出席的有很多上市集团公司的 CEO、一线演员、知名导演和制片、蒋格最近投资的剧组，包括像南初这些新秀，还有一些老艺术家、老戏骨，是蒋老爷子那辈的至交，今晚是一场名利场。

而相比较这些人，演员这个职业反而成了最底层，小演员想借此混脸熟，一线演员想把握资源，唯独南初，全程被沈光宗拎着到处敬酒，她骨子里却透着疲乏和倦意。

圆舞场，亮眼的水晶灯光，人人衣着光鲜，妆容精致，衣冠楚楚，脸上戴着无形假面，笑脸相迎。在人群中，掠过一张张熟悉的脸，南初仿佛置身一场假面舞会，所有人都若无其事高声畅谈，一派祥和，一转头，她看见徐智艺被一个老头儿搂着出来。

南初当作没有看见，很快别过头，而这边，严黛举着酒杯朝她拖曳裙摆过来，笑笑，“喝一杯？”

晚上十点。

特勤一中队。

急促的警笛声划破长空——

所有消防官兵打挺而坐，快速翻床下去，鱼贯而出。

林陆骁直接冲出办公室，直接从长廊里的滑道管溜下去，他第一个到达地库，快速套好消防服，立在原地，掐着表。

“快点！”

陆陆续续有消防兵跑过来。

四十秒，人员到齐，林陆骁跳上车，一声令下：“走！”

耳机线那边是接线员的声音：“火灾地点，环宇大厦七十六层。”

“里面什么情况？”

“F&D 集团在开周年庆，请了很多演员和导演，还有年纪半百的老人，被困人数预估在三百左右，包括酒店工作人员，具体数值已经在申报了……”接线员说着说着就觉得有点不对劲儿了，怎么林队这么反常，按照以往，早就冷静地跟他分析来着，他试探地问了一句，“林队长，你在听吗？”

好久，才听他回：“听见了。”

冷淡至极，又是极具压抑的嗓音，接线员点点头，“那边电话又进来了，你们快点。”

“挂了。”

断了线。

旁边都是跟随林陆骁出警多次的老队员，包括杨振刚在内。

他们都没有见过林陆骁此刻的表情。

阴沉得几乎随时会爆发。

杨振刚直觉是这次事态严重，又恰逢他转职之际，出了任何差错，都对他不利。

“情况严重？”

林陆骁摇头，随手捞起边上的水，仰头就灌，喝完直接把空瓶捏瘪了丢在前挡板上。

耳边都是南初的话。

——“我晚上要开个周年庆，你说我穿哪件好？”

——“我就知道你会选这件，好吧，听你的。”

他似乎都能想到当时南初说那两句话的俏皮表情。

不能想。

一想心思就乱，那丫头好歹还在队里待过几天，知道火场逃生的最佳时机，不比其他人。怕就怕她还把求生的机会让给别人。他忽然埋头下去，手握成拳抵到唇边，用牙齿咬着，眼睛憋红，后背已经全是汗，脑子里已经没了别的念头，全是南初南初。

等车到了现场，底下围了一圈人，全是一个顶一个的人头，乌泱泱一片，有人拿手机拍照，有人还在不停打电话。

林陆骁没等车停稳，就直接跳下去，他抬头看，冲天的火焰几乎要炸开这半边的黑夜，滚滚浓烟与这黑夜已经融为一体。火舌就跟爪牙似的，不断在这座大楼蔓延，时不时砸下带着火焰的红球，砸在路边的车顶和摊子上，底下的路人带着兴奋尖叫和呐喊！

“着火啦！”

“快发微博！”

“听说里头还有好多明星！”

“反正我偶像不在。”

这就是世态——

灾难不落到自己头上，旁观者永远都是幸灾乐祸。

警戒线外不断有记者要涌进来，扒住林陆骁的胳膊，仿佛抓住了头条大新闻，一脸蚕食的表情，“帅哥帅哥，里头什么情况？！能透露一点吗？！”

林陆骁直接不耐甩开，“滚开。”

然后，带着他出生入死的兄弟，往那火焰中心冲上去了，头也不回地。

入伍那年，我曾答应自己。

忠于党，忠于祖国，忠于人民，绝不背叛。

这么多年，我谨记誓言。

出入火场千余次，救下数千人。

铁血军魂铸就的信仰。

如今只有一个愿望。

——佑她平安。

漆黑的大楼原本安静矗立在黑夜里，而今晚火焰冲天，赤红的烈焰和黑色的浓烟炸开了这半边天，底下人们疯狂尖叫。

环宇内。

爆炸发生的一瞬间，所有人欢声笑语，浑不所觉，南初端着酒杯站在沈光宗身旁。蒋老爷子拄着拐杖上台念了祝贺词，台下掌声雷动，大家笑着闹着，欢庆着，仿佛再也没有比这更高兴的事。此时，轰然一声炸响，所有灯灭，大厅瞬间陷入黑暗，人群慌乱，蒋格刚吩咐人去门外看，结果下一秒，墙面玻璃直接被炸开，一股热流伴随着玻璃碴子，猛然轰进来。整个宴会厅一点就着，丈余长的火舌从打碎的玻璃墙里冲进来。

墙面附近的人流被轰然炸开，四仰八叉地倒地，哀号声不绝于耳。

这声爆响过后，像是长鸣的警号。意识到灾难降临，人群开始兵荒马乱地四处逃窜，光鲜亮丽的外表，终于被最后的求生欲望给撕破。所有人的面目都变得可憎狰狞起来。求生的本能，让他们暴露了自私邪恶的人性，一瞬间，这繁华的商厦仿佛陷入了人间炼狱。

南初和沈光宗被人流冲散。宴会厅里都是破碎的酒瓶，酒水流了一地，不断涌进的火星跳跃着落地，火焰迅速一簇簇攒起，不断逼围过来。不一会儿，四周就环绕了火焰和浓烟，封锁住了所有逃生路口。火场的温度骤然提升，没一会儿，所有人已经面红耳赤，外头火势越烧越烈！空气中全是力拉崩断的声音，头顶时不时砸下几根断梁！火焰的势头丝毫没有减弱。

一众人被火舌的轰然不断往楼层深处逼近，在浓烟中，几乎辨不清方向，然后在一串噼里啪啦的火星中所有人不断被打散。

南初忽然被人抓了一下手。

隔着烟雾，她认清是严黛，只见她用布捂着口鼻，猫着腰跟她说："我找你老半天了。"

南初一愣，"你找我干吗？"

严黛直接从兜里掏出一块湿帕子丢给她，"捂着。"

南初倒显得有些吃惊，"你不会下了毒吧？"

"滚！"

两人在浓烟中迷失了方向，靠在墙上休息间隙，忽听严黛道："上次演习丢下你，这次当补偿你了。"

"那你亏大发了。"

安静一瞬。

两个小姑娘忽然就靠墙对视笑了一下，火光在她俩身后噼里啪啦燃烧。

林陆骁带了小分队的人进入警戒线。

身后是喧嘈的群众，帽檐也遮不住他此刻整肃的面容，"立正！"

消防兵全部打了个响亮而板正的立正！

"报数！"林陆骁沉声。

"一！"

"二！"

"三！"

"……"

"十！"

"……"

"十五！"

人员齐备。

林陆骁："救援结束，给我齐齐整整在这里报到！"

"是！"

在轰然的背景声中，他们齐声响亮，眼神坚定。

紧随着又开进七八辆消防车，二队队长从车上跳下来，冲林陆骁过来，"研究通道了没？"

林陆骁仰头看一眼，刚三队发来信号，"楼梯被封死了，从消防通道进吧。"

二队队长拍拍他的肩，"干吧。"

无限惆怅和哀婉，这样的场面他们经历了无数次，可每次都冲劲十足。

高层火灾最无助，别说七十六层，就现有国内的消防救援装备，举高救援能力约为五十米，大概也就十几层的楼高，无法铺进水带，高喷车的远射距离远达不到那么高，云梯最高只能上到五十层，而且高楼里头结构复杂，楼内封闭，使用的都是高强度的水泥墙，皲裂速度跟烧毁的速度比一般的普通水泥都要快。

浓烟扩散快，可见度低，扑火几近无望。

林陆骁一进入火场就意识到这次救援困难了，三队长几次带人过火带，都被强烈的火势逼出来，张牙舞爪的火舌延展之地燃尽一片，似要吞了这座大楼，灾情比他想象中还大。

二队长比两人都年长，身经百战，早些年参加过一场八十四层的高层救援，相对有经验地说："这里应该是起火点，先把附近搜一圈。"

林陆骁带着邵一九搜遍另外半层，每从一个石板下捞出一个脑袋心里就一阵咯噔，生怕看到南初那张脸。

翻滚的浓烟越来越猛烈，里面可见度很低。

身后爆炸声轰鸣，火势猛烈。

对讲机响了两下。

林陆骁抓下来，杨振刚问他："情况怎么样？"

"还在搜。"

杨振刚："我这边刚下来名单，看到南初的名字……"

出事到现在，他忽然消化了，人也冷静了些，"嗯。"

杨振刚知道这小子的性子，看到名单上南初名字的时候，心里也是一咯噔，他肯定是不找到人不会出来的，重重叹了口气道："你得保证自己的安全。"

林陆骁一脚踢开面前的钢筋板，把对讲机挂回肩上，没情绪道："放心，我死不了。"

清完半层，回到中层跟其他两队会合。

三队那边有了发现，勾了张纸，趴在地上勾画，"两扇玻璃门，这边一个老头儿和一个女孩，这边是两个女孩。正面进去人也带不出来，里面那老头儿估计撑不了多久了。"

听到"女孩"两个字，林陆骁眉间都一跳一跳的。

他站起来，直接建议道："用索降，破窗。"

三队长沉默。

高层火灾索降是最不明智的。

在所有的高层指挥中，指导员都会避开索降，第一，国内设备不够完善；第二，因为索降使用的是静力软绳，如今火势已经从七十六层蔓延到顶层，随便一个轰燃，就能把空中的软绳给燃断。高层索降以前从没做过，没办法保证速降人员的安全。

危险自然有，哪次出任务会平安无事，但总不能有危险就不去做了吧。

林陆骁重新戴好消防帽，“所以我们时间不多，一分钟内，绳子轰燃几十次都不会断，不是每一层都有轰燃点。先上顶楼看看！别忘了我们当初说过什么了。”说完拍拍两人的肩，带人转身冲出火带。

誓死为人民服务呀！

怎么能忘？

二、三队队长互视一眼，分明看到了对方眼里坚定又跃跃欲试的眼神，“走！”

男人之间的默契确实不需要多说，三人合作过多次，对林陆骁的能力表示认同，同时也佩服他骨子里那不羁的血性，得到回应后，两人一个健步冲上去，“你等一下！”

黑夜宁静，大厦底下忽然引起一阵骚动。楼顶看不太清，但是依稀能看到几个蝼蚁般的人。底下孟国弘拿着望远镜看了会儿，视线对焦后，脸色顿时沉下来，一把夺过杨振刚的对讲机，“林陆骁，你们几个搞什么鬼？！”

林陆骁已经绑好索带，站到了天台边缘，跟二队长互视一眼。

肩上对讲机滋滋响着，他取下来，按下对话，弯弯嘴角道：“救人啊。”

孟国弘：“你不会不知道这种情况不能用索降？摔不死你？！”

林陆骁吸了口气，叉腰，“那您有好建议？”

孟国弘：“给我老实在那儿等直升机！”

林陆骁低头扣好腹间的锁扣，拎了拎，淡声道：“什么时候到？”

“二十分钟！”

他嗤笑了一声：“海北开过来的？”

话里倒没别的意思，却惹怒了孟国弘，“直升机是说开就开的吗？”

“没别的意思，二十分钟，里面的人能煮熟了。”

形势确实迫在眉睫。

那里头的高温无法想象。

孟国弘急了，“八十层，你摔下来连个全尸都没有！国家培养你容易啊？！”

今晚这情况确实不适合索降，浓雾大，轰燃点多，防护措施不到位，如果成功，无可厚非；如果失败，损失的是消防队两名英勇的中队长，以命换命从来不是明智的救援方式。要培养一个中队长也不是一朝一夕的事，更何况林陆骁这样的人，今晚这种情况，确实有点把孟国弘气坏了。

争执不下结果。

违抗的话，那就违抗吧。

林陆骁也懒得再理，直接把对讲机拔了。

“林陆骁！我命令你马上给我下来！你这是违抗命令——”

对讲机滋滋滋响了几下，他直接给关了，丢给身后的小九儿。

“别开，剩下的事，我们下去再说。”

在火场，判断形势的是他们，被困者唯一能求助的也是他们，如果连他们都放弃。恐怕真的会让人民对这些公务人员失望，二队长跟他一起下去，三队长留在上头拉绳索，以防失重下坠。两人吊好绳索，直接背过身，人往下坐。

八十层，高空空气稀薄，两人都是第一次从三百米高空索降，平时训练的高度都不及这十分之一。

二队长悬在半空，心有余悸，看林陆骁一眼，鼓劲儿似的哈哈一乐，“小子，你行不行？”

林陆骁没说话，弯弯嘴角，脚踩墙面，手拽着绳索往后一顶，晃荡出去，两脚并拢蹬直跟身体成九十度，人直接顺着绳索一溜到底。

二队长紧接而下，底下人看得心惊肉跳。那速度快的，一眨眼，他们已经停在七十六层的窗外，人群失声尖叫，手心都为他们捏了一把汗。

姑娘们看得脸红心跳，“这也太帅了吧！”

有小孩站在路边，牵着大人的手，仰头指着那悬挂在空中的两个人影，奶声奶气地高喊：“妈妈，Fireman！ Fireman！”

年轻女人一把抱起小孩，一字一句纠正他，“是消防员。”

小孩囫囵学，“妈妈，消防员是什么？”

“就是保护我们的人。”

南初昏迷前的最后一点意识，好像看见一个人从天而降，势如破竹般砸开她的玻璃窗，然后将她从高温的屋子里捞了出去。

与此同时。

她身后的房门就被火焰烧破，直接炸开，人似乎掉入了高温火炉。

那人低头如获至宝般亲了亲她的额头，低缓的声音在她耳边响起：“南初……”

所有的冷静和自持全然在小姑娘安安稳稳躺在自己怀里的一瞬间炸开。

小姑娘昏厥，白嫩的小脸上都是灰，一点意识都没，唯有轻弱的气息，他忍不住低头蹭了蹭。

想着，幸好以后日子还长，还能疼她好久。

严黛跟南初一同被送上救护车。

严黛还有微弱的意识，林陆骁转身要走之际，被她伸手拽住，“队长。”

林陆骁也是满脸灰，低头看她。

严黛气若游丝地说：“我这次没丢下她，我没背叛战友。”

她也不知道自己想要证明什么，不说两句又不甘心，可明知对方不会在意，还是想告诉他，她严黛真不是那种人。

她不仅没丢下南初，灯黑的一瞬间，就特意去找南初的方位。

其实在某种程度上，她跟南初有点相似，这姑娘骨子里也有点傲气，只不过，她比南初情绪更外放。

林陆骁低嗯了一声：“你们都勇敢。”

严黛极淡地扯了个笑容，“南初刚说，你告诉她，天上的每颗星星都是殉难者的生命，挺好的……”

说着说着她声音就淡了下去。

其实她都不明白自己想要表达什么，就是这劫后重生，她想跟他说点什么。

她慢慢道：“你俩，真挺好的。”

林陆骁低笑了一下，“谢了！”

说完，他最后看了一眼左边担架上的小姑娘，安静地闭着眼，真跟睡着了一般，手指在她眉心揉了揉，然后拨开她凌乱的头发。

多久没见了。

好不容易见着了，她也没睁眼看看他。

林陆骁跳下车。

迎面推来两架担架，徐智艺和一老头儿。

徐智艺痛苦地捂着半边脸，脑门都是血。二队长紧跟过来，被林陆骁拉住，“她怎么了？”

二队长说：“刚拉出来的时候，老头儿拿她挡炸开的玻璃碴儿。”

南初醒来的时候，第一眼看见的就是隔壁床的严黛。

那姑娘穿着病号服，吊着打着石膏的胳膊，嘴里叼着根烟，活生生把她熏醒了。

“你在病房还抽烟？”南初坐起来，揉揉太阳穴，随便动一动，浑身酸痛。

严黛把烟掐了，“医生说你需要点刺激才能醒……”说完还冷哼一声，“果然还是烟味能刺激你，林队长来了都没用。”

南初脑子反应慢。

在脑海里搜索了好一会儿，才将林队长这个人，跟她脑海里那张脸对应起来。

“我昏迷了多久？”

她望了一眼窗外，艳阳高照，一恍惚的错觉，以为是夏天。

严黛哼唧一声，漫不经心地说："十年吧。"

南初猛地转过头去看她，盯着她瞧了一会儿，弯弯嘴角，"那你怎么还这副鬼样子？"

"鬼知道呢？"严黛说。

难得轻松。

南初难得弯弯嘴角，两个小姑娘表面上互相看不惯彼此，但心里却都是喜。

劫后逢生，化敌为友。

房门在此时被人推开，两人下意识望过去，看清门口站着的人，南初笑意渐渐僵了，低声道："妈。"

Chapter 14

妈，我跟你回美国

门口那个雍容华贵的女人，确实是南月如。

房门被人推开的一瞬，背后有光打进来，笼着南月如那高挑的身影，在南初的记忆里，她似乎永远都穿着大衣，化着精致的妆容，面色冷清，十余年，傲气不减。

她依旧年轻。

南初甚至忘了，如今的南月如已经四十七岁。

可她眉眼间却寻不见一丝皱纹的痕迹，那么端端站着，俨然还是三十岁的少妇。

忘了有多久没见，去年还是前年。

南初垂眼，紧张到睫毛都发颤，低声道："妈——"

紧随而至的是一连串高跟鞋的声音。

她刚要抬头去看，耳风一过，啪的一声响，脸被人打侧过去。

突如其来的巴掌，南初半天没回过神来，也许被打蒙了，她颓然侧着脸。

还没睡醒呢？

也许是一场梦？

可脸上火辣辣的刺激又提醒她，并不是。

严黛都没反应过来，等她反应过来时，南月如第二巴掌又要下去了，她也不顾自己吊着的胳膊，直接扑过去，给人拦住，“阿姨！你疯了？”

窗外是日光，金灿灿地落进来，在地面、被面薄薄地铺了一层。

南初忽然想起很小很小的时候，她爱吃糖，于是背着南月如偷着吃，结果，牙疼半个月。

那时，南月如也狠狠打了她，屁股被打肿，小时候不懂事，也没心没肺，哇哇大哭，咿咿呀呀地嚷着：“妈，你不爱我。”

后来才明白过来，那时是因为爱才打的。

可如今呢？为什么打她？

南月如看也没看严黛，直接把手抽回来，低头看她，声音冷冰冰的，“跟我回美国。”

回？为什么要用回？

南初低着头，慢慢思考，美国有她的家吗？

这么多年下来，她跟南月如之间似乎隔了一层无形的屏障，就算站这么近，可总觉得，两人之间挡着一层透明的薄膜，无法触及彼此，或者说，是她一出生，南月如就把她用塑料薄膜挡住了。

她把严黛推开，抬头对上南月如的眼睛。

弯月如钩。

从小就一直有人说，她像极了南月如，尤其那双眼，淡淡的眼尾上翘，似开了剪的燕尾，温顺又勾人。

“不去。”她果断拒绝。

以前小时候，每次南月如出国，她都奢望能带上她一起。

年年岁岁过去，如今，真等她说了这话，好像等了很久终于吃到了那颗糖果，早已没了当初的味道。

南月如忽然转头看严黛，说：“能请你出去一下吗？我们母女有话说。”

严黛不太想出去，生怕她一出去，南月如又对南初动手，她不想又背上一个丢下战友的罪名。

南初淡声说：“你先出去吧。”

她终是点点头，对南月如提醒道：“您别动手啊，她刚醒，身体虚。”转头又对南初道，“我在门口，有事你叫。”

南初心头一热，轻点头。

明明几个月前，两人还在泥潭里打架，她忽然有点明白林陆骁跟他那帮兄弟们的感情，当过兵，确实不太一样。

南月如扯了张凳子，坐下去，连坐姿都十分优雅，无可挑剔。

“不去也行，跟那男的分了。”

“不去也不分。”

南月如：“真以为我拿你没办法了，是吗？”

说话间，红色的包被甩到床上，南月如从里头捞出一个信封，直接甩她身上。

南初反应不及。

一大沓照片哗啦掉出来，乱七八糟摊在床上，南初拾起几张，快速翻看，是她跟林陆骁出入公寓的照片以及几张亲密照。

“才几岁？跟人同居？你不要脸我还要！不分手就跟我回美国，我帮你联系了美国的学校，给我回去好好上学！”

南月如几乎是厉声喊。

从小到大，在南初的记忆里，她很少发火，永远都是一副冷淡的模样，那俩眼珠就跟摆设似的，对她除了冷漠还是冷漠，可她演戏的时候，明明那双眼睛感情那么丰富。照片并没有激怒南初，就算没有这些照片，她也打算告诉她：“妈，我要跟他结婚。”

南初几乎很平静地说，不带任何情绪。

病房里阳光很暖，是冬日里最慵懒的一束，可里头的气压低到爆炸。在南月如看来，此刻的南初有点像小时候她常捏在手里玩耍的布偶娃娃，整个人冷透了。她深吸两口气，理了理思路，很清楚南初的性子，从小就这样，真想要一样东西，要死要活，可憋一阵，也就这么过去了。

于是她缓和神色地说："南初，你俩不合适，你跟我回美国，多交交朋友，你会发现比他优秀的人很多。"

南初冷淡道："妈，我只要他。"

南月如终于忍不住，脱口而出："你要得起吗？！"

南初一愣，抬头看过去。

南月如厉声说："你要真那么喜欢当兵的，你好歹嫁个好点的兵种，一破消防兵有什么用？福利待遇那么点，还随时随地找不到人！生了孩子怎么办？你自己带？！你一个人带得过来吗？你舰着脸嫁过去，你还得帮他洗衣服、做饭、带孩子，人感激你吗？人只会戳着你脊梁骨说你倒贴！到时候你还想拍戏？你脑子灌水了？！你以为军嫂那么好当的？你以为那些人真看得起你？各家亲朋好友逢年过节坐在一起看你的戏，要有点暧昧镜头背地里都捂着嘴笑话你，面儿上装得不动声色的，回家一准给你好果子吃，哦，一次两次忍下来了，时间长了，哪个男人骨子里没点大男人主义？最后他只会嫌你脏！到时候你怎么办？离婚？还是退出娱乐圈？哦，正巧了，给人落话柄，说你没工作，就他那点工资，养得活你？你一个包都顶他一年工资了。等真到了那一步，你再去找工作，好呀，你去找啊！我就不信你个成天让人伺候惯了的大小姐真能忍着脸色给别人打工！"

南月如字字诛心。

南初张了张嘴，想说什么，又憋住。

南月如喘了口气，把手机丢过去，"你自己看！"

南初低头，傀儡般拾起手机。

视线往下滑。

大红标题高高挂，全都是——南初疑似恋上消防员。

一夜之间，所有的营销号仿佛被人买通了似的，满目嘲讽，还不是对她，是对林陆骁的。

南初头疼欲裂，太阳穴突突直跳。

心底那根紧绷的弦，终于被人抽断，长舒一口气的同时，背后冒着涔涔冷汗。

她甚至不敢点开评论。

南月如冷讽：“点开啊，评论很精彩。”

她吸吸鼻子，抿唇，轻轻点开，数万条评论蹦出。

“消防员和明星？”

“这消防员一定活好吧，长这么帅？”

“可见南初名声有多臭，不敢找圈内的，找了个圈外的。”

“这帅哥我上回还见人转发过，怎么跟她在一起？”

“消防员的春天。”

“他俩是录一个网络综艺节目的时候好上的，啧啧，男人到底是禁不住诱惑，丢军人的脸！”

“不愧是最差的兵种，找最烂的女人。”

“这女的不是之前被爆出吸毒的吗？”

“楼上这话你可不能乱说，有证据吗？”

“南初没吸毒，别乱说。”

“说她没吸毒的，让她去验尿给化验单啊，我有朋友说她当晚是一起被抓的。”

“真会勾搭，果然跟她妈差不多，都是骨子里的骚货。”

她记得他曾跟她说过。

“别对社会失望，你看到的只是一小部分，也许万分之一都够不上，在很多你看不到的地方，大多数人都秉持善心。”

“这就是中国军人的意志，绝不会轻易倒下。”

“一息尚存，素履所往。”

“国旗是他的信仰。”

失望吗？

林陆骁，看到这些你还这么想吗？

南初忍不住伸手抹了一下眼角，湿润润的，她一愣，从小到大似乎没哭过，再难受，忍一忍也都过去了，这好像是第一次，她又伸手擦，结果越擦越多，眼泪像开了闸，淌个不停。她想到曾经看过一本书里的一句话，如果说国人的耐心是举世无双的话，那他们则更是出了名的冷漠。

媒体舆论埋没他的职业，把他推上了风口浪尖，塑造成了利用职务之便勾搭女明星的好色之徒。

她以前太封闭，把自己关起来，不去听外界的声音。如果她在一开始跟严黛一样，努力在这个圈子生存下去，努力爬到权力的顶端，今天会不会又是另一种局面？所有的剑走偏锋，都是一开始没认清事情的本质。

她幡然醒悟，掀开被子，翻身下去找拖鞋，被南月如按住，“你干吗？”

南初穿上拖鞋，声音坚定，“我要去找他。”

南月如难得缓了声音去哄她：“南初，这世上的事不是只有爱情就够了，你听我说，人的一生会喜欢很多人，你的人生才开始，你遇到这个你觉得最喜欢他，你只不过没见过更好的而已。”

南初停了下来，木然地站在原地，“是因为你一边走一边找最好的，所以我爸才不跟你结婚吗？”

啪——

这巴掌打得快，在南月如自己都还没反应过来时，已经下去。

南初皮肤本就白又薄，两耳光下去，脸就高高肿了起来，嘴角直接破开，她伸舌头舔了舔，都是腥味。

南月如失控，“谁让你提他！”

南初淡淡看向她，“妈，如果你能看见灵魂，我真想给你看看我的灵魂。”

它有多忠诚。

那天的谈话无疾而终。

南月如的强势她从小就见识过了，直接找人给她换了间单人间病房，门口时刻站着两个身材高大的保镖，手机被没收，她被软禁了。

在南初第三次尝试从窗口爬下去的时候，被两个保镖活活从窗台拎了回来。一人架着她一条胳膊，然后从门口监禁，变成了床边监禁。两个憨厚的戴着墨镜的西装男，跟两根大木头似的杵在她的床头。期间，沈光宗来探视，也被人请出去，他直接在门口叉腰大骂："你妈疯了？"

南初苦笑。她一直都是疯子。

网上的舆论愈演愈烈，消防员跟明星谈恋爱，似乎成了人们茶余饭后的谈资。

南初早年介入冉冬阳和严黛感情的事再次被曝光，但当天晚上就被严黛发微博澄清了，他俩分手不是因为南初，而是因为冉冬阳是个实打实的渣男，结果被冉冬阳反咬一口，新一轮撕逼又拉开。没过几天，又有新料，林陆骁军二代的身份被扒，包括林启吸毒被抓的事，还有林父年轻时候攀高枝的事被人含沙射影点了出来，甚至有人找到林父的办公室，求证林陆骁跟南初的恋情。

林清远当场被气得入院。

蒋格那边正抓耳挠腮地买公关和营销号，试图平息这波舆论，直接被人打回，"蒋二公子，老爷子说了，F&D 现在还不是您的，建议您还是不要蹚这趟浑水了。"

蒋格正抓狂，老爷子拄着拐杖进来，狠狠警告他："这事你别跟着瞎掺和！之前给她弄了那么多幺蛾子我都忍了，摆明了现在有人在整她！你要敢给我插手！我打断你的腿！"

蒋格第一次感觉无助，他又去求老爷子，老爷子直接给他轰出来，他就跪在门口。

老爷子直接拄着拐杖出来揍他！

"男儿膝下有黄金！你这随随便便给谁下跪呢？"

蒋格瘪着嘴说："您是我爷爷，我给您下跪有什么问题？您帮帮她吧！"

老爷子冷哼："用得着你帮？她妈是吃素的？多管闲事！滚回去！"

南初被软禁的第四天。

徐智艺来看她，戴着口罩。

南初仿佛又回到十六岁那年，整个人透着冷漠，穿着宽大的病号服，靠在床头，“你跟大刘见过面吗？”

徐智艺低声说：“见过。”

南初下意识问：“那你见过林陆骁吗？”

徐智艺摇头，“没有。”

“哦。”然后她就不说话了。她出不去找他，可他也没来找她。

徐智艺从边上拿了个梨，“南初姐，我给你削个梨吧？”

南初摇头，“不用，你自己吃吧。”

徐智艺没管她，边削边说：“我听大刘说，陆骁哥的升调政审没过，过几天可能还要被派到山区去支援，去一年。”

病房很静，都是簌簌的削梨声。

南初盯着她，那双眼睛比清水还清，“大刘哥人很好。”

徐智艺手上的动作一停，良久，才慢慢削开，点点头低声道：“我知道。”

徐智艺走后，南初拨了南月如的电话，“妈，我跟你回美国。”

有些东西，就像是掌心的流沙，无论你多么不想失去，可当你一握紧，它照旧会流走。

支队。

林陆骁被关了四天禁闭，直到林清远入院，孟国弘才放人。

出来时，他身上还是那套军装，往日意气风发的面容此刻格外消沉，似乎瘦了些，下巴冒了些青茬儿，眉宇带着疲倦，状态十分差。

孟国弘坐在椅子上，见他颓然，心里又气又恨，咬牙道：“瞧你这事办的！”

林陆骁低着头，整个人站得笔挺，后脊背冰凉，他不说话。孟国弘恨铁不成钢，怨愤地一拍桌子，看他难受，又不忍说下去了，只叹息一声，“你呀你呀！”

他仍旧笔直站着，最标准的军姿，像是路边常年挺立守卫的青松。孟国弘直接丢过来一份文件，说：“组织上下的，下周外派你去鹿山支援。”

男人终于有了动静，掀掀眼皮，开口：“多久？”

这是四天来，他第一次说话，嗓音似乎被碾过，沉到谷底。

孟国弘手搭在桌子上，默然一阵，才缓道：“一年。”

林陆骁没表情，也没情绪，很快接受了这个调派，“好。”

再低下头，脑子已经在计划，鹿山在安江，南方最远的山区，安江没有机场，得坐火车过去，到了安江还得坐大巴才能上鹿山，下周报到，加上路上的时间，他还有三天时间准备。

他得去找南初。去了那边暂时就没办法回来，他还得去找沈牧和大刘，让他们帮忙照顾点。还得去看林启，让他出来照顾点老头儿。还得去看老头儿，好像这回真把他气得不轻。

椅子上孟国弘点了根烟，嘲讽地笑了一下，“傻小子，你倒是说点什么！那天在楼顶上不是挺横的吗？为了那女的命都可以不要，怎么这会儿听话了？”

林陆骁面色不改，声音沉静：“您想多了，为谁那天都是这个决定，做这行要贪生怕死，不如退伍算了。”

孟国弘愣了一下，恍悟地点点头，这小子不就是这样吗？

他失笑，“行吧，滚吧，鹿山是个锻炼人的好地方，有些东西，该是你的就是你的，领导觉得你缺乏锻炼，派你去那个地方磨磨性子，你倒是悠着点，别把那地儿给我捅破天了。”

从办公室出来，林陆骁开车直奔医院。

林清远正背着手从阳台上走回来，一转头，看见大门口站着一高大小伙儿，眉眼疲倦，胡子拉碴，愣了愣，才瞥开眼，听他叫了声：“爸——”

病房里就他一人，冬天阳光温暖肆意，却泛着冷意。

林清远挥挥手，“你怎么这副鬼样子？胡子都不知道刮？”

其实很多年，他们都没有好好站在一起说过话，林陆骁不懂林清远的骄傲，总以为跟母亲离婚是他的错，却不知道，这么些年，他内心深处最敏感的地方就是他母亲。而林清远甚至也不清楚林陆骁的自尊，他最希望得到的是父亲的夸奖，可林清远这清清淡淡的一句话，就把他击垮了。

进这病房前，林陆骁在门口想了很多，父亲吝于给他的夸奖，确实是他不值得，他也许真没那么好。

他用大义包裹自己的那点野性。

他就是坏啊，小时候借着那点贪玩的秉性欺负大刘他们。

在感情上，他一意孤行，嚣张跋扈，从不考虑别人。

林启出事他没责任吗？他有。

就像孟国弘说的，他这性子还得磨。

“我下周去鹿山。”这是他的告别。

林清远目光悠远，缓了缓，才慢慢点头，言简意赅，“去吧，男人就该磨炼，那丫头呢？”

提到南初，他眼神柔了些，说：“还没见。”

林清远点点头，“去见见吧，她也不容易。”

林陆骁低下头去，低嗯一声。

窗外日光悠长，看不见尽头，一切如春日般好，又如寒冬般冷。

“我前两天做梦梦见你爷爷，老头儿挺好的，他说啊，人这一生啊，就是遗憾太多，譬如他，到死也没见着他的排长，还托我再给他找找，兴许还活着呢。”

林清远说这话时，口气特别轻松，难得脸上还挂了慈蔼的笑，跟平日里的不苟言笑判若两人，“你爷爷托梦让我告诉你，你小子顺风顺水地活了三十年，从小不管是大刘还是老孟几个，都喜欢捧着你，你几乎没怎么受过挫折，这次的事，正好让你去鹿山磨炼磨炼，男人就得吃点苦，不是所有人都能顺着你，但身为一个军人，你得时刻牢记你的责任，出去了别给你老子丢脸！”

“是。”

“老爷子那话还记得吗？”

“记得。”

“背一遍。”

他忽然挺背，一字一句道：“一寸河山一寸血，十万青年十万军。”

“作为父亲的忠告，”林清远说，“不管别人背后怎么戳你脊梁骨，该做的还得做，时间会证明一切。”

在力所不能及之时，也许沉默才是武器。

大概是南初决定要去美国之后，南月如放松了对她的管制，两个彪形大汉仍旧会到门口查进出人的身份。

这天西顾进来，被两个保镖拦着盘问了许久，直到南初开口：“那是我助理，你俩有完没完？”

两人互视一眼，放行。西顾提着满满一箱的车厘子进去，给她放到床头，扯了张凳子在她床边坐下，“他们在查谁啊？”

南初：“我男人。”

西顾一愣，问：“查到会怎么样？”

南初想了想，说：“扔下去，或是带到我妈那儿。”

西顾无法理解，晃晃脑袋，觉得这世界太疯狂，她说：“要不要我帮你去通风报信？”

南初摇摇头，“不用了，除非他自己出现，否则你找不着他的。”

西顾倒吸一口气，说：“特务啊？”

南初扯了一下嘴角，放松道：“也许吧。”

不然怎么到现在还不出现？

短暂的玩笑过后，气氛再次沉了下去，西顾知道南初心情不好，努力讲些好玩的事让她高兴。

南初兴致缺缺地听着。

直到——

说到某个人时，西顾脸上出现一抹不寻常的晕红，她恰巧抓到，一挑眉，“在一起了？”

哎呀！

西顾害羞，拨拨头发，低低头。

南初笑了，心下了然，毫无顾忌地说：“看来还做了不可描述的事？”

西顾脸更红了，头埋得更低，一时之间不知该说什么，说多了，怕伤到她。

南初无所谓地笑笑，“挺好的，我过段时间去美国了，虽然有时候韩北尧不太靠谱，但有他照顾你，我放心了。”

西顾猛地抬头，震惊满怀，她还以为自己听错了，反复确认，“你要去美国？我怎么没听说啊？”

南初揉揉她的脑袋，“因为我谁都没说呀。”

西顾忽然吸了吸鼻子，说：“什么时候走？”

“下周。”

恍如一个晴天霹雳，直接砸下来，西顾蒙圈了，想到她要走，心里又是一阵难过，“你不拍戏了？你男人知道了吗？”

南初摇摇头，口气轻松，“还不知道呢。”

听她这口气，西顾差点就哭了，这么些日子相处下来，她一直都清楚，南初这人不善表达情绪，越难过的事从她嘴里说出来就越轻松。

结果，那晚上，南初还哄了西顾好久，才把人哄走。

好久好久西顾都能想起南初那晚上说的话。

“我以前跟你说，堵不上别人的嘴巴，那就捂住自己的耳朵，其实那是鸵鸟行为，以前别人骂我，我就不去看，不去想，把这些屏蔽在外，然后活在自己的世界里，我保护了我自己，可我保护不了我想保护的人。这是我妈教给我的，二十来年，我什么都没学会，就学会了两个字，逃避。”

看似很洒脱，实际是缩在自己的壳里，任凭外界怎么敲打，她自有一方天地。

南初笑了一下，眼里忽然有些光，比窗外的月光还亮。

“后来我认识了林陆骁，他教给我的，要开朗，要乐观，要秉持良善之心，对祖国满怀希望。”

西顾没见过林陆骁，听着南初的描述，她对这个男人越发好奇了。

南初又摇摇头，“这些还不够，我发现我善良了，可别人对我不善良，我只有足够强大，才能保护我想保护的人。”

西顾是哭着走的，她真觉得南初有点变了，以前的南初有点冷漠，对世界冷漠，刻意冷漠，她不是不在意，她只是用冷漠假装自己不在意。而现在，南初整个人都很轻松，人一旦有了方向，浑身都充满了力量。

月色渐浓，南初到阳台抽支烟的工夫，就看见了林陆骁，他正倚着车门抬头看她这边。

个把星期没见，黑夜罩着他，人影被月光拉得老长，他一身黑色冲锋衣，拉链拉到顶，遮了半张脸，露出一双微微上翘的桃花眼，目光在她这一层楼里打量，发现目标后，定在她身上片刻，随手把拉链拉下来，起身朝她这边过来，不是楼梯方向，而是走到阳台的外墙下。

刚在楼下碰到严黛，她善意地提醒他别走正门，可能会被带走去见丈母娘。

他倒不是怕见到南月如，只是现在，他不想耽误时间，他想先见南初。

十一点半。

住院部大都熄了灯。

一个黑色身影顺着外墙的窗棂、空调外挂机，以及墙上几块挡水板翻到二楼阳台栏杆上。

南初眼睁睁看着他徒手上来，脚一蹬，挡水板哐哧哐哧晃，她想尖叫，又怕引人注意，死死捂着嘴。

结果林陆骁就很淡定地脚踩墙面一个翻身抓住了旁边的窗棂。

最后一下，两手直接撑住阳台的栏杆，翻身进来。

就这么活脱脱地站在南初面前。

“你疯了？摔下去怎么办？”

林陆骁捏着小姑娘的脸仔细看，一笑道：“想我没？”

南初气得要死，“你别总干这么危险的事，行吗？”

“真生气了？”林陆骁把人搂进怀里，低头用下巴蹭蹭她的头顶，“下次注意，我是真想你了。”

南初伸手抱了抱他。这一动作直接导致林陆骁想把她推进去扔到床上，但想想这小姑娘身子弱，再禽兽也干不出在人家病床上做这事，忍了忍，低头亲了两口了事。结果，南初直接把他推进去，骑到他身上，手哗一下把他冲锋衣的拉链拉到底。

林陆骁一把擒住她的手把她反过来压到床上，眼里都是压抑，“这还是在医院！”

“没事。”

南初被压着，头发散了一枕头，她眼里都是水，直接仰头去堵住他的唇，力道过大，第一下撞到他的唇角，第二下才含住他的唇，用舌尖去撬开他的牙齿，慢慢滑进去。

就跟以前他亲她似的，一点一点地慢慢挑逗着他。

这一下把火点着了。

南初出乎意料的热情简直让林陆骁要爆炸，他只觉浑身血液全往一处涌，两只眼睛猩红，直接把人压在底下，坐起身。

里头没有开灯，就着淡薄的月光，南初听见他解皮带的声音。

南初靠着床头穿好衣服，林陆骁洗完澡半裸着从厕所出来。

他穿着裤子，没穿上衣，露着结实的胸膛，一边扣皮带一边走到她床边，伸手揉了揉她的头发，“有个事跟你说。”

南初点点头，“你说。”

林陆骁把她耳边的碎发捋到耳后，“我下周去鹿山，得去一年，回来的机会少，你在这儿——”

“队长，我们分手吧。”

这句话冰冷到让林陆骁觉得，刚才那一切仿佛是他的春梦。

“别开玩笑。”林陆骁捏了捏她的耳朵，警告似的。

结果被南初侧了侧脸，挡过去，“我说真的。”

人的大脑在接收一些坏消息时，会分泌出一种神经元抵抗这种消息的来源，直到——

无法抵抗，慢慢进入脑中枢神经，才意识过来。

哦，是现实。

林陆骁这个过程有点长。

南初说完，他沉默了好一阵，背对着她坐在床边，才问一句：“为什么？”

南初脱口而出：“累。”

是真累，累并快乐吧。

林陆骁阴着脸，转了一下头，“我不同意。”

南初：“我下周去美国。”

如果说之前的分手只是让林陆骁觉得无奈，但这句话彻底激怒了他，在他不知道的情况下，她已经选择了离开。

但他仍旧选择压抑怒气，慢慢地一字一句问：“去美国干什么？”

“上学，我妈找了所学校，把之前拖欠的学业先完成。”

林陆骁声音也没了温度，他的耐心在认识南初之后就日益见长，他说：“你去你的美国，完成学业就回来。”

鹿山只用一年就能回来，再不济，她两年总能完成学业了吧？

“其实你我都清楚，等待是漫无目的的。我要完成的不止学业——”

这个过程很漫长，一年不短，十年不长。

他忽然弯腰，背脊弓着，手搭在腿上，气急败坏地打断她，“那你想怎么样？！”

她漠然，伸手去摸他的黑发，目光眷恋缱绻。

“说实话，舆论爆发的那刻，你有没有一瞬间的后悔？你父亲入院你很自责，同样，在这件事上我很自责。”

林陆骁站起来，直接抽了边上的衣服，一边从头上套进去一边一字一句阴鸷道：“除了分手我不答应，其他的随你。”

林陆骁拉好外套拉链，盯着南初，一刻也不想再待下去，没情绪道：“走了，你还有什么要说吗？”

“对不起！”南初低头说。

像点了炮仗，一句话就让他彻底炸了，隐忍维持的风度全然崩裂，其实他本来就没什么风度。他低声骂了句脏话，是他从前即使再生气也不会彪的。

林陆骁叉腰站在门边上，舔着嘴角，极具嘲讽地笑，“玩我是吗？”

南初摇摇头，“在一起是认真的，分开也是认真的。”

他们都需要时间去解决现实的问题。

在这之前，南初觉得她不该用承诺去捆绑一个男人，还是一个这么好的骁勇善战的队长。

爱情，其实应该随遇而安。

林陆骁站在门口，神色冷然，相比较平日里严肃的眉峰此刻却因为愤怒紧拧，凶相毕现。

从未见过他如此生气。

插在兜里的手拳头攥得发紧，连声音都充满了血性，生怕他随手抄起旁边的凳子就朝南初砸过去。

“你心里是不是还挺得意的？你是不是觉得所有人都活该在原地等你？老子信了你的邪！”说完，他直接走了。

房间恢复寂静，仿佛谁也没来过，一切恢复如常。

床上的人，还维持着刚才的姿势一动不动。良久，她抬手抹一下眼泪，撇开头。

窗外寂静，枯木繁枝，泛黄的叶片落了地，枝丫又抽出了嫩嫩的新芽，那都是希望呀——

可身边是即将远行的爱人。

接下去的路，要踽踽独行。

没有同伴，没关系，远方还有爱人呀——

去鹿山的前一晚，林陆骁从林清远病房出来，在门口抽烟的时候看了一眼南初的病房，当下把烟踩灭，手去攀窗棂，熟门熟路地再次翻进南初病房。

等他勾住栏杆，翻身站定，阳台门没关紧，从窗外望进去，里头是一片不同寻常的漆黑，窗帘空空荡荡飘着，床上哪还有人影，一室冷清，冷风呼呼刮着。

手掌在隐隐作痛。

他低头一看，是刚爬上来时被窗棂的刺边扎破了，血汩汩地冒着，却被他忽视了。

门外正有护士在查房，大概是瞧着这虚掩的房门有些怪异，忍不住推开看了一眼，瞧见漆黑的房间里，病床上模模糊糊坐着一个男人高大的背影，猛地倒吸一口凉气，啪一下按亮灯，壮足了胆大吼一声："您哪位？！"

房间一瞬间亮了。

男人不适应这突来的亮光，眯了眯眼，才慢慢转过去看她。

林陆骁仍是那件黑色冲锋衣，拉着衣帽，拉链拉到顶部，挡到鼻子，护士就这么瞧着露出的那双眼睛，直觉这人长得帅，心倒宽了几分，又问一遍，这回缓了神色，"先生，您找谁？"

"这病房的人呢？"他声音低哑，带着独有的性冷感。

护士道："出院了，听说今天去美国了。"

这话是帮忙办理出院手续的那姑娘说的，说赶时间要去机场。

护士讲到这儿，忽然想起，刚过来收拾东西时候的场景，说："她朋友给她办理出院手续，她自己无聊，就在这儿叠被子，叠了好久，拆了叠，叠了拆，还是那种军队里的'豆腐块'，叠得齐齐整整的——"

他忽然低头笑了一下，自嘲地。

当年在他家里，他手把手教她叠"豆腐块"——

"叠不好，不许吃饭！"

她真就弓着身，笑嘻嘻地拆了叠，叠了拆，有时候叠好了，会仰着头跟他求表扬，叠不好就自己一个人闷着乐。

经过那一晚，后来在部队训练，她的内务是所有女兵里最出色的。

林陆骁看着床上那四四方方的"豆腐块"。

不难想象，她当时叠"豆腐块"的心情，她在用这种方式跟他告别。

真够意思。

走吧。

走了就别回来了！

第二天，林陆骁踏上了去安江的火车。他谁也没通知，提了个登山包就走了，一如当年上军校那样，头也不回，结果大刘和沈牧几个就蹲着火车站守着点儿等他。

当那个黑衣黑裤黑包还戴着黑帽的高大男人出现在火车站门口时，大刘吐了口中的牙签，一蹦三尺高，拽了沈牧就过去，把人拦住，"我就知道你小子要偷偷走！"

林陆骁双手插在兜里，一愣，"你俩干吗呢？"

大刘："你这不是要去受苦受难了，哥们儿来送你一程。"

林陆骁直接朝他腿肚子上就是一脚。

大刘嘿嘿直笑。

南初去美国的事，大刘也是今儿个听徐智艺说才知道，因为南初去了美国，导演通知徐智艺重新进组，从而也间接得知林陆骁被甩的事。他们明显看出林陆骁情绪不好，在这节骨眼上，大刘也不敢寻他不痛快。

尽管爱情不如意，至少他们这些兄弟还一直在，大刘拍拍他的肩，慷慨道："你那边要不方便，什么时候我跟沈牧过去看你。"

沈牧点头，"行了，进去吧，听说南方那边没供暖，你要实在受不了，打个电话跟哥们儿说一声，我给你十里寒冬送温暖去，千万别不好意思。"

林陆骁笑骂一声："放屁！"

可就这一声，把大刘骂哭了，抹着鼻涕眼泪，"我怎么还是听着你骂我舒服！你前阵那温润劲儿我都快不认识你了！"

林陆骁懒得再理，揉了大刘脑袋一把，潇洒转身，说了一声："行了，我走了。"

车站人来人往，喧闹嘈杂。

恋人离别相拥；亲人喜悦迎接，情绪渲染亢奋。大刘哭得更凶，一如当年，他们少年情长，山河浩荡，而少年的背后，永远都伫立着长辈的身影。

张秘书望着林陆骁挺直的背影，看了一眼身旁的林清远道："领导，今年我陪您过年吧。"

林清远轻咳了声，"得了吧，你老婆不得找上我家来？"

张秘书："那让那边给陆骁放个除夕？"

"算了吧。"

末了，寒风中的男人目光又渐渐悠长起来，透着沧桑，他忽觉命运悲悯，"两个儿子，一个南下，一个戒毒，他姥爷当年说得对，我这人就没本事，他妈在的时候，我护不住他妈，这俩孩子，我一个也没护住。"

而那边，飞机一晃而过，刮下一道白雾，云画相接，直奔向那未知的远方。

白鸽飞扬，湖水清唱。

自此过。

你往南，我往北。

我们都从头来过。

岁月里，你所有的柔情万丈，我都不带走。

再见啦，我的队长！

Chapter 15
他挂我电话

到美国的日子很安静，南初很少想起林陆骁，她把更多精力放在她的课业上。

南月如让她主修表演专业，闲暇时找了一位花艺师教她插花。

表演是本职。

花艺是静心。

南月如给她找的花艺大师来自日本，一个很温婉的女人，叫木子，在一日得知南初还修禅时，难得跟她攀谈起来："花道与禅修是一致的，都是灵魂洗涤，大多数现代人因为在工作和家庭的压力下，导致精神压抑。其实都是需要灵魂升华，让自己静下来，在闹市中寻找自己内心的声音，忘却尘世的烦恼。"

禅修跟花道对南初其实都没什么用，该失眠还是失眠。

"我们的花艺大师，明谷先生，也是佛教信道者，你要是有兴趣，我可以带你去听听他的禅修，他讲禅讲得特别好。"木子跪在地上，用日语道。

南初温和地笑笑，用日语回道："下次吧。"

木子看了她一会儿，慢慢说：“你最近笑得多了。”

南初自己没觉得，人倒是懒了不少。

木子：“刚认识你那阵觉得你有点冷漠，心里压着很多事。你状态好很多了，花道就是这样，时间一长，慢慢人会静下来，就会找回最初的自己。”

等木子走后，南初靠着阳台抽烟，房子买在美国中部小镇上，前庭有花草，后院有两只哈士奇。南初与猫狗无缘，对这些长毛的东西过敏，显然这两只流着哈喇子的大家伙也不欢迎这新来的主人。她除了上课，其余时间都在别墅里待着，南月如跟阿姨不在的时候，就剩她跟两只哈士奇大眼瞪小眼。

这两只家伙是南月如的宝贝，在某个心生恶意的夜晚，南初想把这两只给偷偷丢出去。结果两只体积庞大又懒的狗，跟摊烂泥似的趴在地上，她连拖都拖不动。

南月如三令五申她不许打那两只蠢狗的主意，南初才放弃。

这天，南月如从楼上下来，看着阳台上吞云吐雾的南初，踩着高跟鞋过去，一把夺了她的烟丢在地上，冷声道：“下午没课？”

南初点点头。

南月如的吐槽不遗余力，“你好好练练你的台词，我看了你所有的戏，台词功底太差。”

南初：“哦。”

南月如：“你接的戏也就一部还能看，除了贺正平那部，其他都是什么乱七八糟的。你好好练练你的台词，接下去的戏我会给你安排。”

她现在除了哦还能说什么呢?

南月如虽息影很长时间，但手里资源不少，能接的片确实比以前沈光宗的资源多，一个月后，就通知南初回国去试镜。

导演挺知名，是她曾经合作过的一部戏的男主角，后来转做幕后，拍了不少口碑电影。其实倒不算是南月如介绍的，是刚巧过年那几天，贺正平的贺岁档电影上映。

南初的表演很让人惊艳，她把柳莹莹刻画得入木三分，动静皆宜，一颦一笑，举手投足，皆是风情。

特别是电影最后一幕。

柳莹莹得知将军已战死，失魂落魄地回到小铺子时，隔壁大婶冲她扬手一指，“将军来过，就站在那个巷子口，撑着一把油纸伞。”

柳莹莹寻到巷口。

在青瓦石砖底下发现一行刻字——戎马一生，谁同我等，河山与共，情深义重。

她泪眼滂沱，手指纤莹地抚着那一行凹凸不平的字，想起将军带她纵横马场，荡着她银铃般的欢笑。

最后那幕哭戏真是生生把观众的心哭碎了。

有观众评论：“看了这部戏，唯一的感觉就是南初是个国民妖精。”

“穿旗袍很美。”

南初自动忽略了一些不太好的评论，毕竟黑子随处可见。

抱着那两条好的评论，南初第一次觉得，她的努力其实也有人认可。

官博评价很中肯。

她的演技可圈可点，不足的地方很多，当然确实把柳莹莹这个天涯女给演活了。

导演就是看到那部电影主动找到在国外休假的南月如，南初的事他听过不少，但至少他愿意看看南初的表现，如果真适合，也愿意用她，毕竟对于演员来说，角色比生活重要。

然而那个可不是什么轻松角色，古装武侠剧，有打戏，因为剧在夏天播，配合当时的暑期，大冬天的还得穿着薄薄的衣衫在树林中吊威亚。

南月如对她唯一的要求就是打戏不能用替身，导演对动作戏的要求又高，不光打起来漂亮还得实用，不能穿帮。南初身姿挺拔，打起来是挺漂亮的，就是不够劲道，人太软，有点花拳绣腿的花招。

几番下来，导演也没了耐心，挥挥手，让她换替身。

南初坚持，“您先拍下场吧，我等会儿再来试试。”

导演举着喇叭，看她一会儿，觉得这小姑娘还挺有韧劲，点点头，“行。”

跟她对戏的武打演员是个跟她差不多年纪大的小姑娘，从小学武术，几次陪练下来，有点不乐意了，噘了嘴坐在一边翻白眼闷闷不乐。

南初心道：“好歹我也是一十八线小明星，怎么那么不尊重人呢？”

不过倒也是。

这大冬天的，让人泡在水里，陪一个十八线练一场大概只有三秒钟镜头的打戏，这事搁谁谁也不乐意啊，又不多给钱。

想想又觉得不对，自己现在怎么也得算十六线了。

第三十八次被人打趴下，脸上身上都是泥，脚直接在水里泡皱了，皮一层层蜕，南初终于琢磨出了点打戏的精髓。

没隔几天，她那认真劲儿连导演都看不下去了，可南月如还是不满意，觉得她少点精气。导演觉得这当妈的怎么这么狠心呢，私底下还偷偷问：“是亲闺女不？”

遭到南月如的大白眼，两人私下关系好，倒也没计较，导演后又转念一想，南月如这女人对自己都那么狠心，更不用说闺女了。

她在演戏这方面确实敬业，入行这么多年，拍了上百部电影和电视剧，所有跟她合作过的演员和导演都不得不夸她敬业，人虽然高傲，打戏从不用替身，对每个镜头都精益求精，把角色消化转化为自己的灵魂，慢慢入戏，所以她每部戏的角色都十分深入人心。

拍那部戏时，南初精神高度集中，又美国和中国两边跑，一杀青，紧绷的神经松了，人就病了。

身上全是吊威亚跟打戏留下的伤，冬天那双脚在水里泡久了，临开春，一到梅雨天气就酸痛得厉害。

虽说身心俱疲，可等导演给她传了几个成片的剪辑时，那种满足感是她从未体验过的。

那种朝着一个目标狂奔的心情也是她没有体会过的，也许这条路上并没有人与她同行，但至少，她离他又进了一步。

安江。

鹿山在祖国的最南边，群山层叠，崎岖蜿蜒，满山苍翠。山高树茂，峭壁陡崖，林间树木繁密，郁郁葱葱，连绵一片，年前刚下了一场大雪，天地都盖了一层白色，路面积着厚厚几尺白雪。深夜万籁俱寂，一辆消防车行驶在蜿蜒的山路上，惨白的车灯打到鹿山消防支队的铁门上，岗哨放了行，车子缓缓驶进队里，停稳。

车上下来七八个身形高大、穿着消防服的男人，一边站在杆架前换衣服，一边闲闲碎碎地聊着。

“大冬天打野战，那两人也真是够了。”

“你单身狗就别说话了。”说话的是站在倒数第二个的方脸、皮肤黝黑的男人，叫赵国。

有人附和：“打野战我倒没意见，这车开到沟里，还被反锁在里面，我真不知道这俩是怎么做到的。”

赵国拍拍战友的肩，嘿嘿笑，“那是你见得少啊，我干了消防这么几年，什么奇葩没见过，比这更奇葩的都见过。”

几人讨论得还挺欢的。

前头的男人倒是一言不发，背影高大，沉默地换完衣服就往外走。

结果被赵国拉住，“哎哎哎——陆骁，明天就是除夕了，咱要不考虑考虑整几个节目？”

林陆骁换回迷彩服，双手插在兜里，斜瞥他一眼，还不等他说话，赵国就被中队长陈旭川一摁脑门，“给我老老实实待着，别整天想着搞事情！”

赵国揉揉脑门，“陆骁第一年在咱们这儿值班，总得欢迎一下吧。”

哪是欢迎啊，就是自己想玩呗。

赵国挺憨实的，不闹腾，老老实实干活，就指着单位给点好福利，好寄回去给母亲。

林陆骁来了不过个把月，长得又帅，又是北浔那边派过来的，加上他平时话也不多，这帮队员一开始还看他挺不爽的，处处找他碴儿，就觉得人端着架子。不过到底是上头派下来的，不清楚背景，也不敢闹得太过分，就暗地里整整他，倒是赵国为人憨实，不敢跟其他几个一起闹。

不管其他队员怎么怂恿，赵国就是不跟人同流合污，第一，他不喜欢与人为敌；第二，他挺喜欢林陆骁的，觉得他虽然沉默，不易接触，但他行得正，没这些人这么多歪点子。后来很机缘的一个晚上，两人坐在一起聊天，赵国把这些话说给他听，林陆骁低头乐了，人往后一仰，手撑在地上。

这话要是让大刘几个听见，估计第一个不同意，肯定高举着大旗满世界呐喊："从小就属他歪点子最多！别看他面儿上装得正儿八经的，其实这小子一肚子坏水！"

赵国彻彻底底服他是在一次救援后。

十二月底的时候，泥石流坍塌，掩埋了几户人家，他不知道哪儿来的经验，指挥得比中队长还顺手，特冷静，虽然私底下有人看不惯他，但救援时还是一条心，十分默契，解决了时效问题，判断得又快又准。

自那之后，找碴儿的人少了，见了面，也憨憨地打声招呼："陆骁哥。"

男人嘛，骨子里那点自尊心还是很重要的。

有人私下找林陆骁切磋，被他虐得体无完肤，然后这帮二十出头的小子忽然发现一件事。

男人三十，真是个充满魅力的年纪。

赵国不由得说："希望自己到了三十也能拥有陆骁哥那般魅力。"

队友毫不客气地嘲讽："得了吧，你有他那张脸吗？"

有些东西，其实是骨子里天生的。

"他一看就不一般。"

开春的时候，晚上座谈，赵国神神秘秘地说请大家看电影。寝室八个人摊手坐等他发放电影票。

赵国神秘兮兮地从背后掏出一个白晃晃的投影仪。

众人唏嘘："什么鬼？"

赵国："我有那钱我早寄回家给我妈了，指导员前几天下乡播放消防宣传，把这玩意儿放我这儿了，我刚下了一部好片子，来一起看呗。"

众人表示，"没兴趣。"

赵国看向林陆骁，后者和衣躺在床上，手里捧着一本《军事论》。

"陆骁，你看吗？"

林陆骁抬头扫了一眼，又低下头，淡声说："你们看吧。"

赵国继续劝："这电影超棒的！网上风评超级高！是那贺正平的收官之作，今年的贺岁档，排片挤爆了，听说里头有个胸超大的，看不看？"

重点：胸超大。

众人："随便，你放吧。"

赵国乐滋滋去放了。

林陆骁低头看他的军事论，也没抬眼。

贺正平的电影尺度都不会太大，胸确实超大，就是被遮得有点好，柳莹莹全程穿旗袍，倒没什么风景可看，就是偶尔旗袍下露出的那双腿，引人遐想非非。

特别是跟将军骑着马在马背上，马儿一颠一颠的。

众人：确实大，这女的谁？

赵国哪知道，从来不记得演员名，"管她谁，大你就看着！"

到了电影里唯一的亲密戏，虽说是亲密，但也就是放下帷帐，倒映着两个人影。

哔——

拉灯。

"被小白脸睡了？！"

林陆骁下意识从书里抬头，淡瞥一眼，就看见南初那张被屏幕映得唇红齿白的小脸。

那件藏青色旗袍特衬她，让她看起来身段妖娆。

下一秒，投影仪被人拉断。

“都给老子睡觉！”

年中，盛夏炎热，蝉声无力鸣叫。

大刘跟沈牧去鹿山看林陆骁，飞机在早上八点抵达安江机场。机场外是平整的街道，艳阳高照，青绿草坪，旅客拖着行李步履匆匆。大刘摘下墨镜，定睛看来往的行人，视线被一位长腿美女勾住，“阿牧，有美女。”

沈牧懒得理他，伸手勾住他的胳膊，把人拉出去，“走吧，陆骁在门口了。”

林陆骁在航站楼外等，两人一出去就看见路口停着一辆黑色 Jeep。那人坐在车里，车窗半开，正低头看手机。

沈牧拽了大刘过去，站到车窗前。林陆骁大概察觉到罩过来的人影，抬头，沈牧手搭着他车顶笑，大刘一声，“骁爷欸！！”

林陆骁仍旧没什么情绪，弯弯嘴角，把手机丢进车前板，手扶上方向盘，偏头示意他们上车。

沈牧坐上副驾，大刘在后座研究他这车，北汽 BJ40，配置下来十二万不到，“说真的，回头把你那汉兰达扔了，还是这种车型配你。不过你可以买 Jeep 牧马人，那车帅，我前天看那谁开出去泡妞，帅炸了。”

林陆骁启动车子，不以为然地扯扯嘴角，“不带你这么奢侈的。”

沈牧：“这车谁的？”

林陆骁瞥了一眼后视镜，打着方向盘，漫不经心道：“队里一小孩的。”

沈牧：“早说了让你别来接，你还跟人借车？”

一听借车，大刘也跟破天荒似的看着林陆骁，仔细想想，林陆骁很少管人借东西，也许是性格使然，他向来不喜欢跟人借东西。记得小时候，有一次在大刘家玩，还是个严冬，几个小孩在后院烤火玩，结果把林陆骁脱在一旁的外套给烧了，零下十几摄氏度他就穿了件衬衫挨冻，大刘说借他件衣服，他打死都不要。

第二天就冻感冒了，那是林陆骁记忆里第一次生病，小时候身体发育快，有点小病小痛忍忍也就过去了，但那次发烧足足烧了四天都没退下去，之后也没见他跟人借过东西。

打那时起，兄弟几个就知道这人自尊心太强。

不过这车倒也不算是他借的。

赵国知道他请了假要去市里待一天，特意把车钥匙给他，让他开自己的车去，顺便让他送点东西给安江的老母亲。

大刘唏嘘："瞧把你能的，得得得，这么几天又收了一帮小迷弟？搁里头当山大王了？"

林陆骁停车等红灯，嗤笑一声："少扯。"

五秒后。

车子重新上路，林陆骁打了个转，先去了赵国母亲家里送东西。赵国早年丧父，母亲一手把他带大，他高考毕业成绩不理想，后来入伍去了消防，家里就剩下一个母亲，在一小工厂车间工作，她见林陆骁来，热情地招呼。林陆骁把赵国的东西递过去，超大一包。

赵母接过，热情地留他们吃饭，林陆骁婉拒，跟人礼貌道别。

赵母喊住他："阿国在队里还听话吧？"

林陆骁停下，说："挺好的，您别担心。"

"听口音，你不是本地人？"赵母很机警。

林陆骁点头，"嗯。"

"你老家在哪儿？"

"北浔。"

"北方啊，那挺远的，怎么会来这儿呢？挺想家的吧？"

林陆骁背影高大，逆着光，赵母眼睛不好，微微眯着，却也看出了眼前这男人的沉默。

想家吗？还好吧。

想她吗？也还好吧。

最后赵母说："行，我也不耽误你了，你们都注意点安全，辛苦了。"

林陆骁礼貌地跟人道别。转身之际，就看见过路一老大爷往他们这边瞥一眼，高声喝道："哎，老婶子，你儿子回来看你啦？"

赵母笑着跟人解释："我那小子哪有人家长得俊哪，这是我儿子的队友，儿子托人来送东西的，下回国儿回来让他上你家看你去，省得你又瞎认。"

老大爷听言，推着老花镜仔细一瞪眼，觉得也不太像，"是是是，这小伙子俊，赵国黑黝黝的。"

话虽这么说，可赵母一听别人说自己儿子黑，又忍不住反驳："我们家赵国那才不叫黑呢，叫健康！你不懂别瞎掰掰。"

林陆骁听了个门儿清，一边往回走，一边无奈地低头笑笑。

记忆里，他母亲端庄大方，从不与人争辩，小时候听人训他时，母亲也不曾为他说过一句类似的话，她是世人眼里贤良的淑女，她温柔大方，善解人意，却不像母亲，而世上大多是赵母这种"口嫌体正直"的母亲。

三人许久没见，找了个饭馆吃饭，安江地方不大，开车半小时大概能把市区绕完。

林陆骁停好车，沈牧跟大刘已经敲着桌子在等了。他走过去，拉开凳子坐下，"吃什么？"

沈牧："随便。"

大刘："这里有鲍鱼吗？"

林陆骁坐在椅子上，靠着椅背，低头看菜单，"你也不怕噎死。"

沈牧捅捅大刘，"给陆骁留点老婆本行吗？人还没取媳妇儿呢。"

大刘讪讪，委屈道："那来个酱肘子吧。"

林陆骁看他一眼，笑了，觉得这小子模样忒滑稽。

点完菜，三人靠着椅子闲聊。

“怎么样，还行不？没吃苦吧？”

林陆骁笑了一下，“还行。”

苦吗？

真不苦，跟以前在军校时一对比，这点苦算什么，顶多就是生活条件比那边差了点，因为在山区，热水供应不及时，有时候冬天训练完或者出完任务回来，没得热水洗澡，不也是冷水往头顶一浇，倒还改了不少坏毛病。

他其实还把烟戒了点，没以前抽得狠，像这种时候，基本就到门口抽烟去了，现在倒能忍住一天不碰一支烟。有时候实在想抽，他就蹲在大楼的花坛底下，悄摸抽一支。很多时候，他都不会想起南初，就算偶尔看到一些演员的新闻，他也不会想起南初。只有在抽烟的时候，猩红的火光一燃，那烟丝一过嘴，尼古丁刺激大脑，喉结缓缓滚动，烟草味道顺着胸腔进入，一瞬间，他就想起那女人的脸，很清晰。

他蹲在地上仰着头，慢慢吐着烟圈，眼眸微微眯起。有时候他一个人，有时候跟赵国一起，赵国嘴碎，会忍不住跟他搭腔：“骁哥，你有过女人吗？”

不知怎的，队里的人对他的感情史都很好奇，除了队长和指导员，一帮屁大的小孩对这些问题好奇得不行。

林陆骁会瞥他一眼，重新抽一口烟，随着吐出的烟雾，淡声道：“有过。”

有过。

赵国至今单身，好奇地问：“那现在呢？”

“没有。”

赵国一阵遗憾，“不过你这样的，应该不缺女朋友吧。我打从娘胎起就是单身，至今都没个女朋友，念书的时候倒是喜欢过一个姑娘，我没考上大学，人家也瞧不上我，跟考上大学的一起走了。当了兵之后，接触的都是男的，我有时候躺床上就想，万一我要是哪天殉职了——”

大概意识到不太吉利，赵国话锋一转，低声道：“还是不给人添麻烦了。”

林陆骁站起来，把烟踩灭，手插进兜里，推推他的脑袋，“瞎扯，照你这么说，当兵的都不能结婚了？虽然说女人有时候挺无理取闹的，但确实，有了家的感觉会不一样。”

赵国仿佛听到八卦，“嫂子无理取闹？”

林陆骁想了想，能想起的也就是早上起床那一巴掌，起床气上来的时候，真是六亲不认，手边拿到什么就胡抡过来。

“偶尔。”

“嫂子一定很漂亮。”

黑夜，风涌树晃，枝叶窸窣。

他大方承认：“嗯，确实漂亮。”

大概是南初纠正了他的审美，他对女人的美一直没什么概念，看着顺眼的女人不多，而南初是他越看越漂亮的。

赵国那时还想，也不一定能漂亮到哪儿去吧，普通人再美难道还能美过明星？

一定是情人眼里出西施喽。

饭馆里放着一台电视机，正播着某卫视的中秋晚会。

舞台上忽然蹿出一个组合，熟悉的前奏响起，大刘转头看，一眼就看见徐智艺那扭动的劲爆舞姿。

林陆骁瞧出端倪，仰头一指，“你俩？”

大刘低头，支吾：“分了。”

林陆骁瞥他一眼，不作声。

大刘跟沈牧互视一眼，随后，大刘踟蹰道：“陆骁，我得跟你说一事，你别生气——”

林陆骁捻着杯子看，“嗯。”

咬唇，松开，又咬唇，大刘紧张不行，沈牧催道：“行了，说吧。”

大刘一咬牙，“你跟南初的事……是那丫头捅给媒体的。”

林陆骁忽而抬头盯着他看，黑漆漆的眼睛瞧得大刘心底一阵发慌，可还是老老实实把事情全说了。

“你走后不久，我就让阿牧去查，阿牧查到一个营销的爆料提供的小号是我无意间申请废弃了很久的，我以为是被盗号了，一开始那丫头还不承认，后来架不住我天天盘问，索性就跟我摊牌了。”

那天还是圣诞，下了场鹅毛大雪。

徐智艺跟他摊牌的时候表情也挺冷淡，大刘觉着自己快不认识眼前这姑娘了，听闻后，他又气又急，没控制住，一个耳光甩了过去。

他永远都记得林陆骁离开时那场景。

“你疯了？为什么这么做？！你知道你把我兄弟逼成什么样了吗？人都被你逼到山沟沟里去了！”

徐智艺被打侧过头去，也只是冷淡的一句：“看她不爽。”

她心里更多的是愧疚，可她没法说。南初抢了她的角色，她还没那么愤怒，本以为抢资源这事就看本事，想着南初也跟她一样，尽管有了林陆骁，可还是免不了要靠睡去拿资源。后来在宴会厅被南初看见她跟一老头儿在一起，又无意间听人说，是蒋二公子抢了她的资源，本以为两人有点什么，结果蒋格跟她一毛钱关系都没有，就因为喜欢要捧她。

她心里嫉愤。

大刘蹲下去，痛苦掩面道：“你让我怎么面对我兄弟？”

而那一瞬间，他还很可耻地想，要不带徐智艺去找骁爷和南初道个歉吧，骁爷要不原谅，这事算他欠他俩的，这辈子让他做牛做马都愿意还。

可人姑娘撕破脸了就没打算跟他。

当时大刘还不肯分手，最后还是沈牧把那老头儿的照片给他看他才彻底死心。

徐智艺这段时间还小红了一把，资源比以前更好，上节目也多了，大刘偶尔会看到，也自嘲地笑。她早就不是当初那纯粹的姑娘了，现在眼睛里都是对金钱和名利的欲望。

林陆骁捻着杯子听他说，闷头喝酒。

“陆骁，这事算哥们儿眼瞎，我欠你跟南初的，回头你俩让我干什么都行。”

林陆骁终于不耐烦，出声：“行了，都过去了。”

大刘讪讪道：“女人都不是好东西。”

“这句话我赞同。”沈牧一笑，搂住大刘的胳膊，“哥们儿给你出个主意，回头你买辆劳斯莱斯，再包个她同公司的师姐师妹什么的，天天往她公司门口一杵，这事就撂了。”

大刘哼唧：“放屁，有那钱我捐给山里那些留守儿童也比花那儿强，至少我还能给国家的慈善事业做点贡献。”

沈牧哈哈笑，“行啊，有觉悟啊，少年。”

“滚，哥们儿可没你有钱。”

两人闹着。

林陆骁配合着笑了一下，低头去摸烟盒，磕了一根出来，也不抽，就捻在手机上玩。

两人停下来去看林陆骁。

沈牧干咳了一声，“陆骁。”

“嗯？”他低声。

“南初回国了。”

手上的动作停了一瞬，随后就听他一声：“哦。”

沈牧：“前段在一个慈善机构的活动上我见过她，她是志愿者。”

“说她干什么？”

沈牧和大刘互视一眼，到底没再说下去。

你可能不知道啊，那丫头参加的是消防志愿队，前阵山北地震，她还去救援，做后勤了。

那丫头现在混得还真挺好的，跟以前的公司解约了，现在南月如亲自找了一个团队带她，那团队会来事，也会营销。

她微博已经不再乌烟瘴气，黑她的人虽还是挺多，但至少现在喜欢她的人也挺多了。

她现在也挺能自黑的。

采访时活脱脱地跟记者打太极，可沈牧总觉得南初有点跟以前不一样了，却说不出哪儿不一样。

林陆骁不想听。

他也没再说下去，捡了些琐事跟他说。

日暮西沉。

林陆骁给两人安排好住处，就驾车往回赶。

结果，在途中接了一个电话。

是杨指导打来的，声音透着浓浓的压抑感，“陆骁啊，你有空回来一趟吧。”

林陆骁预感不祥，他问：“怎么了？”

杨振刚原本不想打这通电话，知道他不好请假，到底是没忍住。

“小九儿……牺牲了。”

三伏天，头顶一轮烈日，灼热难挡，整个城市仿佛被烧灼过一般。

林陆骁请完假直接跟大刘和沈牧一起订了火车票回北浔，时隔半年，重新踩上这片土地，男人似乎变了很多，背影依旧高大，可沉默了许多。

不说话时，严肃微敛的眉目带着一丝孤冷。

沈牧只知道有人牺牲，他回来送行，见他心情不大好，也没多问。

火车上，沿途风景掠过，一眼望出去，一片青绿。

小九儿常说：“队长，我最喜欢的颜色是绿色，是中国军人的颜色，是希望。”

那小伙子憨憨傻傻的，说话时常挠后脑勺，一脸害羞。

舆论爆发时，林陆骁在部队办交接，小九儿悄悄溜过来，在他耳边说了一句："不管别人怎么看，队长，我支持你，南初是个好姑娘。"

他不语，伸手拍拍小九儿的肩，意思收下了。

这是男人之间的慰藉。

不多话，只需一个动作。

安江还没开通高铁，大绿皮火车四平八稳地行驶在轨道上，窗外青绿一片，树影憧憧。

车厢内气味混乱，声音嘈杂。

三个男人坐在硬座上，气氛凝重，四人座椅，大刘隔座是个老人，手里抱着个小孩，大概是去北浔探亲，小孩还不会说话，咿咿呀呀哭闹了一路，车厢被闹得有些不得安宁。

有乘客不耐烦，嘲老人吼了句："您要带不了这么一孩子，就别往外带啊，吵不吵！"

这一吼，所有人的视线都往老人身上集中。

老人忙道歉，有些不好意思地说："不好意思，平时都挺好的，不知今天怎么就那么闹腾。实在不好意思。"

本以为这么吼一句就过去了。

结果刚说完，小孩又哇哇直哭，那男乘客无法忍受，破口大骂："坐个火车都这么不让人省心。"

一老一弱，不敢跟那年轻力壮的小伙儿顶撞，老人低着头，哄着那小婴儿。

男人还在碎碎咧咧地骂着，难听至极。

车里那么多乘客，全都是嗑瓜子看热闹的心态，刚才高谈阔论，这会儿全盯着这点旅途小八卦看。

老人抱着小婴儿，无助地用手抹着眼泪。

车里时不时冒着窸窸窣窣的说话声和笑闹声。

直到那男人冲过来之前，林陆骁都克制着自己不发脾气，可偏偏那高壮的男人直接从位置上站起来，朝老人这边冲过来，似乎要动手。

一个手刀还没劈下去，被对面戴着黑色鸭舌帽的男人伸脚拦住，口气颇不耐烦："有完没完？"

那人觉得有意思了，转头去问他："你儿子啊？"

林陆骁冷然："不是。"

"那就少管闲事。"

其实我们都缺少一种孤勇，在爱情中这样，生活中亦如是。

林陆骁懒得跟他辩，他严肃的时候倒有点不怒自威的感觉，"回你的位置上去。"

男人心下暗忖戴着帽子的男人，看上去还没自己壮，琢磨要打的话拼拼也能打过。

结果身旁的沈牧跟大刘就说话了："兄弟，出门在外给别人行个方便也就是给自己行方便，谁还能没个困难的时候，打老人，你信不信我给你放网上去，别人唾沫星子都能淹死你？"

"我这兄弟。"说完，指指林陆骁，"平时脾气也暴，今儿个心情也不好，人家还不是一句话没话，不是就你那点事是大事，多互相体谅体谅呗，都以自我为中心，还过不过了？看你挺爷们儿的一人，怎么干的都不是男人干的事呢？"

大概是瞧他们三个人，外加那戴帽子的男人格外阴沉。

男人沉着脸色走了。

林陆骁收了脚，抱着胳膊继续合眼休息。

事态平息，老人感动不已，好不容易哄住小孩，低声跟他们道感激之情，是真感动。

这帮小子虽然有时候插科打诨闹不齐，可骨子里那股热血劲儿一点没变。

结果大刘多嘴问了句："您这是上哪儿去？"

老人一愣，潸然泪下，"我去看我大孙子。"

“大孙子做什么的？”

“消防员，我大孙子是消防员。”

林陆骁闻言，难得抬头扫了他一眼。

大刘：“嘿，巧了，我这哥们也是消防员，您孙子在哪儿？”

“在特勤中队，前天牺牲了……我是去参加追悼会。”老人再也忍不住，捂着眼睛哭出来。

“小九儿？”林陆骁声音沙哑。

老人惊喜，“您认识？”

“我战友。”他声音很沉。

三个字让车厢里忽然安静了。

所有人都沉默，带着一种讶异的目光去看老人。

孙子是英雄。

可他们刚刚漠视了什么？

是与非都没有绝对。

车里忽然响起一阵掌声，男人在众人的掌声和鄙夷的目光中装睡，有人去跟林陆骁说话：“兄弟，我弟弟也是消防员，挺辛苦的，你们都是英雄。”

他莞尔。

低头，勾勾唇角。

忽然想起一句电影台词。

我不是英雄啊，我只是跟英雄并肩作战过。

南初刚下戏，上了保姆车，就接到严黛的电话。

“南初。”

她笑了一下，看着窗外阳光明媚，“哟，想起我的号码了？”

那边安静了一瞬，居然难得没有开玩笑。

“小九儿……牺牲了。”

有句话叫什么，世事无常。

虽然是七月烈阳，可周身是刺骨的寒气，南初当下敛了笑意，僵在嘴边。

是那个喜欢喊她仙女的小九儿？

二十岁不到的小九儿？

“明天追悼会，林队长已经在回来的车上了，杨指导问我你明天有没有档期。”

是林陆骁吗？

南初心想，多久没见了？

算算日子，才半年多。

可总觉得跟他在一起那阵，已经是上辈子的事了，在很久远很久远之前，久到她甚至有点模糊了他的轮廓。

“有。”

她的战友走了，她得去送送。

第二天，当初参加节目的六个明星，全都一身黑衣地出现了。

除了南初跟严黛资源好点，其余的四人依旧不温不火，很少相见。

南初算是几人里最火的，里头也有黑火的成分，但前阵刚上映的一部电影又让她收获了不少好评。观众慢慢发现，南初的长相很适合大荧幕，演技也还不错，每个角色都被她演绎得很出彩，出其意料地，两部电影反响都很不错。加上南月如团队会营销，前阵南初又参加了消防志愿队，前往灾区支援，吸了不少路人粉。

用严黛的话说：“她现在就欠一部代表作，代表作一出，马上就能洗得透白透白的。”

六人站在门口聊了会儿，不过都无关工作，全是当年参加节目时的事。

南初抽完一支烟回来。

几人还在聊。

一转眸，不远处开过来一辆军车，停在他们身旁，副驾驶门被打开，先是一双黑色的军靴踩在地上，然后出来一个一身军装的高大人影。那人没往他们这边瞧一眼，直接过去开了后座的门，下来一个抱孩子的老头儿，和一身军装威严的孟国弘。倒是孟国弘先发现了他们，对林陆骁目光一指，不知说了句什么，男人顺势往这边看来，目光清淡扫了一眼，又不动声色转回去。

南初今天一身黑裙，长发散在身后，衬得小脸嫩白，端端站着，美则美矣，相比较之前，似乎更成熟了。在来的路上，她还在想，如果见面，她该用什么眼神回应他，结果林陆骁根本没看她，目光扫到严黛，就直接收了回去。

里头出来一人在孟国弘耳边说了句什么，他远远地跟他们六人点点头示意自己先进去了，林陆骁跟在身后。

结果，“陆骁！”身后有人叫了句。

几人回头，几米开外，站着一个慈祥的老头儿。

刚好停在他们边上，林陆骁低声跟孟国弘说了句：“是老队长，我去看看。”

那声音低凉，冷感清冽。

是她魂牵梦萦的。

日头的光灼人心扉，她眯着眼眸，迎着光线肆无忌惮去看他，男人一身军装，背影依旧高大挺拔，头发楂儿逆着光，而军装领子规整地翻着，露出一截脖颈，中间突起的喉尖，令人麻木又沉醉。

这个男人，无论什么时候，都是她最爱的样子。

无论什么时候，在人群中，她都能确定，自己会一眼爱上他。

那时南初就站在原地愣愣地想，如果他们之前不曾相遇，不曾相识，不曾相爱。

如果所有的故事，一切都从这刻开始。

这样，她就能毫无顾忌，大胆迎上前，用自己最好的模样，冲他莞尔一笑，大方伸手，“林队长，我是南初，很高兴认识你。”

爱情，返璞归真。

一切都是最初的模样。

那天是万里晴空。

可追悼会门口的人却觉得乌云罩顶，背后冷风肆意。

林陆骁从始至终目光都没在她身上停留过一秒，哦，有一秒，目光快要触及时被他及时刹住收回。

孟国弘在林陆骁转身走后，瞥了一眼南初。后者的眼睛就跟长在林陆骁身上似的，恨不得给他刨个洞出来，他摇摇头，到底是没说什么，进了内堂。

这帮人也有段时间没见林陆骁，想着等林陆骁跟老队长说完话，要不要过去打个招呼，又猛然想起南初跟队长的事，事情就有点尴尬了。

当初舆论爆发时，他们选择沉默，如今，也没资格再说任何话，更没资格去探听八卦。

刘夏翰率先开口："走吧，我们进去。"

众人都去看南初。

南初倒是坦率，也不避讳，就直勾勾去瞧林陆骁的背影。

她那表情，与其说眷恋不舍，倒更多是欣赏一个完美的景物。

严黛一把将她拽进去，"别看了，进去吧。"

南初坦然笑笑，最后深深地看了那人一眼，转身跟进去。

林陆骁双手插在兜里，靠着门口的大樟树跟老队长聊天，也许是见到老故人了，姿态难得松弛。老队长退休后倒越发精神了，眉宇依旧轩昂，说话中气十足，林陆骁冲他笑笑，眼勾，痞气顿显，"我怎么瞧着您又年轻了？"

老队长不吃这套，冷哼："你倒是沉稳了不少。"

林陆骁笑笑，瞥开目光，没作声。

老队长："我前阵去过队里，孟处说你去了鹿山，你小子又犯错误了？"

"没啊。"他懒洋洋的。

老队长用指头戳了一下他的太阳穴，望着别处忽然深长起来，“还记得你刚下队那年，二十三还是二十四？喔——那性子，张扬跋扈，我要你爹给你抡起来打！是时候了，该找个靠谱的定下来了，别整天这么吊儿郎当地晃着，男人最好可就在这么几年。”

说完，又叹了口气，“小九儿这孩子也是可惜。”

林陆骁低头，默然。

都可惜。

老队长拍拍他的肩，“行了，进去吧，送小九儿最后一程。”

追悼会在三点举行，时间还没到，大家都在静等。里头挂着黑色横幅，堆满花束，人多，却安静，大家都不敢大声说话，仿佛怕扰到安静躺着的人。里头都是熟悉的面孔，但不是叙旧的时候，大家点头示意过，则安静立在一侧。

南初转首之间，看见林陆骁跟着老队长进来，站到邵一九的边上。

邵班长眼睛通红，刚哭过，林陆骁拍他的肩，以示安慰。

邵一九：“这次回来待几天？”

林陆骁眉目清淡，目光落在灵堂中央的棺木上，“明天回去。”

“这么赶？”邵一九惊了一下。

“嗯，不好请假。”

“一年满能回来吗？”

“不知道。”

这事还真不知道，组织上原先调派是一年，但往往被派出去的基本都待了两年，加上那边领导也提过让他再留一年。

邵一九失落道：“啊。”

林陆骁照着他脑门就是一记，“啊什么，在哪儿待不一样？别我不在就偷懒，等我回来，一个个查。”

两人交谈声音低。

南初在一旁听得清楚，好久没听他这么细碎的说话声，虽不是跟她说，竟觉得十分满足。

十分钟后，追悼会正式开始。

原本气氛还没那么压抑，结果看见小九儿的遗体时，所有人都忍不住了，就连南初都没忍住，豆大的眼泪一颗颗往下掉，她用手抹掉，发现越擦越多。

她吸了吸鼻子。

林陆骁在她身旁站着，大概是听见动静，下意识侧头看她一眼。

自己的眼眶也是憋得通红。

被人打，没哭；被人黑，没哭。

分手也没见她哭。

还以为这女人天生泪腺不发达。

这么看来，如果躺在里头的是他，兴许她还能哭上两嗓子。

想来又觉得自己愚蠢，嘴角不自觉挂上一抹自嘲。

遗体告别仪式结束，小九儿被推进火化房火化。原本单位打算将小九儿葬进烈士陵园，但小九儿的爷爷坚持要带小九儿的骨灰葬回老家。

一个小时后，骨灰从窗口送出来，望着那深棕的四方盒子，满头苍苍白发的八十岁老人再也控制不住，哭倒在地，悲恸长喊："小九儿，跟爷爷回家吧，别在外面漂泊了——"

追悼会结束。

安排六位艺人离开的保姆车已经在殡仪馆门口等。

南初出去的时候，林陆骁站在车旁跟一个士兵在说话，手里捻着一根烟，金色的阳光笼着他，肩上的勋章在发光，他侧面轮廓十分硬朗，眉眼间已不似在里头那么凝重，带了些懒散。

士兵似乎是他军校的战友，挺激动地拉着他说话："你现在在哪儿啊？"

林陆骁："鹿山支队。"

"你怎么跑那儿去了？离我们这儿十万八千里吧？"

“还行，坐火车得一天吧。”

“前阵儿老杨结婚你怎么没去啊？咱宿舍那几个兄弟就你没去，老杨念叨半天，人说了，等你结婚有你好受的！”

他低头笑笑，“等到了那天再说吧。”

两人说话被打断。

徐亚跟刘夏翰上车的时候叫了声林队，林陆骁停下来，转头看他们，“嗯。”

南初站在他身后，距离大概两步。

他背影高大，刚好帮她遮了刺眼的阳光。

“林队，我们走了。”

六人一个个道别。

他一一点头，表情倒也珍重，就跟普通战友似的。

南初是最后一个。

重逢以来，林陆骁第一次把目光正式落在她身上，那双深黑的眼睛，在日光下显得特别亮和深沉。

他双手插在兜里，静静望着她，难得没皱眉，没抿唇，看上去还挺有耐心地等她的告别。

南初站在车门边，一身黑裙，长发跟绸缎似的散在身后，及腰，她迟迟没有开口。

她不说，林陆骁的目光就无法转开，这诡异的沉默竟然达了好几分钟，可谁也没有催他们。

车里五人只是沉默，也有点惊讶，原本以为这两人只是干柴烈火，可现下这情形，连傻子都能看出来，这空气中流动的暧昧太让人不舍了。

如果不去想当时的场景。

那氛围暧昧，总觉得下一句从南初嘴里蹦出来的话应该是——我们结婚吧。

半空中有片枯黄的叶子翩翩欲坠，南初目光随着那叶子转。

叶子落到车顶上，南初吸了口气，抬头去看他，一双黑眼明亮，声音清脆道："再见啦，林陆骁！"

然后她转身上车，头也不回。

风起，落叶重新被卷起。

南初寻到靠窗位置坐下，目光转出去，瞧见那片叶子刚好落地，再也没吹动，仿佛生了根，一切尘埃落定。

后方的男人，双手插在裤兜里，忽而舔着嘴角笑出声，那笑里颇具自嘲。

他的耐心，这辈子就在这女人身上耗光了。

林陆骁在第二天回了鹿山，同时接到上级调令派遣期延长一年，他本人倒没什么异议，似乎挺乐意这个结果的。只不过今年轮值要提出回家一趟，不然老头儿过年挺寂寞。

入秋的时候，赵国找到了女朋友，变得格外腻歪，特别是晚上通电话的时候，躲在被窝里哼哼唧唧，被林陆骁丢枕头还不肯停。不过无所谓，赵国把这都当作是来自单身狗的嫉妒。

有了爱情的滋润，赵国人倒是越发意气了，跟媳妇儿打电话时，时不时叮嘱两声："哎，老婆，你要是得空也帮我兄弟介绍介绍，你那谁谁谁不是还单身吗？我这有一兄弟，贼帅，三十了。"

赵国媳妇儿不信，他那兄弟见过几个，长得都贼眉鼠眼的，哪有贼帅的，道："三十了怎么还没女朋友？"

赵国："我这兄弟太敬业了，毕生精力都献给国家了。"

赵国媳妇儿呵呵一笑，自然是不信，结果有一次，跟赵国开完房间，赵国进去洗澡的时候，她无意间在他手机里看见林陆骁的一张照片，当时拍的是另一个室友，刚好林陆骁靠在床头看书当了背景。

"这人谁啊？"

"就我那三十的兄弟啊。"

“这条件会找不到女朋友？”

赵国擦擦头发，说：“都说了他敬业。”

“……”

结果，林陆骁在自己都不知道的情况下，被相亲了。

一个周末，赵国拉了林陆骁去自己家吃饭，结果沙发上坐着两个姑娘，一个赵国媳妇儿，一个赵国媳妇儿给他介绍的相亲对象。

那姑娘看见林陆骁，先是上下一扫，审度地看他两秒，然后满意地冲赵国媳妇儿点头。

林陆骁能保持最后的风度，没有甩开赵国的手离开，是因为赵国说了一句：“我妈知道你要来，特意给你做了一桌菜，你走了我找谁吃？”

赵母的热情是他无法抗拒的。

饭桌上，那姑娘开口的第一句话就是：“林先生，你是北浔人？”

林陆骁低头扒饭，冷淡一声：“嗯。”

姑娘第二句：“有房吗？”

他勾勾嘴角，顽劣心态又上来了，“没有，买不起。”

赵国媳妇儿打圆场：“正常啦，北浔那地方房价多高呀！”

姑娘颇遗憾地看着他，“那车呢？”

林陆骁：“有一辆。”

姑娘惊喜，“也行。”

“两个轮的，很久没骑了。”

“……”

战线被拉长，姑娘不依不饶，“你父母做什么的？”

林陆骁夹了块肉放进嘴里，说：“打工的。”

至此。

姑娘就有点意兴阑珊了。

吃完饭，林陆骁跟赵国在阳台抽烟，“怎么样，那姑娘？”

林陆骁叼着烟，双手插在兜里，一只脚懒散地踩在阳台栏杆的石阶上，说："一般。"

"这还一般？说句实话，那姑娘比我媳妇儿都好看！"

林陆骁含着烟，哼笑一声："那是你没见过好看的。"

赵国一听就不乐意了，义正词严地劝他，试图给他"歪曲"的思想掰过来，"骁哥，咱可不是这样，你要按照明星的标准找女朋友，那你就是提着灯笼都难找，找媳妇儿主要是过日子，女人会过日子就行了，太好看了，放家里，咱也守不住啊……"

屋里。

赵国媳妇儿问她表妹："你觉得怎么样？"

表妹想了想，"除了长得帅点，条件这么差，还是个消防队的，在山沟沟里。你也看到了，要房没房，要车没车，又是个外地人，还不如你们家赵国呢！"

赵国媳妇儿正了脸色，"怎么，你想要我们家赵国不成？"

表妹噘嘴，"我只是打个比喻，我怎么说也是一硕士毕业，工作也比他体面，除了父母都是农民，别的条件我都比他好太多了，这不是委屈我了吗？"

"行，你要不喜欢再议。"

表妹想想觉得那人还挺帅的，一听要回绝，急了，"别，要不跟他试试？"

赵国媳妇儿会意地瞧她一眼，"可想好了？"

表妹娇羞地一点头，"嗯！"

夏末，南初接了一部戏，《炮轰前男友》。

同组女演员还有严黛，进组第一天两人就在门口碰见了，倒也没什么好话，平时见面互戳惯了，眼下你一句"你又胖了"我一句"你是不是又去打玻尿酸了"，而后用力在对方脸上一拧，以示友好。

南初跟嘉禾解约之后，严黛成了沈光宗手下的艺人，两人在片场休息的时候，偶尔会吐槽。

“真不知道你以前是怎么过来的，沈光宗整个就是一台榨汁机你知道吗？给他一个橙子，就他那分贝立马能给你榨成汁！”

说完，严黛还身形夸张地模仿起来。

南初坐在椅子上，手边摊着一本《圣经》，“榨汁机？嗯，这词新鲜。”

“哎，说认真的，沈光宗都这把年纪了，还不找女朋友，你说他是不是 gay？”

南初低头翻经书，摇摇头，“不像。”

严黛意兴阑珊，本以为能抓个大料，下次沈光宗再吼她就威逼利诱。

拍摄进行半个月，两人感情突飞猛进，严黛上哪儿都要问南初去不去，平时说话又喜欢跟南初抬杠，连剧组工作人员都迷糊这两人的关系，到底是敌是友？

拍摄进行到一半时，编剧给剧本加了个新角色，头天晚上下了夜戏，徐智艺进组。

因为徐智艺的临时加入，原本属于严黛的戏份忽然被减了一半。

这天，严黛跟徐智艺有一场捉奸在床的戏，原本是严黛扑过去把徐智艺按倒在床上，然后扒了她，大致就是意思一下，露个肩什么的，结果严黛不知道是不是用劲用猛，划拉一下把整件衬衫给扯了下来，一对白乳就这么赤裸裸地暴露在镜头前了。

严黛忙坐起来，点头哈腰态度良好地给人道歉：“智艺，没事吧，我真不好意思。”

徐智艺瞥她一眼，冷淡地摇头，不动声色地把衣服穿回去。

之后，有人来探徐智艺的班，在换装室发生了点不可描述的事情，一道具小哥去收服装的时候，听见里头有咿咿呀呀女人的声音，还有男人粗重的喘息，面红耳赤地往回赶。

刚好被前往换衣服准备下一场戏的严黛和南初听了个正着。

严黛说：“来，我们现在推门进去，吓不死她。”

南初兴致缺缺。

严黛："哎，当初可是她把你的事爆出去的，你就是现在去门口录个音发给那些营销号爆料，都不算过分。"

南初笑笑，"你平时多吃点核桃补补脑吧。"

"你什么意思？"

"夸你呢。"

"你当我傻呢？"

"是啊。"

瞧瞧，瞧把她聪明的。

严黛哼一声。

徐智艺在娱乐圈的生存方式确实是她所不齿的，严黛这人还挺有原则，再没有片约，再不红，也不会靠身体去换取任何资源，这是她看不起徐智艺的一点。

如果是以前，南初也许会自认倒霉被人捅一刀就算了，反正也不在乎。

早年拍戏的时候，有个导演说过那时的南初像个黑天鹅，其实不够准确，那时的南初更像是白天鹅，而如今，从外表到骨子里的南初，才是真真正正的黑天鹅。

报复一个人最佳的方式是她努力企及想要拽在手心里的东西，你永远比她先有，而人家拼命往上爬时，你不费吹灰之力直接登顶，她看着，嫉妒和发狂疯长，却不能奈你何。

入秋的时候，徐智艺被爆了一把黑料，网上还流传了三分钟种子小视频，徐智艺微博沦陷，"正义"的网民们又集体杀到徐智艺的微博底下实行"道德裁决"。

不堪入目的话语，要多难听有多难听。

徐智艺三天没出通告，把自己关在家里，漠然看着手机里的一切，眼泪早已淌干了。

严黛拍手叫好。

南初淡然一笑。

沈牧刷微博的时候，看见了三分钟种子小视频，以六块钱的微信红包价格卖给大刘。

大刘哭唧唧地当下把沈牧拉黑。

舆论平息的第三天，徐智艺来到南初家里。

南初披着一件青色睡袍，倚在门框上，灯光衬得她肌肤白嫩又滑。

徐智艺戴着墨镜，低声说：“对不起，你放过我吧……”

南初眉目温顺，无害得很，那双眼眸澄澈分明，演技在一年内突飞猛进，也真不是盖的，“怎么了？”

徐智艺：“是你吧，是你爆料给媒体的，是吗？”

南初挑眉，拢了拢睡袍，“你是说三分钟小视频吗？”

徐智艺忽然哭了出来，蹲下去，像是终于从这虚荣的世界里醒悟一般号啕大哭，“那不是我自愿的，我那晚被人下了药，我没办法……我不敢反抗，而且，我也不想一直被人踩在脚底下啊……”

“哦，所以你把我和队长推出去？”

南初问得波澜不惊，是真平静，那双眼睛直冷冷地盯着她。

“你是不是特瞧不起我？”徐智艺蹲着，低声问。

“网络暴力好受吗？”她反问。

徐智艺痛哭，她难受得快要死掉了，每天看见手机跟电脑是条件反射的颤抖跟害怕。

“你哭什么？”她抱臂，低头看着她，嘲讽道，“你都还没体会过比这更难受的呢！”

知道他们把你爱的人踩在脚下肆意践踏时的心情是怎样吗？

入冬的时候，徐智艺离开去了韩国。

徐智艺临上飞机前找到大刘，“帮我跟你兄弟说一声对不起，我知道没什么用，你兄弟也不会在乎，你要是见着他，就帮我带一句吧。反正我说了也没什么用。”

说完打的去了机场。

街上大雪纷飞，青天枝丫。

汽车在焦躁的尾气中轰鸣而去。

大刘一拳砸在一旁的电线杆上，劲儿下猛了，一阵刺疼，捂着手龇牙咧嘴地蹲了下去。

安江。

赵国媳妇儿的小表妹唤了自己的闺密团上了一趟鹿山，美其名曰——看日出。消防队就在鹿山镇里，路过的时候可以顺便进去探望一下姐夫和那人。

几人坐着中巴，有一搭没一搭地聊着少女心事。

“那人几岁啊？”一闺密好奇地问。

小表妹：“三十了。”

闺密琢磨，“也还行，三十男的沉稳，你二十八不是刚好吗？”

小表妹点点头。

闺密又说：“长得怎样？”

“很帅，咱上高中的时候，不是老说那个江校草很帅，我觉得他差远了。”

“哪个差远了？”

“当然是江校草了。”

“有没有这么帅？三十岁了在我眼里就是一大叔，能帅到哪里去？而且，你说他家里条件不好？”

小表妹点头，“嗯，没房没车，但我想想，他这工作也稳定，我俩要是结婚后，贷款买个房应该不成什么问题，大不了，我出多点，还能养个孩子。”

闺密臊她，“你想得还真远！”

小表妹道：“当然，他年纪也不小了，既然决定相亲，肯定是奔着结婚去的，都说长得帅的男的靠不住，我看他挺诚实的，没有那些油腔滑调，有什么说什么，一点不隐瞒，不像之前碰见的几个，吹嘘自己家里几套房子，浮夸得很。”

小表妹被赵国媳妇儿做了思想工作，回去仔细想想还真是那么回事，而且自从那顿饭后，她就时常想起他，这样的话，还挺想跟他结婚的。

傍晚时分，日薄西山。

中巴车在鹿山镇车站停下，三两少女从车上下来，小表妹顺着赵国给的消防队地址寻了过去。

周末，自由活动。

消防支队举行了一场友谊篮球赛。

林陆骁穿着迷彩背心、迷彩长裤，脚上一双黑色军靴，裤腿扎进军靴里。

一边往场下走，一边脑袋蹭在前襟里抹了把汗，走到篮球架下弯腰拾起一瓶水，拧开灌进嘴里。

旁边有人拿矿泉水往头顶浇。

林陆骁瞥过去一眼，拧好盖子，用水瓶敲人脑袋，“浪不浪费啊你？”

那人嘿嘿一笑，“下不为例。”

话音刚落，赵国从外头跑过来，拽他，“来，骁哥，你跟我出来一下。”

林陆骁捏着水瓶走出去，“干吗？”

“我媳妇儿那表妹来了，说来看看你，你去跟她说两句？”

林陆骁还没反应过来，眉头一拧，“谁？”

赵国啧了声，“就是我媳妇儿那表妹，上次在我家吃饭那个！”

他皱着眉，思考两秒。

下一秒，转身往回走，赵国拉他，结果被他冷然一声：“有病？”

他以为这茬早过去了。

哎哎哎——

赵国："人都已经到门口了，你好歹去见一见，不能让人白跑一趟啊。"

林陆骁一把拧开他的手，毫不费力，头也不回道："谁让她来的，谁见去。"

赵国猛然发现这小子看不出啊力气这么大。

虽然林陆骁有肌肉，他的肌肉属于匀称、线条修长的那种，而赵国的身材是肌肉猛男，自以为在力量上林陆骁应该不如自己，结果刚那一下，还真不一定。

小表妹无功而返。

回到市里就气呼呼地给赵国媳妇儿打电话，"这人脑子是不是有病？我坐车去看他，他还不肯出来见我，搞什么，一个破消防员有什么了不起的？不就长得帅点吗，没房没车还没钱，我哪点儿配不上他！"

赵国媳妇儿转身就给赵国打了一通电话，劈头盖脸就是一顿训斥："你那兄弟怎么回事？这么看不起人？那你让我介绍个什么劲儿？"

赵国支吾："一开始也不是他让我介绍的，是我看他单身年纪又大，就想着你帮忙介绍介绍，不然这两年他在这儿待着也不出去，哪能找到媳妇儿啊？"

赵国媳妇儿："既然他不要，那那天吃饭他来干吗？"

"我没跟他说相亲的事，就单纯喊他去吃饭，他也不是特别清楚。再说了，这一个月也没联系，他也没把这事放心上，我没想到你表妹这么喜欢他——"

"你脑子是不是有病？！"

赵国低声认错，"好好好，我有病。"

那边直接给挂了，任凭赵国喂了几声，也只剩嘟嘟嘟的忙音。赵国看着电话郁闷，嘿——怎么就成他里外不是人了？

一抬头，看见林陆骁从门外进来，赵国把手机一丢，翻身直挺挺躺上床，"哼！"

林陆骁勾了勾唇角。

为这事，赵国好几天没搭理林陆骁，看见他也是哼哼唧唧，弄得林陆骁有点哭笑不得。

几天后。

赵国又带了投影仪回来，一扫几日前的阴郁，仿佛挖到了大宝藏，“大胸女又出新电影了，一起看不？”

林陆骁正低头看书。

有战友了无生气地问了句：“什么电影？”

“《榨干前男友》？忘了，我刚下的，听说有浴室镜头！”

身旁有人走过，身影高大，赵国喊住：“哎，陆骁，你上哪儿去？”

“洗澡。”听他没情绪道。

入冬，大雪纷飞的季节。

年初，贺正平的《京城风月》让南初小红了一把，吸了一波粉。

十二月初，《炮轰前男友》上映后，南初忽然大红了一把，年底的风尚评选，直接获封“国民妖精”称号。粉丝后援团人数倍增，微博粉丝开始狂飙。而在各大营销号下，频频有人提起南初的名字。制片方开始炒起了南初跟男一号小鲜肉于林的绯闻。说两人因戏结缘，但因性格不合分手，电影上映时两人已经分手。

圣诞夜前夕，南初跟严黛为了电影宣传一起参加了一档综艺节目，两人玩了一个游戏，谁输了就打电话给对方的前男友，其实这个环节彩排的时候已经对过台本。

为了配合电影的宣传，南初故意输给严黛，由南初打给她的“前男友”——于林。

然而，严黛没想到南初在拨号码的时候，打的根本不是于林的号码，她手指飞快地摁着拨号，一串烂熟于心的号码。

严黛离得最近，她知道南初没按流程走，也不知道这丫头要干什么，心都被她提到嗓子眼了。南初很平静地低头盯着自己的手机。

连主持人都觉得不对，下午明明说好了是于林的号码……

全场观众都屏息凝神地听着。

“嘟——”

一声。

“嘟——”

胸腔有力的撞击仿佛随着这有节奏的音律而动。

结果，三声过后，是：“嘟嘟嘟嘟——”

对方直接挂断了！

只剩嘟嘟嘟嘟的忙音。

观众哗然，却丝毫不知这其中的缘由，看来当初闹得挺不愉快的。

Chapter 16

再重逢，难回首

节目是录播的。

那个环节因为南初的“不配合”，后期剪辑的时候直接被掐掉了，而后流出的饭拍视频也被南初的经纪团队买断了。

这事就成了个谜。

下了后台，严黛把南初堵在化妆室，锁上门。

“你搞什么？”

南初跷着脚往沙发上一坐，手伸过去摸包里的烟，递到嘴边，含住，纤长的手指捏着打火机漂亮地掉了个边，拇指轻擦，火焰蹿起，她低头凑过去吸烟，眯着眼慢慢地吞云吐雾，“没干什么呀。”

严黛靠着门，盯她，“你打给队长了？”

南初往后一躺，吐了口烟圈，无言地看着她。

严黛谨慎地看着她问：“你有预谋的？彩排完全没提这事。”

南初夹着烟，忽然笑了一下，那模样就连严黛一个女人瞧着都觉得勾人，她很随意地说：“没预谋，想打就打了。”

距离那事件过去一年了吧。

严黛觉得南初变了很多，可本质好像还没变，她骨子里那股洒脱劲儿还在，从不顾忌后果，想做什么就做了。就比如现在，在所有的舆论平息以及足够强大之后，她其实很想去找他，有很多话想跟他说，或许他不愿意听。

严黛忽然发现，南初的世界其实很简单，她想做的，她不想做的，她坦荡，她自由，她不被束缚。

“那你现在想怎么办？”

南初把烟拧灭在烟灰缸里，说：“他不接，那我就过去找他吧。”

严黛给她惊出一身汗，“你去山区找他？疯了？你现在风头正盛，你这会儿去找他，万一给你妈知道，她不弄死你？”

南月如对她来说从来不是问题，但有些现实问题确实值得考虑，比如南月如说的那些，都得等她找回他之后再慢慢考虑。

一月初，南初结束手里的所有拍摄工作，当天晚上去找了沈牧。

沈牧最近对女人过敏，在大昭寺禅修，念着南初是兄弟的女人，姑且当作男人给她请进来。

殿前燃着烛火，大殿内的释迦牟尼佛像闪着金光，目光慈悲。

香烛气息凝重。

沈牧从殿内出来，西装笔挺裹着他挺拔修长的身形，手里捻着佛珠，一脸禁欲相，“找我有事？”

南初开门见山地说：“我要林陆骁的地址。”

夜里男人声音冷清：“你要去找他？”

“嗯。”

南初点头。

“找他做什么？又抛弃他一次？”沈牧问得直接。

南初眉目清明，寺庙背后的是竹林，茂密繁盛，风刮在她后脑勺。

今晚沈牧的反常让她略感诡异。

沈牧那三两句话不沾的性子，直接丢了地址给她转身就走，也是懒得跟她多说一句，居然还问她找林陆骁干什么。

南初半晌没回答。

沈牧把黑色佛珠套在手腕里，双手插进裤兜里，低垂着看她嘲讽道："怎么，这个问题很难回答？还是你们女人都喜欢心血来潮，一时兴起？"

这是被谁心血来潮撩得一脸怨念？

奇怪奇怪……

今晚的沈牧着实奇怪。

一月刚下过一场鹅毛大雪，寒风刺骨地刮。

南初在瑟瑟冷风中无比冷静地对沈牧说："我找他当然是做我爱做的事了。"

表情无比坦荡。

咳——

沈牧干咳一声，丢给她一张纸，转身进了大殿，"去去去，找去！"

北浔到安江坐火车要十二个小时，还是绿皮的。

一路舟车劳顿，十二小时后，她的脚踩上安江的土地，过来那一路几乎没睡，脑子都是林陆骁那张脸，以及看见他之后所有可能的结果。她把他所有可能做的反应都想遍了，有了最坏的心理建设，心情也坦荡许多。

南初从臭烘烘的车厢上下来，只觉半条命没了，提着一个行李箱，拢拢围巾，跟人打听去往鹿山镇的方向。

安江往鹿山镇的班车一天两班，是早上八点和下午五点。

鹿山镇小，听说还能看见骑三轮的人力车，镇头有座桥，日常三姑六婆喜欢坐在桥头八卦。

谁家姑娘今年要出嫁了啦——

谁家孩子考上名牌大学啦——

谁又给父母盖房啦——

前阵安江下了一场鹅毛大雪，地面积雪盈余厚，山林间白雪皑皑，似盖了层薄被，路人告诉她，开往鹿山的中巴停运了。

“什么时候能通？”

路人摇摇头道：“不知道，得看山上的雪什么时候被清空，应该快了吧，我看消防队的人每天都在扫雪。”

“还有车能上去吗？”

“有吧，有黑车，你一小姑娘还是别坐了，等等吧，过几天中巴就开了。”路人瞧她是一个打扮严实的小姑娘，好心建议道。

南初戴了口罩、墨镜和帽子，又拿围巾挡了大半张脸，就差把脸蒙上了，虽然不担心有人认出她，但也为了避免不必要的麻烦。

怎么等，等不了。

她可支配的时间本来就不多，不能在这儿浪费了。

晚上六点。

南初用滴滴约了一辆私家车。

安江县很小，县里几个著名的标志就成了每次朋友聚会、见面的地点，而且也实在小，出门买个菜，也许路上三分之一的人你都认识。但这个小县城很安逸，每个人脸上挂的都是知足的笑容。

而南初这个外来客，模样又生得这般俏丽，很引人注意。

她站在车站外等，感受到路人的注视，又把口罩往上遮了遮，搓着手臂等滴滴。

两分钟后。

一辆白色的丰田锐志停在她面前，降下车窗，司机是个三十出头的青年男人，方脸。

南初仔细打量对方一眼，才把行李放上车，自己坐进后座。

司机不多话，南初一上车就问：“要多久？”

“一个多小时吧，如果路况好的话；不好的话，可能得两个来小时，得看消防把雪扫到哪里过了。”

最多两个小时，就能见面了。

车子驶在崎岖的山路上，南初透着不太清晰的玻璃车窗看向窗外，窗外白茫茫一片，青绿点缀交叉。

林陆骁刚扫完雪回来，衣服也没脱，刚在床上坐了一分钟，手机就疯狂地振。

他靠在床头，军靴没脱，脚搭在床沿，从裤兜把手机掏出来看，是沈牧，按下接听，懒洋洋往耳边一放，“怎么？”

“见到了吗？”沈牧在那边的声音十分清透。

林陆骁不解，拧着眉道：“见到什么？”

沈牧说：“啧！那丫头，昨天她来找我要你的地址，我估摸着过去找你了。”

林陆骁原本靠在床头的身子忽然一下子坐直，脚踩到地面上，整个床架随着他一振，惊到了上铺的赵国，他从床边趴下来，看他，“兄弟，你激动什么？”

大概是听到这话，半晌后，林陆骁冷静下来，想想现在外头山路都封了，中巴进不来，她应该没那个胆子包私车上来，应该也没车敢开。

但也难保有不怕死的。

他往后一躺，拇指跟食指捏捏鼻梁，“找我干吗？”

沈牧：“说做她爱做的事。挂了。”

沈牧最近跟女人犯冲，对这种生物敬谢不敏，但想想小姑娘千里迢迢去找他兄弟，好歹还是跟他说一声。

结果，这通电话挂了之后，林陆骁整个人就陷入一种浮躁状态，一点就着。他驾着胳膊靠在床头，拿手在赵国的床铺边沿位置敲了敲。

赵国接到信号，圆滚滚的脑袋趴在床边，看着他，“什么事？”

“大雪封山了还有人会进来吗？”林陆骁闷着声问。

赵国脑袋搭在床边，想了想，说：“一般不会，但每年都有那么几个不怕死的，等雪化了一点就往里头开，前年死了好几个。”

话音才刚落，警报铃忽然响起——

宿舍门被人推开，“快！有车翻下山了！”

话音刚落，两人几乎同时从床上翻下来，赵国边骂边找军靴穿，林陆骁拎了外套就往外头冲。

当时的脑子里，只剩一个念头——

谁那么不要命，还真把她带进来！

外面冷风刺骨，林陆骁随车到的时候，看见那悬挂在崖边摇摇欲坠的小型面包车都眉头一颤。

现场的情况很惊险。

那辆银灰色的小型面包车直接半挂在崖边，如果不是运气好刚好被隔壁的几棵树勾住，那车应该是直接冲下山崖了，鹿山出了名高，底下如同深渊。

跌下去，别说活命，尸骨都难全。

“车里困了一个男人和小孩。”

林陆骁一愣，到底觉得自己想太多，自嘲一笑，她哪有那胆子。

结果等他们救援结束，拖着一身疲惫回到消防中队时，岗哨跟他说：“有一个姑娘来找你。”

林陆骁下意识地转头，就看见背后站着穿着羊绒大衣的南初，脖子上围着红色的围巾，为这苍白的天地染了一抹色，好像黑白世界忽然变成了亮彩。

为了安全起见，司机开得相当慢，在这个过程中，南初几度想把他赶下来自己坐上去开，可人司机还优哉游哉地跟她讲开山路的诀窍。

车窗紧闭，空间狭窄，南初戴着口罩和围巾，闷了一脑门的汗，又不好摘，当时的心情真是差到有点想跳车。

好在，两个小时四十分钟后，司机给她稳稳地停在了消防队门口。

南初拿了行李下车，问了岗哨，得知他们刚出勤，于是就站在门口的樟树下等。

雪还在下，有点起猛趋势，大片大片从头顶落下来，纷纷扬扬，南初手插在兜里，跺着脚等，嘴里不断哈着白气，身上的羊绒大衣丝毫不保暖，里头是一件春款的衬衫，下身是拼色裙子。除了脖子上的围巾能挡点风，其余位置全被萧瑟的北风灌了满。

手机在兜里振了两遍，她都不想拿出来，实在冷得瘆人。

一条来自严黛的微信：“到了吗？”

她回语音，清冷的嗓音，听着发颤，“到了。”

“见到了？”

“还没。”南初吸了口气，“这边好冷。”

严黛：“你没带衣服？”

南初握着手机，无言地看着自己脚旁装满她最性感衣服的箱子，“没有。”

女明星向来习惯了要风度不要温度，两个膝关节无一例外关节炎，一到下雨天就酸得发胀。

南初模特出身就更甚，不漂亮的衣服她宁可不穿。

“去镇上买吧，别冻坏了。”

两人有一搭没一搭地聊了大概个把小时，直到天色渐渐暗下去。

南初脑袋上盖了一层白毛毛的雪，差点等晕过去。

就这时，人回来了。

一辆红色的消防车拐进来，车上下来七八人，林陆骁是最后一个。

他摘手套和帽子的时候岗哨冲他一吼：“有姑娘找你！”

林陆骁一边脱手套，一边下意识往外头看过去。

就看到了苍白的天地间，站着一道纤瘦的人影，脖子上围着个红围巾，跟一旁的消防车交相辉映。

心脏在胸腔里强烈的撞击，怦怦怦——

所有的心情都在此刻沉淀，一瞬的失神让林陆骁不自觉低头自嘲笑了一下自己，慌什么？出息！

赵国在他身后眯了眯眼，想要瞧清楚那树下的人，但因为南初戴了口罩，挡了半张脸，看不清脸孔，但身材纤瘦，打扮时髦，就这么看着，确实不一般，他凑过去，手肘捅了捅林陆骁，暧昧笑道："前女友？是不是她？是不是她？"

身旁战友听不下去，打趣道："你激动什么？又不是你前女友——"

赵国眼睛就直勾勾地盯在南初脸上，想给人瞧出个洞来。

林陆骁立在原地，舔了一下嘴角，哼笑，赵国趴在他耳边，叽叽喳喳又问了几个问题，把他给问烦了，直接把手套按到赵国脸上，一言不发地大步朝门外走去。

南初做足了表情要迎接他，顺势把口罩摘下来，想让他清楚地看看自己，手刚碰上耳根，手腕被人一把拽住。

时隔不过一年。

可总觉得，是时间出了岔，脑海里那点回忆，似乎都是上辈子的事了。

再重逢，也是风雪交加，鹅毛般的雪花飘落在他头顶，肩上，一转眼，没了影，丝毫抓不着痕迹，仿佛暗示着他们那点过去也都随着这场大雪消融了。

直到林陆骁拉住她的手腕，没让她把口罩摘下来，那点触感才稍觉真实，男人的手掌一如既往宽厚有力，安全感十足。

她被冻惨了，白嫩嫩的手腕那截，没血气，一摸上去，比冰雪还冷。

"你来干什么？"他冷笑。

南初一愣，卷曲的睫毛轻颤，抬眼望去。

漫天的飞雪中，男人一脸冷然，居高临下地睨着她，黑白眼仁分外分明，却带着某种怒意。

小姑娘眉开眼笑，忽略他生硬的口气以及那不太友善的情绪，她说："来找你。"

"找我干什么？"

林陆骁松了手，插进裤兜里，仿佛觉得好笑，在风里听来有些破碎。

风里雪里雨里站了个把小时，冷虽冷，可他这态度倒比这天气更瘆人，不过也习惯，以前刚追他那阵，比这还冷。

她刚跟严黛打赌，严黛说队长这人脾气硬，这事难说。

南初倒是不紧不慢回："他坚持不了多久。"

脾气再硬，下面硬了，能坚持多久？

严黛翻白眼，"你美你美！你美你说了算！"

南初眨眨眼，弯眉一笑，身后这苍茫的景致都成了背景，"那我可就直说了。"

他深黑的睛一眨不眨地盯着她。

"我来求爱。"

噗——

听到这儿，他没忍住，扬了下嘴角，微哂。

约莫过了一分钟。

他表情变得寡淡至极，笔挺站着，风雪吹着他的头发，黑发被吹立了几根在头顶。南初这时才发现他头发好像长了点，他说："那你可以走了。"

这些年，好像是有些什么东西，在疯长，在凝固，在变化。

大刘跟沈牧都说过，林陆骁这人，骨子里就有股狠劲儿，无情得很。

说完，林陆骁嘲讽地看她一眼，转身要走，被南初伸手拉住，她说："我等你电话。"

结果被他一下甩开。

林陆骁有怨气，南初当然理解，毕竟他们是在爱得最浓烈的时候被她单方面给断了，她承认自己当时的幼稚，可若时间重来，她的选择还是一样，在那样的情况下，她没办法心安理得地继续那一段充满舆论、讽刺的感情。

她没办法看着自己爱的人，被舆论踩在脚底下，永远只活在自己的世界里，也没办法用自己的承诺去捆绑一个男人，在她的世界里，看不到光，也看不到未来，甚至一度觉得她这辈子可能也就这样了。

她的灵魂忠诚，却也孤傲。

她可以为了他抛弃全世界。

但她不能忍受他被世界抛弃。

而这次来也是抱了十足的耐心来哄他。

林陆骁直接抽回自己的手，“你走吧，别找我了。”

说完就头也不回进了队里，那背影决绝，南初在背后，咬唇叉腰，直接被他气笑。

宿舍。

里头跟实况直播一样热闹，主要是对林陆骁太好奇了，想看看他跟女人到底是怎么相处的。

就在林陆骁甩开南初的手时，赵国掀着窗帘暴喝：“演韩剧呢这是！”

室友也凑过来，“看清那女的长什么样没？”

赵国眯着眼，用尽了各种办法，卷着手看，拿着小型望远镜看，都没看清，“戴着口罩呢，不过绝对漂亮！难怪那小子看不上我那小表妹，这哪比——”

雪地里，林陆骁插着兜，迈着大步面无表情进了消防大门。

赵国掀下窗帘，“回来了。”

房间里随即快速晃过几道人影，各归各位。

林陆骁进门的时候，几个人做俯卧撑的做俯卧撑，引体向上的引体向上，倒挂金钩的倒挂金钩，一派和谐——

他谁也没看，径直回到自己床位，一言不发地脱外套。

几人偷偷拿眼睛瞟他，又互视一眼。

赵国悄悄扫了一眼窗外，苍茫的雪地里，那一抹红色还没离开。

“咳——”他干咳一声。

林陆骁脱完外套开始脱里头的衬衣，依旧没表情。

“咳咳——”赵国又咳一声。

结果，林陆骁直接拿起边上的脸盆头也不回走出去，还丢下不冷不淡的一句话："嗓子有毛病？"

这话把赵国激着了，追着他到厕所。

林陆骁把脸盆丢进水池里，拧开水龙头，水哗哗流着，没等热水出来，他闷头就俯下去，掬了捧水狠搓了把脸。

"那真是嫂子啊？"赵国问。

林陆骁停下来，低埋着头，两手撑在水池边，水珠顺着他的轮廓慢慢往下滴。

随后，他抬头，看向镜子里的自己。

他胸腔里有怒火，遏制不住，随后又失笑，低嗯一声。

"来找你复合的？"

他没作声。

赵国立马又说："其实我觉得女人就是这样，当初分开的时候，可劲儿作，然后作来作去觉得可能又没意思了，还不如从前的生活，又上赶着往回跑……不过，别的我不说，外头是真挺冷的。"

说完，赵国缩缩脖子走了。

等林陆骁洗完脸回去，赵国一使眼色，另一室友道："陆骁，那女的还在——"

南初没有方向感，一时之间不知道该往哪儿去，又怕丢，正在埋头找导航，不管去哪儿，得确定消防队的位置，最好在这附近找个宾馆。

她正抓耳挠腮呢，前方雪地里传来一阵沙沙声。

眼前罩过一道黑影，手机被人夺走，她刚要尖叫，余光瞥到一双军靴，往上是迷彩裤，一抬手，目露惊喜地说："你怎么下来了？"

手机界面停留在美团上附近的五星级酒店。

林陆骁扫一眼，关掉界面，一只手直接拎起她的行李箱，冲她一扬下巴，"走。"

"去哪儿？"

"你想在这儿挨冻？"他挑眉道，"跟过来。"

南初跟上去。

雪地里，一高一瘦两个人影，一前一后走着。

这附近方圆几百米内都没有酒店。

林陆骁直接带她进了消防队家属楼，就在消防队后面，院里进去，一阿姨正坐在台子后打毛衣，见两人进来，扬声道："陆先生，女朋友来看你啦？"

林陆骁让南初拿身份证，笑了一下，忽略了后半句话，纠正道："我姓林，您老忘。"

阿姨一拍脑袋，"老听赵国他们叫你陆骁陆骁的，我以为你姓陆呢，不好意思，我这记性！"

林陆骁笑说："没事。"

南初把身份证递过去。

阿姨接过，扫一眼，登记完，还给她，乐呵呵道："行，小两口上去吧。"

南初觉得这阿姨有眼力见，清脆一声："谢谢您！"

林陆骁拎过行李，一句话的机会都不留给她，直接推着她后脑勺上楼梯。

房门推进去，家属招待楼挺干净敞亮，连被子都叠得规整，整理内务的阿姨一看就是军队里训出来的。

"这是家属楼？"

南初环顾了一圈，站在床边，看向窗外，白茫茫一片，对面就是消防队。

林陆骁放下行李，斜倚着墙，两手插在兜里，"嗯。"

南初抽回放到窗外的视线，回头笑嘻嘻地看着他。

林陆骁直起身，"镇上没酒店，等中巴开了，你就回去，我走了。"

他刚转身。

"我不走。"南初声音坚定如初。

这一下，似乎真把他惹怒了，一下就点了这颗沉积一年的炮仗，他火冒三丈道：“你到底想怎么样？”

他是真怒了。

一呼一吸，都能察觉到他毫不收敛的怒气。

两人相识至今，他平日里性子大多冷淡，偶尔漫不经心开开玩笑，在队里训练也见过他脾气暴的时候，都不及此刻他眼里的怒火翻涌。

他立在原地，颓然得像棵枯木。

南初远远看着，总觉得不是这样的，太陌生了。

他忽然折步站到她面前，双手插进兜里，低垂着眼帘冷然地看着她。

窗外风雪交加，窗户刚被打开，老旧的木窗被风刮得嘭嘭直响，忽而又是一阵狂风大作，给这剑拔弩张的气氛平添了几分紧张。

林陆骁微微弯下腰，手还在裤兜里，平视她的眼睛，扯嘴角哼笑，满目讽刺，“说吧，你想怎样？嗯？”

南初丝毫不畏惧，就定定瞧着他，那眼神就跟瞧三岁小孩似的。

仿佛写着——你就闹吧，闹够了就乖乖回家。

林陆骁的怒气丝毫激不起南初任何情绪。

她从始至终都只是淡定地看着他，他盯着她眼睛看，那双漆黑的瞳孔干干净净，清澈地倒映着他的脸，她的表情彻底激怒了他。

他弯腰在她面前，暴喝一声：“说话！”

他越这样，南初觉得自己胜算越大。

跟看戏一样。

“你给老子——”后半截话直接被堵住了，唇上一阵柔软冰凉。

他弯着腰，两人本就平视，南初往前倾，在他唇上蜻蜓点水般啄了一下。

在他伸手推开她前，南初快速站好，睁着一双明亮的眼睛，看他，“我想要的东西有很多，最想要你，这样说，明白了？”

林陆骁下意识舔了舔唇角，带着点水果味，擦的什么狗屁口红？

下一秒，把人给拎到墙角，手叉在腰上，吐了口气，“来，重新说一遍，想要什么？”

南初乖乖站到墙角，盯着他看，眼尾上挑，“你。”

他厉声：“好好说话！”

南初垂下眼帘，不做小表情了，少了妖媚，目光清淡地说：“我们和好吧。”

林陆骁从兜里掏了盒烟出来，抽出一支，递进嘴里，边低头点燃边漫不经心地说：“我不相信你了。”

南初默然，人往墙上靠，看着他抽烟，军衬上头，喉尖随着烟雾的飘散，微微滚动。

他掸掸烟灰，漠然地说：“当初在医院，你说分手，我不同意，你就一走了之，甚至都没通知我，我半夜爬进病房，看到门敞着，护士告诉我，你去美国了，我那时坐在病床上想的就是你到底有没有喜欢过我。”

世上百分之九十七的前任会因为同一个理由再次分手。

所谓破镜难圆，就算花时间把缝隙一块块拼补回去，痕迹却无法消弭。

被误解，被歧视，都没关系。

再苦再累，再大的风浪都见过。

他气的是她这轻易就离开的态度。

他叼着烟，嘲讽地笑了一下，“大刘说你年纪小，不够坚定，遇上事容易跑，你猜我怎么跟他说？”

现在回想起来都是打脸。

他轻哼，半根烟夹在指尖半天没抽，倾身直接拧灭在一旁的烟灰缸里。

他把手插回兜里，一脸淡漠地说：“回去吧，别在我这儿耗时间了，也别找我了，我已经不相信你了。”

窗外飞雪满天，落尽屋里，也寻不着足迹。

南初看着他转身离开，看着他嘭地甩上门出去，那背影决绝，好像真就不会回来似的。

冷意袭来。

太阳穴紧抽，一钝一钝地疼，南初这下觉得自己可能失算了。

林陆骁下了楼。

阿姨打着毛衣见他下来得快，倒是惊了一下，以前哪回部队家属来，不在里头待上一两个小时。

林陆骁没急着离开，而是站在楼下抽了两支烟，逗了逗路边蹲着的小金毛，那是阿姨的儿子养的，儿子在外地求学，小狗就丢给母亲养了。

林陆骁一边抽烟，一边挠着金毛的下巴，漫不经心地问："快放假了吧？"

阿姨闻声答："对，我儿子快回来了。大概是有感觉了吧，这几天把它激动的。"

金毛上蹿下跳跟林陆骁玩得很是开心。

阿姨："你训狗挺有一套啊！"

林陆骁笑，"队里有军犬，以前经常训，这小东西比人都忠诚。"

阿姨赞同地点头。

林陆骁抽完烟，一抬头，看见南初倚在栏杆上，盯着他看。

他平淡地收回目光，跟金毛挥手，"走了。"

就这么会儿，金毛似乎已经对林陆骁产生了依赖，冲着他的背影汪汪汪直吼。

林陆骁头也没回，他大步离开，像个雪景的慢镜头拉长，直至那抹绿消失在苍茫的尽头。

狗怎么能比人忠诚呢？

人已经没影了，南初还沉浸在那句话里。

家属院住进了一个大美人，这事没两天就迅速在队里传开。

再一听说是来看骁爷的，迷弟们就更激动了。然而，除了第一天，之后也没见林陆骁进过家属院，队里有人不信了，问赵国："真是来看林陆骁的？"

“当然。”赵国掌握了一切八卦的来源，大家对这位大美人都非常好奇，可也没人见过她的正脸，就出操的时候远远看见那美人倚着阳台压腿。

压得非常标准，气质也有点像文工团的女兵。

于是就猜测是林陆骁以前队里认识的女兵，倒是听说北边有不少盘亮条顺、穿起军装比男人还英姿飒爽的女兵。

然而，八卦的主人林陆骁却跟没事人似的，照常出操，跑步，负重越野，爬楼训练，仿佛那金屋藏娇的事跟他丝毫不相干。

众人悻悻。

这边，南初一边在阳台上压腿一边跟严黛语音。

她身体太软了，弧度弯到极致，瞧得楼下的阿姨都一阵胆战心惊，这小姑娘腰功不错啊！

“队长要不肯见你，你在那儿待着也没用。要不你还是回来，咱再想想办法。”

南初不紧不慢地变化着姿势，目光落在前方，一群穿着迷彩服的健硕男人正在组织爬楼训练，她目光一探，不用找，一眼就能看见林陆骁，后脑勺最硬气的那个。他动作标准又快，扶梯往窗口上一挂，人就跟上了发条似的迅速往上爬，一层一层飞快地往上叠，爬个六楼大概也就十秒的工夫。上了六楼窗口，五十公斤负重，直接往腰上一跨，拽住挂在窗边的绳子，两脚踩着墙面，迅速降到地面。她观察了几天，每天的训练内容几乎大同小异，挺枯燥，挺繁杂，然而在充满男人味荷尔蒙十足的部队里，南初倒是很享受这样的光景。

“再等等吧。”她目光悠远地落在前方，“大雪封山，出不去。”

严黛调侃：“我看是你的心被封了，得，你在那边待着吧，最好干脆带个娃回来。”

“好主意。”南初眼睛一亮，仔细一琢磨，这办法还真可行。

毕竟林陆骁喜欢小孩。

电话那端的人却毫不留情地拆穿她："恕我直言，您现在就一冷宫娘娘，面圣的机会都没得呀——"

南初回头看看房间里那一箱子性感的衣服，没机会创造机会也得上啊。

这天，南初脸色苍白，嘴唇也没有血色，下楼经过大堂的时候，阿姨一瞧，这娃怎么成这样了，忙关心地问了两句："你怎么了？病了？"

南初"猛烈"地咳嗽两声，软弱无力道："有点感冒，阿姨，附近有药店吗？"

阿姨热情，见她这样，怎么还肯让她出去，一把把人给拖回来，小身板纤瘦，可抵不过膀大腰圆的阿姨的一胡噜，轻飘飘得很，阿姨一摸额头，"怎么还有点发烧呢，你回去躺着，我出去给你买。"

南初坚持，"您告诉我就成，我顺路出去转转。"

结果阿姨一生气，"都这样了还瞎转悠什么，上去躺着，我去给你买。"

南初几乎是被阿姨拖回楼上的。

阿姨下了楼，一边走一边琢磨这事还得告诉小陆，不然小姑娘多可怜，于是买了药又去训练场找林陆骁。士兵们正休息，堆坐在一起，林陆骁站着，抱着臂靠着树干听他们胡说八道，男人的话题无非是军事、游戏、女人，他不多话，偶尔配合地扯出一抹笑，大多时候沉默。

赵国跑过来，"陆骁，阿姨找你。"

林陆骁抬头，眯眼顺势看过去，阿姨手里拎着一袋东西，一脸着急地冲他直招手。

他心下一沉，起身跑过去。

"那小姑娘病了，还挺严重的，我看她那模样，走路都不稳，你要不去看看，给人送医院还是……"阿姨见他好几天都没去，以为上回两人吵架了，好心地往夸张了说，毕竟把人就那么晾着，也太可怜了。

还不等阿姨说完，林陆骁拔腿就往家属楼跑，速度快得阿姨在后头追了一路都没赶上。

他心里是真慌了，越想越觉得自己就是一浑蛋，好歹千里迢迢跑来找你，不给个好脸色就算了，还把人弄病了，他一路飞奔，也自责了一路，可一推开门，就蒙了。

小丫头道行是高了，都知道装病了。他心里仿佛有跟紧绷的缰绳，在推开门的一刹那彻底崩断了，刚刚的紧张显得多么愚蠢。林陆骁硬生生克制着怒意，转身就要摔门走，被南初一把抱住，仰头去亲他，“我错了。”

她低声认错。

林陆骁冷淡地垂眼看她，眸光比刀锋子还利，“松开。”

南初抱得更紧，一口咬住他尖尖的喉结，舌尖轻轻卷着，“松开你就跑了。”

调情功力也见长。

林陆骁仍旧不为所动。

南初踮脚去亲他的嘴唇，结果他人高，下巴微微抬着，无论她怎么踮，也只能亲到下巴。

她索性去含他的下巴，有些刺。

“你胡楂儿没刮干净。”

以前每次要见她之前，林陆骁都会刮得特别干净，因为怕亲密的时候刺到她，现如今，没有女人，不会亲密，队里都是一帮五大三粗的汉子。

刮完就了事，不会对着镜子刻意修剔。

“不过我喜欢，这样好，糙点好。”

林陆骁撇着头，手掌按着她的脑袋，往后推，将她黏人的嘴从自己身上挪开，冷笑，“有意思？这么些年，在外面是不是也没长进，还学会骗人了？嗯？”

南初心里泛苦，跟冒泡泡似的，咕嘟咕嘟泛上来。

她没骗人，她真感冒了。

可他现在真不信她了。

信任是他俩的屏障，像一道透明的隔膜，他们分别站在两端，能看清彼此，中间有扇小门，她正往他那边走过去，然后他面无表情把门嘭关上了。

南初穿得薄，窗外呼呼的风刮进来，激开了她白嫩肌肤上的毛孔，黑色的长裙衬得她皮肤更白嫩，外头连大衣都没穿。

林陆骁眼含讥讽地看着她，是没感冒索性给自己冻感冒？想让他心疼心软？

南初静静立在原地，目光平静，波澜不惊，又出奇地柔和。

安静了半晌。

小姑娘再次朝他靠近，抱住他结实的腰，脸贴上他宽厚的胸膛，听着他强有力的心跳在胸腔怦怦撞击。

是归属感。

她仰头，顺着他紧绷的下颚线亲上去，在下巴、脖、耳根边打转……

亲得挑逗、眷恋，又虔诚。

他不为所动，比窗外的风雪还冰冷，眼底散着寒气。

下一秒，南初手已经扶上他腰间的军扣。

昏暗寂静的房间里，只听啪嗒一声，军扣开了。

“队长。”她仰头低声在他耳边碾磨，媚相十足，“你……”

下面硬了，脾气该软了。

可林陆骁两头都硬硬的呢——

南初手在他坚硬如火的那处狠揉了一把，仰着小脸，抬眼道：“给我个机会，我向你证明。”

“证明什么？”男人嗓音沙哑，性感得要命。

“证明我的灵魂对你有多忠诚。”她说。

他忽然低头笑，看了一眼挂在自己身上的女人，跟听了个笑话似的，“用这种方式证明？你是动物吗？”

“……”

他漆黑的目光紧盯她，“忠诚？”

以前不知在哪儿看过一句话。

忠诚是因为背叛的筹码不够，唯有死亡鉴忠诚。

他早已不信。

林陆骁直接不耐烦地把人从身上扒拉下来，按到墙上，没留力道，劲儿大，手臂上的青筋暴起，声音比刚才还冷："咱俩没戏。"

后背猛撞上僵硬的墙面，南初觉得真疼，他真一点都不疼惜她了。

卑微低弱的求和不被他放在眼里，南初终于被激起一丝怒气，怒目而视，"林陆骁！"

终于不是那副胜券在握的表情，见她生气，林陆骁忽然心情好了，懒洋洋地说："嗯？"

她咬牙愤懑，"你这人！没风度！"

"那你找有风度的去。"

眉眼勾着坏笑，痞得她想直接一闷棍上去给他脑袋来个爆啐。

南初没了哄的耐心，逆反心理出来了，犟道："你当我不敢？"

"找去！"简洁有力，说完也懒得跟她再废话，甩上门就出去了。

南初坐在床上犯蒙，手去摸床头的烟盒子，已经空瘪，还剩一支，她抽出来，含在唇间，另一只手去摸打火机。

火石轻搓，房间内亮起一瞬蓝色火焰，她低头，烟头对上，吸燃。

烟头渐渐冒出几缕青丝往上飘。

烟雾缭绕，女人的脸渐渐模糊。

后背隐隐发痛，她低骂了一声："浑蛋。"

南初掸掸烟灰，把烟重新含在嘴边，烟草味道咽到喉尖，缓缓往下压，进入胸腔，积了厚重的一口气，仰头往外吐，又骂一声："王八蛋。"

骨子里那点野性又跑出来了，她从小就比较冷淡，对待身边的人，包括早年有些说喜欢她的粉丝，有人还做了一些礼物特地给她送到公司。她接过说声谢谢，递给助理自己就再也没打开过，后来就再也没人给她送过礼物了。

她有被迫害妄想症，对陌生人善意不起来。有人对她好，她会想着这人是不是想从自己身上得到什么好处呢?

她没什么能付出的，所以她拒绝别人对她的好。

这都是从小的环境和身份，以及母亲的工作繁忙无心照顾导致的。

一直到十六岁。

遇上林陆骁，唯独他，深深地吸引着她。

住进他家里，喜欢上他，这些她都不意外，并且她深信不疑。

林陆骁是她喜欢到死的男人，她喜欢他的大义坦荡，严肃认真，唯一没想到的，就是熟了后，发现这人私底下痞坏痞坏的。

她一开始很讨厌痞子，可后来她发现，任何讨厌的特质到了林陆骁身上，都成了她爱的，而且难以自拔。

因为林启的事，她怀疑自己二十年来的价值观太过冷漠，导致林启误入歧途，也是他让她明白那些深明大义，坦荡自由。终于在他的救赎中，南初看到了自己的灵魂，其实并没有自己当初想象的那么不堪，然而现实又给了他们重磅的一击。

于是她又发现，那些深明大义和坦荡自由都保护不了她爱的人。

舆论是南月如找人压下去的，唯一的条件就是让南初回美国。

二十一岁还不够成熟又有点幼稚的南初，在听到他父亲被气入院，他又即将被派往山区时，决定离开这个男人。

这一年，她学会了生存法则，学会了跟媒体记者打太极，更学会了报复，比如徐智艺，直到无人再敢得罪她。而如今，见惯了圈内的腥风血雨、钩心斗角，还有那么多没被爆出来的肮脏事，她就格外想念林陆骁这个为天地立心、以身许国的男人。

想到刚才的那幕，她又被气笑，叼着烟，“狗男人。”

刚骂完，南月如就打来电话，她把烟掐了，接过，“妈。”

“你在哪儿？”

南初：“在度假。”

“订机票回来，帮你接了个片子，后天试镜。”

“谁的？”

“一个叫南璇的工作室，编剧挺有名的，不过是第一次合作，早点回来谈细节。”

她无言地看着窗外，“妈，你不回美国度假吗？”

“等你结了婚，我就回去。”

南初无奈道：“我一时半会儿不会结婚。”

“等你回来，有个制片人，二十八岁，引你见见。”

这一年，南月如不停地给她介绍她眼里所谓的青年才俊。

南初波澜不惊道：“您什么时候才死心？”

“你结了婚我就死心了。”

“您一辈子都没结婚，为什么要逼我结婚？”

“正因为我一辈子都没结婚，所以我要逼你结婚，南初，人老了以后，很孤独。”

半夜惊醒，身旁都是空，夜里起风，无人温暖，眉梢都是孤独。

是感悟，也是悔悟。

年关将近，风雪撤离，鹿山镇中巴开了，南初订了第二天的票离开。

家属院里的美人已经快成了传说——

但见林陆骁始终都兴致不太高的模样，大家也不敢哪壶不开提哪壶。

直到今晚，鹿山中队里组织开联谊。

说白了，联谊就是给中队里的单身消防兵相亲。

吃晚饭时，赵国忽然想起那位姑娘来，建议道：“陆骁，让你家属院那位也一起出来呗，你这么老晾着人家不太好吧，今晚出来，一起热闹热闹。”

这样他们也能见见啊——

到底长什么样？

好奇死了。

林陆骁扒着饭，瞥赵国一眼，冷淡拒绝，“她不喜欢热闹。”

赵国哼唧：“你老这么藏着掖着算个什么，人都在这儿住了一个星期了，好歹让她出来见见啊——”

话音未落，林陆骁警告地瞪他。

结果刚好被吃饭的几个领导听见了，就说：“陆骁，你女朋友在这儿？”

他塞了口饭，愣了一瞬摇头，“不是。”

领导笑，“朋友也难得，来都来了，就一起过来吧，一起热闹热闹。”

领导发话，身旁的战友气势鼓动，骑虎难下。林陆骁那暴躁脾气，有点想把赵国那碎嘴给撕了。

晚上六点。

林陆骁在家属楼下逗金毛，阿姨做完饭出来，看见门口蹲着一高大且沉默的背影，冲他招呼了声：“小陆啊！”

林陆骁手从金毛的下巴上拿开，站起来，笑着应了一声。

阿姨：“来找小姑娘？”

林陆骁刚上去敲过门，没人开，手插进兜里，漫不经心地问：“她人呢？”

“刚看她出去了，估计一会儿能回来，有事？”

林陆骁挠挠眉，低声说：“没事。”

刚一转头想说那我先走了，就看见南初穿着件过膝的黑色羽绒大衣，脖子上还是那条红艳艳的围巾，半张脸埋在堆起围巾里，踩着雪过来。

南初根本没注意这边站了一人，低着头沿着雪迹一路慢慢走，还就往雪多的地方踩，隔着老远一摊，她也过去踩一脚，非得听到那嘎吱咯嘣的声音才罢休。

这女人声控，对一些冷门的声音很执着。以前在一起时，北方的雪比这边更厚，两人下楼吃东西，沿路都是余雪。她对踩雪发出的嘎嘣嘎嘣那声响特执着，非得饿着肚子拉着他，兴高采烈地在楼底下硬生生踩了半小时雪。要不是实在饿得慌，他给她打横抱起来丢进车里，小丫头还不知道踩到什么时候。

林陆骁侧身给她绑好安全带，小姑娘不老实地去摸他的头发楂儿，一边摸一边说：“我喜欢一切富有欲望的声音。”

男人望着后视镜倒车，漫不经心地，“嗯？”

南初说：“比如下雪天踩雪籽的声音。”瞥他一眼，小眼神清澈，“还有你的叫床声。”

他给她纠正，“你们女人才叫床，男人那叫发泄。”

“就是叫床。”

两人就叫床和发泄这件事争论了半小时，得不出结果，最后在他黑着脸的一声威胁中结束，“再胡说八道，让你下不了床。”

南初噘嘴，“你这是家暴。”

看着小姑娘憋屈的小表情，他就靠在座椅上，低头笑笑，然后瞥她一眼，目光悠长且深邃。

南初低头踩雪踩得起劲儿，没注意到直线距离的尽头站着一高大的人影。

林陆骁在这边，把他俩以前在一起的画面跟放电影似的都过了一遍。

这条青石板路，不过百米，十米一樟树。她慢悠悠过了一棵又一棵，路灯一盏接一盏亮起，小道忽然有了一丝柔和的光亮。前方一小姑娘正朝他缓缓过来，身后的影子，不断被拉长。

南初认真踩着雪，直到面前伸出一只手，抬头，不惊不喜道：“哦，你找我？”

林陆骁收回手，摸了一下鼻尖，然后插回兜里。

“晚上七点有个活动，队里让我问你要不要参加。”

“什么活动？”

“很无聊的活动。”

听出了话里不是很想让她参加的意思。

南初莞尔，“好啊。”

林陆骁沉默地看她一眼，半晌才说：“你戴个口罩吧。”

“嫌我丢人？”

“那帮小子看过你的电影。”他哼唧一声，带着某种意味不明略调侃的口气，“挺放得开啊你。”

“我是演员。”南初说。

林陆骁双手插在兜里，表示了解地点点头，自嘲一笑，“嗯，你是演员。”

然后是一阵诡异的沉默。

似乎没什么要叮嘱了，他丢下一句：“七点到会堂来。”转身走了。

昏黄的路灯下，男人挺拔的军装背影，显得格外修长。南初目送他离去，望着他酷得不行的背影，叹了口气。

阿姨如鬼魅一般冒到她身后，在她耳边低声关切地问：“你跟小陆吵架啦？”

南初一惊，猛一回头，阿姨的脸就在她肩侧，她慢慢收回目光，直到那背影消失在雪地尽头。

“嗯。”

阿姨叹息，“你俩结婚了吗？”

南初低头：“没呢。”

打从林陆骁带南初进这家属楼时，阿姨就瞧着这俩孩子特别登对，男俊女俏，一个冷，一个柔，一个硬，一个娇。

还有无形间的小默契。

比如刚进入办理登记入住的时候，林陆骁让小姑娘拿身份证。

南初低头去包里翻的时候，随手就把刚解下来的围巾递给林陆骁，让他帮拿着，后者自然接过，好像习惯一样。

“他刚来这里的时候啊，你不知道，人可沉默了，跟他说话也是有一搭没一搭的，人都以为那边的小孩子都这样，带着一股天生的优越感。”

“……”

阿姨觉得这么说不妥，挥挥手说：“也不是天生的优越感，就是骨子里有股劲儿，不知道在跟谁闹呢，那时候这里的孩子跟他都处不好，处处找他麻烦，结果没出一个月，就被他收拾得服服帖帖。听说他以前军校毕业的，这帮孩子都是志愿兵，就梦想着上军校，这来了一个现成的，就天天缠着他问这问那的，后来发现专业问题他还是很耐心回答的，也没什么架子。处久了，这帮小子就喜欢他。”

“他比较慢热。”

刚认识那会儿。

他也是特别冷，处久了才发现他骨子里的性格跟在陌生人前是完全不同的。

阿姨摇摇头说：“后来听赵国说，他是被姑娘甩了。”

南初无言。

阿姨一脸精明，“是你吧？我就看着他对你不一般。我刚听那帮小子说，刚下的文件，领导特喜欢小陆，让他在这儿多留一年，在这儿当一年的指导员。”

南初忽觉鼻尖一凉，她不经意抬手一抹，那冰凉的触感传至指尖，直达心底。

再抬头时，路灯罩下散着一圈昏黄扎眼的光晕，莹白的雪花像棉絮在飞舞。

下雪了。

心底仿佛有千丝万缕的情绪要喷涌而出。

她陷入一场深刻的反省。

一直以来，他都装得太过漫不经心，导致她觉得他再难过也不过如此，也一直没去深想，那场分手究竟带给他的伤害有多大。

她觉得自己了解他，如今到头来，再回想，她其实一点都不了解他，包括他的职业、他的梦想、他的喜好。两人在一起，也都是他迁就她所有的喜好，在外面吃饭点菜，张口点的全是她最爱吃的。

他记得她的生理期，记得她不爱吃辣。

两人在家窝着看电影时，他也能准确找到她想看的爱情电影，然后强打困意陪她看完。

在队里脾气那么火暴的一个男人，可早上被她几个起床气大嘴巴呼得也只是撑在床边无奈地勾着嘴角，软着嗓子哄她起床。

起晚了，她一通吼：“你怎么不叫醒我？”

虽然几次被她气得抓狂，可都因为是她生生把火气压下去。她一直以来都享受这种被人宠在怀里的感觉，太理所当然了，难怪林陆骁会怀疑她不走心，她压根儿干得全是走肾的事。

晚上七点。

南初换好衣服过去，老远看见夜色里会堂门口，林陆骁被几个士兵围着说话。

他换了衣服，一身笔挺的军常服，帽檐下是一张俊挺的脸庞，笑起来时，那凛冽的眉峰微挑，桃花眼上勾，规整的军领上，是流畅的下颚线条。

大概是见她过来，士兵们一哄而散，南初过去，他上下扫她一眼，没多话，直接把人带进去，会堂顶上挂着一横幅——鹿山消防中队新年联谊会。

“坐吧。”他指了指前排旁边的位置，“领导给你留的。”

南初：“你呢，坐哪儿？”

他一仰下巴，指指她边上的位置，“你边上。”

南初点点头，靠回椅子上，安静低头拨弄手机，头发帘垂下来，挂在一侧，侧影变得柔和乖巧。

其实她大多时候都乖的。

林陆骁想。

前排的椅子是大高背，加上林陆骁在边上站着，把南初挡了个结实。

后方赵国慌慌张张跑过来，激动地比画着，“陆骁，陆骁！”

林陆骁靠着那椅背，瞥他一眼，伸手推了一下他的脑袋，“急赤白脸干什么？”

赵国跟猴似的一路从外面跑过来，人没站稳，喘着气道：“你猜我看到谁了？”

“谁？”他不以为然。

赵国急得满脸通红，“我媳妇儿那表妹啊！”

林陆骁没反应过来，“谁？”

“就上回跟你相亲那个！她也报名参加了，我怕你家属院那位——”

一转眼，赵国就看见椅子上坐着一姑娘，瞧得眼睛都直了，舌头都开始打结了，“这，这，这是……嫂子了？”

私底下瞧着林陆骁的态度，也知道这两人还闹着呢，但思来想去还是这称呼比较合适，至少亲切。

结果后脑勺直接被人拍了一掌，“乱叫什么？”

赵国揉揉后脑勺，嘿嘿一笑。南初从手机里抬头，冲他友好地笑笑，标准的八颗牙，无辜样，那眉眼娇俏的、唇红齿白的模样，勾人得紧。

赵国一眼就被惊艳到了，这辈子还没见过那么好看的人呢！忽然有点明白林陆骁被甩时的心情了。

忽然也觉得表妹那种姿色，只是 just so so。

赵国伸出手，说着客场话：“常听陆骁提起你。”

结果又被人毫不留情打断，“放屁！”

赵国憋屈地看一眼林陆骁。

南初柔和笑笑，“没关系，你叫什么？”

“赵国，‘赵氏孤儿’的‘赵’，‘国家’的‘国’。”

南初点头，“记住了。”

“姐姐叫什么？”

南初看了林陆骁一眼，才说：“南初。”

“好嘞——南——”他一愣，脑子一瞬间蒙住，仿佛被狂风骤雨席卷，大声吼，“南——初——？！”

吼完，又不可思议地看着一旁的林陆骁，还是明星？

难怪这小子谁都瞧不上。

不一般啊不一般，这小子背景肯定不一般。

在一瞬的失神之后，赵国终于找回话语，“你比电视上漂亮很多。”

南初礼貌地说：“谢谢！”

有时候屏幕上的人走下来，除非是你特别熟悉的明星，不然很难认。

在看到南初第一眼，赵国就觉得这女人漂亮得不可方物，有点眼熟，心里也没多疑，只觉得大多数美女都长差不多吧，加上屏幕上的南初比这个圆润。

那种不切实际的想法，大概也就在心里闪过一瞬很快就被否决了。

明星来这儿，多罕见。

联谊会差点变成了小型明星见面会——

“我超喜欢你演的柳莹莹，你穿旗袍的样子超美！”

这里都是十八岁就入伍的兵，平日里除了训练就很少上网，娱乐八卦关注不多，偶尔会看看当下流行的几部电影，明星能认出来的也不多。

当下就有人立马去搜了下南初的资料。

结果发现一年前一个关于林陆骁和南初的恋情曝光帖子，看了看有些言论也确实心寒，也都十分懂事地只字未提。林陆骁则眼不见为净，直接上外头抽烟去了。最后在几个领导厉喝声中结束。

“你们还找不找老婆了？！”

“找找找！！”

联谊会这才正式开始，女生们一上来就目标明确，仿佛刚在底下已经早就看好了。

南初跟林陆骁挨着坐，扫了一眼台上的一排女生，“小表妹在哪儿？”

“嗯？”他转头瞥她一眼。

南初："不是相亲去了吗？"

他哂笑，"你还真信？"

南初也回笑，眼睛黑漆漆，倒映着他的影子，笑得格外坦诚，"信啊！"

他笑着摇摇头，懒得跟她解释，目光在台上搜了一圈，也没认出哪个是表妹，瞎指了一个，"就最边上那个吧。"

南初仔仔细细把人打量了一圈，"挺好的。"

"行了，说话酸了吧唧的。"他讽刺。

结果，南初打量他半晌，忽然冲台上举起手。主持人朝她看过来，"哦，南初有话说。"

南初笑着道："我身旁这哥们儿也单身，给他个机会上去试试吧。"

话一落，台上的姑娘明显眼睛一亮，纷纷把目光期盼地落在林陆骁身上。

林陆骁的表情已经黑了一大半。

战友们一直认为没人能治他，现在看他那憋火的表情，没准还真有人能治，纷纷露出一副看好戏的表情。

林陆骁被众人怂恿着上了台，心不甘情不愿地跟人做了几个互动环节，到了最后的表白环节，反而他一个黑着脸、全程没两句话的男人收到的花最多。

联谊就是个活动，真看上眼了，留个号码，私底下再联系。

最后小表妹坐不住了，直接抢过主持人的话筒，对林陆骁说："上次咱俩就见过，我对你挺满意的，这次也是为你来的，我认认真真考虑过了，要以后结了婚，生了孩子，我愿意……"

说到这里，她忽然娇羞地低下头，"我愿意辞了工作跟你去北浔。"

其他几个姑娘听说他是外地的，还有些犹豫，这小表妹是真豁出去了，这几天冷静下来，发现自己越发不能忘记他。

这次也是铆足了劲儿决定倒追。

"……"

士兵们起哄。

林陆骁下意识看了一眼南初。

后者正平静地看着他，嘴角带笑，温和柔软，乖巧，似乎毫不在意。

Chapter 17

我以后再也不来找你了

底下全都是起哄的士兵，气氛一下子被表妹突如其来的告白掀到了最高潮。

起哄的热浪一阵高过一阵。

台中那人笔挺立着，表情讳莫如深。

小表妹跟受了鼓舞似的，羞红了脸，接着说："哦，我可以跟你说一下我的情况，我今年二十八，在一证券交易所工作，硕士学位，工资在一月一两万浮动，结了婚之后，你要回北方，我可以跟你回去，不是问题，因为我是……真挺喜欢你的……"

真挺喜欢的。

喜欢到听说这边联谊，就自顾自报名来参加了，因为最近总是想到他，莫名其妙，脑子里都是他的模样。

他这样的男人，确实是吸引人的。

小表妹捏着衣角站在台中央，低着头等着回应，她都说这么清楚了，他应该明白吧。

"抱歉！"

林陆骁把花塞给一旁的主持人，丢下两字离开了。

会堂的舞台建了有一人高，林陆骁往外迈了两步，手直接撑着舞台边沿，潇洒跳下舞台。

小表妹脸上的笑都僵了，愣愣地看着他的背影。

今天她真是铆足了劲儿来的，虽也知道这人不好弄，人又冷，心里也做了十足的准备，可当他真这么冷淡从自己面前离开的时候，人还是忍不住僵了。

后脊背冒着汩涔涔的汗，脸色惨白，呼吸不畅，眼神阴鸷地盯着林陆骁的背影。

结果下一秒，又是一阵哗然。

那男人从舞台上下去，台上的人或许看不清他此刻的表情，但底下的赵国他们可看得清清楚楚。

那眼里都是火，眼神迸着噼里啪啦的火星，在跳跃，笔直地瞪着那始作俑者。

林陆骁径直朝南初过去，在众人一众惊讶的目光中，毫不犹豫也不怜惜地把人从椅子上拽起来，拖出去。

场面一度陷入尴尬。

两人到了门口，领导这才回过神来，拍拍赵国，“这俩闹什么呢？你要不去看看，陆骁的脾气上来可真指不定弄出什么事？”

赵国缩了缩脖子，他才不干这破差事呢，“能有什么事，陆骁喜欢死那丫头了。”

领导将信将疑。

赵国又说：“不信啊？真的，刚来那阵，天天装忧郁，就是被人甩了，心有不甘。”

外头一片漆黑，路灯晃眼，风雪飘摇。

阿姨正蹲在门口一溜一溜地逗着小金毛，“你主人啊，马上就回来了——想他没？”

小金毛高兴地在雪地里摇着尾巴，蹦着蹿着。

阿姨点点它的鼻子，笑道："小东西——"

话音未落，前方传来一阵急促的脚步声，把雪踩得嘎吱嘎吱响，她带着笑意抬头望去，就看见一高大身影身后拽着一小姑娘正往这边过来。

黑夜里，其实瞧不太清，等近了，阿姨终于认出是林陆骁和南初。

两人脸色都不太好。

身为过来人的敏感，阿姨反应挺快，直接抱起地上的小金毛往屋里走，"走喽！睡觉喽！"

上了二楼，开了门。

林陆骁直接把她甩进去，自南初把他推上台去，情绪憋了一路，终于在此刻迸发。

满腔的怒意，全在此刻化作一句暴喝："你闹够了没？"

南初无力叹息，她真没闹，刚也是知道他去相亲，醋翻了天，一下没忍住，把他给推出去了。

不是相亲吗？

——在这里相个够啊。

小表妹的出现确实有一瞬间刺激她，南初羡慕她能肆无忌惮在这么多人面前表达她的爱意，表达她对这个男人的喜欢。

这是她做不到的。

如果当时她冲上去，夺下她的话筒，对林陆骁来一番深情的告白，估计明天他又得上头条了，而南月如那边，定然又是新一轮的轰炸。

在所有事情没有尘埃落定之前，她不能再把他推上风口浪尖。

两人心里都有气。

他气她不知悔改，胡闹任性。

她气他脾气又臭又硬。

门半开着。

南初被他甩进去，扶着门框站稳，他则站在安静漆黑的长廊里，一身笔挺的军装，黑暗中，帽檐遮了他半张脸，更看不清他此刻的脸部轮廓。

他嗓音冷透了，却莫名带着性感，“看别人尴尬你很爽是不是？”

南初却黑着一双眼，问他：“其实你是不是挺喜欢那姑娘的，至少比跟我在一起舒服，她愿意为了你去北方，愿意为你放弃工作，不会给你带来麻烦，是不是？”

林陆骁心里忽然一咯噔。

目光笔直地盯着她。

南初又自嘲地笑笑，无力苍白，“林陆骁，你怨我、恨我走得太容易，可我这一年过得也不容易。我刚刚想了想，确实，你跟我在一起以后要经历的风浪还很多，你……要真对那姑娘有好感，嗯，我能理解。”

她忽而低下头去，声音渐低，“我明天就走，也不会再来了。”

结果林陆骁跟看透似的，冷讽：“装，接着装。”

南初说不下去了，委屈地看着他。

“怎么？我委屈你了？”

信任一旦崩塌，哪里是一朝一夕能建立起来的。

她摇头，“没有。”

屋里漆黑一片，身后的窗敞着，月光落下清辉，窗玻璃被风雪刮得啪啪作响。

她手扶着门框，往前迈了一步，踮脚仰头去亲他的唇。

结果被林陆骁一偏头，避过。

她踮着脚，僵在半空中，艳红的嘴唇停在他下颚线处。

睫毛轻眨。

她执意追过去，吻住。

舌头在他唇上轻舔，轻轻描绘着他寡淡的唇线，相比以往，她亲得不带任何欲望，像是很虔诚庄重的一个告别吻。

下一秒，林陆骁忽然惩罚似的咬住她的下唇，他眼底都是火。

南初也反咬住他的下唇，两人的眼睛都直勾勾且赤裸地盯着彼此，似乎要将对方看透，眼神里的刀锋子似乎要将对方割碎，然后糅进骨子里，带着恨意的爱。

窗外风雪大作，里头寒冰似火。

林陆骁低眼瞧着她，小姑娘近乎透白的肌肤带着一丝红晕，又黑又亮的瞳仁里带着水光，他缓缓闭上眼，直接顶开她的牙齿，舌头钻进去，狠狠在她唇齿间搜刮。

南初一度没站稳，手从门框挂上他的脖子，将自己吊在他身上。

林陆骁侧身将她推进去，用脚勾上门，直接将人抵到墙上，眼里都是未泄的火。

南初配合着他的情绪。

两人就跟两只发狂的小兽，纠缠在门口。

不满，压抑，愤怒，全化作一个又一个深切而又带着惩罚性的吻。

从没体会过的刺激，带着恨带着惩罚带着想把对方揉碎的情爱。

南初被脱得一丝不剩，光着身子被他丢到床上。

他声音低沉喑哑，还是嘲讽："起反应了？"

南初平躺在床上，摸着他黝黑的发楂，低嗯一声。

他一笑，"所以刚才跟我装什么？"

南初拧拧眉，咬着唇，不发一点声音。

林陆骁眼神愈深，声音讽刺："再也不来了？做得到吗你？"

浑身仿佛被过了电，南初只觉一阵酥麻，她死死咬着下唇，闭上眼，任他。

他惩罚性很明显，勾着眼，额间有汗滴下来，"爽吗？叫啊！"

以前林陆骁从来不问她这种话，他疼她的时候，她不珍惜，现在呢，他好像不疼她了。

谁还没个脾气呢？

但南初真觉得，这场爱恨太磨人了。

她咬着牙，狠狠咬着。

不自觉，床边落下一抹泪，浸湿了枕头。

来时，严黛跟她说，男人感情投入快，抽离也快；而女人，投入慢，难抽身。

两具赤裸的身体沉默地靠着床头抽烟，林陆骁看了一眼时间，起身下床穿衣服。

南初盯着他流畅的背肌和深凹的脊椎线看。

沉默。

空气一度沉默。

窗外雪停了。

林陆骁扣好扣子，低头看了一眼她摊在地上的箱子，望着那些性感的衣服，说：“要点名了，我走了。”

“嗯。”

姑娘又点了支烟，青丝绕着烟雾，比窗外的月影勾人。

他戴上帽子，走到门口，脚步又停下，背对着她，丢下一句：“少抽点吧。”

林陆骁没急着离开，在家属楼下抽了半包烟，最后抬头看了一眼楼上的窗户，才起身离开。

宿舍里。

赵国正犯愁呢，要点名了这小子还没回来，刚要给他打电话，就瞧见他拎着外套从楼下上来。

“哎——你再不回来，我可得去找你了！”

林陆骁推开他，低嗯一声，回到自己的床位。

赵国跟个阴魂似的，跟到他身边，眼尖一眼就发现他衬领上一个红红的唇印，拎着道：“哎哎哎——陆骁，你这这这——你干坏事了！”

林陆骁低头瞥一眼，直接打开他的手，“回你位置上去。”

得，心情不佳，赵国不敢再打扰他，撇撇嘴欲言又止地回到自己位置上去。

次日训练结束。

林陆骁下了训，直接去了家属楼。

阿姨依旧热情跟他打招呼：“小陆来了。”

林陆骁浅笑，淡声问：“她人呢？”

阿姨说：“走啦，早上拖着行李箱去坐车啦！”

阿姨说这话时，眼神略有些责怪地看向他。

“陆骁啊，不是阿姨说你，有什么话不能好好说呢？小姑娘千里迢迢跑来找你，天天盼呀盼呀，盼你能来看看她，你不看人家就算了，还把人给气走了，我看你以后怎么办？”

林陆骁嘴角勾起一抹极淡的笑意，手上捻着一根未点燃的烟，嘲讽地问：“她跟您说什么了？”

阿姨挥挥手，她还能跟她说什么呀。

这边的部队都是二十出头的新兵蛋子，虽年轻气盛的，但单身居多，家属院里头一年也住不了几回人，南初来其实她还挺高兴的，至少有人能陪她说说话。

这小姑娘话不多，但也不会冷落你，你要主动跟她搭话，她还能陪你聊一会儿，你要沉默，她也安静坐在一边看自己的佛经。

阿姨似是想起来什么，说：“哦，她还信佛吧，小小年纪，倒也清静，不比赵国那媳妇儿，每回来这儿，关着门，里头轰隆隆的音乐震天响。我一老人家心脏不好，说了好几回也不肯听。”

林陆骁低着头，来回翻着手里头那根烟，不知在想什么。

阿姨跟南初聊得最多的就是他儿子，那个在北方上大学的男孩子。一提到她儿子，阿姨眼睛就跟放了光似的，亮晶晶的，虽然平时在的时候，嫌他好吃懒做，可真一走远了，还怪想念的。

说到这儿，阿姨瞥了一眼林陆骁，“她跟我说得最多的就是你啦。”

“什么？”

他嗓音沙哑，好半天才反应过来。

“她问我你在这里过得好不好，有没有生过病，有没有及时看医生，有没有水土不服，我哪儿答得上来？”

其实重逢至今，两人都铆足劲儿在跟对方较劲儿，都忘了问一句，这一年你过得好吗？

或许不是忘记，或许是都明知对方过得不好。

可她还是想从旁人嘴里得到印证。

刚来这里的第二个星期，林陆骁发了一场高烧，也是冬天，大雪将至，人迷迷糊糊躺在医务室的床上，脑子里都是南初那张宜喜宜嗔的脸。

她窝在沙发上娇嗔地喊他队长。

她生气时严肃地喊他队长。

她情动时娇吟地喊他队长。

还有叫她起床，她跟个发狂的小狮子似的不耐烦地喊他队长。

她总是队长队长地叫他。

就连分手时，她都说：“队长，我们分手吧。”

原本就发烧得脑子混沌不清，脑子里还回荡着她的声音，如魔音灌耳，挥之不去，整个人仿佛要炸开，那种折磨是致命的。

就好像心里有成千上万只蚂蚁在啃噬，一点点，将他击垮。

他其实那阵刻意不让自己去想她，也试图用训练压抑自己，但当人的身体处于极度虚弱状态时，大脑深处最忧郁、最不能触碰的东西就会不断翻涌出来，来提醒自己此刻有多虚弱。

那时是真想她，想到只要她出现，他能立马原谅她，他脑海里不断地回忆跟那姑娘相处的点滴。那时他跟队里的关系也不如现在，几个年轻气盛不服管教的队员仍旧看不惯他，指着寻他点错处。也就赵国来医务室看过他，不过一看就把他吓了一跳，那时的林陆骁实在太憔悴，不似平时的硬朗。

平日里别提多硬气，那铁骨铮铮一硬汉坐在医务室的病床上发愣，那颓废的模样真是吓了赵国一大跳，当时还以为是他没受过这种苦和高强度训练，加上人又发烧，身体吃不消，精神随之崩溃。

加上那阵大家关系又不好，也不会调侃，万一语气掌握不当变成了嘲讽就影响团结了。

在那之后好长的一段时间，赵国觉得林陆骁其实挺可怜的，背井离乡，还“受人排挤”，他抱着同情的态度，对他格外照顾，比如帮他多打饭，希望他多吃点，养好身体，帮他打好水，希望他多喝点，排排毒，情绪就没那么压抑了。

而人在极度绝望跟痛苦的时候，总能寻着记忆里的一些蛛丝马迹，让自己更痛苦更绝望。

比如，那小姑娘其实并没有自己以为的那么爱他。

比如，她迷恋他，或许说更迷恋他的身体。

这种认知是很绝望的。

过去的种种被全盘否定。

他当时很确定自己，就算遇上任何事，也不会跟她分手。

谁爱说就说去，他向来也不是在乎流言蜚语的人。

前一天晚上大刘还说：“你别太笃定了，那小丫头年纪小，胆小，遇上事容易跑。”

他当时还特不屑地横了大刘一眼，“她要跑了，哥们儿给你洗一年袜子！”

大刘从小就香港脚，出其臭，脱了鞋，半个巷子的人都能闻见，以前几人上林陆骁家里打游戏时，一脱鞋，林陆骁直接给人拎着鞋子扔出去。

臭气熏天，差点没把他们家的花给熏蔫儿。

一旁的沈牧听了，好心劝他：“陆骁，你别玩这么大。”

现在回想起来，当时的自己简直可笑。

那天接到沈牧电话，知道她来找他，然后接到报警电话时，他真是想掐死她的心都有了。

后来知道不是她，心里又有点平复，但也失望。

冷静下来想想，她那么胆小，怎么会在大雪封山时雇车进来呢？

可真在消防队门口看见那一抹鲜红时，他又气又怒，那一丝欣喜都被他忽略了，问她来做什么，她若无其事地说来求爱。那下他真是气着了！好像什么事都在她掌控中，她要来便来，她要走便走？

一见面，她又火急火燎扑上来，试图用欲望抚平这一年，他当时是厌恶的，发了一通火。而昨晚，她又说，她再也不来找他了，让他去找别的女人，那下，他心里是真慌了。

欲望就欲望吧，至少别真断了——

然而她的欲望也比以前冷淡，他激她，她不为所动。

他一遍遍用她最喜欢的方式迁就她，效果了了，做完，她也是平静地靠在床头漠然抽烟，就差没用钱羞辱他了。

林陆骁听完，转身要走，阿姨喊住他："刚离开时，我说让她下回来找个好时候，下雪天路不好走，她说她也许不会再来了，我想想还是告诉你吧，免得你俩有什么误会。"

走了。

门外寒风顶立，树枝狂舞，空中大片大片雪花往下落。

阿姨去关门，念叨着："又下雪喽！"

萧条的画面里，男人行走在雪地里，步履平稳，背影高大且颓然。

下辈子我们都别爱了吧，疼。

回到北浔，电竞项目启动，剧本是由一位叫南璇的作者写的——《我曾在时光里听过你》。

南初试镜很顺利。

她是整个剧组第一个定下的演员，只因为原著作者很喜欢她。

后来她知道那姑娘本名叫苏盏。

两人一见如故，在片场一休息就坐在一起聊天，就算不聊天也能安安静静坐着，她看她的书，她发她的呆，仿佛早已相识多年的老友。再后来，她发现苏盏跟剧组里那个帅炸天的游戏公司老板似乎有点猫腻，这源于她近一年的职业培训。

在美国受训的日子，她确实长进了不少，好像茅塞顿开，对情绪把控和人物的刻画都有了自己一定的理解，同时还特别善于抓人物的细节。那帅炸天的游戏公司老板和苏盏的小表情都没逃过她的眼睛，不过苏盏倒也跟她坦诚，两人有过一段。

南初倒也不惊讶，只是看到徐嘉衍总能想起林陆骁，两人长得不像，性格也相去甚远，徐嘉衍偏向慵懒，林陆骁则多了些邪痞，穿上军装又禁欲。

可就是能想起她的队长。

离开时对她发狠的队长。

组里的女演员整天在花痴那个游戏公司的老板，就连送个颈椎贴都积极得不行，可她还是更喜欢队长那样的，刚毅且有安全感。

苏盏说很羡慕她，觉得她活得洒脱。

她笑着摇摇头，所有的洒脱都是装出来的，在见到那个人之前。

组里在拍夜戏。

两人躺在草地上看星星，说起了职业偏见这回事，苏盏仰头看星星，叹口气道："世俗的眼光，我们阻止不了，我就觉得消防员挺好的，职业偏见早就不应该存在了，大神以前也被家人不理解，尽管他是那么多电竞青年的偶像，可他父亲就觉得他不务正业。"

是啊，这世界上有很多种声音会试图去扰乱我们的心，在你落难时，他们毫不留情踩上几脚。他们讽刺，他们嘲笑，他们试图把你踩在脚底下，讥讽地看着你的笑话。希望你一朝坠入地狱，永不翻身。

年关将近，北浔雪不停歇，一场接一场，冰封天地，雪被厚积，树枝都被积雪压弯了。

南初跟苏盏在年三十前去了一趟青禅寺，给自己求佛缘。佛家道观，年关人特别多，九盲山上上下下全是新年前来拜愿的信徒。两个姑娘穿着简单朴素，与匆匆路人擦肩而过。

“你经常来这儿？”苏盏问。

南初摇头，“以前经常来，现在拍戏忙，一个月一次，上来听听禅修。”

“禅修能做什么？”

南初笑道：“静心，之前被人骂，心不静，总想着找一处发泄，不然郁结在胸，很容易得乳腺癌的。”

苏盏瞪着她那对高耸的胸部。

“你在气我吗？”

南初笑得更开怀，“没有啊，我说实话，不能因为别人的错误惩罚自己，不过听了禅修确实心静了很多，给我讲禅的师傅讲得挺好，你要是有什么郁闷的事，也可以找他说说。等会儿带你去见见。”

两人一路说一路笑，很快便到了九盲山顶。寺里上香的人多，南初带着苏盏点了香，转身去找住持，接着在青禅的后院遇上了沈牧，西装笔挺，轮廓清秀。

南初低头瞥过，想侧身过去，结果被沈牧叫住，虽然南初戴着口罩，他还是一眼就认出来了。

“你等会儿。”沈牧说。

南初停下，“牧哥。”

能进后院的人不多，环境清幽，中间燃着一鼎香炉，冒着袅袅青烟，前后无人，身后是一片葱翠的树叶，沈牧把手插进兜里，看着她道：“陆骁回来了。”

“哦。”南初从他身旁擦过，对身后的苏盏道，“走吧，盏。”

南初真就头也不回牵着苏盏走了。

沈牧立在原地侧头看了一眼那背影，摇摇头离去。

南初敲门进去。

住持正闭眼坐在蒲案上打坐，屋内檀香清幽，燃着一秉青烛。

两人微微施礼，“住持。”

住持睁开眼，看她俩一眼，目光落在南初身上，招手道：“今日有空过来？”

南初走过去，点头道：“过来听禅修。”指指身后的苏盏，“这是我朋友，苏盏。过来一起听禅修。”

住持点着头，“好，最近怎么样？”

如无例外的开场白。

南初仔细回想这段时间，淡笑，“吃好睡好喝好。”

住持又看向苏盏，递上蒲团，“坐吧。”

南初瞥了苏盏一眼，对蒲案上的人说：“住持，我这朋友有一件事，您给开解开解。”

住持斜睨她一眼，“哦？什么事？”

“佛法里的逆缘是不是因果报应所致？”苏盏丝毫不扭捏。

住持：“逆缘、违缘、孽缘，这三种，孽缘才是因果报应所致，逆缘、违缘，虽面儿上看着不顺，但实则在修行佛法中，出现逆缘和违缘，则是修行的大福报，怎么？姑娘，你修佛？”

苏盏苦涩笑笑，“不是，是我一朋友。”

住持惠若明心，了然地点点头，“你俩都是，逆缘、违缘可以化解，孽缘是不可化解的。”

约莫又聊了半个时辰。

住持静修，南初带着苏盏去听禅修，中午吃斋戒的时候，再次在斋堂里遇上沈牧，他手上那串黑色的佛珠甚为明显。

南初打了饭，推到苏盏面前，低声笑，“这边的斋饭，可不是想吃就能吃上的。”

苏盏低声道谢，拾筷而食，两人低声交谈。

苏盏边扒饭边平淡地问："真不打算找他了？"

南初拨了两粒米饭，在碗边上磕了磕，苦笑，"冷静冷静吧。"

他们都需要冷静。

毕竟那晚的记忆不太美好。

"他要不来找你呢？"

南初往嘴里塞一口饭，"盏，我有时候觉得，我想他平平安安地生活大过我想跟在他在一起这个结果。"

苏盏理解道："嗯。"

南初嘴角的笑略苦涩，"那天在队里，我看到一个姑娘跟他告白，在证券交易所工作，一个月工资一两万，愿意为了他放弃工作来北浔。我那时候就想，为什么我不能为了他放弃演员这职业？是我贪慕虚荣还是太享受这圈子带来的名利？"

苏盏："我知道你不是。"

"或许他更适合那样的生活，而不是我这种随随便便说两句就能上头条的人。如果再度公开恋情，因为我，他也许会成日被狗仔跟踪，他很随性的一个人，也不是什么绅士，偶尔也会骂脏话，万一到时候媒体拿这些大做文章……可我又不甘心。"

不甘心什么呢？

不甘心他与任何别的女人在一起。

苏盏叹息一声，感同身受地说："是啊，我也不甘心。"

不甘心就此放手。

又不甘心拖累他。

"吃饭吧。"

南初再抬头时，沈牧的对面多了一个人影，若不是那背影太瘦小，她差点以为是那人来了。

想想又觉不可能，他向来不信这些的。

只是打扮太相似了。

一件深黑色的冲锋衣，帽子扣在脑袋上，微微佝着背，端端坐在那儿。

沈牧大概是被打扰了，表情不太愉悦地盯着对面的人。

那人似乎没理他，自顾自低头吃着碗里的饭，还夹了他盘里的一只素鸡，塞进自己嘴里大口大口嚼着，好像故意气他似的。

沈牧果真被气到了，啪地撂了筷子，正要讽刺几句，余光瞥到南初正盯着自己看，他也看过去，南初大方地冲他笑笑。

想起自己那命苦的兄弟，又把他气着了。

年关放假，最后一场戏拍完，南月如来接南初去吃饭。

到了地方，门口的侍应迎他们上去，“邹总已经在楼上等了。”

南初顿悟，“妈，还有谁？”

南月如拉着她往楼上走，说：“邹世华，华天娱乐的老总。”

当然还有他儿子，邹淼，二十八岁的制片人。

而此时楼上。

邹淼：“你说南初？”

邹世华点头，抽了口烟，“她妈跟我老朋友了，年前看过她一部戏，还行，她妈跟我提了这事，我不好推，就当随便吃个饭，你要不喜欢，回头你俩自己谈。”

邹淼笑笑，半开玩笑道：“您可真行，好人您当了，坏人我来当是吧？那丫头我挺喜欢的，要真能成，年底给您娶回家？”

南初那模样搁谁谁不喜欢。

邹世华倒没什么意见，他说：“行，你也老大不小了，要么干脆点，等会儿直接讨论结婚的事好了。”

“行啊！”

南初跟着南月如进了包厢，四人客气寒暄。

南初刚下戏，没来得及回去换衣服，身上穿的还是长款的羽绒服，刚在车里，南月如硬逼她把里头的线衫换成长裙，所以脱下来的风景还是很可观的。

但南初全程就裹着件羽绒服冷着脸。

对面的邹淼全程带着一抹玩味的笑盯着她，“你不脱外套吗？”

南初：“不热，谢谢！”

邹淼这人从小就有点皮，他这帮圈子里的富二代都有点纨绔子弟的德行，就喜欢唱反调，你不搭理我，我就偏要弄你。

南初的过于冷淡，让邹淼觉得这是在跟他玩欲擒故纵的把戏。

于是，在南初说完“不热”两字后，他悄悄把空调遥控器藏到背后，温度调至最高。

屋内温度越来越高。

连平日里一向怕冷的邹世华都忍不住脱了一件外套，“怎么忽然这么热？”

邹淼坏笑，“不知道啊，可能暖气坏了？”

邹世华没理他，发现南初还穿着羽绒服，关切地问了句：“你不热吗？要不把外套脱了，别等会儿出去感冒了。”

南月如瞥了一眼南初，“脱了吧。”

南初如果知道是相亲，打死也不会在车里穿上那件小礼服，并不是在意什么，比这更大胆的衣服她也穿过，但她有种被骗的羞辱感。

她猛一下站起来，“我出去透个气。”

邹世华不明所以，和蔼道：“先吃饭呗。”

南初礼貌一鞠躬，说：“我去上个厕所，失陪。”

下一秒，邹淼也紧跟着站起来跟出去，“我也去。”

两人会心一笑，邹世华开玩笑道：“看来我儿子挺喜欢你女儿的。”

南初出门往另一边走，邹淼插着兜在身后喊：“哎，你上哪儿去？厕所在这边！”

没人理。

南初径自来到吸烟区，憋着一股劲儿把羽绒服拉链扯下来，里头的小礼服是V领，勾着一道若有似无的弧度。

她靠着墙，从兜里掏出烟盒取了一支烟，含在嘴里，低头点燃，长吐一口气。

隔着弥散的烟雾，看见邹淼从前方过来，她别开目光。

邹淼插兜站到她身侧，视线慢慢往下移，落在她胸前，吹了声口哨，挑眉道："我当是怎么了呢？就这还不肯脱？"

南初倚着墙，一只手夹着烟，冷了脸，"滚。"

邹淼笑了笑。

一只手撑着墙，侧了身，弓着背，低下头，仔仔细细打量她，道："你平时上节目挺甜一姑娘，怎么私底下这么凶？"

"你就当我有精神分裂吧。"南初面无表情地说。

邹淼大笑，"正好，我也就一神经病，咱俩凑合过得了，就别去招惹别人了。"

邹淼爱玩，前女友无数。

南初知道他多半就跟这儿开开玩笑，只是没想到，这人发起疯来，真就是个神经病。

这天，年尾刚过，沈牧的慈善机构做了消防专题，南初作为明星消防志愿者代表参加，连邹淼都被邀请了。

邹淼自己有个基金会，平日也热爱慈善事业，跟沈牧是合作关系，虽从小互有耳闻，但两人不太熟。看见南初跟邹淼坐在化妆间里聊天时，沈牧转头问身旁的助理："陆骁来没？"

"在路上了，还没到。"

活动末尾有个消防知识讲座，刚好这阵林陆骁休年假，他就把人喊过来了。

结果看到这幕，直接掏出手机给对方拨了个电话。

那边林陆骁刚停好车，拉下手刹，接起，"到了。"

沈牧："到门口了？"

林陆骁推门下车，倚在车门上打电话，"嗯，在门口。"

沈牧："……行，你在门口等着，先别进来。"

冬日一片晴好，金灿灿的阳光洒下来，暖烘烘一片。

林陆骁靠在车上，懒洋洋地笑，"挂了。"

现场来往女生多，这么一帅哥靠着车门当人体车模，也都忍不住多看了一眼，林陆骁百无聊赖站着，低头用脚尖碾着地上的烟头。

忽然，前方开进来一辆卡车。

林陆骁眯眼一扫，后头塞了满满一车厢姹紫嫣红的花，至于什么花种，他还真认不出来。

一转眼，沈牧已经到他身旁了，也注意到了那辆卡车，忽而想到里头的人，不可思议道："你买的？"

林陆骁嗤笑了一下，跟听了个笑话似的，"有病吧，我买这个干吗？"

沈牧撇嘴，哂笑。

哎——

傻小子，有人在泡你媳妇儿啊。

里头忽然出来一人，模样俊朗，身材挺括。

邹淼走到门口，瞧见沈牧，冲他不咸不淡地打了声招呼，又回头，对着门廊里头高声催促："快点！给你看个东西！"

隔几秒，一姑娘慢慢悠悠抱着手臂从里头出来，不耐烦道："你到底干吗？"

林陆骁百无聊赖站着，目光不经意一瞥。

稍稍顿了一下，片刻，不动声色转开，手去摸裤兜里的烟盒。

沈牧手插在裤兜里，轻轻咳了一声。

原本没注意这边的南初，忽然顺势往这边看来。

林陆骁一身黑，乌黑的头发楂在阳光底下发着亮光，轮廓线条跟被刀刻一般硬朗。

他取了一支烟，含到嘴里，点燃，把打火机塞回裤兜里，吸了一口，把烟夹到指尖，吐了口气时，四目在一瞬间对上。

两道眼神肆无忌惮缠搅在一起。

前方邹淼等不及，站在卡车边冲她喊："南初，过来！"

南初走过去。

林陆骁嘲讽地勾勾嘴角，别开目光，靠着车门抽烟。

那道身影经过他面前时，他也没看，侧着头，弧线硬朗，真就一点都不肯低头。

沈牧拿手肘捅了他一下，"要不是今儿个，我也不知道他俩——"

"行了。"他不耐烦地打断。

沈牧试探，"不舒服？"

他叼着烟，哼笑了一下，低头掸烟灰，"有什么好不舒服的？"

沈牧："这么大度？"

林陆骁含着烟不说话了。

兴许二十几岁的时候还能冲上去给人搅得一团乱，把那人打得让他再也不敢惦记他的东西，再把那姑娘拖回家好好教育一番，可这年岁越长，有些情绪越能控制，越能压抑。

南初走得慢，邹淼等不及，冲过去，一把就给人拽过去，勾着她的肩，扬手一指一卡车的花，说："都是爷给你选的。"

"你有病？"南初瞥他一眼。

邹淼笑，毫不在意，"是啊。"

南初翻了个白眼，转身要走，被人死死拉住。

邹淼把她拖回来，直接拉到怀里，脑袋搭着她的脑袋，"你好歹也感动一下？"

南初推他，及不过他的力气，无力地被他按在怀里，只能厉着嗓子警告："你先松开！"

脑袋被他按在肩上，目光里，车边有道黑影转身离去。

毫不留恋。

南初怔怔地望着那道笔挺的背影，其实他穿军装最显刚毅，可他自始至终都没有再看她一眼，她眼眶忽然一热，吸了吸鼻子。

邹淼忙把人从怀里拖出来，一看，哭了。

小姑娘突然哭得梨花带雨，让他心疼慌了，声音居然都莫名其妙柔了下来，“哎哎——你哭什么呢？！不至于这么感动吧！

“哎，你这么弄我下次都不敢给你惊喜了！

“别哭了，姑奶奶！”

下午三点，活动开始，到了义卖环节。

邹淼十分大气地以南初的名义向志愿队捐赠了二百万的消防物资。

沈牧啧啧道：“这邹淼追女人还真是一套套的。”

一旁的人哼唧：“花炮。”

在场的媒体全部炸开锅。

末了采访全围着两人的绯闻打转，“是不是准备公开恋情了？”

“是不是有孩子了？”

“什么时候结婚？”

邹淼还死不要脸地跟媒体一一耐心解释。

“如果快的话，我们年底结婚请大家喝喜酒。”

气得南初想直接掐死邹淼。

结果之后邹淼还以此要挟她，“别啊，我话都说出去了，别让我开空头支票啊。”

南初直接把邹淼的所有联系方式拉黑。

邹淼倒也不急，偶尔去片场接她，找不到她的时候，就自个儿跟兄弟们一起玩。

他忽然把追南初当作一种乐趣，偶尔看看小姑娘跳脚时的情绪还挺有意思，但说真要结婚，还差那么点意思，这姑娘太冷。

暂时找不到更好的，确实能勾起他最大的兴趣也只有南初了。

网上绯闻越炒越厉害，还流出了几章疑似南初跟邹淼在酒店激吻的照片，看角度，应该是相亲那晚，南初靠在墙上，邹淼手撑在墙边跟她说话。

这天，南初在片场，接到大刘的电话。

电话刚接起，里头就是一声大吼：“嫂子！”

这声久违的嫂子倒是让南初愣了愣神，大刘很少给她打电话，这么急又这么严肃的语气，心下涌出一阵不好的预感，下意识也没反驳嫂子这声称呼，“怎么了？”

大刘支支吾吾半天没说。

南初被他这欲言又止的态度勾起了怒气，也急了，“有话就说！”

“骁爷……”

南初攥着手发紧，连喉尖都忍不住抽紧，仿佛被堵了一口气，“是不是他出什么事了？”

大刘抽泣，“在医院呢！”

南初大脑轰一声，空白一片，指关节已经被她攥得发白，她深吸一口气，尽量不让自己的声音听上去发颤，“严重吗？”

大刘看了一眼身旁的沈牧，正琢磨怎么说呢。

沈牧眼神示意他说严重点。

大刘会意，“被人砍了好几刀，刚听他念你名字了……”

其实就背上一刀，也不深，但是以前他背上有过旧伤，所以格外难愈合。

那边已经嘟嘟嘟只剩下忙音了。

大刘挂了电话，意味深长地跟沈牧对视一眼，“应该来了，哎，刚骁爷真喊了？”

沈牧望望外头的夜色，淡笑道：“喊啦！对着我喊了好几声呢，就拽着我的手不肯放。”

大刘啧一声，想想那画面，汗毛都竖起来了。

骁爷躺在床上喊一女人名字，想想都觉得怎么有点不靠谱，生怕是沈牧涮他，但又觉得，也不一定，男人痴情到了一定程度，智商都能拉低，什么事做不出来。

南初赶到的时候，大刘跟沈牧刚巧从里头出来，瞧见她站在门口，两人会心一笑，沈牧道：“来挺快啊！”

南初摘了口罩，“他人呢？”

沈牧下巴往里头一指，道：“在里头躺着呢，这会儿睡着了，我们去他家整理点东西送过来，正好，你陪一会儿。”

南初点头，“怎么受伤的？”

大刘说：“昨儿个上街给人抓暴乱分子去了，那些暴乱分子多狠啊，朝着他背上就是哐哐几刀，歇菜了——”

其实就是后边没长眼，被人乘虚而入，不小心划了一刀，还是他自己撑着到医院的。

南初默然，这人真是挺不要命的。

大刘拍拍她的肩，安慰道：“我跟沈牧先走了，你陪一会儿，刚骁爷一直喊你名字，我们实在没办法，就把你喊过来了，对了……”他顿了一下，“你跟那邹淼——”

“不是。”她下意识说。

大刘一乐，跟自己捡了个便宜似的，“那就好，你俩聊吧。”

南初进去没多久，林陆骁就醒了，迷迷糊糊间看见一道纤瘦的背影，他斜着眼睛盯着看了好久，似乎在确认什么。

南初一转头，就看见他睁着一双眼，四目再次撞上，两人忽然沉默了。

林陆骁撑着身子从床上坐起来，南初下意识要过去扶，被他推开。他毫不客气地嘲讽：“你来干什么？”

外头风雪冰冷，寒风刺骨。

她从片场冲出来的时候发现自己连羽绒服都没拿，也没有折回去拿，直接拦了辆车，奔着这边就来了。

他这态度，比外头的霜雪还冷，还扎心。

南初吸了吸鼻子，瞥开眼，“你非要这么说话？非要说得这么难听？”

林陆骁哼声：“所以你还来找我干什么？当你的公主去啊！”

南初气急反笑，眼里忽然有了水光，“林陆骁，你是不是吃醋了啊？”

“放屁！”

大概是牵动了伤口，他轻咳了一声。

南初拖了张凳子放到他床边，坐下，目光沉静地看着他说：“咱不闹了，行吗？”

然而一句话，把林陆骁这几天生生压抑的怒气彻底点燃了。

“你还认为这是在闹？你跟那小子搞那么多花头就是想惹我生气？”

那天看到邹淼抱她，她躲在邹淼怀里哭，他心里什么感受，只有他自己能体会，这辈子就这么爱过一个女人，还被别的男人抱着哄！

他承认他吃醋，他嫉妒得发狂。当时要不是沈牧拉着他，他真能上去把那小子给废了，但是又能怎样？

他俩的问题还是没有解决。

他忽然伸手去拿床头的烟，南初按住他的手，声音平静道：“别发疯。”

女人冰凉的小手盖住他的，软软细细的，他冷声道：“拿开。”

“你就没有错吗？鹿山那一晚，你凭什么那么对我？”南初固执地看着他，小脸拧着。

林陆骁觉得自己跟着了魔似的，忽而自嘲地一笑，“行，我给你道个歉，那晚不该那么对你。”

那一晚他确实后悔过，或许他态度软一些，今天的局面绝对不会这么僵。南初忽然觉得很无措，他对她失去的信任，她不知道该怎么做，才能让他重新信任她。她又觉得这么拖着，对双方都是伤害，可他的态度丝毫不肯柔软。

他从前明明那么宠她，就算真生气的时候，只要她哄两句，也就瞬间没脾气了，可这次，真的怎么也哄不回来。

她忽然明白了，有些东西，真的不是有第二次机会的。

她有些心灰，低下头道："刚才大刘给我打电话的时候，我心里很着急，就想着过来看一眼就走，结果大刘他们要回你家去帮你整理东西，让我陪一会儿，我不知道怎么面对你，我以为你睡着了应该不会醒，等他们拿完东西回来，我就走，或许我今天真的不该来。"

她抽回手，低头，眼泪刚好落在手背上。

"以前的事就在今天做个了断吧，当年是我的错，我太懦弱，知道你父亲入院，你政审没过，我怕给你带去那么多麻烦。你不同意分手，我想着要跟你说一声，可我妈收了我的电话，出院直接带我去了机场，我想让严黛给你带个话，可是那天之后谁也没来看过我，我谁也找不到。到了美国，我就想，我得努力，我得变得更强，这样我才能保护你。"

林陆骁压在烟盒上的手渐渐收紧，里头本就没剩几根，烟盒直接被捏瘪揉作一团，他紧绷的腮帮因为极度压抑轻动了一下。

南初吸了吸鼻子，在这寂静的病房里，更显悲伤。

"队长，我以后不会再来打扰你了。"说完，她站起来，"等牧哥跟大刘回来，我就走，你要不想看见我，我去门口等着。"

她最后看了林陆骁一眼。

靠着床头的男人穿着一身病号服，脸庞轮廓不似平时那么挺括，甚至还有些憔悴，可在她看来就是英俊不凡，不忍再看。

再看就忘不掉了，她转身往外走。

结果被人直接从后面抱住。

她浑身一僵。

那人埋在她颈间，深深吸了口气。

下一秒，林陆骁手扶着她的肩膀把她转过来，对上她的眼睛——那双通红带着水光的眼睛。

“你是不是喜欢每次都把人搅得一团乱，然后自己一走了之？这个毛病你这辈子能不能改了？这次和好了，下次你又跑了我上哪儿找去？嗯？”

他嗓音低沉磁性却比刚才缓了些许，竟还带了些无奈。

南初忽然抬头看着他。

林陆骁却淡淡看着她道：“你敢跟我去领证吗？”

月白风清，病房内安静了一瞬，回荡着微微的喘息声。南初一度以为自己听错了，抬头去看他眼睛里是否带有一丝一毫开玩笑的成分，可林陆骁的眼神一如既往，像一潭清水，波澜不惊，没有局促，没有玩笑，就像刚只是问了一句你吃饭没如此平常。

问的人轻描淡写，可让听的人太过震惊，事情转变得太快，南初顿了一下。

林陆骁捕捉到她迟疑的表情，桃花眼微勾，眉眼一挑，“不敢？”

南初笑了一下，目光如镜。她为了他，还有什么是不敢做的？

“敢啊！”她仰着头，清脆道。

悬着一颗心终于落地，林陆骁直觉后背一阵钻心疼，大概是刚下床去拉她的时候，扯到伤口了。

精神刚放松，一阵头晕目眩袭来，人有些撑不住，栽在南初身上。

重力全压在她的身上，南初才惊觉不对劲。

颈边全是他涔涔的汗液、急促的呼吸，南初伸手去摸他的额头，“你怎么了？”

林陆骁隐忍痛苦，“牵到伤口了。”

南初去拨他的脑袋，惊呼一声：“那怎么办？！”

沈牧跟大刘刚巧走到门口，听到这声，吓得直接一脚踹开门冲进来。

咚一声，门被踹开。

紧随而至，两人异口同声道：“陆骁！”

屋内两人闻声望过去，林陆骁眉头皱得更紧，却还是挂在南初身上，平淡地安慰怀里的女人：“没事。”

沈牧跟大刘互视一眼，这唱的又是哪出啊？

护士重新过来换药，南初上完厕所出来，看见护士小姐一脸春光明媚，对着脱光了上半身的林陆骁笑得娇俏，“您这旧伤加新伤的，好得没那么快，得一阵呢。就算好了，平时还得注意点，再有个下回，可就不是这么回事了。张医生都说了，不养好不准让您出院。”

林陆骁裸背趴在床上，见她出来，目光就牢牢地盯着她。

南初瞪他，两人的眼神在空中肆意缠绵。

身后的护士浑然不觉自己身处怎样一个氛围，仍旧自顾自给他上药，而后说：“上回你们消防大队来我们这儿突击检查，张医生还跟我们念叨您来着，您也真是的，工作那么不要命，平时休假就好好休息呗，跟人逞什么能？上街抓什么暴乱分子去？”

林陆骁根本没搭理她，或者说根本没听她在说什么。护士觉得无趣，换好药，推着车子走了。

林陆骁把衣服穿好，坐起来，冲南初一扬下巴，指了指床前的凳子，“过来坐。”

沈牧跟大刘不知上哪儿去了。

南初乖乖过去坐下，屁股刚着凳呢，手机就疯狂地响起来，低头一看，是一长串陌生号码。南初猜想多半是邹淼，因为前阵把他号码拉黑，他换着号码打了好几个，于是直接摁断。

林陆骁盯着她，挑眉，“怎么不接？”

南初：“不重要。”

电话又响起，南初再挂断，如此循环三次，林陆骁似乎意识到什么，不动声色地说：“接。说不定人有事找你呢。”

南初坚定地不接，把手机关了直接丢到一边沙发上。

林陆骁视线顺着那道圆润的抛物线看过去，手机落定，他才舔着嘴角低头笑了一下，说：“真嫁给我？”

南初点点头。

他乐了，眉宇那点痞气又出来了，“行，回头补你个戒指。”

南初担忧地看着他，“都行。”

林陆骁笑道：“怎么？担心我买不起？”

南初摇头说：“跟你在一起就行。”

林陆骁垂在身侧的手渐渐攥紧，心里好像被什么挠了一下，他侧过头，一秒又转回，表情已平静了，看着面前的姑娘道：“我下周得回鹿山，在我回去之前，先把证领了。”

“嗯。”南初点头。

之后又得各忙各的，领了吧，领了安心。

“我就两台车，跟一套公寓，存款也不多，但娶你够了，回去把钥匙配给你，至于酒席……”

南初忙说：“酒席先不要摆吧，我这边还有点事要处理，等我这边事情处理完，我们再商量酒席的事，或者等你从鹿山回来我们再谈酒席的事。”

“你妈那边？”

“先把证领了吧，之后的事我们再说。”

“嗯，我不在你就先瞒着吧，免得没人护着你。”

“我得了空就去看你。”南初说。

林陆骁一笑，“行吧。”

领证这事还不是说领就能领的。

上回批的结婚报告因为后头的事，直接被孟国弘扣下来了，流程到了他那儿就卡着，还没提上去。林陆骁第二天直接从医院溜出来，回了一趟老胡同，林清远现已退居二线，整日跟老友下下棋、喝喝酒、题题字，日子倒也清闲。

刚走到门口，老友见高高大大一人影走来，喝呼道：“你儿子回来了！”

林清远顺势望去，笑了一下。阳光下，到底是上了年纪，林清远的眉鬓都白了，这么远远看着，倒像个慈祥老人，瞧得林陆骁心头一酸，他愣在门口，侧了一下头，这是他难过的表现。

“臭小子！站那儿干吗？”林清远中气十足。

他一下又乐了，走过去，喊了一声：“爸。”

林清远哼一声，像个顽皮的老小孩，“知道回家了？”

林陆骁受伤的事也没人跟他说，孟婶都特意给瞒着，就怕老人担心。老友看着林陆骁欲言又止的表情，立马识趣地站起来说：“得了，看来这小子有话跟你说了。老林，下午我再来找你下棋。”说完拍拍林陆骁的肩。

后者颇恭敬地说：“刘叔，您慢点走。”

林清远慢悠悠站起来，背着手往屋里走，“想说什么事？”

林陆骁向来直接，他道：“我打结婚报告了。”

林清远停下来，回头看他，背光里，他神色如常，哼一声：“这是来通知我的？”

“我跟她磨太久了，您要不同意，这茬我也得办了。”

林陆骁想着要不说南初怀孕了，毕竟三十了，老头儿自己心里也急，但始终还是不愿意在这事情上撒谎。

林清远忽然往他小腿肚上踢了一脚，但没下什么力道，“兔崽子，我说不同意了吗？”

大喜过望。

林清远在案桌前坐下，说：“张秘书早就跟我说了，你个死小子，打报告也不提前跟我说一声，我已经让张秘书帮你提上去了，下周能批下来，在你回鹿山之前。”

张秘书给林清远打电话的时候，林清远什么都没问，就问了一句：“还是那丫头？”

电话那头一声是，林清远忽然就笑了，“行了，赶紧批了吧，顺便催一下老刘几个，那小子估计想在回鹿山之前把证领了。”

知子莫若父。

离开时，林清远笑说："对了，林启也快出来了，你走前带她回来，我们一起吃顿饭。她小时候我见过她一面，她长大后我只在电视上见过。"

林陆骁腮帮鼓动，沉默点头，"好。"

"成家了可就不能跟以前那么浑了，结婚该买的东西也别给人少了，钱不够，我这边还有，凑凑可以帮你再贷款买套房子。"

"够的，之前存了点。"

他平时都在队里，吃穿用度都不用额外开销，工资发来也都直接存在卡上，没怎么动过，这么几年下来，倒也存了不少，娶媳妇儿本是够了。

林清远点点头，觉得没有什么要交代了，开口道："行吧。"

归队前一晚，林陆骁刚好出院，回了一趟老胡同，一身黑衣靠在巷口插着兜等人。路灯下，人影晃动，前方跑过来一姑娘，林玫到他跟前，站定，把捋好批过的文件递给他，气喘吁吁道："哥，给，热气腾腾，刚出炉的。"

林陆骁接过，夹在臂弯里，一笑，"谢了！"

林玫惊奇道："嗬，从你嘴里听一句谢了，还真难得，什么时候让我见见小嫂子啊？！"

"有机会的。"他笑。

林玫："为了你这报告我跑断腿了好吗！你怎么感谢我？"

"顶多下次你爹打你的时候，哥帮你拉住他。"他吊儿郎当道。

林玫切了一声："你怎么不帮我挨打？"

"挨打就算了，我老婆会生气，走了。"

说完把东西往车里头一丢，留下一阵汽车尾气。

林玫留在原地想，十几年前，他们都还是孩子，在这巷口嬉笑打闹，无忧无虑，开心就放肆尖叫，不开心就哭，那都还是孩子，虽不是出自名门，但满腔热血。

一转眼，他们都快三十了，有了各自的生活，连林陆骁都要结婚了。

青春一去不复返，而今你我各东西。

回到家，林陆骁丢下车钥匙，从兜里掏出手机给南初打电话，“明天有时间吗？”

电话那头，南初正盘腿坐在地上，对着户口本和一串钥匙发呆，呆呆地回：“上午有时间。”

林陆骁往沙发上一躺，揉了揉鼻梁，有些疲倦地说：“嗯，我来接你。”

南初心跳如擂，她问：“去民政局吗？”

那头的人似乎很累，极淡地用鼻腔发出一声单音：“嗯。”

南初心思敏感，察觉道：“你怎么了？很累？”

林陆骁没理她，自顾自地说：“结婚后，你准备住哪边？”

南初犹豫了许久，本来就有件事想提，但是怕说了他又会不高兴，沉默了一阵，正在想怎么开口，那边催：“南初？”

“队长，我先跟你说件事。”

“嗯。”

“我这边房租快到期了，反正明天就结婚了，我打算在江边买一套房子，以后咱们就住那里好不好？风景挺不错的。”

林陆骁那套房子是单身公寓，两个人住还真有点小，加上之前被狗仔蹲过点，南初东西又多，估计一下子搬不进去。

“多少钱？”

南初说了个数。

林陆骁拧拧眉，其实真不贵，他算了算，把这套卖了，加上卡里的钱，再跟老头儿先借点，剩下的以后再慢慢给她，房子的钱总不能让人姑娘出了。

“明天把工资卡给你。”所有的身家都给你了。

“不用，反正是我俩住，你的钱留着养孩子吧。买了这房子，我手头余钱不多了，还有些在投资跟股份里，剩下的日子，得靠你养我啦。”小姑娘声音清脆柔软。

“好。”

其实不用想都知道，她在尽力配合他骨子里那点大男子主义。

两人都沉默，电话也没断，就这么安静坐着，直到瞥了一眼墙上的壁钟，林陆骁才说：“睡吧，晚了。”

“晚安，队长，明天见。”

每一声都对明天充满了期待。

“晚安，明天见。”

然后一夜无眠。

林陆骁辗转难眠，后半夜起来坐在阳台抽了一包烟，望着天边的星光斑点，人越来越清醒。过去这三十年，在他脑海里跟过电影似的过了一遍。

七岁的她，十六岁的她，二十一岁的她……

一遍遍，一张张照片，全在他脑海浮现，喜笑嗔痴，全是她最好的模样。

直到天边泛起鱼肚白，仿若开了一道清口，有光洒下来。林陆骁在阳台上坐了一宿，然后进门洗漱换衣服，拎上档案袋就下楼去开车。

南初整理完下楼，看见楼下车上倚着一道黑色的身影，勾勾嘴角，快速跑过去。

两人一对视，都乐了，都顶着两只熊猫眼，南初闷头乐，林陆骁浅浅地勾着嘴角，“高兴什么？”

“你也没睡？”

上了车，他俯身给她扣好安全带，“还好。”

到了民政局，两人来得早，里头人还不多，南初跟林陆骁直接被人带上二楼，工作人员给他俩带进一个房间，那应该是林清远提前打过招呼的。登记员拿着档案扫林陆骁的时候，南初的心扑通扑通直跳，生怕那人冒出一句不行，不能结婚，想想又觉得自己傻，人还管你跟谁结婚？等到那钢印一下去，两人人手一本红本本，那心才定下来。

南初跟捧了个宝贝似的左看右看，看了好久，“队长，回去我们得把它裱起来，好神圣。”

林陆骁低头看一眼，倒也没觉得有什么神圣，翻开里页看到他俩头挨在一起，忽然就有了归属感。

好像百转千回，终于尘埃落定。

Chapter 18

结婚了

出了民政局，林陆骁开车去郊区戒毒所接林启，沿路没什么车，两旁树木葱葱，车里单曲循环一首歌——《平凡之路》。

南初坐在副驾驶上，低头捏着手里的红本本，还没缓过神来，总觉目前的一切跟做梦似的，明明前几天他俩还在吵架。

林陆骁认真开着车，见她发呆，转头瞥她一眼，相比南初，他就比较淡定了，淡定地领完证，看上去也没那么激动。

“把你前面的箱子打开。”林陆骁目视前方，没什么情绪道。

南初低下头去摸位置前方的扶手，“这个？”

他瞥一眼，点头。

南初推开，里头躺着一个四四方方的小盒子。

“拿出来。”

南初听话地照做，四四方方的东西捏到手里，才惊觉，应该是对戒，不等他说，自己就喜滋滋打开，迫不及待套上去，伸着纤细的手左看右看。款式挺简单，相比较她以前的那些或许这个更普通，可在她看来有些不一样。她仰着头看了半天，觉得这戒指跟自己再适合不过，好像原本就长在自己身上似的。

南初笑盈盈道："你怎么知道我手指大小？"

林陆骁控着方向盘，头也没回，嘴角勾起一抹极淡的笑容，"你身上哪儿我不清楚？"

车辆在车道上孤独地行驶着，拉长了岁月的记忆。

南初记得以前他刚打了结婚报告那阵，林陆骁有事没事就喜欢捻着她的手指玩，那时还觉得奇怪，他是不是有什么怪癖，比如跟自己一样，手控。

接下来也没人说话。

林陆骁向来话不多，结了婚也不会比以前多出什么话。

车子很快停在戒毒所门口，林启理着干净简单的寸头，一身黑衣，身材颀瘦板长，手上拎着一个黑色小袋子，皮肤在阳光底下白得发光，跟他哥简直完全相反，相比之前的阴郁，人倒是看着健康了些。

见到林陆骁的车，他走过来，绕过车头直奔副驾驶，打开车门就傻眼了，道："南初？"

南初冲他笑笑，就听身旁的林陆骁不咸不淡地说："你坐后面。"

林启点点头，"哦哦。"

等林启上了车，南初透过后视镜，悄悄打量他，虽说状态看着健康了很多，但人倒是也沉默了，看着更通透了。

直到车子在胡同口停下，三人都没说几句话。

林陆骁去停车，南初跟林启在路口下车，林启才看着她道："你跟我哥？"

南初晃晃手里的红本本，"刚领完证。"

林启下巴都要掉了。

一直等林陆骁从后头过来在他后脑勺上猛拍了一记他才惊觉这不是在做梦。

"走了。"说完，他就往胡同深处走。

胡同印着岁月的旧痕，穿过一扇扇窗，时间的长河流于眼底。

胡同的院里，一扇青铜大门，雕刻着小时候的痕迹，南初是第一次来这边，听说这边住得都是正宗的老北浔人，留着老北浔的胡同文化。

南月如祖籍在长南，后来出了名长期定居在北浔，之后又常年待在国外。

这是林陆骁从小长大的地方。这让南初对这里的所有事物都带了十分的好奇去探究，试图找出一点他的痕迹。

三人进门的时候，林清远跟老友在下棋，张秘书在里头张罗了一桌菜。

“爸。”

不知是谁先叫了一声。

林清远落子的手在空中一停，循声望去，看见林启的时候，脸色还是不自觉一沉，再转头看看南初，稍稍缓和了些，“进来吧。”

然而南初在看见林清远的一瞬间，脑子里有些事渐渐清晰，她似乎见过他，可又忘了在哪儿见过，愣是想了半天也没想起来。

反倒是林清远率先开口：“小丫头，忘记我了？”

小时候的记忆喷涌而来，她惊道：“你是林叔叔？！”

林清远一笑，“还叫林叔叔？”

南初窘迫地低下头，低声道：“爸。”

她从没喊过爸爸，这一声喊下去，把她自己都惊着了，大概是字眼太过陌生，一下觉着有点别扭。林清远太清楚了，低笑一声，掩过她的尴尬。

随后，他拍拍身边的椅子，“过来坐会儿。”

南初看了一眼身旁的林陆骁，后者说：“你去坐会儿吧，我去厨房看看，等会儿就吃饭了。”

南初乖乖点头。

她对林陆骁的言听计从，让林清远觉得这姑娘有点太听话了。他见过南初一次，小时候那姑娘不善言辞，装老成，一点也没有那个年纪女孩子的活泼天真。

这也是一开始他不同意的原因，女孩子太过阴沉容易极端，虽然漂亮是漂亮，但过起日子来肯定不舒坦。

但毕竟也是……

后来想想林陆骁要真那么喜欢，他也懒得管。南初坐过去，就听林清远发问："你妈身体还好吗？"

"挺好的。"

林清远侧头打量这姑娘，乖巧得不成样子，笑着摇摇头，"你跟陆骁的事没告诉你妈吧？"

南初低头，也不想瞒他，低嗯了一声。

林清远到底也是老狐狸，心如明镜，点点头，面不改色继续跟对方下棋，话却是对南初说："什么时候帮我约你妈吃个饭。"

南初："好。"

"陆骁什么时候走？"

"晚上的火车。"

老头点点头，"鹿山是个锻炼人的地方，我听说你上去找他了？"

"年前去过一趟。"

一老一少，坐在一起淡声聊天，外头是薄暮冥冥，青枝枯丫，画面还挺和谐。

林陆骁把外套脱下来丢到沙发上，就进厨房去找张秘书。

张秘书笑着调侃了两句："这结了婚，人看着就不一样了啊。"

林陆骁抱臂靠在门框上，低头笑了一下，"您想多了。"

锅里焖着一条鱼，热气轰着锅盖焖焖直响。

张秘书舀了勺酱油，一边倒一边说："时间过得多快，处长昨天才跟我说，总记得你还是半大小子，转眼就媳妇儿都有了，赶紧，趁热打铁，添个丁，趁着处长现在还健朗，能帮你抱抱孩子。"

林陆骁摇摇头无奈地笑笑。

"小时候您就催着我跟林启好好读书，好好考大学，上了军校，您就催着我赶紧找个女朋友，我不找吧，完了，又被你们催着找工作，工作了，就催着结婚，这会儿，结婚了，就催着我生孩子，我这都被你们催了一路了，让我缓缓行不？”

张秘书朝着他就是一铲子，“得了便宜还卖乖！”

事实上，虽然刚领了证，但他跟南初分开一年，两人对彼此都陌生了许多，虽然两人都在极力配合彼此的习惯，可也都能感觉出来，此刻的他们就像两块断裂的木板，努力拼凑，可因为岁月的打磨，无论他们怎么黏合，总是这儿缺一角，那儿缺一块，再也不是从前那块严丝合缝的木板了。

就比如昨天。

电话打到一半，两人都不知道该说什么，举着电话愣了那么久也没人说话，最后还是匆匆挂了，以前腻腻歪歪那劲儿，一时半会儿也寻不回。

又比如刚才在车里。

他开车，南初低头玩手机。

两人同时看也不看就去捞置物盒上的水，摆着两瓶水，但两人把手伸向了同一瓶，手刚好碰在一起。

两人都是下意识低头去看，安静一瞬，下一秒同时缩回手。

气氛一度陷入尴尬。

这哪是刚领证的新人，他俩没谈恋爱那阵做的事都比现在出格多了。

可就是觉得陌生。

这是这一年留下的，这种隔阂是没办法一时消磨的。

双方都在竭力配合对方，努力证明一切都没变的样子，可心里却都清楚，那种感觉很徒劳，就像指尖的流沙，抓不住。

他现在能做的也是顺应她所有的要求。

至于孩子，就算现在怀上了，他又不在身边，怎么考虑都欠妥。

林清远今晚算是真高兴了，两个儿子都在，加上一貌美如花的儿媳妇儿，张秘书也难得留下吃饭。

他拿着筷子夹了菜，话语平添了几分醋意，“还是你们这帮小辈面子大，平时我怎么留张秘书他都不肯留下来陪我吃饭，难得今天能抛下儿子来陪我们吃饭，真是我这张老脸还沾了你们的光。”

张秘书笑笑说：“您说哪儿去了，我儿子难管啊，哪有陆骁他们小时候听话，一天不看着就上房揭瓦了。”

席间说说闹闹倒也开心。

南初也被逗乐，忍不住夹了一块鱼放到自家老公的碗里，“多吃点？”

林陆骁扒饭的筷子一顿。

林清远和张秘书互视一眼，气氛一瞬间安静，林启脱口而出：“嫂子，我哥不吃鱼的……”

南初怔住，以前的画面纷纷涌出来，可她也记不清了他到底吃不吃鱼，两人在一起的时间本来就少，加上每次出门吃饭林陆骁点的全是她爱吃的。

她只记得，他好像不挑食。

原来他不吃鱼。

嗯，记下了。

南初刚要伸筷子将那块白花花的鱼肉夹回来，自己吃，结果被林陆骁直接塞进嘴里，不动声色道：“别听他胡扯。”

林启：“……”

林清远干咳了一声，看了一眼张秘书，后者也笑，眼神来回——啧啧啧，你几十年没给改过来的毛病人一下子就给改了。

小时候别提什么鱼了，但凡带点腥味的东西，林陆骁基本碰都不会碰。

打也打过，饿也饿过，人就是硬气得很，不吃就不吃。

林清远一声悠长的叹息。

临吃完饭已经晚上八点。

林陆骁洗完碗从厨房里走出来，去拎沙发上的外套。张秘书从另一边过来，他随口就问，几乎脱口而出：“我老婆呢？”

张秘书指指书房，“在里头跟处长聊天呢。”

林陆骁回头看了一眼紧闭的书房门，转身到门口去抽烟了。

等南初出来，他刚好抽完一支，掐了弯腰捻进一旁的花坛里，“聊完了？”

南初点头，走到他身后，高大的背影罩着她娇小的身子，格外契合。

他低头瞥了一眼南初白嫩纤细的腕间多出一环碧绿青翠的镯子，心知肚明，没问聊什么，直接去开车，“走吧，送你回家，我得走了。”

车子开到南初楼下。

南初没急着下车，解开安全带，又坐了会儿，说：“我那房子尾款还没付，是个简装，还差些家具，买好了就能入住，你下回什么时候放假，我等你回来一起去买？”

林陆骁降下车窗，点了支烟，道：“你决定吧，我假期难定，你房子不是快到期了，别拖。”说完他掸掸烟灰，从盒子里抽出自己那边的钥匙，“我新配的，实在不行你先去我那儿住，里头东西都开着。”

南初接过，觉得这钥匙跟滚烫似的。

“嗯，那边能打电话吗？”

林陆骁看她一眼，“不太忙的时候我会给你打的。”

“好。我等你电话。”

她低下头，刚在路上想了很多要交代的事，一下又想不起来。

见她沉默，林陆骁又说：“你要有事，找我爸或者沈牧、大刘、张秘书都行，我都交代过了。”

算不上交代。

临走前他去看了一趟沈牧和大刘，顺便把结婚的事跟两人一说。

两人估计到现在还没缓过来。

他靠在座椅上，一只手闲闲地散在腿上，一只手挂在窗外，指尖夹着烟，时不时放在嘴边抽一口，模样懒散。

“还有话要说吗？”

南初摇摇头，总觉得心里空落落的，明明两个人都爱着，可就觉得余力不足。

林陆骁不经意转头，发现她正盯着自己。月光在她身后轻洒清晖，树影重重，狂风似舞。他心念一动，把烟掐了，长手一伸扣住她的后脑勺，人俯过去把她压在副驾驶上亲。

南初轻轻喘着，林陆骁在她耳边喷着热气，一路顺着她的耳根亲到脖颈，一只手扶着她的脸，拇指压在她的脸颊上，四指穿进她的发间。

这么长时间，没变的就是他的吻。

激烈得似乎要将她揉碎。

林陆骁将她抵上车门，一点点顺着她的颈窝亲下去。小姑娘身上透着沁香，一点点勾着他想要将人碾碎，拆尽。他的吻依旧霸道有力，舌尖伸进她嘴里狠狠搅了一番，双眼猩红地看着她。

南初被他亲得浑身发软，那清澈的瞳仁里都是水光。

没法看，越看越不想离开。

他闭上眼，咬下去，游移到她耳郭，轻轻舔着。

别提多敏感。

南初整个人跟着发颤，在他耳边低低哦哦地喊着，嗓音软得不像话，她勾着他的脖子，小手溜进他衬衫后背，轻轻剐蹭着，“上去吗？”

林陆骁低头笑了一下，直接扒下她的线衫，露出香滑的肩头，低头含下去，低声道：“来不及了。”

“几点的车？”小姑娘有些迷乱。

林陆骁亲着，漫不经心地答：“九点。”

南初瞥了一眼车上的时间，八点十分。真来不及了，她猛一下推开他，“那你快走，别误了车，不然明天误了上班。”

温度骤然抽离，意识重回大脑，他靠着座椅斜睨她。

小姑娘衣衫差不多被褪了一半，凌乱地靠在车门上。林陆骁微眯眯眼，转回头笑了一下，扣好扣子靠回椅子上，“走了。”

然后就真走了。

在一阵扬长的车尾气中，他又要回到他的地方。

南初上了楼，打开灯，光线刺眼，周遭安静，偌大的房子只剩下她一个人，她失落地走到沙发上靠着，仰着头，手臂挡在眼睛上，遮住眼前一片刺眼的光。

就这么躺到九点。

南初瞥了一眼墙上的壁钟，去捞手机。

林陆骁刚找到位置坐下，裤兜里的手机振了振：上车了吗？

他飞快按下：嗯。

发完，转头看窗外，汽笛长鸣——

依旧是轰隆隆的绿皮车，人头杂乱，闹哄哄一片跟菜市口一样，林陆骁有点格格不入地坐在这个车厢里，头仰在椅子上。

脑子里全是车里那一幕幕限制级的画面和南初温软的身体。

单身太久，忽然有了老婆，连新婚夜都没过上，就得连夜赶回部队。

对面坐着一对学生小情侣，约莫十七八岁的模样，吃着一碗泡面，你喂我一口，我喂你一口，情意浓浓，时不时亲一口，腻歪劲儿一点不怕瘆着别人。

林陆骁瞧了会儿，别开头，似笑非笑。

惊觉现在的小孩都早熟。

他十八岁时哪懂这个，还是跟大刘几个到处疯玩研究火箭、飞机、坦克各种军事枪支的年纪，女人那时候在他脑子里就是个异种生物。

再一想。

他十八岁时，南初十岁，也就一破小孩。

应该不会爱上她吧。

手机又振了振。

南初：车上不无聊吗？

那边回：还好。

一来一往，倒也有趣。

南初：你在做什么？

他勾勾嘴角，倒也不思考，随手回复：想你十岁时的样子。

南初躺在沙发上，跷着脚，抱着手机给人回：我十岁？

林陆骁：嗯。

南初：我有照片，你要看吗？

林陆骁：看吧。

南初：这么勉强？

隔几秒，那边换了一副口气：想看。

南初跳下沙发，去翻压箱底的相册，她六岁到八岁的照片多，九岁之后就很少再拍照了，手里仅存的一张是上小学时，文艺汇演跟几个小朋友一起拍的四小天鹅。

那时候在后台拍过一张合照。

她用手机拍下来，发过去。

四个小姑娘，一模一样的发型，一模一样的白色天鹅服，连身形几乎都差不多。

南初：猜猜哪个是我？

林陆骁扫一眼，哼笑一声，回：左边第三个。

南初：连我妈都没猜出来，你怎么猜出来的？我妈看了老半天指了最边上那个。

林陆骁：直觉。

这让他怎么说，一眼看去就左三能吸引他。

后来在南初的追问下，得到吸引这个答案。

小姑娘喜滋滋地给他回：所以，如果我十岁遇到你，你还是会喜欢我喽？

林陆骁：不会。

南初：那如果我追你呢？

林陆骁：不得了，你十岁就懂这么多？

南初抱着手机给他胡诌：懂啊，我六岁就喜欢过一个同班小男孩，高高大大，很阳光，八岁喜欢我们家隔壁的邻居哥哥，笑起来特别暖。

林陆骁望着这条短信，冷笑。

六岁？还高高大大？很阳光？巨婴吗？

——哦，我十八岁还是玩泥巴的年纪。

南初抱着这句话在沙发上笑了好久，等她反应过来，看见玻璃窗映出的自己，上扬的嘴角和弧度，是真的被他逗乐了。

这才惊觉，好像这种方式的沟通，比面对面来得自在和轻松。

林陆骁亦如是。

刚把手机放下，又振了振，小姑娘说：我们没事多发发短信吧。

——好，十点了，你该睡了。

林陆骁碰手机的机会不多，只能偶尔下了训瞄两眼，队里制度相比其他县区会严格点，因为鹿山是今年来危险多发区，队里规定了在训人员所有的通讯工具在无特殊情况下不得开机。

特殊情况包括：亲人逝世、配偶生产等等。

等他打开手机，里头偶尔会蹦出一两条，都是南初发的。

而这天，他瞧着有条短信内容不大对。

——哼，我扒出你高中的情史了！

短信是一个星期前发的，这一个星期她就没再给他发过其他任何内容了。

林陆骁骨指都捏白了，赵国瞧见向来沉稳的林陆骁这样，以为是家里出什么事了，问：“怎么了？家里有事？”

林陆骁站起来，“我出去打个电话。”

说完走到水房，一只手握着电话，一只手叉在腰上，嘟嘟嘟声响过之后。

那边一道清脆的声音：“队长？”

林陆骁靠着墙，“嗯。”

“你回来了？”

南初以为他回北浔了，当下有点急了，因为她还在外地拍戏呢。

“没有。”

那边安静了，不知怎的，失落地说：“哦。”

林陆骁忽然笑了一下，“你扒出我高中什么情史了？”

“打电话来问我这个？”

“也不全是。”

南初：“大刘说你高中疑似喜欢过一个姑娘。”

林陆骁直觉脑仁疼，道：“这你也信？大刘脑子不好，你离他远点。”

“你是不是心虚了？”

林陆骁嗤笑了一下，“虚屁，他现在就是娶不着媳妇儿嫉妒我有媳妇儿，存心给我添堵呢！”

那边有人叫了一声，南初回头应了一句，对着话筒说：“我得去上妆了，下次再聊吧，挂了。”

林陆骁对着电话勾了一下唇角。

南初在影视城待了一个星期。

第二个星期的时候，有人来探班，还带了一大束玫瑰，威风潇洒地倚在他那辆骚包的红色跑车上，南初看见了转身就走。

邹淼跑过来把她拉住，“我千里迢迢来看你，你好歹待两秒再走啊。”

南初甩开他，“你到底要干吗？”

邹淼嬉皮笑脸道：“追你啊。”

就跟个神经病似的。

南初以前也遇过难缠的，但发现这邹淼完全不是难缠不难缠的问题，他就存心要气你，你越气他越高兴。就这股烈性一直缠着他，要真撒撒手抱上去，指不定两天就烦你了。

南初忽然转身，眼睛一眨，做出一副哀求却不卑微的表情，娇俏道：“你要怎么样才能不缠着我？”

邹淼盯着她坏笑，嘴上却说：“你把我想那么坏干吗？”

南初翻了个白眼，“干脆点，给个了断。”

邹淼坏笑，“要不睡一觉？睡一觉说不定我腻了，我就不来找你了。”

南初呵呵笑，“不，睡一觉你会一直想睡下去的。”

“扯。”他笑了一下，“我还没睡过让我睡了一晚还想睡第二晚的女人。”

南初烦躁，拨着袖子，眯眯眼道：“我没欲望睡你，做个了断，干脆点。”

“我就喜欢缠着你呀，我就喜欢看你生气跳脚的样子，我特别高兴。”

简直贱到家了，南初无语地看着他，声音渐冷，“邹淼，我本来觉得你这人还挺有意思的，你非要这么弄，可就没意思了，你要想睡我，行，你拿点诚意出来，我看我会不会妥协，或者你就喜欢气我？我到底哪儿得罪你了？！”

这女人真是茅坑里的石头——又臭又硬。

当初蒋格给他看照片时，这女人眼里的冷漠总让他觉得是故意的，可接触了之后才发现这女的真就是座冰山，无论你做什么讨好她，她都一脸冷然地回应你。

难怪蒋格对她又爱又恨。

男人的好胜欲在这个圈子是出了名的。

蒋格说这女人难追的时候，他还真不信，这世上会有不拜金不求名不喜欢名花的女人。

他爹说那天是相亲时，他就想试试，他不准备结婚，只是想告诉蒋格，这世上没有追不到的女人，只有条件不够优渥的男人。

然而，还真有。

邹淼是气哄哄地开车走的。南初想想这人不会再来找自己了，心情一阵轻松，就此愉快地度过两天。在邹淼走后，第二天，南月如就来了。

最近影视城还真是因为这一来二去的两人变得格外热闹。

南月如一个电话把她叫回酒店了。南初衣服也没换就过去了，里头暖气打得高，一推门就暖烘烘迎面扑来。南月如背对着她刚脱下大衣，听见动静，回头瞥她一眼，不说话。

“妈。”南初叫了一声。

南月如懒懒应了一声：“最近拍戏还行？”

南初点点头，“还行。”

南月如换好衣服，往沙发上一靠，去摸茶几上的烟盒，抽出一支烟含在嘴里，吸燃，瞥她一眼，清淡道：“你跟邹淼怎么样了？”

南初多半就觉得南月如今天来找她，跟邹淼有关，“一般。”

南月如看着她，那眼睛跟刀刮子似的冷冷地盯着她，“我听邹淼说，你俩没戏了？”

南初也不再绕弯，应了一声：“嗯。”

“又跟那小子好上了？”

南初憋着低头，没说话，林陆骁说过，要让她瞒着，等他回来再处理。

“我问你话呢！”南月如忽然拔高了音量。

南初还是不肯说。

“贱！”

南月如彻底火了，随手捞过边上的烟灰缸狠狠朝她砸过去。南初没躲，脑门瞬间鼓起一个包，像长出了犄角似的。

脑袋发涨，一抽抽地疼，南初强忍着。

她喉尖苦涩，深吸了口气，才把胸腔堵着的气给捋顺，“我一直觉得奇怪，您不是向来都不管我吗？为什么我谈恋爱您要管？”

南月如没说话，喘着气，似乎在平息自己的怒火。

南初又问了一遍：“为什么我小时候生病您看都不多看我的一眼，长大了被人骂您也从没有为我说过一句话，而我现在不过是喜欢一个消防队长，您就这么激动？”

南月如夹着烟，满腔怒火，仔细看，指尖微微发着颤，“谁没有被人骂过？我在你这个年纪的时候被人骂得不狠？连你姥姥和姥爷的照片都被人洗成黑白的，谁不苦？骂你的人越多，说明喜欢你的人越多，就这么点，你就觉得委屈了？不经历这些，你怎么在娱乐圈生存下去？我原本以为你会给我惊喜，你也不过如此，一个男人就这么让你神魂颠倒了？”

额间有汗滴下来，南初脑袋昏涨，眼泪再也控制不住，滑落到嘴边，她抿了一下唇，是咸的，还有点苦。

她忽然低下头，几乎放弃了一切，包括她的骄傲，以从未有过的低姿态求她，“妈，我没别的愿望了。”

几千公里以外。

鹿山支队年初开联欢会，几个新兵闹哄哄地围着林陆骁让他出一个节目。赵国刚从卫生间打完水回来，放下脸盆，见林陆骁不为所动，抹了把脸插嘴道：“去年联欢大家都念着你刚来没为难你，今年你还想躲，反正一年就这么一次，兄弟，丢脸也就这么一次。”

林陆骁靠在床头淡瞥他一眼，没作声。

从小到大就不是表演节目的料，以前上学的时候学校里组织什么活动大刘被画成花猫子逼上台表演的时候，他跟沈牧就闲闲地抱着胳膊坐在台下笑。

那模样太傻了，大刘长得比他俩讨喜，表演起来还有点滑稽，他现在手机里还留着高中时大刘脸被涂成花猫子的照片。他跟沈牧还琢磨着以后等大刘结婚，拿这照片讹大刘一笔。

新兵们刚入伍，还没历过苦，此刻全是要开联欢会的兴奋。

有人提议：“跳个《小苹果》吧。”

有人不赞同：“不行啊，到时候市里电视台要来拍的，小苹果太多了，咱们弄个特殊点的，比如快闪什么的。”

直接被人否决：“你当专业歌舞团呢？整那么多花架子干吗？问林指导。”

于是一伙人齐刷刷地看着林陆骁。

林陆骁正低头看书呢，充耳未闻。

赵国干脆道：“索性唱首歌好了，就那个什么吧，张宇的《月亮惹的祸》，我看陆骁最近老在听，就这个吧。”

林陆骁：“……”

有人提出建议：“原来林指导你喜欢这歌，唱这歌还不如唱军歌呢。”

赵国摆摆手，“都几首军歌了，咱就整点不一样的。让你们林指导唱歌，你们几个伴舞，完美。”

赵国说完，被林陆骁狠踹一脚，赵国疼得哇哇直叫，后者已经拿着书转身出去了。

林陆骁靠在水房的墙上，一只手插在兜里，另一只手给南初打电话。结果响过两声就被那边挂了，心又提了起来，莫名烦躁，不接电话是什么毛病。

这边南初手机一响，就被南月如劈手夺走了，低头瞥一眼，火冒三丈地给她挂断。没过一会儿，手机又振起来。

再次被南月如挂断，再响起来，南月如已没了耐心，平日里精致雅淡的妆容也变得狰狞起来，她猛地把手机往地上狠狠砸，并用鞋后跟附上几脚！

屏幕直接炸裂开。

她大概觉得不解气，踩完，一脚尖把手机踢到床底下。

整个过程，南初都没有作声，冷冷看着，那面容平淡，一点不恼火，反而再次激怒了南月如，她嘶吼：“你瞪我？不服气？我是你妈，我这辈子就得管着你！”

南初笑了一下，目光平静地看着她，“你多久没去看医生了？”

南月如怔愣片刻。

南初继续笑，“你现在就像一个疯子，你砸我手机有什么用呢？除非你杀了我，不然我还是会跟他在一起，还是你准备继续关着我？没用呀，他会找到我的，上次你把我关在医院，他就徒手翻进来，就在你安排那两个高大威武的保镖眼皮子底下。”

南月如眼眸狠厉，张嘴欲骂。

却被南初抢了先，她一点也不生气，十分平静地陈述：“想骂我贱是吗？骂吧，反正您以前也没少骂，您有本事就打死我，打不死我，我就是爬，也要爬到他身边去。”

“你就这么上赶着不要脸地倒贴？”南月如吸了口气，静下来，“你知道现在每十二天就会有一个消防员牺牲，十大高危职业消防员列第一，他哪天没了，你的下半辈子守活寡吗？”

南初看着她笑了，“守啊，我帮他守着。”

“无知！”她怒。

“不管你听与不听，这话我说在前头了。”那眼里有光，光里是熠熠的辉，她说，“我因为无知，放弃过他一次，不会再有第二次了。如果有，除非是我死。不，死了我也爱他。”

说完，她转身走了。

又在门口停住，回头看她，“妈，我一直不明白你在激愤什么，就因为我做了你不敢做的事，所以你嫉妒我？”

女人笔直僵着，望着窗外，背影悲凉，听见女儿这么问，她忽而爆发出一声：“滚！”

林陆骁被所有人拱着上台唱了一首《月亮惹的祸》。

这首歌除了当年在外县支援的时候跟队里几个士兵附和过几句，倒也没怎么在人前唱过，更别提现在这种场合，从小到大他就没怎么唱过歌。

家里也不兴这个，逢年过节胡同巷里都有专门的戏班子，哪轮得到他去唱歌。他声音低，平淡唱完一首倒还行，没太多技巧，他是真不喜欢唱歌。再加上这首歌里有点他跟他家小姑娘不可描述的记忆，他就更不愿意唱了。

但他一大男人，也不扭扭捏捏，在一片高喝声中，接过主持人的话筒，低沉的嗓音流出来，“唱首军歌吧。”

台下一片反对之声：“不行，就《月亮惹的祸》！赵国说林指导这歌一听就有故事！”

“军歌有的是机会唱！唱首流行的！”

“那《小苹果》吧。”林陆骁面无表情地说。

士兵全然不给机会。

“《月亮惹的祸》！”

“《月亮惹的祸》！”

“《月亮惹的祸》！”

“……”

林陆骁无奈笑，一旁领导也忍不住了，怂恿他，“他们那么想听，就唱一段吧，省得下回你走了他们还念叨。”

“行吧。”

音响里，男人轻咳两声，低沉醇厚的声音淌着。

“都是你的错，轻易爱上我……”

出来三个月。

两人时不时维持着短信联系，直至上个星期，彻底失去了联系，打她电话不接，短信也没人回，毕竟是有过“前科”的女人。

他当下脑子里就想着这人是不是又跑了。

本来打算下个月这边事情交妥后再请婚假，结果当天晚上他就去找领导交了婚假报告。

一曲完毕。

他把话筒还给主持人。

赵国忽然蹦出来，“等一下！”

林陆骁怔了会儿，赵国直接两步跳上台，抓过主持人的话筒，“我说两句。”

林陆骁笑他，“你当领导发言呢！”

赵国瞥他一眼，举着话筒对台下的士兵说：“林指导来我们这儿一年多了吧，应该是最后一次参加咱这种联欢会了，有些话堆了太久，借着今晚机会，都给你说说。”

赵国这话，给原本热烈的气氛浇下一盆冷水，使联欢会现场变得肃穆安静。

所有人都不笑了，抿着一张唇，端正地坐在军凳上。

“一开始大家都挺不服他的，还有几个不怕死的整过我们林指导，结果后来大家都被他收得服服帖帖的，我一直觉得男人最好的年纪应该是二十三四岁，张扬跋扈，毫不畏惧。”赵国瞥了一眼身旁站着的人，面容沉静，一身军装，帅气逼人，“后来发现，男人三十才最有魅力，不管是训练场上不苟言笑的林指导，还是私底下跟我们开玩笑逗趣的林陆骁。特别是我妈，老跟我说，你要有你那队友一半沉稳，我就不用整天这么提心吊胆的了。”

林陆骁始终站在台上，嘴角勾着一抹浅笑，那气度丝毫不局促，也是内心足够强大。

赵国继续说，口气轻松了些：“原本想跟领导说再留他几年，结果刚得知你们林指导打了婚假报告。你什么时候结的婚？！”

台下一阵轰然。

林陆骁淡笑，“领证领得匆忙，下次给你们带喜糖。”

士兵们又是一阵起哄：“喜糖！”

“喜糖！”

“喜糖！”

赵国挥手示意，像个指挥的大将军，他说：“安静！结婚这事就揭过了，三十的人了要再不领证，我们都着急，没事，下回带嫂子来就行！今晚主要是兄弟几个想提前给你送个行，这一别，天南地北的，加上咱这职业……”

赵国忽然吸了口气，想到也许一辈子再也不相见，喉头哽住，胸腔仿佛堵着一口气，一下子竟说不出话来。

“下一次再见真不知是猴年马月了。”

离别还没来，却已被离别的情绪打动，所有人的情绪都被他的停顿带动了。确实，当过兵才知道兄弟感情的可贵，这都是一帮铁骨铮铮的汉子，平时训练插科打诨，可真到了火场上都是能为对方挡火苗的盾。

林陆骁自然懂，只是他这人情绪一向不太外露，很少失控。

赵国说：“兄弟几个送首歌给你，算是为你送行，接下去咱还得并肩作战。”

音乐前奏响起，林陆骁一听就知道是什么歌了——《当那一天来临》。

“兄弟们瞒着你练了好久。”

林陆骁手揽着赵国的肩，低头缓了缓情绪。

那晚，星空高照，鹿山支队上空久久回荡着一首高亢有力的军歌。

这是一个晴朗的早晨
鸽哨声伴着起床号音
但是这世界并不安宁
和平年代也有激荡的风云
……
年轻士兵渴望建立功勋
准备好了吗
士兵兄弟们
当那一天真的来临
放心吧祖国
放心吧亲人

为了胜利我要勇敢前进

那高亢振奋的歌声仿佛要将一切不安定都驱逐出境，惊得树上停歇的鸟儿四散逃离，翠绿的叶梢上挂着几滴晶莹的露珠，在歌声中慢慢汇流成一摊清水。

底下的军人们还在高唱，他们笑着，他们闹着，一遍一遍，不知疲倦。

主持人把话筒递给林陆骁，“说两句吧。”

能说什么呢？此刻说什么都多余，都表达不了他们满腔的热血。

最后他接过话筒，目光一一扫过台下一张张熟悉坚毅的脸庞，忽而低头笑了一下。

“天南地北，众志成城，素履以往，一息尚存，战斗不止。”

后来这话，被众多士兵，记在心里。

甚至有人把它写在自己的遗书上，成了他们的队训。

林陆骁总共请了七天婚假，加上之前的轮休。

上车之前，赵国几个兄弟嚷嚷着要送他，被林陆骁按下来，“我又不是不回来了。”

赵国小声说：“你万一在那边被你媳妇儿勾了魂，不肯回来了，我们这帮嗷嗷待哺的新兵怎么办？”

“说了年底就是年底，没调令我能随便离队？行了，都回去训练去。”

众人这才算吃了一颗定心丸。

林陆骁上车之后一直给南初的手机打电话，一直没打通。

他沉着脸，把头转向窗外，景色秀丽，翠绿丛丛，已无心欣赏，树木不断落到车窗后方，那心哪，已经飞到几千里之外。

归心似箭，他终于体会到了。

他百无聊赖地翻着手机里跟南初的聊天记录。

——什么时候回来呀……

——我房租到期了，搬进你家啦，你的床单放在哪儿？

他隔了一个星期后回：在衣柜最顶上，找到了没？

小姑娘又隔天回了：没找到，我又买了新的，还是黑色。

——回去告诉你东西都放在哪里。

——好，昨天见到我小时候的偶像了。

——嗯？

——小时候可喜欢他了，一个人就翻他的歌听，他现在保养得超级好。哎……队长，你小时候有没有偶像啊？

小时候？

小时候的偶像是周总理还是毛主席？

——应该是毛主席吧。

他给她解释：小时候爷爷老给我和林启说这两人的事迹，什么十里长街送总理，还有当时花的钱上都是毛主席的头像，就好奇找了两人的传记看。

后来是真喜欢上了。

特别是毛主席的词，磅礴大气，一揽江山。

他对数字敏感，公式记得快，有些公式不用看自己都能推导，但最头疼就是背诗了，特别是情诗，早修坐在教室里，对着那本书死盯一节课，一盖上就脑袋一片空白。

他不像大刘，成绩一般般，情诗倒是背得溜溜的。

他唯独能背的就是毛主席的词。

那天倒是回得很快：挺有志向啊，队长……

他勾唇笑笑。

总共没几条信息，他翻来覆去看了好几遍，倒觉得每遍都新鲜。

十几个小时的车程，人刚下车，北浔的风刮来，就知道回到家乡了，虽说已快步入春季了，那风刮来还是钝钝地疼。

林陆骁没带什么东西，就肩上一个黑色的挎包，里头塞了些换洗的衣物。

原本谁也没通知，结果昨晚在火车上接到沈牧的电话，知道他今天要回来，沈牧早早就在门口接他了。门口停着辆黑色的越野，冲他猛按了两下喇叭。

林陆骁过去，把包丢进后座，人钻进副驾驶，抖了抖外头的风雪。

沈牧今天戴了眼镜，无框的，穿着件衬衫，袖子卷到肘窝处，手搭着窗沿打量他，“请了几天婚假？”

一路舟车劳顿，林陆骁略显疲惫，人往座椅上一靠，手搭着眼睛上，道：“七天。”

沈牧点头，启动车子，揶揄道：“待遇不错啊，我刚给大刘打电话了，他知道你要回来已经寻好地儿了，过去喝两杯？”

林陆骁摇头，“再说，我先回家看一下南初。”

沈牧：“南初怎么了？”

林陆骁放下手，坐直，看了一眼窗外，吐了口气，“不知道，联系不到，电话也不接，短信也不回，开车吧。”

沈牧也不再说话，直接一脚彪上油门。

中途沈牧接了个电话，口气冷了不少，林陆骁转头看他。

沈牧戴着蓝牙耳机，目视前方，没什么情绪地跟电话那头的人说着话，跟个冷冰冰的机器似的。

“在开车。”

“今天没时间，明天，不一定。”

他忽而冷笑了一下。

“行吧，随便你。”

然后他略烦躁地拔了耳塞丢在置物盒上。

从小到大，沈牧算是最没脾气也最有脾气的，他不轻易发怒，真怒了，也不会表现出来，这种状态倒是让人觉得略惊奇。

不过林陆骁也只是侧头打量两眼，很快收回目光，定定地看向窗外。

回到家，林陆骁拿了东西上楼，沈牧停好车，跟了上去。

开门进去，公寓收拾得空空荡荡的，一点都没人住过的痕迹，玄关处还丢着他新配的那把钥匙，窗帘在风中飘，连地上的鞋子都码得整整齐齐的，全是他的。

沈牧："你这房子多久没住了？"

日光下，有尘土在飞。

林陆骁把包丢在沙发上，掏出手机继续给南初打电话。

通讯记录已经显示拨出 103 个。

那边依旧是冷冰冰的女声提醒着关机。

林陆骁一只手叉腰站着，胸口在剧烈起伏，堵着一口气，那表情，沈牧后来回想起来，还觉得有些后怕。

失望又狠厉。

林陆骁提着最后一口气，给张秘书拨了个电话。

张秘书不明所以，"南初？没回来过啊！"

然而，除了张秘书，他也不知道还能打给谁，他没有她经纪人的电话，没有她助理的电话。

他疲倦地靠在沙发上，手机在一旁丢着，手搭在眼睛上，仿佛被抽干了最后一丝力气。

她要就这么跑了，他真不会再原谅她了。

直到——

沈牧坐在沙发上打通一个电话，忽然转头看向林陆骁，"她在影视城拍戏，你不知道？"

林陆骁猛地低头翻短信，无奈地靠在沙发上，"不知道，她没说。"

知情人是同剧组的一个演员，那人跟他早年在慈善机构上见过一面，长什么样，沈牧早忘了，刚托人打听的时候对方给了他号码和名字，他才想起来。

对方笑着调侃了几句，沈牧淡声问："哪个影视城？"

“明山影视城呀，你要过来吗？我请你喝酒。”

沈牧礼貌地道谢，无视对方的调戏，挂了电话，转头跟林陆骁说：“在明山，才进组不久，我开车送你过去？”

今年的天气多变，四月明山还下了一场小雪，往年早已是春暖花开之季。

小助理在南初耳边喊“下雪啦下雪啦”。

因为拍摄的是夏天的戏份，这忽来的一场小雪让剧组临时取消了下午的拍摄。

南初终于得了空，逮着一个工作人员问：“这边哪里有补卡的地方？”

南初在片场话不多，作为第一个被国民女神勾搭的工作人员，他一下子激动得磕巴了，“车……车……车……山路，有……有……个营业厅，你卡坏了？”

“手机掉了。”

工作人员又热心地指了手机店。

结果，南初刚换好衣服，走出影视城大门，就看见路边泊着一辆车，一个人穿着黑色冲锋衣倚着车门在漫天飞雪里站着。

雪花如棉絮在他头顶飘着，身后的红墙砖瓦嵌着白雪。

林陆骁在雪中点烟，嘴巴叼着烟，还没点燃，手刚从裤兜里摸出打火机，虚笼着刮开火苗，低头拿烟头去蹭的时候，前方有人噔噔噔跑过来。

跟一阵风似的。

他下意识刚把火灭了，南初就扑进他怀里，抱住他的腰，脑袋埋在他胸前蹭蹭，“你怎么来了？”

来之前，在车上他一直想。

南初不告诉他，是不是怕他来找她被人拍到，也怕自己这么去有点贸然，可让他就这么回去，他又有点不甘心，眼巴巴请了七天婚假回家，结果一根毛都没见着。

可南初似乎一点也不介意，就这么大咧咧地扑进他怀里。

林陆骁把烟从嘴里拿下来，揉断塞进裤兜里，南初仰头就要去亲他，他推着她的脑袋，把人拽进车里。

他冷着脸，劈头盖脸就是一顿骂："你手机怎么回事，打你电话永远关机？你到底会不会考虑别人的感受？我这几天一直找沈牧帮我找人，你觉得有意思？还是你觉得沈牧闲得慌，人家活该帮我找人？你要觉得我这么来找你不方便，你好歹跟我说一声'我最近很忙，你别来找我'，你但凡这么讲一句，我都不会这么生气——"

南初被骂蒙了。

话音未落，林陆骁也注意到她额角贴着创可贴，心下一抽，下不来台，别开脸，冷静了一会儿，又转回来，冲她微扬下颚，口气缓和了些："你额头怎么回事？"

小姑娘怔愣愣地看着他，那双眼睛黑白分明，无辜得很。

"你这么骂我，我觉得很委屈。"

林陆骁一怔，只见她偏过头，不看他，吸了吸鼻子说："前几天我妈来了，把我手机砸了，卡也在里面，还没去补呢，今天才得空刚准备去，你之前不是说下个月才有空休假吗？我又不知道你最近会回来，本来在这组里也待不了多久，我的戏明天就杀青了，我以为这么短的行程就不用跟你报备了吧……"

说完，她真哭了。

眼泪哗哗淌，还特别矫情地抹了一下，"我发现领证后，你就对我越来越凶，根本不是以前那样了，果然男人结了婚都变坏，我走了，我们都冷静一下吧。"说完，去推车门要下车。

林陆骁慌了，把人勾着肩拖回怀里。

南初侧瞥他一眼，"你别拽我，让我冷静会儿。"

林陆骁死死勾着她，牢牢摁在自己怀里，把头埋在她的颈窝低声说："我的错。"

南初继续“哭”，又瞥他，“你没错，我的错，错就错在我不该喜欢你，我觉得你压根儿就不喜欢我，你从来没对我说过喜欢我。”

一听小姑娘这么说，林陆骁急了，直接把人扳过来，对上她的眼睛，“不该喜欢谁？”

“你！”

林陆骁一拧眉，对着她的唇，狠狠咬下去。

“再说一遍？！”

南初也去咬他，两人就跟两只困斗的小兽拼命去撕咬对方，似乎要将对方剥下来一层皮来。

亲到最后，林陆骁把她压在后座上，蓄势待发，却还是压着嗓子，低沉地跟她道歉：“不该凶你，抱歉。刚在家看到你东西都没了，我以为你又走了。沈牧说你在这边拍戏，你也没跟我说，我以为你是不愿意公开我们的关系。不公开也没关系，就这样吧，反正证都已经领了。感觉可以慢慢找是不是？我们日子还长，但你以后要再说‘不该喜欢我，要离开我’之类的话，我真的会生气，吵架行，你怎么闹都行，只要你别拿这个气我，怎么都依你。”

这大概是林陆骁说过最长的一段话。

“只要你别再乱跑，做什么都行。”

南初舔了一下他的喉尖，道：“跟别人拍床戏也行喽？”

林陆骁压了压胸腔里的怒火，深黑的眸子盯着她许久不说话。南初转移到他耳根，轻轻含住他的耳垂。他的声音彻底沉下去了，咬牙道：“真刀实枪拍？”

不气不是男人啊。

“不逗你了，我不需要拍那些。”南初窝在他怀里咯咯笑，人往后一躺，靠在椅背上去扯他的冲锋衣，“我刚刚演得还行不？”

那哭戏她自己都觉得感动，眼泪说来就来，比任何一场都动情。

林陆骁忽然停了手下的动作，挑眉看向她，“演的？”

南初一点头，摸摸额头的创可贴，“脑袋是真被砸了，刚说的那些是假的，气你的。”

怎么可能后悔喜欢他呢？

林陆骁危险地眯眯眼，“气我的？”

南初撇嘴，不说话了。

林陆骁一字一顿，“你完了。”

恩爱事情结束。

窗外天色也已经大黑，林陆骁把她抱到卫生间的花洒下，腕臂有力硬实的肌肉牢牢顶着她，南初趴在他身上，手伸进他濡湿乌黑的头发里，闲闲地拨着，“你好像时间又长了。”

淋浴水流哗哗下来。

林陆骁正伸手试着水温，听见这话，瞥她一眼，笑说：“怎么了？”

“我听组里的演员说，男人都是二十分钟左右……”

水温渐渐上来，林陆骁把她抱进去，放在花洒下，“男人二十分钟不短，一个小时不长。你先洗，我出去抽根烟。”

南初直接从后面抱住他，“一起洗。”

“真要一起？”

“嗯。”

倒是越发黏人了，他转过身，摸摸她的额头，脑门上的创可贴被水沾湿掉落了，露出个小疤，他手抚上她的脑门，拇指轻轻在那道疤上摩挲。

“手机砸的？”

一看就能看出来，都砸出一个凹了。

南初特别委屈地说：“这旁边还有一个包呢，都消了，结果你一来还骂我。”

他把人搂进怀里，“我是想到我这七天婚假泡汤了给气的，下次就不知道什么时候了。”

“借口。”林陆骁低头，看了一眼怀里的人，小姑娘趴在他怀里义愤填膺，他低笑，“下次你妈打你，我帮你挡着，这证是我逼你领的，该打该罚都是我的事，要不你现在揍我一下，出出气？嗯？”

南初抬头看他，眼睛水光盈盈，“你别乱说，我自愿的，你不知道，我十六岁那年就想嫁给你。”那时真觉得天底下的哪个男人都不如他。现在更是，三十岁的林陆骁更让她着迷。

晚上八点，林陆骁靠着床头点了根烟。

南初累得不行，洗完澡擦干被人抱出来刚放上床，上下眼皮就撑不住了，直接睡着了。

林陆骁边抽烟边等她醒。

两人晚饭也没吃，林陆骁怕她睡醒饿，就出去买了点吃的回来，结果她还在睡，拍着脑袋叫了两声，人也不肯醒，到底还是没忍心。

于是就自己一个人把买回来的东西全吃了。

结果，小姑娘三点醒了。

林陆骁刚躺下没几分钟，身旁的人就动了动，在部队训练，从来不深眠，因为有时候夜里会打战备号，特别是凌晨接到报警电话这种，深眠基本完蛋。

他睡得极浅，南初刚睁着眼转身，林陆骁也醒了。

小姑娘侧着身子，睁着迷离的双眼看着他，大概觉得有些不真实，还愣了一会儿，忽然伸出手去摸摸他的鼻尖，“哇，我第一次刚梦见你，醒来就能看见你。”

听得林陆骁一愣，他伸手把她揽过来，“经常梦见我？”

南初在他怀里蹭了个舒服的姿势，说：“嗯，梦里你大多不理我。”

特别是在美国那阵，有时候梦里场景太悲壮又深刻，差点让她信以为真，醒来大哭，后半夜再也睡不着，就开始抄佛经。

求菩萨保佑他一生平安到退休。

“你呢，你梦见过我吗？”她问，手指百无聊赖地瞄着他的眉毛。

林陆骁微微皱眉，眯着眼仔细回忆，从小到大他就很少做梦，就算做梦也都是一些火、洪水之类的，很少梦到现实里的人物。后来两人分手后，他去了鹿山，当然也梦过。

他梦见的都是她嬉笑娇嗔的模样。

有时候半夜会醒来，听着队友震天的鼾声，在满是男人味的军营里，脑子里全是她。梦完她的第二天精神都是恍惚的，训练也提不上劲儿，整个人跟颓了似的。

有一次在火场差点失误，拆错了一块钢筋板，结果整块房梁板塌了下来。

差点丧命在里面。

自那之后，他再也不敢去想她，就用训练来麻痹自己，一有空闲就自己一个人在后山负重五公里越野，身体在极度疲倦的情况下，心才能定下来。

结果还是能听赵国提起她。赵国是个粗人，说话本来就直接，听得他心里就窝火，有时候火起来往他脑袋上砸厚厚一本书。估计现在赵国仔细回想大概能理解自己当时被人打的原因了，不过这些都被林陆骁轻描淡写地揭过了。没必要让她知道太多，男人的感情太外露，会显得很浮夸。

凌晨三点，南初搂着他的脖子软着嗓子叫饿。

林陆骁翻身下床，随便套上冲锋衣外套，拉链拉到顶，套上裤子，“想吃什么？”

南初手压在被子上，“不用了，我让人送点过来。”

林陆骁穿好鞋子，大掌在她脑袋上按了按，“大半夜的别人不用睡觉？”

南初掀开被子下去，“那我跟你一起去，吃完再回来好了。”

真是一刻都放不下，小姑娘越来越黏人，林陆骁摸着她的脑袋笑了笑，“行吧。”

六点半助理来敲门。

南初趴在他身上深深索了个吻才肯走，林陆骁拍拍她屁股，“快去吧，别让人等急了。”

南初逗他，“再来一次？五分钟，反正你也不是没有过。”

“……”林陆骁把烟掐了，摁灭在床头的烟灰缸里，给人拖回来，反身压下去，“找死？”

南初咯咯笑着求饶，“哎，我错了，不闹了，真走了。”

门外又敲了一下，说：“南初？来不及了。”

南初急了，去推他，“我错了，我错了，林陆骁，我真错了。”

“哪儿错了？”

“不该逗你。”

其实相比较队长，他更喜欢南初叫他林陆骁，这名字就独独她叫得好听。

林陆骁优哉游哉地松了手，靠回床头。

等南初走了，林陆骁眯了一会儿，准备起床穿衣服，刚套上裤子，皮带还没扣上，松松地挂在裤头上，就在这时，房门被人打开。

林陆骁以为是南初，不经意抬头，结果看见一个小姑娘站在门口也是一脸的怔愣。

好半晌也没反应过来，指着他：“你是谁？”

林陆骁舌尖顶了顶门牙，在思考这个问题该怎么回答。

助理刚接到南月如的电话，让她把南初的身份证拍过去给她。

结果让前台把门一打开，就看见屋里站着这么一个陌生又帅气的男人。

屋内窗帘敞着，光从后面打进来，男人上身裸着，肌肉线条很流畅，裤子也没穿好，皮带松松挂着，重点是脸还帅。

衣服散落了一地，而且沙发上还挂着南初刚换下来的黑色蕾丝内裤和内衣。

小助理红着脸，不用想也知道这里面昨晚发生了什么。

林陆骁这人就这样，天生一副干了坏事也不慌不忙的样子。他不紧不慢地把皮带扣好，拉好拉链，扯过床上的 T 恤套上，说：“南初不在。”

到底是人长得帅，要是长丑点，小助理肯定追问到底了，可这长相估计也就是南初的炮友之类吧。她哦了一声，红着脸出去了，靠在门外的墙上，心跳如擂，好帅。

中午组里放饭，小助理惴惴不安，还是跟南初招了。

“那个。”

南初拨着米饭，“嗯？”

“你房间里那个男人是谁啊？”

南初顿时愣住了，“你去我房间了？”

小助理一点头，“你妈让我去你房间拍身份证，我看见了那人在你房间里。”

南初：“我妈拍我身份证干吗？”

小助理瞬间被带跑了，“不知道啊，就让我去拍，估计有戏要拍？哎，还没说呢，那男人谁啊？好帅。”

南初哼唧一声：“那是我老公。”

小助理瞬间炸了，“你再说一遍？”

南初笑笑，“反正过几天就公开了，不如提前告诉你啦，领了证的。”

小助理真是又惊又失落啊，“你俩结婚了？”

“嗯，刚领的。对了，下次我妈让你干什么事，你先跟我说，别自个儿偷偷去。”

小助理还没从她结婚的事缓过劲来，茫然地点点头。

她还要公开？

这估计是开年重磅新闻了。

下午下了戏。

南初回到房间里，发现林陆骁不在，床被都叠得整整齐齐，连她箱子里的衣服都收好了，还把她挂在沙发上的内衣和内裤洗了给挂出去。

那黑色蕾丝内裤在窗上飘的时候，南初居然脸都红了。

Chapter 19

你的军装

南初用助理的手机给林陆骁打电话。

林陆骁刚从商场出来，一手拎着个袋子，下楼梯的时候兜里的电话响了，他掏出来，说："下班了？"

南初在电话那头咯咯发笑，"你怎么知道是我？"

林陆骁去开车门，把东西扔进去，自己打开驾驶座钻进去，没急着启动。

"直觉。"

他电话不多，除了几个兄弟，接到这种陌生电话，基本也是她没跑了。

南初："你的直觉快赶上女人的第六感了，你去哪儿了？"

"买点东西，回来了。"

他声音平静，跟在床上的低沉充满情欲完全不同，带着清冷感，隔着电话，那磁性更明显。

南初忍不住逗他，"快点！人家等不及了！"

林陆骁低头笑了一下，故作正经道："等不及什么了？"

南初演技越发高涨，娇嗔道："你知道的呀——"

听得人头皮发麻。

林陆骁舔了一下唇角笑了，不理会她，“刚有人来找你，嗯，我当时没穿衣服。”

想说让她留意一下。

结果那边抓不住重点，只听到后半句，气吼吼道：“给人看光了？”

林陆骁手拳抵了一下嘴，咳了声，“穿了裤子。”

“下次我不在别光着身子，又没人看你。”南初“不满”地说。

“……”

“听见没。”

良久，那边才很低地嗯了一声，“要不我这边重新开一间房间，你过来？”

南初想想，“也行，找间隔音好的。”

“……”

林陆骁无言地望着袋子里的冈本。

到了新酒店。

林陆骁本来想过去接她，结果南初说，她助理送她过来，不用一来一回接了，麻烦。他靠着床头拧着眉抽烟，床边手机在振，他拿起来接通，“爸。”

林清远声音沉稳，“要不要我帮忙？”

林陆骁刚跟林清远拿了南月如的号码，在车上深思熟虑编辑了一条短信给她：阿姨，我是林陆骁，如果不介意，回北浔之后想约您一谈。

他发得不卑不亢，让人无法拒绝。

可南月如至今未回复。

林清远门儿清，一听到儿子跟他打听南月如的号码，就知道这小子要做什么了，特地打个电话来提醒，想给他透些情报。

林陆骁觉得这事毕竟是他要娶人家女儿，让他爹出马多少显得自己没有担当。

不管怎样，至少他跟南月如得见一面。

林清远知道他的想法，倒也没说太多，就草草点了几句。

“她这人吃东西口味挑剔，喜欢吃法国菜，最喜欢鹅肝，太大众的酒店不去，私人订制的厨房得提前好久预约。你得提早半个小时在门口等，不然她会觉得你不庄重。”

“……”

林清远又说：“她有点公主病，她说什么，你顺着她就行了。”

“顺着她就行了？”

“顺着不一定行，但是不顺着她肯定……”

就在这时，南初冲进来，一把搂住他的脖子，整个人软娇娇地挂在他身上，脆生道：“老公！”

自从领了证，从来没听她这么叫他，听得林陆骁一愣，心里发软。

电话那头的人也是一愣，好半晌才把话补齐，声音尴尬，“肯定……不行，是南初不？”

南初本以为他在跟大刘几个打电话，想过去给个惊喜。

结果听到电话那头的余音，大概意识到对方是长辈，气氛就变得庄重起来了，腾一下撤了手，从他身上下来，尴尬地走到洗手间去，“上个厕所。”

林陆骁好笑地看着她的背影，懒懒地应了一声：“嗯，害羞了。”

林清远叹口气，“行了，你俩玩吧。”

说完就挂了，房内昏暗，林清远打开台灯，目光落在桃木桌案的抽屉上，拉开，里头摆着一相框，是一张戏班子的照片。

照片上女人眉目青黛，模样俏丽，楚楚动人。

真是好久不见了。他想。

林陆骁挂了电话把手机丢在一旁，去厕所拎人。

南初正在洗手。

林陆骁靠着门框，抱臂对着她笑，“刚刚叫我什么？”

南初还没从刚才的窘迫里回过神来，又见他笑得如此欠扁，故意不理他。

林陆骁走过去，从后头圈住她，双手撑在洗手台上，看向镜中的她，低头在她耳边诱哄：“再叫一遍，嗯？”

南初缩缩脖子，不肯叫。

林陆骁低头亲她耳根，声音越发低迷，“嗯？嗯？”

南初对他声音敏感，他也意识到了，稍稍降低音调勾引一下，小姑娘就软成水，站都站不稳。

“别——”

林陆骁一脸坏笑，含住她的耳垂，声音更低地在她耳边说了几句荤话。

他不是会把荤话挂在嘴边的人，平日里说话也都正经的人，只有在做某件事的时候，才会对她说些有的没的荤话，加上他低沉性感的嗓音。

这反差，让南初意识彻底沦陷。

忍不住在心里骂了句，到底谁才是妖精。

林陆骁把南初抱出来，两人躺在床上。

南初疲乏不行，怎么也不肯让他再碰着自己，“你去沙发上睡。”

林陆骁去搂她。

被南初一掌打开，“我今天拍戏累得差点睡过去，而且浑身不舒服！”

这一下把林陆骁吓着了，手摸过去，“疼？”

南初咧咧嘴，“疼死了。”

林陆骁把她抱起来，手去掰她的腿，“我看看。”

南初以为他又开始了，一脚踹过去，直接踹到林陆骁脸上，咿咿呀呀嚷着怎么也不给碰。

林陆骁一点都不恼，“真不动你，我就看看肿了没？”

他其实控制力挺强的，这一下让他在小姑娘面前信誉扫地了，也有点愣，手撑在床边低头看床上的姑娘，倒显得有点大男孩的无措。

南初不理他，拿被子蒙着脑袋。

他弓着背，俯低身子过去，在她光洁的脑门上怜惜地亲了亲，“我下去给你买点药？”

正说完，床头的手机振了振。

林陆骁点开看。

南月如：到了联系我。

南初见他难得勾了极淡的一抹笑，心生疑惑，“谁啊？”

“一个女人。”

这答案让南初瞬间从床上跳起来，佯装吃醋的模样，手脚并用大力去踹他，“林陆骁，你敢背着我找女人？”

小姑娘的手脚在他身上就是花拳绣腿，他定定地看着她，“演得不错，眼神可以再嫉妒一点。”

南初被拆穿，扯起被子一蹬腿躺下去，不理他了，故意说：“下次演个出轨的女人。”

林陆骁直接给她拎起来，眯眼恐吓，“皮痒？”

说完直接去挠她的胳肢窝，南初起初还绷着，实在憋不住，躺在床上笑得花枝乱颤，跟他呜呜求饶。

这天，南初的戏份正式杀青，两人收拾东西回北浔，助理团队先行离组，南初拿了东西去找林陆骁，一路开回北浔。

不远，个把小时的车程。

林陆骁挺平静地开着车，车里放着《月亮惹的祸》，听得南初一阵阵热，她说：“换首歌行不？”

林陆骁瞥她一眼，故意懒洋洋地问：“想什么呢？”

南初瞪他，“你是不是故意的？”

林陆骁笑着撇头看了一下窗外，“想多了你。”

南初哼一声，“你就是故意的。”

林陆骁懒得跟她辩，“行行行，我故意的，我故意放这首歌，故意让你想起……嗯，那天在我家里，嗯……”

说完，他意味深长地瞥她一眼。

南初忽而问他：“队长，你说我会不会怀孕啊？”

这问题其实她思考好几天了，最近这段时间都在看这方面的资料。

林陆骁哪知道这个，收了笑，老实说：“不知道。”

南初：“我万一不会生怎么办？”

林陆骁：“那就不生。”

“之前咱们做的几次也没戴套啊，我怎么都没怀上呢？”

林陆骁想了想，安抚道：“我都没弄里面。”

“体外也很容易怀孕啊。”

“……”他彻底无语。

南初一直来姨妈都会疼，时间也短，三四天就结束了。

以前就经常听长辈们说，痛经的女孩子宫寒，宫寒就不容易受孕。这次要还怀不上，估计是真不会生了。

这么想着，心怦怦直跳。

林陆骁手过去捋她的脑袋，帮她减轻心理压力，“没人规定你一定要生孩子，没孩子，就咱俩过，多简单。”

听得南初一阵感动。

进了收费站，林陆骁把卡递给岗亭里的工作人员，手机在扶手箱里振了振，他捞过来看了一眼。

南月如回：八点到九点有空。

刚才他等南初时，给南月如发了一条短信，约她今晚见面。

车子下了高速，南初才拍着大腿说：“忘了告诉你了，我已经搬家了！”

林陆骁侧眼看她，“搬哪儿去了？”

南初：“江边的房子呀，我之前买的，刚付了尾款，我已经把我们俩的东西都搬过去了。”

“我的也搬过去了？”

南初点头，“对啊，我想着等你回来就让你自己去那边，直接让人把你的东西也打包了。”

难怪那天回去家里显得特别空荡。

“你是不是还忘了什么东西？”

“我一关门，就发现钥匙还在玄关台上，想去拿，门已经锁上了。”

能说什么。

害得他那天看着玄关那钥匙和空荡荡的房间，以为这小丫头又跑了，急疯了，连她可能出去拍戏这种念头都直接被他摒弃了。

他叹口气，“新家在哪儿，你指路吧。”

南初高兴嘚瑟地给他指路。

到了新家，南初领他进去，得意地跟他介绍这里所有的装修风格。

“我查了好多资料，也请了好多人设计，听说窗帘用这种颜色最能遮光。这床我也特意去睡了好几家家具城，选了一张最合适的，你好像睡不惯软床，我又睡不惯硬床，好不容易找到这张床，你试试看。”

她拉着林陆骁过去，推到床上，“这床能调整硬度，我要不在的时候你可以自己调整床垫的硬度。”

事无巨细，其实看似不豪华的装修，却能看出很多她很用心的小细节，把她能想到的他的习惯都考虑进去了。

“衣柜我专门给你留了一格放军装，这样不会跟别的衣服放在一起粘毛。那格给你放军靴、军帽。”

林陆骁坐在床上，看她像个田螺姑娘似的来来回回转，给他讲着他的东西放在哪里、哪些是专门为他做的设计。

他的手撑在腿上，低头笑了。

他忽然觉得，什么都值了。

南初还在叨叨不休地念着，话语间能听出她是真高兴，林陆骁换了个姿势，坐在床尾，双手撑在后头，仰着头欣赏他老婆。

“这格给你放内裤，我的在边上。”

并排两个抽屉，拉开，男女内裤摆放整齐。

“这些都是我新买的，你试试合不合身，不合身下次跟你一起去买。”

林陆骁哭笑不得。

南初说得起劲儿，没理他，喋喋不休道：“你怕冷吗？”

他摇头。

“你怕热吗？”

他摇头。

南初念叨着一点点记下来，不怕冷不怕热，果然是部队出来的，又问：“你喜欢吃番茄吗？”

他愣了一下，觉得这个问题有点难回答。除了鱼不吃外，其他的菜一律都没有什么喜欢不喜欢的，有时候队里烧得就这些，不吃就饿着。

“还行。”

南初迫不及待又问：“平时看什么电视呢？”

“不看。”

“那平时在队里都做些什么？”

他抱着臂，似笑非笑，“想你。”

南初扑过去，勾住他的脖子把他压到床上，“这个答案给满分，赏一个吻。”说完，在他唇上亲一下，被林陆骁一把扣住后脑勺，狠狠反咬。

南初挣扎着去推他，“来，我带你去看阳台。”

林陆骁没理，反身将她压在床上，一路顺着她细白的颈子亲下去。

南初咬住他的下唇，“走啦！”

林陆骁无奈，被她从床上硬拉起来，拖到阳台。

“当当当——”

小姑娘得意扬扬地摊着手，“看，全是我亲手种的。”

满满当当一阳台，全是红红绿绿、姹紫嫣红的花，这些花都是她当初在美国学花艺时种的，费了半天儿劲从那边空运回来，又费了半天儿劲找人搬上这阳台。

男人对花倒真不敏感，但小姑娘喜欢，养一屋子也都随她去，他抱臂靠在阳台的推拉门上，夕阳的余晖挂在他身上，他勾勾唇角，“你还真喜欢花？”

南初点头，“喜欢啊！特别喜欢。”

林陆骁想到上回那富二代送她的一车玫瑰，舔舔唇角，倒有点不爽了。

南初没觉得异样，拨弄花草的同时回头见他盯着自己，笑了一下，“怎么了？”

他摇头，低头笑自己幼稚。

多久的醋了还在吃。

南初没理他，指了指自己面前一束蓝色的五片花瓣，“你猜这花叫什么？”

他哪儿认得出来，除了玫瑰花和菊花，其余一律被他统称为花。

见他没多大兴趣，南初低声道：“算了，说了你也不知道。”

林陆骁把她拉过来，抱在怀里，“这些花很难养？”

南初窝在他怀里，“嗯，很难养，这些土壤都是我找人专门去弄的。”

他低头亲她，边亲边说：“那你好好养。”

“……”南初在他胸膛上狠掐了一记，“那你呢？”

他盯着她笑，“我得养你啊。”末了，还补充一句，“你比那些花草难养多了。”

晚上七点半。

林陆骁洗完澡从浴室出来，套好裤子，又随手从衣柜里抽了件 T 恤套上，拎过沙发上的外套，看了一眼床上的南初。

他走过去，坐在床沿上，手里拎着外套，床上的小姑娘睡得正香，头发乌黑地散在床被上，嘴角微微上扬，连他看着都忍不住低头笑了。

梦见他了？

林陆骁俯低身凑过去，在她唇上啄了一下，怕她醒来后要找自己，想想，又低下去，直接把人吻醒。

南初起床气劲儿上来，作势要打他，待看清人之后，生生把火气压下去了，想发火又因为是他忍着不敢发，小脸委屈地憋得通红。

林陆骁看在眼底，手在她脸上揉了揉，“我出去一下，很快回来，给你叫了外卖，饿了先吃点再睡，嗯？”

南初迷蒙地问：“你去哪儿？”

林陆骁轻描淡写揭过，“后天要归队了，去见一下沈牧他们。”

南初：“哦，下次什么时候回来？”

林陆骁安抚地摸摸她的头，“不知道，我争取吧，你先睡，我出门了。”

他其实真不会哄人，以前年轻的时候，要去哪儿去哪儿，爱去哪儿去哪儿，跟林清远都从来不交代的人，更别提会跟女人交代。

可现如今，愿意让他哄着的女人就这么一个。

南初一直都很敏感，一点风吹草动就能影响她的心情，特别是对她在乎的事，她能装出不在乎，她能装出不难过，可他不能装作看不见她的难过。

当初在鹿山，南初来找他时，他好几次差点忍不住，想跟她说，和好吧。

好几次都被他生生咬着牙忍下来了。

最后那一晚，他真是被她气疯了，可转而想到自己妄图用身体拴住她，又觉得自己可悲，那一下心里的愤怒跟爪牙似的在肆意破坏，鼓捣着他的心跳，似乎要冲破胸腔。

现在回想，其实自己也是一浑蛋。

他忍不住低头，拿额头蹭了蹭南初的额头，哑声唤她，获了件宝贝儿似的：“南初……”

南初勾住他的脖子把他拉向自己，什么都懂似的拍拍他的背，安抚他。

林陆骁吸了吸鼻子，在南初听来，误以为这么一八尺男儿窝在自己怀里哭了，吓得忙去拨他的脑袋，“你哭了。”

林陆骁捏捏她的脸，“三十的老爷们儿有什么东西好哭的？”

南初哼一声：“听说，一个男人至少为女人哭一次，才说明是真爱。”

林陆骁嗤笑，“神言论。”

“真的，一著名导演说的。”

“哪个著名导演？”

南初眨眨眼，“耳导。”

什么鬼导演？

吃饭的地方是林清远帮忙订的。

听说是南月如每回从国外回来都必须要去的一家法国餐馆，是一家私人定制。

八点十分，南月如还没出现。

林陆骁坐在靠窗的位置，倒也耐心，慢悠悠地欣赏着窗外的霓虹街景。

八点三十分，南月如仍旧没出现。

窗外的店铺关了几家，夜灯高悬在空中，散着黄色的光晕，光晕下是几只飞蝇，不知疲倦地飞舞着。

八点四十五分，服务生过来，冲林陆骁一躬身，道：“南女士说，今晚临时有事，下次再约您。”

林陆骁瞥他一眼，礼貌地说：“好，谢了！”

但林陆骁没走，他依旧目光幽深地盯着窗外看，似乎是真在欣赏窗外的街景。

直到时针指向九点。

林陆骁才站起来，走到门口，窗外已经落起了小雨，绵绵长长像天地间挂了一副透明的珠帘，他忍不住伸手去拨。

林陆骁扣上冲锋衣的帽子，准备冲进如注的雨幕里。

脚刚踩下一级台阶。

面前停下一辆黑色的高档车，他把脚收回来，微眯眼睛，隔着夜色慢慢放长了视线，后座车窗缓缓降下，南月如面容精致，一点也瞧不出近五十的模样。

她笑得平静地问他："要不要再坐会儿？"

原本已经打烊的餐馆重新为她开了灶，连老板都出来相迎了，他笑着跟南月如打招呼："来了？这小子在这儿等您一个多小时了。"

"是吗？"南月如跟老板说，"这么好的餐厅自然要多等一会儿。"

老板尴尬地笑笑，发现气氛有些不对劲儿，找了个借口开溜。

南月如看了一眼林陆骁，毫无歉意地笑，"刚临时有点急事，等急了？"

他倒平静地勾勾嘴角，"急倒是不急，就是南初一个人在家，我不太放心。"

用林清远的话说，南月如就是只老狐狸，来时，他就警告过林陆骁："无论她怎么激你，都不能动气，南月如最喜欢看别人生气，你越气，她越稳。今晚她就是让你多下不来台，你都得憋着，毕竟她是你老婆的妈。"

林陆骁的性格，林清远知道，虽然在大事上一点不含糊，可有时候真被激怒了，脾气上来就是十头牛都拉不回来，这是从小被这帮叔父级别的人给宠出来的。

真怕以南月如那性格，两人撞上了，就是一个火光劈闪电了。

老板把菜上齐，餐厅里只剩下两个人，南月如冲他笑，拾起面前的刀叉，说："先吃吧，顶级法国鹅肝，你应该没吃过。"

林陆骁笑笑，没动。

南月如："怎么了？"说完，恍然大悟，"不会用刀叉？不怎么吃法国菜？要不要让老板给你上一双筷子？你这就跟南初不一样了，南初从小就喜欢吃西餐，你没发现她不会拿筷子吗？因为从小都是用刀叉。"

林陆骁低头一笑，去拾刀叉，倒也流畅，行云流水。

他不喜欢吃西餐，小时候母亲在的时候，会做些牛排，也像模像样地买了些西餐工具，林启喜欢吃，母亲也从来不顾及他喜不喜欢，只要林启说想吃，每天回家都是一顿牛排。

后来考上了军校之后，就再也没吃过了。

他是真不喜欢。

南月如一笑，“差点忘了，你妈喜欢西餐。”

林陆骁一顿，切了一小块鹅肝放进嘴里，慢慢嚼着，“您认识我妈？”

南月如笑笑不答话了。

半晌，南月如忽然叫了声老板：“灯打亮点。”

原本昏暗的灯光，忽然变得敞亮起来，南月如盯着他直白道：“一个月领多少钱？”

林陆骁倒也不隐瞒，“目前七八千。”

南月如下巴点点面前的餐桌，“知道这桌菜多少钱吗？”

林陆骁没作答。

“抵你三个月的工资了。”她笑笑，“知道南初拍一集戏多少钱吗？抵你半年的工资了。知道她那些包多少钱吗？抵你三年的工资了。来，你告诉我，你俩在一起，你拿什么给她幸福？就凭你七八千的工资？她不懂事，你三十岁也不懂事吗？你拖着她，对她有什么好处？”

林陆骁默然。

“她昨天跟我说，拍完这部戏，她要退出娱乐圈。”南月如眼神瞬间变得狠厉，刀锋一般利，狠狠刮着林陆骁，“你知道现在多少剧组在抢着要她？她跟我说她要退出娱乐圈，开花店去，你告诉我是她脑子进水还是我脑子进水听错了？”

这事她没跟他商量过，他忽然想到她阳台上那些花。

林陆骁是震撼的，可又有说不出的一抹酸涩，胸口堵着一口气，她表达爱意的方式很外放，嘴上会说些不着边际的话，可真正做了事却又不告诉他。

他忽觉心疼，是真疼。

心一抽一抽地疼。

半晌，他开口，嗓子被压磨过似的说：“从小到大，您有没有问过她，她最喜欢做什么？”

南月如一愣。

林陆骁嘴角牵起一抹酸涩的笑，声音回荡在空寂的餐厅里，情绪五味杂陈。

“您没有吧，我也没有，一直都没关心过她喜欢做什么，我只关心她在不在我身边，却从没关心过她真正喜欢什么。您也是，秉着您自以为的母爱，哪怕一句，您问过她喜欢做什么吗？”

他也是。

她跟别人演吻戏、亲密戏，他吃醋，生气，嫉妒，变着法儿地惩罚她，从没问过一句——

做演员，你开心吗？

“退不退出娱乐圈我真无所谓，她爱演就让她演，她喜欢拍戏就让她拍，她要哪天不想演了，累了，反正我都在家等她，这就是我能给她的，您能给吗？

“入了部队，我的命是国家的，也许身不由己，但我的心是她的。

“望您谅解，除非我死，不然我都不会放手。”

说这话时，林陆骁眼底的坚定深深刺痛着南月如，当年那个人也在帘雨天对她说过。

他说：“我不会动摇的。”

当时说那话时有多坚定，后来他走得就有多绝情，南月如觉得可笑，她说：“你觉得我会相信你吗？”

林陆骁转而看向窗外，雨越下越大，像织了一张漫天的网，困着他们，他重新转回头，盯着南月如，极淡地笑了一下。

“南初相信我就行。”

南月如目光分外平静道：“我不同意你们在一起。”

林陆骁没作声。

南月如道：“对，我从小是没怎么管过她，但她总归是我女儿，人生大事我这个当妈的还得说上一句话，我不同意的理由只有一个，她太爱你。”

这是什么鬼理由，林陆骁皱眉。

南月如：“而在你心里，国家跟她，你选一个。”

林陆骁没作声。

“选不出来是不是？”南月如抱臂哼笑，“当兵的，不都这样吗，嘴上比谁都能说，可国家真有事了，第一个抛弃老婆。我不评价你们的职业精神，抱歉，我是一个母亲，我得为她考虑后半辈子，如果真跟你这么下去，我怕她这辈子都走不出来。”

后方忽然插入一道低沉而厚重的声音：“月如，你太偏激了。”

两人齐齐往后方看去，门外站着一个背手微佝的人，那人踱了两步，一张苍老和蔼的脸渐渐清晰。

林陆骁站起来叫道：“爸。”

林清远冲他挥挥手，走到他身边的位置上坐下，看了一眼对面一言不发的南月如，难得听他开玩笑道：“哟，国外的水养人吗？一点没老。”

南月如哼一声：“你怎么来了？”

林清远瞥了一眼林陆骁，颇为怨怪，话却是对南月如说的：“咱这都十几年没见了，不用这么给我脸色吧？”

南月如毫不留情地回道：“没踹你一脚倒是客气了。”

林清远被她一句话噎回去，讪讪转头故意对自个儿儿子说：“这是你的南阿姨，以前跟你妈一个文工团的，后来进了娱乐圈，演了几部戏就不得了喽，反正也不待见我们这些老伙计了。”

林陆骁倒也是难得见林清远这模样，目光含笑地在南月如身上来回打量。

南月如却气急了，“你是不是老糊涂了？说些什么乱七八糟的？”

林清远叹口气，往事如梭，在夜色中缓缓被揭开。

那年文工团下乡汇演，刚好到了林清远跟南初父亲服役的部队，当时部队条件相当差，又都是一帮大男人，什么也不讲究。

南月如就是在天台抽烟时遇上了南初的父亲。

相比较林母的活泼可爱，南月如就稍显沉默，她总是拧着眉，眉间有数不尽的心事。

两人好几次在天台顶上抽烟的时候撞见了，却也都不说话。

直到有一天，南月如发现没火石了，才跟一旁靠墙沉默抽烟的男人借火。男人看她一眼，倒也没搭理她，那不屑的眼神，倒勾起了南月如骨子里那点征服欲。

她刚想说话，就听那人说一句："女人抽什么烟？"

南月如自然不服，一来二去就跟他斗起来，明里暗里处处找他碴儿，一开始是找碴儿，后来是纯找他。

都是血气方刚的年纪，男人起初还挺高冷的，真就不为所动，后来一次汇演结束，队里有小伙子蠢蠢欲动，倒是把他激着了。

第一次还是发生在草堆里，说来都觉得可笑，男人做完就有点后悔了，发生得太快，自己应该再忍忍。

可南月如比他还冷静，说也不用他负任何责任，反正就当露水情缘了，以后如果再碰上就当谁也不认识谁就行了。

男人被这话气着了，好久都没再找她，两人陷入了一阵莫名诡异的冷战气氛，直到南月如离队的前一天，南月如再次去找他，那次做完他们躺在地上看星星。

男人不知道打哪儿听来她的消息，抽着烟，忽然跟她说，让她等他，他会努力混出头，赚到钱，就帮她还清家里的债，并且把她娶回家。

南月如家在农村，有个哥哥，起初在城里做生意，后来被人下了套，直接赔光了家底，还倒欠了一屁股债，那时南月如差点被父亲和哥哥拿去抵债。

母亲不顾父亲毒打把她救出来，刚好那阵文工团到她们学校来招兵，院里一老师特别喜欢南月如，觉得这丫头身上的灵气真是百年难得一见，托了层层关系，终于把她举荐进去。

进了部队之后稍微好点，哥哥父亲不敢随便再来抓人，可隔三岔五哥哥就会来跟她要钱，那时林陆骁的母亲还帮着暗地里给过不少，被南月如知道后，一通大骂，直接给骂哭了。

弄得那阵林清远看见南月如都是恨不得拎起来揍一顿。

男人那时的承诺真让她感动，她差点落泪。

她问他什么时候能混出头。

男人抽了口烟说："很快吧，很快就会有消息了，到时候我来文工团找你。"

南月如就高高兴兴回了部队等啊等啊。

等了半年，男人终于来找她了，可是他说的是，让她再等等，那边临时出了点意外。

再三逼问下，她才得知意外就是原本定了下队的名额是他，最后换成了林清远。

至今这事说起来，林清远都知道自己抹不开嘴，当时岳丈那边也只给他半年时间证明自己，他那兄弟最后决定把名额给他的时候，也说，你这边急，先紧着你。

而那时，林清远根本不知道他兄弟跟南月如的事，如果知道后来发生的事，他断不会拿那个名额。

这就是亏欠。

南月如得知后，当场撕心裂肺地发了一通脾气，最后心灰意冷地问："在你们当兵的面前，是不是，一国家，二兄弟，三父母，四老婆。"

男人苦笑，没有说别的，只是哄她再等等。

一等又是大半年，那时，南月如因为锋芒太露，遭人陷害被文工团开除军籍，还是林陆骁的母亲托人找了关系，保留了军籍，只是当作普通兵从文工团退伍。

心灰意冷的南月如回到学校，恰逢当时有个四大名著剧组在学校选角。

她凭借姣好的外形和一双有灵气的眼睛一举获得导演的青睐，也算是因祸得福吧。

一晃又是两年，男人下了队，债也还清了，可不再提结婚的事，因为不满她的职业。

虽夜夜同床共枕，心却各两异，终于在一次欢好结束后，南月如提了分手。

男人沉默应对，最后漠然地说：“好。”

南月如连夜卷铺盖从他家里出来，提着行李箱，站在街口，恨意滋生。她以前有多爱这个男人，那刻就有多恨，恨不能提了刀回去将他剁碎。

同年，二十六岁，南月如怀了南初。

其实在那之前，南月如怀过一次孕，因为胎位不稳，当时又连下了几场冷水夜戏，当晚就发起了高烧，直接进了医院，再醒来时，孩子就没了。

这事她没告诉他，已经没了，知道了又能怎样？无力回天，有的只是多一个徒增伤心的人。

查出来怀孕那天，她直接去了医院，等候手术。

主刀的医生跟她十几年的交情，给她一天时间坐在病床上考虑，要不要留下这个孩子。

南初出生那年，南月如产后抑郁，患上了躁郁症，整日在病房一包接一包抽烟，一点点事就容易发脾气，后来转去国外治疗。

在南初懂事之前，都没怎么见过母亲。

刚生下来孩子南月如就后悔了，南初跟那人长得太像，随着年岁增长，那双眼睛简直一模一样，她恨不得给她刨出来。有一次真不小心摁上她的眼睛，南初痛得哇哇大哭，从此对母亲十分忌惮，看见她都害怕。

南月如不在乎。因为她的病情越来越严重，她越来越躁，一点就着，心理医生无数次地为她治疗已经激起了她的厌烦，好多时候她会想干脆掐死南初，自己再跳楼。

得知那个男人牺牲的时候，南月如整个人陷入崩溃，差点真就从楼上跳下去，被经纪人找人把窗户钉死，并且直接带去国外关了起来。

南初六岁的时候，林清远来找她，带了一封信，用他们的话说是遗书。

南月如觉得好笑，盯着那份遗书笑了好久，那笑里是绝望，徒生悲悯，却始终没有落下一滴泪。

她当下就把信撕得粉碎，大叫着发怒："滚！"

那封当初没看成的遗书，今天林清远再次给她带过来了，皱皱巴巴揉成一团，他从兜里拿出来，给她摊平，"我给粘好了，一直放在抽屉里，想想还是给你带过来。"

林清远干咳一声："不看我就念给你听喽。"

南月如一把夺过来，毫不客气地说："你滚。"

林清远说："他走得挺干脆，不痛苦，你俩分手后他也一直没再找，他老跟我说，你就是嘴巴坏，心真不坏。"

南月如："闭嘴！"

林清远点点头，"行了，我们先走了，你慢慢看。想哭就哭，别憋着，年纪大了，憋着容易出毛病。"

说完瞥了林陆骁一眼，示意他离开。

南月如忽然出声叫住他："她怎么样了？"

林清远头也没回，声音平淡："走了，十年前还是九年前，记性不好。给你打电话了，你助理说你在国外休假，就没再往外打。"

南月如笑了，"你俩都不是好东西。"

林清远背对着她点点头，"还好我儿子不随我，随他妈。陆骁，走了。"

林陆骁冲南月如微微一俯身，跟上。

留她一人在原地怔愣。

外面雨势渐大，随着斜风密密刮着，在晕黄的路灯光下交织成网。

两人行至门口，张秘书上来，把林清远扶进车里，林清远倒也没再多说一句，冲林陆骁挥挥手，"回去吧，我跟你孟叔说了，等你从鹿山回来就直接回支队报道。”

林陆骁清淡地点点头，“嗯。”

车子启动，消失在雨幕中，他在原地站了会儿，才拉上冲锋衣的帽子去取车。他钻进车里，没有急着离开，靠着驾驶座，望了一眼餐馆的橱窗，那灯还亮着，位置上的女人没离开。

林陆骁降下车窗，斜风密雨落在车窗沿上，他低头就着火机簇动的火苗点了支烟，随后仰头靠在椅子上，把打火机丢进置物盒里，目光盯着那窗里的人，眯眼，吐口烟气，继续抽。

半晌后，林陆骁去摸兜里的手机，屏幕滑了一会儿，停在南初的名字上。

这个备注改了很多遍。

起初是“臭丫头片子”，后来是“烦人精”，再后来是“小丫头”，两人分手后他删过一阵没号码，后来又在鹿山存回去——“死丫头”，直到前几天领了证，改成了正儿八经的“南初”，那时两人都尴尬。

那边接得快，一声清脆的：“老公。”

林陆骁听得心里发麻，他说：“嗯，吃了没？”

南初还在吃，嘴里鼓鼓囔囔估计塞了一堆，还不忘跟他说话：“刚睡了会儿，才吃。”

“吃冷的？”他皱眉。

南初：“热过了，你还没回来？”

林陆骁手搭在窗沿上，人有些慵懒，目光还停留在橱窗上，餐馆里的女人忽然掩面痛哭，他微眯眼，启动车子。

“回来了。”

南初乖巧地说：“嗯，等你。”

车子启动离去，途中经过一家花店，林陆骁停下车，冲进去，花店的小姐望着面前这高大又帅气的冲锋衣男人，热情相迎，“买花？”

林陆骁低嗯一声，挑挑拣拣半天，终于在角落里看到一株和家里相似的花，下午南初给他指过的，他扬手，“那是什么花？”

小姐笑答：“这是勿忘我。”

林陆骁拧眉，“不是还有花语什么的？”

他虽不是很懂，但总觉得好像有这么一回事。

小姐回道：“勿忘我的花语是永恒的爱。”

餐馆内，南月如伏案大哭，手里的纸张被她压到手臂下，滚烫的泪水不断晕染着这绵薄的纸张。

那纸上的字迹苍劲有力。

你总问我为什么当兵，我说为了保护国家，你信了；我说为了保护你，你就不信。说到底，咱俩之间总少点默契，你怨我，恨我，总觉我把别的东西摆在你身前。国我不能抛，那是男人的忠血；可你我也没想过要抛，那是男人的柔情。后来想想这也好，你离开我，我能更毫无顾忌地为国为民为你们勉力。

我也怨过，怨你为了名利不肯委身与我，怨你不愿放弃那些浮华。我是不满你那职业，可又如何，我最后还是跟自己妥协了。

可偏偏，你杀了我们的孩子。你当我不知道呢，你的化验单子我还留在抽屉里呢，我当时又气又恨，恨不得把你掐死。可你在我面前只字不提此事，装作什么也没发生过，这才叫我寒心。你说分手那夜，我想想分了也好，咱俩就此别过。

可这年队里执笔写遗书，我想想吧，还是写给你，多半这信是到不了你手里，清远若能发现，这信多半也就他能发现了。

前年买了戒指，想着跟你求婚来着，订了餐馆订了花，结果临时又被队里招回去，我当时看到你失落的表情心里也很愧疚，可失落之后，你自己都没发现，你却是长舒了一口气，你怕我求婚了，你不知如何作答对吗？

你这些年野心越来越大，你不再满足于身前的名利，怕就是怕，我若是真求婚了，你倒也不一定会答应，我当时就觉得，何必再给你徒增烦恼呢？

你愤我不求婚，你倒是没有问过你自己，是不是真想嫁给我。

为这事，我求助了清远好几次，他总建议我与你开诚布公谈一谈，可你越来越忙，每次打你电话你不是在国外就是在片场，我想见你倒是比登天还难。

罢了罢了，事到如今，我不体谅你，你不原谅我，又何苦互相再纠缠，只想与你说。

他日，若嫁作人妇，可得改了这作脾气，女人娇点男人才疼得下去。

罢了，除了我，也没人受得了你这破脾气。

想我时……算了，别想我，你想我我也不会出现在你的面前，平添烦恼。如若下桥时能见到那孟婆，我去与她讨一碗汤喝，夜里入梦让你喝了，把咱这前尘往事都给了了。

我走了才能放心些。

有些话，在时没能与你说，死了更不会说，所以，你想听的那句没有，有的只是一句，好好保重身体，别太早来见我。

否则，也不会理你。

如果有下辈子，我还是会当兵，如若遇上我，你还是绕道走吧。

如果说这封书信是林清远假造的，南月如是绝对不会相信的，这字里行间全是那男人平日里说话的口气，所以他俩这误会真要下地下去解说了。

她坐在位置上，一会儿哭一会儿笑，一会儿把纸张揉碎，因为字里行间全是欠扁的，想让她揍他，可觉得这就是活生生的他，她又摊开抚平，手指在那一条条折痕上眷恋地轻轻拂过。

她跟疯了似的，哭哭笑笑，抹干眼泪，攥紧这世间他留下的最后的东西。

林陆骁回去的时候，南初正伏案跪在地板上写东西。

听到声音，头也没抬，埋头继续写，漫不经心地说："回来啦？"

男人低嗯一声，放下手里的东西，走过去抱她，把她搂进怀里，低头吻她，"在写什么？"

南初把稿子往身后一藏，仰头去回吻他，"下回再给你看。"

林陆骁笑了一下，打横将她抱起来。南初视野忽然宽阔，发现了新大陆，冲桌上一指，"哎哎！那是什么？"

林陆骁把她抱过去放到桌上，南初伸手拿起那捧蓝色的花，说："你给我买花了？"

林陆骁把她圈在桌上一点点亲，低嗯一声。

南初兴奋得不行，"我以为你不屑送这些呢。"

林陆骁去解她的睡衣，低声说："路过，好像还没送过你花，就顺手买了。"

南初乐滋滋地把花抱在怀里，"我想开个花店，行吗？"

他目光微挑，手指捏着她的耳垂，轻轻揉了揉，揉得南初一阵心猿意马，就听他在她耳边低声一句："随你。"

"我还要雇个花艺师，天天在店里教插花。"

"都行。"他手下动作不停，低笑着在她耳边说了句。

林陆骁归队的第二天，南月如给南初打电话，让她带上身份证去找她。

南月如直接带她去了房产过户中心，有专人迎接，带着两人上了二楼。

南初还没反应过来之际，工作人员丢了一堆资料表格给她，南月如把房产证给她，南初似乎有点明白过来，伸手拦住南月如，"妈，你干吗？"

南月如不动声色甩开，声音依旧清冷，"西郊的别墅过户给你，等会儿还有几份股权转让书签给你。"

"我已经买了房子，妈。"

南月如看着她，倒比之前平静了很多，没那么冷漠，至少有了温度，

“你买了房子手头没钱了吧？那小子那点工资养得活你？别到时候沦落到把你那些个包拿出来卖了。”

南初前阵联系严黛还真打算低价处理手里的包，倒不是说为了钱，就是放着也是放着，总觉得这些东西放在家里有点碍眼，有时候林陆骁会站在那些包前凝望好久。

女人的牌子他认不全，倒是能认几个，有些包确实顶他好几年的工资，南初怕他多想，想着等他回鹿山就处理了。

他俩的生活没这些东西一样挺好的。

南初说：“我用不着这些，我有他就够了。”

南月如忽然一愣，缓和了口气，“知道你用不上，先备着吧，我过几天回美国了，这边的东西留着都没用，过给你，你爱怎么处理怎么处理，那小子家里又不穷，他爹抠抠搜搜的，全都给两个儿子留着，反正我给你这些傍身，也别让人小瞧了去。”

“妈，你怎么忽然……”

上回在影视城明明还那么激烈。

南月如忽然盯着她额头，目光深长地说：“还疼吗？”

南初明白过来，摇摇头，“好了。”

南月如点头，不再说话，心里就算明白了些，可那些悔悟的话于南月如是永远不会说出口的。

她宁可把手里的所有产权都过户给南初，却也不愿意为这些年的漠视跟她说一句对不起，这是她的固执跟骄傲。

她自始至终都认为自己没错。

那天之后去墓园看那人，她也说：“咱俩都有错，你也不能全怪我，我那时年轻，被名利迷了眼，你却只是怨我，怪我，从没想过将我从那地方拖出来。”

她抽抽鼻子，悲悯丛生地说：“那小子不一样，我不在，南初全靠他照顾，南初犯错，他教她改；南初离开，他就等。你呢，我犯错，你怪我为什么那么功利；我说分手，你说好，咱俩走到这一步，谁也不怨，你说得对，下辈子还是绕道吧。”

她跟赌气似的说完这句话，丢下手里拿的一束白菊花反身就走。

走了两步，山间风吹来，伴着幽幽的清香，似乎将她吹清醒了，她站直，仰头吸吸鼻子，又折回到他墓前，狠狠地说：“你想得美，我还缠着你。”话落，起风了，落叶层层飘下，碑上的照片英明俊朗，带着一抹温和的微笑。

那表情似乎一如往常地无奈，宠溺。

金黄的落叶飘落在墓碑前。

你给我等着。

这月，林陆骁刚下训就接到南初的电话，他还没说话，小姑娘就在电话那头哇哇大哭，吓得他眉心一跳，“怎么了？”

南初悲伤至极地说：“大姨妈又来了啊！我又没怀上。”

林陆骁揉揉鼻梁，长舒一口气，抚慰道：“不急啊！”

南初：“咱俩上次都那么频繁了，还没怀上了，你说我会不会真不会生啊？”

林陆骁太阳穴一抽一抽地疼，道：“不是查过了，你没问题。”

南初猛然想起，说：“不对，你没查过！”

林陆骁抽抽嘴角，“你想说什么？”

听着他阴冷的声音，南初打了个哆嗦，忙说：“老公啊，我不是说你不行，我是说，咱最好去查一下。”

林陆骁冷笑，“我看你是闲的。”

南初怕他真生气，连忙叫了几声老公讨好他，“下次你回来我们一起去查好不好？”

纵使林陆骁想发火，可下了火车一见到人软娇娇地往自己怀里扑，就跟头顶被浇了一盆冷水似的，一下就蔫儿了，忍不住去搂她，然后就被她连哄带骗地带到医院做了一套系的不孕不育生殖器检查。

林陆骁青着脸坐在医生办公室，南初好奇地探着脸去看医生手里攥着的化验报告，还有几份彩超报告，虽然说有些东西私底下亲密的时候见过无数次了，可彩超这么照出来的时候，还被捏在医生手里，南初怎么瞧着怎么觉得有点脸红。

“怎样？”南初瞥了一眼林陆骁，问医生。

医生全部翻了一圈，一推眼镜，道：“很好啊，你老公没问题。你俩都没问题，别太急了，要孩子也看机遇的。而且你还这么年轻，过几年生也不急啊。”

南初犹豫地说：“可我老公年纪大了。”

医生瞥一眼一旁的帅哥，“不大啊。”

南初：“听说男人上了三十，质量就不如从前了。”

医生翻白眼，“别太强求，三十五生出来的孩子也都有聪明的，这个看个体的。”

林陆骁冷笑地坐在位置上。

出了院门，他一把把人拎进车里，“年纪大，质量不如从前？看来我最近的表现你很不满意啊。”

所有的哀怨都化成晚上的勤勤恳恳，没完没了。

半年后，林陆骁调遣文件正式下达，于12月31日正式离队，1月1日回北浔市西郊一支队报到。

而12月30日是一年一度的金帝电影节颁奖典礼。

南初凭借《京城风月》柳莹莹一角在大街小巷蹿起了知名度，作为金帝电影节的提名嘉宾出席。

当晚媒体记者在红毯外围了一圈，在不间断的闪光灯中，南初被经纪人和助理护着进了颁奖现场，场外居然还有她的粉丝，举着几块荧光板，高声呐喊着她的名字。

“南初！南初！”

在候场时，她见到了严黛，正捻着块面包吃，一脸不情不愿，见她过来，冲她打招呼：“你终于来了。”

南初低声笑，“怎么了？”

严黛一翻白眼，下巴朝另外一边一指。南初望过去，那边站着一个高挑的女演员，似乎是个新演员，南初还不解，笑道：“哎，咱都老艺术家了，还跟这些小新人较劲？”

严黛哼一声：“那女的，整得跟你一模一样，连穿衣服都模仿你，我刚看背影还以为是你呢，走过去打招呼，她转过来吓死我了，那脸都整僵了，硌硬不？”

南初最近几乎不接戏了，圈里的事也不太管，一心都扑在她那花店上。

这圈哪，来来去去，那么多人，能记住几个人。

一开始她被人黑，被人骂，那时哪能想到，今日还有人照着她的样子整容？想想觉得这事还挺有趣的。

于是在后台候场的时候，她无聊地用手机搜了那女明星的照片下载下来，和自己的照片放一起，发给林陆骁：老公，哪个是我？

队里晚上没训练，士兵们围成一圈坐在草地上给他开送别会。

林陆骁坐在草地上，曲着腿，两只手搭在膝盖上，正专心听着新兵给他朗诵，兜里的手机振了振，他掏出来一看，一眼就认出来回她：左边。

南初：厉害。

其实仔细看有点不太像，但照片经过PS加上雾化，一个侧脸的角度几乎一模一样，连她自己看的时候都有点恍惚，没想到他一眼就认出来了。

林陆骁对她太熟悉，而且他的女人，他从来不会认错。

两人又聊了会儿，南初说：“他们给你开会呢，你好好听着，我得进去了，明天见。”

“明天见。”

大概过了半小时。

林陆骁的手机再次振了振，他掏出来看了一眼，这次是严黛发的，一个小视频。

他点开。

应该是在颁奖晚会的现场拍的，大屏幕上闪动着几个提名演员的电影片段，几乎是一闪而过，最后一个是南初演的《京城风月》。

那电影他看了一半没再看下去。

不得不说，他老婆穿旗袍的样子真迷人。

“第三十八届金帝最佳女主角奖获得者是——”颁奖的是第二十八届的影后老艺术家曹婷女士，她目光温柔地扫过台下，最后定在南初身上，忽而拔高了音量，“南初！”

掌声雷鸣。

一声声尖叫热潮，场外屏幕直播带动了气氛，粉丝们高声欢呼，那画面还真让人为之一震。

林陆骁认真地看着。

南初优雅地起身跟周围的人一一拥抱。

二十二岁的少女拖曳着一身红色的鱼尾裙摆缓缓往台上走去，舞台灯光映衬着她的背肌韵白，礼服在背部开了一条细衩，露出她深凹的脊柱线。

裙摆在身后飘，她往舞台上一站，那光景美不胜收。

额际的发在随风鼓动。

南初接过奖杯，转身在话筒面前站定，微微弯腰，盈盈大方地笑着，露出皓白的牙齿，嘴边还有个梨涡，此刻她的眼睛比月光都亮，闪着水光。

“谢谢！”她声音清澈。

所有人都屏息凝听。

她笑着笑着忽然停了下来，说：“如果我现在说我已经结婚了，你们会不会惊讶？”

场下一片哗然，主持人和嘉宾纷纷捂着嘴吓傻了，而场下的观众已经炸开！

她低头笑了一下，“对，我已经结婚了。”

粉丝尖叫。

南初坦然地笑笑，“我没想过自己能得这个奖，以为过来只是跑个过场，严黛应该知道，我最近其实都没接戏了，本来准备过几天开个新闻发布会说一下退出的事情，团队也在解散，没想到今晚来得这么突然，那就索性借这个机会说了吧。我依旧喜欢表演，只是我有了更喜欢的事情。”

这就跟个爆炸新闻似的，场内外的记者跟媒体都蠢蠢欲动，简直就是抓到了重磅新闻。

南初依旧是风轻云淡地笑，她太冷静了，冷静到让人以为这只是个玩笑，却不曾想其实这些话她早在纸上写过千遍万遍，就等有一天公开说给大家听。

“其实恋情曾被人公开过一次，那时有人攻击他，说他是最烂的兵种，他们把对我的恶意都转嫁到他跟他的父亲身上。当时我不敢发声，我这人表达不好，越说越乱，越说越会被人抓把柄，当时选择沉默，让舆论过去。”

她笑笑，继续说：“他父亲被气入院，当时是真怕，万一因为我有什么意外，我以后怎么面对他呀，胆小的我就跑了，跑到美国去上学了，半年内都不敢说话，出门都戴着口罩帽子怕被人认出来，每每翻到那句‘最烂的兵种’就跟扎在我心里的刀似的。

“我曾参加过一个节目，不知道什么原因，那个节目最终没有播出，听说是投资人把节目给撤了，那是个消防节目，有机会的话，我觉得你们可以去了解了解。兵种没有什么烂不烂，都是中国军人，都在默默做着建设，都会有牺牲，都是为了我们。我说这些，不是需要任何人的道歉，我只希望，未来在网络上，对自己的言论，多点负责，少点暴力。”

说到这儿，场下忽然响起雷鸣般的掌声。

林陆骁捏着手机，头埋得更低，眼眶微热，他仰头强忍，被身旁的赵国发现，以为是被目前的氛围感动了，安慰似的搂搂他的肩。

林陆骁再次低头，屏幕里穿着长鱼尾裙的姑娘，笑得明眸皓齿。

“这话是对我老公说的。”她说，“不需要你成为多少人的英雄，你去守四方平安，我会守着你。”

连场下的观众都被感动得涕泗横流。

林陆骁忽而扯着嘴角笑了，笑着笑着，忽觉面凉，伸手一抹，倒也没觉得有什么，擦了一下，关掉视频。

夜空高悬，星星迷眼。

他们相遇在最好的年岁，重逢在最恰当的年月。

或许是迷失过，可总归没有错过。

穿过千里，万里，云里，雾里，每一个都是你。

从云里，拨开那层火光，是我见过最美的风景。

我的一世荣光是你。

番外

1. 关于心动

两人还没好上的时候，在部队里，南初戒烟的第一天。

两人坐在山坡上，吹着山谷风。

南初说："想抽烟。"

林陆骁把昨天队里搜刮来的糖丢给她，"吃糖。"

南初吃完糖，又朝他伸手。

林陆骁把兜里仅剩的糖也丢过去，拍拍裤兜，宽大的军裤随风摆了摆，他说："最后一颗。"

南初嚼完，又伸手，"还想吃。"

还没完了？

"得寸进尺了，是不是？"

林陆骁不耐烦地皱眉，刚一转头，小姑娘红艳艳的唇近在咫尺。

两人四目相对。

呼吸纠缠。

安静了三秒。

男人的喉结滚了滚。

南初笑着弹开，得逞，“承认吧，你想亲我。”

林陆骁：“丫头片子。”

2．关于宠妻

南初刷微博的时候看到一条——吃完柑橘别碰气球。

这天，家里不知道哪儿来一个熊孩子（骁爷一个远房表弟），特别皮，把家里弄得乱七八糟，还把南初的奖杯拿来装水。

骁爷正要把小孩拎过来教育，被南初一把拉住，她友好地弯下腰，递出一个小柑橘，冲小孩笑笑，“请你吃柑橘。”

小孩吃完，伸手，“还要。”

南初转身取了一袋柑橘。

小孩一连吃了五六个。

随后，南初拿出七八个气球，“来，给你玩气球。”

小孩刚伸手，噼里啪啦……

小孩放声大哭，跑去跟骁爷告状：“呜呜呜呜呜呜呜，哥。”

骁爷跷着脚，“哥这儿还有个气球。”

小孩：……

3．关于婚礼

（1）

元旦，林陆骁正式离开鹿山支队。倒也没什么特别的，部队就是这样来来去去，天南地北，你我各守一方，再见也不知何年何月了。头天晚上，林陆骁收拾完行李，跟赵国去天台抽烟。

夜空中是满满的星星，轻轻闪烁着。两人倚着栏杆沉默地抽烟，倒也默契，时不时互视一眼，又淡笑着转回头去，继续抽烟，一言不发。到底还是赵国没忍住，猛地笑出声来，感叹似的，“长这么大，我还没去过北浔呢。”

林陆骁一只手插在兜里，一只手夹着烟，目视前方，勾唇笑笑，“有机会的。”

话语里满是深意。

那时赵国倒没想多，总觉得以后确实有机会，只是后来他没想到，那个机会来得如此之快。三个月之后，不光他，包括支队的其他兄弟都收到一份红红的请柬。

红请柬上写着遒劲有力的字体——新郎：林陆骁 & 新娘：南初

赵国收到请柬随随便便丢到一旁，结果就被他媳妇儿方晴给看见了，她看着那行字琢磨许久又发现这名字耳熟，一拍脑门儿，“这不就是上次给我妹介绍那个？”

赵国懒得再提这事，随随便便糊弄了几句。

方晴揪着不放，“这是要结婚了？跟哪家姑娘啊？不行，我得告诉我妹，昨天我妹还跟我念叨来着。”

赵国真觉得方晴那妹妹是个麻烦精，见过一面的事念念叨叨都快半年了，“你可别，人都要结婚了，你们跟着瞎掺和什么？”

“你去不去？”

赵国不解，“去哪儿？”

“婚礼啊，人不都邀请你了？”

赵国挥手，“不知道呢，看到时候有没有假，没假就不去了。”

方晴一听，急了，“哪能不去？跟你领导请假呗，好兄弟结婚，你好歹去凑个份子钱呀……”

赵国顿觉不对，道：“不是，人家结婚，你在这儿煽风点什么火呀？”

方晴一眨眼，“带我去呗？”

“不行。”赵国下意识拒绝，“你跟着去干吗，你跟他又不熟。”

方晴翻了一眼，“我就是去看看，这个穷小子，到底怎么就看不上我妹妹了，我就是去看看，他娶的哪家姑娘！”

赵国撇嘴，低声道：“人可不是什么穷小子。”

方晴听了一耳朵，没怎么太听清，“什么？！”

赵国也不愿意再多说了，直接囫囵一句：“到时候你自己看吧。”

（2）

南初大婚，惊动了半个娱乐圈，圈中好友纷纷送上祝福，大家都很默契的是，非常严实地保护了男方的信息。

公布恋情那天，南初也说过：“他职业特殊，我不希望因为我，打扰他的工作和生活，包括他的家人，也谢谢各位的关心！”

尽管大家似乎都知道曾经跟这个小影后传绯闻的男人是谁，可也都十分默契地不在网络上转发林陆骁的资料，粉丝们默默把南初圈起来，不让任何人打扰她的婚姻生活，也不让任何人打扰林陆骁，就算偶尔看到有人在转林陆骁的照片，底下也立马会有粉丝善意提醒。

“不要再转我们‘大嫂’的照片了，觉得帅就自己默默舔屏，南初姐说不希望他的照片和任何资料在网上流传，他不是艺人。谢谢！”

也有人不理解，觉得南初太作，艺人的生活本来就是被人们拿来茶余饭后谈论的。

结果微博瞬间被粉丝围攻。

“南初是艺人，但她老公不是，保护隐私你懂吗？”

“南初姐已经退出娱乐圈了，她也不是艺人，请不要拿她炒作，谢谢！”

虽说网络世界的言论还需清理，但能达到目前这个状态，南初已经相当满意，她不指望所有人都理解她，喜欢她，但只要有一个人是永远站在她身边的。

那就是她的铠甲，是她的千军万马。

（3）

婚礼前一天，最后一个单身夜，林陆骁被大刘几个拉去灌酒。

南初去机场接南月如，刚把她送进酒店，安顿好，走出酒店大堂时，接到大刘的电话，“嫂子啊！”

一贯的开场白，南初钻进车里，倒也习惯了，她说：“怎么了？”

“骁爷让你过来。”

南初边插钥匙，边问：“怎么了？”

早上才从家里出去，才这么一会儿就想她了？南初心里是这么想，总觉得林陆骁的行事作风倒也不像这样的。

大刘冲着电话喊了一嗓子：“过来玩会儿，骁爷说……”

大刘明显是喝多了，脑子混，说话含糊不清，大概连他自己都不知道自己此刻在说些什么，南初眯着眼，“他说什么？”

大刘的声音渐渐低了下去，“他说……”

南初不自觉停了手里的动作，心蓦地一下提到了嗓子眼，生怕他说出不想结婚这种话来。

结果电话直接被夺走。

南初听着电话里的电流窸窣声，对面已经换了一道低沉的声音。

“接到妈了？”

声音比平时更低，大约是喝了不少酒，带着一丝低沉的性冷感。

南初怔了一下，才说：“接到了，大刘他……”

“别理他，发疯呢。”

背景音乐忽轻忽重，隐隐能听见他低沉的声音，几分钟后，话筒里彻底安静下来，林陆骁换了个地方，点了根烟，靠着栏杆吞云吐雾，对着话筒说：“妈晚上住哪儿？”

南初索性开了天窗，放倒车座，人仰在椅子上，脚搭在方向盘上，“刚送进酒店。”

“怎么不住家里？”

南初摇摇头，“客房被西顾和严黛霸占了，我妈怎么可能跟她俩挤一间房？”

西顾和严黛是伴娘，提早一天就住进南初家里，明早还得起来帮南初化妆、穿衣服，一大堆事，加上最近西顾跟韩北尧闹别扭，已经在南初家里霸占了好长一阵的客房，弄得他俩也没办法……林陆骁真是分分钟想把人丢出去，但是没办法，南初三令五申对她的朋友要客气，因为她没什么朋友。

南初朋友少，留在她身边的每一位她都很珍惜。

“你晚上住哪儿？”南初问。

林陆骁沿着栏杆的边沿磕了磕烟灰，淡笑说：“今晚估计没法睡了。”

“为什么？”

“喝完这顿，还得去沈牧家。”

“去干吗？”

他低头笑，“他俩说，明天我就正式脱单了，今晚得陪他俩打一晚上的小霸王。”

小霸王是那时候的街机，沈牧家里有一个，林陆骁跟大刘几个就天天蹲在他家打这游戏，都是小时候爱干的事，长大就少了，也没什么机会。

结了婚就不一样了，有了媳妇儿，有了孩子，再想要这么玩儿几乎是不可能了，于是今晚的行程倒都被大刘安排得满满的，也算是帮他这兄弟践行。

男人间的那股子情谊，女人是不懂的。

南初只担心林陆骁明天会不会太累，问：“你明天吃得消吗？”

结果这么简单的一句问话，在某人耳朵里就听成了有色的，坏笑着在电话那头问：“你是担心明天晚上吗？”

“新婚之夜五分钟的话，我真的会笑你一辈子。”

林陆骁笑，“明天你别哭。”

（4）

婚礼当天。

南初起了个大早，还不等她说话，西顾跟严黛已经吵上了，两人你一言我一语，丝毫没有她插话的空间。

“这个头饰好看，配南初。”

“不要！太老气了，这个好，这个清纯。”

“这双鞋子，配这双鞋子，比较亮。”

“不要，结婚就应该穿红色的！”

这头闹着，那边也不轻松，婚礼办得比较低调，媒体记者统统被挡在门外，林清远早前派人清了场。除了南初这边，来参加婚礼的基本都是从小看着林陆骁长大的前辈，在他们这帮小辈里，林陆骁算是结婚结得早的。

就比如大刘跟沈牧，两个单身铁汉。

林陆骁这婚礼一打头，几个长辈也就顺手捞着大刘跟沈牧还有孙明杨一块儿说道了：“这陆骁都结婚了，你们几个也紧着点。”

被催得急了，大刘忍不住回嘴：“也得遇上个像嫂子这样漂亮的啊。”

“你惦记我媳妇？”林陆骁冷不丁一眼，把大刘瞧慌神了，忙摇头，“哥，我哪敢？”

虽这么说着，白天几个小辈的接亲闹闹，几个长辈都没参加，全是大刘几个跟西顾带着玩了一天，南初安安静静地坐在房间里。

林陆骁趁着哥几个被西顾缠着打牌，直接溜进南初的房间。

被眼尖的大刘瞧个正着，“骁爷也太沉不住气了。”

孙明杨道：“你家里要放着这么个漂亮的新娘，你能沉得住气？”

大刘觉得有道理，点点头，倒也确实。

南初今天确实美，就连刚进门的林陆骁都觉得有点惊艳。按理说，这张脸瞧了那么多遍，看了那么多遍，至少放在今天该有点免疫了。

可刚才进门的瞬间，他脑子还是轰的一声，被击中了——真漂亮。

这就是他媳妇儿，舍不得给人瞧一眼。

不过林陆骁到底还是林陆骁，就算被惊艳到了，也始终只是嘴角噙着笑，抱着双臂靠在门边。

南初就觉得这丫有点太不会来事了，她说："你就不知道夸一句？"

林陆骁抱臂倚着门，笑得欠扁，道："这么明显的事还要我说？"

"你说一下会死吗？"

林陆骁于是就低头笑，不说话。

不光是林陆骁，就连南初也被门口的男人给帅到了。

对于林陆骁来说，他的衣服几乎是清一色的军装、休闲服、黑色冲锋衣、羽绒服。南初见过他工作时的各种模样，也见过他私底下的模样。

他比较偏好穿休闲，像这种正经的服装，别说西装，就连衬衫都没见他穿过几次。

今天这个西装队长真是有点把她帅到了。

果然，男人还是穿西装最带感，白衬衫十分贴合他的身材，就连胸肌都被勾勒出一点弧度，一条精致的皮带勒出了腰身，底下是一双修长的长腿，脚上是定制棕色尖头皮鞋。

再加上胸前的领带，禁欲感十足，每一分都勾勒得十分完美。

这对南初来说，就是赤裸裸的诱惑。

一直以来，她的认知就很清楚，这男人，确实很勾人。

（5）

仪式结束，酒席散，大刘、沈牧几个还嚷嚷着不肯散，林清远带着秘书先走了，临走时把林陆骁单独喊了出去。

他一直也觉得从小这儿子跟自己就不亲，没承想转眼就结婚成了家，再过不久也许立马就要给他添个小孙子或孙女，这会儿再看林陆骁，那眼神倒一改往日的责备，而是在看一个真真正正的男人。

林清远说："林启的工作怎么样了？"

林陆骁今晚喝了不少，眼神有些微醺地说："刘叔说给他找了个企业试试。”

“真不拉琴了？”

“这得问他，他要真喜欢，兴许干不久就回去拉琴了。”

林清远了然地点点头，“也行，你照拂着点，这小子有什么事都不爱跟我说。”

“嗯。”

说完林清远又不放心地叮嘱了几句：“今晚别太过了，闹闹差不多就得了，大刘几个没边，你得收着点，你可是有媳妇儿的人了。”

林陆骁难得苦笑，“这可由不得我。”

林清远拍拍他的肩膀走了。

林陆骁送完几个长辈回到宴会厅的时候，才知道出事了。

（6）

婚礼举行到九点，长辈们基本经不住几个小辈这么折腾，不到九点就走了，就剩下大刘这帮打小在巷子里一起长大的弟兄，还有一桌林陆骁队里的兄弟。

这些可都不是好糊弄的主儿，一个个正敲着碗等他回去大干三百回合。

林陆骁被叫走，大家都把火力转向了南初，但大刘想着刚骁爷走前拍着他的膀子在他耳边低声让他照顾点他媳妇儿，别给人欺负了去。

大刘拼了命也是要护住南初的，谁灌都不让喝，非得说让等骁爷回来。

就这么干晾了几分钟，大刘嘴碎，嘴上也没个把儿，一股脑儿就说起了以前跟骁爷在巷子里犯浑的事，还顺嘴说了当年在巷子口拉过一个小姑娘的事。

大刘丝毫没意识到身旁的南初脸已经僵了，直到沈牧提醒他，他才恍然大悟。

“既然那女明星是南月如，那当时的小姑娘不就是——南初？！”

孽缘啊孽缘。

可再收嘴已经来不及了，大刘干笑两声，刚要说话，就见林陆骁从门外回来，他讪讪地往边上靠。

林陆骁倒也没察觉出这尴尬的气氛，走过去，顺势就搂住南初的腰，“累吗？”

南初扯扯嘴角，“不累。”

然后林陆骁难得低头在南初脸上亲了一下，当下就惊了好多人，就连赵国的媳妇儿都吓傻了眼，从不喜欢在公众场合秀恩爱表现亲密的男人忽然来这么一下，还真让人嫉妒，重点是这身西装帅得令人发指。而且，今晚这婚礼的阵仗也十分明显，这人并不是她口中的穷屌丝，这身份还有得考究。

方晴捅了捅赵国的胳膊，“我说你这兄弟到底什么来头？”

赵国哪知道，他也是前阵才听队长说的，“不太清楚，他姥爷……吧。”

而那位姥爷也就在婚礼开始的时候露了个面儿，吃了两口就匆匆携老伴走了。

但据说，新婚洞房夜，英勇神武的骁爷，连门都没进去，在沙发上窝了一晚。